【新日本古典文学大系51】

中世日記紀行集

福田秀一
岩佐美代子
川添昭二
大曾根章介
久保田淳
鶴崎裕雄 校注

A5判五七六頁
本体四一〇〇円

古代文学の世界像

多田一臣

A5判四三四頁
本体二〇〇〇円

連想の文体 王朝文学史序説

鈴木日出男

A5判三六四頁
本体九〇〇〇円

蜻蛉日記覚書

今西祐一郎

A5判二九四頁
本体六六〇〇円

東国文学史序説

浅見和彦

A5判五六四頁
本体二五〇〇円

岩波書店刊

定価は表示価格に消費税が加算されます
2019年8月現在

田渕句美子

1957年生まれ.
1991年お茶の水女子大学大学院人間文化研究科博士課程退学.
大阪国際女子大学助教授, 国文学研究資料館助教授, 同教授を経て, 現在, 早稲田大学 教育・総合科学学術院教授.
著書に, 『中世初期歌人の研究』(笠間書院, 2001年), 『十六夜日記白描淡彩絵入写本・阿仏の文』(勉誠出版, 2009年), 『阿仏尼』(人物叢書, 吉川弘文館, 2009年), 『新古今集 後鳥羽院と定家の時代』(角川選書, 2010年), 『異端の皇女と女房歌人――式子内親王たちの新古今集』(角川選書, 2014年), 『源氏物語とポエジー』(共編著, 青簡舎, 2015年), 『民部卿典侍集・土御門院女房全釈』(共著, 風間書房, 2016年)ほか.

女房文学史論――王朝から中世へ

2019年8月23日 第1刷発行

著　者　田渕句美子《たぶちくみこ》

発行者　岡本 厚

発行所　株式会社 岩波書店
〒101-8002 東京都千代田区一ツ橋2-5-5
電話案内 03-5210-4000
https://www.iwanami.co.jp/

印刷・精興社　函・加藤製函所　製本・松岳社

ISBN 978-4-00-061358-3　Printed in Japan

人名索引

1　本書において論及した主要な人名の索引である．研究者名は採録していない．
2　日本の人名については原則として名を，海外の人名については姓名を，通行の読みにより，発音の五十音順に配列し，当該頁を示した．読みについては，『和歌文学大辞典』(古典ライブラリー)，『国書人名辞典』(岩波書店)等に従った．
3　(　)内に姓氏・家名，別称等を記し，必要に応じて出自等を記した．主家を冠する女房名は，(　)内に主家を記した後に女房名を一で示した．
4　適宜参照項目を設けて，検索の便を図った．

あ　行

か　行

さ　行

た　行

な　行

は　行

ま　行

や　行

ら　行

書名索引

1　本書において論及した主要な書名等の索引である．
2　通行の読みにより，発音の五十音順に配列し，当該頁を示した．読みについては，『和歌文学大辞典』(古典ライブラリー)・『国書総目録』(岩波書店)等に従った．
3　歌合・和歌会等の名称は異称が多いため，『新編国歌大観』所収のものはその名称にほぼ従った．必要に応じて(　)内に年月日を記した．
4　適宜参照項目を設けて，検索の便を図った．

あ　行

か　行

さ　行

た　行

な　行

は　行

ま　行

や　行

ら　行

わ　行

女房文学史論

女房文学史論

―王朝から中世へ―

田渕句美子著

岩 波 書 店

目　次

凡　例

凡　例

【学術論文の掲出について】

本書で引用・参看した学術論文の掲出については、当該論文が学術雑誌等に掲載された後に、研究書(単行本・著作集等)に所収された場合は、著者による手直し等があることを勘案して、管見の範囲ながら原則として研究書に拠ることとし、その書名等を掲げる。ただし必要に応じて初出論文の刊行年を付記した場合がある。また研究書・論文等の刊行年は西暦に統一した。副題は略した場合がある。

【引用本文の底本について】

• 歌集、歌合、定数歌等の本文・歌番号は原則として『新編国歌大観』(角川書店・古典ライブラリー)に拠るが、私家集については必要に応じて『新編私家集大成』(古典ライブラリー)を参照する。漢字・仮名遣い・清濁・句読点等の表記はすべて私意に依る。

• 『明月記』本文の引用は、『明月記』一―五(冷泉家時雨亭叢書56―60、朝日新聞社、一九九三―二〇〇三年)の自筆本影印に拠る。これにない部分は『翻刻　明月記』一―三(冷泉家時雨亭叢書別巻二―四、朝日新聞社、二〇一二年・二〇一四年・二〇一八年)に拠る(『翻刻　明月記』で右傍(　)内に傍注として記されている文字を本文に採用した場合もある)。これら以外に拠る場合はそれぞれの章の注に記す。用字は通行の字体に依り、割書は〈　〉に入れて示す。

• 『源氏物語』の本文は、阿部秋生・秋山虔・今井源衛・鈴木日出男校注『源氏物語』一―六(新編日本古典文学全集20―25、

小学館、一九九四―八年)に拠る。また諸本の本文の異同を『源氏物語大成』一―八(池田亀鑑、中央公論社、一九五六年)により確認し、論を進める上で必要な異同を記す。漢字・仮名遣い・清濁・句読点等の表記はすべて私意に依る。

●主要文献の引用本文の底本は以下の通りである。いずれも漢字・仮名遣い・清濁・句読点等の表記はすべて私意に依る。割書は〈　〉に入れて示す。このほか、それぞれの章の注に記す。

『枕草子』……松尾聰・永井和子校注・訳　新編日本古典文学全集18(小学館、一九九七年)
『紫式部日記』……伊藤博校注　新日本古典文学大系24(岩波書店、一九八九年)
『更級日記』……吉岡曠校注　新日本古典文学大系24(岩波書店、一九八九年)
『栄花物語』……山中裕ほか校注・訳　新編日本古典文学全集31―33(小学館、一九九五―八年)
『狭衣物語』……鈴木一雄校注　新潮日本古典集成 上下(新潮社、一九八五―六年)
『堤中納言物語』……池田利夫訳・注『堤中納言物語』(笠間書院、二〇〇六年)
『無名草子』……久保木哲夫校注・訳　新編日本古典文学全集40(小学館、一九九九年)
『たまきはる』……三角洋一校注　新日本古典文学大系50(岩波書店、一九九四年)
『源家長日記』……藤田一尊校注　中世日記紀行文学全評釈集成3(勉誠出版、二〇〇四年)
『建礼門院右京大夫集』……久保田淳校注・訳　新編日本古典文学全集47(小学館、一九九九年)
『東関紀行』……大曽根章介・久保田淳校注　新日本古典文学大系51(岩波書店、一九九〇年)
『弁内侍日記』……岩佐美代子校注・訳　新編日本古典文学全集48(小学館、一九九四年)
『うたたね』……田渕句美子『阿仏尼とその時代――『うたたね』が語る中世』(原典講読セミナー6、臨川書店、二〇〇〇年)(伊東本を翻刻・校訂)

『十六夜日記』……岩佐美代子校注・訳　新編日本古典文学全集48(小学館、一九九四年)
『嵯峨のかよひ』『みやこぢのわかれ』……濱口博章著『飛鳥井雅有日記注釈』(桜楓社、一九九〇年)
『春の深山路』……外村南都子校注・訳　新編日本古典文学全集48(小学館、一九九四年)
『とはずがたり』……久保田淳校注・訳　新編日本古典文学全集47(小学館、一九九九年)

*

『袋草紙』……藤岡忠美校注　新日本古典文学大系29(岩波書店、一九九五年)
『古来風躰抄』……渡部泰明校注　歌論歌学集成7(三弥井書店、二〇〇六年)
『夜鶴庭訓抄』……永由徳夫「校本『夜鶴庭訓抄』(一)(二)」(『群馬大学教育学部紀要　人文・社会科学編』六〇・六一、二〇一一年二月・二〇一二年二月)　及び　岡麓校訂『入木道三部集』(岩波文庫、一九三一年)
『無名抄』……久保田淳訳注『無名抄』(角川ソフィア文庫、二〇一三年)
『後鳥羽院御口伝』……山本一校注　歌論歌学集成7(三弥井書店、二〇〇六年)
『八雲御抄』……片桐洋一編『八雲御抄の研究 枝葉部 言語部』(和泉書院、一九九二年)、同『八雲御抄の研究 正義部 作法部』(和泉書院、二〇一〇年)、同『八雲御抄の研究 名所部 用意部』(和泉書院、二〇一三年)
『越部禅尼消息』……森本元子校注『歌論集　一』(中世の文学、三弥井書店、一九七一年)
『夜の鶴』……森本元子全訳注『十六夜日記・夜の鶴』(講談社学術文庫、一九七九年)
『源承和歌口伝』……源承和歌口伝研究会著『源承和歌口伝注解』(風間書房、二〇〇四年)
『歌仙落書』『愚秘抄』……佐佐木信綱編　日本歌学大系2・4(風間書房、一九五六年)
『井蛙抄』……小林強・小林大輔校注　歌論歌学集成10(三弥井書店、一九九九年)
『河海抄』……玉上琢弥編『紫明抄・河海抄』(角川書店、一九六八年)

『正徹物語』……小川剛生訳注『正徹物語』(角川ソフィア文庫、二〇一一年)
『自讃歌』注……王淑英編著『自讃歌古注総覧』(東海大学出版会、一九九五年)

*

『大鏡』……橘健二・加藤静子校注・訳　新編日本古典文学全集34(小学館、一九九六年)
『今鏡』……竹鼻績全訳注『今鏡』(上)(中)(下)(講談社学術文庫、一九八四年)
『古本説話集』……中村義雄・小内一明校注　新日本古典文学大系42(岩波書店、一九九〇年)
『古事談』……川端善明・荒木浩校注　新日本古典文学大系41(岩波書店、二〇〇五年)
『今物語』……三木紀人全訳注『今物語』(講談社学術文庫、一九九八年)
『十訓抄』……浅見和彦校注・訳　新編日本古典文学全集51(小学館、一九九七年)
『古今著聞集』……永積安明・島田勇雄校注　日本古典文学大系84(岩波書店、一九六六年)
『増鏡』……井上宗雄全訳注『増鏡』(上)(中)(下)(講談社学術文庫、一九七九―八三年)

序章　女房文学史論の射程

一　女房文学の展開

1　なぜ女房文学が始まり続いたか——和歌・日記・物語の生成

女房文学とは

本書の「女房」とは、内裏・皇后中宮・院・女院・親王・内親王・斎院などの宮廷・貴顕、および摂関家・大臣家をはじめとする貴族などの家に仕えている女性をさす言葉である。女房という語が、妻、あるいは相応の身分の女性をさす例も平安期からあり、中世には多く見られて、文献ではこれらが混在しているが、本書ではすべて、宮廷・貴顕や貴族に仕える女性の意で用いることとする。なお本書では主として宮廷女房について論じていくので、本書で単に「女房」という場合も、多くは宮廷女房をさしている。

宮廷女房は、天皇・院、后妃、女院、内親王などの高貴な主君に仕えるが、何を職掌とするのだろうか。それは端的に言えば、ある主君に近侍し、主君の心身に関わるさまざまな世話をして支えるとともに、取り次ぎや代筆などによって、主君と外部とを繋ぐ役割を果たすことである。特に側近の女房は、常に主君に近侍し、黒子のように影とな

って寄り添う分身的存在である。そうした女房は宮廷の政治や動向を王権の深奥部から見ている。主君周辺は多くの情報が集まる場であり、それを知り得る立場にいて、さらに側近女房は主君の真の意向を理解している。ゆえに、時には女房自体が政治性を帯びた存在ともなる。王権に密着し、その高貴性の反映を身に纏うが、一方ではあたかも実体のない存在のようにも扱われる。女房のこうした二律背反的な性格と機能については、本章第二節「女房とは何か」で述べよう。

こうした宮廷女房たちによって、和歌、物語、日記、歴史物語など、さまざまな領域において文学的生産が継続して集団的になされた。中でも平安中期には、中宮の女房集団を中心とする後宮文化活動が、『枕草子』『源氏物語』などの優れた王朝古典文学を生んだ。このことは良く知られ論じられているが、女房文学は、この一時期の隆盛に限定されるものではない。古代から中世、近世、あるいはそれ以降まで、千年以上にわたって、女房文学は、興隆と衰退・空白、刷新と擬古が混じりつつも継続した。また文学史の流れから見た時、文学の担い手としての男性からの女房文学への侵入、混融、分離、交替といったような興味深い現象もみられる。

公の世界で活躍し得る男性貴族に対して、公の表側に立たない、女房という職掌に属する、中流貴族階層を中心とする女たちの手によって、これほど長く、広く、そして深く、韻文・散文両方にわたって、それも一個人ではなく集団的に、宮廷女房文学の系譜が続いた。このように宮廷女房集団によって文学史が動かされてきたことは、実に驚くべき文化現象ではないだろうか。

世界の中で稀な文学現象

女房文学の特質を明視するためには、歴史を縦断的に考えると同時に、女性文学の形成を世界史的に俯瞰してみる

視点も必要であろう。たとえば『源氏物語』などの王朝文学が隆盛したのは十―十一世紀であるが、このような古い時代に、宮廷女性集団によって宮廷文学の黄金期が築かれたことは、世界史的にみて稀有な文学現象である。ハルオ・シラネは、(1)『源氏物語』を念頭に、「古代のサッフォー以来、世界の文学史を通じて偉大な女性作家達は存在したが、彼らはたいてい、詩をはじめとした、小説以外のジャンルの作者であった。……しかしながら、そこには少なくとも二つの主要な例外がみられる。十世紀後半から十一世紀前半にかけての日本と、十七世紀のフランスである」と述べ、この両者に共通するものとして、専制的権力(日本は藤原道長、フランスはルイ十四世)、洗練され芸術指向の強い貴族社会がもたらす庇護と奢侈、独特な女性言語、女性の場所(文学サロン)、心理的内面性、宮廷社会への批判的な視座などをあげている。このような視角により、共通点と相違点とが浮かび上がる。またイギリスでは、最初の女性職業作家とされるアフラ・ベーンは十七世紀後半であり、時に『源氏物語』や紫式部と比されるジェーン・オースティンの活躍は、十九世紀初である。これらとの大きな相違点として、なぜ十世紀という古い時代に、日本においては、宮廷女房集団による文学がすでに成熟に至っており、そしてなぜ、その後も長く継続し得たのだろうか。

おそらく大きな理由としては、日本が政治的文化的に多大な影響を受けた中国・朝鮮では、皇帝・王を宦官たちが囲繞していたが、日本ではそのシステムと大きく異なり、宦官ではなく女官制度をとっていたことがあげられよう。(2)宦官は紀元前からギリシャ、ペルシャ、古代エジプト、インドなどに広く存在したが、とりわけ中国では二千年続き、後宮(掖庭)にいる男性は皇帝と皇太子・未封の皇子のみで、ほかには数千人から多い時には一万人以上という厖大な数の宦官と、皇妃・女官だけの空間であった。(3)

日本における歴史上の女房の役割・活動の概略については本章第二節で述べているので、そちらをご参照いただきたいが、平安期・鎌倉期の宮廷女房たちは、宦官制度をとっていた中国や朝鮮と異なって、宮廷で閉鎖的な空間に閉

じ込められていたわけではなく、自邸への退出や外出なども可能であった。また後宮は男子禁制ではなく、そこでは男女が親密に交流し合い、恋愛・結婚、友情などがふつうにあり得たのである。宮廷女房の自由度は、女房文化を成立させる基盤であったと考えられる(後述)。

それに対して、日本と同様に中国から大きな影響を受けた朝鮮王朝では、内侍府は男子宦官の官僚機構であり、王の食事監督、命令の伝達、その他雑務すべて、内侍たる男子宦官の務めであった。宮女(女房)は王と王妃に仕えるが、公務での官僚の取り次ぎを除いては、王と宦官以外の男性との接触は禁じられ、宮中から出ることも基本的に許されず、恋愛どころか王以外の男との結婚は絶対に許されなかったという(4)。また虚構の物語でも、中国では、儒教的倫理規範のもと、多く科挙出身者によって書かれた唐代伝奇では、帝の妻と臣下の密通を描く話はみられず、妃が登場する物語を書くことすら危険な行為であったと指摘されている(5)。

一方、女房が作者の文学として、朝鮮王朝の宮中体ハングルで書かれた『癸丑日記』『仁顕王后伝』『閑中録』(『恨中録』)は、十七世紀から十九世紀初に成立した三大宮廷文学であり、朝鮮後期の変動期を背景に、妃・女房たちの中で生まれた作品で、公表を目的として書かれたものではなく、密かに書かれて秘蔵され、朝鮮王朝終焉後に外に出たものである。宮女(女房)は宮中で見聞したことを口外してはならなかったが、自由に表現できるハングルで密かに書かれ、現存するのは偶然に残ったもので、個人の恋などは全く描かれず、儒教倫理や仏教、シャーマニズムなどを背景に、王位継承や政争の悲劇、宮中の体験などが描かれたこと等が、金鍾徳によりまとめて述べられている(6)。また金英は(7)、「朝鮮中期のハングル発明後、ハングルは速く普及し、十七世紀から宮中と貴族の知識人の女性らは独特な小説文化を形成し始めていた」、「文禄・慶長の役の後の王の絶対性消失と女性たちのハングルという自由な表現手段の獲得があった」と指摘している。表現手段から見れば、十七世紀頃のハングルと同じように、九―十世紀頃の日本

で仮名文字が普及したことが女房文学の発達の要因の一つであるが、宮廷制度・女官制度の相違が、また儒教倫理の強さの違いが、両者の間にこのような違いを惹起し、日本ではさらに宮廷外の女性達にも和歌や日記の生成を促したとみられる。

宮廷女房・女官に限らず、女性文学という観点で見ると、中国の漢詩では、唐代までにも女性詩人はいるが妓女（遊女・芸能者）に多く、正統な文学として評価される対象にはなりにくかった。女性の詩作は、「古代～中世の婦女観に照らすと、女性が詩作に没頭し、あまつさえそれを詩集にまとめて対外的に公表するという行為は、当時の社会通念から大きく外れるものと見なされたはずである。魏晋から唐に至るまで、「閨閣」詩人が極端に少ないのは、この様な伝統的婦女観とも大きな関わりがあろう」(8)と論じられており、その後、宋代に李清照と朱淑真という知識階層の二人の「閨閣」詩人が活躍し、明清以降は急増し、「詩作が「閨閣」の婦女にとっても重要な教養に転じたことを示唆している」という。また朝鮮については、一七六四年の朝鮮通信使の活動を通して漢文学史上の意義を考察する論考(9)の中で、朝鮮の文人はもともと女性の文学創作を軽視し、女性の漢詩文創作を抑圧する面があったが、日本女性が詩文に長じていることを見、文学評論のあり方を改めた、と論じられている。

女性の文字使用という面では、十六世紀日本を活写したポルトガル人宣教師ルイス・フロイスは、「われわれの間では女性が文字を書くことはあまり普及していない。日本の高貴の女性は、それを知らなければ価値が下がると考えている」と述べている(10)。

以上は僅かな点描であり、偶々管見に入った例に過ぎないが、このような比較文化的視点は、日本における女房文学・女性文学の、突出して古い成立時期や集団性・共有性、長い継続性と多様な展開などを浮かび上がらせる。

女房文学がなぜ成立し、そして続いたか

平安期の『枕草子』『源氏物語』をはじめとする女房文化の成立・隆盛は、仮名文字の発達がそれを可能にしたこと、上層貴族とは異なる階層に属する、受領階級の女性たちの学力や批判的精神が大きく作用したこと、後宮サロンが互いに対抗し、摂関家が政治的意図によりその後見をして後宮文化の隆盛に寄与したこと等は、既に定説である。こうした先学の諸論に対して、屋上屋を架すようなものかもしれないが、広く女房文学史を考えるために、私見を述べておきたい。平安中期の隆盛だけではなく、女房による和歌、物語、日記の文学伝統が、中世・近世まで何らかの形で続いたことが重要であると思われる。その成立、隆盛、存続の理由を整理すると、主に次のような要因があるのではないか。以下、平安期から鎌倉期を中心に述べていく。

第一に、前述したように、宦官を置かなかったことによる日本独自の宮廷の政治制度がある。中国・朝鮮とは異なった、独自の女官・女房の制度を構築していたことが大きいとみられる。女房たちは主君に近侍し、外との回路をつなぐこと等を職務とするが、個人として外出・退出・結婚・恋愛等の自由があり、閉鎖的な空間に閉じ込められていたのではない。また後宮は男子禁制ではなく、男性貴族も出入りし、物質的隔て(御簾など)はあるが、男性と女性の文化が分断されずに交流し合い、恋愛も友愛も常にそこにあった。そこで交わされる優雅で機知的な、深く心を打つ言葉や和歌は、人々の関心と憧憬の対象であって、周囲から賞讃され、女房としての高い評価に繫がるものであった。そのような積極的活動、内外への発信、共有が、宮廷文学・宮廷和歌の成熟へと繫がったとみられる。また院政期以降には、院・女院という政治システムができ、女房の権限や活動範囲がさらに拡大した。ただし女房の存在は常に王権と一体であり、王権自体が衰滅していくとそれを支える女房の活動も下降することになる(後述)。

第二に、和歌史の視点からみた時の女房の位置があげられる。宮廷和歌のシステムとして、『古今集』以来の勅撰

和歌集の制度が存続し、あわせて平安前期以来の歌合・和歌会という宮廷和歌の制度があり、そのいずれにも女房歌人がコミュニティの一員として必須の存在であった。特に歌合は、第一部第二章で述べるが、もともと宮廷の女房行事の色彩が強く、平安前期には女性が主導権をもっていた。このように平安宮廷文化における女房の役割と位置は、重要かつ必要なものであり、付随的・偶発的なものではなかった。こうした女房の位置の自覚は、彼女たちの文学活動を活性化させたのではないか。しかしこれも、宮廷和歌は歌道家が領する所となり、歌合も男性の手に移り、やがては勅撰集が絶えると退潮する(後述)。

第三として、表現の手段としての仮名の機能・役割がある。平仮名の発達が女房文学の基盤にあったことは、前述のように定説であり、常識であるが、それが女性だけのものではなかったことが重要なのではないか。天皇・貴族をはじめとする宮廷の人々は、男女問わず仮名文字を共有し、自身で仮名文字を書き、仮名文字の和歌・消息を贈答することが通常であった。宮廷の公的書記文字は漢字であったが、仮名は男女共通で使用できる文字として急速に普及した[11]。しかもその文字は単なる伝達記号ではない。美しい仮名文字でその折にふさわしい紙を使って和歌と文章を書くことは、思いを可視化し相手の心を動かす手段であり、書き手の内面や教養を端的にあらわすものとなり、芸術・美術ともなった。仮名の表現力は男女ともに大切な教養・技能であった。しかも和歌は、古代の歴代天皇は廷臣に和歌を召し、それによって人々の賢愚を判断したと伝えられ(『古今集』仮名序)、社会的政治的にも重要な文学として自立した。仮名の散文では、おそらく男性官人によるものとして、平仮名普及後程経ずして『竹取物語』、そして『古今集』が成立し、『古今集』後には『土佐日記』『宇津保物語』が書かれており、消息等の遺品もあり、男性によっても自在に仮名文が使われていた。あわせて、平安期に宮廷において女房奉書が発達したことも大きい。吉川真司[12]によれば、内侍宣が衰退し、消滅するとともに、十世紀後期頃に、女房は社会関係の結節点として重要な役割を担うよう

になり(第二節で後述)、女房奉書が一般化し、社会的に成立したという。女房の実務的仮名文書が男性に対しても発給され、男女で共有されていたわけであり、宮廷での仮名の機能が増大し、政治システムにおいて以後もずっと用いられることとなった。(13) こうした女房の職務は、仮名による表現力をさらに高度化したと考えられる。

第四に、身体的な側面から考えると、十世紀ごろから貴族女性が声の公共性を失ったことも、大きな理由であると思われる。第一部第五章で述べるように、十世紀あたりを境目として、貴族女性は身分が高いほど、他人男性が同座する場で、顔・姿を見せないばかりか、周囲の人々すべてに聞こえるような大きな声を発することがない。女房は宮廷女性の中では、職務上、他人男性に向けて声を発することが多いが、それでもなお、身分高い女房や嗜みある女房は「いかで人に声をも聞かれじ」(『たまきはる』)と願い、男性に対しては声を抑制する。特に平安期には、書かれた筆跡・言辞が人格をあらわすものとなり、消息、和歌、物語など、書くことの意味が深化され、内容が洗練されていったとみられる。なお、この顔・姿・声への禁忌の意識も変化していく(第一部第五章参照)。

第五として、主君と女房との人格的な繫がりの強さがあげられよう。宮廷女房の多くは、もし自分が宮仕えしていなければ決して知ることのない至高の世界を見、その中で自分は取るに足りない存在であると感ずる一方、日々接する主君は卓越して尊貴な存在である。そのような自分よりもはるかに尊い存在があるからこそ、女房は無私で自由な、純粋な精神を帯びると言えるのかもしれない。女房文学史と女房の文化的役割を考えるにあたって、この数十年で重要な研究を一つだけあげるとすれば、岩佐美代子の一連の日記・和歌研究である。岩佐自身が女房として宮仕えをした体験からの女房の眼による把握と、研究者としての緻密な考証・注釈という、両輪からの女房日記研究は、従来の研究を種々の面で一新したと言えよう。その著は多数に及ぶが、(14) 中でも岩佐にしか語ることのできない「女房かたぎ」についての発言・論述は、(15) これこそが女房という存在を理解する上で鍵となる視座であることを教えてくれた。

とりわけ女房日記文学において、主君への深い敬愛と語り伝えたい欲求・使命感が作品形成の真髄にあることが、鮮やかに示されたのである。

第六として、宮廷女房は出自・家柄による身分にしばられ、女房社会の中でその格づけ・序列を常に意識せざるを得ないが、それでも、厳しい身分序列の中にいる男性貴族よりは、女房はその人格や実力などが認められる可能性が高かったのではないだろうか。人柄や人物に加えて、和歌、文学、音楽、絵画、才学、機知、美貌など、女房として人に認知され高く評価され得るものは多くあり、中流貴族の娘・妻でも、紫式部のように、歴史に残る著名な女房になる可能性があった。『無名草子』にみえる紫式部らを羨望する言説、『たまきはる』の「女はただ心からともかくもなるべき物なり」という、女房から女院へ上り詰めた建春門院自身の言葉、『阿仏の文』等にみえる、女房は人柄が重要であるという種々の教訓などは、そうした女房の立場を示す言説であろう。こうしたいわば能力主義・人物本位の側面が、女房文学の形成を促した面があるのではないかと思われる。

第七として、宮廷貴族社会における教養の必要性、つまり教育的機能との関連があげられよう。女房たちは、天皇や権力者の庇護・支援のもとで、仮名の物語や日記に、貴族に必要とされる教養・風雅を、わかりやすく言語化したのである。貴族である彼らは、男女ともに、周囲から賛美されるような優雅な言動、思慮深く思いやりのある態度、風雅を愛する精神、洗練された言葉、巧みな歌の才能、仏教を背景とする人間・世界への深い理解と叡知などを備えていることを理想としており、それが貴族としてのアイデンティティを支えていた。このことが物語や和歌の創作と詠作、共有、受容を促したとみられる。摂関期の中宮の女房には、受領階級で学才・歌才のある女性が多く登用され、中宮の教育や文化的サポートにあたる女房もいた。特に幼い姫君・女子の教育は重要であり、そのためにも物語は厖大に作られ、女房・女性たちの教養・知識の涵養のために、物語は生産され続けた。中でも『源氏物語』は、卓越し

た文学作品でありつつ、こうした教育的テクスト・教養書でもあり、一種の歴史書でもあり、男性の権力、富、名誉、家、好色という欲望をリアルに体現している面もあり、後世まで男女ともに広く受容された。そして韻文の世界では、貴族生活に必須のものである和歌が、男女問わず公私両面で詠まれ続け、和歌は勅撰集・私家集ほか、色々なメディアに編纂され、写され、宮廷とその周辺で共有された。特に『古今集』をはじめとする勅撰集は、文化・教養の要たる教育的テクストであり、さらに勅撰集への入集が、その人物の社会的・文化的なアイデンティティを保証するという公的な文学であり続けた。

考えられる点をおおまかに列挙したが、このうちのいくつかが失われると、女房文学は力を失って衰亡し、漂流していくことになると考えられる(後述)。

2　女房歌人の活躍と退潮――有名無名の女房たち

この序章では、以下において、宮廷社会というコミュニティの中の女房を、歴史的流れの中で捉え、女房文学はどのような流れを作ったのか、宮廷女房が制度的にどのような機能・役割を担う存在であったのか、その特質は何か、女房文学のあり方とどのように連関するか等々について考えていく。

まず本節では、歴史的流れをふまえながら、女房歌人の営為の一端について述べる。ただし、女房が和歌を詠み、日記を書き、物語を作ることは、互いに切り離せない行為であり、和歌・日記・物語の作者は重なることが多く、結局は広く女房文学の帰趨に関わっている。ここでは通史的ということではなく、いくつかの注意される点について述べておきたい。

女房歌人の足跡の断片を見る

厳密に言えば女房歌人とは言えないが、その濫觴《らんしょう》的存在は『万葉集』の額田王であろう。天皇に仕える女性歌人が、天皇・廷臣らの集団を前に、共有性を前提に、言祝ぎ、祈り、風雅、行幸、宮廷行事、儀礼、崩御などをいわば公的立場で歌い、また個人としても、待つ女の愛・憂愁、懐旧など、内的思念を詠じた。この後の女房の歌・日記が持つ種々の要素がここにある。

この後、女房歌人の活動は表舞台では一時期薄れるが、平安期の『古今集』成立以後は、女房歌人の存在は宮廷和歌の世界で不可欠のものとなっていく。前述のように、これ以降存続する勅撰和歌集の制度や、平安前期以降の歌合・和歌会という宮廷和歌行事には、女房歌人の参加が必要とされ、特に歌合は、そもそもその源流は女房主体の和歌行事であった。

このように『古今集』以降、平安期を通じて、濃淡・変化はありつつも、内裏・後宮・斎院などの各所で女房歌人が活躍し、さらに院政期・鎌倉期にはそれに院・女院の女房が加わる。(16) 女房が属するそれぞれの後宮や御所が、文化サロンないし和歌コミュニティとして機能している場合も多いが、女房が仕える御所がそうした機能を持たない場合でも、女房歌人が内裏・院などの歌合・和歌会に招かれて出詠することがある。また、こうした公的な和歌行事だけではなく、宮廷生活・私的生活では、常に和歌が詠まれ、交わされるというのが貴族・女房の日常であるが、男性貴族らと同じように、多くの女房には、そのうちの自分の和歌一首なりとも勅撰和歌集に入集し、我が名を歴史上に残すことを渇望する意識が色濃く見られる(『無名草子』『今物語』『阿仏の文』など)。

けれども、たとえば本書でしばしば言及する『無名草子』の作者も、本書では触れ得ないが多数残っている中世王

朝物語の作者も、宮廷女房であろうとは思われるものの、誰であるのか全くわからない。勅撰集や歌合等にその名と歌が残っている女房歌人の誰かなのか、記録等のどこかに見える女房なのか、あるいは無名の女房なのか、知る術はないのである。

だが有名無名を問わず、女房の関わる領域は実に広い。女房歌人の事蹟は、宮廷和歌の頂点である勅撰集等だけではなく、あちこちに断片的に散らばっている。ここでは例として、文学史上著名な女房ではないが、長く広く活躍した、鎌倉期のある一女房歌人、土御門院小宰相の足跡を見てみよう。(17) 小宰相は『新古今集』撰者藤原家隆の女(孫女とも)で、土御門院、その母承明門院、土御門院の子である後嵯峨院に次々に仕え、さらには後嵯峨院皇子宗尊親王の関東下向に従って将軍宗尊親王の女房となり、さらに宗尊親王の廃位帰洛に供奉して都へ戻った。土御門院およびその母后、子、孫、という土御門院の皇統に仕えた女房生活は四〇年以上に及んでおり、勅撰集入集は計三九首、『宝治百首』ほか公的和歌行事への出詠も数多くある。『なよ竹物語絵巻』(鎌倉期成立)と『古今著聞集』巻八には、後嵯峨院の御前で、故事により後嵯峨院への女の返事(手紙)の謎を解いて見せる小宰相の姿が描かれている。鎌倉中期の宮廷でよく知られている女房歌人、才女、ベテラン女房だったのだろう。また鎌倉在住時、宗尊親王家で作られた色紙形源氏絵をめぐる『源氏絵陳状』では、登場する将軍家女房たちの中でもとりわけ小宰相が『源氏物語』に詳しく、権威をもっていたさまが描かれている。また『建礼門院右京大夫集』の最古本の九州大学附属図書館細川文庫蔵本は、「本云、……以承明門院小宰相本、正元元年二月二日書写畢」という本奥書を持つ。さらに小宰相は『小野小町集』の書写を行ったことが奥書から知られ、(18)『九条右丞相集』(『師輔集』)の書写も行っており(書陵部本奥書)、これらは小宰相の私家集書写のごく一部であろう。また、西行が家隆に贈与した『御裳濯河歌合』『宮河歌合』二巻は小宰相が伝領したという(『古今著聞集』巻五)。『後鳥羽院御集』桂宮本の奥書にも見え、これも家隆から小宰相に伝えられ

た本とみられる。また、小宰相は自他の詠歌に意見を述べていることが『源承和歌口伝』(古歌を取りすぐせる歌)や『井蛙抄』第六に見える。このように残る事蹟からは、小宰相が和歌を詠作し、[19]公的な歌合や応制百首に詠進し、また他の女房が書いた日記や歌集、物語を読み、書き、書写し、由緒ある本を伝領・所持し、さらには『源氏物語』を読みこなして集団で論じ合い、和歌の故事にも通じていたことが知られる。

また、安嘉門院に長年仕える女房であった阿仏尼にも、同様の多くの文化活動・事跡があることは、拙著『阿仏尼』(吉川弘文館、二〇〇九年)で別に論じている。彼女達は比較的事跡が残っている女房だが、残るのはごく一部に過ぎない。有名無名の女房の文芸的な営為は、実に多くの領域にわたっていた。

平野由紀子[20]は、『後撰集』や私家集などから種々の例を読み解きながら、当時の宮廷社会は、書く女性たち、読む女性たちが層をなして存在しており、それは十世紀の中国にも朝鮮にもイタリアにもなく、日本の特色であることを述べた。平安期・鎌倉期の宮廷社会で、有名無名の女房たちが「層をなす」とは、まさしく至言であると思われる。

文化の運搬・伝領

以上のように女房たちは、和歌・物語・日記・絵画などの、文学・文化の生産・受容・再生産、文化の地域的・歴史的・時間的運搬に携わっていたが、そのうちの一つとして、小宰相のように、典籍等の伝領にも関わる場合があった。こうした側面は、これまであまりまとめて論じられていないと思われるので、ごくわずかであるが少し点描しておきたい。

貴族社会では、日記や典籍などそれぞれの家に伝わる文献は、家外に流出しないように男性が継承するのが通常である。一方、御子左家など歌道家の中で、将来への期待をこめて娘や孫娘に歌書や古典籍などを書写して与えるとい

うことはみられる。そうした授与ではなく、いわば超越的な形で、天皇家周辺の典籍が女房に伝わるという伝領がみられる。主君の側近くに仕える女房が、貴重な典籍、歌集、絵巻、物語、日記などを主君から賜ることは、おそらく多くあったに違いない。たとえば、紫式部の娘大弐三位賢子は、後冷泉天皇乳母であり、その崩御の後、『後冷泉天皇御記』十九巻を秘蔵し、賢子の孫にあたる故前美濃守知房が所持していたのを、摂政藤原忠実から白河院に献上したという(『中右記』天永三年五月二十五日条、『殿暦』天永三年五月十九日・二十二日条[21])。現在は断簡しか伝わらない『後冷泉天皇御記』十九巻・十年分の日記が、乳母の家に伝領されていたのである。類似の例として、『袋草紙』(上・故撰集子細)にある「古今証本、陽明門院御本貫之自筆、是延喜御本相伝也。後顕綱朝臣申賜。其後転々シテ、於故公信朝臣許焼失云云」は、陽明門院禎子蔵の『古今集』貫之自筆本が、おそらく禎子乳母の弁乳母を介して、その子顕綱へ、更に顕綱女を祖母とする公信に伝わったと考えられている。この『古今集』は円融天皇、一条天皇へと伝えられ、彰子から禎子に贈られたものである(『栄花物語』)。このような主君から女房への下賜を語るものは断片的であり、平安・鎌倉期の実態はなかなか知られにくい面もある。

　けれども定家の日記『明月記』には女房の動きが細やかに記され、女房研究に貴重な資料であり、そこには時折こうした典籍の書写や移動等のことも書かれている。たとえば、第一部第四章で触れるが、定家の娘民部卿典侍は、幼い頃式子内親王から月次和歌の絵巻を拝領し、それを三十年余り保管し、天福元年(一二三三)に物語絵巻を制作する際に、主君の藻璧門院に献上した。またこの時に後堀河院、后藻璧門院、九条家、西園寺家らによって新たに作られた豪奢な「天福元年物語絵」は、藻璧門院と後堀河院の崩御後、その皇女暐子内親王へ贈られたが暐子は早逝し、その後は四条院を経て、四条院尚侍佺子(全子)に伝えられた。が、尚侍佺子が建長五年(一二五三)に没した後はどこにあるか不明となったという(『古今著聞集』巻十一)。あるいはこれも女房たちに下賜されたのかもしれない。また定家

は、姉妹等が出仕している女院や姫君のために、『源氏物語』の一部や草子等を書写して進上したことを、『明月記』に記している。これらの物語・草子も、いずれ女房に下賜されればその家に伝えられていくということもあり得る。また『明月記』ではないが、『井蛙抄』第六に、定家が藻壁門院少将(信実女)に、歌道に堪能たるゆえに、老眼を顧みずに『古今集』を書写して与えたという記事があり、『古今集』梅澤本奥書から、それは嘉禎三年(一二三七)、定家七十六歳の時であったことが知られる。

『明月記』に、次のような記事もある。『明月記』天福元年三月三日条によれば、定家の昔からの知人である宜秋門院按察という女房が、三十数年前に殷富門院大弐が他界した折に定家らが殷富門院御所で当座で詠んだ歌(現在は残っておらず不明)を、自分は所持しているが脱落があるので、その部分を書き継いでほしいと依頼してきて、定家はすぐに書いて送った、という。宜秋門院按察も殷富門院大弐も、その出自・閲歴、和歌活動など、現在では何一つ知り得ない。この無名の女房が、知己の定家に対して、はるか昔の当座歌会詠を乞うてきたのである。何のためかはわからないが、そこに、無名の女房たちの読む、書く、編む、伝えるといった行為があったことだけは想像できる。

女性による漢字使用について

これは和歌・歌人に限らず、女房文学全体に関わる問題であるが、女性の漢字使用についてここで少し触れておきたい[22]。平安期には、漢字に対して平仮名が「女手」と称されるようになり、女性には漢字・漢詩文に対してジェンダー意識に基づく謙退的な姿勢があったことは確かである。しかし、中古・中世を通じて、大部分の女房が漢字・漢詩文を苦手としたとは考え難いと思われる。点描に過ぎないが、いくつかの例から考えてみたい。

仮名が普及する前、特に嵯峨天皇の頃、『文華秀麗集』に姫大伴氏、『経国集』に有智子内親王、惟氏ら女性の漢詩

が残る。特に有智子内親王は女性漢詩人として知られている。男性に比べて女性漢詩人は圧倒的に少ないが、そもそも仮名成立以前には、女性も必要な時には漢字を用いて和歌・文書等を書記したと推測される。

仮名が普及した後に、平安中期で漢詩文の知識が深かった女性は、たとえば、漢詩を作ることに秀でたという高階貴子(高内侍)、その娘の中宮定子(道隆女)、定子に仕えた清少納言、そして中宮彰子に仕えた紫式部などが知られているが、彼女たちはいわば例外と見なされているようだ。『大鏡』(道隆)は、道隆妻高内侍(高階成忠女)が本格的な漢詩人で、少々の男よりもまさっていたことを述べながら、「「女のあまりに才かしこきは、もの悪しき」と、人の申すなるに、この内侍、のちにはいといみじう堕落せられにしも、その故《け》とこそはおぼえはべりしか」と、否定的に評している。同様に、敦道親王室(道隆女)の漢才のことも否定的に述べる。これは、女性の漢字使用についてジェンダー規範が強くあったことだけではなく、中関白家、つまり道隆・高内侍の子女たちが、道長との政争に敗れて没落し排除されたという歴史的背景が影響しているのではないか。もしも彼女達が政治的勝者であったなら、漢字のジェンダー規範や漢文学史も変わっていたかもしれない。

いずれにしても当時の実態としては、宮廷女房たちが詠んだ和歌や、書き著した物語文学・日記文学の中に、漢詩文を典拠とする表現が、平安・鎌倉期通じて数多く見出されるのであり、それは漢詩文が読めなければ参看も引用も不可能である。また女房たちが宮廷生活で漢詩句の朗詠を耳にする場面は多い。文字使用としては、女房の仮名消息には基本的な漢字が混じるのが普通である。またたとえば、『枕草子』一二五段では、清水寺に参籠する清少納言に、定子が草仮名(万葉仮名の草体)で和歌を送ってきたことが見えるし、清少納言はしばしば真名を書いている。

何よりも重要なことは、女性たちは日常しばしば経を読み、写経をし、その内容を理解して法文歌を詠んでいることである。仮名書き経典(漢字仮名交じりの経典)も存在したが、遺品や記録は十二世紀からであると指摘されており、[23]

平安期に女性が読んだ経典がすべて仮名書きであったとは考えにくい。また例えば、平安中期の『発心和歌集』の作者は女性とみられるが（選子内親王説と赤染衛門説とがある）、真名の序を持ち、詞書の法華経・華厳経等の経文はすべて漢字で書かれているから、書写層・受容層は漢字が読み書きできることが前提である。中世では女性による漢字の諷誦文なども現存している。

さらには、母、乳母、女房などが男子を教育する場合に、漢字を教えることは必須であり、少なくとも教育する立場の女性は、漢字や漢学に通暁していたと考えるべきであろう。女子であっても、女房が姫君に漢籍を教えることは、『紫式部日記』の彰子進講だけではなく、多くあったに違いない。たとえば『栄花物語』（巻十六・もとのしづく）に、大納言斉信が娘（長家と結婚）の養育に熱心で、「ただこの御かしづきよりほかのことなく思したれば、後漢書の御屏風や、文選、文集などの屏風を仕立て、御帳、御几帳よりはじめて、よろづの御具ども輝くばかりし集めたまひければ」とあり、特に漢籍の調度で姫君を荘厳していたことが見え、当然漢籍に通じている女房もいたであろう。また『栄花物語』（巻十九・御裳ぎ）に、一品宮禎子内親王の裳着に、彰子からの贈り物として、「貫之が手づから書きたる古今二十巻、御子左の書きたまへる後撰二十巻」に加えて、「道風が書きたる万葉集」があったと記されている。

作り物語では、『源氏物語』梅枝巻で、明石姫君の入内準備のために、源氏は草子を書き、「草のも、ただのも、女手も、いみじう書きつくしたまふ」とあり、兵部卿宮が献上した品の中には「嵯峨帝の、古万葉集を選び書かせたまへる四巻」が含まれており、調度品とは言え、特に教養のある宮廷女性は、平仮名のみならず草仮名・万葉仮名も読めた可能性を示唆する。しかし一方では、『源氏物語』帚木巻の博士の娘の言葉遣いや手紙に漢語・漢字が多いこと、また『堤中納言物語』の「虫めづる姫君」が片仮名で返歌をし、声高に漢詩句を朗詠し、扇に真名の手習をすることが、女らしい優雅さから逸脱する姫君として、揶揄的に書かれる。

このように漢詩文や真名は身近なものでありながら、当時の宮廷社会で、女性が真名に通じていることを表にあらわに出すべきではないという、厳しいジェンダー規範があったとみられる。『紫式部日記』に見える侍女の「なでふ女か真名書は読む。むかしは経読むをだに人は制しき」という言葉、また「一といふ文字をだに書きわたし侍らず、……御屛風の上に書きたることをだに読まぬ顔をし侍しを、」という自己規制的な言辞は、その反映にほかならない。紫式部とその周辺における漢詩文素養については、山本淳子が詳しく論じている。(24)

歌合において、第一部第五章でも触れるが、歌合当日に洲浜や絵などに美麗に書かれて披露される左右の歌は、能書の男性だけではなく、女性が行うことも見える。そのうち、永承四年(一〇四九)十一月九日『内裏歌合』では、左歌は左兵衛佐師基、右歌は中納言乳母(因幡乳母)が書き、天喜四年(一〇五六)四月『皇后宮春秋歌合』では、左歌は源兼行が真名で書き、右歌は藤原佐理女(経任母)が書いた(『栄花物語』『袋草紙』他)。そして、寛治八年(一〇九四)八月十九日『高陽院七番歌合』(『前関白師実歌合』)は、左方が女房、右方が男性貴族のいわゆる男女房歌合であるが、左の歌は、源顕房女・忠実室の師子が、色紙に「女絵」の下絵で「歌情」を描いたもの五巻(春夏秋冬祝)に和歌を書き、右の歌は、関白藤原師実が、色紙に「男絵」の下絵で「歌情」を描いたもの五巻に和歌を書いた(『中右記』同日条)。これらは、意識的に弁別して示されるジェンダーの可視化である。このことから女房は漢字が書けなかったとは全く言えないのである。

教養ある宮廷女房は、少なくともその一部は、漢字を読むこと、書くことは自在にできたのではないだろうか。鎌倉時代の『阿仏の文』で、阿仏尼は娘に、まず仮名について「かまへてかまへて美しく書かせ給ひ候へ。……」と語った後に、真名(漢字)についても、次のように説いている。

真名は女の好むまじきことにて候なれども、文字やう、歌の題につけて、さるさまを知らぬほどならむは、をこ

がましく候。ご覧じ知りて、筆のすさびに書かせおはしまし候べく候。墨付き筆の流、夜の鶴に細かに申すげに候。ご覧候へ。

「真名は女の好むまじきことにて候なれ」という言い方は興味深く、女が漢字に親しむことを否定的に捉えるジェンダーイデオロギーが、女性を規制していたことが知られる。これはまさしく『紫式部日記』に見える言述と重なる。けれども現実には漢字は宮廷生活で必要であり、漢字を知らなければ歌合の歌題もわからない、漢字を読めるようにし、書けるようにせよ、と語っているのであり、女房生活の実態に即した教訓なのである。

ここに『夜の鶴』を見よとあるのは、平安末期の世尊寺伊行『夜鶴庭訓抄』を指している。『夜鶴庭訓抄』は、息女（おそらく建礼門院右京大夫。第四部第一章参照）に宛てて書かれたものと識語にあり、内容からも、宮廷女房である娘に向けた入木道の心得書である。その冒頭には、「額、御願扉、異国返牒、御表、色紙形、願文ナド、人申スマジ。某ガ子トテ、院、内ヨリ書ケト仰セラルマジ。サレド仮名ハ書カセ給フベキナリ」とある。ここで世尊寺伊行の子（娘）であっても染筆は依頼されないだろう、として列挙されるのは、男性の能書家の職掌であるためであり、娘が真名が書けないからではない。

歴史学における成果では、[25]志村緑が、平安時代の宮廷女性の読経・写経、偏つぎなどの遊び、また宮廷貴族より下の階層の女性たちの土地売券等の署名等、さらに『朝野群載』の女官申文など、多くの実例により、平安時代の女性が真名を習得していた実態を明らかにしている。また『鎌倉遺文』の古文書の仮名文・漢文を調査した菅原正子①は、「まず貴族・僧尼・武士等の身分による相違を考えるべきであり、ジェンダーは少ないのではないだろうか。書状等で女性が平仮名を書くのは、女性が平仮名しか書けないということではなく、優美さの表現ということも考えられる」とし、また②では、『言継卿記』により、戦国期の宮中の女官・女房や、上流階級正室らが山科言継から借りた

り書写してもらったりして読んだ書籍の傾向が、階層によって異なることを指摘している。また一方で、脇田晴子は『御湯殿上日記』を検討する中で、彼女たちは「女官はかくあるべしの要請によって、鍛えあげられた集団」であり、そこで使われる女房詞は、古代からの宮廷史の中で、後宮で培われてきた女官の職業語であり、「宮廷女房の誇りを示す言葉である」と述べている。宮廷女房が女房詞を使い、仮名で優雅に書くのは、ジェンダー規範だけではなく、おそらく職掌に基づく一種の特権意識のあらわれとも言えよう。

近世には、26ページに記すように、漢字が多くまじる記録的文体で日記を書く女性が、堂上・地下問わず広く存在し、女性の漢詩人も多くいたことが知られている。こうした拡大・普及にはもちろん近世における識字の変化が影響している。しかし遡って中古・中世においても、宮廷女房の多くが漢字が読めず書けなかったとは考え難いのであり、その女性の身分・階層や、時と場に応じて、きめこまやかに考えねばならないと思われる。

退潮と漂流

さて、南北朝期、室町期と時代が下っていくにつれて、朝廷・公家勢力が弱体化し、それとともに女性歌人・女房歌人は減少していく。京極派の伏見院の時代と光厳院の時代には女性歌人の活躍が見られるが、それも一時であり、観応の擾乱で終焉を迎えた。それでも南朝の撰集である『新葉集』は二割が女性歌人の詠であり、北朝の勅撰集よりも女性の比率が高いが、南北朝合一ののち、室町期になると、女性歌人の数は急激に減少し、主要な歌人は見られないという状態に至る。逆に僧侶歌人と武家歌人は増えており、朝廷・公家勢力自体が衰退していることが、全体としては明らかである。

中世の宮廷女性たちの文化活動は、一貫して王権と表裏一体の関係にある。後鳥羽院のように宮廷歌壇へ女房歌人

を数多く登用して、公の場で活躍させたり、伏見院のように、自身を中心とする詠歌集団の中に後宮の后妃や皇女・女房たちを包含して歌人を育成するというような、王権の側からの働きかけがあれば、女性たちの活動は活性化し、勅撰集などに大きく残ることになる。が、そうでなければ、その足跡は薄らいでいく。ましてその勅撰集の撰進が絶えてしまうと、女性歌人、女房歌人の和歌は決定的に残らなくなる。

室町期には王権自体が衰えていき、皇室・貴族は経済的基盤を失って窮乏する。さらに宮廷公家社会の婚姻制度が家父長制に定着して、多くの女性が財産を持てなくなり、女性の地位が低下する。そして後醍醐天皇を最後に、これ以後は皇后(中宮)が冊立されず、すると中宮などの御所・局に出入りする一門の人々や貴族たちもいなくなって、後宮サロンは消滅した。典侍・内侍ら女房が妻妾となって皇子女をもうけるが、それは天皇の夫婦関係が主従関係となったことを意味する。宮廷女房歌人は活躍の場を失い、女房歌人は大幅に退潮した。

それでもなお、中世において宮廷女房による和歌・物語の命脈は絶えたわけではなく、わずかに残った中から辿ることができる。[26] しかしそれも、禁裏和歌に女性が必要とされたのは後土御門天皇の時代までであり、ここを境に女性歌人の詠作が残らなくなり、それはこの時代が勅撰集撰集の希望をまだ残照として残していたのと表裏一体であること、後柏原天皇以降は、和歌再興の時代であっても、禁裏における和歌に女性が必要とされなくなったことを、小山順子が述べている。やがて後宮は男子禁制となったとも言われており[27]、それは江戸時代まで続く。これらの事は女房文学をさらに退潮させたと考えられる。女性が和歌を詠まなくなったのでは決してないが、宮廷社会の表側では、和歌でも連歌でも、男性の文学と女性の文学は分断されてしまったのである。数は少ないながら続いていた宮中の御会への女性の出詠も絶えることになる。その最後は、永正七年(一五一〇)十月であり、江戸時代でもその状況は続き、禁裏の和歌御会に女性の詠進が復活するのは享保十七年(一七三二)正月であり、二百二十年余にわたり、禁裏・仙洞

いずれにおいても女性歌人の出詠はみられないことを、坂内泰子[28]が指摘している。『古今集』以来の宮廷和歌史で、宮廷歌壇の女性歌人にとって最大の空白期である。これは、前述の女房文学の隆盛を支える要因のうち、少なくとも第一・第二が失われたゆえではないだろうか。

3　女房日記の変容――宮廷・歴史の揺動とともに

女房日記文学の流れと特質

女房の役割の一つとして、主君や主家を賛美し、その栄華と繁栄を記録することがある。[29]女房日記文学の多くは女房が中心とはならず、主君に寄り添い、王権・君徳を讃頌する女房の立場から、主君とその宮廷を描くのが基本である。日記文学研究について、土方洋一[30]は、従来の研究では書き手(作者)の「一人称の自己表出テクスト」という見方に偏りがちであることを指摘し、後宮の記録や女房の心得など、「記録としての日記は、あくまでもこうした実際的な目的をもって執筆されるのが原則であり、不特定多数の読者を前提にした自己表現というような近代的な文学観を安易に持ち込むべきではない」と述べていて、首肯される。本書においてもそうした考えに立ち、第二部第一章で『紫式部日記』、第二・三章で『源氏物語』、第五部第一章―第三章・第六部第一章で『無名草子』の、現実的な執筆目的を読み解き、女房コミュニティの中で、その必要性に応じて生成されたものであろうことを述べている。

平安中期を中心とする「宮の女房」(皇后・中宮の女房)の日記に対して、中世では、内裏で内侍などの公的職務を持つ「内の女房」の日記が主流となる。[31]これは歴史的な流れと連動していることが明らかで、院政期以降、女房クラスの女性が皇子女を生み、後見者がありかつ寵愛がごく深いなどの状況があれば、生んだ皇子が天皇になり得る時代と

なり、摂関家などの貴族ではなく天皇・院によって後宮が統括・支配されるようになったことが、最大の理由である。後宮はもはや摂関家が支配するものではなくなった。後宮女房にかわって宮廷文化を日記に記し残したのは内侍たちであり、そもそもこれは内侍の本来の職掌でもある。

第二部第一章で述べるように、『紫式部日記』は消息部分を除けば、基本的には中宮御産記である。そして、院政期の『讃岐典侍日記』は帝の崩御と哀傷の記、『たまきはる』は一部実用的な記録を含みつつ、時代の転変を映し出す三女院の御所のありさまを伝える記である。鎌倉期には後深草天皇内侍による『弁内侍日記』と後深草院女房による『とはずがたり』、伏見天皇内侍による『中務内侍日記』、南北朝期には光厳天皇典侍による『竹むきが記』がある。鎌倉中期以降では、王権を支える内侍達が、傀儡の幼帝をいただく内裏で、王朝の残映のなかにあって、その歴史・文化を継承・確認しつつ、それぞれの形で御代を記録する。一方で、『建礼門院右京大夫集』『とはずがたり』は、御代の記録としての部分も有しているが、かなり大きく逸脱する面をもち、また『うたたね』は女房日記ではなく自分を中心に据えた恋物語であることは、第四部第二章で論じている。

女房日記の作者は、内侍以外の女房である場合もあるが、意識としては近いものがある。たとえば石坂妙子[32]は、平安期の「宮の女房」について、「『源氏物語』『枕草子』『紫式部日記』『更級日記』には、広い意味でことばの伝達者という役割を負う内侍の姿が、表現の中核を担う存在として描き込まれている」と述べている。なお、『枕草子』『紫式部日記』に先立って書かれた『蜻蛉日記』は、女房ではない女性によって書かれたという点で異質であるが、作者は藤原兼家の妻・代弁者であり、かつ歌人として社会的に評価されており、宮廷貴族社会と深くつながっていたことが、作品形成に決定的に作用していたと見られる。また中世の内侍の日記について、阿部泰郎[33]が、内侍は帝と神器を守護することを本質とし、皇位と不可分であり、『とはずがたり』作者二条は内侍ではないが、その基調・前提に内

侍という存在があり、王の生と死を深く描きつつ、王権の正統性を書き伝えるものであると指摘している。

ところで、女房が主君の死を描くという流れが中世にみられる。『讃岐典侍日記』と『とはずがたり』は、主君の天皇・上皇が崩御したことを痛切な悲傷と共に描く。『建礼門院右京大夫集』は上皇の死や時代の転変、そして仕えた中宮（女院）の無惨な落魄までも描く。『たまきはる』は三女院それぞれの病や死を描いているものの、その場面の大部分は作者自身が他見を憚って削除したために、正編にはなく、続編（遺文）として残る。新出の女房日記『土御門院女房』(34)は、作者不明であるが、土御門院女房としての立場で、土御門院の配流と死への悲傷を切々と詠じ、最後に土御門院の治世・譲位・崩御までを言祝ぎかつ悼む長歌で締めくくる。また私家集であるが、第三部第二章で論じた民部卿典侍因子の『民部卿典侍集』は、仕えた藻璧門院竴子の突然の死への哀悼と悲嘆が横溢する作品である。

平安期の女房日記の多くは言祝ぎに満ちていて、主君の病や凋落、死などは記さず、『枕草子』のように中関白家が没落した後もそれは一切書かない。そうした性格を踏襲する『弁内侍日記』『中務内侍日記』がある一方で、院政期以降はこのように、主君の病苦や死、主君の時代の終焉、それへの哀悼を、直截に、時には赤裸々に書き残す日記が次々に書かれていることは、見逃せない現象である。それをどの程度に書くかはそれぞれの女房の執筆目的や自己規制によって異なるが、これまでにない中世的な変化があることは確かであろう。そして中世の女房日記文学は、南北朝期の『竹むきが記』が、現存では最後となる。

室町後期から江戸時代の女房・女性による日記（記録）

以上は回想的に描かれる女房日記文学であるが、これに対して、基本的に日次でその時に記される実務的日記（記録）があり、女房や宮廷女性による日記（記録）は近世まで続いている。中には、日次の実務的な日記（記録）に留まら

ず、女房日記文学と言えるような性格のものも含まれている。また女房日記文学にも記録的な部分が含まれることが多く、日記文学と日次的な日記(記録)とは密接に関わっており、全く別物ではない。そもそも日記文学も、土台として過去の何らかの記録・覚書がなければ書けないであろう。まず先に、中世後期から近世の日記(記録)について現存資料を確認した後に、平安・鎌倉期の日記(記録)へと戻って考えたい。

中世から近世において書かれた宮廷の実務的な日記(記録)で、最も長大なものは、天皇に近侍する典侍・内侍ら歴代女官による仮名の『御湯殿上日記』であり、一種の当番日記であるが、一部に天皇の自筆書入れも含み、文明九年(一四七七)から三五〇年もの日記が残っている。また『院中御湯殿上日記』もある。このほか、中世後期から近世にかけて、女性による日次の日記(記録)がかなり残っており、齋木一馬[35]が紹介している。宮廷とその周辺の女性による日記では、中世最末期に成った『大外記中原師生母記』(命名は齋木一馬による)と『慶長六年三月日記抜書[36]』がある。

江戸時代は、女房による日記(記録)だけではなく、皇女による日記(記録)も多く伝存していることは注目される[37]。後水尾天皇皇女・近衛基熙室の品宮常子内親王による『无上法院殿《むじょうほういんどの》御日記[38]』、後西天皇皇女・九条輔実室の賢宮益子内親王の『心華光院殿御日記』、桜町天皇皇女で女性天皇となった後桜町天皇宸筆『後桜町天皇宸記』(『後桜町院御日記』)、近衛経熙室の『円台院殿御日記』、後桃園天皇皇女・光格天皇中宮・皇后の欣子《よしこ》内親王の女房たちによる『新清和院御側日記』(『女一宮女房日記』『中宮御所女房日記』『大宮御所女房日記』『新清和院女房日記』等。宮内庁書陵部に三百冊以上伝存[39])があり、これらはいずれも数十年にわたる自筆の日記(記録)である。さらに、仁孝天皇女御で准三宮・皇太后となった鷹司祺子による『新朔平門院御日記』、幕末から明治の天皇三代に仕えた正三位大典侍績子《いさこ》による『中山績子日記[40]』、孝明天皇の大御乳人押小路甫子《なみこ》による『押小路甫子日記[41]』、和宮親子内親王による『静寛院宮御日記』、その侍女庭田嗣子の『静寛院宮御側日記』等がある。このほかにも、江戸時代の皇女・女房が何かの時に記録として

記したとみられる仮名の文書は少なからず残存している。[42]

これらの日記(記録)の執筆目的や文体はさまざまであるが、例えば『押小路甫子日記』を見ると、表紙には「心おほへ」「心覚」などと書かれ、内容は日毎に箇条書きで物事を記す安政六年(一八五九)から明治二年(一八六九)の十一年間の記録である。欠失部分は同僚から日記を借り書写して補充し、各冊冒頭に重要事項を列記して後の参照に備えているなど、職掌上の実務的な覚書・備忘録であることが明らかである。この類の女房の備忘録は、どの時代、どの御所においても、必要上書かれていたと推測される。

以上のように、女帝や皇女の日記(記録)もかなりある中で、興味深いのは、皇女和宮(親子内親王)の『静寛院宮御日記』である。[43]自筆本を見ると、文体・表記は、仮名も交じるもののかなり漢文に近い文体で端然と書かれ、しかも親子内親王は自身を「予」と呼称している。また後桜町天皇が漢学を好んだことも知られている。この時代の天皇家や貴族の女性の一部は、仮名だけではなく漢文に親炙していたさまが知られる。[44]

また江戸時代の将軍家周辺、武家、町家などの女性による日記も多くある。翻刻があり知られているものとしては、まず柳沢吉保の側室正親町町子による『松蔭日記』[45]がある。また、頼山陽の母静子による『頼梅颸《らいばいし》日記』、商家の妻沼野峯による『日知録』、旗本井関親興の妻隆子による『井関隆子日記』、曲亭馬琴の息子の妻みちによる『路女日記』、幕末・明治では川合小梅の『小梅日記』、代官の妻による『大場美佐の日記』、跡見学園創立者跡見花蹊による『跡見花蹊日記』等、多数に及ぶ。このうち、『松蔭日記』『井関隆子日記』[46]は古典的な和文体であるが、ほかは仮名に漢字が多く入る記録的な文体が多い。

日次の日記(記録)ではないが、女性による旅日記[47]・紀行的日記などは、数多く伝存し、歌人・俳人によるものも多い。代表的なものでは井上通女の『東海紀行』『江戸日記』[48]『帰家日記』、武女の『庚子《こうし》道の記』、荒木田麗女の『初午

の日記』『後午の日記』、野村望東尼の『上京日記』等の一連の日記があり、このほかにも多い。こうした紀行文的日記は基本的に和文体である。

平安期・鎌倉期への遡及

このように、近世資料では、女性天皇や女院、内親王、上層貴族の妻、女房、さらに武家・町家の女性による日次の日記(記録)が多数残っている。そのうちのいくつかは、平安朝日記の擬似的な面もありつつ女房日記文学としての表現性と執筆態度を有している。

近世の女性による日次の日記(記録)が多数現存するのは、近世資料の残存性が一般に高いことに起因するとみられる。江戸時代になって日記(記録)の拡がりや識字層の拡大などの変化もあったが、宮廷における女性・女房の日次の日記(記録)が、室町後期や江戸期になってから、突然に書き始められたとは考え難い。平安期・鎌倉期においても多くの女房はこうした日記(記録)を書き記していたはずである。憶測すれば、おそらくそれらの日記(記録)が歴史物語『栄花物語』や、中世日記文学では『たまきはる』『弁内侍日記』『とはずがたり』等の記録的部分に、直接間接に吸収されているのではないか。

平安期にもそうした日記(記録)が存在したことは確かで、存在・散佚を示唆する資料もわずかながらある。まず平安前期の醍醐天皇中宮穏子による『太后御記』逸文[49]が、断章ながら『河海抄』や『御産部類記』に引用されて残っている。また、『本朝書籍目録』や岡山大学附属図書館池田家文庫蔵「歌書目録[50]」に見える「大和宣旨日記　一巻」は、平安中期の女房歌人大和宣旨の日記かとされているが、散佚している。また中宮妍子に献上された、「村上の御時の日記を、大きなる冊子四つに絵にかかせたまひて……」『栄花物語』(巻十一・つぼみ花)も散佚した仮名日記であろう。

最も大きなものとしては、『栄花物語』に吸収されていると想定される女房日記群がある。『栄花物語』(巻八・初花)には『紫式部日記』冒頭から敦成親王誕生記事がそのままの順序で長大に取り入れられていること等から、『栄花物語』は多数の女房日記・記録を吸収して編集したものと考えられている。これは前の二つとは逆に、本文は残るが、どの部分が誰の女房日記・記録なのかが全くわからない、というものである。内容・視点などから、その部分がどこの女房集団のものか、どのような日記・資料かを推定することも行われている。(51)

さらに平安期においては、歌合を記録する歌合日記が多数存在しており、女房による日記とその歴史を考える上で注目されよう。第一部第五章でも少し言及しているが、『類聚歌合』(十巻本・廿巻本)の歌合に付載される日記やその断片等、多くの歌合日記の存在が知られる。(52)今井卓爾は歌合日記について広く論じているが、平安時代の主なもの七十点を調査し、その三分の二が仮名日記であるという。(53)中には仮名日記と漢文日記の両方が存在するもの、仮名日記が複数存在するものもあり、つまり複数の筆者が同じ歌合を記録していた。また『古今著聞集』など説話集にも歌合の記事は多い。中でも『栄花物語』(巻三十二・歌合)には『高陽院水閣歌合』の詳細な記録があり、同じく『栄花物語』(巻三十六・根合)に永承四年十一月『内裏歌合』と永承六年五月『内裏根合』の記録がある。以上の仮名日記・記録は多くが筆者不明であり、記者は男女両方考えられるが、おそらく女房による記が多く、歌合本文とともに伝存し得ているのである。単なる実務的記録に留まらず、栄華や和歌繁栄を慶祝する表現がみられるものも多くあり、その点は女房日記文学にも繋がる性格を有し、私家集的なものもみられる。こうした歌合日記が女房らの間で広く流通していたことは、『四条宮下野集』に、天喜四年(一〇五六)四月『皇后宮春秋歌合』について「宮の歌合、世にののしりて、日記あることなれば、これは書かず」(六九詞書)と記すことから知られる。歌合日記は、今後さらに研究が必要な分野であると思われる。

また『道綱母集』には、「その子《ね》の日の日記を、宮にさぶらふ人に借りたまへりけるを……」という詞書があり、これは村上天皇第四皇子為平親王の子の日の行事を記した日記を道綱母が女房から借りた記述であり、これも当日の和歌なども含む仮名日記と推定される。女房によるこうした仮名の行事記・歌会記は、数多く書かれたに違いない。

鎌倉期では、『後鳥羽院宸記』[54]建暦二年(一二一二)十月二十一日条に、「召陪膳采女越中、問大嘗会卯日御陪膳儀、称安芸之仮名記天草子一帖持天読之(後略)」とある。また西園寺公衡の『公衡公記』正応二年(一二八九)四月二十四日条に、賀茂祭の中宮使の詳細について「委旨見女房日記歟」とあることが諸氏によって指摘されており、記録的な女房日記の存在が知られる。また『弁内侍日記』寛元五年(宝治元年・一二四七)正月十九日条に「日記の御草子三帖、大内裏の頃、中納言典侍殿にあづけさせ給ひたりしを」とあり、また建長二年(一二五〇)十月十三日条には鳥羽殿への朝覲行幸の際の装束の記録を少将内侍が書いている記述がみえる。ほかにも女房による公事の記録の存在を示唆する記事が、松薗斉により指摘されている。[55]また、公事ではないが、『とはずがたり』巻一、文永十年(一二七三)正月の記述に、「春の初めには、いつしか参りつる神の社も、今年はかなはぬ事なれば、門の外まで参りて祈誓申しつる心ざしより、むば玉の面影は別に記し侍れば、これには漏らしぬ」とあり、現存しないが、作者が別に記し置いた何らかの別記があったことがちらりと見えている。これは『とはずがたり』の注釈では夢の記かとされているが、他の可能性もあるかもしれない。また、『十六夜日記』後半に、「下りし程の日次の日記を、この人々のもとへつかはしたりし」とあり、『十六夜日記』前半の路次の記の原形と思われる、日次の旅日記があったことが知られ、それが為相・為守に送られている。

以上のような断片的な記述や、前述のような江戸期の女房や皇女による日記(記録)の実態・目的を勘案すると、平安・鎌倉期にも、種々の目的による日々の記録や、公事・雅宴等のさまざまな記録や覚書、別記、抄出などが、常に

女房の手元にあったに違いない。たとえば『押小路甫子日記』を例にして述べたように、その主君・御所に関する職掌上の実務的な覚書・備忘録は、女房にとって常に必要なものであり、後の参照に備えて書かれる。そうしたものが平安・鎌倉期になかったとは考え難い。男性貴族による漢文日記と目的が共通する部分もあるが、それぞれの家で長く保存された漢文日記と異なって、多くは短命であり、その御所がなくなれば、散佚を免れなかったのであろう。また日記ではないが、『無名草子』『阿仏の文』のような手引き書の類も、必要とされて多数存在したに相違ない。その中で特に『阿仏の文』は普遍性を持つ内容であり、広く長く読まれた。けれども、今日では代表的古典である『源氏物語』ですら、作り物語であるゆえに、『源氏物語絵巻』を別にすれば、平安期書写の写本や平安期の古筆切一葉さえ残存していない。権威ある勅撰集などとは違って、女性による、女性のための物語や日記、手引き書の類の保存性・残存性は非常に低く、現存するものはわずかである。しかし、存在したことは間違いない。平安・鎌倉期にも存在したはずの女房による日記・記録、手引き書、教育書、教訓等、そしてその痕跡を、できるだけ女房文学研究の射程に入れて考えるべきであろう。

二　女房とは何か

1　女房について——その役割と機能

女房文学について述べてきたが、そもそもこの「女房」とは、どのような役割と機能をもつ存在であったのか、歴

史学の成果を吸収しながらここでまとめておきたい。[56] なぜならその性格が、女房文学のあり方と流れに、深く関係しているからである。

「女房」という呼称は、九世紀末以降に一般化したものであり、「房」(居室・局)を与えられる身分の女の意に由来するという。「女房」に対して「女官」は、内裏・院宮で、官職制度の中で公的な地位を得ている女性をさす呼称である。ただし「女房」に対して、「女官」はそれよりも下級の女性官人だけをさす場合もある。前者の内侍をはじめとする総称としての女官《にょかん》と、後者の下級の女官《にょうかん》とを発音により区別するという説もある(『岷江入楚』ほか)。しかし本書では、「女官」も「女房」の中に含めて、広く「女房」として扱うこととする。なお、「御達《ごたち》」と呼ばれる場合もあるが、本書では用いない。女房は、出仕の際には原則として一人の主君に仕えるが、二人(例えば天皇・中宮)への兼仕・兼任という形も時々みられる。

本書では、平安時代から鎌倉時代の女房歌人・作者について論じているが、最も多く扱っているのは鎌倉時代前期の女房である。その頃の女房の層構造を示しているのが順徳天皇の『禁秘抄』[57]である。それによれば、上臈・小上臈・中臈・下臈の女房にわけられ、上臈は二位三位典侍、大臣の女・孫、小上臈は公卿の女や場合によっては殿上人の女、中臈は内侍・命婦、殿上人・諸大夫の女、下臈は侍や社司などの女、とある。これらは時代や場合によって変化があるが、一応これが目安となる。上臈女房は主君の御前に続く二間(寝殿の北廂の西端)を在所とし(『たまきはる』)、多く禁色を許され、[58]局を与えられ、侍女をもつ。中臈以下の女房は台盤所を詰所とする。上中下臈の身分によって、処遇や職務、取り次ぎの相手の身分、女房名などすべて異なり、それは貴族官人の秩序に対応している。

女房は、成人名(諱)ではなくそれぞれの御所での女房名(候名)で呼ばれるが、大納言・中納言・左衛門督などは上臈、小宰相・小督・中将・少将・侍従などは小上臈や中臈、伊予・播磨などの国名は中臈や下臈の女房名であるとい

うようにおよそ決まっており(『女房の官しなの事』ほか)、これらは父兄や父祖、夫などの官名にちなむ場合が多い。また東の御方・西の御方などは、上臈の女房名に用いられ、時に妃に準ずるような寵人(独占的な愛人)にも用いられる。一般に、女性の「…子」という成人名は十一世紀後半になると激減し、皇女・后妃、および朝廷・院などに出仕して位階を得た女性に限ってつけられる名となり、大多数の女性は童名しか持ち得なかったとされている(59)。しかし女房の「…子」という名は、かなり形式的なものであったようで、関心も持たれなかったのか、記録されることは少ない。勅撰集の作者表記でも、その女房に名があっても書かれるのは一部に留まっている。なお女房の位階は、男性官人の身分構造とは別で、女叙位によって決定する。官位相当ではなく官位准当であり、ある地位についての位階の幅が大きい(60)。

内裏の女房(上の女房、内の女房)には、古代の律令制では、後宮に内侍司をはじめとする十二司があり、そこに属する女官が男官と連携・分担しながら天皇に奉仕していたが、やがて内侍司以外は解体し、男官に職務の多くが移行した。内侍所が蔵人所と並ぶ天皇直轄の機関として再編された。内侍所がある温明殿《うんめいでん》の賢所《かしこどころ》には神鏡がおかれた。内侍所の典侍・内侍たちの職掌は、基本的には、その神鏡の護持と、天皇の日常生活・政治活動全般への奉仕であり、天皇に近侍し、奏請・取り次ぎを行い、儀式・行事を取り仕切り、女孺(下級女官)たちを統率・監督する等のことがある。

内侍のうち、尚 侍《ないしのかみ》は平安中期に后妃化・名誉職化し、平安後期から鎌倉中期まで任官されず、わずかに鎌倉中後期の佺子(九条道家女)、頊子(一条実経女)の例があるだけで(61)、近代まで廃絶する。

内侍の事実上の長官である典 侍《ないしのすけ》は定員四人で、宮廷女房集団のトップの女房である。そして天皇の乳母《めのと》が典侍となることは平安中期から通例となり、その結果、典侍には内侍司女官の系譜をひく実務官僚系の典侍と、天皇の乳母

ゆえの乳母典侍の二類型が生じ、さらにこの乳母典侍は、院政期以降、天皇即位の際の褰帳《けんちょう》典侍となることが固定化したという(62)。また典侍は天皇の寵人(侍妾)となる場合もある。つまり典侍は、内裏の女房の筆頭であると同時に、乳母と寵人という私的存在をも包含しており、最も天皇に密着する存在の女房である。さらに中世後期は、後醍醐天皇の後には皇后(中宮)が冊立されず、後宮サロンは消滅し、典侍ら上級女官が天皇の妻妾となって、皇子女を生んだ。なお室町期には典侍の上に上臈局と呼ばれる女房がいた。

掌侍《ないしのじょう》も四人であるが、実務的役割の中心となるに従い、権官が置かれて計六人となった(『禁秘抄』)。院宮にも掌侍が置かれた。単に内侍と呼称する時はこの掌侍をさすことが多い。中世の内侍については、松薗斉(63)が復元的に考証しており、詳細である。そして院政期以降、第一の掌侍を勾当内侍といい、重要な地位であり、特に室町期の勾当内侍(長橋局とも呼ばれる)は、天皇家のあらゆることにわたって管掌し、人事や財政を握っていること、また織田期には対外的な役割が一層拡大したことなどが明らかにされている(64)。

また皇后などにも、公的な女房組織が設けられ、立后の時に宣旨・御匣殿別当・内侍の女房三役が任命された。広い意味の女房に含まれる重要な存在として、前述した乳母がいる(65)。乳母は若君・姫君の養育・教育に携わり、最も近い奉仕者であり、緊密な親愛関係をもっていた。14ページに記した乳母への極めて貴重な典籍の贈与は、こうした密接な関係によるものであろう。養君に生涯にわたって仕えることも多く、乳母の子は乳母子、乳母の夫は乳父として、一族あげて奉仕する場合が多い。特に天皇の乳母は優遇され、前述のように平安中期以降は典侍になるのが通例となった。平安期に歌人として知られる乳母も多い。乳母の出自は高くないことが多いが、それにもかかわらず天皇の乳母は三位、場合によっては従二位などの高位に昇ることが多くみられる。第二部、第五部などでしばしば論じている女子教育は、乳母や養育係の女房の極めて重要な役割である。

これらの女房が合計どのくらいいたかを、十二世紀半ばの史料をもとに松薗斉[66]が推定しており、内裏では、乳母・典侍以下の上級・中級の女房が三十余名、下級女官をすべて含めると三百名前後という。女院もほぼ同様ではあるものの、時代により異なり、建春門院・建礼門院はそれより多かったことが知られ(『たまきはる』『建礼門院右京大夫集』)、平家を背景にした二女院の権勢を示している。

院政期以降に増加した女院の女房は、内裏や院、摂関家などの女房と異なって、家政機構において中心的役割を果たし、女院制度を支える存在であった。五味文彦[67]は、待賢門院以後の女院は大規模な荘園領主であり、女院分の知行国を与えられ、女院に仕える女房はそれらを知行して経済的基盤とし、政治・社会・文化活動を行ったこと、女房たちは二代・三代にわたって母娘が仕え、女院からは女房に所領の安堵や給与がなされて女房から女房へ伝領され、養子による継承も多く、女房は家業として女院に奉仕する関係を結び、それは古くからの制度や慣習から自由であったゆえに独自であったこと、俊成・定家の御子左家は女院女房で占められ、家の成長は女院・女房と密接であること、やがて後鳥羽院政と鎌倉幕府によって女院制度は衰退していくことを指摘している。また近年では、山田彩起子[68]による、中世前期の女性院宮の女房の序列・官職・位階についての詳論がある。第三部第二章で論じている定家女民部卿典侍、第一部第一章・第四部第二章・第五部第四章で扱っている為家妻阿仏尼、第四部第一章で取り上げている建礼門院右京大夫は、いずれも女院の女房である。また第五部第一—三章・第六部第一章で取り上げている『無名草子』の作者も、誰であるかは不明であるが、第五部第二章で述べるように、おそらく御子左家出身の女性であり、女院の女房であると考えられる。

それぞれの女院は豊かな財力を背景に、女院文化圏とも言えるものを形成した。院政期には、待賢門院、八条院、高松院、殷富門院、上西門院などの女院にそれぞれ仕えていた女房たちによる大小の文化圏があった(巻末系図参照)。

新古今時代は、女房歌人が後鳥羽院歌壇に吸い取られ、後鳥羽院歌壇には女房歌人は多いが、女院には歌壇というほどの成熟は見出し難いものの、七条院や嘉陽門院に女房歌人がいた。鎌倉中期にも、藻璧門院、大宮院、安嘉門院、式乾門院、鷹司院、月華門院などの女院の女房や、あるいは幕府将軍宗尊親王家の女房にも文化活動がみられる。それぞれの女院の女房歌人の公的活躍の場は、院・内裏・摂関家の歌壇・和歌行事が主であり、女院周辺には歌壇というほどの強い求心力はみられないものの、勅撰集に、どの女院のどの女房が選ばれているかということに、その女院周辺の隆盛や文化活動を窺うことはできる。しかし女院は十四世紀後半以降は激減し、女院は基本的に天皇の生母のみとなる。

2　女房の特質と機能——密着、疎外、媒介、女房メディア

古代の律令官僚機構は、家父長制の確立した唐をモデルとしたため、女性排除が原則であった。もともと律令以前の日本のあり方は豪族男女による奉仕が基本であり、それを継承し、当初の行政システムの実態は女性を包摂してスタートした。が、平安期には政治と朝儀からの女性の疎外は決定的となった。こうした排除と包摂の両方が一つの制度の中に存在していることは、日本の律令官僚制と女官制度の最大の特徴であったという(69)。

また吉川真司(前掲書)は、律令国家の女官について、「女官は天皇——男官の君臣秩序からは疎外されていた。彼女らは天皇に近侍してその補助と装飾をつとめる、言わば天皇と不可分の存在なのであった。本稿ではこれこそが女官の本質的性格であると考える」、「律令国家の女官は王権に密着した存在であり、反射的とは言え、高貴性を身にまとっていた」と述べており、重要である。女房はこうした本質的な性格を継承していたと考えられる。

吉川真司はさらに十世紀後期から十一世紀中期における女房の存在形態を概観し、内裏では、奏宣等を担う男房（蔵人・殿上人）と職務を分担しつつ、女房は天皇の衣食住全般にわたって天皇個人の生活を支え、特に上臈女房の奉仕は親身そのもので、常に天皇と密着していたと述べている。また十世紀後期以降の女房給与は、脆弱かつルーズであったという指摘も注意される。吉川は女房各自の「得意」男性（夫や愛人など）について次のように述べる。

これら「得意」男性がキサキの女房の生活をある程度支えており、（中略）一般的に言って、女房は近侍・取次ぎという職務がら、高い政治性を帯びた存在であった。それゆえ便宜を期待する男性が寄生することになるが、彼らは当然ながらその見返りとして様々な援助を行なったに相違ない。（中略）后と女房、女房と「得意」男性との間に、律令制の枠を脱した緊密な相互依存関係が結ばれ始めていたのであり、こうした貴族社会全体の動向が、女房の役割の上昇に決定的な方向性を与えたと評価するべきであろう。（中略）総じて言えば、女房という存在が社会関係における重要な結節点として機能し始めるのが一〇世紀後期のことであり、この時期はまさに「女房史の画期」なのであった。

以上のように、内裏・院宮の女房の特質として、王権との密着・一体化、王権の高貴性の反射的な反映という機能とともに、情報の媒介による高次の社会的機能が加わり、女房の位置と機能が定められていったと考えられる。

この女房の基本的性格は、和歌史においても、第一部第二章・第三章で検討した事項に深く関わる点である。こうした女房の本来的な位置ゆえに、女房行事としての歌合の歴史が終焉した後も、歌合・歌会で女房歌人は男性官人の秩序から逸脱して高い位置に置かれることがあり、貴人は「女房」という名で出詠し、女房日記や女房奉書の発生・継続とも深く関わり、特に『讃岐典侍日記』『弁内侍日記』『中務内侍日記』『竹むきが記』など、仕えた天皇・上皇の御代を描き残す内侍の日記の形成の要因となったと考えられる。

女房のうち乳母は高位を得ることが多いし、権勢の女房もいる。後鳥羽院女房の卿二位兼子はその代表的な例であり、典侍、三位、そして二位に叙された。五味文彦[70]が、卿二位は、申次の女房である内侍女房の上に立ち、彼女らを動かして後鳥羽院の専制的権力の内と外を結ぶ通路をおさえ、院の深奥部を握り、院権力の分肢に留まらない、いわば女房の権門であり、独自な権力基盤を有していたことを述べている。これこそが、宮廷女房のもつ権力・機能を最大限に利用した例であると言えよう。

女房たちは主君とともに御簾の中や近辺にいる。特に上臈女房・側近女房は主君の傍らに常にひかえていて、必ずしも表にあらわれない主君の真の意向や心情を理解しているとみられる。そして天皇・院に仕える女房は王権と政治の動向の深奥部を直接に見聞きしている。天皇は女房に囲繞されており、天皇への近侍と取り次ぎとは女房の主たる職掌である。また陪膳[71]に奉仕するのは、天皇の身体に近接することでもあり、典侍や禁色を聴された上臈女房の重要な業務であった（『禁秘抄』）。女房たちはその役割に応じて、陪膳をはじめとする主君の生活に関わるさまざまな世話をし、来客の取り次ぎをし、主君の意向を伝達し、女房奉書を書き、主君の相談相手となる。また、行事・儀式・御幸などに参仕・供奉し、種々の手配・指示をし、和歌を代作・代筆し、物語や草子、絵巻などを制作して主君・同僚に見せ、教育・養育や出産、病気・崩御までの世話をする。非常に高貴な家柄出身の女房や、際立って美貌の女房は、外へ向けての装飾的機能・役割もあるであろう。

なぜ彼女たちは女房となるのか。宮廷の中枢は、いわば情報の交差点であり集積地である。そこに流れている宮廷女房しか知り得ないようなリアルタイムの機密情報を求めて、さらには主君への直接的な働きかけ、それによる経済的恩恵や昇進への口利きなどの便宜を期待して、あるいは女房を代々輩出している家の伝統を受けて、女房は父の家や夫の家のために出仕することが多い。あるいは自身の社会的文化的地位向上のために、あるいは勅命や権門からの

強い依頼を受けて、女房となることもある。女房は宮廷内部の情報に取り囲まれており、受信、発信、媒介がいわばその職掌の一つである。貴族・廷臣はそうした情報を求めて、宮廷女房を妻や愛人とし、あるいは姉妹や娘を女房とし、衣装や生活の経済的援助を行い、宮廷女房との繋がりを保つことが多い。それ以外でも、貴族はそれぞれ懇意な女房をもって取り次ぎはその女房にしてもらうことが多く、ゆえに有力女房との繋がりは有利であった。以上のようなことをふまえ、中世女房の活動・生活について、第三部第一章・第二章、第四部第一章、第六部第二章などでその具体相を論じている。

以上のような、宮廷女房が見聞し内外に媒介する情報のあれこれは、女房たちの言談、伝達、聞書、雑談、語り、噂、伝承等々の形で伝えられていき、日記、記録、説話、物語、口伝、故実などの中に入り込んでいる。こうした行為・現象の総体を、大雑把だが広く女房メディアと称してみよう。この強力かつ広汎な女房メディアという存在については、第六部第二章で、そのごく一部について論じた。なお、京樂真帆子[72]は、平安貴族社会における「たより」(伝《つ》手《て》、縁故の意)の機能・情報、権力との関係、女性のネットワークなどについて論じ、女性は他人と対面しない文化の中にいて、そこで「たより」が重要な機能をもっていたことを指摘し、「たより」の媒介機能を果たしたのは主に女房たちであり、情報の窓口であったと述べている。ここで言う女房メディアはそれに重なるが、伝手・縁だけではなく、広く情報とその伝達に関わる行為・現象を含めている。

女房メディアは女房文学全体を覆っている。女房たちは宮廷社会・政治を裏側から視野におさめており、そこには情報と人脈のネットワークが張り巡らされていて、女房はそこに深く繋がっている存在である。この女房メディアからの発信・受信、伝達と媒介、そして、第三者としての眼による観察と俯瞰、それによる深化と内面化、相対化と批判的視座、これらが女房文学の形成を促し、その内部を構成していると言えよう。

3　女房の立場――抑圧と没落

しかし一方で、女房という身分・立場の負の側面は、すべての物語・日記文学に鮮明にあらわれている。女房の出自は中下流貴族層、とりわけ、天皇家・摂関家の家政・実務に携わる家や、歌人が輩出した家、あるいは僧侶の娘などに多く、上流貴族の娘には少ない。その上流貴族出身の女房は、正室腹の場合もあるが、多いのは側室腹である。こうした女房たちは天皇家や上層貴族の男性たちと日常的に接触し、しかも身分には隔たりがあるゆえに、卿二位のような権勢の女房は別として、一般に、強い支配関係の下におかれることが多いとみられ、女房は彼らの無責任な恋愛や性的交渉の対象となりがちであった。それは物語や和歌が詳細に示すところであり、『源氏物語』にも詳しい。特に女房が仕える主君は生殺与奪の権利を握っているのであり、仕える女主人の夫・父などの一族男性も、それと同様の権力をもつ存在であるとみられる。

第四部第三章・第四章で取り上げた『とはずがたり』[73]に描かれる、後深草院の強制・監視のもとでの多くの性愛関係は、美貌の女房がおかれている立場や、受けている抑圧を如実に示すものであり、平安・鎌倉期の女房の現実を映すものではないか。『とはずがたり』の二条の宮廷生活は、当時の宮廷女房としてさほど逸脱的とは思われない。『とはずがたり』を愛欲文学と捉えてセンセーショナルに取り上げるのは問題であろう。なお、第五部第四章で扱っている『阿仏の文』は、女房（この場合は阿仏尼の娘）に、主君の上皇の寵を受けた後にその寵愛が絶えた場合の身の処し方について、具体的に説諭している。一時的な君寵とその断絶は、若い宮廷女房にとって常に起こり得る現実であった。和歌の恋愛贈答も、日記文学の中の恋も、男女が対等な関係ではないことは、当然ながら十分注意せねばならない

のである。第四部第一章の建礼門院右京大夫は、仕える中宮徳子の甥の恋人となった。同第二章で扱った『うたたね』で描かれる恋人もおそらく上層貴族であり、物語のような筆致で、男性に捨てられるまでとその後の経緯が描かれる。これは女房の誰もが常に見聞したり体験している、実に一般的な恋愛譚ではないだろうか。ゆえにその恋の流れを、春夏秋冬の一年の流れにそのまま重ねて表現化・共有化しているのだろう。

平安・鎌倉期の宮廷社会は、身分、階層、男女、社会情勢による支配と抑圧が複雑に絡み合う。親王家や上層貴族であっても変動があり、上流貴族の正室の娘でも、父没後には上臈女房として出仕したり、上臈女房以上には上昇しないということも見られる。『とはずがたり』の作者二条も、まさにそうした女房である。平安時代の摂関期の例では、太政大臣為光の女は三条天皇中宮妍子(道長女)の女房に、内大臣伊周の女は一条天皇中宮彰子(道長女)の女房に、関白道兼の女は後一条天皇中宮威子(道長女)の女房に、小一条院の女は後冷泉天皇皇后寛子(頼通女)の女房になっている(『栄花物語』ほか)。これらのいわゆる高貴な女房は、出仕において特別扱いの面はあるものの、やはり女房として扱われる。服藤早苗は「道長と倫子や彰子たち道長一家の女性は、自分たちがトップに、以外は親王の娘といえども自分たちの下に置くという、貴族女性たちの序列化を成し遂げたのである」と述べて、道長一族以外の上層貴族女性たちを故意にキサキクラスから追い出したことを指摘する。このように、時の権力者が高い家柄の女性を女房として出仕させていわば装飾とし、自らの権力を誇示することはままみられる。一方では、前述のように、院政期以降には、中流貴族を出自とする女房が、天皇・上皇の深い寵愛を背景に、国母、即ち天皇の母になり、やがては女院となるというケースが生じてくる。そうした時期にはやはり女房の上昇志向の意識がより強くみられる(『たまきはる』『阿仏の文』など)。

このような時代的変化も大きくあるが、基本的には、平安・鎌倉期において、上層貴族の娘ですら父の没後や家の

没落後には女房出仕することもみられ、まして中流貴族出身の女房は、終始権力者の支配を受ける側におかれた。そして女房として出仕している間はまだしも、その後、夫や子、あるいは自分自身の経済的基盤がなければ、さらなる零落の危険性が高かった。服藤早苗は、[75]女房勤めしている時ですら、困窮する女房が遊女と同じようにアルバイト的な売春をしている例、富裕な男性と一時的な性愛関係の斡旋をされる例などをあげ、十三世紀に確実に存在した京中の「中媒」(買売春の斡旋をする下女)に結びつくことを指摘している。こうしたことをもふまえながら、隠遁した女房たちと文化活動については、第六部第四章で言及している。

4　女房から女房文学史論へ――ジェンダーの視点も含めて

以上のように、女房文学の構造や特質を考える上で、女房自体の本質的な役割・機能を明らかにすることは不可欠である。女房文学と言っても、日記・物語などは、女房は作者ではあるが、必ずしも女房を描くのが目的ではない。また中世王朝物語や歌合日記、記録的日記の作者・著者のように、誰が作者であるかわからないものの方が圧倒的に多い。和歌においては、女房歌人は男性歌人同様に一人の作者として扱われるが、一方で、あたかも実体をもたない、個をもたない存在であるかのように、和歌懐紙には女房は名を書かない。そして貴人も名を書かずに「女房」と名乗ることによって貴い身分を消すなどの現象がある。それは女房という存在・機能と表裏一体であろう。

女房は、宮廷というコミュニティの中で、自身がその一員であるとともに、時代、宮廷、主君、文化などを照らし出す存在である。王権に密着し、その影となるが、同時にそこから排除・疎外される存在でもある。女房は、当事者であり、観察者であり、語り手・表現者であり、文化を継承・運搬・伝達し、歴史と宮廷を語り伝えていく役割もあ

り、やがては女房自身が語られる存在にもなっていく。女房は決して中心そのものにはならないが、しかし中心・周縁理論でいわれるような、中心に対する周縁の存在に当てはまるとも言えない。女房たちはむしろ中心たる王権に表側からはみえない形で一体化し、黒子のように自己の存在は消して中心に寄り添う。時には中心の権力の分肢ともなり得るが、中心そのものではなく、周縁から王権を眺めて俯瞰し、相対化する力を持ち得る。それゆえに、歴史家の眼をもち、社会批評家でもある。主君に従う者でもあり、主君を導く者でもある。光があたる存在ともなり、光に寄り添う影でもある。このように女房は色々な二元性を含みこんだ存在である。

また女房は、誰よりも王権の深奥部を見、主君とその思考、動き、文化・環境などを知悉しており、時には動かし、時には歴史として書き残す。時にはそれを心中に秘め、時には女房メディアとして発信する。女房は単なる機能ではない。人と人との繋がりの構図として、主君と女房とは、敬愛という絆で強く結ばれていて、人、社会、時代がそこに如実にあらわれる。文学に宿る魅力的な構造がここにある。こうした人的構造は、男女問わず、時代を越えて、さまざまな国の文化・歴史にみられ、世界的にみてある種の普遍性を有するだろう。

さらにそうした構造の中で、女房という階層の女性による韻文・散文の文学が、日本の古代から、中世、近世、近代まで、一時期の隆盛に留まらず、濃淡や衰退はありつつも、何らかの形で貫流していることは、非常に特異な、世界においても極めて独自な文化現象なのではないか。ここに日本文学の大きな核があるのではないかとさえ思われる。

女房文学の研究は、こうした普遍性・永続性をふまえつつ、一方では、時代ごとの文化史・文学史の中において考えるべきであり、その具体相、潮流、変容などは、その時代を映し出している。たとえば宮廷・王権と女房の機能・役割、女房文学・女房歌人に求められることと疎外される領域、物語や和歌の役割と表現、女性の身体と声への意識、歌道家・歌壇と女房、〈家〉の制度と自己認識、親子のあり方と思想、宮廷周辺の女子教育と教訓、これらいくつもの

動線が何らかの屈折点を迎える時、連動して女房・女房文学の位置づけが変容する面があり、それらに注意しながら、論じていきたい。そして、ある女房が主君と宮廷、時代をどのような視点と表現で日記に描いたか、物語作者が物語という虚構の中にどのような宮廷社会のリアリティを描き見せたか、女房歌人が宮廷和歌の展開にどのような位置を占め、活動していたのか、それがどのように変容していくのか。これらに関わるさまざまな問題を取り上げげつつ、第一部以下で論じていく。

さて最後に、ジェンダーの視点からの研究について触れておきたい。和歌文学においては、作者は男性と女性とが混淆してコミュニティを形成しているため、ジェンダー、すなわちジョーン・W・スコットの言葉を借りれば「性差の社会的組織化」「肉体的差異に意味を付与する知」(76)という視点を、可能な限り含めながら考察していくことが重要である。スコットが「歴史学がどのように過去を表現するかが現在のジェンダーを作りあげる手助けをしている」と言うのは、まさしく文学研究・文学史研究にもあてはまる。和歌史全体を再考して、そこに働いていた自他の暗黙の力学、当時においては自明の規範や関係性、差異化、カテゴリ化などを析出することは、重要な研究課題であろう。宮廷和歌・古典和歌は制度としての面を強く持っており、そしてそれも可変的であるが、そうした究明の上で、規範や権力との密着、距離、ずらし、時代的変化を読みとることは、その意味性を浮かび上がらせるための第一歩であると思われる。

和歌とジェンダーに関わる研究としては、構築主義とジェンダー分析の視点によって、言語表象としての歌ことば・和歌表現を緻密に検証した近藤みゆきの画期的な論がある(77)。このほか、ジェンダー分析による視点が有効であると思われる問題を思いつくままにあげれば、女性が勅撰集撰者・歌合判者・歌合講師に基本的にならないこと、女性歌人を勅撰集に採入する際の撰者の意識、勅撰集・歌合などにおける女性歌人の作者名のあり方、もしくは無署名性、

貴顕の作名としての「女房」の問題、歌合・和歌会における女房歌人の出詠の形態・方法、歌論書・注釈書における女性歌人とその和歌に対する言説と意識、内親王など尊貴の女性の和歌活動の特質[78]、女性歌人の私家集の形態と時代的変化、『女房三十六人歌合』など女性作者を撰ぶ撰歌合や撰集の意図・特質、「女歌」「女手」「女絵」等を横断的に考えること等々、これらは例に過ぎないが、種々の視点からの研究が考えられよう。制度としての和歌には、ジェンダーに由来する特異性や限界性が多くあったとみられる。以上のいくつかについては、第一部の各章で考察を試みている。一方、現代の私達が、ジェンダーの枠組を当時における実際以上に強くはめこんでいるのではないかと思われる場合もあり、そのうち漢字使用については本章15ページで言及している。

ある作品やある女房に限定するのではなく、ある時代に絞るのではなく、あるジャンルだけを扱うのでもなく、できるだけ女房文学の総体を視野に収めて相対的に思考をめぐらすことが、女房文学研究では特に必要とされているのではないだろうか。女房文学史論を試みるにあたって、考えるべき問題はあまりにも多く、かつ大きい。

本書の各章は、これらを探る上での試みとして、それぞれ独立した論考として書いてきたものである。ゆえに、問題の大きさに対して、あまりに部分的であったり、ある時代に偏っていたり、全体を見通せていなかったり、何らかの意識の変化を必要としていたりするかもしれない。それでも、私なりに問題の所在を明確にするために、また各論を有機的に結びつけるために、そしてその後の発見や学界の新たな研究成果を示すために、今回一書に集成するに際して、多くの論において大幅な加筆・改稿を行った[79]。本書は女房文学史論を考えるための実にささやかな階梯のひとつである。

（1）「欧米における『源氏物語』研究の諸問題」（『海外における源氏物語』講座源氏物語研究11、おうふう、二〇〇八年）参照。

（2）角田文衛『日本の後宮』（学燈社、一九七三年）及び『後宮と女性』（角田文衛の古代学1、吉川弘文館、二〇一八年）は、日本の後宮の特色の中に、男子禁制ではなかったこと、宦官がいなかったことをあげている。

（3）三田村泰助『宦官――側近政治の構造』（中公新書、一九六三年）、ほか参照。

（4）金鍾徳「朝鮮王朝と平安時代の宮廷文学」（『王朝文学と東アジアの宮廷文学』平安文学と隣接諸学5、竹林舎、二〇〇八年）参照。

（5）李宇玲「かいまみの文学史――平安物語と唐代伝奇のあいだ」（『日本文学のなかの〈中国〉』アジア遊学一九七、勉誠出版、二〇一六年）参照。

（6）「朝鮮の宮廷女流文学における宗教思想」（『東アジアの女性と仏教と文学』アジア遊学二〇七、勉誠出版、二〇一七年）参照。

（7）「日本と韓国の宮廷文学と女性」（『平安文学新論』風間書房、二〇一〇年）参照。

（8）内山精也『宋詩惑問――宋詩は「近世」を表象するか？』（研文出版、二〇一八年）参照。

（9）張伯偉著・内山精也訳「「漢文学史」における一七六四年」（『蒼海に交わされる詩文』東アジア海域叢書13、汲古書院、二〇一二年）参照。

（10）ルイス・フロイス著・岡田章雄訳注『ヨーロッパ文化と日本文化』（岩波文庫、一九九一年）参照。

（11）仮名を書記するようになった頃について、浅田徹は「思うに、平仮名の私的生活への普及は極めて迅速だったのであろう。その原動力は、「自分の話している言葉がそのまま物質化し、不変のものとなる」という目のくらむような感覚であったに違いない。我々はその衝撃をその当時のままに思い描くことは到底できないだろう」と述べるなど、示唆的な問題提起を多く行っている。「序論　声から紙へ――和歌の宿る場所」（『和歌が書かれるとき』和歌をひらく2、岩波書店、二〇〇五年）参照。

(12)『律令官僚制の研究』(塙書房、一九九八年)参照。
(13) 女房奉書は中世を通じて発給されており、たとえば三条西実隆の日記に紙背も含め七〇八通も伝存するという。戦国期においても、女房奉書が天皇の意向を直接伝える重要な機能を果たしていたことが明らかにされている。湯川敏治「戦国期の女官と武家伝奏――『守光公記』に見る女房奉書の史的役割」(『女性官僚の歴史』吉川弘文館、二〇一三年)参照。
(14) 女房文学に関する主著は、『宮廷女流文学読解考 総論 中古編』(笠間書院、一九九九年)、『宮廷女流文学読解考 中世編』(同)であり、本書でも数多く引用している。
(15)『宮廷に生きる――天皇と 女房と』(笠間書院、一九九七年)、『宮廷の春秋――歌がたり 女房がたり』(岩波書店、一九九八年)、『京極派と女房』(笠間書院、二〇一七年)など。たとえば「社会的に訓練された一人の人間が、最高の主君をいただく誇り、出仕した後宮の個性を語り伝えたい欲求と使命感、同時に、主君を心から愛しつつも必ずしも正当に報いられてはいないかもしれない自己存在についての確認、或いは葛藤――、それらをどうしても書き残さねばならなかった所に、これら女房日記の、文学としての価値があり、意義があると申せましょう」(『宮廷に生きる――天皇と 女房と』)と述べている。
(16) 物語作者の場合、中宮・内親王などには物語を作る(書く)女房は多く存在したが、内裏・院には、物語を作る(書く)女房は少ない。男性主君の御所では、古典は別として、物語創作の必要性は低かったのであろう。和歌では特にこうした差異はないとみられる。
(17) 寺本直彦『源氏物語受容史論考 正編』(風間書房、一九七〇年)、山崎桂子「承明門院小宰相の生涯と和歌」(『国語国文』七二―六、二〇〇三年六月)、ほか参照。
(18) 久保木秀夫・野本瑠美「国文学研究資料館蔵マイクロ資料による私家集奥書集成(一)奈良帝～藤原興風」(『調査研究報告』三〇、二〇一〇年三月)。
(19) 冷泉家で新たに発見され『冷泉家時雨亭叢書』に収められた、鎌倉中期写(つまり成立に極めて近い時代の伝本であることを意味する)の美麗な女房日記『土御門院女房』は、作者不明で、土御門院小宰相の可能性も指摘されているが、おそらく作者は小宰相ではないと考えられる。『民部卿典侍集・土御門院女房全釈』解説(私家集全釈叢書40、田渕句美子・中世

和歌の会、風間書房、二〇一六年)参照。

(20)「中古文学と女性――層をなす書き手」(『中古文学』九九、二〇一七年六月)参照。

(21) 角田文衛『紫式部の身辺』(古代学協会、一九六五年)の指摘による。

(22) 神野藤昭夫「「文」と社会②――女性と「文」」(『日本「文」学史第一冊』勉誠出版、二〇一五年)は、平安時代の女性と「文」に関する示唆的な論考であり、「公の表現としての漢字に対して、「かな」による表現を私の女性の領域に囲い込み、両者を二項対立的に固定化して捉えることになじみすぎてはいなかったか」と述べている。

(23) 小島孝之「仮名書き経典について」(『日本化する法華経』アジア遊学二〇二、勉誠出版、二〇一六年)参照。

(24) 山本淳子『紫式部日記と王朝貴族社会』(和泉書院、二〇一六年)参照。

(25) 志村緑「平安時代女性の真名漢籍の学習――一一世紀ごろを中心に」(『日本歴史』四五七、一九八六年六月)、脇田晴子『日本中世女性史の研究』(東京大学出版会、一九九二年)、関口裕子「平安時代の男女による文字(文体)使い分けの歴史的前提――九世紀の文書の署名を手がかりに」(『日本律令制論集　下巻』吉川弘文館、一九九三年)、菅原正子①「中世の古文書にみる仮名と漢字――ジェンダーは存在するのか」(大会の記録「文字と女性」、『総合女性史研究』二二、二〇〇五年三月)、②『日本中世の学問と教育』(同成社中世史選書15、同成社、二〇一四年)など参照。

(26) 井上宗雄「室町期の女流作家」(『日本女流文学史　古代中世篇』同文書院、一九六九年)、外村展子「女房文学のゆくえ」(『一五・一六世紀の文学』岩波講座日本文学史6、岩波書店、一九九六年)、小山順子「室町時代の女性歌人たち」(『中世文学』六〇、二〇一五年六月)など参照。

(27) 角田文衛『日本の後宮』(前掲)及び『後宮と女性』(前掲)は、内裏・仙洞の後宮が男子禁制となったのは、正確には不明であるが、おそらく正親町天皇(在位一五五七―一五八六)の頃からではないかと推測している。

(28)「近世和歌御会における女性の詠進復活に関する一考察」(『国語と国文学』六六―三、一九八九年三月)参照。

(29) 宮崎荘平は女房日記を「主として後宮近侍の女房によって筆録される、主人と主家の繁栄を象徴する慶祝事の記録」と定義している。宮崎荘平『女流日記文学論輯』(新典社、二〇一五年)、ほか参照。

(30)「一人称で書くということ――『日記の声域』(仮)補説」(『青山語文』三七、二〇〇七年三月)参照。
(31)岩佐美代子『宮廷女流文学読解考 総論 中古編』(前掲)などで指摘されている。
(32)『平安期日記の史的世界』(新典社、二〇一〇年)参照。
(33)「『とはずがたり』と中世王権――院政期の皇統と女流日記をめぐりて」(『日本文学史を読むⅢ 中世』有精堂出版、一九九二年)参照。
(34)山崎桂子『土御門院御百首 土御門院女房日記 新注』(新注和歌文学叢書12、青簡舎、二〇一三年)、田渕句美子・中世和歌の会『民部卿典侍集・土御門院女房全釈』(前掲)参照。
(35)『古記録の研究 下』(齋木一馬著作集2、吉川弘文館、一九八九年)参照。
(36)以上の二書について遠藤珠紀が論じており、齋木一馬が前者を師生母の記と比定したのを否定し、二書ともに師生姉・正親町院女房の播磨局の日記であることを明らかにした。「中世後期の女性の日記 伝『大外記中原師生母記』について」(『日本文学研究ジャーナル』二、二〇一七年六月)参照。
(37)以下については齋木一馬(前掲書)、和田英松『皇室御撰之研究』(明治書院、一九三三年)、その他目録類などに拠る。
(38)瀬川淑子『皇女品宮の日常生活――『无上法院殿御日記』を読む』(岩波書店、二〇〇一年)がある。
(39)宮崎荘平『女房日記の論理と構造』(笠間書院、一九九六年)参照。
(40)『中山績子日記』(日本史籍協会叢書154、東京大学出版会、復刻版一九六七年。解題吉田常吉)参照。
(41)『押小路甫子日記』一―三(日本史籍協会叢書48―50、東京大学出版会、復刻版一九六八年。解題吉田常吉)参照。
(42)網羅的に調査していないが、たとえば東山天皇皇女で伏見宮貞建親王妃、秋子内親王の『御入簾次第』のような儀式の記録がある。なお、近世の女性の日記(記録)について、東京大学史料編纂所の尾上陽介氏、遠藤珠紀氏からご教示を受けた部分があり、深謝したい。
(43)『静寛院宮御日記』の展示、および展示図録(『皇女和宮』東京江戸博物館、一九九七年)、『静寛院宮御日記』一・二(続日本史籍協会叢書、東京大学出版会、一九七六年)の図版、その他にある。

(44)　貴族女性が漢文に精通している例として、近世の勧修寺家で妻が漢文の日記・記録の書写をすることが度々見え、公家の妻の役割であったと推測されている。石田俊「日記が語る近世史――近世公家日記の記述から」(『日本人にとって日記とは何か』日記で読む日本史1、臨川書店、二〇一六年)参照。

(45)『松蔭日記』は、柳沢吉保の栄華と豪奢を描き、その流麗な和文体、王朝的表現、祝祭性、そして後年の執筆・編集であること(上野洋三校注『松蔭日記』解説、岩波文庫、二〇〇四年)など、日次の日記ではなく、女房日記文学と同様の性格を有する。

(46)　この二作品については、内田保廣「江戸の女流日記」(『国文学　解釈と鑑賞』五〇―八、一九八五年七月)が、平安朝日記と対比して論じている。

(47)　旅日記については、柴桂子「旅日記から見た近世女性の一考察」(『江戸時代の女性たち』吉川弘文館、一九九〇年。『文化と女性』日本女性史論集7、吉川弘文館、一九九八年に再収)は一三三点の女性の旅日記を紹介している。また柴桂子『近世おんな旅日記』(歴史文化ライブラリー13、吉川弘文館、一九九七年)、前田淑『江戸時代女流文芸史―地方を中心に(旅日記編)』(笠間書院、一九九八年)が多くの旅日記について論じている。

(48)『江戸日記』は井上通女が丸亀藩主京極高豊の母、養性院に仕えていた時の日記で、いわば江戸の女房日記である。内田保廣「江戸の女流日記」(『国文学　解釈と鑑賞』六二―五、一九九七年五月)は、養性院のサロンで通女は、平安朝文学の影響のもとで文才を発揮するが、江戸の女房文化では平安期の色好みの要素は払拭されていると指摘する。

(49)　宮崎荘平『女流日記文学論輯』(前掲)、その他参照。なお、『太后御記』は穏子の女房による日記とされることもあるが、前述のように、江戸時代の皇女の日記は「御日記」と呼ばれ、女房の日記は「日記」「御側日記」と呼ばれているので、『太后御記』は基本的には穏子自身の日記と考えるべきかと思われる。なお仮名文か漢文かは両説がある。

(50)　久保木秀夫『中古中世散佚歌集研究』(青簡舎、二〇〇九年)参照。

(51)　近年では、加藤静子「女房文学史の中の『栄花物語』――宮仕え日記・実録の物語からの道程」(『王朝歴史物語史の構想と展望』新典社、二〇一五年)などがある。

(52) 峯岸義秋『歌合の研究』(三省堂出版、一九五四年)、萩谷朴『平安朝歌合大成　増補新訂』一―五(同朋舎出版、一九九五―六年)、宮崎荘平『女流日記文学論輯』(前掲)など参照。

(53) 今井卓爾『平安時代日記文学の研究』(明治書院、一九五七年)参照。

(54) 以下の二書の本文は、『後鳥羽院宸記』は『歴代宸記』(増補史料大成1、臨川書店、一九六五年)、及び『公衡公記』第一(史料纂集、続群書類従完成会、一九六八年)に拠る。

(55) 松薗斉「日記が語る中世史――女房と日記」(『日本人にとって日記とは何か』前掲)、『中世禁裏女房の研究』(思文閣出版、二〇一八年)参照。

(56) 以下、女房については、浅井虎夫『女官通解』(所京子校訂、講談社学術文庫、一九八五年)、角田文衛『日本の後宮』(前掲)、須田春子『平安時代後宮及び女司の研究』(千代田書房、一九八二年)、吉川真司『律令官僚制の研究』(前掲)、脇田晴子『日本中世女性史の研究』(前掲)、五味文彦「女たちから見た中世」(『京・鎌倉の王権』日本の時代史8、吉川弘文館、二〇〇三年)、大口勇次郎・成田龍一・服藤早苗『ジェンダー史』(新体系日本史9、山川出版社、二〇一四年)などをはじめ、諸文献を参照した。個別的な問題については随時示した。

(57) 群書類従(第二十六揖・巻四六七)に拠る。

(58) 第三部第二章で、民部卿典侍が禁色を聴されることを望むことについて論じている。

(59) これについては、角田文衛『日本の女性名(上)』(教育社歴史新書、一九八〇年)、飯沼賢司「女性名から見た中世女性の社会的位置」(『歴史評論』四四三、一九八七年三月)、野村育世『ジェンダーの中世社会史』(同成社中世史選書22、同成社、二〇一七年)など参照。

(60) 角田文衛『日本の後宮』(前掲)など参照。

(61) 山田彩起子「平安中期以降の尚侍をめぐる考察」(『古代文化』六四、二〇一二年九月)参照。

(62) 栗山圭子「典侍試論――即位褰帳を中心に」(『女性官僚の歴史』吉川弘文館、二〇一三年)参照。

(63) 『中世禁裏女房の研究』(前掲)参照。

(64) 吉野芳恵「室町時代の禁裏の女房――勾当内侍を中心として」(『國學院大學大学院文学研究科紀要』一三、一九八二年三月)、脇田晴子『日本中世女性史の研究』(前掲)、神田裕理「織田期における後宮女房について」(『家・社会・女性　古代から中世へ』吉川弘文館、一九九七年)など参照。

(65) 乳母の研究は多いが、吉海直人『平安朝の乳母達――『源氏物語』への階梯』(世界思想社、一九九五年)、同『源氏物語の乳母学』(世界思想社、二〇〇八年)、西村汎子『古代・中世の家族と女性』(吉川弘文館、二〇〇二年)、田端泰子『乳母の力』(歴史文化ライブラリー195、吉川弘文館、二〇〇五年)などがある。鎌倉期については、秋山喜代子「皇子女の養育と「めのと」――鎌倉期前半期を中心に」(『遙かなる中世』一〇、一九八九年一〇月)、同「乳父について」(『史学雑誌』九九―七、一九九〇年七月)、同「養君にみる子どもの養育と後見」(『史学雑誌』一〇二―一、一九九三年一月)が乳母・乳父およびその後見について詳細である。

(66) 『中世禁裏女房の研究』(前掲)。また「中世の古典作品にみえる女房」(『ともに読む古典　中世文学編』松尾葦江編、笠間書院、二〇一七年)は、女房の身分、特に禁色についても論じており、禁色は女房の栄誉であるとともに、「女房の家」にとっても天皇からの恩寵を確認する大事な表示としても機能していたと論じている。

(67) 『院政期社会の研究』(山川出版社、一九八四年)参照。

(68) 「中世前期の女性院宮の女房について――出自・官職にみる特徴とその意義」(『変革期の社会と九条兼実――『玉葉』をひらく』勉誠出版、二〇一八年)参照。

(69) 伊集院葉子『日本古代女官の研究』(吉川弘文館、二〇一六年)参照。

(70) 「聖・媒・縁――女の力」(『日本女性生活史2　中世』東京大学出版会、一九九〇年)参照。

(71) 陪膳については、明治末期に皇后宮職の女官(内侍)として仕えた久世三千子が、その著の中で、一番苦心したのはお配膳の奉仕であったと述べて具体的に描写しており、参考になる。山川三千子『女官　明治宮中出仕の記』(講談社学術文庫、二〇一六年)参照。

(72) 『平安京都市社会史の研究』(塙書房、二〇〇八年)参照。

(73)　阿部泰郎『中世日本の世界像』(名古屋大学出版会、二〇一八年)は、『とはずがたり』が「あくまで現実の中世王権をめぐる権力闘争の渦中で、貴種間の葛藤に翻弄された一女房の告白である」、「王に仕え、性的に奉仕すると共にその色好み幻想の共犯として女房の役割を務めながら、周囲の複数の貴人の愛欲を受け容れて幾人もの子をなし、果てに追放の恥辱を蒙った女人は、一転して無縁の尼となって現われ、……宮廷や王をさらなる高みから見据えて、その魂の行方を祈る営みに転換し昇華されている」と端的に述べて示唆的である。
(74)　『平安朝 女性のライフサイクル』(歴史文化ライブラリー54、吉川弘文館、一九九八年)参照。
(75)　『古代・中世の芸能と買売春――遊行女婦から傾城へ』(明石書店、二〇一二年)参照。
(76)　『ジェンダーと歴史学』(荻野美穂訳、平凡社、一九九二年)参照。
(77)　『古代後期和歌文学の研究』(風間書房、二〇〇五年)、『王朝和歌研究の方法』(笠間書院、二〇一五年)参照。
(78)　これについては、田渕句美子『異端の皇女と女房歌人――式子内親王たちの新古今集』(角川選書、二〇一四年)、「百首歌を詠む内親王たち――式子内親王と月花門院」(『集と断片――類聚と編纂の日本文化』国文学研究資料館、コレージュ・ド・フランス日本学高等研究所編、勉誠出版、二〇一四年)で、内親王と百首や歌壇活動について検討を行った。
(79)　各論文の初出時と論旨が変わったものはないが、その加筆・改稿の程度については、巻末の「初出一覧」に記した。

第一部　女房たちの領域と制約

——制度のなかで

第一章　女房歌人の「家」意識——父・母・夫

女房歌人が、宮廷生活の中で、あるいは私的な生活の中での意識として、自身を位置づける「家」の系譜とは、父の「家」なのか、母の「家」なのか、あるいは夫の「家」なのだろうか。実態としては当然、歴史的実態に沿いながらそれらは併存していたと見られるが、和歌や文学に象る時に、意識的、あるいは無意識的に、そのどれを選択しているのだろうか。またそれには時代的な変遷はあるのだろうか。この素朴な疑問から始めたい。

一　母の「家」への意識——平安期

女房歌人の「家」への意識を示す和歌として、まず思い浮かぶのは、『後拾遺集』雑四にある次の歌群である。

家の集のはしにかきつけ侍りける　祭主輔親
はなのしべ紅葉の下葉かきつめてこのもとよりや散らんとすらん　（一〇八七）
伊勢大輔が集を人のこひにおこせて侍ける、つかはすとて　康資王母
たづねずはかきやるかたやなからまし昔の流れみくさつもりて　（一〇八八）

後三条院御時、月あかかりける夜、侍ける人など庭におろしてご覧じけるに、人人おほかる中にわきて歌よめとおほせごと侍ければよめる　後三条院越前

いにしへの家の風こそうれしけれかかる言の葉散りくと思へば　（一〇八九）

一〇八七の作者、大中臣輔親は、大中臣家歴代の歌人の一人だが、その娘が、次の一〇八八詞書に見える伊勢大輔である。伊勢大輔の娘が、一〇八八の作者、康資王母(伯母・四条宮筑前)である。また同じく伊勢大輔の娘に(1)、源兼俊母、筑前乳母がいるが、源兼俊母の娘が、一〇八九の作者、後三条院越前である。以上のように、『後拾遺集』撰者通俊は、輔親を最初においた上で、その娘伊勢大輔、伊勢大輔の娘、伊勢大輔の孫娘という女性歌人三名をここに連ねた。しかもその歌の内容は、母伊勢大輔の私家集を人が求めてきたときの歌と、自身の家を「いにしへの家の風こそうれしけれ」と誇らしげに、また恐縮しつつ詠む歌なのである。この一〇八九は『俊頼髄脳』にも記される。しかも通俊自身の母も伊勢大輔女である(2)。ここにみられる歌人たちは、母から娘へ、またその娘へという、母系による重代であり、『後拾遺集』撰者通俊は、それをここに象ったのである。

大中臣家は能宣・輔親ら以来、歌人の家として知られ、『袋草紙』下(撰者故実)には、大江匡房の『江記』散佚部分からの引用として、「雖非秀逸、可然之公達幷重代者歌、必可入之」と記しており、その「重代」の例として「是、頼基、能宣、輔親、伊勢大輔、伯母、安芸君、六代相伝也歌人」と、大中臣家の歌人をあげている。伯母、すなわち康資王母は実の娘はいないが、養女に婿をむかえ、そこにうまれたのが安芸であり、その安芸と康資王母にも母娘の関係が結ばれている(3)。ここに挙げられた「六代相伝」のうち、最初の三人は父系だが、伊勢大輔以下の三人は、母系による「重代」歌人であることは、注目しても良いであろう。

また同様に匡房は、紫式部・大弐三位賢子・二条太皇太后宮大弐という系譜を「譜代の歌仙」と言う。大弐は、母

方の祖母が大弐三位賢子、その母は紫式部であり、一方、父方でいえば、父方の祖母は高階成順女、その母は伊勢大輔であるから、父系母系ともに著名な歌人の家柄であるが、『袋草紙』はこの系譜を母系によって掲げているのである。

平安期の女房歌人には、このような母系による重代、もしくは母・娘ともに女房歌人で勅撰作者という例が多い。例えば、和泉式部・小式部内侍も、母娘ともに勅撰歌人である。良く知られているように、小式部の「大江山いく野の道の遠ければまだふみも見ず天の橋立」は、歌合出詠に際して母和泉式部に代作を頼んだのかという定頼のからかいを跳ね返した歌である。この場合は、母の「家」への意識というより、著名な歌人としての母への意識であろうが、周囲が常に、小式部の背後に和泉式部を見ていたことを思わせる。

こうした流れは小式部の後にもある。『後拾遺集』八一九の作者、藤原範永女は「堀河右大臣家女房　母小式部内侍」と『尊卑分脈』にあり、尾張と号したことが勘物にある。同様に、『後拾遺集』七七一の作者、公円法師母は、教通と小式部内侍の女であることが『尊卑分脈』などに記される。この二人は各々『後拾遺集』一首しか和歌事跡が知られない。また、『後拾遺集』に二首入集する静円は、公円母と同母兄弟である。つまり『後拾遺集』撰者は、和泉式部、小式部のほか、小式部の三人の子、範永女、公円母、静円を、さほど歌人として著名ではなくとも、一首ないし二首ずつ、あえて『後拾遺集』に採入している。その歌自体には母や祖母への意識がみられなくとも、撰者の側にはこの五人を系譜づける意識があったのではないか。

同様の例として、『後拾遺集』は、赤染衛門、その娘江侍従に加えて、江侍従と藤原兼房の娘である少輔(公経妻)の歌を二首入れており、少輔も『後拾遺集』のみの入集である。また清少納言に加えて、その娘小馬命婦の歌を一首入れており、この小馬命婦も『後拾遺集』のみの入集であり、同じケースである。

また出羽弁とその娘皇后宮美作も、ともに『後拾遺集』以下の勅撰歌人である。このほか、『蜻蛉日記』作者倫寧女(道綱母)と『更級日記』作者孝標女(母が倫寧女)とが叔母・姪であり、ともに勅撰歌人であることも、良く知られているところである。

ところで、勅撰集編纂などに際して、自分や両親、兄弟の集を献上する際の歌を、森本元子が多数指摘しているが、[4]母の集を献上する時の詠も挙げられている。前掲『後拾遺集』一〇八八もその例であり、伊勢大輔の家集を娘の康資王母が所持し、人に請われるという同様の例として、『康資王母集』三一に、関白頼通に献上することが記されている。また『前斎院摂津集』二四・二五に、兼俊が摂津に『伊勢大輔集』を渡す折の贈答がある。

　伊勢大輔が集おこすとて、筑前守兼俊
たらちめの親のははその言の葉をこの秋風に散らしつるかな
　かへし
秋風の吹き伝へたる言の葉にははその森のこだかさぞみる

伊勢大輔は、「たらちめの親のはは」、母の母として敬愛される存在であり、孫の兼俊のところにもその祖母の家集を求める希望が寄せられたのだった。森本元子は「中務集・康資王母集・大弐集によって、「このもと」という詞句が親の家集の献上に関して用いられた事実をみたわけであるが、そこには親から子に続く和歌の道、そこに伝えられる家の集の概念がはっきりと見てとられておもしろい」と述べている。

『中務集』一七二・一七三は、母伊勢の家集を村上帝に献上した折の贈答である。

　おやの伊勢が歌、めしありて、うら《(マヽ)》にたてまつりしおくに
しぐれつつふりにしあとの言の葉はかきあつむれどとまらざりけり

御返し

昔よりなたかきやどの言の葉はこのもとにこそおちつもるらめ

『新勅撰集』雑三・一二二二にも、中務が『伊勢集』を書写し、人のもとに送った折の歌が見える。また、『範永集』一〇九・一一〇に、清少納言の家集を、娘の小馬命婦が編んだらしい記述があることを、森本元子が指摘している。

このように、歌人であった母の家集・詠草を持ち、人に献上することもあるし、母の歌人としての令名に比して自身を謙譲することも見られる。父についても、清少納言が『枕草子』の中で、父清原元輔の令名に対して、「その人の後といはれぬ身なりせばこよひの歌をまづぞよままし」と詠み、我が身を卑下している部分は有名である。母については、例えば『覚綱集』七一に、覚綱と小侍従の娘との次のようなやりとりがある。

(前略)小侍従のむすめ大宮の左衛門のすけ、あるところにて物がたりせしを、なさけあるゆかりは、ききところはべるかなとおもひて、歌やよみたまふと申したりしかば、歌よむべき身にはあらぬよし侍りて、たれとてかくはと申ししかば

しのぶればそのみなかみは石清水さりと流れのたえむものかは

小侍従の娘は「歌よむべき身にはあらぬよし侍りて」のように、強く自身を卑下した。

もちろん、言うまでもないことだが、平安期の女房歌人の「家」意識の対象が、母の「家」のみであったと言っているのではない。公家社会が男系により継承される中では当然ながら、父の「家」への意識、父の娘としての意識は、本稿では特にそれらの例をあげてはいないけれども、和歌に限らず多く見られるところである。また、妻の場合は、現実の生活の上で、たとえば『蜻蛉日記』にはっきり表されているように、夫の「家」の一員としての意識が強くあ

ることも当然であろう。[5]

だが、これらと並行して、主として平安期から院政期までは、女房歌人のうちのある人々が、母の娘としての意識を持ち、母の「家」とその祖先、あるいは母そのものへの顕彰を行い、誇りを持ちつつ、自身をその系譜に位置づけることがあり、人によってはそれが父系よりも強く担われている場合があって、それが許容され、周囲にもそうした視線があった。このことは注意すべき事実ではないだろうか。

白拍子や遊女など女性芸能者は、養女を含めた母娘や姉妹による女系の「家」を形成し、そこに芸能が伝習されたことが指摘されている。[6]その意味で言えば、平安期の女房歌人は、広く言えば和歌などを職能とする女房による女系の「家」の形成という性格を、場合によっては持ち得たのではないかと考えられる。

二　父の「家」への意識——院政期から鎌倉期

院政期以降、鎌倉期まで、女房歌人の「家」への意識は、およそどのように変容していくであろうか。院政期以降になると、父と娘の関係性の強さが際立ち、父の「家」、もしくは歌人としての父を軸として、つまり父の娘として、歌人としての出発や活動を行うことがより多くなってくると思われる。

院政期では、顕仲女の待賢門院堀河・上西門院兵衛・顕仲卿女ら、あるいは頼政女の讃岐らがいる。父の「家」への意識を詠む歌を、『二条院讃岐集』からあげよう。

三川内侍の歌をよしなど人人申しあひたりしかば、つかはしける

花の香の身にしむばかり匂ふかないかなる家の風にかあるらん　（八〇）

返し　三川内侍

春のうちに匂ふばかりの花の香をいかなる家の風とかはみる　（八一）

三河内侍は藤原為忠男為業の女であり、「家の風」はこの父の「家」をさしている。

鎌倉期になると、俊成孫女である俊成卿女、定家女民部卿典侍因子、為家女為子ほか、多くの歌道家御子左家の女性達、また信実女の弁内侍・少将内侍・藻璧門院少将、家隆女の土御門院小宰相などは、著名歌人を父としている、いわば父の娘たちであるが、この例は枚挙に暇がない。(7)さらに、五味文彦は、中世的な「家」が形成されていったこの時代に、その継承原理がまだ確立していなかった頃、器量のある嫡女が家督継承に大きな役割を果たしたことを指摘している。(8)これも父の娘としての嫡女にほかならない。

もちろん、母と娘の人間的な結びつきが薄いと言っているのではない。母娘の紐帯が強いことは当然で、母娘がともに女房であれば特に、職掌の継承という点でもその関係性は非常に強いであろう。阿仏尼が娘にあてて書いた『阿仏の文』などを見ても、そのことは直ちに了解される。(9)また、平安期のみならず、鎌倉期においても、南北朝頃までは、母から娘へ女系で所領が相続されることも、少なからず確認できる。また和歌で哀傷歌として表現され、それが勅撰集に残されていること等はあり、例えば次の歌は、母大納言典侍(為家女)の母、つまり祖母(為家旧室蓮生女)の死を悼むものである。(10)

後嵯峨院大納言典侍の母の身まかりての比　九条左大臣女

形見とてきるも悲しき藤衣涙の袖の色にそめつつ　（続後拾遺集・哀傷・一二五三）

哀傷歌でこうした例はあるが、母の「家」への意識が文学や言説に表現されることは、鎌倉期になると非常に少な

くなり、中世的な「家」の形成と連動して、母系の系譜継承の意識は、歌人の系譜を見る限り、希薄になっていくとみられる。母が歌人であっても、それは母の顕彰には繋がることなく、父の「家」の顕彰の中にとりこまれていく。特に歌道家の場合、家の権威が父系によって存続する以上は、それは必然的ななりゆきであろう。

鎌倉期には、女房歌人のアイデンティティは、主として父の「家」を軸とするものとなっていくのである。例えば『玉葉集』雑五に次のような贈答がある。

大納言に侍りける時、家に十首歌人人によませ侍りけるに、大納言三位、歌をおくりて侍りけるをみて、為教卿もとによみてつかはしける　入道前太政大臣

和歌の浦やかきおく中の藻屑にもかくれぬ玉の光をぞみる　（二四四九）

返し　前右兵衛督為教

和歌の浦に道ふみまよふ夜の鶴このなさけにぞねはなかれける　（二四五〇）

これは入道前太政大臣西園寺実兼と、京極為教との贈答であり、大納言三位、すなわち為教女である為子の和歌を讃えた実兼の褒詞を、為教が父として、また歌道家として、丁重に感謝している歌である。為子の歌才は、父の「家」の一員として、歌の「家」を輝かせるものとして、勅撰集の中で位置づけられている。

またこれはやや後の例であるが、『井蛙抄』第六に、今出川院近衛の談として、父鷹司伊平が子供達に歌を詠ませ、近衛の兄たちが「池氷」という題をみな「うす氷」と詠んだのに対して、近衛が「池の汀のあつごほり」と詠んだのを父が褒めて、将来優れた歌人になるだろうと言ったことを述べたのちに、「続古今よりこのかた、いきて五代勅撰にあひて、歌かずもあまた入て侍るは、父の詞のすゑとをりて侍」と述べる。近衛は、父の「家」の中で、自身が父の予言通りに優れた歌人になったことを自讃しているのである。

歌道家の女性の場合、その女房名や名を顧みるとき、そこには彼女らが当時置かれていた立場が鮮明に示されている。例えば俊成卿女の女房名は、『新古今集』では「皇太后宮大夫俊成女」であり、これは御子左家を代表する俊成の後嗣たる女房歌人としての名である。[11]田中貴子[12]は、家父長制と女性という視点から、俊成卿女が和歌の「家」を守るという家父長制の価値観を内面化し、父の娘としての作歌活動を行ったことを指摘している。それはその通りだが、俊成卿女は俊成女八条院三条の娘であるから、本来は母方の祖父が俊成であるのに、女房名は俊成卿女となった。つまり、母の「家」から父の「家」への付け替えが行われたのであり、これは象徴的な例であると言えよう。

定家女の後堀河院民部卿典侍[13]の名の「因子」は、『明月記』寛喜三年(一二三一)三月二十九日条によれば、定家が『古今集』の女房歌人藤原因香にちなんで命名したもので、因香は典侍であり、因子に、因香のような典侍・歌人になってほしいとの期待をこめたものとみられる。次世代になると、為家女の後嵯峨院大納言典侍為子、京極為教女の藤大納言典侍為子(従二位為子)、二条為世女の後二条院権大納言典侍為子(贈従三位為子)、これらはいずれも「大納言典侍為子」である。また二条為世の末女も後醍醐天皇の大納言典侍であった。家格が固定しつつあったこの時期、為家以降の御子左家勅撰集撰者は、為家・為氏・為世・為兼らすべて、勅撰集奏覧時において、正二位前権大納言であった。つまり、「大納言典侍為子」という名は、為家以降、御子左家の男性が代々「為家」の「為」を冠するのと同じように、父の「家」を背負った名として、御子左家(二条家、京極家)を代表する女房歌人の典侍に付けられた名なのである。

一方、俊成室・定家母の美福門院加賀は、『新古今集』『新勅撰集』で「藤原定家朝臣母」「権中納言定家母」である。また二条為世女は、『続千載集』では「昭訓門院春日」であるが、『続後拾遺集』以後は「権中納言公宗母」「中宮大夫公宗母」となっていて、女房歌人から公卿の母への位置づけの転換があったことがわかる。ところが阿仏尼は、

勅撰集では「安嘉門院右衛門佐」あるいは「安嘉門院四条」と作者名が書かれており、「為相朝臣母」とは全く書かれていない。二条家を中心として編纂された勅撰集は、阿仏尼を為相母・為家室とは遇さず、あくまで安嘉門院の女房歌人として遇している。ちなみに、勅撰集における男性歌人の作者表記は明確な基本則があるが、女房歌人の召名は、男性のような前官の記載ができないために、かなり流動的な側面があり[14]、いつまで女房としての公的な立場にあったかということと併せて、その勅撰集・私撰集撰者による、その作者の位置づけを反映していると思われ、女房歌人がいかなる名で勅撰集・私撰集に入集するかは、全体を通して、また個々の女房歌人に即して考えてみる必要があるだろう。

このように、御子左家の女房歌人に課された役割は、父の「家」である御子左家の権威を、和歌を中心に言揚することであったが、それを後世の位置づけからも見てみよう。たとえば古筆の女筆の極め(鑑定)を一覧すると、鎌倉期の女筆の伝称筆者は、御子左家の女性が圧倒的に多く、坊門局(俊成女。八条院坊門)、越部局(俊成孫女。いわゆる俊成卿女・越部禅尼)、民部卿局(定家女。民部卿典侍)、阿仏尼に集中し、もちろんこれらは同筆ではないものが多いが、ほぼ御子左家に集中して極められている。また、中世源氏学において名前が残る女性は非常に少ないが、俊成卿女と阿仏尼の二人は『紫明抄』『原中最秘抄』『二言抄』『河海抄』ほか、多くの注釈書にその所説や所為が見えているのである。もちろんこれらは、すべて事実とは言えないが、御子左家女房歌人が担う文化的役割、その圧倒的な権威、そしてこれらがその権威を標榜していることがうかがわれる。

それでは、女房歌人自身の父の「家」への意識は、男性歌人と同様に強く和歌で顕示されているかと言えば、それは不思議なことにそうではない。たとえば和歌で家門をいう代表的な言葉「家の風」は、重複を含め計百首以上あるが、その中で女性歌人の歌は、前掲の贈答を含めて数例にとどまる。勅撰集に洩れた嘆き、また歌人として名を残す

ことへの願望、自分自身の和歌が後世に残ることについての謙譲・不安などは、次の例のように男女を問わず見られるが、そこに家門意識を詠むのは男性が圧倒的で、女性は少ない。

賀茂社にまうでてよみ侍りける　　安嘉門院大弐
みたらしや身は沈むともながき世に名を流すべきうたかたもがな　（続拾遺集・雑上・一一一〇）

みづからの歌をかきおき侍るとて　　藻壁門院少将
おもひいでて誰かしのばん浜千鳥いはねがくれの跡のはかなさ　（同・一一一一）

（題知らず）　　津守経国
いにしへの和歌の浦路の友千鳥跡ふむほどの言の葉もがな　（続千載集・雑上・一七九七）

式乾門院御匣
忍ぶべき人もやあると浜千鳥かきおく跡を世に残すかな　（同・一七九八）

ごくおおまかに言えば、女房歌人は、鎌倉期、父の「家」を側面から支える役割は持ちつつも、和歌の中で自らを家門を継承する存在として位置づける表現行為は少ないと言えよう。中世以降、諸芸の「家」の形成と共に「家」意識が強化される中で、女性歌人の場合は、その意識が、男性歌人ほど頻繁に披瀝されるわけではなく、多くは自歌への謙譲、述懐、秀歌を生むことへの祈りという形をとる。特に歌道家で、男性歌人が、和歌や言説、奥書等で家門の伝統や権威の言辞を繰り返し示すこととは、大きく相違している。

日記・物語などではどうか、少々触れておく。日記的家集『建礼門院右京大夫集』は、一見、家意識とは無縁なように見えるが、世尊寺家の家門と父伊行への誇りは垣間見える。

太皇太后宮より、おもしろき絵どもを、中宮の御方へ参らせさせたまへりし中に、

昔てのもとに人の手習ひしてとて詞書かせし絵の交じりたる、いとあはれにて、
めぐりきて見るにたもとを濡らすかな絵島にとめし水茎の跡　（七九）

また集の末尾に、右京大夫が自身の長い女房生活を締めくくる話として最後に置いたのは、俊成九十賀で後鳥羽院が俊成に賜る袈裟に、歌の文字を刺繍する役を命ぜられたエピソードである。これも、父の「家」、世尊寺家の入木道の家業を継承する自分を、誇らしく示すものとみられる。ちなみに伊行著『夜鶴庭訓抄』は、識語に「伊行卿被書与息女云々」とあり、この「息女」は右京大夫の可能性が高い[15]。さらに、鎌倉期王朝物語の多くは、時代性を反映して、父系の「家」の絶対的存続を基幹的なテーマとすることは注目される。

鎌倉期には、歌人を母とする女房歌人自体が減少しているかのように見えるのは、歌業の伝統が平安期には母から娘へと継承されることも多くあったのに対して、中世以降は父から子女へと継承されるものとして位置づけられたことを示唆する。とりわけ歌道家の権威が確立され、歌道家の女房歌人が父の家の名を担いつつ、「家」を側面から支える存在として歌壇で活躍することが要請されたこの時代に、女房歌人は名実ともに「父」の家に吸収されており、そこには母の「家」が入り込む余地はなかったと言えるだろう。

以上のように、院政期から鎌倉期には、女房歌人として母の娘としての意識の顕示は薄れていき、父の娘としての歌人像が強化され、父の「家」の顕彰の中に取り込まれていくのである[16]。

三　夫の「家」への意識——鎌倉期の阿仏尼を中心に

鎌倉中期において、家門意識を自ら強く表明した作品として突出しているのは、安嘉門院四条、すなわち阿仏尼[17]の『十六夜日記』であり、特にその序の部分や巻末付載の長歌に凝縮されている。注意したいのは、その対象が、父の「家」ではなく、母の「家」でもなく、夫の「家」、すなわち婚家であることである。

これはこの鎌倉中期にはまだほかの女房歌人たちには見られない。たとえば、前述の為家女為子は、帝の御代を言祝ぐ歌は詠む。が、関白二条良実嫡男の道良と結婚しても、夫の「家」を顕彰するような歌は詠んでいない。女房歌人たちは、和歌にも日記にも、夫の「家」のことは、ほとんど表現化しないのが普通である。時代が下り、日野名子の『竹むきが記』が、夫の〈家〉の女としての苦闘を描くが、それは南北朝になってからである。

『十六夜日記』の序から一部を掲げてみよう。

さても又、集を撰ぶ人は例多かれども、二度勅を受けて、代々に聞え上げたる家は、類なほありがたくやありけむ。その跡にしもたづさはりて、三人の男子ども、百千の歌の古反古どもを、いかなる縁にかありけむ、あづかり持たる事あれど、「道を助けよ、子を育め、後の世をとへ」とて、深き契を結びおかれし細河の流れも、ゆゑなくせきとどめられしかば、（後略）

『十六夜日記』は、夫の「家」、歌道家の継承と発展が、夫から自分に託された使命であり、我が子の権利でもあることを力強く主張する[18]。都の人々との贈答歌を書き連ねる後半部分においても、姉妹などとの贈答もあるが、御子左家の人々との贈答が圧倒的に多いことは、夫の死後もなお、夫の「家」の一員としての立場と意識を持つことを示している。

飛鳥井雅有の『嵯峨のかよひ』には、阿仏尼が夫の家門について開陳する場面がある。

「源氏はじめん」とて、講師にとて女あるじを呼ばる。簾《す》の内にて読まる。まことにおもしろし。（中略）女ある

じ、簾のもとに呼び寄せて、「このあるじは、千載集の撰者の孫、新古今、新勅撰の撰者の子、続後撰、続古今の撰者なり。客人は、同新古今撰者のむまご、続古今の作者なり。昔よりの歌人、かたみに小倉山の名高き住家に宿して、かやうの物語のやさしきことども言ひて、心をやるさま、ありがたし。此の頃の世の人、さはあらじ、など、昔の人の心地こそすれ」など、やうやうに色をそへて言はる。男あるじ、情ある人の年老ぬれば、いとど酔ひさへ添ひて、涙おとす。

（文永六年九月十七日）

阿仏尼はここで、「男あるじ」為家に対して、「女あるじ」と書かれており、為家存生時から、阿仏尼が歌道家の「女あるじ」として行動していたことを鮮明に表している。従来阿仏尼は為家の側室とされてきたが、為家ははじめの妻蓮生女と離別していることが明らかとなっており[19]、阿仏尼は為家の晩年の正室、同居の妻であった。

阿仏尼は平度繁女[20]であり、この家は一族あげて北白河院・安嘉門院に仕え、後堀河院時代に勢力のあった中流貴族であり、阿仏尼と一族との関わりは密接であるが、阿仏尼が諸作品の中でこの父の「家」について述べることは、全く見られない。阿仏尼の場合は、夫の「家」、すなわち婚家を我が「家」とする立場を、強固に貫いているのである。

為家没後、嫡流二条家（為家嫡男為氏）と、阿仏尼・その子為相（後の冷泉家）の遺産争いが生じ、阿仏尼は後家としての役割と権利に基づき、相論（裁判）に訴えた。このような鎌倉期における後家の役割については、歴史学で諸論があり[21]、阿仏尼以前にも、類似する源通光後家の相論があった。これらの研究により、中世前期の後家は、「家」の相続において、前家父長と次の家父長の間を繋ぐ夫の代行者として重要な役割を果たしたこと、その後家の権限の中には、幼い子が成人するまでの教育及び所領の管理があり、中でも夫の遺産を一括相続して管理・処分し得る後家相続は、十二世紀頃成立した強い権限であること、鎌倉後期以降はそれが後退していくことなどが明らかにされている。

後藤みち子は、これらのことを踏まえて、為家の譲状と裁許状の文言から、阿仏尼の所領と日記・文書の管理は、夫

の代行者として「家」継承を担う後家の権限であり、所領争いになった時は裁判の当事者になることも後家の役割であることを、改めて述べている。

また阿仏尼周辺では、俊成卿女（『十六夜日記』裏書）、為家旧妻（蓮生女）、為家などが、それぞれ所領などをめぐって、相論や執権への直訴、鎌倉下向などを行っているから、相論、鎌倉下向という手段は、ひとり阿仏尼だけがとった手段ではなく、この時代・環境の中においては、一般的なことに属する。遡れば、頼政女の二条院讃岐も、七十歳に近い承元元年（一二〇七）、伊勢国の所領について鎌倉へ訴訟に下向、目的を果たして帰京している（『玉葉集』一〇七六—一〇七七・『吾妻鏡』承元元年十一月十七日条）[22]。この讃岐や阿仏尼のように、この時代の女性が、訴訟のためにしばしば旅をしたことについて、網野善彦が[23]、「訴訟のために京や鎌倉の法廷まで行く女性の旅は、阿仏尼の『十六夜日記』によっても知られるように、かなり一般的にありえたと思われる」と述べて、訴訟のための上洛の旅の具体例を列挙する。ただし「このような訴訟や荘務のための女性の上下向の旅を荘園関係の文書で辿り得るのは、ほぼ南北朝期まででであり、この時期が女性の社会的な地位の変化と関わっていることをうかがわせる」と言う。

このように、後家には「家」継承のための権限が認められる場合が多く、その権限の行使をめぐる訴訟は阿仏尼以前にもあり、かつ訴訟のための女性の旅もしばしば行われていたなどの、歴史的社会的背景をふまえれば、「家」の所領をめぐる相論・下向という阿仏尼の行動を、阿仏尼の個性や性格に帰すべきではないことは明らかである。

阿仏尼と二条家との対立が言説化されてきた背景には、この相論が歌道家の分裂であり、京極家も含めて抗争となり、かつ相論が長引いたため、歌論の対立も含めた種々の言説が残ったことがある。また阿仏尼が、前掲『十六夜日記』序で「結びおかれし細河の流れも、ゆゑなくせきとどめられしかば」などと批判を連ね、歌道家の当主為氏を公然と非難しているのは、最初の妻ではなく後妻であったため、「家」の分裂は不可避であり、夫の「家」の女として

の立場を強調する必要に迫られていたということも大きいであろう。文学史的には、この時期には、夫の〈家〉への意識が和歌・日記に形象化されることはまだ稀であり、その中で阿仏尼は早い例であるが、そうした点を考慮せねばならないと思われる。

南北朝期になると、結婚とともに妻は夫の「家」に入るという嫁取婚が公家社会に定着し、そこでは女性による「家」の記とも言われる『竹むきが記』が書かれ、夫の「家」の女としてのアイデンティティの獲得と、その上に立った家門再興の苦闘が描かれる。(24)

四　「家」意識の変遷と受容

平安期から鎌倉期にかけて、女房歌人が「家」意識を和歌・言説で内外にあらわすときに、どの「家」へ意識を向けたか、史的・文学的位相を概観してきた。平安期には父の「家」への意識と、母の「家」への意識とが併存しているが、その中には、母系による重代の女房歌人が多数いて、彼女たちが母の「家」に自らを位置づけることも多く見られる。

しかしその後、中世的な「家」の形成と共に、院政期以降はしだいに母の「家」への表現意識が希薄化し、父の「家」への意識が強調されていく。その父の「家」への意識は続きながらも、鎌倉期半ばごろから夫の「家」への意識が見え始め、南北朝期からは決定的となり、夫の「家」への表現意識が顕在化する。つまりこれらの表現形成は、ほぼ家族制度の変容に伴って変遷を経ていく。(25) こうした流れと変化の中に置いて、女房歌人の意識と表現を考え、さ

らには受容を考えていく必要があると思われる。

それを阿仏尼を例にとって述べておきたい。[26] 阿仏尼はその作品の中で、父の「家」には言及することはなく、夫の「家」たる歌道家の一員としての「家」意識を強く内外に示したが、そうした行動は、『源承和歌口伝』などに見えるように、嫡流の二条家から激しく攻撃された。美福門院加賀が『新古今集』で「藤原定家朝臣母」と書かれたのとは対照的に、阿仏尼は勅撰集には常に「安嘉門院右衛門佐」「安嘉門院四条」等の女房名で書かれ、一女房の扱いであり、「為相朝臣母」と書かれることはなかった。

けれどもやがて二条家・京極家が断絶し、冷泉家のみが残り、歌道家同士の抗争が遠いできごとになると、室町期以降の阿仏尼は、為家の権威に寄り添うような形で、中世の代表的女房歌人として受容される。そしてまた、南北朝以降の家制度の変容によって、女性が夫の「家」に属する存在となり、文学にもその意識が反映されるようになると、皮肉にも、阿仏尼が、夫の「家」の一員として「家」意識を強く示して苦闘したその行動において、妻・母の理想として讃仰される存在となってゆく。阿仏尼が勝訴して帰京するという形を創作した作品として、謡曲「阿仏」や御伽草子的な読み物『阿仏東下り』[27] が作られ、また阿仏尼像を利用した浄瑠璃『十六夜姫』が作られるなど、種々の作品が生まれる。

そして『阿仏の文』は、阿仏尼の著作であるがゆえに、女訓書の祖型として尊重され、室町期から江戸期にかけて、改編されて多く読まれる。そして夫と子の「家」のために苦闘する妻・母の姿を示す『十六夜日記』は、若い女性に向けた、「家」を守る良妻賢母の代表的古典テクストとして、昭和に至るまで教育の場で使われ続けるのである。

（1）　康資王母・筑前乳母・源兼俊母は、伊勢大輔と、高階成順の間に生まれた姉妹であるが、『後拾遺集』に一首のみ入集

する中将尼は、明順妻で成順母であるとされている。

（2）通俊が、大中臣家の重代の意識をもち、それが『後拾遺集』にも反映されており、撰進過程では身内が協力していることなどを、久保木哲夫『折の文学――平安和歌文学論』（笠間書院、二〇〇七年）が論じており、本稿とも重なる部分がある。

（3）森本元子『私家集の研究』（明治書院、一九六六年）、ほか参照。

（4）『私家集の女流たち』（教育出版センター、一九八五年）。

（5）ただし女房歌人の場合は、それを和歌や女房日記などに形象することは少ない。これは女房という職掌の意識・役割に関わるであろう。

（6）田端泰子・細川涼一『日本の中世4　女人、老人、子ども』（中央公論新社、二〇〇二年）、辻浩和『中世の〈遊女〉――生業と身分』（京都大学出版会、二〇一七年）。

（7）実材母（親清妻・公経妾）の娘たち（次女、四女、五女ら）には、母を軸とする母の娘としての意識があるかもしれないが、実材母は勅撰集作者ではなく、「家」の意識があったかどうか判然としない。実材母はもと白拍子であり女系の意識があるか。実材母と親清女については、井上宗雄『鎌倉時代歌人伝の研究』（風間書房、一九九七年）に詳しい。

（8）「女たちから見た中世」（『京・鎌倉の王権』日本の時代史8、吉川弘文館、二〇〇三年）。

（9）第五部第四章など参照。

（10）後嵯峨院大納言典侍と九条左大臣女については、岩佐美代子『京極派歌人の研究〔改訂新装版〕』（笠間書院、二〇〇七年）参照。

（11）しかし定家の『新勅撰集』では「侍従具定母」とされており、定家没後の『万代集』『続後撰集』以後、再び「俊成女」に復する。これはおそらくは、歌道家における俊成卿女の位置に関しての、定家と俊成卿女との間にあった意識のずれ、あるいは二人の何らかの確執を反映するものかと想像される。第三部第一章参照。

（12）「中世の皇室と女性と文学」（『一三・一四世紀の文学』岩波講座日本文学史5、岩波書店、一九九五年）。

（13）民部卿典侍因子については、第三部第二章、および『民部卿典侍集・土御門院女房全釈』（田渕句美子・中世和歌の会、

風間書房、二〇一六年）参照。
(14)『建礼門院右京大夫集』末尾の定家との贈答はその例である。第四部第一章参照。
(15) これについては第四部第一章参照。
(16) 時代は下るが、室町中後期には、女房職（およびその報酬としての恩領）は、特定の家の父方の叔母から姪へ相伝されていたことが指摘されている。吉野芳恵「室町時代の禁裏の女房――勾当内侍を中心として」（『國學院大學大学院文学研究科紀要』一三、一九八二年三月）、同「室町時代の禁裏の上臈――三条冬子の生涯と職の相伝性について」（『國學院雑誌』八五―二、一九八四年二月）、木村洋子「室町時代中・後期女房職相伝をめぐって――大納言典侍　広橋家を中心に」（『家・社会・女性――古代から中世へ』（吉川弘文館、一九九七年）など参照。これは女房職の論であり、必ずしも歌人ではないが、ここでは平安期にあったような母から娘への継承は消え、父の家を軸に叔母から姪へ相伝されていることが判明する。
(17) 阿仏尼の生涯全般については、『阿仏尼』（人物叢書、吉川弘文館、二〇〇九年）で詳論している。ここで述べたことも一部重複しているが、詳細は当該書をご参照いただきたい。
(18) 今関敏子『中世女流日記文学論考』（和泉書院、一九八七年）、岩佐美代子『宮廷女流文学読解考　中世編』（笠間書院、一九九九年）、ほか参照。
(19) 佐藤恒雄『藤原為家研究』（笠間書院、二〇〇八年）、田渕句美子『阿仏尼』（前掲）参照。
(20) 阿仏尼は従来は度繁養女とされてきたが、それは『うたたね』の物語性・虚構性を勘案しなかったためであり、度繁女と考えられる。第四部第二章参照。
(21) 五味文彦「女性所領と家」（『日本女性史』二、東京大学出版会、一九八二年）、田端泰子『日本中世の女性』（吉川弘文館、一九八七年）、服藤早苗『家成立史の研究』（校倉書房、一九九一年）、飯沼賢司「後家の力」（『家族と女性』吉川弘文館、一九九二年）、後藤みち子『中世公家の家と女性』（吉川弘文館、二〇〇二年）、ほか参照。
(22) 森本元子『二条院讃岐とその周辺』（笠間書院、一九八四年）参照。
(23)『中世の非人と遊女』（明石書店、一九九四年）。

(24)　今関敏子『中世女流日記文学論考』(前掲)、岩佐美代子『宮廷女流文学読解考 中世編』(前掲)、ほか参照。
(25)　野村育世『ジェンダーの中世社会史』(同成社、二〇一七年)第五章「大姫・乙姫考」は、この点に関連する興味深い論である。大姫(嫡女)は父の娘として父の家のために生きるが、鎌倉末から南北朝期頃を境に、大姫が担っていた権限は太郎(嫡男)に吸収され、女子の長幼が意味をもたなくなり、妹でなくとも乙姫と呼ばれ、婚姻によって家から放出される女子はみな乙姫的存在となり、娘という存在の主要な価値が父の娘から太郎の嫁へと移行することを指摘、それは物語・説話等の呼称に読み取れること等を論じている。
(26)　以下については、田渕句美子『阿仏尼』(前掲)で詳述している。
(27)　第六部第三章参照。

第二章　歌合における女房――構造化のもたらす排除

本章では、主に中世前期において、歌合という構造の中で、女房歌人がどのような位置に置かれ、その史的位相はどのようであったか、問題提起と整理をしながら、やや包括的に考えたいと思う。

一　歌合と女房の関係と展開

歌合については、古くから多くの研究があるが[1]、歌合における女房とは、古来どのようなものであったのだろうか[2]。まず最初に、歴史的流れを概観しておきたい。

現存最古の歌合とされる九世紀末の仁和年間『民部卿家歌合』から、主として取り上げる鎌倉初期・中期まで、約四百年間の歴史的推移がある。各時代の文化・社会の中で、和歌の位置、歌壇の性格、歌人の役割、歌合の構造などが大きく変容するのに合わせて、女房歌人の役割も、時代や場によって複雑に変わるが、いくつかの主な歌合を取り上げる。

延喜十三年(九一三)『亭子院歌合』では、左右の頭に宇多帝の二人の皇女を任命し、一番左には伊勢を置き、講師

も女房であり、当時の歌合では宮廷の女性たちが中心的な役割を果たしていたことが知られる。

では次に、『八雲御抄』などで言及される、天徳・永承・承暦の三つの晴儀の内裏歌合を見てみよう。まず、平安期を代表する内裏あげての晴儀歌合、天徳四年(九六〇)『内裏歌合』は、『村上天皇御記』三月三十日条に(3)「此日有女房歌合事者、去年秋八月、殿上侍臣闘詩合時、典侍命婦等相語云、男已闘文章、女宜合和歌」とあり、男性官人の詩合に対して女房の歌合を行いたいという典侍・命婦ら内裏女房の発案で始まったもので、『扶桑略記』にも「於清涼殿有女房和歌合」とあり、左右方人の頭には更衣が任命され、女房が主導したことが窺える。このころ男性歌人のみの歌合もあるが、峯岸義秋・谷山茂(前掲書)が指摘する通り、平安朝の前期歌合には女房行事的側面が強い。

この約百年後の後冷泉朝前後は、頼通の後援によって歌合は再び隆盛する。永承四年(一〇四九)『内裏歌合』は、天徳四年『内裏歌合』を先蹤として行われてはいるが、女房も参加しているものの、もはや女房主導ではなく、左右の方人頭には蔵人頭が任命されている。これは後宮女官の職務体制の変貌とも大きく関わると考えられる。そして三つめの白河朝承暦二年(一〇七八)四月『内裏歌合』になると、天徳・永承の二つの『内裏歌合』を強く意識しながらも、女房歌人は一人も参加していないのである。このように、天徳・永承・承暦の三つの内裏歌合の間にも、女房の位置には大きな変化が認められる。

しかしそれでも、十一世紀以前の歌合一般には、女房たちの関与があることは事実である。男女が左右に分かれて対抗する歌合(男女房歌合とも呼ばれる)は、萩谷朴(前掲書)によれば、天暦七年(九五三)から寿永元年頃(一一八二)まで、歌合の遊宴性に重点が置かれた時代を中心に、十七回にわたり行われ、そこでは女房歌人は男性歌人に対等な位置を示している。またこの前後、上東門院彰子、麗景殿女御延子、六条斎院禖子内親王、祐子内親王、皇后宮寛子、郁芳門院媞子内親王などの宮家・女院等で行われた歌合は、女房が主導的に関わっているとみられ、各宮家の女房歌人同

士の交流も活発である。歌合歌の清書を女房が行うことも少なからず見える（第一部第五章参照）。また『中右記』寛治三年（一〇八九）八月二十三日条は『四条宮寛子扇歌合』について「大后於宇治有女房扇合、基綱朝臣、予、為講師」と書き、寛治七年（一〇九三）五月五日『郁芳門院媞子根合』について「今日新女院女房之根合也」と記し、『袋草紙』下（和歌合次第）も「郁芳門院根合時、左右頭女房也」と特記する。后宮・女院・内親王・斎院などで行われた各歌合は、摂関公卿廷臣等が参加・後見していても、女房たちが主体であった側面を残していて、記録にもそのように書かれているのである。

女房は、男性廷臣が並ぶ前では、皆に聞こえるように大きな声を出して意見を陳述したり、詠吟したりすることはしなかったと推定される。(4) おそらくそうした声の制約によるものであろうが、平安期においてすら、女性が判者を務めた明証はない。平安・鎌倉期を通じて、『八雲御抄』巻二作法部に「女房為判者事、非普通事」（国会本ほか）と述べられるように、女房が判者を務めることは基本的になかった。しかし女房が難判や陳状を書くことはみられ、長久二年（一〇四一）『弘徽殿女御歌合』では義忠判への相模の難判があったともされる。ただこの相模の難判は存疑である（第一部第五章参照）。寛治八年（嘉保元年・一〇九四）『高陽院七番歌合』では経信判へ筑前（康資王母）の長い陳状がなされている。(5) 筑前の陳状は書かれたものであり、ゆえに女房歌人にも可能であったのだろう。判者はつとめないにしても、こうした難判の陳状という行為を、平安中後期には女房が行うことがまだあったことは注意される。

けれども院政期半ば以降、歌合は遊宴ではなく和歌の批評・議論の場としての性格を強めていき、歌合の構成員も変化し、それと共に、女房歌人も歌合に参加・出詠はするが、もはや主催者・主体となることはなくなる。そして歌合が活況を呈した新古今時代には、女房歌人の活躍は大きく、女房歌人の存在は必要とされてもいた（『源家長日記』）。たとえば建仁元年（一二〇一）に行われた史上空前の歌合『千五百番歌合』では、歌人三十人中に女房歌人は六名、い

ずれも後鳥羽院によって新古今歌壇のために集められた新旧の女房歌人であった。しかしこの時代になると、歌壇を掌握するのは院・天皇、そして摂関家その他の権門、及びこれらと結び付いた歌道家であり、歌合や撰集は公的文化の中軸となり、身分と文化の秩序に取り込まれていく。鎌倉期には、女房が主体である歌合や男女房歌合などは残っておらず、女院文化圏や家々などで内々に営まれた可能性は絶無ではないものの、公的な場では女房が主体・主催の歌合は姿を消してしまうのである。

そして、女房による判者・講師はもちろんあり得ず、難判を書くという行為も見られない。(6) それはもとは女房は男性廷臣達の面前で大きな声を出すことができないという身体的習慣の理由によっていたと思われるが、やがて女房歌人は和歌の批評・議論・意見陳述を行わない、という排除へとすり替わったのではないだろうか。こうした女房の判・論などの批評行為については第一部第四章で、声による制約については同第五章で再論する。

二　様式における規範と逸脱

中世歌合の形式において、女房歌・女房歌人にはどのような規範があったのだろうか。

鎌倉期の歌学書の中で歌合・歌会の形式について、最も詳しく言及するのは『八雲御抄』である。(7) ここでは『八雲御抄』巻二作法部から、女房歌人について言及している部分をいくつか摘記してみよう。(8) 文頭の〔　〕内は、その記事が存する項目である。

〔歌書様〕　女歌、薄様、若檀紙一重。(国)　女歌は薄様一重也。(内)

〔判者〕女房為判者事、非普通事。長久二年弘徽殿女御歌、左は義忠、右は家経判之、上右《マヽ》相模判之。(国)
〔講師〕女房講師例、延喜十三年亭子院歌合、巻御簾一尺五寸、女房講之。(国)
　僧歌女は、不論貴賤後講之。(内)
〔読師〕僧幷女歌は、人歌講畢後、可重可重《マヽ》歟。(国)
〔番事〕此子細、於女歌者不謂善悪事也。(国)　於女房者不謂善悪、但其も可思事也。(内)
〔作者〕中殿御会、公卿殿上人也。女房猶不可交、但有例。僧不参之。密には女房参。……内裏歌合、公卿殿上人、六位、女房〔所々女房同之〕。(国)
〔撰集事〕巻一番には不論故人現存人有之。名又《マヽ》可然貴所御歌、又相卿之上者、雖非強歌人入之。又読人不知歌多之。女歌不可謂子細。(内)

これらは、ほとんどが男性歌人の枠組みから逸脱する女房歌人・歌の例外的性格を述べるものである。料紙・書様の独自性、普通は女房が歌合の判者になることはないこと、『亭子院歌合』では女房が講師となったこと、歌合の番において女房歌は例外性を持つが、ある程度考慮すべきこと、中殿御会には女房は出詠できないが、過去に例はあること、僧は参加できないこと、内裏歌合には女房・他所に出仕する女房や僧も参加できること、勅撰集の巻頭歌の作者は、貴人や公卿以上の者は特に優れた歌人ではなくとも良く、女房の歌も子細を問わないこと、などを述べる。

歌会等に提出される懐紙の書式には、男性と女性の歌人には大きな差異があった。こうした性差、また身分・場などによる差異への関心は、広く作法史・儀礼史へと拡大していく問題である。兼築信行[9]は、女流一首懐紙の書式が、男性とまったく異なり、原則として端作・題・位署を書かず、散らし書きにし、料紙も男性と異なること、その確立は男性の懐紙書式が確立定型化する時期と同じ十三世紀初頭であることを論じ、さらに男性の天皇・上皇の宸筆懐紙

には男懐紙・女懐紙の両様があることを指摘する。また別府節子(10)は、女性の懐紙の書式・料紙装飾などについて詳述した上で、金剛院切を集成復元し、それが十四世紀前半に、『新後撰集』『続千載集』の撰集資料として身分のある女性歌人が詠進した百首歌かそれに類する歌群の懐紙かと推定、あわせて中世には「女性にも体制側の秩序化、身分制が浸透していった」と推測した。さらにこうした女性の懐紙の書式は、「中世において、古代性を拠り処に秩序化されない、身分外身分的な性格を残していた女性と、秩序の支配する場のものではなかった折の和歌の記し方が、結び付いて生まれた」という、重要で興味深い指摘を行っている。

当日の披講の方法に関しては、歌合は構成された番の順序で披講されるが、歌会・連歌会についても触れておく。『袋草紙』上(和歌会次第)に「但、於僧侶幷女房歌、不論貴賤終講之」とあり、『八雲御抄』も同様に記す。その通りに、種々の資料、例えば『中右記』寛治八年(嘉保元年・一〇九四)八月十五日条、大治五年(一一三〇)九月五日条、長承三年(一一三四)四月十一日条、『明月記』建仁二年(一二〇二)正月十三日条、元仁二年(嘉禄元年・一二二五)三月二十九日条など諸歌会で、人々の披講が終わってから女房の和歌が講じられ、御製(貴顕の歌)がその後に披講される様子が書かれている。

また連歌会の作法であるが、『袋草紙』上(連歌骨法)に、鎖連歌の発句を詠む者について、主君、もしくは女房が詠むのを待ち、それが遅いときは代わって詠むのがよい、と言う。『八雲御抄』巻一正義部にも発句は当座の然るべき人が詠むべきだという記述がある。これは連歌・俳諧で主賓が発句をよむことの先蹤であるが、ここで主君とともに女房が挙げられていることに、女房の占める位置が端的に示され、一種の身分外性と見るべきであろう。

歌合では、その披講の方法は番の順に、一番は左から、その後は左右のうち前番で負けた方から講じられる(『袋草紙』)。その番において、女歌はおそらく身分と和歌の両方において、枠組みを超越することが『八雲御抄』に記され

ている(後述)。

中世の和歌行事の構造には基本的に身分構造が反映され、正式な公宴・御会等、つまり中殿御会、応制百首、竟宴和歌、入内和歌など、その公儀性が高ければ高いほど、成書される際の順序は身分構造に沿った形態となることが原則である。特に、和歌が政教性を強める後鳥羽院時代以降の鎌倉期において、身分構造・権力秩序が基本的規範であろう。公儀性が非常に高い場では、女房は参加できないか、もしくは一巻に成書されるとき作者の最後に置かれることがまま見られる。女房が男性官人の秩序・身分構造を逸脱する側面を有するとは言え、公儀性が最も高く身分秩序が厳しい場からは、排除・疎外される。

正式な歌会は歌合に比べて相対的に公儀性が高く、女房も参加することはあるが、歌合よりもはるかに少ない。歌合は前述のようにもともとは女房行事であり、祝祭的・競技的な空間であり、女房歌人は必要な存在でもあった。しかし、その歌合での女房歌人の位置には、歌会・連歌会における女房のありよう、逸脱性や超越性、身分外性も反映されているのである。

ところで、中世において、歌合という現実の空間で、女房歌人はどこにいたのだろうか。平安期の歌合における女房の座については、資料もかなりあり、それらにより復元的に考察されている[11]。しかし中世の歌合は不明な点が多い。その歌合の性格にもよるが、歌合では、講師・判者の座は別で、男性廷臣の座は、身分や主催者との関係性を反映していたとみられる(『明月記』の歌合の図など参照)。歌合・歌会等で女房が簾中にいたことを示す記述は『袋草紙』『中右記』『愚秘抄』他にも多い。一方で、『明月記』では歌会・和歌所などを図示・説明する部分があるが、この時期、出席した女房歌人の具体的な位置については判然としない。正治二年(一二〇〇)九月三十日条、「讃岐給迎車、参候北対西云々[12]」のように別室にいたらしいことを示す記事も見られるが、断片的である。そもそも定家は、歌合や歌会の

様子を記録する時に、出詠した女房歌人たちについては、関心をもって詳しく記す意識はほとんどみられないため、正確に復元することがむずかしい。

平安前期の内裏歌合に女房が出席して役を務めていたのに対して、新古今時代とそれ以後の宮廷歌壇においては、出詠した女房歌人は実際にみな歌合等に出席していたのかすら判然としないのである。女房歌人は一同とともに発声して歌を詠吟することはない(13)。他の女房たちと共に御簾の中にいたのか(14)、参加に準じて別室にいたのか、参加せずに歌のみを進上することが多かったのか。歌合の公儀性の度合いもあり、種々のケースがあるとは思われるが、中世の歌合については不明な点が多く、広く記録をたどり改めて考えねばならないと思われる。

三　女房歌の集成、女房歌人への視線

このように、『八雲御抄』の時代以前から、女房歌人には多くの制度上の規制、あるいは逆に超越性があったことが知られるが、和歌自体について、和歌の編纂の上で、特に女房の歌だけを撰集から取り出したり女房歌人に詠進させたりするなど、女房歌を集成する意識がでてきたのはいつごろからであろうか。

鎌倉初期には良経家の『女房百首』が催された。『女房百首』については、森本元子(15)・田仲洋己(16)などが考察しているが、建久六年(一一九五)二月以前に、良経が、小侍従・殷富門院大輔・高松院右衛門佐・八条院六条ら八名の女房歌人に求めた百首歌であったことが諸集から推定され、森本元子は、女房歌人を含まない『六百番歌合』の、「後番として同じ歌題のもとに特に女流の作を求めたのかもしれない」と推定した。『六百番歌合』のように歌合として判

が付されたことは見えないが、披講はなされたことが『拾玉集』四〇二三—四〇二七と『秋篠月清集』一〇四六詞書から知られ、後者に「当世の女房歌よみどもに百首歌よませて披講せしついでに」とある。

また、『吾妻鏡』建暦三年(建保元年・一二一三)三月二十八日条には、「長定朝臣献絵二十ヶ巻〈納蒔絵櫃〉、古今以下三代集中、撰女房作者、取其詠歌幷事書之意、図之、将軍家甚御入興云々」とあり、『古今集』以下三代集から女房歌人の歌が撰び出され、絵が描かれた。その絵巻二十巻は実朝に献上されたというが、現在その内容は全く知られない。また鎌倉中期ごろに、撰者未詳であるが『女房三十六人歌合』[17]が編まれたことは注目される。この編纂意図と背景については、さらに考える必要があると思われる。同じ頃、建長三年(一二五一)に『閑窓撰歌合』が撰歌結番された。これは信実・真観(光俊)共撰で、彼らのほか、それぞれの女の藻璧門院少将・少将内侍と尚侍家中納言(親子)・前摂政家民部卿を左右に配し、各家の女房歌人姉妹を組み合せたものである。

前述のように、歌合はかつては女房が主導して行うことができ、頭や講師ともなり、晴儀歌合にも女房が大きく関与し、時には男女対抗の男女房歌合が、あるいは斎院・后宮・女院主催の歌合などもしばしば行われた。が、院政期以降には歌合は和歌の批評・討議の場となって変質していき、やがては公的政教的性格を強めて、後宮・女房ではなく男性の歌人、歌道家歌人、あるいは貴顕・廷臣の手に委ねられたことから、逆にそこから女房歌人を区別する意識、女房歌を特に集成する意識、また歌合等の文学空間に女房歌人とその歌を必要とする意識がはたらいたのではないか。『源家長日記』で、後鳥羽院が「此のころ、世に女の歌詠み少なしなど、常になげかせ給ふ」と言って女房歌人を求めたのには、こうした背景があったと思われる。長明の『無名抄』も「近く女歌詠みの上手にては、大輔、小侍従とてとりどりにいはれ侍りき」という有名な段を記し、『後鳥羽院御口伝』も「女房歌詠みには、丹後、やさしき歌あまた詠めりき」と記す。また順徳院の『八雲御抄』が、歌学書の集大成的性格を持つとは言え、これまでになく男性

歌人・女性歌人の制度上の性差を詳述しているのは、この前後が、そのような女房歌人の位置づけが進んだ時であったことを想像させる。『順徳院御記』承久元年(一二一九)正月二十七日の和歌会の記事に特に「今夜無女房歌」と記しているのもそうした意識の反映であろう。

ところで、院政期以降、歌合の判詞で「女の歌」あるいは「女房の歌」という評語があらわれる。源俊頼にみえた後、藤原俊成以降に多用されるようになる。この「女歌」という言説については第一部第六章で述べるので、ここでは歌合で「女歌」として女房歌の表現的特質を捉える意識が判詞等に見られることだけを指摘するに留める。藤本一恵の論[18]に指摘があるように、批評語としての「女歌」は平安中期は皆無であるが、鎌倉初期以降に増え、「女房の歌」という評語も新古今時代あたりから目立つようになる。しかも俊成・定家・為家・源承・阿仏ら、多く御子左家の歌人によって「女歌」論が展開されていることは興味深い。こうした言説は、御子左家が自家から多くの女房を出し、かつ優れた女房歌人を育てたことと関わるであろうと考えられる。

このように歌合判詞で「女房の歌」「女歌」という評語が、新古今時代以降に、多く御子左家の歌人を中心にしながら展開されていった時期、それは「女歌よみ」「女房歌よみ」というような言説が諸処に頻出し始め、また女房歌が前述のような色々な形で集成され編まれ、また歌合などに女房歌人が必要とされ集められた時でもある。一方、「あやしの腰折一つ詠みて、集に入ることなどだに、女はいと難かめり」と嘆く『無名草子』も、そのような時代と文化圏の所産である。また十三世紀初頭は、女流和歌懐紙の書式の確立された時期でもある。

そして、歌合での作名としての「女房」が後鳥羽院によって用いられはじめたのも、この新古今時代である。これについては第一部第三章で述べているが、歌合での貴顕の「女房」は、女房の装いをし、隠れた権威性を帯びながら、「御製」は負けないという身分秩序から意図的に逸脱し、身分を無化する記号として用いられ始めたと考えられる。

摂関家で「女房」と称し始めたのは忠通であるが、後鳥羽院はその「女房」を上皇・天皇の作名として取り込み、頻繁に「女房」を用い始めたのであった。

院政期から鎌倉期において、歌合という制度には、女房歌・女房歌人には種々の規制・限界性、あるいは逸脱性・超越性があり、この相反する二側面に由来する女房歌人の特性と位置、必要性があったとみられる。新古今時代、上覚の『和歌色葉』、定家の『和歌書様』『和歌会次第』が書かれ、また他にも良経による和歌会の次第についての著述があった可能性があり(19)、さらにここでしばしば引用した順徳院『八雲御抄』が書かれて、これまで培われた歌会・歌合の次第が集成され相対化がはかられた。こうした中で、前述のように女房歌人の位置が種々の点から改めてある像を結び始めるのは、ごく大まかに言って十三世紀初頭、新古今時代前後からであったかと想像される。

四　歌合における女房歌人の位置とは

このような視点から、撰集、歌合、和歌行事などの構造体を眺めると、女房歌人に付与された位置が改めてうかがわれる。勅撰集では、公卿・廷臣・女房・読人不知は等しく勅撰集世界を構築する要素であるが、例えば勅撰集の各巻の巻頭歌について、『八雲御抄』巻二作法部には「巻々端には不論古人現在、殊歌人又可然人詠也。卿相などは雖非殊作者入之。女歌又准之。読人不知又然」(国)とあり、また前掲であるが、「巻一番には不論故人現存人有之(マヽ)。名又可然貴所御歌、又相卿之上者、雖非強歌人入之。又読人不知歌多之。女歌不可謂子細」(内)と言う。これは巻頭歌についての言であるが、勅撰集の歌群構成なども、女房歌人という視点から見ていけば、女房歌人とその和歌に与えら

れた意味が浮かび上がってくるのではないか。また鎌倉末の定家仮託の歌学書『愚秘抄』では、勅撰集の配列について、「御製のそばに雲客以下の輩を不可入。(中略)但、ことなる上手になりぬれば、御製のそばにも苦しからず。女の歌は不可憚事也。それも又心あるべし。女も名人を御製のそばにならべ奉るべし」と言う。いずれも女房歌人が持つ超越性を示唆する。

一方、歌合の配列、すなわち結番に関しては、『八雲御抄』は「合手は人程歌程共相応、尤も難有」(国)と、身分・家格と、和歌の力量とがうまく相応することはむずかしく、過去に問題となった番の例を挙げながら、「如此事多は、近代毎歌合多。此子細、於女歌者不謂善悪事也」(国)のように、女歌はこうした枠組みを超越することができると記されている。この結番の方法については、『八雲御抄の研究 正義部作法部』(前掲)の注が指摘するように、先行の歌学書にはまとまった記述がないにも関わらず、『八雲御抄』では詳述していることは注目される。ちなみに、前掲の勅撰集巻頭歌の人選についてのまとまった記述も、『八雲御抄』以前には見られない。この頃、こうした勅撰集や歌合の内部での人的な配列・構成が、明確に意識化されていたと想像される。定家は『明月記』に度々歌合の結番の仕方について記しており、又『井蛙抄』が『時代不同歌合』の番について定家が批判した記事を載せることも注意される。こうした意識のもとで、歌合における女房歌人の位置は、この頃どのように意識されていたのだろうか。

女房の歌を歌合のどこの番におくべきかということに言及する歌学書等は、管見ではまだ見出せない。だが女房歌人同士の左右の優劣について言及する記事はある。順徳院は『八雲御抄』巻六用意部の中で、夢に小町が現れ、自分は伊勢とならぶ歌人であるのに、順徳院が古歌を歌合のように「何となく番たるに」(国会本)、伊勢の歌はみな左に、自分の歌はみな右に置かれ、劣った扱いをされているのを嘆いたと記す。女房の中でも歌人としての力量や身分などによる序列化が進んでいることを示唆するものではないか。

歌合で女房の和歌は結番されるとき、どの位置に置かれ、それにどのような意味を見出し得るのだろうか。平安期以来、歌合の中での女房歌の位置は、時代・場によってさまざまで、女房のみの歌合もあれば、男女房歌合のように左右に分かち置くこともあり、女房歌を左右最後にまとめて置く、逆に初めに置く、左には入れずに右最初または最後に続けて置く、あるいは右にばらばらに置く、また左右にばらばらに置く、左右の中程にまとめて置く、左の最後に続けて置くなど、さまざまなケースが見られる。これらは結番相手・披講順序が固定しているか、固定していないなら法則性があるか、乱合ならどの程度の乱番か、隠名か、当座か、撰歌合か、公儀性が強いか等々によって違ってくると言えよう。また歌合に付載されることの多い作者一覧が、それぞれいつ成立し、その順序が歌合の番とどう整合するのかという問題もあるが、これらの問題はおく。

ここでは鎌倉初期から中期にかけての歌合の番の冒頭部分に注目してみよう。例外も多いとは言え、歌合一番左は、『八雲御抄』巻一正義部に「一番左は可然人得之」(国・内ほか)とある如く、その歌合の主催者、あるいは最高位の貴顕などが置かれることが多いのは自明の事実であるが、その対手である一番右に、女房歌人が置かれることが少なからず見られる。ここでは完本が存する鎌倉期歌合全ての人的構成を掲げる紙幅はないので、歌合一番に女房歌人が置かれた歌合(撰歌合を含む)の例のみを挙げる。それぞれ一番の左右の作者、及び勝負を示し、「御製」・貴人の出詠名「女房」・作名は〔　〕内に実作者を示し、挙げた歌合に便宜上通し番号を付した。

①建久六年正月	民部卿家歌合	左勝　経房	右　殷富門院大輔
②正治二年	石清水若宮歌合	左　小侍従	右勝　釈阿
③建仁元年八月	撰歌合	左勝　良経	右　讃岐

④建仁二年五月	仙洞影供歌合	左勝 通親	右 越前
⑤同年九月	水無瀬殿恋十五首歌合	左勝 良経	右 俊成卿女
⑥同年九月	若宮撰歌合	左持 俊成卿女	右 定家
⑦建仁三年六月	影供歌合	左勝 親定〔後鳥羽院〕	右 俊成卿女
⑧元久元年十月	石清水若宮歌合	左持 御製〔後鳥羽院〕	右 下野
⑨建永二年三月	鴨御祖社歌合	左 御製〔後鳥羽院〕	右 俊成卿女
⑩建暦三年七月	内裏歌合	左勝 女房〔順徳天皇〕	右 俊成卿女
⑪同年八月七日	内裏歌合	左 女房〔順徳天皇〕	右 俊成卿女
⑫建保四年八月二十二日	歌合	左勝 女房〔順徳天皇〕	右 兵衛内侍
⑬同年八月二十四日	歌合	左勝 女房〔順徳天皇〕	右 兵衛内侍
⑭承久元年七月	内裏百番歌合	左持 通光	右 兵衛内侍
⑮寛喜四年三月	石清水若宮歌合	左 定家	右勝 俊成卿女
⑯貞永元年七月	光明峯寺摂政家歌合	左持 基家	右 民部卿典侍
⑰同年八月	名所月歌合	左勝 女房〔道家〕	右 民部卿典侍
⑱寛元四年十二月	春日若宮社歌合	左勝 資季	右 藻璧門院少将
⑲宝治元年	院御歌合	左勝 女房〔後嵯峨院〕	右 承明門院小宰相
⑳弘長三年三月	住吉社歌合	左 為氏	右 安嘉門院三条(20)
㉑同年三月	玉津島歌合	左 為氏	右 安嘉門院三条

㉒建治元年　摂政家月十首歌合　左勝　女房〔家経〕　右　安嘉門院右衛門佐
㉓同年　十七番詩歌合[21]　左　女房〔家経〕　右勝　安嘉門院右衛門佐

以上のように、ここで一番左の対手として一番右に置かれる女房歌人は、総じてその時代の歌壇を代表するような女房歌人であり、このような例は歌合全体の中で頻繁に見られる。また『袋草紙』『八雲御抄』等に説かれるように、一番左は勝もしくは持が通例であるが、中には⑮や㉓のように一番右の女房歌人が勝を得たものもあり、また、②⑥のように一番左に置かれている例もある。これは、②は石清水社が小侍従と類縁深く、小侍従が石清水八幡宮別当光清女であることへの敬意に依るであろう。⑥は『水無瀬殿恋十五首歌合』の撰歌合であり、判者後鳥羽院のこの俊成卿女歌への高い評価を示すものであろう。もちろん個々の歌合には種々の性格・成立事情と結番方法があり、「御製」や貴人の「女房」などがわざと他の位置に置かれることもあるから[22]、これはおおまかな把握による一つの側面に過ぎない。けれども、一番左の主催者・最高位の貴顕に対して、一番右には、歌人として著名な者、あるいは一番左の貴顕に次いで身分の高い者やその側近などが置かれることと併行して、あえて女房歌人を置くという現象があることは注意されても良いのではないだろうか。特に、⑦⑧⑨⑩⑪⑫⑬⑲のように、後鳥羽院・順徳天皇・後嵯峨院が一番左になった時の右に、女房歌人が置かれている例は注目される。

上皇・天皇・摂関など貴顕が「女房」という名で出詠することについては、第一部第三章で述べているように、貴顕の「女房」は、当初は身分秩序を無化するために用いられ始めたとみられるが、しだいに「御製」などと同様に、場所も一番左に固定され、目に見える絶対的な高位の表徴として形式化されていく。この貴顕の出詠名として使われた「女房」と、その位置の高さは、女房歌・女房歌人の位置とも少なからず連関するものであろう。

この貴顕の出詠名「女房」が放つ高貴性は当然だが、鎌倉初期から中期の歌合の構造の中で、女房歌人の歌は相対的に高い位置に置かれることが少なくない。身分の序列で言えば、桑山浩然[23]は、十四、五世紀の禁裏女房について考察する中で、女房はおよそ出自により上﨟・中﨟・下﨟にわけられ、典侍(上)は公卿待遇、掌侍(中)は殿上人待遇、それ以下(下)は地下待遇であり、位階は男より一段低い扱いであったと指摘する。これを鎌倉期の身分にそのまま適用できるかどうかは別としても、鎌倉期歌合の中での女房歌人の位置は、前掲の歌合一番に限らず、全体に、対応する位階の男性の序列よりもはるかに高い位置に置かれることが少なくないのである[24]。

これはなぜだろうか。おそらく、前述のように女房歌人というものが男性官人の身分秩序を超越する側面を持っていること、また天皇・上皇に近い空間的位置の反映もあるだろう。さきに、公儀性が高い歌会等では、女房は疎外、もしくは作者の最後に置かれることが多いと述べたが、一方では『賜釈阿九十賀記』(尊経閣文庫本)[25]、『続古今和歌集竟宴和歌』(早稲田大学中央図書館本・群書類従本)[26]、『正嘉三年北山行幸和歌』『弘長三年二月十四日亀山殿御会』ほか、伝本にもよるが、院・女房・公卿廷臣(官位順)の順で書かれることがある。別府節子(前掲書)が、「行幸和歌や御会和歌の記録において、あまり編集の手の入らない段階には、院の懐紙の後に女房の懐紙が続いていたことを示す例」として、御会や『延文百首』集成本などの例を指摘している。女房歌の無署名性ゆえの御製との近さ、また実際の披講の逆の順だからと言えばそれまでだが、そのような構造が形成されたこと自体に、女房というものの本質的な性格が反映されてはいないか。

吉川真司[27]は、律令国家の女官について、儀式における役割・性格を男官と比較、序章でも触れたように、「女官は天皇―男官の君臣秩序からは疎外されていた。彼女らは天皇に近侍してその補助と装飾をつとめる、言わば天皇と不可分の存在なのであった」「律令国家の女官は王権に密着した存在であり、反射的とは言え、高貴性を身にまとって

いた」とし、男官とは別の独自性・男官と異なる女官独自の秩序があったことを指摘する。中原俊章[28]は中世の女官が蔵人の管轄のもと蔵人方と共に中世的展開を遂げていることを述べ、「女官は王権と一体化した存在であり、やはり「聖」的世界の媒介者」であったと言う。内裏・院の女房というものが持つ本質的性格として、王権に密着した存在性があると考えられよう。五味文彦[29]は、後鳥羽院を囲繞する申次の女房と女房奉書の検討を通して、女房の政治力の上昇、後鳥羽院による専制的権力の形成、その院権力の分肢として女房の力が存在したことなどを指摘する。歌合で「女房」と称し始めた上皇は、他ならぬこの後鳥羽院であった[30]。

このような女房の本来的な位置ゆえに、女房行事としての歌合の歴史が終焉した後も、歌合・歌会で女房歌人は男性官人の秩序から逸脱して高い位置に置かれることがあり、貴人は「女房」という名で出詠し、『讃岐典侍日記』『弁内侍日記』『とはずがたり』『中務内侍日記』『竹むきが記』など、自らが仕えた天皇・上皇の御代を書き残す女房（特に内侍など）の日記が続く一要因ともなったのではないか。これについては序章で論じている。

五　女房歌人の位置の構造化

女房歌人に話を戻して、鎌倉期歌合における女房歌人を通覧して気が付くのは、歌合におけるこうした女房歌人という枠の中にも、ある一定の秩序と性格があることである。端的な例で言えば、前掲の表、歌合一番における女房歌人は、その時代の歌壇を代表するような女房歌人であると述べた。後鳥羽院時代の前半までは、院政期以来の女房歌人、すなわち殷富門院大輔、太皇太后宮小侍従、二条院讃岐という面々である。これは『源家長日記』に記される後

鳥羽院が召し出した老女房歌人たち、前代にも活躍した、院・女院で名望あった女房歌人であり、特にその家の出自は限定されていない。後鳥羽院時代の後半になると、後鳥羽院が新たに抜擢した女房歌人の七条院越前や俊成卿女、下野らが現れ、中でも俊成卿女がスター的存在となって他を圧している。これは俊成卿女の歌才はもちろんであるが、御子左家の歌壇的位置と大きく関わるであろう。俊成卿女の光輝は順徳天皇内裏歌壇の前半まで続くが、建保元年に出家したゆえか、後半は兵衛内侍が俊成卿女に取って代わる。兵衛内侍は藤原隆信女、信実姉妹で、順徳天皇建保期歌壇での活躍はめざましいものがある。だが承久の乱の後は兵衛内侍の存在は忘れられ、勅撰集に入集したのもはるか下って、『新拾遺集』『新後拾遺集』『新続古今集』に各一首という少なさである。順徳天皇歌壇が承久の乱で崩壊し、順徳院の皇統が皇位につかなかったこと、兵衛内侍が御子左家の縁戚ではあるが直系ではなかったことが影響していよう。承久の乱後は俊成卿女が再び出詠するが、まもなく定家女の民部卿典侍因子が現れ、その出家後は、藻璧門院少将、承明門院小宰相、安嘉門院三条(式乾門院御匣か)、安嘉門院右衛門佐(阿仏尼)、そして藤大納言典侍為子、というように推移していく。

こうした歌壇を代表する女房歌人だけではなく、女房歌人一般に、院・女院の女房が多いし、それらが院・女院の文化層の厚みを示すものとも言える。だがやはり主流は御子左家の女性であろう。一時は真観の台頭に伴い真観の娘達が活躍し、中でも親子が後嵯峨院典侍で、しかも後一条関白実経の寵愛を受ける女房であった(『玉葉集』恋五・一八一二)ことに為家の危惧はあったであろうが、真観の勢力は続かなかった。女房歌人の活躍も、御子左家の歌壇支配と連動しているのである。更に気付くことは、内侍(典侍・掌侍)の女房歌人が増加していることである。平安期にも内侍の歌人は少なくないが、その後、院政期から鎌倉初期の代表的女房歌人の名をあげると、三河内侍を除けば、上西門院兵衛、殷富門院大輔、太皇太后宮小侍従、二条院讃岐、宜秋門院丹後、八条院高倉、俊成卿女、宮内卿ら、い

ずれも典侍・内侍ではない。だが順徳天皇以後、順徳天皇兵衛内侍、後堀河院民部卿典侍、後嵯峨院大納言典侍、後嵯峨院典侍親子(尚侍家中納言)、後深草院弁内侍、同少将内侍、藤大納言典侍(大宮院権中納言)、伏見院典侍親子ほか、代ごとに典侍・内侍には歌壇で活躍する女房歌人が多く生まれる。これは鎌倉期、男性の公卿廷臣層と歌人層とが同心円に近づいていったのと軌を一にする現象と言えよう。

御子左家は代々男子に「為家」の「為」を冠するが、女子にも「為子」と命名する例が複数見られる。その最初は為家女で、定家の「鍾愛之孫姫」、すなわち後嵯峨院大納言典侍である。[31] 彼女が早世した後、為家らの期待を担って登場したのが、京極為教女、為兼姉の従二位為子(大宮院権中納言・藤大納言典侍)であり、[32] 京極派の著名な歌人として長く活躍した。さらに二条家では、二条為世女に二人の為子がいて、遊義門院権大納言・後二条院典侍である為子は、歌合等で活躍し、後醍醐天皇の寵を受け尊良親王・宗良親王を生んだ。もう一人の為子は為世末女で、後醍醐天皇典侍、歌人であり、尊良親王の寵を受けて姫宮を生んだ(『増鏡』第十五・むら時雨)。このように御子左家の中の三家拮抗の中で、「為子」は、定家女民部卿典侍以来の典侍職を継承しつつ、それぞれに自家の名誉を体現する、歌道家を背負った名なのである。

為兼姉為子が、自歌の勅撰集入集を強く願う歌を詠んでいるのは、こうした意識のあらわれであると思われる。

名所歌よみ侍りける中に和歌浦を　　従三位為子
和歌浦に沈むみくづよみがかれん玉の光を見るよしもがな　　(玉葉集・雑五・二五三四)

「和歌の浦」は、古代以来の歌枕であると同時に、歌道、公的な和歌の世界、歌壇、勅撰集などを意味する語となり、定数歌・歌合などでは、歌壇への祝意、歌壇へ参加したことへの感動、不遇の述懐、祈り、歌道家の誇示などが託され、男性の歌人・廷臣に詠まれることが圧倒的に多いが、これまでに取り上げてきた女房歌人達にも例が見られる。

命こそうれしかりけれ和歌浦にまた人なみにたちまじりぬる
（千五百番歌合・雑二・二九八八・小侍従）

むれゐつつ和歌の浦わになくたづの声にも君が千代ぞきこゆる
（同・祝・二二〇七・俊成卿女）

人なみに君わすれずは和歌浦入江の藻屑数ならずとも
（建保名所百首・一一六九、玉葉集・雑五・二四五五・俊成卿女）

和歌浦や同じ流れの君が代にまた立出でて月を見るかな
（宝治元年後嵯峨院歌合・一〇六・小宰相）

勅撰集、歌合、応制百首などにおいて、宮廷和歌が皇統の政教的文化的示威としての役割を増した鎌倉期、本来は秩序や身分を越える側面を持っていたはずの女房すらも、次第に、その逸脱性も含めて宮廷女房歌人という枠の中に位置づけられ、封じ込められて構造化されていき、皇威を、同時に自身の家である歌道家の名誉を側面から支える役割を担うという、ある意味で必然的ななりゆきをたどったように思われる。

（1）　主要な研究としては、峯岸義秋『歌合の研究』（三省堂出版、一九五四年）、岩津資雄『歌合せの歌論史研究』（早稲田大学出版部、一九六三年）、萩谷朴『平安朝歌合大成 増補新訂』一―五（同朋舎出版、一九九五―六年）などがある。
（2）　歌合と女性に関しては、峯岸義秋（前掲書）のほかに、杉山康彦「平安朝の女性と和歌――歌合を中心に」（『国語と国文学』二七―一二、一九五〇年一二月）、浜島智恵子「平安女流歌合の研究」（愛知県立女子大学『説林』八、一九六一年一〇月）、谷山茂「歌合における女性」（『新古今時代の歌合と歌壇』谷山茂著作集4、角川書店、一九八三年）などがある。
（3）　『歴代宸記』（増補史料大成1、臨川書店、一九六五年）に拠る。
（4）　これについては、第一部第五章において論じている。
（5）　久保木哲夫『折の文学――平安和歌文学論』（笠間書院、二〇〇七年）は、筑前の主張について、「これだけ強く自説を主張できる精神的背景には、やはり歌の家柄としての大中臣家の一員という意識が強烈にあった」と推定する。また、経信が

論鋒をそらしたり筑前を風刺するといった態度をとることについて、渡邉裕美子（『新古今時代の表現方法』笠間書院、二〇一〇年）は、「自らの判に文句を付けられたことへの不快感だけではなく、それが女性によってなされたことへの反発があるのではなかろうか」と指摘する。

（6）鎌倉後期の京極派では、永福門院や為子が判者を務めたことが見られるが、これは例外に属する。これについては第一部第四章・第五章参照。

（7）『八雲御抄』を中心とする歌合・歌会の次第における女房歌人の特質については、渡邉裕美子『新古今時代の表現方法』（前掲）所収「「女の歌詠み」の存在形態――『八雲御抄』に探る」が詳しく述べており、本稿と重なる部分もある。

（8）『八雲御抄』巻一正義部・巻二作法部の本文は、片桐洋一編『八雲御抄の研究 正義部 作法部』（和泉書院、二〇〇一年）に拠るが、ここでは国会図書館本（精撰本系統）と内閣文庫本（草稿本系統）を並記し、私に句読点を付し、それぞれ（国）（内）と記す。また巻六用意部は同じく片桐洋一編『八雲御抄の研究 名所部 用意部』（和泉書院、二〇一三年）に拠る。

（9）「女流和歌懐紙について」（『国文学研究』一一一、一九九三年一〇月）、「女が和歌を書くとき――女懐紙をめぐって」（国文学研究資料館編『ジェンダーの生成』臨川書店、二〇〇二年）。

（10）『和歌と仮名のかたち――中世古筆の内容と書様』（笠間書院、二〇一四年）。

（11）天徳四年『内裏歌合』と天喜四年『皇后宮春秋歌合』については、『類聚歌合』十巻本・二十巻本などの記述に基づき、『平安朝歌合大成　増補新訂』（前掲）に復元図が書かれており、女房の座や御簾の場所も含めて推定されている。また赤澤真理「歌合の場――女房の座を視点として」（『陽明文庫　王朝和歌集影』勉誠出版、二〇一二年）は、村上朝から後冷泉朝までの歌合における、空間構成と女房の座について論じている。

（12）この条は京都府立総合資料館蔵『明月記　歌道事』（追一〇）に拠る。

（13）女房と声については、第一部第五章参照。

（14）『八雲御抄』巻二作法部の中殿会に、「寛治八年月宴、女歌三首簾中出、（中略）有便宜簾中女房候はむ所は可依此等例歟」（国会本）とあり、御簾の中に女房がいて、そこから和歌が出されることがあったことを伝えている。歌合・歌会等に出

詠していない女房たちも御簾の中から見物していたことは、『建礼門院右京大夫集』の最後の記事である俊成九十賀で、建礼門院右京大夫が後鳥羽院の命で縫い直しのために参上し、「参りて、文字二置き直して、やがて賀もゆかしくて、夜もすがら候ひて見しに」と記していること、また『井蛙抄』第六に、『六百番歌合』の寂蓮と顕昭の激論の様子を見ていた女房が、「殿中の女房、例の独鈷かまくび、と名づけられけりと云々」とあることなどから想像できる。

(15)『私家集の研究』(明治書院、一九六六年)。

(16)『中世前期の歌書と歌人』(和泉書院、二〇〇八年)。

(17)大伏春美『女房三十六人歌合の研究』(新典社、一九九七年)参照。

(18)藤本一恵「古今集仮名序「女の歌」をめぐって」(『平安文学論集』風間書房、一九九二年)。

(19)『明月記』建暦二年七月二十三日条に「故殿御次第」に関する記事がある。

(20)「住吉社歌合」「玉津島社歌合」に出詠した安嘉門院三条の歌が、『閑月和歌集』一〇〇と『新続古今集』二〇四に、式乾門院御匣(源通光女)の歌として見えており、井上宗雄『鎌倉時代歌人伝の研究』(風間書房、一九九七年)は、「安嘉門院三条とは、身分の高い御匣の隠名の可能性がある」とする。

(21)「『十七番詩歌合』注釈」(『詞林』一九、一九九六年四月)に拠る。

(22)後鳥羽院は「女房」を一番左ではなく別の場所に置くことを好んだ。名を隠して結番する隠名歌合が多かったこともあるが、隠名歌合であっても、どれが院御製か知られてしまう場合が多かったらしいこと(第一部第三章参照)、院自身が結番することも多かったことから、一番左を避けるのは、規範からあえて逸脱させることを院が意図したものと捉えることができよう。だが建保期の順徳天皇の「女房」は一番左が多く、後嵯峨院は一例をのぞきすべて一番左、宗尊親王も一番左、摂関家でも、良経以後は、道家・家経らの「女房」は、すべて一番左から置いている。

(23)「室町時代における公家女房の呼称」(『女性史学』六、一九九六年)。

(24)例えば、文永二年(一二六五)八月十五夜の歌合は、後嵯峨院仙洞で、歌道家・貴顕・近臣の歌人を網羅して行われた歌合であるが、一番左に女房(後嵯峨院)、同右に為家、二番左には前関白左大臣良実、同右に前太政大臣公相を置く。そして

三番以下は、三番左に関白左大臣実経、四番左に右大臣基平、五番左に前内大臣基家、という大臣達に対して、女房を配し、三番右に式乾門院御匣、四番右に中納言、五番右に小宰相を置く。

(25) いわゆる『俊成九十賀記』。院・俊成・女房二人・大臣公卿廷臣の順で書かれ、女房二人の端作等はなく、和歌の肩に「俊成卿女」「宮内卿」と注記される。

(26) ただし冷泉家時雨亭文庫本では、女房の二首は、後嵯峨院の次ではなく藤原実雄の次に置かれている。

(27) 『律令官僚制の研究』(塙書房、一九九八年)。

(28) 『中世王権と支配構造』(吉川弘文館、二〇〇五年)。

(29) 「聖・媒・縁――女の力」(『日本女性生活史2 中世』東京大学出版会、一九九〇年)。

(30) 第一部第三章参照。

(31) 後嵯峨院大納言典侍については、岩佐美代子『京極派歌人の研究〔改訂新装版〕』(笠間書院、二〇〇七年)、同『秋思歌秋夢集 新注』(新注和歌文学叢書3、青簡舎、二〇〇八年)参照。

(32) 従二位為子については、岩佐美代子『和歌研究 附、雅楽小論』(岩佐美代子セレクション2、笠間書院、二〇一五年)、井上宗雄『京極為兼』(人物叢書、吉川弘文館、二〇〇六年)など参照。

第三章　女房ではない「女房」——高貴性と逸脱性

院政期以降の歌合において、貴顕が「女房」と称するという不思議な現象がある。歌合で「女房」と称して出詠し、歌合の伝本にもそう書かれているのだが、それは実際の女房歌人ではない。作名（1）、もしくは隠名、出詠名、筆名などと呼ばれる。この「女房」と称している人物は、歌合で最も身分が高い男性の貴人であり、原則として、天皇・上皇、もしくは摂関家である。文学・和歌作品等で貴顕が種々の作名を名乗ることは多いが、単に「女房」と称するのは、おそらく他の文学領域では見られない現象である。

天皇・上皇が歌合に「御製」として出詠することは、院政期以前にも以後にもあるのに、なぜ「女房」と称するのか。そしてなぜこの「女房」と称する行為は平安期には見られず、院政期以降に見られるのか。また貴顕が「女房」と称して出詠した時、それが誰であるか皆にわからなかったのであろうか。さらに「女房」という名は、実際の宮廷女房のあり方と、何らか関係するのであろうか。これらの疑問をもちつつ、以下で検討していきたい。

一　貴顕が名を隠す・やつす行為

実名敬避という習俗・行為について、日本だけではなく世界も含めて、通史的に広く探った著として、古くは穂積陳重の研究がある[2]。歴史学はもちろんのこと、日本文学でも至るところにそうした現象があり、高貴な人物は実名を述べない・書かれないことは多くみられる。現実における行動として、高貴な人物が身分を隠し身をやつして外出する等のことは記録・物語等に数多く例がみられるが、文学作品で、高位の人物が自らの著作に、低い身分の作名・戯名を用いて身をやつすことも古くから見られるのである[3]。ここでは、中世の歌合において、貴顕がその和歌を出詠する時の作名についてまず触れておく。

古来、貴顕には種々の性格の作名があるが、中世初期の作名に関する研究として、田村柳壹が[4]、後鳥羽院が建仁元年(一二〇一)から使い始めた親定という作名について、これは同時期に実在する近臣の名であり、「治天の君たる後鳥羽院が実在する近臣の名を借りるという所為は、帝王が実在の臣下に我が身を「やつす」ということを志向したに他ならない」、「院が実在する近臣の名を借りることによって、院歌壇に集う人々は心象の次元で強い連帯意識を幻想することができたのである」と述べる。これをふまえて、佐々木孝浩が[5]、定家と後鳥羽院の二人を番えた「水無瀬釣殿当座六首歌合」で、後鳥羽院が「親定」を用いる背景について、上位の左に定家を配することや、院の勅判であるが院の負が多いことには、「親定」という作名も用いることが必要であったことなどを述べている。

順徳院の『八雲御抄』巻二作法部「歌書様」は、天皇・上皇が、内々の御会で、近臣の名を作名として使うことは、「尋常事」であると述べる。

又内々御会、作名尋常事也。高倉御時右衛門佐経仲、院御時左馬頭親定、建暦比左少将親通など也。殊其後道遠人之名を書事也。近作者中也。如然事不及先例、可随時儀歟。天子上皇不書同字[6]、

「右衛門佐経仲」は高倉天皇、「左馬頭親定」は後鳥羽院、「左少将親通」は順徳天皇の作名であると述べる。高階氏

は院政期に上皇への経済的奉仕によって近臣家として勢威をもった家で、高階経仲は後白河院第一の近臣と称された泰経の男である。藤原親定は田村論にあるように後鳥羽院近臣の一人、藤原親通は藤原伊輔男で、順徳天皇母修明門院の一族である。いずれも歌壇で活躍する歌人ではない。天皇・上皇が、あえて歌人ではない人物、それも誰でも良いわけではなく、実在する近臣の一人の名を用いる、という行為は注目される。それも近臣中の近臣というような最側近の人物の名は用いないようである。

鎌倉初期の摂関家では、良経と慈円の作名が田村柳壹の論(前掲)で列挙されているが、その作名には、「式部史生秋篠月清」のようないわば雅名と、実在する人物の名からの借り名である作名とがあることが指摘されている。そのうちの実在する人物の名を用いる作名としては、(7)たとえば『明月記』正治二年(一二〇〇)二月二十五日条、良経の「十題二十番撰歌合」では、九条兼実が中将(良輔)、良経が資家、慈円が能季という名で出詠している。良輔は兼実男、資家・能季は九条家の家司で、いずれも当時実在の人物であるが、歌人ではない。天皇・上皇の作名と同じ傾向が、ここでも見られるのである。

「女房」という作名については、早く折口信夫、(8)峯岸義秋(9)が、「女房」と名乗る行為について言及している。そして兼築信行(10)が、歌合での出詠名としての「女房」の使用の流れを辿り、「主催貴顕の「女房」名による出詠は、忠通―兼実―良経―道家(例は省略)という九条家の歌壇伝統の中で確立・継承される一方、後鳥羽院、順徳院以降、内裏・仙洞の歌壇で採用されていった経路が、朧げながら確認できるように思われる」と指摘しており、基本線はその通りであると考えられる。

さて、歌合の場で、この「女房」は、作者名としてどう読み上げられ、書かれたのであろうか。『玉葉』治承三年(一一七九)十月十八日の歌合で、兼実は「余詠称女房」と書き記しており、自詠は「女房」と称したと記している。

良経の『六百番歌合』には「愚詠　号女房」とある。また後代の資料であるが、『愚秘抄』に「御製には詠何首の和歌とて、御作者には女房とあそばさるゝ事も侍り」とあり、彼らが自ら「女房」と称したと見てよい。

実際の場のありようを記述するものとして、『明月記』建仁元年(一二〇一)三月十六日条がある。これは土御門通親亭で行われた影供歌合であり、後鳥羽院の臨幸があった。作者を隠して評定する隠名の歌合で、六題各一巻の六巻に書かれた歌をまず読み上げ、評定して勝負を付けた後、清範が命ぜられて作者を書き入れた。定家はそれを改めて読み上げた。定家は講師であり、作者の名の読み上げ方を詳しく記しているが、その最後にこのようにある。

於女房者、宮内卿、越前ト読。御製ヲハ女房と書〈同読〉。入道殿御名書之、入道ト読了。

女房歌人の作者名は[11]、定家はそれぞれ「宮内卿」「越前」と読み上げた。そして、後鳥羽院御製は「女房」と書いてあり、「女房」と読み上げた、と定家は記している。なお入道殿の御名(俊成・釈阿)は書いてあったが、それは「入道」と読んだ、と言う。

天皇・上皇の御製の歌は、歌会・歌合等に提出する原懐紙に名を書くことはなく、前述のように女房も原懐紙に名を記すことはせず、まとめて一巻(もしくは数巻)に書かれる時に女房名が書かれる[12]。ゆえに御製の書き方は女房懐紙と共通する性格を持つのだが、この貴顕の「女房」という作名は、女房歌人の無署名性と同一ではない[13]。貴顕は歌合で「女房」と名乗り、歌合の披講の場では「女房」と読み上げられ、一巻に書かれる時にも「女房」と記されたのである。

二　鎌倉期歌合の「御製」と「女房」

確認のために、鎌倉初期─中後期の現在完本が残っている歌合から、天皇・上皇が、[14]「御製」「女房」もしくは他の作名で出詠したものを列挙してみる。正確には諸伝本を見るべきだが、ここではおおまかな傾向を見るため、『新編国歌大観』第五巻・第十巻所収の歌合本文に拠り、一覧表を作成した。その天皇・上皇歌の勝負を示し、天皇・上皇が自ら判を行った勅判の場合は付記した。「女房」の実作者は〔　〕内に示した。無は底本に勝負付が無いものである。乾元二年〔嘉元元年・一三〇三〕以降もあるが、ここでは割愛した。なお、詩歌合については後で少し触れるが、ここには掲げていない。

正治二年（一二〇〇）九月	院当座歌合	女房〔後鳥羽院〕	勝1持2
同年十月	院当座歌合	女房〔後鳥羽院〕	勝1持2
同年秋	仙洞十人歌合	女房〔後鳥羽院〕	勝3持2負5
同年	三百六十番歌合	御製〔後鳥羽院〕	無判
建仁元年（一二〇一）二月	老若五十首歌合	女房〔後鳥羽院〕	勝37持8負5
同年三月	通親亭影供歌合	女房〔後鳥羽院〕	勝5持1
同年三月	新宮撰歌合	女房〔後鳥羽院〕	勝5持2
同年四月	鳥羽殿影供歌合	女房〔後鳥羽院〕	勝2持2

同年八月	和歌所影供歌合	女房（後鳥羽院）	勝5持1
同年八月	撰歌合	女房（後鳥羽院）	勝6負1
同年九月	和歌所影供歌合[15]	女房（後鳥羽院）	勝1無2
同年十二月	石清水社歌合	女房（後鳥羽院）	勝1
建仁二年（一二〇二）五月	仙洞影供歌合	親定（後鳥羽院）	勝2無1
同年六月	水無瀬釣殿当座六首歌合	親定（後鳥羽院）	勝1持2負3　勅判
同年九月	水無瀬殿恋十五首歌合	親定（後鳥羽院）	勝14負1
同年九月	若宮撰歌合	女房（後鳥羽院）	勝2持2負1　勅判
同年	千五百番歌合	女房（後鳥羽院）	勝65持13負11　勅判（一部）
建仁三年（一二〇三）六月	影供歌合	親定（後鳥羽院）	勝2負1
同年七月	八幡若宮撰歌合	女房（後鳥羽院）	勝3
元久元年（一二〇四）十月	石清水若宮歌合	御製（後鳥羽院）	持1無2　勅判
同年十一月	北野宮歌合	御製（後鳥羽院）	勝3
同年十一月	春日社歌合	女房（後鳥羽院）	勝2持1
建永元年（一二〇六）七月	卿相侍臣歌合	御製（後鳥羽院）	勝2持1
建永二年（一二〇七）三月	鴨御祖社歌合	御製（後鳥羽院）	無判
同年三月	賀茂別雷社歌合	御製（後鳥羽院）	無判
建暦三年（一二一三）年七月	内裏歌合	女房（順徳天皇）	勝2持1

同年八月七日	内裏歌合	女房〔順徳天皇〕　無判
同年八月十二日	歌合	女房〔順徳天皇〕　無判
同年九月十三夜	歌合	女房〔順徳天皇〕　無判
同年閏九月十九日	内裏歌合	女房〔順徳天皇〕　勝３
建保二年（一二一四）七月	禁裏歌合	女房〔順徳天皇〕　勝２持１無１
同年八月	内裏歌合	女房〔順徳天皇〕　勝５持８負２
同年九月	月卿雲客妬歌合	女房〔順徳天皇〕　勝３
建保三年（一二一五）六月	院四十五番歌合	御製〔後鳥羽院〕　勝５
同年六月	月卿雲客妬歌合	女房〔順徳天皇〕　無判
建保四年（一二一六）閏六月	内裏百番歌合	御製〔順徳天皇〕　勝５持３負２
同年八月二十二日	歌合	女房〔順徳天皇〕　勝３持２
同年八月二十四日	歌合	女房〔順徳天皇〕　勝５負１
建保五年（一二一七）四月	歌合（北野宮歌合）	御製〔順徳天皇〕　無判
同年十月十九日	四十番歌合	御製〔順徳天皇〕　持１負４　勅判
同年十一月	冬題歌合	御製〔順徳天皇〕　勝３持３負１
建保七年（一二一九）二月十一日	歌合	女房〔順徳天皇〕　勝10
同年二月十二日	歌合	女房〔順徳天皇〕　勝２持３負１
同年（承久元年）七月	内裏百番歌合	御製〔順徳天皇〕　勝８持１

同年九月	日吉社大宮歌合	御製〔順徳天皇〕　無判
同年九月	日吉社十禅師歌合	御製〔順徳天皇〕　無判
嘉禎二年（一二三六）七月	遠島御歌合	女房〔後鳥羽院〕　勝１持６負３　勅判
宝治元年（一二四七）	院御歌合	女房〔後嵯峨院〕　勝９持１
建長三年（一二五一）九月	影供歌合	女房〔後嵯峨院〕　勝９持１
弘長元年（一二六一）七月	宗尊親王百五十番歌合	女房〔宗尊親王〕　勝７持２無１
文永二年（一二六五）八月	歌合	女房〔後嵯峨院〕　勝４持１
同年九月	亀山殿五首歌合	女房〔後嵯峨院〕　勝３持２
永仁五年（一二九七）八月	歌合	藤原頼成〔伏見天皇〕　勝３ 中将〔中宮＝永福門院〕　勝１持１負１
乾元二年（一三〇三）閏四月	仙洞五十番歌合	女房〔伏見院〕　勝４持１ 中将〔永福門院〕　勝３持２ 藤原範春〔後伏見院〕　勝３持２

後鳥羽院が正治二年九月に「女房」を使い始め、順徳天皇に踏襲され、その後、後嵯峨院、宗尊親王、伏見院に踏襲されていく。そしてこの後も、後伏見院、後二条天皇、後醍醐天皇（当時東宮）、後村上院、光厳院、崇光院、長慶天皇、後花園天皇、後土御門院、後柏原院ら、天皇・上皇・親王が「女房」と称する例は続いている（巻末系図参照）。

また鎌倉後期になると、一つの歌合に複数の貴人（院・女院）が参加することがあり、ある歌合の中で伏見院が「女

房」、永福門院が「中将」、後伏見院が「藤原範春」と称したり、別の歌合では伏見院が「御製」、永福門院が「中将」、後伏見院が「女房」と称するように、貴顕の「御製」「女房」とその他の作名とが一定せずに混在し、「女房」が指す貴人も変わるという現象が見られる。

そして、ここでは表は掲げないが、九条家で「女房」として出詠することは、忠通から、九条兼実・良経・道家に継承された後も続いている。うち一条家では、道家男実経の子家経が建治元年(一二七五)『摂政家月十首歌合』『十七番詩歌合』で「女房」と名乗り、一条兼良も嘉吉三年(一四四三)『前摂政家歌合』で「女房」として出詠する。二条家では、良基が貞治五年(一三六六)の『年中行事歌合』で「女房」、『餅酒歌合』でも「二条女房」と名乗る。つまり、天皇・上皇・親王以外には、臣下で「女房」と名乗っているのは、摂関家だけなのである。権門の土御門家や西園寺家が歌合を主催しても、そこで「女房」と称する例が見当たらないことは、注目される事実である。これは偶然ではなく、摂関家だけに許される行為だったと考えられるのではないか。このことは、後掲の『安斎随筆』の記述にも一致する。

また、摂関家の人物が歌合で「女房」と称する時、それは彼が主催する摂関家の家歌合に限られている。彼らが内裏や院の歌合に出詠した時には使われない、ということは重要である。またその「女房」と称した人物が当時まだ摂政関白になっていない場合も多いが、(16) ほとんどは後に摂関になっている。(17) つまり摂関家の中でも、当主及びそれに準ずる人物にのみ許される行為であったと考えられる。

三　なぜ「女房」と称するか

なぜ貴人は「女房」と称する必要があるのだろうか。これについては、江戸時代の『安斎随筆』(巻之十一)に、以下のように述べられている。

禁中御歌合に、主上の御歌をば作者を女房としるす。また摂政関白の家の歌合にも、摂関の歌をば作者を女房としるす例なり。これは主上の御歌は申すに及ばず、摂関の歌にても、判者判断して勝負を分くるに憚りある故、女房の歌にして憚りなく判断すべきがためなり。

『安斎随筆』は、天皇や摂関の歌に勝負を付けるのは憚りがあり、女房の歌ということにして憚りなく判断するためである、と言う。伊勢貞丈の『安斎随筆』は天明年間の成立であるから、十八世紀まで下るが、基本的理解としては正しいと考えられる。

この「女房」という作名は、原則として歌合に見られる。例外もあって、『建保名所百首』で順徳天皇は「女房」、『自讃歌』で後鳥羽院歌が「女房」、『新撰和歌六帖』の作者一覧で家良が「女房」と書かれ、元徳二年(一三三〇)八月一日御会で後醍醐天皇歌が「女房」と歌頭に書かれるなど、定数歌・秀歌撰・歌会でもいくつかの例が見られるが、圧倒的に歌合に多い。これは歌合が競技的な場であり、勝負を競うという性格を有するゆえであると考えられる。そこで天皇や摂関が、臣下の歌人と番えられ、勝負をつけられるということへの抵抗感、忌避感があるとみられる。そのために身をやつして、近臣の名、あるいは実体のない「女房」という名を用いるのであろう。

そして「女房」が忠通から始まり、兼実・良経を経て、後鳥羽院に使われるようになったことは、院政期以降、歌

合が和歌批評の場としての機能を強めたことや、特に後鳥羽院時代の歌合は、和歌表現の模索と革新が日々歌人間で競われる場であったことが大きいであろう。正式な公儀性の高い御会では、やはり正式に「御製」と書かれる。

その「御製」として詠まれた歌の勝負はどうであろうか。天皇・上皇の御製については、そもそも平安期に天皇・上皇の御製が歌合に出されることは非常に少なく[18]、内裏歌合でも例外ではない。そして御製がある場合でも、臣下の出詠歌と対等に判を受けているとは言い難い。早く延喜十三年(九一三)『亭子院歌合』の判詞に「左はうちの御うたなりけり、まさに負けむやは[19]」という言があることが、それを示している。

『袋草紙』下(判者骨法)は、「御製者不負云々」と端的に記し、続けて、『亭子院歌合』と『皇后宮春秋歌合』の例を挙げ、御製が左右なく勝となったことを述べ、続けて「以之思之、当家主人若は時貴人歌、準拠之可用意事也。又、雖有少々咎、敵歌劣は、随宜て判定常事也」と言う。平安期には御製が負けることは基本的にはなかったと見られる。

確かに、前掲の表を見ると、鎌倉期においても、「御製」が負ける例の圧倒的な少なさが浮き彫りになる。正治二年(一二〇〇)から承久元年(一二一九)の、「御製」と記される歌合・撰歌合は計十四回である。うち後鳥羽院の「御製」が負の例は元久元年(一二〇四)の『石清水若宮歌合』のみで、後鳥羽院は持1無2であるが、これは後鳥羽院判だからである。これに比べて、同年『北野宮歌合』及び建保三年(一二一五)六月二日『院四十五番歌合』は衆議判で、御製(後鳥羽院)はすべて勝であった。

興味深い例として、表には掲げていないが、『元久詩歌合』がある。これは作者一覧には「左馬頭藤原朝臣親定」、本文中では「御製」として、親経と四番合せられている。『明月記』元久二年五月四日条に「出御之次仰事云、欲合親経、必二番可負、依為師匠也者」とあり、後鳥羽院が御製を親経と合せ、番二つは必ず負にせよと命じた、とある。歌合底本は勝負の判を欠く番が多く、実際に院の詠が二番負とされたか確認できないが、御製を負にするには、院自

身の命が必要であり、そうでなければ普通は勝になったことが窺える。

帝王後鳥羽院の絶対性に比して、順徳天皇の「御製」は、三度の歌合で負があるが、これも和歌に精進する若き順徳天皇の意志が反映されたものとみられる。建保五年(一二一七)の『四十番歌合』で御製が持1負4であるのは、順徳天皇の勅判ゆえである。また同年の『冬題歌合』で御製は勝3持3負1であるが、これは、再三にわたって「猶依天気為持」(一番)「右勝つべきよし、天気侍りき」(三十三番)「殊勝のよし天気侍りて、右の勝とおほせられ侍りしを、宮内卿懇切に持のよしを申す」(四十一番)と判詞に記されており、衆議判に対して順徳天皇が自詠を強いて負や持にするよう主張した結果であるとみられる。建保四年閏六月『内裏百番歌合』で御製が勝5持3負2なのも、このようなことが繰り返されていた結果と想像されよう。

形式の上でも、御製の扱いはあらゆる点で別格であった。歌合ではないが和歌会の作法で、『袋草紙』にあるように、御製は臣下の詠が終わった後に講じられ、正式には文台も講師も別であった。これは平安期以来の公宴詩会で、御製が最後に講じられたことと軌を一にするものであろう。『明月記』にも、和歌会で臣下の詠が講じられた後、御製が講じられるさまがしばしば記されている(建仁元年七月二十七日条・同二年正月十三日条ほか)。

こうした特別性を避けるため、後鳥羽院は摂関家で使われていた「女房」を取り込み、作名として用い始めたのではないか。後鳥羽院の「女房」が歌合で置かれる位置も、無条件で勝つことが多い一番左は少なく、既成の秩序を壊そうとした意図が窺えよう。後鳥羽院は、和歌をはじめとする諸芸において、摂関家や臣下たちの種々の文化的試みを自らのもとに統合し、より発展的に展開しており、この「女房」もその一つであったと言えよう。

「親定」や「女房」と称することは、後鳥羽院が身分を無化し、身をやつす行為であった。蹴鞠においても、後鳥羽院が他のメンバーと平等に鞠を調進する頭人を務めたり、上皇でありながら地下の服装である直垂を着てプレーす

るという異常なこともしばしば行われ、それは身分秩序の枠組みを取り払おうとする院の意志であったとの指摘がある。[20] 通常蹴鞠で直垂を用いたのは、身分秩序の枠外に置かれている童であった。これは、男性の身分秩序の枠外にいる「女房」という名を用いることと、非常に類似するのである。

しかしながら、「女房」あるいは「親定」などの作名を用いても、また隠名歌合で名を隠して勝負や判を付けても、かつ順不同の乱合であっても、歌のどれが御製であるかは最も大きな関心事であり、自然に漏れ知るところでもあっただろう。『無名抄』に「大方は歌を判ずるには、作者を隠すといひながら、ひとへに知らぬもゆゆしき大事なり」とある。

後鳥羽院はしばしば名を隠して結番・加判する隠名歌合を行ったが、そこで加判することは判者にとって大きな恐怖を伴うことであったらしい。『明月記』正治二年九月三十日条には「御製不伺知之間、毎歌怖畏」、また十月一日条には「次題作者重読之、多其恐、但　御製無負、以之為冥加」「御製無負、為悦」とあり、隠名歌合で御製に負を付けることへの恐れが語られている。一方、この九月三十日の歌合に関する、十月一日付定家公経勘返状に、「などやらん権大納言の御歌、奉負候ぬると思候し、無術おぼえ候しも、僻推にて、為悦無極候」とあるのは、佐藤恒雄[21]が論じている通り、定家は当初三番で権大納言忠良の歌が負けたのが不満であったが、それは対手の歌が後鳥羽院御製と知っていた通親が強要したためらしく、定家は結局御製に負を付けずにすんで安堵している。この歌合こそ、現存歌合の範囲では、後鳥羽院が初めて「女房」と称した歌合であった。[22]

注目すべきは、この後、天皇・上皇が「女房」として出詠した歌合においても、「御製」に準じて、「女房」の歌が負けるのは非常に少ないことである。前掲の表に示したように、正治二年(一二〇〇)から文永二年(一二六五)までの間、後鳥羽院・順徳天皇・後嵯峨院・宗尊親王が「女房」として出詠した歌合(撰歌合を含む)は計三十四回あるが、この

うち、「女房」歌が負となった歌がある歌合は九回だけで、他はすべて勝・持のみである。しかもこれら「女房」が負となった歌合を見ると、院自らの判であるもの、あるいは歌合の規模が大きく勝が圧倒的に多いが負も少々加えられているもの、というケースがほとんどである。建仁元年（一二〇一）二月の『老若五十首歌合』は勝37持8に対して負5であり、建仁二年九月の『若宮撰歌合』勝2持2負1は後鳥羽院判である。同年『千五百番歌合』では後鳥羽院の「女房」が勝65持13負11で三十人中第一位の成績であり、(23) この負11のうち10が院判の部分である。また嘉禎二年（一二三六）七月『遠島御歌合』が勝1持6負3なのも、後鳥羽院判だからである。これら以外の例でも、その歌合の「女房」歌の負は一首だけに限られている。なお正治二年秋の『仙洞十人歌合』は判者に諸説あり、(24) ここでは立ち入らないが、勝3持2負5という成績を見る限りにおいては、後鳥羽院判ではないかと推量される。また順徳天皇内裏での歌合では三度の歌合で一、二例の負があるが、これも「御製」の場合と同様に、順徳天皇歌壇の性格が反映されていよう。

このように、後鳥羽院・順徳天皇の「女房」は少々の負があるが、後嵯峨院時代になると、至尊の「女房」は負けないという形が定着しており、宝治元年（一二四七）以降の後嵯峨院歌壇で、後嵯峨院や宗尊親王の「女房」に、負は全くない。後鳥羽院によって創始された貴顕の「女房」は、本来は身分秩序を無化する意図で用いられたものであろうが、すでに鎌倉中期には「御製」を直ちに示す記号となっていると考えられる。(25)

そして鎌倉後期には、同じ歌合に二人以上の院・天皇が参加するようになり、前述のように「御製」「女房」あるいは他の作名が同時に使われるようになると、勝負の点で、「女房」も相対的な性格を帯びざるを得なくなる。例えば、乾元二年（嘉元元年・一三〇三）『後二条院歌合』は、後宇多院の作名「教宣」に番えられた後二条天皇「女房」は、五首すべて負となっているのである。

なお、題詠の時代の詠歌として当然ではあるが、「女房」として出詠しても、その歌に装われた詠歌主体は、女性に限定されることはない。例として、後鳥羽院の二首を掲げよう。

ひとすぢに色にいでじと思ふにはしのぶ心にかつものぞなき（建仁元年四月鳥羽殿影供歌合・忍恋・四九）

今こんといひしばかりをたのみにていく長月をすぐしきぬらん（建仁元年八月和歌所影供歌合・久恋・一八一）

「女房」として出詠した後鳥羽院の作だが、前者は男性、後者は女性が詠歌主体の詠と思われる。「女房」の詠は、当然ながら、男女いずれの詠歌主体も可能であり、それは題詠の和歌で男女ともに男女双方の立場で詠み得ることと変わりはない。

四　なぜ「女房」という作名か

では、なぜ貴顕の作名が「女房」なのであろうか。中世以前にその理由を説明する歌論書等は見当たらず、想像であるが、おそらく女房歌・女房歌人の位置づけと深く関わるのではないか。歌合における女房歌人の位置についてはこの第一部第二章で論じたが、王権に密着した存在性をもち、それゆえ反射的な高貴性を身にまとい、男性官人の身分秩序からの逸脱性、超越性がみられる存在である。それはこの「女房」という作名と、深く結びつく特質である。また前述のように、自分に密着する近臣の名（親定など）を用いる行為は、自分に近侍する女房の姿を装って「女房」と称する行為と類似する。ただし注意されるのは、「親定」のような作名と異なり、実在する近臣の実名ではなく、ある女房の女房名でもなく、人格をもたない漠とした「女房」という作名であるということである。

またおそらく様式上の誘因もあり、懐紙に書かれる位置という点で、女房歌は原懐紙に名は記さず、御製も同様に名は書かれないので、無署名性という点で共通しているため、一巻に書かれる時に、ある「女房」の歌として記録される形になりやすい状態にあるとは言える。また歌合の座の位置も、天皇・上皇と女房はそれぞれ御簾の中にいて、一般廷臣からは姿の見えない存在であることも、無関係ではないであろう。

中でも重要なのは、女房奉書との関係ではないだろうか。[26]おそらく淵源は同じではないかと思われる。女房奉書の発生については、吉川真司[27]の論が詳しい。吉川は平安期の女流日記・随筆・物語を含めて検討し、『枕草子』ほかに多数見出される「仰せ書き」も女房奉書であることから、これまでの鎌倉初期、又は中期という説から大きく遡って、天皇・宮・諸家の女房が仮名で仰せを伝える女房奉書が一般化し確立するのは、十世紀後期頃であろうと推定した。主人の仰せや和歌などを代筆して送ること、これも広い意味で女房奉書にほかならない。つまり歌合の歌も、実際に貴顕が書いたか女房が書いたかはさておき、女房が代筆した形の反映として、「女房」という作名を誘発したのではないだろうか。

歌合ではなく私家集にも「女房」と記されることがある。『山家集』の讃岐贈答歌群は、西行と「女房」との贈答であるが、実際には配所讃岐の崇徳院との贈答であろうということは指摘がある。[28]これは作名というよりも、女房を通しての贈答であり、広い意味での女房奉書であるから、「女房」と記されることとなったのであろう。その実態を示している例として『隆祐集』があり、六〇左註に「又此歌の返事、少輔局〈家長朝臣女也〉奉書にて、今度十首、故入道がありし時よりも猶かさまさりて御覧ずる也、他事なく好たしなむべきのよし被仰下て候し……」とある。隠岐に流された配所の後鳥羽院が、藤原隆祐に、院に近侍する少輔局の女房奉書で返書を送ったことを示している。

このように、貴顕が近侍する女房に命じて仮名で書状や和歌を書かせ、誰かに送ることは、日常的な普通の行為で

あり、女房の職掌である。こうした貴顕の行為が援用されて、歌合の「女房」という作名を呼び起こす一つの要因となったと考えられる。

このように、歌合での「女房」は、歌合を主催する天皇・上皇、および摂関家だけが用いる特権的な作名であり、当初は摂関家の歌合で用いられた。その「女房」を後鳥羽院が取り込んで使い始め、その後も天皇家・摂関家で継承されていく。それは人格をもたない「女房」であり、おそらくは女房奉書や、女房が反射的に帯びる高貴性や身分秩序からの逸脱性などを淵源・契機として、身分の枠外にいる名もなき女房の装いをしつつ、「御製者不負」という束縛から脱して「御製」という身分を無化する名として用いられた。しかし実際には、「御製」と同様の絶対的な権威性を内包しており、「女房」は限りなく高貴なものの映像であり、枠外への逸脱と、権威性・高貴性とは表裏一体であった。

鎌倉中期になるとこの「女房」は、「御製」や貴顕を直ちにあらわす記号として定着する。そしてさらに鎌倉後期、歌合に複数の貴人(天皇・上皇)が同時に参加してそれぞれ作名を使うようになると、「女房」も相対的な性格を帯びざるを得なくなって序列化される。こうした過程は、第二章で述べたように、本来は逸脱性や超越性を帯びていたはずの女房歌人すらも、やはり鎌倉期後半になると、宮廷女房歌人という規定の枠の中に封じ込められて構造化されていくことと、軌を一にする面があると考えられる。

(1)『八雲御抄』(後掲)の本文に従って、本稿では「作名」と呼ぶこととする。

(2)『実名敬避俗研究』(刀江書院、一九二六年)。

(3) 私家集でたとえば、藤原師氏の私家集は『海人手古良集』と命名し、藤原伊尹の『一条摂政御集』は大蔵史生倉橋豊蔭という卑官の官人に仮託し、藤原良経の私家集は『式部史生秋篠月清集』と命名している例など。ただし女性は、永福門院の例(後述の歌合での作名)はあるが、稀である。

(4) 「二人の左馬頭親定」(有吉保編『和歌文学の伝統』角川書店、一九九七年)。

(5) 「中世歌合諸本の研究(五) ―― 『水無瀬釣殿当座六首歌合』・附校本」(『斯道文庫論集』三六、二〇〇二年二月)。

(6) この『八雲御抄』の本文は、片桐洋一編『八雲御抄の研究 正義部 作法部』(和泉書院、二〇〇一年)所収の国会本に拠るが、漢字仮名・清濁・句読点等の表記は私意に依る。

(7) 『玉葉』寿永三年(元暦元年・一一八四)二月二十二日の法恩講の詩歌会で、「仍大将幷法印、以他人□(為)名」とあり、大将良通と法印慈円が「他人」の名を用いたとあるので、これも実在する誰かの名からの借り名であろう。なお、高橋秀樹『玉葉精読 ―― 元暦元年記』(和泉書院、二〇一三年)参照。

(8) 「女房文学から隠者文学へ」(『折口信夫全集 一』中央公論社、一九五四年)。

(9) 『歌合の研究』(三省堂出版、一九五四年)。

(10) 「「女房」という出詠名(覚え書き)」(『礫』一二〇、一九九六年一〇月)。

(11) 女性の和歌懐紙に位署等が記されないことについては、第一部第二章参照。

(12) 兼築信行「女が和歌を書くとき ―― 女懐紙をめぐって」(国文学研究資料館編『ジェンダーの生成』臨川書店、二〇〇二年)参照。

(13) 『愚秘抄』に、「されば女の歌を披講せん時、名のなからんをば、読師かねてひそかに作者たれがしと問ひおぼえて披講すべし。歌被講して後、御尋ねあれば、誰がしと申す。又たとひ御尋ねなけれども、名を微音にて申す也」とある。『愚秘抄』は後代の成立だが、無署名の女房の名を披講の際には読み上げる点は、前掲『明月記』記事と一致する。

(14) 天皇・上皇のほかには、東宮(後の後醍醐天皇)と、宗尊親王が用いている例がある。宗尊親王は親王とは言え、鎌倉幕府将軍であるので、特別な扱いであろう。

(15)「左馬頭親定」は後鳥羽院の作名だが、この歌合に出詠する親定は実際の近臣親定であり、以後の歌合の「親定」が院である、と推定する田村柳壹の論(前掲)に従う。

(16)現存資料の範囲で「女房」と初めて称した時の官位・年齢を示すと、忠通正二位内大臣(二十二歳)、兼実従一位右大臣(三十一歳)、良経正二位左大将(二十五歳)、道家従一位前関白左大臣(四十歳)、家経従一位摂政(二十八歳)、良基従一位関白(四十七歳)、兼良従一位前摂政(四十二歳)。

(17)管見での例外は、歌合ではないが『新撰和歌六帖』の「作者」一覧に「女房　前内大臣衣笠」と記す伝本があることである。家良は摂政基実の孫、忠良男、近衛家庶流である。

(18)萩谷朴『平安朝歌合大成　増補新訂』所収「平安朝歌合の歌論」に実例が列挙されている。なお勅撰集においても、平安前期では下命者の天皇・上皇の歌は非常に少ない。『古今集』に醍醐天皇の歌はなく、『後撰集』に村上天皇は二首のみ、『拾遺集』に花山院の歌はない。

(19)この言について、久保木哲夫「「左は内の御歌なりけり、まさに負けむやは」——亭子院歌合における二、三の問題」(『日本文学研究ジャーナル』一、二〇一七年三月)は、この「うち」が、従来説の宇多法皇ではなく、醍醐天皇であろうと推定する。

(20)秋山喜代子『中世公家社会の空間と芸能』(山川出版社、二〇〇三年)。

(21)佐藤恒雄『藤原定家研究』(風間書房、二〇〇一年)第七章に詳細な解説がある。

(22)隠名歌合であったから、評定が終わり作者名を付す段階、すなわち『明月記』九月三十日条「又給本所、付作者持参」という時点で「女房」と記されたのであろう。

(23)有吉保『新古今和歌集の研究　基盤と構成』(三省堂、一九六八年)による。

(24)佐々木孝浩「中世歌合諸本の研究(四)——『仙洞十人歌合』について・附校本」(『斯道文庫論集』三五、二〇〇一年二月)参照。

(25)新古今時代には院歌壇と内裏歌壇とが一時期並立しており、それぞれ歌合等が行われたが、後鳥羽院と順徳天皇が、あ

る歌合等に同時に出詠することは基本的になかった。

(26)　折口信夫(前掲書)もこの点を示唆している。

(27)　『律令官僚制の研究』(塙書房、一九九八年)。

(28)　久保田淳『新古今歌人の研究』(東京大学出版会、一九七三年)、桐原徳重「讃岐贈答歌群の「女房」について——それが崇徳院であることの証明」(『国語と国文学』六〇—一一、一九八三年一一月)など参照。

第四章　女性と撰集・歌論――「撰」「論」「判」をめぐって

一　勅撰集・私撰集と撰者

『無名草子』に以下のような記述がある。

あはれ、折につけて、三位入道のやうなる身にて、集を撰び侍らばや。……いでや、いみじけれども、女ばかり口惜しきものなし。昔より色を好み、道を習ふ輩多かれども、女の、いまだ集など撰ぶことなきこそ、いと口惜しけれ。

この「集」は勅撰集をさすとみられる。「藤原俊成のように勅撰集を編纂したいものだ。……女ほど口惜しいものはない。昔から風雅を好み、歌道を学ぶ者は多いが、女が未だ勅撰集を撰ぶことがないのは、たいそう残念だ」と嘆息し、撰者となることを渇望する。確かに、勅撰集には、女性の撰者は一人もいない。『無名草子』はここまでの和歌史における事実を端的に指摘したのであるが、それればかりか、二十一代集の最後まで、勅撰集撰者に女性は一人もいない。二百年以上先の未来までも予見できたほどに、女性は勅撰集の「撰」には遠い存在であった。女房は、序章や第一部第二章で述べてきたように、宮廷社会の公的構造の枠外的存在であって、勅命による撰者とはなり得ないことが第一の理由であろう。

では女性が私撰集を編纂した例はあるのだろうか。平安時代の散佚私撰集『麗花集』は古筆断簡のみ残り、赤染衛門が撰者かという説もあるが、確たる証拠はない。そして中世には、管見では女性が撰者の私撰集は、一つも確認できない。近世になってからは、少ないがいくつかの例がある。これは実に興味深い現象と言えよう。なぜなら、私撰集を撰ぶには、勅撰集のような公的な権威を必要とはせず、誰かの命や許可を要するわけでもなく、無名の歌人・僧などが大小の私撰集を編纂している例は、実に多くあるからである。それにもかかわらず、たとえば俊成卿女や阿仏尼、為子のように、宮廷歌壇で活躍する、歌道家出身のエリート女房歌人ですら、人々の和歌を撰んで私撰集を編纂するという行為を行っていない。平安期の私家集で、たとえば『大斎院前御集』『大斎院御集』は、斎院選子内親王および女房たちの歌を集めたもの、『御堂関白集』は道長一族および女房たちの歌を集めたものであり、女房の編と推定されており、グループの詠を編む私家集には女房が関与している。しかし、勅撰集に準ずるような形の私撰集には、女性の撰者は基本的にみられない。

勅撰集も私撰集も、撰者は、ある和歌史観に立ち、和歌史を俯瞰して古から現在までの和歌を撰ぶ、あるいは宮廷社会や同時代を眺め渡してその歌人社会の中から和歌を撰ぶ、ということを行う。和歌は読人不知を除いてすべて記名される文芸であり、作者の多くは天皇を頂点とする宮廷社会に属する実在の人物である。その意味で宮廷和歌は社会的意味性を帯びており、いわばその作者の人格の一部でもある。勅撰集・私撰集の編纂は、そうした和歌を取り上げ、評価を加えて撰歌し、一首一首に分解し、コラージュのように貼り合わせて別次元に転移させ、再構成するという行為である。そのような選別と組織化の編纂行為を、中古・中世を通して、女性は行っていない。能力的に不可能ということではなく、女性が関与できない領域であるという規範ないし禁忌の意識があったのではないか。これに対して、鎌倉中期の物語歌集『風葉和歌集』は、その序文によればある国母（大宮院に比定される）の命による編纂であり、

実際にはその女房達が撰集実務に携わったとみられる。『風葉集』は勅撰集と同様の方法と構成をもっているが、作り物語の和歌を編纂したものであり、そもそも作り物語は女性の領域に属するもので、物語というフィルターを経ているため、女性が編纂下命者・編纂者となることも可能であったとみられる。作り物語の多くは短命で、作者は記されず、大部分は誰が作者であるともわからない。そして『風葉集』の和歌には、物語作者ではなく、物語中の人物の名が作者として記されている。これらの点を勘案すれば、女房が私撰集の撰者にさえなり得なかったのは、宮廷和歌の編纂は、和歌の作者の大部分が宮廷の人物であり、その評価をするという行為から、女房が疎外されていたことが理由の一つかと思われる。女房だけではなく、后妃や皇女、女院などの貴女は、基本的にそうした和歌活動に自らは関わらず、(1) 編纂行為からはさらに遠い存在であった。以上のように、基本的に女性は撰ぶ側には立たず、常に撰ばれる側にいて、それを女房たちが嘆く状況下にあったことが、『無名草子』によって確認できるのである。

なお、『無名草子』の作者は俊成卿女であるという説が従来あったが、これは否定すべきであり、おそらく作者は御子左家の女房であるが、歌壇で活躍するような歌人ではないと推定される。(2) そうした普通の女房でさえ、この『無名草子』の鎌倉時代初期には、女性が勅撰集の撰者となり得ないことに、「口惜し」という思いを抱き、違和感を表明している。しかしこうした言説自体も、この後には見られなくなる。第一部第二章・第三章・第六章などで述べるように、中世以降、しだいに女性歌人をある枠組みに封じ込める流れが強化されていき、そして「撰」という行為からさらに遠ざけられたと考えられる。

二　歌を撰ぶ――式子内親王の月次絵巻

式子内親王は、新古今歌人として著名であるが、内親王という身分の貴女である。式子の生きた院政期から新古今時代に、皇女は歌合等に実際に出詠することはない。しかし式子は、内親王として初めて応制百首『正治初度百首』に百首を詠進しており、それ以前にも何度も自分で百首歌を詠んでいる。このような高貴の女性が百首歌を詠んだり応制百首に詠進するのは、前代未聞である。式子内親王の生涯や、和歌活動や和歌表現を見ると、さまざまな点で先進的な女性であったことが知られる。(3) 式子内親王の和歌は、同時代の前衛的な歌人である藤原定家らの和歌表現とリアルタイムで交錯し、影響を与え合っている。歌合・和歌会が行われたら、すぐさまその和歌を取り寄せ、研究していたに違いない。定家も式子内親王の和歌を深く理解し、高く評価していたとみられる。

その式子内親王ですら、歌合を主催したこともないし、歌論書などを書いた痕跡もないのである。けれども、その式子内親王が作成した月次絵があったことが『明月記』から知られ、そこには式子のいわば「撰」の行為を見ることができる。

式子が逝去して三十年以上が経った貞永二年(天福元年・一二三三)の三月から六月に、後堀河院とその后藻壁門院が、多数の物語絵巻を制作させた(『古今著聞集』他)。後堀河院の主導のもと、九条家、西園寺家をはじめとする上流貴族たち、女院・親王たち、歌人や女房たち、能書や絵師たちを動員し、当時の文化力を結集して、豪奢な絵巻を作り上げた。(4) 定家は『明月記』に絵巻制作の経過を記しているが、その中で、三十年以上前に娘の因子が式子内親王から拝領した月次絵巻を見て、その内容について詳しく記している。(5)『明月記』貞永二年(天福元年)三月二十日条の一部を掲

げよう。この部分は定家自筆本があり、確かな内容が知られる。〈　〉内は割書である。

典侍往年幼少之時、令参故斎院之時、所賜之月次絵二巻〈年来所持也〉、今度進入宮、詞同彼御筆也、垂露殊勝珍重之由、上皇有仰事云々、件絵被書十二人之歌〈被分月々〉、

正月〈敏行云々〉、二月〈清少納言、斉信卿、参梅壺之所、但無哥〉、三月〈天暦、藤壺御製〉、四月〈実方朝臣、祭使、神館哥〉、五月〈紫式部日記、暁景気〉、六月〈業平朝臣、秋風吹告雁〉、七月〈後冷泉院御製〉、八月〈道信朝臣、虫声〉、九月〈和泉式部、帥宮叩門〉、十月〈馬内侍、時雨〉、十一月〈宗貞少将、未通女之姿〉、十二月〈四条大納言、北山之景気〉、二巻絵也、表紙〈青紗鏄、有絵〉、軸〈水精〉、

定家の娘の因子(民部卿典侍)は、今は藻璧門院の側近女房であるが、幼少の頃に月次絵二巻を式子から拝領した。因子はその絵巻を長年保管していたが、今回それを、絵巻制作の参考に供するためにか、藻璧門院に進上した。その絵巻は、歌人十二人の歌や場面を、月ごとに分けて書いたものであった。この『明月記』の部分は、正月から十二月までの和歌(もしくは場面)を説明している。この記述から、絵巻中の歌や場面の典拠と推定されるものは、次の通りである。

○正月　(『後撰集』春上の巻頭歌。『俊頼髄脳』『奥儀抄』『古来風躰抄』他)

正月一日、二条の后宮にて白き大うちきをたまはりて　　藤原敏行朝臣

ふる雪のみのしろ衣うちきつつ春きにけりとおどろかれぬる

○二月　(『枕草子』第七九段)

返る年の二月二十余日、……梅壺の東面、半蔀あげて、「ここに」と言へば、めでたくてぞあゆみ出で給へる。

桜の綾の直衣の、いみじうはなばなと、裏のつやなど、えもいはず清らなるに、葡萄染のいと濃き指貫、藤の折枝おどろおどろしく織り乱りて、紅の色、うちめなど、輝くばかりぞ見ゆる。白き、薄色など、下にあまた重なりたり。せばき縁に、片つ方は下ながら、すこし簾のもと近う寄りゐ給へるぞ、誠に絵にかき、物語のめでたき事に言ひたる、これにこそは、とぞ見えたる。御前の梅は、西は白く、東は紅梅にて、少し落ちがたになりたれど、猶をかしきに、うらうらと日のけしきのどかにて、人に見せまほし。

○三月（『新古今集』春下・一六四。『村上天皇御集』五・八二）

天暦四年三月十四日、藤壺にわたらせ給ひて、花惜しませ給ひけるに　天暦御歌

まとゐして見れどもあかぬ藤浪のたたまくをしき今日にも有るかな

○四月（『千載集』雑上・九七〇）

祭りの使にて、神館の宿所より斎院の女房につかはしける　藤原実方朝臣

ちはやぶるいつきの宮の旅寝には葵ぞ草の枕なりけり

○五月（『新古今集』夏・二二三・二二四。『紫式部集』七〇・七一）(6)

局並びにすみ侍りけるころ、五月六日、もろともにながめ明かして、朝に長き根をつつみて、紫式部につかはしける　上東門院小少将

なべて世のうきになかるるあやめ草今日までかかるねはいかがみる

返し　紫式部

何事とあやめはわかで今日もなほ袂にあまるねこそ絶えせね

○六月（『伊勢物語』四十五段。『後撰集』秋上・二五二）

昔男ありけり。人の娘のかしづく、いかでこの男に物いはむと思けり。うち出でむことかたくやありけむ、物病みになりて死ぬべき時に、「かくこそ思しか」と言ひけるを、親聞きつけて、泣く泣く告げたりければ、まどひ来たりけれど、死にければ、つれづれとこもりをりけり。時は六月のつごもり、いと暑きころをひに、夜ゐは遊びをりて、夜ふけて、やゝ涼しき風吹きけり。蛍たかく飛びあがる。この男、見臥せりて、

ゆく蛍雲の上までいぬべくは秋風吹くと雁に告げこせ

○七月（『後拾遺集』恋二・七一四）

七月七日、二条院の御方に奉らせ給ける　　後冷泉院御製

あふことはたなばたつめにかしつれど渡らまほしきかささぎの橋

○八月（『道信集』三九〜四一。ほかにも一首あり）

故殿の御物いみにてまだえ出でぬに、花山院、御使にておほせたまへる

おほかたになく虫の音もこの秋は心ありてもおもほゆるかな

御返し

秋ばかりなく虫の音もあるものをかぎらぬ声はきこゆらんやぞ

かくて、寺よりかへりて、世の中心細くながめらる、虫の音も様々きこゆる夕暮れに、権少将のもとへ

声そふる虫よりほかにこの秋は又とふ人もなくてこそふれ

○九月（『新古今集』恋三・一一六九。『和泉式部日記』には和泉式部の返歌あり）

九月十日あまり、夜ふけて、和泉式部が門をたたかせ侍りけるに、　　大宰帥敦道親王

きゝつけざりければ、あしたにつかはしける

秋のよの有明の月のいるまでにやすらひかねてかへりにしかな

○十月（『後拾遺集』雑二・九三八。『馬内侍集』一八）

十月ばかりにまうできたりける人の、時雨のし侍りければ、たたずみ侍りけるに　馬内侍

かきくもれ時雨るとならば神無月けしきそらなる人やとまると

○十一月（『古今集』雑上・八七二。『古来風躰抄』『定家八代抄』『百人一首』）

五節の舞姫を見てよめる　良岑宗貞

あまつ風雲の通ひ路吹きとぢよ乙女の姿しばしとどめむ

○十二月（『続詞花集』雑中・八一八・八一九。『千載集』雑中。『栄花物語』他）

前大納言公任、長谷にすみける頃、十二月ばかりいひつかはしける　中納言定頼

故郷の板間の風に寝覚めつつ谷の嵐を思ひこそやれ

返し　前大納言公任

谷風の身にしむごとに故郷のこのもとをこそ思ひやりつれ

これは月ごとの絵であるから、秀歌ということだけで撰ばれているのではない。その歌の場面が美しい絵となり得ること、歌がその季節(月)の本意の枠に沿っていること、詞書や文に何月の歌と明示されているか、もしくは状況から何月かがわかること、などが必要条件である。そのゆえに、すべての歌に(もしくは文に)その季節を代表する歌ことばがある。『明月記』によれば絵巻の詞を式子内親王が書いていることから、これらの歌や場面は、おそらく式子が自ら撰んだのだろう。『古来風躰抄』にある歌が二首あり(正月、十一月)、『千載集』の歌も二首あるが(四月、十二

月)、特に俊成の撰歌に寄りかかってはいないと見られる。

この月次絵は、宮廷の後宮での歌(二月、三月、五月、七月)や行事(正月、四月、十一月)を背景とするものが多い。新年の祝宴(正月)、梅壺を訪れた貴公子(二月)、藤壺を訪れた天皇(三月)、賀茂祭の神館の祭使(四月)、宮中の局の女房たち(五月)、天皇から妃への恋歌(七月)、五節の舞姫(十一月)である。加えて恋死する無名の女の物語(六月)、父の死への哀傷歌(八月)、女房と貴公子の恋(九月は門を開けずに男を帰してしまった女、十月は帰ろうとする男をひきとめようとする女)、出家隠遁した人の山家での歌(十二月)などが、バランスよく配されている。正月から十二月の歌という動かせない枠組みがあるが、その中で、主体(男女・身分・立場など)、場面・場所、属すべき部立(四季・恋・哀傷・雑など)などが、なるべく重ならないように、類似のものがないように、入念に考え抜かれた撰歌であるとみられる。作者の歌人にも一人も重複がない。

典拠として式子が用いた書物は、(7)『古今集』から『千載集』までの勅撰集や私家集、『伊勢物語』『枕草子』『和泉式部日記』などで、王朝盛時までの三代集時代の歌に限られる。王朝古典和歌を、宮廷周辺を舞台にして可視化した月次絵巻である。そして『新古今集』にある三首は、式子がこれを作った時点では『新古今集』はまだ成立していないので、『村上天皇御集』や『紫式部集』(『紫式部日記』)、『和泉式部日記』などにあった歌を撰んだのである。その三首が式子の死後に『新古今集』に採入されたことは、この撰歌眼を語っていて興味深い。女房の手伝いもあったかもしれないが、基本的には式子の撰歌であったのではないか。式子は、まだ勅撰集には採られていない歌やさほど有名ではない歌も入れ、十二か月の歌を撰び、絵巻に自らそれを書いており、式子の矜持がうかがわれる。

そしてこの月次絵巻には、『源氏物語』をはじめとする作り物語の和歌は一首もとられていないことは注意される。すべて現実の宮廷貴族生活における贈答歌・実詠歌であり、歌合の歌や屏風歌も入れないという方針で統一されてい

る。宮廷和歌の世界が、十二か月に圧縮して絵巻化されている。宮廷女房になる少女にふさわしい贈り物であろう。

定家は『明月記』に、進行中の天福元年物語絵で選ばれた場面は具体的に書いていないが、昔作られた式子の月次絵について、このように内容を月ごとに記しており、式子の撰歌に深い興趣を覚えたのではないだろうか。この絵巻を式子が幼い因子に与えた事実は、このような撰歌作品がいくつも式子のもとで作られていたことを想像させる。それにまた、式子に限らず、他の女性歌人も多かれ少なかれ私的には行っていたかもしれないとも思われる。

前述のように、女性は勅撰集を編纂することはあり得ず、私撰集や撰歌合などを編纂した痕跡も見られない。しかしこの月次絵巻の撰歌には編纂的な要素が看取される。すべての歌が勅撰集に入るような性格の歌で、作り物語の歌は排除している。しかも一巻十二か月におさめるべく多角的で周到な撰歌を行っている。単に絵画化するのに便利な和歌を集めたのではなく、構造上の意図があり、宮廷和歌を編纂する行為に近いように思える。

三　歌集について論ずる――『無名草子』と『越部禅尼消息』

平安期において、女房たちが自他の和歌についてあれこれ批評する行為は、色々な場で行われていたと思われる。たとえば『枕草子』第二八四段は、退出した女房たちが、ある家に集まって閑談する様子を夢想して、「さべき折は、一所にあつまりゐて、物語し、人の詠みたりし歌、なにくれと語りあはせて、人の文など持て来るも、もろともに見、返事書き……」などとあり、『紫式部日記』の和泉式部評に、「人の詠みたらむ歌、難じことはりゐたらんは、いでやさまで心は得じ」とある。種々の場で、後宮女房達が和歌の批評を行っていたことが窺える。また作り物語であるが、

『源氏物語』の草子地の語り（女房の語り）では、物語中の人物の詠歌についての批評・批判が、しばしば挿入されている。この類のことは、宮廷や私生活の種々の場面で、女房たちによって普通に行われていたのであろう。

では、女房が書物として歌論書を執筆し、和歌についての自分の考えを論述することはあるのだろうか。残っているものは僅かであるが、その痕跡や、中世にはどうなるかを見ていきたい。

『無名草子』に、『万葉集』から『千載集』までの勅撰集、および私撰集について論評する歌集論がある。しかしその論では、自分の歌集論、評論を展開しているというより、「人」の意見をあげるという形が多い。『万葉集』については国基の意見を、『拾遺集』『拾遺抄』については定家の言を紹介して、「とこそ申してはべりしか」「こまかに申されてはべりし」と聞き書きの形で記す。また私撰集についても、院政期の私撰集について論評している。この部分については第五部第二章で述べているので、ここでは省くが、具体的な内容批評はないものの、かなり長い論述である。『無名草子』には、勅撰集を重視し、歌道家歌人を重んずる姿勢があり、作者が歌道家周辺の出身である可能性がある。しかし一方、題詠の歌については『堀河百首』などをあげて「それを見ても、題の歌はいとよく心得ぬべし。なかなかいと美しきどもはべるめるは」と簡単に触れるだけであり、題詠の和歌をもって歌壇で活躍する歌人の著ではないとみられる。もちろん俊成卿女ではない（第五部第二章参照）。専門的な女房歌人ではなく、定家ら周囲の人々の意見の聞き書き、仄聞したことの断片的記述のように思える。しかしそれでも『無名草子』は、おそらく女性が作者であり、女性による勅撰集・私撰集についての論評を有する点で、稀な書物である。

中世では、女性は現存する範囲では誰も大部で本格的な歌論書は執筆していないが、消息の形で残るものが二点ある。俊成卿女の『越部禅尼消息』と阿仏尼の『夜の鶴』である。

まず『越部禅尼消息』に触れておきたい。(8)これは『無名草子』とは対照的な執筆態度を有する。『越部禅尼消息』

は、八十余歳の俊成卿女が、おそらく隠棲する播磨国越部庄から、『続後撰集』を完成させた為家(五十四歳)に書き送った書簡である。『越部禅尼消息』は、評論的な内容を持っているが、宛先は為家個人であり、歌人社会の人々に対して歌論を開陳するという目的で書かれているのではない。それでも、この書は、和歌・和歌史について自分の考えを鮮明に強く示して論ずるものである。歴代の勅撰集を端的に批評し、祖父俊成が撰進した『千載集』についても、「千載集、おちしづまり、誠に勅撰がらは目出度候。序なども候へども、なんとやらん大やうに覚候。歌もいたくとゝのひたるらんとも覚候はず」と、ほめつつも批判をまじえており、俊成卿女自身の考えが率直に披瀝されている。

定家撰『新勅撰集』への批判は、著名な部分だが、次のように強い語調で述べられる。

新勅撰はかくれごと候はず、中納言入道殿ならぬ人のして候はば、取りて見たくだにさぶらはざりし物にて候。さばかりめでたく候ふ御所たちの一人も入らせおはしまさず、その事となき院ばかり、御製とて候ふ事、目もくれたる心地こそし候ひしか。歌よく候ふらめど、御爪点合れたる、出さんと思召しけるとて、入道殿の選り出させ給ふ、七十首とかやきこえしよし、かたはらいたやとうち覚候ひき。

撰者の定家が、幕府を慮る九条道家の意図を汲んで、『新勅撰集』草稿本から、後鳥羽院、土御門院、順徳院の歌約七十首を切り出したことを、厳しく非難している。為家に対して私的に書かれた手紙であるゆえに、公の眼を意識せず、率直な物言いになっているのだが、尊崇される存在の定家に対してこれほど批判を述べることは、当時では稀である。

そして、為家撰『続後撰集』について批評して賞讃し、為家の編纂を称えている。そこでは「……選り出させ給たる歌のめでたき、次第かきまじへられてさぶらふやう、その世も知らぬふる人の時々うちまじりてさぶらふまくばり、置所、おどろかるゝ気もなく、めだたしからず、餘所なく足らぬかたなく、左へもかたぶかず右へもたわまず、

……」と述べて、勅撰集としての撰歌、詞書の記し方、古歌人をまじえた構成配列、歌を配置する箇所などが、すべて穏健で、典雅に整って美しいことを言う。集全体の印象批評ではなく、実に細かい専門歌人としての視線である。『無名草子』とはまったく異なる歌集批評である。

そして俊成卿女は、為家について、「もとより詞の花の色匂ひこそ、父には少し劣りておはしまし候へ、歌の魂はまさりておはしますと申しつることあらはれて、撰じ出させ給ひて候ふ勅撰、命生きて見候ひぬる、返々うれしくて候」と述べている。俊成卿女は、かつて為家に、父定家よりもあなたは「歌の魂はまさりておはします」と言ったとみられる。それは為家への激励であると同時に、為家の本質を早くに鋭く見抜く言葉であった。為家は没するまで、本来的な歌人の魂を持ち続け、最晩年はほとんど歌を詠まなかった定家と対照的に、為家は、毎日、最晩年までも、愛娘為子を失った耐え難い悲しみの中でさえ、常に歌を詠み続けた。俊成卿女が言う「歌の魂」は、為家への賛辞であり、手紙の内容からも、俊成卿女と為家との関係がごく親しいものであったと想像される。俊成卿女は、消息の最後で、歌の話をしたいから直接対面したいものだと為家に言う。最後まで俊成卿女は、歌道家歌人として歌道のことが頭から離れることはなかった。中川博夫(前掲論文)が、『越部禅尼消息』には、歌人たる自分が俊成以来の御子左家一統に属する自覚と、後鳥羽院皇統に出仕した自負という、二つの帰属意識が全体に底流し、それは歌人俊成卿女の存在意義をそのまま映すものである、と指摘する通り、その二つの意識が鮮やかに流露している。

『越部禅尼消息』は本来は個人への手紙として書かれたものであるが、俊成卿女は、勅撰集について、中でも御子左家の俊成・定家・為家編纂の勅撰集について、真正面から論じており、自己の見識のもと、歌道家の誇りをもって自説を開陳する態度がみられる。

四　歌の詠み方を説き伝える——『夜の鶴』

『越部禅尼消息』を読み、それを書写した一人は、為家の妻阿仏尼である。『越部禅尼消息』は、森本元子、中川博夫の論にもあるように、頓阿奥書系統の諸本と、谷山茂蔵本の二系統がある。それとは別に、福田秀一旧蔵本[9](現国文学研究資料館蔵本)と、それと同系統とみられる大阪府中之島図書館(石崎文庫)蔵本があり[10]、その奥書が阿仏尼の自筆本を書写した旨を伝える。『夜の鶴』は、その阿仏尼の著であるが[11]、その行為には『越部禅尼消息』の存在が影響したかもしれない。

『夜の鶴』[12]は、「阿仏口伝」「四条局口伝」「四条房口伝」「阿仏秘抄」「夜鶴」「夜鶴抄」などと称され、作歌の心得を消息体で記した書であり、題詠の基本、本歌取りの方法、制詞などの注意、作歌に対する心構えと態度、表現の虚実、歴代勅撰集の特徴、即詠による返答などについて、端的にまとめて論じている。衒学的な部分や難解な記述はまったくなく、当時の題詠の和歌の初学者にとって、便利でわかりやすい歌論書である。

これは元々は私的な消息であり、丁寧な消息体で書かれている。次に掲げる冒頭部分は、後に子為相に作歌指南書として改めて送った時に書き加えた文章と考えられる。

さりがたき人の、「歌よむやう教へよ」と、たびたび仰せられ候へども、わがよく知りたることをこそ、人にも教へ候ふなれ、いかでかは、といなみ申し候ふを、あながちに恨み仰せられ候ふもわりなくて、そぞろなることを書きつけ候ひぬるぞ。ゆめゆめ人に見せられさぶらふまじ。

「さりがたき人」から、歌の読み方を教えよという度々の依頼があり、自分には無理であると辞退していたが、度重

なる依頼に、やむなく書き付けたものである、と述べている。

この「さりがたき人」は、将軍惟康親王の北の方かとする細谷直樹の説[13]があり、現在も時に踏襲されることがあるが、これは従い難い説である。細谷直樹の説は『阿仏東下り』の叙述に基づいているが、その『阿仏東下り』の作品把握に誤りがある。『阿仏東下り』については第六部第三章でその内容・特質について述べているので、詳しくはそちらをご参照いただきたいが、ここでは『夜の鶴』に関わることだけを述べておく。

細谷直樹は、『夜の鶴』の成立・目的を推定するに際して、「『阿仏東下り』の記事が事実に基づいた記述であることはほとんど確実のことと思われる」とし、『阿仏東下り』に、阿仏が「大将」の「北の方」に歌道を教えたと書かれていることなどを根拠に、『夜の鶴』は惟康親王の北の方へ奉った歌論書であると結論している。現在、この説が辞典類などでも踏襲されることがある。しかし、第六部第三章で述べるように、『阿仏東下り』は、非貴族層の作者によって創作された、荒唐無稽な内容の、御伽草子的な作品である。おそらく成立も室町末期か江戸初期以降と考えられる。そもそも『阿仏東下り』に登場する「大将」は、惟康親王と明記されているわけではなく、阿仏下向時の将軍が年代的に惟康親王であることから、大将＝惟康親王とされてきた。しかし、『阿仏東下り』の「大将」は、源頼朝をイメージして書かれている(もちろん年代的にはまったく適合しない)。『阿仏東下り』全体が、後代の恣意的な創作なのである。「大将」が惟康親王をさすものではなく、事実を反映しているものでもないなら、惟康親王の北の方へ奉った書という説はまったく根拠が失われ、『夜の鶴』を、惟康親王の北の方への書とすることができないばかりか、鎌倉の誰かに奉ったとも考えられないのである。

『夜の鶴』の文中に、「かやうのことども書きつらね候はば、浜の真砂数かぎるべくも候はねど、ただいまきとおぼえ候ふことばかりを、御使をとどめながら、書きつけ候ふなり」という表現が挟まれていることから、これは鎌倉へ

の使者であろうとされてきた。だが、『隆信集』九三四詞書に、「このかへしは、やがてその使をとどめてつかはしかば、……」とあり、これは隆信の長歌に、定家が返しの長歌を送ってきて、さらにそれに隆信が返しの長歌を送った時の詞書である。同じ都の中のできごとであり、都のうちでもこのような表現が使われている。また細谷直樹は、「今はかかる谷の朽ち木となりはてて候ふとも」とあるのは、阿仏尼が鎌倉で月影の谷に住んだことをさす、としているが、「谷の朽ち木」は「谷のむもれ木」と同様に、世や人に忘れられ、隠棲した自分をあらわす言葉であり、和歌でもたびたび用いられる表現であり、必ずしも月影の谷に住むことをさすとは考え難い。改めて『夜の鶴』を読み直してみると、鎌倉で書かれたという確証はないと思われる。

さきほど掲げた冒頭の部分には、「さりがたき人」から、歌の読み方を教えよという度々の依頼があり、阿仏尼がそれを否み続けたこと、「さりがたき人」がそれを恨み仰せられたことが記されており、この記述は都と鎌倉のように離れた地にいたようには思えない。また、もし鎌倉であったなら、阿仏は鎌倉では誰はばかることのない文化的指導者であり、阿仏が和歌を教えるのを謙退する理由は全くなく、このように書く理由がない。こうしたことから、むしろ、都で書かれた可能性が高いのではないか。阿仏尼も依頼者も都にいて、「さりがたき人」は都で阿仏尼に関わりのあった、阿仏尼に近い人物ではないだろうか[14]。そして、以下は憶測でしかないが、阿仏尼が生涯断続的に仕えていた安嘉門院周辺か[15]、もしくは阿仏尼と関わりのあった一条家周辺などの、おそらくは上臈女房以上の、阿仏尼よりも身分の高い女性ではないだろうか。以上のように、『夜の鶴』執筆は、為家没後、そして鎌倉下向以前のことではないかと推定される[16]。

『夜の鶴』の中に次のような一節がある。

これはただ、年ごろ、歌よみときこゆる人のあたりにて、わづかに耳にとまり候ひしことの、老いほれたる心地

に、いささか思ひいでられ候ふかたはしを申し候へども、さながらひがおぼえぞさぶらふらむ。

「歌よみときこゆる人」とは、明らかに為家をさす。ここで述べられていることは、為家の歌論に沿ったものであり、為家の言説の祖述であることを明言しているのである。『夜の鶴』の中では、「……とぞうけたまはりし」「……まじきやうにうけたまはりし」「……をつつしむべしと候ひき」というような表現がしばしば見え、過去形を用いて、かつて為家からそのように聞いた、と繰り返しながら述べるのである。内容的にも、『夜の鶴』の叙述と為家の歌論とに内容的に重なる部分が多いことは、これまでに多く指摘されている。『夜の鶴』は短い作品であるだけに、むしろ為家の歌論の重要な部分が凝縮されている。

抽象的理論的な歌論ではなく、具体例を歌人に引き付けた形で示していて、明快でわかりやすい。例えば、題詠における恋歌の結題について、次のように説く。

殊に恋の結び題ども、題の理をあらはさず、思はせたることどもを、上手達はよまれ候ふと覚え候。「遇不逢恋」といふことを、京極中納言定家卿の歌とおぼえ候、

色かはる美濃の中山秋こえてまた遠ざかるあふさかの関

かやうにぞ多くよまれて候ふめる。われならば、「あふてあはざる恋ぞくるしき」などやうにぞよままし、とおぼえ候。

「遇不逢恋」という恋題をあげ、達人の歌人達が題をまわして詠む方法を、定家の歌を実例にして示し、自分のような素人は題のまま「あふてあはざる……」のように詠んでしまう。と控えめに言う。こうした謙辞からも、これは鎌倉で和歌や連歌の指導者として活動した時ではなく、むしろ都にいたころの説述ではないかと思われるところである。

『夜の鶴』で阿仏は、定家・為家のような和歌指導者としての立場で書いているのではなく、あくまでも為家の歌論を自分なりに集約して伝えるという立場で説く。その説述の際には、御子左家の歌人、すなわち俊成、定家、寂蓮、俊成卿女の詠歌の例を具体例に掲げている。阿仏が、為家の歌論を祖述するだけではなく、近い時代の御子左家の著名歌人たちを顕彰しつつ書いていることに、歌道家の一員としての意識を読み取ることができる。

最後に、題詠に関する説述だけではなく、王朝時代の宮廷における優雅で機知的な贈答歌について、小式部内侍、周防内侍などの例をあげながら述べる記述がある。当意即妙の和歌そのものへの礼讃と憧憬があり、ここには阿仏尼自身の和歌観の投影が見られる。

また、とりあへぬことに、時もかはらずよみいづる歌の返し、たちながらいひいだす歌は、さしあたりてただ今いひたきことを、さまよくつづけ候ひぬれば、何の風情にも過ぎて候。小式部内侍、定頼中納言をひきとどめて、「まだふみもみず天の橋立」と申しけることや、周防内侍、忠家大納言と、「かひなくたたむ名こそ惜しけれ」と申しかはしける心とさなどは、ただ人の心たましひにより、歌の道にしほなれぬる位のあらはるるにて候へば、昔今申すにもおよび候はず。今はかかる谷の朽ち木となりはてて候ふとも、さるやさしき人々だに候はば、などかは口とくあひしらふこともさぶらはざらむとおぼえて、その世の人々うらやましくこそ候へ。

かつての王朝時代には、小式部内侍や、周防内侍の歌のように、宮廷貴族の戯れの詠みかけに対して、とっさに当意即妙の返歌をし得たことが、秀歌として喧伝され、勅撰集にも入っていった。こうしたことが憧憬をもって語られる。そのような優雅な人々がいれば自分も即妙の返歌をするのに、その時代の人々がうらやましく思われる、と記している。

阿仏尼は、俊成卿女や為子のような、題詠の詠歌を身につけてきた歌道家の女房歌人とは異なって、本来は即妙の

「口とくあひしらふこと」を得意とする宮廷女房であったのであろう。今は老いて隠棲する身であるが、もしこうした時代に女房でいたなら、自分はそうした即詠のお相手ができるのに、と述べるあたりは、阿仏尼自身が機知的な女房であったことや、それへの自負がうかがわれる。こうした記述は、『夜の鶴』の執筆を依頼した人は女性、それも女房ではないだろうかと想像させるものである。

このように『夜の鶴』は、おそらく為家の没後、その権威も帯びながら、為家から直接聞いた言であると明言しつつ、その歌論を語り聞かせる著述方法である。最後では自身の和歌観や評語も付加しているが、基本的には、御子左家の一員として為家の歌論を伝えるという立場に立って、初学の歌人に向けて、わかりやすく記述する歌論書である。

しかしこの書は、冷泉家に対抗する二条家ではまったく無視された。二条家側から見れば、この書の内容に問題があるのではなく、為家に代わって語るというその行為がゆゆしきことであった。歌道宗匠家である二条家以外の人間が、為家の歌論を祖述しつつ歌論を公にするということは、二条家の権威を大きく脅かすことになる。その後、阿仏の孫の冷泉為秀が数度にわたり阿仏自筆本を書写し(17)、急速に流布したとみられる。

歌道家の女性たちですら、本格的な歌論書を執筆していない中で、夫為家の歌論の祖述であるにせよ、ある人物の求めによって歌論を書き、歌はこのように詠むべきだ、という具体的な方法を述べるものは、『夜の鶴』しかない。それは阿仏尼が歌道家出身ではないことによる、ある種の自由さによるものかもしれない。けれども阿仏尼以後、現存する範囲では、中世には女性による歌論は再びあらわれない。

五　女性が判者となる――京極派の特異性

和歌史において、平安期から鎌倉期に至るまで、原則として、女性が歌合の判者となる例が見られないことは、注目される現象である。判者ではないが、平安期には、論難や衆議判などが少しだが見られることについては、次の第五章で述べている。けれども後宮を場とする歌合、後宮女房を主体とする歌合が姿を消し、院政期以降、歌合が歌道家や専門歌人を主軸にするようになってからは、このような例すらも見出せなくなる。ところが鎌倉後期の京極派だけは、女性たちが判者を務めている例がみられる。例外的な現象であるが、このことについて述べておきたい。

伏見院后の永福門院は、京極派の指導者京極為兼の配流や、夫である伏見院の崩御の後に、京極派の指導者的地位になっていった[18]。永福門院は頻繁に歌合を主催している。更に為兼の姉為子と永福門院は、しばしば歌合の判者を務めていることは注目される。『花園院宸記』[19]から、彼女たちが判者となったことを示す記事、及び女房の衆議判を明示する記事等をいくつか掲げる。

・正和二年(一三一三)四月二十八日

　藤大納言三位参〈自院御所也〉、此程歌合結構令判之、如法内々也、其後聊有詩会〈短冊〉、

・正和三年(一三一四)正月十五日

　今日密々有和歌会〈歌合、短冊也〉、従三位為子令判之、深更又有歌合、同人令判之、

・元応元年(一三一九)六月二日

　内々歌合於女院御方、有御判、新宰相同申議、又遣今小路殿申御判、

・同年九月晦

続歌書番之、永福門院有御判、

・元応二年(一三二〇)二月十三日

有内々歌合、永福門院令定勝劣給、

・同年十二月五日

今日有歌合、女中衆議判如例、

・元亨元年(一三二一)四月一日

有歌合、御幸於女院御方、衆議判、

・正中元年(一三二四)十二月十一日

入夜、於親王方有歌合、清雅卿已下十余輩、衆議判、但所決在女院時宜也、入道右府以清雅卿有申旨、

正和二、三年に判者としてみえる藤大納言三位(従三位為子)は、京極為教女、為兼の姉で、伏見院と永福門院に仕えた。御子左家出身のいわばエリート女房歌人で、若い頃既に祖父為家から為兼と共に三代集の伝授を受け、女房歌人として生涯にわたり歌壇で活躍し続けた。『為兼卿記』によれば、乾元二年(嘉元元年・一三〇三)五月二十八日、為兼は送られてきた為相の歌について為子に相談しており、また八月二十八日、伏見院・後伏見院に『古今集序』の講義をした時、永福門院が簾中で聴聞し、為子も祗候していた、という早い例がある。そして、為子が判者となった前掲の正和二、三年(一三一三—四)は、『玉葉集』成立直後であり、伏見院も為兼も健在の中で、為子に判が命ぜられているのである。為子はこの時六十代半ばであり、おそらく弟為兼とともに、女性ながら歌道家の権威性を持つ存在であったとみられる(『花園天皇宸記』元弘二年三月二十四日条)。

それに対して、永福門院が判者となった歌合は、すべて正和五年(一三一六)の為兼配流と、翌年の伏見院崩御の後である。京極派が逼塞してしまい、指導者を欠いた状況の中で、伏見院に京極派の後事を託された永福門院が、判者・指導者として位置づけられていったとみられる。右に掲げた以外にも永福門院主催の歌合は多数あり、女院判・衆議判が多かったと推測される。永福門院の判詞などは何も残っておらず、女院の「御判」であったことが知られるだけであるが、女性が、それも女院という地位の女性が、そのような立場に立つのは稀有のことであると言えよう。そして前掲の元応元年(一三一九)六月二日条では、永福門院の御判に女房歌人の伏見院新宰相が異議を申し述べたとあり、自由な意見が許され、かつ真摯に和歌の評価が討議されていたとみられる。

永福門院は式子内親王に比せられることも多いが、式子内親王は、詠歌においては同時代歌人に大きな影響を与えたものの、歌合等に姿を見せることはなく、まして歌合を主催したり後進の指導にあたるようなことはあり得なかった。俊成卿女のような歌道家を代表する女房歌人でさえ、祖父俊成の『千載集』編纂の手伝いをすること(『自讃歌宗祇注』)や、勅撰集の論評を率直に従兄弟の為家に語ること(『越部禅尼消息』)などはあっても、集団の前で指導力を発揮した痕跡は見えないのである。

為子や永福門院が判者となっているのは、京極派グループの「内々歌合」であることが大きいであろう。ただ必ずしも常に女性だけなのではなく、院や近臣の男性歌人も加わっている。京極派はもともと限られたメンバーによるやや閉鎖的な集団であり、外部を包摂した晴の会はほとんどみられない。伏見院の近臣・後宮女房を主体として後宮を場としたため、院政期以来の歌道家を主軸とする宮廷歌壇とは、基本的性格が異なることが大きいと考えられる。

京極派は、歌道家の京極家を母胎としつつも、女性歌人や女院を判者・指導者として位置づけるという、旧来の歌道家では考えられないようなことも当然の如く許容する、自由な幅の広さを持っていたとみられる。そこでは女院の

判に対して異議を言うことすら許されていた。京極派は、和歌の素材・詠み方だけではなく、和歌の制度に対しても、固定しつつあったシステムに拘泥せず、自由であろうとしたのではないか。しかし京極派はまもなく断絶する。長く歌壇を制した主流の二条家・二条派では、こうした女房歌人の役割はほとんど見られず、判・論難などに女房歌人が関わることはなかったのである。

六　おわりに

『無名草子』が物語を論じているように、女性・女房が物語批評を行うことは通常のことであり、断片的ではあるが諸資料にその行為は多数見出だすことができる。また俊成卿女は、『源氏物語』の注釈を著しており、それ自体は現存しないが、「俊成女説」として言及・引用される形で、『原中最秘抄』『河海抄』『仙源抄』などに、かなりの分量が断片的に残っている。(20) 物語を論じたり注釈するのは女房歌人の業の範疇と言えるようだ。阿仏尼が鎌倉で『源氏物語』の講義を行った例も見られる。いずれも学的な注釈である。一般に学的な注釈は男性によるものが圧倒的であるが、それでも物語についてはこうした例がある。しかし中世和歌の世界では、女性が宮廷歌壇の和歌や撰集を論評することは、前述のようにごく少なく、それも若い女性、親しい知人、子や従兄弟などの肉親に向けて当初は書かれたものであり、限られた人物を対象としている。

女性は物語を執筆し、物語の批評や注釈をし、日記を書き記し、和歌を詠み、私家集を編纂する。しかし、自分以外の男女の歌人の詠を評価・編纂し宮廷和歌の撰集として撰ぶ撰者にはなり得ず、他の歌人の和歌を公の場で批評す

る判者になることもない。私的な消息の形、あるいは夫の歌論を祖述するという形、あるいは物語絵などの形で、論じたり撰んだりしている行為は、これまでに見てきたように、少ないが見られる。ただ女性の判者は、京極派に例外的にみられ、それは京極派のグループとしての特質によると考えられる。

なぜ女性が判者を務めることが、禁忌ないし不可能なのか。それは、声を出すという身体的な理由と大きく関わると考えられる。これについては、次の第五章で論じたい。

（1）歌合の始発期である平安前期には、歌合は女性の行事であるという意識があり、皇女が歌合で頭をつとめた例がある。第一部第二章参照。
（2）第五部第二章参照。
（3）このことについては、『異端の皇女と女房歌人――式子内親王たちの新古今集』（角川選書、二〇一四年）において論じた。
（4）この物語絵については、寺本直彦『源氏物語受容史論考　正編』（風間書房、一九七〇年）、田渕句美子「後堀河院時代の王朝文化――天福元年物語絵を中心に」（『平安文学の古注釈と受容』二、二〇〇九年九月）、同「後堀河院の文事と芸能――和歌・蹴鞠・絵画」（『明月記研究』一二、二〇一〇年一月）参照。
（5）因子は建久六年（一一九五）生であり、正治元年（一一九九）十二月十一日に着袴の儀をおこなっている。幼い因子が式子からこの絵巻を拝領したのは、正治二年（一二〇〇）頃であろう。式子の亡くなる前年である。定家は天福元年の時点で『明月記』にこの内容を記しているので、存在は知っていたとしても、おそらくこの時にはじめてこの月次絵を熟覧したものと思われる。
（6）現『紫式部日記』にはない場面である。第二部第一章参照。
（7）なお、式子が藤原公重・同惟方を含む複数の人々に、「草子」の書写を依頼していることが『風情集』『粟田口別当入道集』にみえており、式子の書物の収集の一端が知られる。

（８）『越部禅尼消息』については、森本元子『俊成卿女の研究』（桜楓社、一九七六年）、中川博夫「越部禅尼消息論続貂」（『中世文学の展開と仏教』おうふう、二〇〇〇年）参照。

（９）『中世和歌史の研究　続篇』（岩波出版サービスセンター、二〇〇七年）。

（10）中川博夫「越部禅尼消息論続貂」（前掲）による。

（11）以下、阿仏尼とその周辺については、田渕句美子『阿仏尼』（人物叢書、吉川弘文館、二〇〇九年）において論じた。

（12）『夜の鶴』の注釈は、森本元子全訳注『十六夜日記・夜の鶴』（講談社学術文庫、一九七九年）、簗瀬一雄・武井和人『十六夜日記　夜の鶴注釈』（和泉書院、一九八六年）などがある。また、佐藤恒雄『藤原為家研究』（笠間書院、二〇〇八年）にも言及がある。

（13）『中世歌論の研究』（笠間書院、一九七六年）。

（14）『夜の鶴』の中に、「今の世の女房の歌に、「露のたまづさ」と詠まれて候ひしなり」とあるのは、森本元子全訳注『十六夜日記・夜の鶴』（前掲）が指摘するように、『続拾遺集』にみえる「醍醐入道前太政大臣女／かきながす涙ながらぞ手向けつる物おもふ袖の露の玉づさ」（雑秋・五六五）をさす。詞書は「文永十年七月七日内裏に七首歌たてまつりし時」である。『夜の鶴』が送られたのは、文永十年（一二七三）の頃に宮廷周辺にいてこの歌を共有できるような人であろうと考えられる。

（15）安嘉門院女房で阿仏尼と親しい人に、『十六夜日記』にも見える式乾門院御匣がいるが、御匣はすでに『弘安百首』などに出詠している歌人であり、御匣ではないと思われる。

（16）為家が没したのが建治元年（一二七五）、阿仏尼の鎌倉下向が弘安二年（一二七九）であるので、この間の成立とみられる。

（17）為相の子冷泉為秀は、祖母阿仏尼の自筆『夜の鶴』を親本として数度にわたり書写した。為秀自筆本の一つを忠実に為尹が書写した冷泉家本『夜の鶴』（『続後撰和歌集　為家歌学』所収『夜鶴』、冷泉家時雨亭叢書６、朝日新聞社、一九九四年）をはじめ、多くの伝本の奥書が「此一帖祖母安嘉門院四条口伝也　即以彼自筆本令書写畢而已」（同）という類の言を含む。ここでは著者自筆本がその伝本の親本であることを示すためであるが、為秀は、『夜の鶴』の伝世に、決定的な役割を果たしたと指摘されている（同解題、佐藤恒雄）。

(18)　以下、京極派や永福門院の和歌活動については、井上宗雄『中世歌壇史の研究　南北朝期　改訂新版』(明治書院、一九八七年)、同『京極為兼』(人物叢書、吉川弘文館、二〇〇六年)、岩佐美代子『京極派歌人の研究〔改訂新装版〕』(笠間書院、二〇〇七年)などによるところが大きい。

(19)　本文は『花園天皇宸記』第一―第三(史料纂集、村田正志校訂、続群書類従完成会、一九八二年・一九八四年・一九八六年)による。割書は〈　〉内に記す。ただし同書の「女院」の比定にしばしば誤りがあることを、岩佐美代子が指摘し訂正しているので、それに従う。『枕草子・源氏物語・日記研究』(岩佐美代子セレクション1、笠間書院、二〇一五年)所収「『花園天皇宸記』の「女院」」参照。

(20)　森本元子『俊成卿女の研究』(前掲)に網羅されている。

第五章　女房の声——禁忌の意識

宮廷女房の文学、和歌、芸能などを考える上で、女の声というものに対する自他による意識に注目したい。貴族女性が顔や姿を露わにしないという禁忌はしばしば問題とされるが、声の禁忌については、文化の形成に関連して、まだ考えるべきことが多いのではないだろうか。貴族女性、特に宮廷女房の歌声・肉声に対する意識がどのようなものだったのか、女房の声は、現実の生活・習慣の上で、どの程度の公共性を持ち得るものだったのか、声の禁忌(タブー)もしくは限定性が、女房たちの文化活動をどのような領域にどのように制約していたのか。本章ではこれらについて考える。

一　女の声の対照的な二つの面——日記から

『更級日記』上洛の記に、次のような記述がある。

遊女三人、いづくよりともなく出できたり。五十許なるひとり、二十許なる、十四五なるとあり。……髪いと長く、額いとよくかゝりて、色白く、きたなげなくて、「さてもありぬべき下仕へなどにてもありぬべし」など、

人々あはれがるに、声すべて似るものなく、空に澄みのぼりて、めでたく歌をうたふ。（後略）

足柄山で、美しく品のある遊女三人がどこからともなく現れ、彼女達の歌う声が他に似るものなく、空に響き渡り、人々も作者も魅せられるさまが描かれる。また約三十年後、和泉に下向した折に高浜で、舟に乗った遊女たちが「扇さしかくして、歌うたひたる、いとあはれに見ゆ」とあり、いずれでも遊女たちの歌声が愛でられている。

又『東関紀行』遠江の橋本の宿に、次のような部分がある。

さても此宿に一夜泊りたりしやどあり。軒古たる萱屋の所々まばらなる隙より、月の影曇りなく指入りたる折しも、君どもあまた見えし中に、すこし大人びたるけはひにて、「夜もすがら床の下に晴天を見る」と、忍びやかにうちながめたりしこそ、心にくくおぼえしか。

忍びやかな声で遊女が漢詩句を朗詠するさまが描かれる。

このように日記・紀行等で遊女達が歌い朗詠する声が愛でられ、しばしば描かれるのに対して、女房に対してはそうした記述は全くないばかりか、日常の話し声についても、『たまきはる』（『健御前日記』）冒頭近くに、次のようにある。

若きかぎり、まして親など立ち添ひたるは、おのおの心の中やいかなりけん、もてなしたりしうはべばかりは、まことに宮仕へ人など言ひ思へるさまにこそ見えざりしか。いかで人に声をも聞かれじ、ましてはづれさまにも、影をも見えむは、うたて恐ろしうのみ、つゝみあへりしかば、さすがにさらぬ所には似ざりけりとも、のちにぞ思ひ合はする。

高貴な女性たちが声を夫・恋人・家族以外の男性に聞かせることが稀であることは良く知られている。しかし建春門院の御所では、仕える女房たちも女院の教えを受けて、心操高く身を慎み、自分の声を人に――この場合は男性に

――聞かれぬように、姿を人に見られぬように、注意深く慎んでいた、と述べている。また『紫式部日記』の消息部分では、「いとあえかに児めいたまふ上臈たち」が応対に出ないことを批判する条で、「つゝまし、恥づかしと思ふに、ひがことをもせらるゝを、あいなし、すべて聞かれじと、ほのかなるけはひをも見えじ。……かゝるまじらひなりぬれば、こよなきあて人も、みな世にしたがふなるを、たゞ姫君ながらのもてなしにぞ、みなものしたまふ」と記している。若い上臈女房たちは、声を聞かれたくないとひきこもって応対に出ようとしないが、女房となった以上は、出自がいくら高貴であってもみな女房として応対に出るべきなのに、みな姫君のままのようなふるまいである、という批判である。紫式部や健御前が書いているように、一般に宮廷女房は、職務柄、男性に声を聞かれたり姿を見られたりするのも、多くあったに違いない。その一方で、主人に仕えて応対や種々の職務がある女房ですらも、他人である男性に声を聞かせるのは、できることなら避けたいという意識がみられることは、平安・鎌倉期の女房文化のありように、深く関わるのではないだろうか。

男性の場合は、例えば『弁内侍日記』四七段で、右衛門督(右兵衛督源有資とされる)が「例の美しき声にて、何事も聞きどころありてめでたし」と評される通り、郢曲等を得意とし、「時人号鈴虫中納言」(『尊卑分脈』)とされる等、男性の美声は愛でられるものであり、その例は多く、僧も読経の声の美しさが賞讃される。しかし女性の場合は、遊女・白拍子等の芸能者を除いて、歌う美声が愛でられることは全く見られないのである。

二　禁忌としての女の声――物語などから

まず平安・鎌倉期において、女性の声がどのように意識されていたかを探るため、女房だけではなく貴族女性一般の声について、物語や随筆などを見てみよう。ここで扱うのは、その場に他人・公衆である男性貴族がいる場合に限る。女性だけの場、あるいは父兄・夫(恋人)など近親男性が居合わせる場は全く別のケースであり、声に対する意識が異なるので、ここでは取り上げない。

物語の中での声のあり方は人物描写・人物造型の一つの方法であり、現実のありようが前提となる。『源氏物語』の声については諸論があり、例えば吉井美弥子[1]は、光源氏など中心的な男性たちの声・歌声の美しさは賞讃されるが、女たちの声は聞こえないほど仄かな声が望ましいという意識があることを示し、そこからの多様な展開について論じた。

声を他人の男性には聞かせないことを、嗜みのある貴女ほど厳格に守っている。たとえば『源氏物語』の澪標巻に、「ほのかにも御声を聞かせたてまつらむは、いと世になくめづらかなることとおぼしたれば」とあり、前斎宮(六条御息所の娘)は、ほのかであっても源氏に声を聞かせるなんてとんでもない、と考えていたと書かれている。また螢巻で、源氏が玉鬘に、兵部卿宮への応対に関して玉鬘に、「御声こそ惜しみ給ふとも、すこし気近くだにこそ」と説得する場面があり、玉鬘が宮に声を聞かせることは当然勧めていない。

それを逸脱するのは上流貴族女性らしからぬ態度となる。朧月夜は花宴巻で「いと若うをかしげなる声の、なべての人とは聞こえぬ、「朧月夜に似るものぞなき」とうち誦じて、こなたざまには来るものか」という劇的な登場をするが、朧月夜はまさか男性に自分の声が聞かれているとは思っていないので、姫君としての品格が損なわれることはない。しかし可憐に歌う姫君のイメージは読者に強烈に焼き付けられる。

頭中将の落胤だが人々に嘲笑される近江君は、「口疾き」(早口)が特徴である。女の声は一般に「声のどやかに、押

し静めて言ひ出だしたる」(常夏巻)が良いとされるのに対して、近江君は、「あはつけき声ざまにのたまひ出づる言葉こはごはしく、言葉たみて」(同)とあり、せわしげな声、強々しく訛りのある言葉、と描写されている。おそらくは声自体も「押し静めて」の反対で、太く大きいのではないだろうか。

また『堤中納言物語』の「虫めづる姫君」では、女房たちに対して、「人々おぢわびて逃ぐれば、その御方は、いとあやしくなむのゝしりける」とあり、姫君が「ののしる」と描かれ、更に「われも声をうちあげて、「かたつぶりの角の争ふや、なぞ」といふことを、うち誦じ給ふ」とあり、漢詩句を高らかに朗詠していて、それは姫君として異様な声・行為であると見られている。

次に、女房の例として、『枕草子』第八六段の五節の日の場面で、女房が歌を詠じているさまを述べている。この部分は第二部第三章で掲げるので、ここでは省くが、御簾際の内外で歌が贈答される場合、女の声で詠じられる歌は、御簾のすぐ外の男がやっと聞き取ることができるような小さな声であったことが知られる。まして離れた周囲には聞こえないであろう。物語などに非常に多く見える御簾際での贈答歌、あるいは短連歌等のやりとりはあるが、たしなみのある女房の声は決して大きな声ではないのである。

『源氏物語』の若紫巻で、源氏が北山尼君を訪れて声をかけた時、女房は「うち出でむ声づかひもはづかしけれど」とあり、応対に慣れない女房が、上流貴公子に対して声を出すのを躊躇することが書かれ、同様の例は多い。このように、たしなみのある女房は自身の声を抑制し、時には声を出すのを避けるが、物語で反対の例も描かれる。

『狭衣物語』巻一で、狭衣は今姫君の居所を訪れるが、女房達は驚くほど品がない。

用意して歩み出でたまへれば、人々見つけて入り騒ぐ気配ども、いとものの騒がしきを、あやしと見給ふに、几帳ども奥より取り出でて、がはがはそよそよと立てわたし、裾うち広げ、紐どもの綻らはれたるを、と引きかく引

き、二十人ばかりたちさまよひ、つくろひ騒ぐ。衣の音、几帳などの音に、ものも聞こえず。女房たちは声高に話し、狭衣の登場に、女房たちが騒ぎ、几帳を立てわたし、あまりの騒音にものも聞こえない。女房たちの「きうきうとささめき笑ひ入りて」などの描写がずっと続く。

奥より人寄り来て、几帳の前なる人に、「ただ恨み歌をぱぱと詠みかけよ」とささめくなれば、「わ君ぞ、ながめ声は良き。まろはさらに、さらに」と笑ひ入れば、……

同僚女房から狭衣に恨み歌を詠みかけなさいと言われた女房が、あなたこそ「ながめ声」(歌を詠む声)が良いから、私は無理、と言い、笑いこけていて、狭衣は呆れながら終始嘲笑的に見ている。さまざまな騒音、走る足音、女房の話し声・笑い声が御簾の外に聞こえており、それは女主人である今姫君と母代の人柄をあらわすものとして描写されている。

最も重要な例として、姫君と女房の、声に対する意識の違いを示す叙述がある。『源氏物語』の蜻蛉巻で、薫が、式部卿宮の姫君で今は女一宮の女房となってしまっている宮の君を訪れ、半ば無理矢理に返事をさせるのだが、薫はその声を聞いて、「ただ今は、いかでかばかりも、人に声聞かすべきものとならひたまひけんと、なまうしろめたし」と思う。この上ない身分である父宮によって大切にかしづかれて育った彼女が、今は女房という身分になり、男に声を聞かせることに慣れてしまったとは、と嘆息するのである。

顔を見られるのと同様に、声を男性に聞かれるのは、姫君にとっては絶対の禁忌であるが、女房にとってはもはや禁忌ではない。御簾の向こうの男性に自分の声をさらすのは、女房の職務上やむを得ないが、それでも声は抑制し、できれば「いかで人に声をも聞かれじ」と願い、そうした抑制・制約から大きく逸脱した女房は、嘲笑の対象となる。このような禁忌・抑制のもとで、女房の声はどのように文学活動と絡むのだろうか。

三　物語を読み上げる声──『嵯峨のかよひ』

繰り返すが、女性だけの空間では声の禁忌はみられず、女たちが語り合う場面では、多くの声が発声される。物語類で、男が垣間見をしていることを知らずに女が語り合う場面は多くあり、『堤中納言物語』「はなだの女御」や『無名草子』は、女房たち、女性たちが語りあう内容で構成されている。

女房が女主人や姫君などに作り物語を読んで聞かせるのはこのような女性たちの空間であり、父や夫などがいることもあるが、他人の男性が同席することはない。『源氏物語』の蛍巻で、光源氏が、明石姫君の教育に用いる物語について語る場面で、「姫君の御前にて、この世馴れたる物語など、な読み聞かせ給ひそ」と厳しい口調で言う条があるから、父親も娘の姫君の教育に関与しているが、実際に物語を読み聞かせるのは女房である。また東屋巻で、中君が浮舟を慰め、「絵など取り出でさせて、右近に詞読ませて見たまふに、向ひてもの恥ぢもえしあへたまはず、心に入れて見たまへる」という場面は、国宝『源氏物語絵巻』にも描かれる。

ところが、御簾の外に他人の男性がいる時に、簾の中にいる女性が、簾の外に聞こえるように物語を読み上げるという稀有な場面を描くのが、飛鳥井雅有の日記『嵯峨のかよひ』である。文永六年(一二六九)、雅有は当時二十九歳、嵯峨に住み、近くの嵯峨中院に住む七十二歳の為家邸を度々訪れ、交遊するさまを描いている。(2) 為家邸は和歌、連歌、古典講義などを行う文化サロンであり、歌壇の大御所である為家が「あるじ」、その妻阿仏尼が「女あるじ」である。九月十七日には為家による『源氏物語』の講義が始まる。

十七日、昼ほどに渡る。「源氏はじめん」とて、講師にとて女あるじを呼ばる。簾の内にて読まる。まことにおもしろし。世の常の人の読むには似ず、ならひあべかめり。若紫まで読まる。

講義の初日、講義を始める時、本文を読み上げる講師に「女あるじ」阿仏尼が呼ばれた。阿仏尼は簾の中から『源氏物語』を朗読し、為家がその部分を講義・注釈していった。雅有は為家の講義には特に触れていないが、講師の阿仏尼の朗読に興をおぼえ、普通行われる読み方と違っていて、「ならひあべかめり」と言っている。(3)

宮廷の公の歌合や歌会で女性が講師になることは、本章で述べるように基本的に見られない。物語を読む場合でも、ここは女性だけの場ではなく、雅有を対象にした『源氏物語』講義であり、そのような場で、ある程度大きな発声を必要とする講師を女性が務めるのは、極めて珍しかったと考えられる。

雅有は『嵯峨のかよひ』に書いているように、しばしば白拍子を呼んでは遊ぶ人であり、女が歌う声には親しんでいるのだが、阿仏尼の声にこれほど驚いているのは、それが男性も含めた場で『源氏物語』を朗読する講師を女性が務め、公衆に共有される声を出すという行為そのものへの驚き、そしてそこで出される女の声への驚きがあるのだろう。

阿仏尼は文永五年(一二六八)以前に既に出家していることが為家譲状の宛名から判明するので、(4)文永六年当時は在俗ながら尼である。そのことが声を出すことへの制約を弱めているのではないかと思われるが、これについてはなお後述する。

四　遊女・白拍子の声――歌う女たち

先に「虫めづる姫君」の朗詠の例を掲げたが、漢詩句を詠ずる朗詠は、姫君には稀で異質な行為であり、『とりかへばや物語』『我が身にたどる姫君』などで特異な女君の造型に用いられていることは、青柳隆志の指摘がある。(5)貴族女性は基本的に、発声して歌う・朗詠することを公衆の前で行わないのに対して、遊女・白拍子は、歌い物としての朗詠や郢曲(今様を含む)を技芸としており、それゆえに当時の女性として特別な存在であり、その声が賞玩された。この点は従来の文学史で看過されがちな面もあるかと思われるので、先行研究をふまえてここで概観しておきたい。

青柳隆志の論(前掲)では、漢詩句の朗詠は男性貴族の独壇場であるが、遊女・白拍子による漢詩句の朗詠は遅くとも院政期以前からあり、その後、朗詠は吟ずるものから音楽へと変化し、今様とあわせて、楽器を伴って歌われるものとなり、『平家物語』などに多く見えることが指摘されている。沖本幸子は、(6)「平安時代を通して、貴族の女性は基本的には歌わないもの」であり、貴族女性の歌謡は常軌を逸した行為であること、特に若い貴族女性が歌わない中で、遊女・傀儡子ら「歌女」はプロの歌い手集団であり、その美声が賞玩されたことなどを述べている。植木朝子による(7)と、今様では細く清らかな女声が理想であり、後白河院もそれを理想とし、その傾向は世阿弥の音曲論にも残っているると指摘する。このように、女の美声は、宮廷女性にあっては他人に聞かせることも磨かれることもなく、人の耳に入ることも稀であるゆえに、女性芸能者の声は色々な意味で特別なものであった。辻浩和は、(8)沖本論をふまえ、『餓鬼草紙』第一段の図像、宴席に侍る女性について、貴族女性・女房が、この図像にあるような鼓・歌謡・同座を行う

例は僅少かつ異例であることを詳しく検証し、宴席の女性は非貴族層の遊女・傀儡子を描いたものと推定した。なお服藤早苗は[9]、古代・中世の遊女や「歌女」などについて総合的に考察し、古典文学のみならず、日記・古記録等から多くの記事を抽出している。

遊女は歌声以外でも、肉声に対する禁忌の意識がない。飛鳥井雅有『みやこぢのわかれ』に「酒匂に着きぬれば、見馴れたる者、遊びども来集ひてののしる」、また『春の深山路』に、「酒匂の宿に暮るる程に着きたれば、例の君・海女ども、又若きあそびども具して、強ひののしる」とあり、遊女たちの嬌声が描かれる。

貴族女性・女房と、遊女・白拍子とが大きく異なるのは、声だけではない。男性貴族・官人に対して、顔や姿を御簾・几帳・屏風・扇などで隠さずに見せるか否か、という点も両者は異なる。顔・姿を露わにすることへの意識は、後掲の保立道久論や、五節舞姫の担い手の変容[10]、あるいは内宴が保元三年(一一五八)に信西により復活されるがまた途絶えたこと等々の宮廷史との関連も問題となろう。ともあれ、貴族女性が顔や姿を露わにしないという禁忌はしばしば問題とされるが、声の禁忌についてはさらに考えるべき部分が多いのではないだろうか。

特にこれは和歌・連歌というジャンルにおいて、女房が関与し得る領域を厳しく制約し限定したのではないかと思われる。以下で、やや詳しく述べていきたい。

五　歌合・歌会における制約——講師・判者・詠吟

歌合に関する先学の研究は多くある[11]。また第一部第二章においても歌合における女房の位置について述べた。それ

と一部重複する部分もあるが、ここでは女房の声に注目して、講師・判者・詠吟の三点から考えたい。

⑴講　師

歌合や和歌会で、女性が講師(声に出して和歌を詠み上げる役)となった例は平安前期に僅かに見える。平安前期には歌合は女房行事的側面が強く、延喜十三年(九一三)三月十三日『亭子院歌合』では、左右の頭に宇多帝の二人の皇女を、一番左には伊勢を置き、判は勅判で、講師も女房であった。『平安朝歌合大成』所収十巻本の仮名日記を掲げる。

歌の講師は、女なむつかまつりける。御簾一尺五寸ばかり巻き上げて、歌よまむとするに、上の仰せ給ふ、「この歌を誰かは聞きはやしてことわらむとする。忠房やさぶらふ」と仰せ給ふ。「さぶらはず」と申し給へば、さうざうしがらせ給ふ。

聞きはやすことまではできないのであろうが、女房が講師として歌を詠み上げたことは確認できる。『袋草紙』『八雲御抄』にも、この歌合で女房が御簾を少し巻き上げて、講師として歌を読み上げた旨が記されている。この時は是則・躬恒・貫之ほか、多くの男性歌人が参加しているが、男性が御簾の外にいても、女房が発声して講師を務めたのである。

しかし延喜二十一年(九二一)五月の『京極御息所褒子歌合』で大きな変化がおきた。十巻本の仮名日記に次のようにある。

女童をなむ、歌いだす人には左三人、右三人したりける。(中略)歌読はおほかれど、ことさらに忠房をめして歌は定めさせ給へりける。女童よくえよまざりければ、左伊衡の中将、右少納言紀の淑光といふなむよみける。

当初は歌を出してよむ講師の役に女童を予定していたが、よくよむことができなかった。然るべき女房歌人ではなく、

あえて「女童」にさせていることが注意される。声が聞こえるように御簾を少し巻き上げれば、几帳等があっても少しは女房の様子が見えるかもしれず[12]、さらにそこから詠ずる声を出すことを忌避したのではないか。結局、おそらく歌人でもない女童は適切に詠み上げることができず、講師を急遽、伊衡と淑光が務めたという。判者は忠房であった。以降はこれが先例となり、女性の講師は全く現れなくなる。

天徳四年(九六〇)『内裏歌合』にはこの二つの歌合の要素が流れ込み、典侍・命婦ら内裏女房の発案で始まり、左右方人の頭には更衣が任命されるなど、女房が活躍しているが、講師は先の例を受けて男性である。また男女が左右に分かれて対抗する歌合(男女房歌合とも)は、十世紀半ばから院政期まで数多く行われ、女房歌人は男性歌人に対等に番えられているものの、講師は知られる限りではすべて男性である。ほかにもたとえば、「四条宮寛子扇歌合」について、『中右記』寛治三年(一〇八九)八月二十三日条は「大后於宇治有女房扇合、基綱朝臣、予、為講師」と記し、女房による扇合でも講師は男性である。また例えば、寛治七年(一〇九三)五月五日『郁芳門院媞子根合』も「郁芳門院根合時、左右頭女房也」(『袋草紙』下)とあり、頭は女房であるが、それ以外は判者・講師・読師・撰者・清書すべて男性であり、女院主催や女房主体の歌合でも、男性に特化されている。女房の講師は全く見出すことができない。

(2)判　者

中古・中世を通して、宮廷の歌合で女房歌人が判者となった例は、第一部第四章で述べたように、京極派を除いて、全く見出されない。『八雲御抄』巻二作法部に「女房為判者事、非普通事」(国会本ほか)と述べられるように、女房が判者を務めることは基本的になかった。『八雲御抄』が例外としてあげるのは、相模が、判者ではないが論難をしたと伝えられる例である。

なぜ女性が歌合で判者になれないのかについて、これまでは明確な理由を見出すことができなかった。しかし、ここまで述べてきたような女房の声に対する意識は重要であろう。女房歌人は、女性だけではなく男性歌人が並ぶ前で、皆に聞こえる声を出して、意見を陳述したり、意見の異なる歌人達をおさえて理由を述べて勝負をつけるという行為が、身体に関する意識の上で不可能であったこと、それこそが、最大の理由ではないだろうか。

なお、漢詩であるが、『大鏡』(道隆)に、敦道親王北の方(道隆女)が、親王邸で「人々文作りて講じなどするに、よしあし、いと高やかに定めたまふ折もありけり。二位の新発の御流にて、この御族は、女も皆、才のおはしたるなり」とあり、北の方が漢詩の優劣を声高に判定したと語るが、これは北の方が常軌を逸していたことを述べる中にあり、当時は常識外の行為である。

平安期に、女房が判について意見を言ったり、判に対して反駁し陳状を書くことは、次の例が残る。長久二年(一〇四一)二月十二日『弘徽殿女御生子歌合』で、義忠の判に対して相模が難判したと『袋草紙』は記し、『八雲御抄』もそれを受ける。

弘徽殿女御歌合　判者　大和守藤義忠朝臣　有家経相模等難判　(『袋草紙』下)

しかしこれは、家経の難判も相模の難判も残らず、家経は歌合に参加した痕跡すらなく、正式な難判があったかどうかは存疑であると思われる。十番の判詞に「左の人々、相模に「如何に」と問ひ侍りければ、あからさまなる旅寝のいとつれづれなるに近きまた定めたるとか」という条がある。左の伊勢大輔歌を勝としたい左方の人々が相模(左方)に意見を求めたこの記述から、難判があったと判断された可能性もある。相模の年齢は五十歳位、ベテラン女房歌人であり、実績の点でも意見を求められる立場にあったのであろう。

寛治八年(嘉保元年・一〇九四)八月十九日『高陽院七番歌合』の経信判に対し、高齢の女房歌人筑前(康資王母)が詳

細な内容の陳状を奉り、経信が反論し、さらに筑前が反駁するという、消息による論難を行っており、その陳状も残っている。このような詳しい論難は、当日の場ではなく、消息であったからこそ女房にも可能であったのではないか。

また、康和二年(一一〇〇)五月五日『備中守仲実女子根合』は、五番のみの小さな歌合で、男女房歌合が衆議判で行われた珍しい例である。左の周防内侍(当時の年齢は六十代半ば)、甲斐、上総などの女房歌人と、右の俊頼ら男性歌人とが、互いに討論するさまが判詞に記されている点で、特異なものである。この歌合で女房が発言し得たのは、これが四条堀川の仲実邸で行われた私的な歌合であり、宮廷の歌合ではないこと、そして女房側がベテランの、ないし初老の女房歌人が多いことが大きいのではないか。

なお、十一世紀半ばに頻々と行われた六条斎院禖子内親王の一連の歌合は、一部は男性歌人も参加しているが、斎院とその女房だけの歌合が多い。このような内々の女性のみの歌合は、女房が判者として勝負を付けたのではないかと思われる。しかし判者の名は残されていない。

このように、衆議判・論難・陳状という行為を、平安中期・後期には、少ないにせよ女房が行うことがあったことは注意される。しかしその後はかき消えてしまう。

ただ例外として、第一部第四章で述べたように、鎌倉後期の京極派で、伏見院、永福門院、その女房・近臣を中心とする歌合が多く行われ、そこで京極為子や永福門院は何度も判者を務め、女房による衆議判も見られる。京極派は後宮を基盤とし、女房とごく近い近臣からなる小さなグループであり、歌合も内々のものであり、公的な場ではなく、大きな声は必要ではないと想像される。ゆえに為子も永福門院も判者として判を行うことが可能であった考えられるが、これは京極派に特有の現象である。長く歌壇を制した二条家・二条派では、女房歌人の判者は見られず、判にも難判にも、女房歌人が関わることは中世ではなくなったのである。

(3)詠吟・詠唱

『袋草紙』上(和歌若連歌云出事)に、次のようにある。

不審之処、故左京殿曰、女房自簾中和歌ヲ云出事、一度所聞也。其音非詠、非読、言語誰学之。

父顕輔の言として、「女房が御簾の中から和歌を詠み出すのを一度聞いたことがある。それは詠吟するのでもなく、読むのでもなく、その発声は真似しがたい」と述べている。これが講師の声なのか歌を詠じている声なのか不明だが、いずれにしても女房が御簾の中から外へ声で和歌を詠み出すのが、稀有なことであったことが判明する。ということは、歌合・和歌会などで、講師が読み上げた後、一同がその歌を詠吟・詠唱する行為に加わることができないということをも意味する。渡邉裕美子[13]が「女性の歌も詠吟されはするが、講師として読み上げ、続いて詠吟するのは男性だけだということは、改めて銘記されてよい事実であろう」と述べる通りである。

藤原俊成の『古来風躰抄』に、次に掲げる著名な条がある。

歌はたゞよみあげもし、詠じもしたるに、何となく艶にもあはれにも聞こゆる事のあるなるべし。もとより詠歌といひて、声につきて良くも悪しくも聞こゆるものなり。

俊成は『民部卿家歌合』の跋文、及び『慈鎮和尚自歌合』の判詞でも、ほぼ同じ内容のことを述べている。これらの言説を中心に、なぜ和歌は声でよみ上げられることが重要なのかに関して、錦仁[14]は、これは単なる表現理論・芸術論ではなく、俊成は神仏との関わりの中で、和歌を詠吟することの重要性を述べているのであり、声に出すことは神の感応を誘うための歌人の作法であったと論じている。その後このテーマの論文集が編まれ[15]、そこでも、声は人々と神仏との共有・交響の空間を創りあげるものであり、そうした思想が仏教にも和歌にもあったという認識が示されてい

る。それは確かに首肯できるのだが、所収の十三編の論の中で、女房歌人・女性歌人の声の欠落について言及するものは見られない。けれどもやはり問題となることであると思われる。

歌合等で声を発することができない女性歌人は、(16)詠吟によりその歌を一同と共有できないばかりか、俊成が言うところの、和歌は詠ずる声調の中に艶・あはれの美的情調があらわれるという和歌の特質を、少なくとも共同の場で自ら感受することができない、ということが前提となる。これをどのように考えていけば良いのか、本稿ではまだ考えが及んでいない。まずは声調に言及する歌合判詞などから検討すべきかもしれない。

(4)小　括

女房は勅撰集撰者になれず、私撰集を編纂したり歌論書を執筆することも稀であり、歌を撰ぶ・論ずる・批評するという行為から遠い位置になっていく。だがその理由の一つが声の問題であることは、これまで指摘されていなかった。また御簾の中にいるため、当然ながら読師を務めることもない。

けれども一方では、歌合における歌人の役割は他にもある。歌合終了後に歌合の記録がなされるが、平安中期までは、歌合の仮名日記・記録の執筆は、大部分は名は伝えられないが、恐らく女房の手になるものも多いとみられる。類聚歌合にある多くの歌合日記のほか、『栄花物語』(巻三十二・歌合)には、歌合の詳細な日記として『高陽院水閣歌合』が、巻三十六根合には永承四年十一月『内裏歌合』と永承六年五月『内裏根合』が叙述されている。

また遊宴的な歌合で当日洲浜や絵等に美しく書かれて披露される左右の歌の清書は、能書の男性が行うことが多いが、女性が行うことも見える。長元八年(一〇三五)五月十六日の『高陽院水閣歌合』(『関白左大臣頼通歌合』)では、左歌を宰相典侍が書いた。永承四年(一〇四九)十一月『内裏歌合』右の歌は因幡乳母、天喜四年(一〇五六)四月『皇后宮春

秋歌合』右の歌は藤原佐理女（経任母）、前出の寛治八年（嘉保元年・一〇九四）八月十九日『高陽院七番歌合』では左の歌は源顕房女で忠実室の師子が書いている。[17] これらは声を出すこと・姿を見せることとは無関係であり、女性が関与できたのであろう。

しかし、歌合が遊宴の要素を失い、歌道家を中心に和歌批評の場となると、歌合に出す歌の清書や、歌合の終了後その記録をする等の職掌に、女房は基本的に関与していない。それは主催者、判者、歌道家などの男性専門歌人らの役割となっていく。[18]

歌合は女房行事として始まるが、女房は廷臣達の面前で声を出すことができないという身体的制約によって、講師や判者を務めることができず、一同と共に詠唱もできないという立場にあり、やがて院政期から後鳥羽院時代に、歌合が公的性格を強めると、声の制約だけではなく、女房の関与できる領域自体が制約されていく。講師・判者に留まらず、公的な場においては和歌の批評・意見陳述・清書・記録も行わないことになっていくのではないだろうか。[19]

六　連歌における制約

和歌よりもさらに、声が女房の文学活動を決定的に制約したと考えられるのは連歌である。連歌と女房については、以前にある座談会で言及し、[20] その内容と一部重複するが、連歌の声に関連する点について述べておきたい。連歌が最盛期を迎えた中世に、なぜ女性の連歌会への参加が極めて少ないのか。それは貴族女性が声を出すこと・同座することとの禁忌と制約ゆえであると考えられる。

和歌会・歌合では、当座でも兼題でも、各自が歌を懐紙に書いて提出する。しかし連歌会では、執筆に向かって口頭で句を出すのが基本であった。女房を含む貴族女性にとっては、男性がいる場で皆に聞こえるような大きな声を出すことができないという身体的制約が、決定的な障害となったのではないか。もちろんこれは、人々が参集する連歌会のことであり、女房が屋内で誰かに対して、あるいは御簾際で男性に、歌や短連歌を詠みかけることはしばしば行っている。けれども男性貴族が大勢いる会で、御簾の中から外へ、皆に聞こえるような声を出すことは極めて困難である。これまで看過されてきたが、この身体的な理由は重要ではないだろうか。

連歌と女性については、奥田勲による年表と論考[21]がある。そこにあるように、平安時代、女性による短連歌は多く残っている。加えて、女房同士や、女房と親しい貴族たちが寄り合う鎖連歌は散見され、たとえば『今鏡』(御子たち・第八)で、花園左大臣有仁の邸には、小大進などの女房歌人が多くいたが、「君達参りては、鎖連歌などいふことつねせらるるに」とある。『袋草紙』上(連歌骨法)には、鎖連歌の発句は、主君や若女房などが出すのをしばらく待つべきである、とある言からもそれは窺える。また短連歌については、続いて鎌倉期も、女房と男性貴族との間で、また女房同士の間で行われており、『十訓抄』『弁内侍日記』『沙石集』『中務内侍日記』などにその痕跡が残っている。

しかし鎖連歌・長連歌の場合は異なる展開を見せる。十二世紀以降、連歌の中心が長連歌へと移行すると、男性が多く参加する連歌会には、女性の連歌作者が急速に見えなくなっていく。草創期の長連歌である後鳥羽院時代の有心無心連歌は、歌人・非歌人が参加してしばしば行われたが、速さを競い、矢継ぎ早に句を付けていく遊戯的・競詠的な連歌会であり、狂騒的な空間であった。この有心無心連歌の参加者は男性のみであり、女房は全く参加していない。同座できず大きな声を出せない女性が参加することは、そもそもあり得ない連歌会であったとみられる。

その後も、連歌会には女性が参加することはごく少ない。いわば男性側の意識をあらわすものとして、『明月記』

元仁二年(嘉禄元年・一二二五)四月十四日条がある。

即向幕下亭、即来坐給、依有好士之老女、被招請〈在近隣、京極面云々〉、即来、不恥人出此座、連歌、中将執筆、自未時許始之、白何々屋、各入興、及百廿韻、

これは西園寺実氏邸での連歌会であり、父の前太政大臣公経も参加、為家などもいて、ある程度の規模の連歌会であったとみられる。近くに住む「好士老女」が招かれて加わり、定家は「不恥人出此座」と特記しており、この老女は、御簾の中ではなく、一座に加わっていたと考えられる。定家はそれにやや驚いているようだが、連歌会での女性の同座は、老女なら可能であったのかもしれないと考えられる。

一方では、女房のみ、女房と主君(院・摂関・将軍など)のみ、あるいは親しい人々に女房も加わるといった、ごく内々の連歌は散見される。例えば承明門院御所で、女房たち(承明門院宮内卿ら)がいろは連歌をやったことは『菟玖波集』に残る。『弁内侍日記』一一七段では、八月十五夜の歌会のあと、後嵯峨院と弁内侍、少将内侍の三人だけで阿弥陀仏連歌をやり、一六七段では摂政兼経が来て弁内侍・少将内侍らと連歌をやっているが、女房と天皇か摂政だけであり、内々のものである。『井蛙抄』第六に、後嵯峨院御幸の時、院が連歌をやるため弁内侍・少将内侍に御車に同乗することを命じ、連歌をする記事がある。そして、『嵯峨のかよひ』では雅有らは連歌会を始終やっているが、「冷泉堀川宿所」で「夜もすがら酒飲み、果てはやむごとなき所の女房一人〈大納言局といふ〉を呼びて、忍びやかに連歌して遊ぶ」(文永六年十一月十日条)という記述もあり、「忍びやかに」とある。こうした内々の会で、女房が連歌を行うのは諸書に散見される。以上のような連歌会は小さな内々の会、「忍びやか」な連歌会であり、そこでは大きな声は必要とされていないのであろう。

では、この鎌倉中期の女性の連歌作者として著名な弁内侍と少将内侍は、男性貴族が多く参集するような、内々で

はない連歌会に、どのようにして参加していたのだろうか。それを示す記事が『井蛙抄』第六にある。これは現存の『弁内侍日記』にはない記事である。

同院御時、吉田泉にて御連歌ありけり。女房弁内侍、少将内侍、召されて簾中ニ候けり。民部卿入道、女房の中次にて、簾のきはに祗候せられけるが、耳おぼろにて、滝のひびきにまぎれあひて、聞きわかれざりける程に、御連歌もしまざりけるに、為教少将、山より柴を折りて、滝のおつる所にふさぎて侍ければ、水の音も聞えずなりにけり。其後、御連歌しみて侍けるよし、弁内侍日記に書きて侍。

吉田泉殿と呼ばれた西園寺公経の邸で行われた連歌会に、連歌の名手弁内侍・少将内侍の姉妹が召されて、彼女たちだけは簾の中にいた。彼女たちが出す連歌の句を取り次ぐ役として、簾の際に為家が祗候していたが、老いて耳が遠く、また庭の滝の音にまぎれて女房たちの声がよく聞きとれなかったため、連歌が盛り上がらなかった。そこで為家の子の為教が、柴で滝の落ちる所をふさぎ、水の音を消したので、そのあとは聞き取れるようになり、連歌が盛り上がったという記事である。女房が連歌会で句を出す声は、同じ室内にいる男性たちにも届かないような小声であったことが判明する。

また、皆に聞こえるような声を出せない簾中の女房に代わって、男性の誰かが簾のすぐ外の際にすわり、簾中の女房が小声で句を出すのを聞き取って毎度皆に伝えていた、ということが知られる。前述のごく内々の親しい者同士の当座の会なら、ここまでのことはしないのだろう。しかしある程度大きな公の会であれば、これが一つの方法であったのか、あるいは連歌の名手である女房達への特別な配慮であったのかもしれない。

なぜこの方法が一般化しなかったのか。それはやはり支障が多いと推測される。会席の文芸である連歌は、場に集う人々の一体感を尊重する、一揆性のある文芸である。『会席二十五禁』[22]によれば、「人の句出だす時、隣座の人にそ

そめきもの云ふ事」や「連歌低く出だして、執筆に問はるる事」などは二十五の禁止事項の一つであり、句を出す時には小さな声は禁止されている。声の大きさ、そして出される瞬間がいかに大切であったかが知られる。句を出す時、他の連衆とかち合わないように、皆の様子をうかがいつつ句を出すという配慮も必要となるが、離れて御簾の中にいる女房には困難であろう。このように、おそらく声と同座の問題が障害となって、身分ある女性や女房が、連歌会という座の文芸に参加することは稀少となり、親しい者同士の気楽な会は別として、その傾向が続くのである。

奥田勲の指摘があるように、『菟玖波集』作者約四五〇人のうち女性は二〇人で、少将内侍・弁内侍が突出し、他の多くが前代の短連歌作者である。室町後期では『新撰菟玖波集』約二五〇人のうち女性は三人のみで、日野富子が一四句で突出する。その富子の連歌会の計画に対して「女房連歌、是又稀有事也」(『大乗院寺社雑事記』文明十二年二月十四日条)という批判の言が見える。女性だけの場や、一族内・親しい仲間内などで、女性が連歌を行うことは諸資料にかなり多く散見されるが、それらは内々のものである。[23]このように、声と同座の問題によって、連歌会は女性が入りにくい場となるが、稚児の参加は多くみられ、女性の代替が稚児であったか、と推定されている。[24]

和歌と連歌における女房歌人の領域は、相似形を描くように展開しているように思われる。和歌が、贈答歌や遊宴の材から、公的な性格を強め、同時にもともとは女房行事であった歌合等が批評の場に変質すると、女性は歌人として和歌を詠むものの、講師・判者になれないばかりか、そのほかの役割からも排除されていく。室町期以降は女房歌人自体も急減する。連歌は、平安期には女性は短連歌の主要な担い手であったが、長連歌の有心無心連歌には女房は参加不可能であり、その後は断続的に例はありつつも、南北朝期以降、連歌が歴代の将軍に愛好され、和歌と並んで公的な文芸となると、基本的に女房はそうした公的な連歌会には参加できない。当初は声という身体的な理由からの制約であったものが、その文学活動が公的文化の中軸になると、身分・文化の秩序に取り込まれ、女性は周縁に疎外

されていくという、同じような構図と流れを見ることができる。

七　老い・出家による変化

女房たち、女性たちの声に対する意識や行動をみてきたが、ある程度年をとるか、老年に至れば、あるいは出家をすれば、声を出すことへの規制・躊躇も、ある程度緩むのではないだろうか。そのように思わせる事例が多く見られる。

たとえば『源氏物語』の紅葉賀巻、源典侍が光源氏を意識しつつ琵琶を弾いて催馬楽を歌う場面について、沖本幸子(前掲書)は内侍という職に結びつけているが、これは内侍というよりも、初老の女性ゆえに歌声が成り立つ設定ではないだろうか。同じく『源氏物語』の手習巻で、老いた小野尼君が和琴を弾きながら古びた催馬楽を歌い、周囲は呆れるが、娘婿の中将が気をつかってほめるという場面がある。『狭衣物語』巻三では、今姫君の母代が琵琶にあわせて俗謡を歌い、狭衣大将は笑いをこらえるのに苦労する。この母代は嘲笑的に描かれているが、小野尼君は老尼であり、歌声は何とか許される範囲なのであろう。

歌声ではなく、応対の声では、『源氏物語』の橋姫巻で、突然の薫の訪問に、若い女房たちは適切に応対できず、老女房が起きてくるまで大君が仕方なく応対し、「あてなる声して、ひき入りながらほのかにのたまふ」とある。年若い中君が応対することはあり得ず、大君が仕方なく応対したのは、決して老いているのではないがやや年上の年長者としての立場ゆえであろう。しかし大君は後に「知らぬ人にかく声を聞かせたてまつり」(椎本巻)と、宮の姫君な

のに薫に声を聞かせざるを得なかった、落魄した境涯を嘆いている。また竹河巻で、薫は任中納言の挨拶に玉鬘を訪れ、玉鬘は対面して直接会話し、薫は「御声、あてに愛敬づき、聞かまほしう今めきたり」と思う。そこまで玉鬘が薫にはっきり声を聞かせているのは、玉鬘が五十代半ばになっているからであろう。また『蜻蛉日記』で、養女に求婚する遠度が来訪し、道綱と語り合い、作者(道綱母)も自分の声で少し会話したことを記している。ある程度年をとり、養女の母・保護者としての立場ゆえとみられる。逆に若い女性については声の禁忌は強く、『枕草子』二一八段「短くてありぬべきもの」に、「人のむすめの声」(未婚の娘の声)とあるのも、そうした価値観のあらわれであろう。

このように、本稿でみてきた例で、女性芸能者を除いて、声を厳しい禁忌としないのは、老年、高齢、出家にあたる場合がかなり多い。和歌では、周防内侍らの衆議判が可能であったのも初老のベテラン女房歌人であるからであろうし、『嵯峨のかよひ』で阿仏尼が御簾の中から外へ朗読できたのも、すでに出家していることが影響していると考えられる。

そして最も声を必要とする連歌ではその点が明瞭であり、鎌倉期の連歌会に参加する女性には、尼や老女が多い[25]。『明月記』元仁二年(嘉禄元年・一二二五)四月十四日条の「好士老女」も恐らく老女であるゆえに、一座に加わっていることは前述した。そして恐らくこれとは別人だが、『明月記』に頻出する「連歌禅尼[26]」がいる。『明月記』には嘉禄元年から寛喜二年(一二三〇)に四十回以上の連歌記事が見え、定家はこの頃連歌に熱中し、自邸でも頻繁に連歌会を行っていた。この連歌禅尼は、藤原信実の姉妹で(前述の弁内侍・少将内侍の叔母にあたる)、かつて春華門院に仕えた弁という女房で、定家邸での連歌会の常連であったが、寛喜二年四月十五日に急逝した。定家は悲嘆し、連歌仲間で毘沙門堂で盛大に連歌禅尼の供養を行った。この後、定家は自邸の連歌会を行わなくなる。その作品は残らないが、おそらく連歌禅尼は稀な連歌の名手であったのだろう。この連歌禅尼も、老尼であったゆえに、男性に交じって一座に

直接加わることができたのではないだろうか。

このほか、阿仏尼は関東下向後に鎌倉で、和歌をはじめとする文化の指導を行い、連歌の指導もしていたことが知られるが(『吾妻問答』ほか)、これも出家後である。『とはずがたり』で、出家した二条は諸国を旅し、鎌倉で飯沼資宗と「たびたび寄り合ひて、連歌、歌など詠みて遊びはべりしほどに」とあり、備後国江田で「連歌し、続歌など詠みて遊ぶほどに、よくよく見れば、鎌倉にて飯沼の左衛門が連歌にありし者なり」とある。地方の豪族達の連歌会に加わっているのは、尼であったからこそ可能であったと推測される。

老いや出家により声の禁忌が緩み、それが女性たちの文学活動のありように変化をもたらしているのである。声だけではなく、顔を隠す秘面意識も緩むとみられる[27]。これは、説話集・歴史物語等における老女・老尼の役割に深く関わるのではないだろうか。

以上、平安・鎌倉期の女房の声をめぐる問題について、問題提起と見通しを述べたが、さらに日記等を点検・精査する必要もある。また中世後半になると貴族層でも一部変わってくる可能性があり[28]、中世後期については更に考えねばならないであろう。

(1)　『読む源氏物語 読まれる源氏物語』(森話社、二〇〇八年)。
(2)　以下については田渕句美子『阿仏尼』(人物叢書、吉川弘文館、二〇〇九年)、同『阿仏尼とその時代——『うたたね』が語る中世』(臨川書店、二〇〇〇年)など参照。
(3)　類似の言説として、天理本『女訓抄』中に、「源氏伊勢物語、さらぬ草子、読みやうも知らで、字にあたるまゝ読ませ

給候まじく候」とあり、『源氏物語』などの物語の読み方について注意している。美濃部重克・榊原千鶴編著『女訓抄』(三弥井書店、二〇〇三年)に拠り、漢字仮名・清濁などの表記は私意に依る。

(4) 文永五年十二月十九日付阿仏宛譲状。『冷泉家古文書』(冷泉家時雨亭叢書51、朝日新聞社、一九九三年)参照。

(5)「女流朗詠考」(桑原博史編『日本古典文学の諸相』勉誠社、一九九七年)。

(6)『今様の時代――変容する宮廷芸能』(東京大学出版会、二〇〇六年)。

(7)「歌謡の身体的展開」(『中世の芸能と文芸』中世文学と隣接諸学7、竹林舎、二〇一二年)。

(8)『中世の〈遊女〉――生業と身分』(京都大学学術出版会、二〇一七年)。

(9)『古代・中世の芸能と買売春――遊行女婦から傾城へ』(明石書店、二〇一二年)。

(10) 五節の舞姫として天皇や殿上人の前で舞う少女は、十世紀初頭までは公卿層の実子がなることもあったが、十世紀半ば以降は下級貴族・受領層の娘(女房層)となり、十二世紀半ば以降は公卿層の庶腹の娘が多い、などいくつかの変化があることが指摘されている。服藤早苗『平安王朝の五節舞姫・童女』(塙書房、二〇一五年)など参照。

(11) 峯岸義秋『歌合の研究』(三省堂出版、一九五四年)、岩津資雄『歌合せの歌論史研究』(早稲田大学出版部、一九六三年)、萩谷朴『平安朝歌合大成　増補新訂』一―五(同朋舎出版、一九九五―六年)、ほか。

(12) 保立道久によれば、十世紀には貴族女性の秘面意識(顔を見せることへの禁忌の意識)が一般化していたという。「秘面の女と露面の女」(『化粧文化』一六、一九八七年五月)、『物語の中世』(講談社学術文庫、講談社、二〇一三年)参照。声を出すことと姿を見せることは密接に結びついており、十世紀という時期の一致は重要であろう。

(13)『新古今時代の表現方法』(笠間書院、二〇一〇年)。

(14)「和歌の思想　詠吟を視座として」(『権力と文化』森話社、二〇〇一年)。

(15) 阿部泰郎・錦仁編『聖なる声――和歌にひそむ力』(三弥井書店、二〇一一年)。

(16) 前掲の天理本『女訓抄』中に、「また男などの近く候に、草子声、御聞かれ候まじく候。歌詠じ声など、人に聞かるゝ、憚しき事なり」とあり、室町期にも物語を朗読する声、歌を詠ずる声は、人(男性)に聞かれてはならないという意識が存し

たことが確認できる。

(17) 以上、『平安朝歌合大成 増補新訂』(前掲)所収の二十巻本ないし十巻本に拠るが、『栄花物語』『袋草紙』『八雲御抄』などにも見える。

(18) 『源家長日記』に和歌所開闔家長が、「隙なき和歌会侍れども、さのみ書きとめず。……後に人の尋ねなどする折、あはれ悔しきかなと思へど、……」と悔いる記述がある。

(19) ただしこの後鳥羽院時代に、媒介としての申次の女房の権威と力が上昇したことを、五味文彦「聖・媒・縁――女の力」(『日本女性生活史 2 中世』(東京大学出版会、一九九〇年)が論じている。表側の公的世界では制限が強化されているが、逆に裏側では申次の女房の力の高まりと、内侍宣に代わる女房奉書の成立により、女房の役割・権力が強化され、社会的にかなりの力を有しているという。このような歴史的背景等もあわせて、広く考えねばならないだろう。

(20) 鶴崎裕雄・田渕句美子・綿抜豊昭・廣木一人「連歌を担った人びと」(『文学』一二―四、二〇一一年七・八月号、岩波書店)。この時の当該の話題に関連して、鶴崎裕雄「見られ聞かれる連歌――連歌張行の本質」(『芸能史研究』二〇三、二〇一三年一〇月)がある。

(21) 「「女流」連歌略年表」(『聖心女子大学論叢』八四、一九九五年一月)、「連歌と女性――「中世文学における女」再録」(『日本文学 女性へのまなざし』風間書房、二〇〇四年)。

(22) 本文は、廣木一人・松本麻子・山本啓介編『文芸会席作法書集――和歌・連歌・俳諧』(風間書房、二〇〇八年)所収の『会席二十五禁』による。

(23) 貴族女性の秘面意識が十世紀には一般化していたことは既に言及したが、貴族層では長く続き、十六世紀日本を活写したルイス・フロイスは、「日本の貴女《セニョラ》は、知らない人の場合には屏風もしくは簾の後に匿れて話す」と述べる。『ヨーロッパ文化と日本文化』(岩波文庫、一九九一年)参照。

(24) 前掲座談会での廣木一人・鶴崎裕雄の発言参照。

(25) 逆に、男性も交じる連歌会に全く出席していないのは、内親王、女院、中宮・女御等であり、身分上、声の禁忌が強い

ゆえとみられる。なお天皇も本来は声の禁忌が強い存在である。

(26) 奥田勲(前掲書)、井上宗雄『鎌倉時代歌人伝の研究』(風間書房、一九九七年)参照。また本書第六部第四章でも言及している。

(27) 野村育世『ジェンダーの中世社会史』(同成社中世史選書22、同成社、二〇一七年)は、中世の女性は公的な場に出なければ童名のままで、鎌倉期の裁許状でも「女子」「藤原氏」のように名は記されず、尼ではない女は無名であるが、尼は法名が記されることを指摘し、これは女性の不可視化であり、身分ある女性が顔を見せないことと関わるかと示唆する。つまり、顔、声、名における尼の異質性・特権性に注意すべきであると考えられる。

(28) 辻浩和(前掲書)は、「中世後期には貴族女性が小歌を謡う例などが散見することから、鎌倉期以降にはこうした意識にも変化が起こったものと考えられる」と指摘する。

第六章　題詠の時代の「女歌」言説──女房と皇女

「女歌」「女の歌」については、これまでに多くの先行研究がある。(1)その規定と流れについては、近藤みゆき①が明快に整理している。近代以降は折口信夫の「女歌」論を中心に展開されてきたが、それはジェンダー理論のいわゆる本質論であり、現在は批判と見直しの時期を迎えていること、本質論から脱して、近年の和歌研究では男女の本質をもはやほとんど問題とせず、表現の上で構築される「男」「女」が問題とされていること等を述べている。さらに『古今集』の歌ことばに、明確に構築された男女の性差、ジェンダー規範があったことを実証的に明らかにし、さらに②で『古今集』『源氏物語』について発展的に論じた。近藤の一連の論は和歌表現のジェンダー研究として画期的な業績である。今後、女歌・男歌については、この論を基盤としつつさらに論じていくこととなるだろう。私も中世における女歌・男歌の問題については、今後も考えていきたいと思っている。

ここではその前段階として、題詠の時代における「女歌」「女の歌」にまつわる言説の変容と、その行方をおおまかに俯瞰しておきたい。(2)

一　「女歌」とは何か

まず簡単に整理しておく。古典の文献では「女の歌」「女房の歌」「女人の歌」等と書かれることが多い。本章の論述では、以下のように表記することとする。

①作者が女性歌人の歌。又は女房歌人の歌(3)　　→女性(女房)歌人の歌
②女性の立場で詠まれた歌。女性を詠歌主体とする歌　　→女歌
③女性の歌の特徴(又はあるべき姿)とされた発想・表現を持つとされる歌　　→「女歌」

『万葉集』『古今集』以降、題詠の時代が始まるまでは、和歌は一部を除き実詠歌(作者自身が詠歌主体の歌、実生活の詠を仮にこのように称しておく)であり、作者が女性であれば詠歌主体も女性であるのが原則なので、①と②は重なる。ただし、代作による歌や、男性による②の女歌も多くはないがみられるので、すべてとは言えない。王朝時代の①②の恋の贈答歌は、男への反発や切り返しなどの発想によることが多いことが定説である。

題詠の時代以降は、詠歌主体は虚構のものとなり、ジェンダーも越境可能であるから、作者は女性とは限らず、男性歌人が女性を装う歌、つまり男性による②の女歌が増加する。

本章で述べるのは③であり、それは「女歌」とカギ括弧つきとしておく。これは多くは①②を前提としている。つまり①女性歌人が作者であり、②詠歌主体も女性であることが明瞭な歌の場合に、それがある特質を帯びていること、あるいは帯びるべきであることに言及する場合に使われるのである。

注目すべきことに、院政期の題詠の時代になってから初めて、俊頼を先蹤として、歌合の判詞に「女の歌」「女房

の歌」という評語があらわれる。そしてその流れを辿ると、当初は①や②の意味で使われていたが、しだいに③の意味で使われるようになる。③の「女歌」の言説は、新古今時代にはまださほど多くは見られないが、次第に増加していく。

院政期から鎌倉中期にかけての「女歌」については、渡邉裕美子（前掲書）が歌合判詞・歌論書等における「女の歌」という批評語を中心に検討し、その展開を明らかにしており、最初題詠の本格化に伴って作中主体論として現れ、その後、本質論へと重心が移っていくが、その本質論的規定の中心は『古今集』両序の小町評であり、もとは批評語としては空洞な小町評が大きな権威をふるうようになる、と詳しく論じている。渡邉が述べるように、『古今集』仮名序・真名序の小町評「あはれなるやうにて強からず。いはば、よき女のなやめる所あるに似たり。強からぬは女の歌なればなるべし」「然艶而無気力」が、「女歌」の規定と言説に、強力な影響をもたらした。以下、いくつかの言説等の例を掲げる。(4)

院政期成立の『歌仙落書』（作者未詳）が二条院讃岐の恋歌四首をあげて、その評として「風体艶なるを先として、いとほしきさまなり。女の歌、かくこそあらめと、あはれにも侍るかな」と評している。賞讃の言であるが、この四首は、すべて①女性歌人讃岐による、②詠歌主体が女性の女歌であり、かつ恋歌であることは注意される。ここに③「女歌」の定位の萌芽が見える。そしてそれは歌合で、俊成、定家、為家といった、判者を担う御子左家の中心的歌人たちによって、展開され拡大されていった。

たとえば、『千五百番歌合』八百四十番で、判者定家は右の自歌に対して「もみぢの袖の色よわくみえ侍るにや、女房の歌などならばゆるさるるかたも侍りなん」と記す。また為家は、寛元元年（一二四三）十一月『河合社歌合』で、二十六番左の兵衛督・右の為氏の歌について、「左は詞つよく心たしかに、右は、題かすかに姿よわく侍れば、作者

をとりかへばやとぞ見え侍る。女房の歌のよわきこそゆるさるる事にはべれば、尤以左為勝」と言う。(5) これらは二条家の源承による『源承和歌口伝』に、「女の歌は是体に侍べきにや、小町がふりによむべしとぞ申侍し」などと述べられていることと通底する。以上のように、「女歌」の特徴として、「よわき」「艶」「いとほしきさま」などが挙げられ、求められるようになっていくのである。

他者(多くは男性)からの規定ばかりではない。おそらく女房が作者である『無名草子』は、小町の「色見えで……」「侘びぬれば……」「思ひつつ……」の三首をあげ、「女の歌はかやうにこそとおぼえて、そぞろに涙ぐましくこそ」と言う。やはり仮名序の影響を受けつつ、はかなく哀艶な、自制的で内省的な小町のイメージが紡ぎ出され、それを「女歌」として理想化する言説がみられる。また、『源承和歌口伝』とちょうど同じ頃の鎌倉中期に、女房であり為家の妻となる阿仏尼が書いた『阿仏の文』(6) には、このような記述がある。

ただ女の歌には、ことごとしき姿候はで、ことばたがはず、いとをしきさま、うらうらとありたく候。さればとて、艶ある姿にのみひきとられて、玉しゐの候ぬもわろく候へば、さやうのことは猶なを古きを御らん候へ。いかにも歌をば好みて、しふにいらせ給ひ候へ。

これは阿仏尼が娘に対して、宮廷女房としての心得を説いたものである。ここでは詠歌を好んで勅撰集に入集するようにせよという教訓へ続いているので、この「女の歌」とは、私的な恋歌というより、女房歌の役割、つまり宮廷和歌の世界でどのような歌を詠むべきかという教訓であろう。ここでの言述は、男性によって「女歌」に求められた「艶」「姿よわく」「いとほしきさま」等の特質とぴったり重なっている。阿仏尼は、宮廷女房歌人に求められる「女歌」の属性をそのまま内面化して、娘に教訓として伝えたのである。この鎌倉中期頃には、女房歌人に求められる「女歌」が可視化され、固定化してきていたのではないか。

このように、鎌倉期以降の「女歌」の批評では、小町評が利用されて強力な言説機能を発散し、歌合判詞・歌論書などにおける「女歌」の記述に、多大な影響を及ぼした。「女歌」が弱さを持つもの(持つべきもの)であるという言説は、以上のほかにも、後掲の「歌のさま強からぬは女のしわざなればなり」(『秋風抄』序)ほか、多数見られる。たとえば『百人一首』古注の例では、右近の「忘らるる身をば思はずちかひてし人の命の惜しくもあるかな」(三八)に対して、天理図書館蔵『百人一首聞書』(永禄七年以前成立)(7)で、「此歌、女心尤かやうにはかなくあるべき事也。歌をみるにも、童女などの歌、如此心はさ程なし《(くカ)》とも、詞やさしく、よは〱とはかなきがめでたきなり。……此心、和歌の点者、可心得旨也」と述べられている。

さて、以上のような概略をふまえて、和歌史的に完全に題詠の時代となっている新古今時代を代表する三人の女性歌人、俊成卿女、式子内親王、宮内卿の三人の和歌をとりあげて、その歌の受容において展開されている「女歌」言説の流れを、さらに瞥見してみよう。

二　「女歌」の俊成卿女

俊成卿女の歌は「女歌」の手本としてあげられることが多い。たとえば『千五百番歌合』の二百十八番で、判者俊成は、讃岐・俊成卿女の歌に対して、「ともに女人の歌はかやうにこそと、艶に見え侍り」と記し、艶な趣を女性歌人の歌の特質として位置づけ、評価する。この二首は恋歌ではなく、春の歌なのだが、いずれも『源氏物語』を背景として、物語的な場面構成をしている点が共通しており、ここに「女人の歌」をあるべき方向へ導こうとする俊成の

意図が見える、という渡邉裕美子(前掲書)の指摘がある。

鎌倉中期の秀歌撰『秋風抄』序は、『古今集』序の六歌仙評をなぞり、俊成卿女の歌風については当然の如く小町評を受けて記しており、「あはれなるやうにてまこと少なし。歌のさま強からぬは女のしわざなればなり。いはゞ李夫人さりて、九花の帳、夜静かなるに、魂来たれども、物いふことなかりしがごとし」と評して、「梅の花あかぬ色香も昔にて同じ形見の春の夜の月」「あくがれて寝ぬ夜の塵のつもるまで月にはらはぬ床のさむしろ」「はかなしや頼めばこそは契りけめやがて別れもしらぬ命に」をあげている。

前述の『源承和歌口伝』に、俊成卿女の『続後撰集』の歌をあげ、評する部分がある。

題しらず

はかなしなたのめばこそは契りけめやがて別もしらぬ命に

女の歌は是体に侍るべきにや。小町がふりによむべしとぞ申侍し。阿房にも其様を教侍ど、廉《かど》のありとて、むつかしきとぞ語侍し。

これは為家が何を「女歌」に求めたかを直接伝える言説である。「「女歌」はこの風体であるべきだ。小野小町の詠みぶりにならって詠むべきである。阿仏にも教えたが、阿仏は才気が勝っており、このような歌を詠むのはむずかしい」と為家は語ったと言う。小町の詠みぶりとは前述の『古今集』仮名序をさし、引用されている俊成卿女の歌などのように、男に対して鋭く切り返すことなく我が身や自分の恋のはかなさを哀艶に詠む趣の歌を、「女歌」として評価しているのである。

宝治元年(一二四七)の後嵯峨院が行った『院御歌合』四十一番、「初秋風」で、判者為家は、左の太政大臣実氏の歌を大変誉めて実氏をたてつつも、右の俊成卿女の「秋としもなど荻の葉のむすびけん夕の風に露の契を」(八二)に対

して、「秋としもなど荻の葉のとて、夕のかぜに露の契をむすびけむといへるも、女の歌とおぼえて優に侍れば、勝をゆるさるべくや」と述べて、勝とした。ここでも同様の意識による評価が見られる。また『自讃歌』孝範注では、「下燃えに思ひ消えなむ煙だに跡なき雲の果てぞ悲しき」（『新古今集』恋二・一〇八一）に対して「……こしかた行末取集て心を砕る程、誠婦人の恋の哥とや、さしも哀なる姿なるべし」と評している。この歌は男歌である可能性もあると思われるが、ここでは女歌・「女歌」として位置づける。

このように俊成卿女の歌は、「女歌」の例としてあげられることが多い。江戸時代、近現代にまでその流れは続く。江戸時代前期の国学者・歌人である契沖は、その著『河社』で、俊成卿女の「露はらふ寝覚めは秋の昔にて見果てぬ夢に残る面影」（『新古今集』恋四・一三二六）について「この歌、女の歌めかず」とも言っている。一方で、この契沖の論評に対して、本居宣長は『美濃の家づと』で反駁し、「此歌を契沖が、女の歌めかずといへるは、いと心得ず」と言う。いずれにしても、鎌倉時代中期から江戸時代まで、さらには近現代に至るまで、俊成卿女の歌の評価には、「女歌」という他者からの言説が纏わり付いている。

三　式子内親王の「女歌」

式子内親王は、女歌よりも、男性が詠歌主体の男歌を多数詠んでいる。[8] しかしそのことは歌論書などで特に論じられることはないまま、中世後期には式子内親王の歌を「女歌」の基準で評価する視点が見られる。『自讃歌』頓阿注（『自讃歌抄』）は、本来は男歌と見られる「玉の緒よ絶えなば絶えねながらへば忍ぶることのよわりもぞする」（『新古今

集』恋一・一〇三四)に対して、「女の哥なれば哀浅からずや」と評している。そして室町期の『正徹物語』にこのようにある。

> 恋歌は、女房の歌にしみ入りて面白き、おほきなり。式子内親王の「生きてよも」「我のみしりて」などの歌は、幽玄の歌どもなり。俊成の女の「みし面影も契りしも」、宮内卿が「聞くやいかに」などやうに、骨髄にとほりたる歌は、通具・摂政などもおもひよりがたくやあらん。

ここでは恋の歌に「女歌」の特質を捉えて位置づける。そして式子内親王の「生きてよも明日まで人もつらからじこの夕暮をとはばとへかし」(『新古今集』恋四・一三二九)がまず最初にあげられている。この歌は、以前に述べたが、[9]『新古今集』では式子内親王による女歌として二首並べられ、『時代不同歌合』に女歌として置かれ、さらには定家との恋を現実化する歌として、説話集でも喧伝された歌であった。たしかにこの歌は、恋人の訪れを待つ女の苦しい心理をうたい、女歌の表現的特徴を色濃く持っている。それを式子の代表歌として掲げて「女歌」として評価することに、時代が下った室町期の価値観の反映を見ることができよう。

　ところで、鎌倉末期頃に定家に仮託して書かれた偽書『愚秘抄』に、類似の記事がある。この記事が『正徹物語』に影響を与えたと考えられている。

> 萱斎院、宜秋門院丹後、二条院讃岐、宮内卿、亡父卿女などぞ、女歌にはすぐれておぼえ侍る。此人々の思入りてよめらん歌をば、有家、雅経、通具、家隆なども詠みぬき難くや。

萱斎院は式子内親王をさす。ここで「女歌」に優れた歌人としてあげられるのはすべて女性であり、彼女たちの「女歌」(ここではおそらく恋歌を念頭におく)を超えることはできまいとされているのは、すべて男性の歌人である。題詠歌について、このように、鎌倉末期には実作者の性別、すなわち女性であることが、優れた恋歌を生み出す前提として

あげられている。室町期の『兼載雑談』にも、「恋歌を常によめば、言葉やわらかに心やさしくなるとなり。恋の歌は、女房の歌を本に見るべしとなり」とあり、恋歌は女房が作者の歌を見るべきだという言説が共通して見られる。

四　「男にかへまほしき」宮内卿

宮内卿の恋歌については、「聞くやいかにうはの空なる風だにもまつにおとするならひありとは」(新古今集・恋三・一一九九)が前掲『正徹物語』で取り上げられているが、「女歌」の代表としてあげられることは少ない。宮内卿の恋歌には、女歌の代表作がこの「聞くやいかに……」くらいしかないゆえであろう。

この「聞くやいかに……」について、契沖が『河社』下[10]でこのように述べている。

此発句を世にめでたき事にいへど、人をことわりにいひつむるやうにて、女の歌にはことにいかにぞやあるなり。聞くや君、といはばまさらんやと申す人侍し。

男を理詰めでやりこめるようで、女の歌としてはいかがなものかと批判し、「聞くやいかに」ではなく「聞くや君」という初句なら良いであろうという意見を紹介している。つまり、題詠の虚構の恋歌であっても、男に対する女の態度・言辞が控えめで、丁寧な呼びかけの「女歌」が、ここでは求められているのである。

契沖は『河社』の別の箇所で、『新古今集』の皇嘉門院尾張の歌、「なげかじな思へば人につらかりし此世ながらのむくひなりけり」(新古今集・恋五・一四〇一)という歌について、「これは、女の歌にわが身のとがをおもひかへせる、いと良し」と述べている。この歌は、「嘆くまい。思えば私は、かつて私を愛してくれる人につらくあたったのだ。

私が今、あの人に捨てられるのは、来世ではなく現世での報いであったのだ」という意であるが、この歌について、中世における「女歌」の規範からさらにすすんで、詠歌主体の女が自分の罪を自覚し、相手を非難するのではなく、自らの咎として引き受ける態度が賞讃されている。「女歌」の言説が、ここでは仏教的な因果応報観を反映させつつ、女性に対して教訓的に用いられるようになっているさまが見て取れる。(11)

また契沖は、前述のように宮内卿の歌は男性歌人のようだと評しているのだが、恋歌ではなく自然詠に対して、このように述べている。

花さそふ比良の山風吹きにけりこぎゆく舟の跡見ゆるまで

立田山嵐や峯によはるらん渡らぬ水も錦たえけり

宮内卿の此二首、本歌をとれるやう、意詞おなじほどに聞ゆるを、初の歌は心たくみに、詞いかめしくして、田村丸の末などいひて、やつかひげおひたらん人に詠ませまほしうて、身におはずや。後の歌は、嵐や峯によはるらんと言へるが、なつかしげにて、おびただしからず聞ゆるにや。すべて此宮内卿の歌は、をのこにかへまほしきがおほかり。

色変へぬ竹の葉白く月冴えて積もらぬ雪をはらふ秋風

此たぐひを言ふなり。

契沖はここで、「花さそふ……」の歌は着想が巧みで、詞は壮麗であり、(12)田村麻呂の子孫などと言って八束髭をはやしているような男に詠まれたら良いような歌で、宮内卿にはふさわしくないのではないか、後の「立田山……」の歌は、「嵐や峯によはるらん」と言う表現が、慕わしい様子で、大げさではなく聞こえるようだ、すべて宮内卿の歌は、男に代えたいような歌が多い、という内容のことを述べている。「花さそふ…」のような雄大で壮麗な風景の歌や、

「色変へぬ……」のように艶な風情を含まない知巧的でシャープな叙景歌に対して、こうした歌は男性が詠むべきものであり、宮内卿の歌は男性作者にふさわしい歌が多いと述べている。逆に「嵐や峯によはるらん」という表現は、弱化を基調としているため、弱く柔らかく、良しとされている。これは作者宮内卿が女性であるからにほかならない。

中世において「女歌」には艶で柔らかい風情が特に取り上げられたが、それは恋の歌や、物語を下敷きにして恋的情趣を漂わせる歌などに対してであった。江戸時代の契沖においては、さらにすすんで、純粋な叙景歌・自然詠にまで「女歌」の規範が強化されていることを示している。

「女歌」についての意識・言説は江戸時代でもさまざまで、たとえば賀茂真淵は女性の門人を多く育てた点で特に注目される歌人である。(13) その著『にひまなび』で、「男歌」と「女歌」とを弁別し、「女の歌」について、「男は荒魂、女は和魂を得て生るればなり。しかはあれど、此の国の女は他国に異なれば、其の高く直き心を万葉に得て、艶へる姿を古今歌集の如くよむ時は、まことに女のよろしき歌とすべし。其の姿も、又今の京の始つ方なるによるべきなり(14)」と述べている。近世韻文におけるジェンダーの言説と展開については、(15) ここで論ずる用意はないが、考えるべき問題が多くあると思われる。

五　「女歌」言説の変遷

新古今時代の歌合では、作者の男女により作品を区別して女性歌人の歌に「女歌」として艶な特質を求める意識は、まださほど見られない。後鳥羽院は強力な王権のもとに新古今時代を支配し、宮廷和歌を自らの手におさめて統括し、

そこでプロフェッショナルな女房歌人を歌壇に必要な存在と考えて積極的に集めたが、女性歌人に「女歌」として特有の情調を求めたり評価することはなかった。その歌論書『後鳥羽院御口伝』の、女性歌人である式子内親王（大炊御門前斎院）や、宜秋門院丹後を論評する部分で、そうした「女歌」についての規制的な叙述は全くない。そして女性による男歌も当然のこととして許容しており、むしろ積極的にそれらを評価しているとみられる(16)。

けれども、歌壇ではこの後「女歌」の規範が整えられていく方向となる。後鳥羽院は歌壇をこれまでにない隆盛に導いたが、そこで女性歌人にも役割を与えてその活躍を引き出したことが、結果的にその後の歌壇において、女性歌人固有の必要性を可視化し、女房歌人の位置を構造化し、役割の付与と区別とを両側から強めた面があるのではないだろうか。そこでの役割・区別とは、この第一部第二章で述べたように、女房というものが、歌合等で枠外的な限界性と超越性をもつことと根は同じくする。俊成、定家、為家といった、御子左家の中枢的歌人をはじめ、しだいにこうした言説は拡大していったが、それは御子左家などの歌道家が女房歌人を多く輩出し、その役割を構造化していくことと深く絡むであろう。

和歌史から見ても、勅撰集を軸とする宮廷歌壇の性格が、為家が領導する鎌倉中期頃にちょうどある屈折点を迎えていた。鎌倉前期に後鳥羽院が宮廷歌壇を隆盛させて拡大させたが、その後に続く時代からは、宮廷歌壇に当代の宮廷の権門・上流貴族たちのほとんどが吸収されて、歌壇のメンバーと宮廷社会のメンバーとは同心円に近くなっていき、それゆえに宮廷歌壇の構造化・固定化がすすんでいく。そこに枠外的な存在として、歌詠む女房や僧なども必要とされ、それぞれ一定の役割を与えられて詠歌する、という秩序が形作られる。つまり、宮廷あげて和歌に狂奔した新古今時代とは異なった性質の宮廷歌壇、宮廷社会を包含するような歌壇が形成され、勅撰集はその時の天皇の治世の文化的表徴となり、王権と不可離の形で、序列化と構造化が進んでいった。女房歌人と女房歌の役割も、種々の面

からそうした動きの中で改めて位置づけなおされたと言えよう。つまり鎌倉中期ごろには、歌道家当主を指導者とし、天皇・上皇以下、上流貴族や廷臣たちの多数が歌壇に連なり、女房歌人には一定の役割が与えられ、序列化され、種々の規制が強化されていった。これが「女歌」の言説、枠組みに強く結びついたのではないだろうか。

そうした中で、鎌倉後期の京極派では女性歌人たちの躍動が見られる。京極派は、伏見院周辺の後宮の女性や皇女、近臣を中心とした、閉鎖的で小さなグループであり、歌壇という程の規模はもたず、政治と和歌の両面で志を同じくする小集団であった。だからこそ、女性たちが自由に題詠の詠歌を磨き合うことも可能であったとみられる。京極派では、伏見院を中心に、その信任を得た京極為兼の指導のもと、身分の高下や男女の別なく詠歌に精進した。女性歌人たちの詠は質・量ともに際立っており、『玉葉集』では女性歌人が一六六名、初出は六六名に達している。

題詠の恋歌は、実際の場や相手を喪失したところで歌われ、つきつめていけば、作者や詠歌主体が男性であれ女性であれ、恋による内的な心理とその変化を深く探り求め、普遍化して表現する道へと至ることになる。京極派の恋の歌は、景を援用せずに、そして男女に関わらず、恋する人の心理を内省的に純粋に表現した歌が多い。そして、恋歌を含めて、京極派には女性歌人が多いにもかかわらず、「女歌」をめぐる規制的な言説が見られない。京極派の特質として、注目されることの一つではないだろうか。

中世の題詠歌の世界では、院政期から新古今時代に「女歌」という言説の萌芽があり、それはまだ女性歌人の歌への評価を「女歌」だけに特化するものではなかったが、鎌倉中期頃から「女歌」の規範がしだいに広がって強化されていく。実生活の贈答歌ではなく、虚構の題詠歌において、こうした規範が強められていくことは、注目すべき現象であろう。それは京極派を例外としつつも、室町期には女性歌人への評価を、女歌(女性が詠歌主体の歌)かつ「女歌」

に限定する言説が増え、さらに「女歌」は恋歌と直結されていく。江戸時代の契沖の言説を見ると、和歌の風体だけではなく、題詠歌の詠歌主体の女性のふるまいに対しても、また純粋な叙景歌・自然詠に対してまでも、「女歌」の規範が及んでいき、教訓の材ともなっていく。文化史的に見れば、こうした教戒化は広く見られる現象であり、散文とも連動するであろう。

男性と異なって、女性歌人の場合――おそらく女性文学者全体でも同じだが――、虚構を舞台とする作品であっても、作者の女・母・妻としてのあり方、恋人の存在、といった現実の私生活が、その歌や文学に結びつけられて、批評されたり評価されたりする傾向が、現代でもなお強い。「女歌」の規範は、このことと表裏一体の関係にあると言えよう。

「女歌」の言説は、中世以降も、江戸時代、そして近代・現代に至るまでも、各時代の価値観を、個人や集団の意識をくっきりと映し出しながら、変遷していくと考えられる。本章はその一部を論じたに過ぎないささやかなものであるが、今後に向けての問題提起としておきたい。

（1）　鈴木日出男『古代和歌史論』（東京大学出版会、一九九〇年）、田村柳壹『後鳥羽院とその周辺』（笠間書院、一九九八年）、藤本一恵「古今集仮名序「女の歌」をめぐって」（『平安文学論集』風間書房、一九九二年）、後藤祥子「女流による男歌――式子内親王歌への一視点」（同）、福田百合子「中世の女歌」（『中世文学』三九、一九九四年六月）、山崎真克「歌合の批評語としての「女の歌」――評価の前提となる共通理解」（『古代中世国文学』一四、一九九九年一二月）、島津忠夫「女歌の論」（『現代短歌論』島津忠夫著作集12、和泉書院、二〇〇七年）、近藤みゆき①『古代後期和歌文学の研究』（風間書房、二〇〇五年）、同②『王朝和歌研究の方法』（笠間書院、二〇一五年）、渡邉裕美子『新古今時代の表現方法』（笠間書院、二〇一〇年）などがある。

(2)　池田忍「王権と美術――絵巻の時代を考える」(『京・鎌倉の王権』日本の時代史8、吉川弘文館、二〇〇三年)は、「女性性の領域の内部にある文化的営みにおいてもなお、女性にふさわしい関与の仕方が要請される。社会的に構築されるジェンダー(文化的な性差)は、「女手」「女絵」など一方の性との結び付きを特化する媒体を利用して、女を特定の領域に特定のやり方で固定化するものであった」と述べ、さらに院政期以降の絵画制作では女絵が王権に回収され、女性性の領域が王権の卓越化のために利用されたと論ずる。これは和歌史においても共通する現象である。広く「女手」「女絵」「女歌」等を横断的に考える視点が必要であろうと思われる。

(3)　たとえば『明月記』元久二年(一二〇五)三月二日条「以女歌為恋二始」の「女歌」は、「押小路女房」(俊成卿女)の歌をさしており、女房(女性)の歌の意である。

(4)　以下の例は諸氏の論でもあげられているものが多く、特に渡邉論に詳しい検討がある。

(5)　時代は下るが、室町後期の『三十二番職人歌合』に、「女の歌は弱きもゆるさるる事なるに」(九番判詞)という、同じ言がある。

(6)　『阿仏の文』については、第二部第一章、第五部第四章など参照。

(7)　本文は『百人一首頼常聞書・百人一首経厚抄・百人一首聞書(天理本・京大本)』(百人一首注釈書叢刊2、有吉保・位藤邦生・長谷完治・赤瀬知子編、和泉書院、一九九五年)に拠る。

(8)　後藤祥子「女流による男歌――式子内親王歌への一視点」(前掲)、田渕句美子『異端の皇女と女房歌人――式子内親王たちの新古今集』(角川選書、二〇一四年)参照。

(9)　『異端の皇女と女房歌人――式子内親王たちの新古今集』(前掲)。

(10)　『河社』の本文は、『契沖全集』第十四巻(岩波書店、一九七四年)に拠るが、漢字仮名・清濁などの表記は私意に依る。

(11)　ほかにも例えば「貞女」と評する例として、下河辺長流の『百人一首三奥抄』は、右近の「忘らるる身をば思はずちかひてし人の命の惜しくもあるかな」(三八)に対して、「誓を捨て我をわするゝはきはめてつらきおとこのこころなれども、なをその上をおもふは貞女のこゝろなり」と評し、契沖の『百人一首改観抄』もそれを受けて「よはにや君がとよみしにひと

しく貞女の心なり」とする。本文は『百人一首三奥抄　百人一首改観抄』(百人一首注釈書叢刊10、鈴木健一・鈴木淳編、和泉書院、一九九五年)に拠る。

(12) 「詞いかめしくして」に類する評としては、『自讃歌』宗祇注(『自讃歌註』)に、この歌について「たけたかくことがらいかめしき哥也」とあるが、特に「女歌」とは結びつけられていない。

(13) 鈴木淳「近世の女流歌人たち——賀茂真淵とその門流」(『国文学　解釈と鑑賞』六一—三、一九九六年三月)、ほか参照。

(14) 『にひまなび』の本文は、『日本歌学大系』第七巻(風間書房、一九五八年)に拠る。

(15) 近年では依田富子「平安文学の女性化(フェミニゼーション)と一八世紀歌学の「近代性」」(『源氏研究』一〇、二〇〇五年四月)などがある。

(16) たとえば、『正治初度百首』の恋歌で、後鳥羽院は多くの女歌を詠んでいる。これは、式子内親王の百首歌は全体に男歌(男性が詠歌主体の歌)が多いことと関連するのではないか。後鳥羽院は式子内親王の男歌——内親王が男歌を詠むのはおそらく和歌史で初めてのことである——から刺激を受け、後鳥羽院にとって初めての百首歌で、女歌の連作を試みたのではないかと考えている。『異端の皇女と女房歌人——式子内親王たちの新古今集』(前掲)参照。

第二部　王朝女房たちの語り

——物語と日記の基底

第一章　『紫式部日記』の消息文——宮廷女房の意識

この第二部では、主に中世の作品を扱う本書において、その前の時代である平安期の女房たちの語りとその背後にある意識とを探り、日記と物語を軸に、その基底と動線について論ずる。まずこの第一章では、『紫式部日記』の消息文(消息部分)について、中世から照射を加えつつ、その位置づけについて再考したい。

一　『阿仏の文』の内容

『阿仏の文』は、従来『乳母のふみ』『庭の訓』とも呼ばれている書である。長らく伝阿仏尼作とされてきたもので、古来諸説があり、広本・略本それぞれに真作説・偽作説があった。それに対して岩佐美代子が、広本を阿仏真作、略本は後人による抄出本と位置づけ、広本『乳母のふみ』は、弘長三年―文永元年(一二六三―四)頃、女房である十三歳前後の娘(紀内侍かともされる)向けて書かれたものと推定した。(1) この岩佐説は極めて妥当であり重要である。これは、広本を阿仏尼作として読むことが可能となったということに留まらず、この時代の女房とその文学を考える上で、大きな手懸かりを得たことを意味する。

『阿仏の文』については、これまでいくつかの著で言及し(2)、本書第五部第四章で簡略だがまとめを行っている。そこでも述べるが、広本の古写本の陽明文庫蔵本は外題『阿ふつの文』、略本の古写本の国文学研究資料館蔵本等も内題『阿仏のふみ』であり、本来は『阿仏の文』と呼ぶべきであろう。本書では一貫して『阿仏の文』と呼称する。なお『阿仏の文』については、架蔵となった広本の伝本があり、それを含めて近く改めて整理と注解をしたいと考えているが、本書においては、陽明文庫蔵本『阿ふつの文』(広本)によることとする。ここでは『紫式部日記』との関係を述べる上で必要な点のみ述べ、その上で『阿仏の文』と『紫式部日記』の内容を掲げながら論じていきたい。

岩佐論によれば、『阿仏の文』(広本)は、阿仏尼が娘に宛てて書いた消息(書状)であり、すでに娘は女房として宮中に出仕しているが、阿仏が娘の保護者として万事出仕等の世話をしていた状態から、娘と離れ、為家と結婚し歌道家の女主人として嵯峨で為家と同居することになった折に書かれたものと推定されている。この書は、女性の嗜みを述べる女訓書ではなく、女房の職務上の手引き書・心得書であり、女房として長いキャリアを持つ母が、年若い娘に書き送ったもので、宮廷女房の常識や心得、女房生活の機微を伝えている。

さて、『阿仏の文』中、宮廷女房がどのようにふるまうべきか、どのように対人関係に注意すべきかを説く叙述が、『紫式部日記』消息部分と非常に近いことに気付いたので、この点を出発点に考えたい。これは『紫式部日記』の特質の究明に繫がると考えられる。

二　『紫式部日記』と『阿仏の文』の類似性

『紫式部日記』のいわゆる消息部分(「このつゐでに」より消息跋文まで。寛弘六年正月と、同七年正月前の年次不明記事の間に位置)と『阿仏の文』の内容構成を粗々記す。

『紫式部日記』消息部分は、前段の正月の女房達の描写から逸れて、中宮女房らの容姿の描写から始まり、批判をまじえつつ、斎院選子の女房、斎院御所の性格、比較して中宮彰子の女房達の気質や彰子後宮の雰囲気、彰子の性格などに言及し、後宮の様子や、女房が持つべき態度や心得などについて語る。続けて和泉式部ら三才女への評価、自己の生活、対人関係の苦労、女房の生活での周囲への配慮等を語り、『源氏物語』のことや幼少時のエピソードなどを語った後、跋文に至る。『紫式部日記』の約二割強の分量を持つ。

『阿仏の文』は、前半が女房として持つべき態度や細々とした心得・配慮に絞って記述したもので、宮廷での対人関係における注意や、女房の職務のあり方、持つべき態度、望ましい容姿や教養・諸芸などについて具体的に説く。後半では、幼少より宮仕えに出した意図や、娘を育てた時のエピソード、さらには将来庇護者や親を失い、主君の寵愛を失った時の態度や進退、仏道帰依や僧尼との関わりなどについての注意を語る。

さて、『紫式部日記』の消息部分と、『阿仏の文』とは、全体に似通う印象を受ける。ここではその具体的な叙述内容が類似する部分について、順不同に、引用が断片的になるが、教訓の内容にわけて掲げよう。『紫式部日記』を(紫)として掲げ、続いて『阿仏の文』を(阿)と略称して掲げる。[3]

(1)態度は穏和に、おおらかに、でしゃばらず、上品に、言動は誠実に正確にせよ。

(紫)

• さまよう、すべて人はをひらかに、少し心をきてのどかに、おちゐぬるをもとしてこそ、ゆゑもよしもをかしく、

心やすけれ。（中略）我はと、くすしくならひもち、けしきことごとしくなりぬる人は、立ち居につけて、われ用意せらるゝほどに、その人には目とどまる。目をしとゞめつれば、かならず、ものをいふ言葉の中にも、来てゐるふるまい、立ちていく後手にも、必ず癖は見つけらるゝわざに侍り。物いひすこしうちあはずなりぬる人と、人の上うちをとしめつる人とは、まして耳も目もたてらるゝわざにこそ侍べけれ。

（阿）

●何よりも心みじかく、ひきゝりなるが、あなづらはしく、わろき事にて候。ながながと何事あるやうあらんずらむと思ひのどめたるが、なだらかによく候。（中略）かく申候へばとて、にくいげしてさし過、さかさかしうおもだつさまの御もてなしは、ゆめゆめ候べからず。たゞおいらかに、美しき御さまながら、よしあしを御覧じとゞめて、（中略）人のうへをそしり、にくみなどして、忍ぶ事をいひあらはし、うちさゞめきなどかたへの人の候はんに、露ばかりも言葉まぜさせおはしまし候まじく候。

●ほのかならん後手をも、こはごはしからぬやうに、みさほにもてなさば、よろしくはなどか見えざらむと覚え候。

「すべて人はをいらかに、少し心をきてのどかに」（紫）、「思ひのどめたるが、なだらかによく候」「たゞおいらかに、美しき御さま」（阿）のように、基本的に穏やかに、おおらかにするのが良いとする点は、両書で度々強調される。逆に「我はと、くすしくならひもち、けしきことごとしくなりぬる人」（紫）、「にくいげしてさし過、さかさかしうおもだつさまの御もてなし」（阿）は、排斥すべき態度である。また「人の上うちをとしめつる人」（紫）と「露ばかりも言葉まぜさせおはしまし候まじく候」（阿）と戒める。また「物いひすこしうちあはずなりぬる人」（紫）も批判の対象であり、別の文脈にある部分であるが「心の底には、ひしと一とをりを思ひこめて、はじめよりするゐのことを申て、たがへず物をもおほせ候へ」（阿・後掲）と訓戒する。また小さなことであるが、「立ちていく後手」（紫）、「ほ

のかならん後手」(阿)にも注意すべきであると教える。

(2)思い上がらず、知識などをひけらかさず、大げさに派手やかにせず、謙虚にせよ。

(紫)

•斎院に、中将の君といふ人侍るなりと聞き侍、たよりありて、人のもとに書きかはしたる文を、みそかに人のとりて見せ侍し。いとこそ艶に、我のみ世にはもののゆへ知り、心深き、たぐひはあらじ、すべて世の人は、心も肝もなきやうに思ひて侍るべかめる、見侍しに、すゞろに心やましう、(後略)

•さりとて、わが方の見どころあり、ほかの人は目も見知らじ、ものをも聞きとゞめじと、思ひあなづらむぞ、又わりなき。すべて、人をもどくかたはやすく、わが心を用ゐんことはかたかべいわざを、さは思はで、まづわれさかしに、人をなきになし、世をそしる程に、心のきはのみこそ見えあらはるめれ。

•清少納言こそ、したり顔にいみじう侍りける人。さばかりさかしだち、真名書きちらして侍ほども、よく見れば、まだいと足らぬこと多かり。かく、人にことならんと思ひこのめる人は、必ず見劣りし、行末うたてのみ侍ば、(後略)

(阿)

•物の色あはひもはなばなとうつくしく、龍田姫の錦を染め重ね、はなだのたもとをたちそへ、にぎはゝしく、あなけざやかなど、目にたつていには候はで、うわべは折につけ、時にしたがふやうに候とも、御心のうちには、物さび、あひなきかたによりて、おほどかなるさまをしめさせ給ひ候べく候。人の心のきはは、たはぶれ事、なほざりのことばにみゆる物にて候ぞ。上にはなにともなきやうにふるまいなして、上ずめかしう、人をあざむくていには

見えぬ物から、心の底には、ひしと一とをりを思ひこめて、はじめよりすゑのこと申て、たがへず物をもおほせ候へ。うすきをこくいひなし、おろかなるをふかきにいひなして、さしもやは、とおぼゆることに色をそへて申なすことも、返々わろき物にて候。(中略)さのみ又、われ肝あり顔にさかしばみ、にくいげしたるもてなしなどは、いさゝかも候まじく候。

•さる方にをかしきけして、色をも香をも、はへばへしく、知るさまに見せ、今めかしう花やかなるふるまひは、一度はさる方にかひある心地し候へども、二たび返り見候へば、いかにぞや、見劣りせぬやうは候はぬぞ。

両書ともに、文脈は違うが、傲慢に思い上がる者を強く批判し、賢ぶらず、謙虚にふるまうように、何度も繰り返す。内容が共通するゆえに、表現も似通う部分がある。「我のみ世にはもののゆへ知り、心深き、たぐひはあらじ、すべて世の人は、心も肝もなきやうに思ひて」「まづわれさかしに」「さばかりさかしだち」(紫)、「われ肝あり顔にさかしばみ」「さる方にをかしきけして、色をも香をも、はへばへしく、知るさまに見せ、今めかしう花やかなるふるまひ」(阿)を批判する。それらは、「必ず見劣りし」(紫)、「見劣りせぬやうは候はぬぞ」(阿)なのであり、そうした言動には、「心のきはのみこそ見えあらはるめれ」(紫)、「人の心のきはは、たはぶれ事、なほざりのことばにみゆる物にて候ぞ」(阿)と強く戒める。

(3)女房として、来訪者への応対は適切に行わなくてはならない。

(紫)

•上臈・中臈のほどぞ、あまりひき入、上衆めきてのみ侍める。さのみして、宮の御ため、ものの飾りにはあらず、見苦しとも見侍り。

・などか必ずしも面にく〻、ひき入たらんがかしこからむ。又などて、ひた〻けて、さまよひさし出づべきぞ。よきほどに、をりをりのありさまにしたがひて、用いんことのいとかたきなるべし。まづは、宮の大夫まい〻り給て、啓せさせ給ふべきことありけるをりに、いとあえかに児めいたまふ上臈たちは、対面したまふことかたし。又会いても何事をか、はかばかしくのたまふべくも見えず。（中略）か〻るまじらひなりぬれば、こよなきあて人も、みな世にしたがふなるを、ただ姫君ながらのもてなしにぞ、みなものしたまふ。

（阿）

・かく申候へばとて、さるべき人の参りて候はんずるに、神さび物遠くて、春日野の雪の朝、賀茂の社の川波などおぼえたるやうには候まじく候。（中略）わざとも人をわかず、なつかしき御人ざまにてありたく候。人のきはぎはをおぼしめしわくべく候。

・さるべきいらへ、折節のなさけの、いたくむもれ、いぶせくて、ふるきの皮衣に、口おほひたるやうなどこそ、口惜しかりぬべく候へ。「こはえも言はぬ」などやうにいらへぬべからん。

『紫式部日記』では、来客への対応に消極的な上臈女房達への批判が述べられ、『阿仏の文』でも、しかるべき人が来たときに遠く引きこもっていてはいけないことが説かれている。来客の身分に応じて対応しなくてはならないこと、あさはかでもなく、引き入り過ぎてもいない態度が求められること、口ごもらずに、ちょっとした応答をすれば十分であること等を、それぞれの表現で説く。上臈女房達が身をひそめ、言葉も出さないでいることを、女房になったのだから女房としてふるまうべきなのに、姫君のままのようだと『紫式部日記』は厳しく批判している。『阿仏の文』の別の箇所では、親にかしずかれて自邸で育っているうちは多くの咎も隠されるが、無常の世ではいつまでもそうはいかないと、部分的に共通する認識が示される。

（4）心の内を、態度や言葉に出してはいけない。表は常におっとりと穏やかな態度を保つべきである。

（紫）

•まして人の中にまじりては、いはまほしきこともはべれど、いでやと思ほえ、心得まじき人には、いひて益なかるべし、物もどきうちし、我はと思へる人の前にては、うるさければ、ものいふことももの憂く侍り。（中略）むつかしと思ひて、ほけ痴れたる人にいとゞなり果てて侍れば、「かうは推しはからざりき。いと艶に恥づかしく、人見えにくげに、そばそばしきさまして、物語このみ、よしめき、歌がちに、人を人とも思はず、ねたげに、見をとさむものとなん、みな人〳〵いひ思ひつゝにくみしを、見るには、あやしきまでをひらかに、こと人かとなんおぼゆる」とぞ、みないひ侍に、恥づかしく、人にかうおひらけ物と見をとされにけるとは思ひはべれど、ただこれぞわが心と、ならひもてなし侍ありさま、（下略）

•まいて、かばかりに濁りふかき世の人は、なをつらき人はつらかりぬべし。それを、われまさりていはんと、いみじき言の葉をいひつけ、向かひゐてけしきあしうまもりかはすと、さはあらずもてかくし、うはべはなだらかなるとのけぢめぞ、心のほどは見え侍かし。

（阿）

•心のまゝなるが返々あしき事にて候。たとひ人のいみじうつらき御事候とも、色に出て人に見えむことは、はづかしかりぬべき事とおぼしめして、さらぬ顔にてはありながら、さすがに憂やとはおぼえて、ことずくなゝるやうに御もてなし候へ。（中略）また、人の心のうちなどを、とこそありけれ、かゝる心のしてなど、人にもおほせられ、さたする事、あるまじく候。御心のうちばかりにて、よくおぼしめしとゞめ候へ。わが御身の上をも、人の事をも、

おぼろけの人にうちかたらひ、色見ゆる御事など候はで、大かたに何事をも、御心のうちばかりにおぼしめしわき候へ。あさはかに物など仰られ候はんは、あしき事にて候ぞ。

●人の心ほど、とけにくう恐ろしき物は候はぬぞ。何の道に車をくだき、何の海に舟を浮かめたらんよりもなど、古くも申ならはして候へば、よくよくやうある事と覚候ぞ。

●はじめより、あながちにはへばへしき御おぼえならずとも、心もちゐおだしくて、人とあらそひそねむけはひなう、ほけらかにもてなして、さるなみにても、まじらいぬべからむほどは、よろづをしらず顔に、うらなく、らうたきさましまして、（下略）

自分の内心を他人に見せたり言ったりしてはいけないこと、他人を警戒すべきことを、両書ともに繰り返しそれぞれの表現で述べて、「ほけ痴れたる人」「あやしきまでをひらか」「おひらけ物」(紫)、また「ほけらかにもてなして」(阿)が良いのだと強調するのは、これが女房社会の対人関係で最も重要なことなのであろう。人と争わず、「なをつらき人はつらかりぬべし。……さはあらずもてかくし、うはべはなだらかなる」(紫)、「人のいみじうつらき御事候とも、色に出て人に見えむことは、はづかしかりぬべき事とおぼしめして、さらぬ顔にて」(阿)と言い、自分に対してつらくあたる人に対しても(紫・阿)、また主君の寵愛が深くなくても(阿)、表面はおっとりとした態度を保つように、重ねて戒める。

(5)召使や侍女の前では、言動に注意せよ。

(紫)

●よろづつれづれなる人の、まぎるゝことなきままに、古き反古ひきさがし、行ひがちに、口ひゝらかし、数珠の音

たかきなど、いと心づきなく見ゆるわざなりと思給へて、心にまかせつべき事をさへ、ただわがつかふ人の目にはばかり、心につつむ。

・このふるさとの女の前にてだにつゝみ侍ものを、さる所にて才さかし出ではべらんよ。

（阿）

・めしつかふ物どもなどの見まいらせ候はん事は、みな世に散らんずるとおぼしめし候へ。うときが物をもらすことのやうに、これはわがうちのものなれば、よも言ひ散らさじなどとて、おこがましき言葉いでき候也。人の聞にくきこそまさり候へども、かくれある事は候はぬなり。

『紫式部日記』では、自分が、召使や実家の侍女の前でも、その眼をはばかり、内心を押し隠すことを描写している。『阿仏の文』では、召使に内心を押し隠すということではないが、召使の見ていることはすべて世間に伝わってしまうのだから注意せよと諭している。

（6）執筆意図、および乱筆乱文の弁解

（紫）

・御文にえ書きつゞけ侍らぬことを、よきもあしきも、世にあること、身の上のうれへにても、のこらず聞こえさせをかまほしう侍ぞかし。（中略）夢にても散り侍らば、いといみじからむ。耳も多くぞ侍る。（中略）え読み侍らぬ所々、文字おとしぞ侍らん。

（阿）

・難波のことのよしあしをも、おぼしめしわき候はんまでは、憂きをもしらずがほに忍び過して、御身をさらぬまも

りにとこそおもひまいらせ候つるに、(中略)いくとせつもりたらむ人よりもおとなしく見まいらせしほどに、よろづおぼしめしわく御事もやとて、御覧じとゞむるふしぶしもやと、こまかに申候なり。
・おもひ出候にしたがひて、よろづの事を申つゞけ候へば、おなじこともおほく、御覧じにくゝも候らん。
・おろかなる筆にまかせ候も、まづ憂きつらき涙におぼれて、何事を申やらん。書きもらしたることもおほく、おかしき事も候らん。それにつけても、御らんぜむたびごとに、あはれとおぼしめし候へ。いたづらごとゝおぼえ候へども、いさごの中にも玉はひとつゆられてある物にて候。この文の中にも、おのづから御目とまる事も候はゞ、かならず御よふにたち候はんずるぞ。

『紫式部日記』跋文と『阿仏の文』序・跋文で、それぞれの表現ながら、宮廷社会や自身のことなど細かに語り聞かせたい、いつか役に立つであろう(阿)と述べる。また乱筆乱文を「え読み侍らぬ所々、文字おとしぞ侍らん」(紫)、「おなじこともおほく、御覧じにくゝも候らん」「書きもらしたることもおほく、おかしき事も候らん」(阿)と弁解する。

以上のように、『紫式部日記』消息部分と『阿仏の文』が内容的に類似し[4]、特に女房生活に対する実践的な教訓は、共通点が多いことが明らかになった。しかし、文章や句表現が同文的である類似はなく、『阿仏の文』が『紫式部日記』から表現的に摂取したわけではない。これまで見てきたように、文脈の流れや表現方法は大きく異なっているが、同じ趣旨・内容を述べている部分が多数に及んでいて、基本的な執筆態度や意識が極めて近いと言える。おそらく執筆の目的・対象が、共通しているのではないか。また、同僚等に対して自己の本心を隠す叙述は、紫式部独自の自意識とも見られがちであったが、『阿仏の文』との類似から、むしろ心ある女房一般に共通する意識であったらしいと知られる。

以上のことから、『紫式部日記』の消息部分は、『阿仏の文』と同様に、娘に対して、娘が宮廷女房として生きていくための教訓を具体的に説いたものであって、紫式部から娘賢子に宛てた消息そのものであり、『紫式部日記』に竄入したものではないだろうか。

三　『紫式部日記』消息部分の研究史

本節では、『紫式部日記』消息部分についての研究史を辿る。消息部分については厖大な研究史があり、『紫式部日記』成立論とも絡むので、すべて網羅することはできないが、過去における代表的な論文と、現在における趨勢とに触れておく。古くから、消息部分は竄入であるという説もあったが、近年は否定されることが多く、現在では、消息文を擬装した語りであるなど、紫式部の意図的な文学的営為であるとする説が大勢を占めている。

消息文竄入説は、明治期から見られるが(5)、古い方の研究史は、秋山虔(6)が詳説しているので、詳細は省く。竄入説の根拠として、消息部分の内容、最後に消息の跋文があること、消息的文言や「はべり」が多用されていること等が挙げられた。しかしこの後、消息部分の冒頭「このつゐでに」という繫ぎ部分が自然な繫がりであること等から、単なる竄入ではなく、日記の中で性質が違うもの、あるいは段階的に成立したという推定が多く行われるようになる。石川徹(7)は、消息文は若い女性への訓戒であり、全編が同一人に送られたもので、年少の賢子ではなくおそらく継娘などであり、消息部分は竄入ではなく、筆がそれて書簡風女性評論になったが、本来一続きのものとした。増田繁夫(8)は、中宮御産記のような記録を道長に献上し、更に知人の求めにより後宮通信的な女房生活を加えて書き、その時知人の

みを対象とする消息文を一緒に送り、これが今の位置に置かれたと推定した。原田敦子[9]は、消息部分は秘密性を持つ私信で、第一部（消息部分の前）の添え手紙であって、紫式部から親しい友人に日記を書き送った時に途中で逸脱して私信を書き、それは日記的部分では満たされなかった文学的欲求であり、式部がそれを共にとじて成立、今の形になったと推定した。藤村潔[10]は、竄入説を取る。萩谷朴[11]は消息文竄入説を否定、日記部分と消息部分は一貫して執筆された宮仕えのガイドブックであり、娘賢子のために書かれたもので、日記部分は公的に宮仕えの参考とする家記、消息部分は同僚女房との交際の心得とする庭訓であり、二つ併せて完結する一つの作品であるとした。

この流れに対して、岡一男らが早くから竄入を否定、さらに今井卓爾[12]は、竄入ではなく、消息文体を人物批評という激しい内容を和らげるための技術的な操作とする見解を出し、秋山虔は「作者は自己の内部の、自己のもっとも理想的な理解者である他者に向って語りかけている」「消息文という形式によってかかれたといえるのではないか」（前掲書）とした。この捉え方が主流となり、現在刊行されている主な注釈書類ではこの見解が踏襲され、日本古典文学全集、新潮日本古典集成、講談社学術文庫ほかでは、消息文を装った技巧・擬装、他見をはばかる内容の責任回避、日記文学における高度の自己表白の技巧、消息の受け手は架空、竄入ではなく意図的技法、等々とされている。近年の論攷もこの流れに沿うものが大半であり、室伏信助[13]は、「つれづれ」が強いた問わず語りで、記録という先蹤の枠組みを振り払って獲得された類稀な表現の世界とする。久保朝孝[14]は、消息文の主題は女房批判であり、宮廷世界内での自己存在の定位を図ろうとしたとする。また福家俊幸（前掲書）も、竄入説を否定し、消息部分は新たな語りの場であり、書簡というテクスト認定が必要であり、新たな批評の地平を拓くものとする。他にもこの流れの論は多い。

このように、消息部分が実際の消息文であるという説は、かつて増田繁夫、原田敦子などによって出されていたが、現在では消息体に仮託したとする説が主流となっている。娘賢子に宛てたものという萩谷説もあるが、消息部分だけ

ではなく『紫式部日記』全体が賢子に対して書かれ、消息部分は竄入ではないとする点で、私見とは異なる。

四　『紫式部日記』消息部分の特質

本節では、第二節最後で述べた私見について、女房日記の特質などの面から検証したい。特に、これまでは『紫式部日記』と比べられることのなかった、中世女房日記から視線を及ぼしてみよう。後世の成立であり、場は異なっていても、女房とその日記の特質は、基本的には共通する点が多いと考えられるからである。

『紫式部日記』は四部にわけられるとされるのが普通であり(構成は後掲)、第一部・第二部(消息部分)・第三部・第四部のうち、第一部と第三・四部は、基本的に日次的な構成の女房日記で、原則として慶祝的であり、宮廷生活や各種行事における女房の行動や役割についても詳述する。それは女房が書くべき女房日記の枠内にあり、もちろん紫式部の個性や自意識、憂愁が表出されているにしても、女房日記から大きく逸脱する部分はほとんど見られない。たとえば第一部の最後では、第二部(消息部分)の直前まで、正月のある日の女房達の衣装や容姿については記すが、欠点については何一つ記さない。第一部と第三・四部では、この日記が主家の人々や女房達に読まれることを意識していると見られる。読者対象としては、女房教育の一環として賢子も含まれていようが、広く女房・廷臣達を意識しており、彼らに読まれることは当然予想していたであろう。『栄花物語』(巻八・初花)に『紫式部日記』に依拠する長文記事があるのは、その証左である。

だが、第二部の消息部分はそうではない。「このつゐでに」以下、女房の描写も、ここを境にがらっと変わり、欠

点や批判も含め、リアルに記すようになる。現在の同僚、たとえば小少将の君に対して、「あまり見苦しきまで、児めい給へり。腹きたなき人、悪しざまにもてなしいひつくる人あらば、やがてそれに思ひ入りて、身をもうしなひつべく、あえかにわりなき所つゐ給へるぞ、あまりうしろめたげなる」と不安を示す。また宮木の侍従は、「いと小さくほそく、なを童にてあらせまほしきさまを、心と老いつき、やつしてやみ侍にし」と、急に老いやつれて尼になってしまったと述べる。また五節弁が「髪は、見はじめ侍し春は、丈に一尺ばかりあまりて、こちたく多かりげなりしが、あさましう分けたるやうに落ちて」と、豊かな髪が驚くばかり抜け落ちたことを語ったり、小馬が「むかしはよき若人、今は琴柱に膠さすやうにてこそ、里居して侍なれ」というなど、残酷なほどの描写である。逆に美しい女房達に対して、「それらは、殿上人の見残す、少なかなり」というのも、宮廷の現実ではあろうが、あまりに直接的表現である。また同僚女房に限らず、斎院(選子)御所の女房達について、斎院中将のことも、中将から他人宛の私信の内容を暴露し、具体的に批判する。さらに周知のように、和泉式部、赤染衛門、清少納言などにも及ぶ。これらの人々はすべて同時代の存生の人々であり、多くは現在の同僚である。このようなリアルな批判は、人の目に触れることを前提にした女房日記、しかも引退した女房ならあり得ようが、現役の女房の日記には、あってはならない記述である。また弟惟規が「童にて書読み侍し時、聞きならひつゝ、かの人はをそう読みとり、忘るゝ」であったとは、官人として生きる惟規をおとしめることであり、人の目に触れる日記には書かないはずである。

さらに自分が仕える女主人中宮彰子とその後宮サロンへの忌憚のない意見が述べられ、深い敬愛をこめつつも、彰子自身の性質を「宮の御心あかぬ所なく、らう〳〵じく心にくゝおはします物を、あまり物づゝみせさせ給へる御心に、何ともいひ出でじ、いひ出でたらんも、うしろやすく恥なき人は、世にはかたい物とおぼしならひたり」と描写したり、彰子後宮と斎院御所との比較などが、率直に記されていることである。女房日記には基本的にみられない記

述であろう。『紫式部日記』を見直してみると、このような同僚などの女房への批判や女主人らへの批評などはすべて、消息部分に集中しているのである。

『紫式部日記』新潮日本古典集成の解説(山本利達)は、「消息文の中に一貫しているのは、女房達の言動に対する、女の心ばせのあり方という観点からの批判であり、その批判が自己の反省へ向ったものとなっている。そして、この女房達の言動の批判によって、中宮方への世間の批判を弁明することを目論《もくろ》んでいると考えられる。そこに消息文の主題があるといえよう」とする。一貫して心ばせのあり方が問題とされていることは私見と共通するが、批判への弁明ならば、人に読まれることを想定していることになる。しかし、中宮彰子や斎院選子の御所、同僚女房達への批判を含むことから、世間の目に触れることを意識しているとは考えにくい。

第一・三・四部と、第二部(消息部分)とが、異なる性格を持っていることは、従来も指摘があった。が、それでも、紫式部自身が第二部を『紫式部日記』の一部としていたと考えるのが今は主流である。それは現在ある『紫式部日記』の姿がそうであり、最初の繋ぎ部分もなめらかであるという形態によっているが、内容から見れば消息部分は、『紫式部日記』の一部としては余りにも異質である。周知の如く『紫式部日記』の伝本は、現在最も多く用いられる黒川本も含め、すべて近世初期以降である。(15) 成立後の竄入や変化は十分起こり得る。むしろ消息部分全体の内容的特質から位置づけるべきであろう。

女房日記は基本的に主君賛頌の性格を持つことは、諸氏により論じられているが、女房日記に何を書くべきではないかについては、定家の姉健御前の日記『たまきはる』遺文が参考になる。『たまきはる』は、健御前自身が生前まとめた本編と、健御前が書いたものの最終的に入れずに捨て去った記事を、定家が姉健御前没後に遺稿の中から見つけ出してとりまとめた遺文とがある。遺文の中には、春華門院の病中の言動や衰弱ぶりをリアルに記す記事や、後鳥

羽天皇践祚に関する秘話などが含まれている。これについて岩佐美代子[16]が、『たまきはる』の遺文の部分は、「八条院・春華門院関係にはまだ在世者も多々あり、不用意に人名は出せぬ。まして少女時代夢見心地の奉仕とは異なり、同僚との葛藤、養育係としての挫折など、女房として沈黙を守らねばならぬ事はあまりに多い。……心に秘めがたくて辛うじて筆にはしたものの、最終的に他見を憚って切り捨てた」「本編と遺文とを見くらべて、健御前が女房としてのたしなみから、何を書き残すべきでないとして本編から除外したかを知る事は、当時の女房一般の心構えを知る一助ともなろう」と指摘する。女房日記の性格を知る上で極めて重要な指摘である。まさしく『紫式部日記』消息部分は、女房日記には書いてはならない性格を有している。内容から考えれば、消息部分は本来『紫式部日記』にはなかったものと考えるべきなのである。

五　現『紫式部日記』の成立をめぐって

『紫式部日記』の構成を改めて示し、成立について推定できることを整理しておく。以下の四部構成と考えることが多いが、第三・四部を一括し、三部構成とする場合もある。

第一部　寛弘五年秋―翌年正月までの彰子出産を中心とする記録体の部分
第二部　「このついでに」で始まる消息体の部分（消息部分）
第三部　断片的エピソードを記す年時不明部分
第四部　寛弘七年正月の記録体の部分

第一部は全体の三分の二を占め、第二部(消息部分)のあとは、第三部(年時不明部分)が唐突に「十一日のあか月、御堂へわたらせたまふ」と始まり、これは第一部にも第二部にも直接連続しない。これまで多くの議論がなされているが、基本的には、現『紫式部日記』は、作者によって整序され完成された作品形態ではないことは明らかである。

第一部の敦成親王誕生の記述について、丸山裕美子が、(17)伏見宮本『御産部類記』(天皇・皇子女の誕生の記録を諸記録から抄出した部類記。鎌倉時代成立)と比較し、「兼日」(出産以前)「御誕生」「産養」「已後の儀」という構成が同じであることを指摘し、「『紫式部日記』がなんのために記述されたのかは、この構成から明らかであろう」と述べている。御簾の中にいる女房から見ているために他の記録類と視点や描写は異なるが、公的な意識による御産の記録であり、第二部(消息部分)とは明確に相違し、断絶がある。

その上、『紫式部日記』は、冒頭部分が欠けているという首欠説がある。第一の根拠は「日記歌」の存在である。古本系『紫式部集』には、巻末に、『紫式部日記』から和歌を誰かが抄出したことを意味する「日記歌」(18)として、十七首が置かれている。そのうち最初の五首(寛弘五年五月五日。土御門殿三十講)は、現『紫式部日記』にはない。しかし、続く十一首は、現『紫式部日記』にある順序のままで、詞書も現『紫式部日記』の表現に沿って書かれている。最後の一首は、『後拾遺集』から取ったものである。つまりこの事実からは、「日記歌」の最初の五首を含む日記が、現『紫式部日記』の冒頭の前にあったと考えられる。この首欠説は古くから存在したが、(19)現『紫式部日記』の冒頭が作品冒頭にふさわしい等の理由で、首欠説が否定されることも多い。しかしこれは印象批評的であり、外部徴証からは、現『紫式部日記』には冒頭部分が欠けていると考えるべきであろう。

それを裏付ける第二の根拠が、藤原定家の日記『明月記』の貞永二年(天福元年・一二三三)三月二十日条である。(20)これも従来指摘されている事実だが、私見も加えて述べておく。この条によると、定家の娘民部卿典侍が幼少の頃に式

子内親王から拝領した月次絵巻二巻は、歌人十二名の和歌や場面を各月一つずつ書いた絵であり、詞書は式子自筆であり、そのうちの五月は、「五月　紫式部日記　暁景気」であった(『明月記』同日条)。『明月記』のこの部分は定家自筆本が存在し、その影印に拠っているので、字句に疑いはなく、定家が知る『紫式部日記』に「暁景気」の五月の歌があったことは確実である。しかし、五月の暁の場面は現『紫式部日記』に存在しない。一方、前述の「日記歌」の四・五首目の、五月五日法華三十講の暁の場面での小少将と紫式部の贈答が、これに該当すると考えられる。おそらく絵巻に撰歌されたのは、五首目の、次にあげる紫式部歌ではないか。(21)

何事とあやめはわかで今日もなほ袂にあまるねこそ絶えせね(22)

この「あやめ」は五月の代表的景物である。この月次絵の各月の歌は各々その月を代表する景物を詠む歌であるから、この「何事と……」の歌が五月の絵の歌であった可能性が高いと思われる。しかもこの贈答は、『新古今集』夏・二二四に採られ、撰者名注記によれば、定家と家隆が撰歌している。式子内親王は『新古今集』完成以前に没したので、『新古今集』は見ていないが、彼らは互いに親しく、彼らの間ではおそらく周知の歌であったのだろう。この歌を定家は「紫式部日記　暁景気」と書いているのだから、定家や式子内親王が持っていた『紫式部日記』は、この歌を含む冒頭部分を持っていたと考えられる。(23)

定家は「あやめ」ではなく「暁景気」と記す。「景気」とは視覚的絵画的イメージである。この同じ三十講の日の暁を描写している表現として、定家本系『紫式部集』六八詞書「やうやう明け行く程に、渡殿にきて、局の下より出づる水を、高欄をおさへてしばし見ゐたれば、空の景色、春秋の霞にも霧にもおとらぬころほひなり。(後略)」がある。これは同じ場、同じ日の暁の描写であり、このような表現描写が、『紫式部日記』冒頭近くにあった可能性がある。これを定家が「暁景気」と書くことはきわめて自然であろう。

以上のように、現『紫式部日記』は、作者により全体が整序され一回的に成立・完成されたものではないことに加え、ある時期まで存在した冒頭部分を欠いている。全体がおそらく原態とはかなり異なっているのである。このことは、消息部分が竄入、すなわち本来の記録体の女房日記に紛れ込んだものである可能性をさらに高めることになるであろう。

六　消息の宛先と意図

それではこの消息は、紫式部が誰に送ったものと考えられるか、改めて述べたい。

『たまきはる』作者健御前が弟定家に送った書状三通が、『明月記』紙背に発見され、報告されている[24]。うち二通の一部分をあげてみよう（表記は私意に依る）。これは健御前が、仕えている春華門院昇子の深刻な病状を再三定家に伝えてきた消息で、建暦元年十月から十一月初にかけての『明月記』記事と相応すると、宮﨑肇により指摘されている。

• あさましと申候も、ことなのめにこそおぼえさふらへ。こはいかなることにか候。とかく申候とも、いまはちから候はぬ御事にて、ひめ御前の、ものもおぼえさせ給はで、そひふしまいらせさせおはしまして、おきもあがらずおはしますとうけ給はり候へば、あやうく、あさましう候。（下略）

• ひめ御前、いかにも〳〵申させおはしまして、あやまち候はぬやうに、御さた候べく候。ことしやくにていかゞと、ひごろも心ぐるしうおもひまいらせ候つるに、かへす〳〵、申すばかり候はず、心うくさふらふ。（下略）

女房が頻繁に実家に消息を送っていること、またその内容が実際に知られ、興味深い。また『明月記』からは、長年にわたり院・女院に出仕している民部卿典侍因子が、父定家にしばしば消息を送ってきていることが知られる(25)。時代こそ異なるが、紫式部も、娘賢子や家族に送った消息は、多数あったに違いない。この『紫式部日記』消息部分は、そのうちの一通であり、特に時間をかけて長文で書いた教訓的消息なのではないか。そしてこの消息が送られるにもっともふさわしいのは、やはり娘賢子ではないだろうか(26)。

紫式部はこの消息で、彰子後宮の女房達、あるいは他の斎院御所や定子後宮の女房達の人物名をあげつつ、忌憚のない批評を加え、また女主人に対しても、表だっては絶対に述べない端的な論評を加えて、女房とはこういうもの、女主人とはこういうものであり、このように身を処していかなくてはならないということを、具体例をあげながら娘に教え諭していると考えられる。清少納言や和泉式部のことを厳しく批評している部分も、娘への女房教育として捉え直してみると、単なる人物批評ではなく、このようなことをしてはならない、この点はすばらしいという、具体的な女房教育として読むことができる。単なる悪口や噂話ではなく、将来彰子に仕える可能性が高い娘に、いずれ同僚や知人になる女房達について、具体的な知識と情報を与えて準備させようとし、教育していると考えたい。

ただし、『紫式部日記』消息部分が実際の消息であっても、宛先が娘とは限らないという考え方もあり得る。しかし対人関係に注意深い紫式部が、これほど心中をさらけ出し、絶対的な信頼を寄せ、他人には言えない事柄を書き連ねることができるのは、娘である可能性が高いと考える。前述のように『阿仏の文』との共通性が濃厚に見出されるのは、いずれも娘にあてた消息であるゆえではないか。なお、敬語の使用からは、消息部分の宛先は娘ではないとする説もあったが、萩谷朴などの指摘がある通り、書簡では目下でも敬語を使用するのは普通である。

一方で、『紫式部日記』消息部分と『阿仏の文』とは、相違点も多い。『紫式部日記』は娘が将来仕えるであろう後

宮・女房達についての情報を与え、女房勤めの実際を説くが、『阿仏の文』は、娘は既に宮廷女房であり、同僚女房の情報は不要であり、しかも阿仏尼が仕えていたのは安嘉門院であって娘の出仕先と異なっているから、女房達についての具体的論評はない。また、『阿仏の文』は、娘が帝寵を失った後の態度・進退について詳述するが、これは『紫式部日記』には見られない。これは摂関期と大きく異なり、院政期・鎌倉期以降、女房が天皇や院の寵愛を受けて皇子を生んだ時、場合によっては、天皇の母になることも可能になった宮廷社会を反映するものである。なお、文体上、丁寧語として『紫式部日記』は「侍り」を用い、『阿仏の文』は「候ふ」を用いるが、これは対話・消息文で、中古では「侍り」が使われ、院政期ごろから「候ふ」に交替する現象と一致している。

娘の年齢という点で考えると、阿仏尼が娘に『阿仏の文』を書いた時は、前述のように十三歳前後と推定されている。『紫式部日記』が書かれたのは、およそ寛弘七年ごろ(一〇一〇)と推定されていて、賢子は十歳余り、通説では十二歳である。将来女房として出仕する予定の若い女性に女房教育をしていると想定するなら、年齢的にも賢子である可能性が非常に高い。実際、通説では賢子は数年後に彰子のもとに出仕し(27)、後年、母紫式部よりも女房としてはるかに高位に至り、後冷泉天皇乳母、典侍、従三位となっている。

新日本古典文学大系『紫式部日記』解説(伊藤博)は、「機械的な竄入と見るには日記的部分との接続がなめらか過ぎるし、消息としては長文に過ぎるなど疑問が多い」とするが、『阿仏の文』は、『紫式部日記』消息部分よりもさらに長文であり、問題はない。日記との接続「このつゐでに」がなめらかであることは、従来、竄入説を否定する根拠になっていた。しかしこれは、紫式部が中宮御産記である『紫式部日記』第一部を書き、約二年後にその写しを、読者としてふさわしい年齢となった娘賢子に送った時に(28)、別紙の長文の消息を添え、その消息の書き出しを「このつゐでに」と書き始めたものと考えられよう。

前述の増田繁夫、原田敦子の論でも、消息部分は添え手紙と考えている。また山本淳子[29]は、『紫式部日記』の成立について、二段階成立の可能性を論じていて、そこではこの拙論初出論文にも触れながら、紫式部が「娘のために「献上本」控を「私家本」に書き直し、消息体部分は話し言葉で書き添えたものと考える」と述べている。

なぜ消息部分が流布してしまったかについても、様々な憶測が可能だが、紫式部と同時代に消息部分が読まれたり引用された明徴はなく、その可能性は低いと思われる。例えば、賢子の手元にあった『紫式部日記』は、随時送られたり書写されたりしたいくつかの記録・断片の集積のような形で保存され、その間にこの消息が挟まれるか、第一部最後に添付されたまま残り、賢子の死後、それを誰かが見出し、日記の一部であると思って続けて書写してしまったか、あるいは私的消息とわかっていたが貴重な記として続けて書写しておいたというようなことは、容易に起こり得よう。何世紀も後になるとむしろ起こりにくいかもしれず、おそらく賢子の死後、さほど時代を下らない、半世紀位のうちのことかもしれない[30]。その流れの伝本がたまたま現在まで残ったと考えられる。ゆえに、鎌倉期の『紫式部日記絵巻』に、消息部分にある「楽府」進講場面があるのも不思議ではない。

どのような成立事情であれ、紫式部や賢子が消息部分を意図的に世間に流布させたとは考えられない。同僚女房達への批判や女主人への論評が後世流布することは、紫式部も賢子も、夢にも思っていなかったと想像する。結局、消息部分跋文で、この消息について、「夢にても散り侍らば、いといみじからむ。耳も多くぞはべる」と紫式部が心配したことが、後世であるにせよ、起こったわけである。

従来、『紫式部日記』消息部分が実際の書状か否か、竄入か否かの論議はあったが、比較対照する材料がなかったため、困難な面があったのではないか。だが『阿仏の文』が、阿仏尼が娘に書いた教訓的消息であることが明らかにされ、更にそれとの類似が明確に浮かび上がってきたことにより、そこから照射する形で、消息部分の再定位が可能

になった。消息部分は、擬装でも韜晦でもなく、紫式部がいずれ女房となる娘賢子に書いた私的消息そのものであり、『紫式部日記』に竄入したものとみられる。文学的意図に基づくものではなく、むしろある面では心ある女房達に共有されていたであろう見識や価値観、女房生活の公私や陰影などが、紫式部の生の声で語られ、そして娘への深い思いや様々に揺らめく心がそのままに流露している稀な資料として、改めて読み直されるべきものと考える。

（1）『宮廷女流文学読解考 中世編』(笠間書院、一九九九年)。
（2）田渕句美子『十六夜日記 白描淡彩絵入写本・阿仏の文』勉誠出版、二〇〇九年)、『阿仏尼』(人物叢書、吉川弘文館、二〇〇九年)、『阿仏尼とその時代――『うたたね』が語る中世』(臨川書店、二〇〇〇年)など参照。
（3）『阿仏の文』の本文は陽明文庫蔵本(第五部第四章参照)に拠るが、表記は私意に依り、漢字等を宛て、句読点・清濁等を付した。また傍記本文を用いた部分がある。
（4）松原一義「『十六夜日記』の段階的形成過程・仮説」(『古代中世文学論考』二、新典社、一九九九年)は『紫式部日記』清少納言評と『阿仏の文』「さる方にをかしきけして……」の一節との類似を指摘し、結論としては冷泉為相が『紫式部日記』等を手懸かりに『阿仏の文』(『乳母の文』)をまとめたとするが、私見とは大幅に異なり、首肯できない。また福家俊幸『紫式部日記の表現世界と方法』(武蔵野書院、二〇〇六年)は、「作者の筆は続いて処世論のような展開を見せる。これは女房としての処世術を書いたもので、後の阿仏尼作かとされる『乳母のふみ』を彷彿とさせる内容であり、こうしたものの需要が女房社会にあったことでも興味深い」と述べて、『阿仏の文』との類似性を指摘するが、消息部分は『源氏物語』の女房のごとき語り、新たな作者の語りの場であるとする。
（5）中根香亭(関根正直『紫式部日記精解』明治書院、一九二四年、総説に引用)、木村架空『評釈紫女手簡』(林書房、一八九九年)、関根正直(前掲書)らにより提唱された。
（6）日本古典文学大系『紫式部日記』解説(岩波書店、一九五八年)。

(7) 『古代小説史稿』(刀江書院、一九五八年)。
(8) 「紫式部日記の形態――成立と消息文の問題」(『国文学 言語と文芸』六八、一九七〇年一月)。
(9) 『紫式部日記 紫式部集論考』(笠間書院、二〇〇六年)、初出論文は一九七一年。
(10) 『源氏学序説』(笠間書院、一九八七年)。
(11) 『紫式部日記全注釈』(角川書店、一九七三年)及び『紫式部の蛇足 貫之の勇み足』(新潮選書、二〇〇〇年)。
(12) 『平安時代日記文学の研究』(明治書院、一九五七年)。
(13) 『王朝日記物語論叢』(笠間書院、二〇一四年)。
(14) 「『紫式部日記』所謂消息文試考――その主題と執筆意図をめぐって」(『王朝女流日記の視界』新典社、一九九九年)。
(15) 鎌倉時代の本文を伝える『紫式部日記絵巻』は、黒川本に近い本文を有すると指摘されているが、この消息部分は、中宮への「楽府」講義場面を除いて、含んでいない。
(16) 『枕草子・源氏物語・日記研究』(岩佐美代子セレクション1、笠間書院、二〇一五年)参照。
(17) 『清少納言と紫式部』(日本史リブレット人20、山川出版社、二〇一五年)。
(18) なお「日記紫式部」「紫式部日記歌」という写本も数本あり、後半は『赤染衛門集』の一部である。
(19) 河内山清彦『紫式部集・紫式部日記の研究』(桜楓社、一九八〇年)など。なお河内山は、この「日記歌」の抄出は定家が行ったものであろうこと、また、定家が当時の『紫式部日記』などを用いて古本系『紫式部集』を改編したものが定家本『紫式部集』であると推定し、『紫式部日記』冒頭の復元を試みている。ただし、定家は、勅撰集入集歌を抄出すること・物語歌を編纂すること・歌集本文を校訂すること等は行っているが、既に存在する私家集を大幅に改編することを行うかについては、一考の必要があろう。
(20) この条にある天福元年物語絵については、田渕句美子「後堀河院時代の王朝文化――天福元年物語絵を中心に」(『平安文学の古注釈と受容』二、武蔵野書院、二〇〇九年九月)参照。また式子内親王の月次絵巻については、同『異端の皇女と女房歌人――式子内親王たちの新古今集』(角川選書、二〇一四年)、および本書第一部第四章参照。

(21)『明月記 五』(冷泉家時雨亭叢書60、朝日新聞社、二〇〇三年)参照。

(22)『私家集大成』所収の「紫式部Ⅰ」実践女子大本(定家本系)では七一番歌、「紫式部Ⅱ」陽明文庫本(古本系)では一一九番歌。

(23) なお、飛鳥井雅有の『嵯峨のかよひ』には、雅有が為家から「紫の日記」を借りたことが見えるので、定家、為家が『紫式部日記』を持っていたことは確認できる。

(24) 宮﨑肇「『明月記』建暦元年十一月十二月記紙背の研究」(『明月記研究』八、二〇〇三年一二月)。

(25)『民部卿典侍集・土御門院女房全釈』(田渕句美子・中世和歌の会、風間書房、二〇一六年)所収「民部卿典侍因子年譜」(田渕句美子・米田有里作成)参照。

(26) 前述のように、萩谷朴は、消息部分だけではなく『紫式部日記』全体が賢子に対して書かれたと述べる。

(27) 諸井彩子『摂関期女房と文学』(青簡舎、二〇一八年)は、賢子の出仕時期を通説よりもずっと遅い寛仁四年(一〇二〇)以降と推定しており、西本願寺本『兼盛集』末尾の逸名家集で、紫式部没後に賢子が「そのむすめ」と称され、女房名が記されていないことを根拠としているが、既に賢子が何らかの形で女房として出仕していてもこのように称されることはあり得ると考えられるので、これが根拠となるかは存疑である。平野由紀子『平安和歌研究』(風間書房、二〇〇八年)が、「もし仮に、賢子が後冷泉天皇の乳母となって後なら、このように呼ぶであろうか。……藤式部のむすめとして呼ばれているこの表記は、後冷泉天皇の乳母となる万寿二年(一〇二五)より前のものと仮定してよいのではないか」としているのが妥当であろう。この歌群で賢子と女房達との交遊があることからも、すでに何らかの形で彰子に出仕していると思われる。

(28) ほかに追加として賢子に随時送られたものの一部が、第三部と第四部かもしれない。ここに欠脱・錯簡を想定する説もあり、その蓋然性は高いと思われる

(29)『紫式部日記と王朝貴族社会』(和泉書院、二〇一六年)。

(30) 類似の例として、前述の『たまきはる』がある。健御前の死後に定家が健御前の遺稿から見つけ出した遺文をひとまと

めにし、春華門院の病気記事については定家が特に「此事、殊有憚、早可破却」と書き入れたにもかかわらず、そのままの形で残ってしまい、鎌倉後期、乾元二年(嘉元元年・一三〇三)に金沢貞顕が書写したのが、金沢文庫旧蔵本である。

第二章　『源氏物語』の評論的語り――教育的テクストとしての物語

一　『源氏物語』の中の評論とその始まり

平安期・鎌倉期において、作り物語がそもそも女子・女性に対する教育書・評論書としての性格をもっていることは、基本的な事実であり前提であると言えよう。『源氏物語』は、人の世の運命を語る壮大な物語であると同時に、広い意味で無限の教育的テクストである。『源氏物語』は、理想的な人物を主人公としながらも、人間のもつ負の側面をも注視し、人生や世界が悲しみや苦痛を伴うこと、人間が不可避な運命のもとにあることなどを、これ以前の作り物語とはまったく異なる次元において描き尽くしている。

こうした物語の性格を浮き彫りにするものに、中世初頭に成立した『無名草子』がある。第五部第一章において、『無名草子』は宮廷女性への教養書・教育的テクストであり、作り物語を教育書として用いる際の手引き書でもあり、当時の女房たちの物語受容を端的にあらわす作品であることなどを論じている。

戦後の物語研究において、『源氏物語』が教育的機能をもつテクストであるという面を早くに明快に指摘したのは窪田空穂(1)であるようで、結婚する上流女子が必要とする覚悟と事柄を全面的に指導する書であり、「源氏物語は、実に複雑多岐、渾然たる大作であるが、その作意の根幹をなしてゐることは、啓蒙といふこと」であると説いている。

他にも少なくないが、たとえば上坂信男は、[2]『源氏物語』の「教ふ」「教へ」の例を検討し、その多くは処世の教えであり、源氏が作者の代弁者的役割を果たしていると指摘した。また伊井春樹は、[3]螢巻の物語論に関連させつつ、「女性にとって物語はもっとも身近な社会を知るテキスト」であったことを、絵物語を中心に詳細に論じている。『河海抄』巻一の冒頭、「料簡」には「凡此物語の中の人のふるまひを見るに、高きいやしきにしたがひ、男女につけても、人の心をさとらしめ、事の趣を教へずといふことなし」とあり、物語の役割は「人の心」や「事の趣」を教えることにあったと述べている。その物語の中でも、『源氏物語』胡蝶巻で、玉鬘は、物語を読むことによって「ややうやう人の有様、世の中のあるやうを見知り給へば……」と語られている。また例えば『狭衣物語』巻三で、洞院上は「まことに上の御心、もとよりこまやかに人の有様など知りたまふこともなく、ただひとへに人に劣らじの御心はなやかにおはして」と厳しく批判されている。以上の文言に見られるように、「人の有様」「人の心」等を知ることは、宮廷に生きる貴族女性に最も重要なことであり、それを具体的に語って見せるのが物語の役割であった。やがては、『源氏物語』自体が、中世・近世の女訓書に引用・援用されていく。

『源氏物語』には、全編にわたって、王朝貴族の男女がもつべき行動規範や意識、美的価値観、人間観などが、物語の展開を通してあらゆる部分で直接間接に開陳されており、短く端的なものもあれば、長々と語られる評論的叙述もある。物語の中でも『源氏物語』は特に、評論書としての性格を濃厚に有するのではないかと思われる。この点を考えるために、本章で注目したいのは、各巻に散在している、主人公光源氏によって長々と説かれる講義的・評論的な語りである。特に、物語の流れからやや逸脱しながらも饒舌に長々と行われている語りの様相に注目したい。そしてあわせて、影響関係ということではないが、共通する意識と言辞をもつ教訓書・女訓書にも注意していきたいと思う。

若き日の源氏は、このような評論的語りは行っていない。帚木巻は巻そのものが女性論・妻論であるが、そこでは源氏は聞き役に徹しており、帚木巻の源氏の姿は、いわば序章的な役割を果たしているのではないか。「雨夜の品定め」が『源氏物語』の総序であるという事は古くから種々の説があり、鈴木一雄[4]が総括しているが、「雨夜の品定め」が『源氏物語』全体の精神的基底として流れ、全体を貫き、全編に響き合っていると述べられている。この「雨夜の品定め」は女性論であるが[5]、そこで聞き役であった源氏は成長し、女性論のみならず、さまざまな評論を独演的に述べるようになっていく[6]。

二　男子教育論

源氏がこのような評論的な語りをするようになるのは、権勢を誇る時代になってからであり、長大なものとしては[7]、まず少女巻における、十二歳で元服した夕霧の今後の教育に関する論がある。夕霧の祖母大宮に対して、源氏は夕霧の教育方針について長々と説明して聞かせる。

御対面ありて、このこと聞こえ給ふに、「ただ今かうあながちにしも、まだきにおひつかすまじうはべれど、思ふやうはべりて、大学の道にしばし習はさむの本意はべるにより、今二、三年をいたづらの年に思ひなして、おのづから朝廷《おほやけ》にもつかうまつりぬべきほどにならば、今人となりはべりなむ。(中略)はかなき親に、かしこき子のまさる例は、いと難きことになむはべれば、まして次々伝はりつつ、隔たりゆかむほどの行く先、いとうしろめたなきによりなむ、思ひたまへおきてはべる。高き家の子として、官爵《つかさかうぶり》心にかなひ、世の中盛りにおごり馴

らひぬれば、学問などに身を苦しめむことは、いと遠くなむおぼゆべかめる。戯れ遊びを好みて、心のままなる官爵に昇りぬれば、時に従ふ世人の、下には鼻まじろきをしつつ、追従し、気色取りつつ従ふ程は、おのづから人とおぼえて、やむごとなきやうなれど、時移り、さるべき人に立ちおくれて、世衰ふる末には、人に軽め侮らるるに、かかりどころなきことになむはべる。なほ才をもととしてこそ、大和魂の世に用ゐらるるかたも強うはべらめ。さし当たりては、心もとなきやうにはべれども、つひの世の重しとなるべき心掟てを習ひなば、侍らずなりなむ後も、うしろやすかるべきによりなむ。ただ今ははかばかしからずながらも、かくて育み侍らば、せまりたる大学の衆とて、笑ひ侮る人もよも侍らじと思うたまふる」など聞こえ知らせ給へば、（後略）

夕霧を六位に留めて大学寮に入れ学問をさせる理由を、孫を心配する大宮に説明しているのだが、これは将来高い位に昇る権門子弟の教育論である。高い家柄に生まれると官位は思うがままで、権勢の中で贅沢な生活をし、苦しい学問などからは遠ざかり、それでも人は表面は追従するため己を立派な人物と錯覚するが、時勢が変わって没落すれば、人に軽侮されることになる、そうならないために、学問を基盤として政治的力量を涵養すべきことを述べる。つまり「つひの世の重しとなるべき心掟て」[8]、即ち、世の柱石となる人の心構えを身につける、という目的が語られている。けれども物語上、大宮にここまで詳しく説明する必要があるわけではない。聞く大宮も、国の重鎮たる政治家となるためという言説の内容には全く関心を示しておらず、ただ夕霧を不憫に思う様子が描写される。

この条については諸論があるが[9]、松村博司[10]は、道長が棚厨子には二千巻の蔵書を収め、書籍を収集し、博士らに論義・講義をさせるなど（『御堂関白記』）、好書好学の人であったことの反映を読み取っている。ここでは、後世の教訓であるが、花園院が甥である皇太子量仁親王（後の光厳天皇）に書き与えた帝王学の書『誡太子書』を掲げよう。学問を身につける意義・目的について、花園院は以下のように述べている。[11]

凡そ学の要たる、周物《シュウブツ》の智を備へ、未萌《ミホウ》の先《セン》を知り、天命の終始に達し、時運の窮通を弁じ、古を稽《カンガ》へ、先代廃興の迹《アト》を斟酌する若きは、変化窮《キワマ》りなき者なり。

この前の条では、量仁親王が宮廷で贅沢に育ち民の苦労などを知らないことへの憂慮、また阿諛追従する愚人が国家を考えないことへの懸念なども述べられる。この条では、学問の要は、普遍的な知見・知識を養うことであり、事が起こる前にそれを察知し、天命に背かず、古の時代や、国家の盛衰の原因を考究して政治の参考とすべきことなどが述べられる。『源氏物語』当該部分と、南北朝の厳しい時局の中で書かれた『誡太子書』とは、異なる点も多いが、国家を背負う人物に学問がなぜ必要と考えられていたかは、共通する意識がみられる。他にもこうした言説は多いであろうが、『源氏物語』のこの権門子弟教育論は、こうした意識と現実での必要性のもとで読者に開陳された評論なのではないか。

三　物語論・女子教育論・返書論

続いて源氏が語る評論は、螢巻の物語論である。有名な条だが、源氏は、物語に熱中する玉鬘をからかい、物語を「いつはりども」「はかなしごと」と言うものの、玉鬘が反発すると、態度を改め、真面目に物語について論じ始める。

「こちなくも聞こえおとしてけるかな。神代より世にあることを記しおきけるななり。日本紀などは、ただかたそばぞかし。これらにこそ道々しくくはしきことはあらめ」とて、笑ひたまふ。「その人の上とて、ありのままに言ひ出づることこそなけれ、良きもあしきも、世に経る人のありさまの、見るにも飽かず、聞くにも余ること

を、後の世にも言ひ伝へさせまほしきふしぶしを、心に籠めがたくて、言ひおきはじめたるなり。良きさまに言ふとては、良き事の限り選り出でて、人に従はむとては、またあしきさまのめづらしきことを取り集めたる、皆かたがたにつけたる、この世の外の事ならずかし。他《ひと》の朝廷《みかど》のさへ、作りやう変る、同じ大和の国の事なれば、昔今のに変るべし、深き事浅き事のけぢめこそあらめ、ひたぶるにそらごとと言ひ果てむも、事の心違ひてなむありける。仏のいとうるはしき心にて説きおきたまへる御法も、方便と言ふ事ありて、悟りなき者は、ここかしこ違ふ疑ひを置きつべくなん、方等経の中に多かれど、言ひもてゆけば、一つ旨にありて、菩提と煩悩との隔たりなむ、この、人の良きあしきばかりの事は変りける。よく言へば、すべて何事も空しからずなりぬや」と、物語をいとわざとのことにのたまひなしつ。

日本紀などよりも、物語は「世に経る人のありさま」[12]を描くものだと語り始める。だがこの後、文脈はゆがみ、難解な理論に転じて、仏教的価値観によって意義づける方向へ向かう。

もともとこの条は物語による子女教育論の流れの上にある。この条の前では明石君が明石姫君のために絵物語などを作り献上したことが述べられ、この条の後では、源氏は紫上と、明石姫君の教育に用いる物語について話し合い、源氏は「姫君の御前にて、この世馴れたる物語など、な読み聞かせ給ひそ」と厳重に注意する。紫上が『宇津保物語』の貴宮の人柄・態度について意見を述べたのを受けて、源氏は女子教育について、紫上に以下のように語る。

「うつつの人もさぞあるべかめる。人々しく立てたるおもむき異にて、良き程に構へぬや。よしなからぬ親の、心とどめて生ほしたてたる人の、児めかしきを生けるしるしにて、後れたること多かるは、何わざしてかしづきしぞと、親のしわざさへ思ひやらるるこそいとほしけれ。げにさ言へど、その人のけはひよと見えたるは、甲斐あり、面だたしかし。言葉の限りまばゆくほめおきたるに、し出でたるわざ、言ひ出でたることの中に、げにと

見え聞こゆることなき、いと見劣りするわざなり。すべて、良からぬ人に、いかで人ほめさせじ」など、ただこの姫君の、点つかれたまふまじくと、よろづにおぼしのたまふ。

この源氏の語りの軸は揺れ動いている。それなりの親が注意深く育てた姫君に欠点が多いのを批判的に見る周囲の立場、姫君がきちんと育った場合の親の立場、せっかく褒めた姫君に欠点が見えて落胆する周囲の立場、姫君を大したことのない人に批評されたくない親の立場に立つ言など、次々に転じられていき、種々の立場と心情が混淆しており、整序されていない語りとなっている。

ところで、玉鬘の教育をめぐっては、源氏は多くの教訓的言辞を語っている。たとえば胡蝶巻で、玉鬘に殺到する恋文について、女房の右近に以下のように指示し、横で玉鬘も聞いている。

右近を召し出でて、「かやうに訪れきこえん人をば、人選りして、いらへなどはせさせよ。好き好きしうあざれがましき今様の人の、便ないことしい出でなどする、男の咎にしもあらぬことなり。我にて思ひしにも、あな情な、恨めしうもと、その折にこそ、無心なるにや、もしはめざましかるべき際は、けやけうなどもおぼえけれ、わざと深からで、花蝶につけたる便りごとは、心ねたうもてないたる、なかなか心立つやうにもあり。またさて忘れぬるは、何の咎かはあらむ。ものの便りばかりのなほざりごとに、口疾う心得たるも、さらでありぬべかりける、後の難とありぬべきわざなり。すべて女のものづつみせず、心のままに、もののあはれも知り顔つくり、をかしきことをも見知らんなん、その積もりあぢきなかるべきを、宮、大将は、おほなおほなほざりごとをうち出でたまふべきにもあらず、またあまりもののほど知らぬやうならんも、御ありさまに違へり。その際より下は、心ざしのおもむきに従ひて、あはれをも分きたまへ、労をも数へたまへ」など聞こえ給へば、君はうち背きておはする、側目いとをかしげなり。

男からの恋文への返事をどう区別して取り扱うか、どう返事するかについての、実に細やかで具体的な教訓である。この後も会話が続くが、物語の流れからみて重要なことは、「宮、大将は」以下の、兵部卿宮と鬚黒大将にはあまり無礼なことのないようにという指示であり、ここは「分きたまへ、労をも数へたまへ」のように敬語があるので、より直接的に玉鬘に向かって訓戒している。それに対して、その前の部分は、より広い視点からの女の返書についての訓戒であり、物語中の玉鬘のみならず、現実の必要性に基づき、広く物語の読者に対して開かれている評論的訓戒であろう。

宮廷女房である娘に対して、阿仏尼が宮仕えの心構えを説いた教訓的な消息『阿仏の文』[13]には、この部分と一部共通するような説示があり、次のように語られている。

なべて人になさけをかけ、あはれかはすさまの御心むけをばあるべく候。知る人ごとにいたづらなるそゞろ文しげく書きかはす事など、よからぬ事にて候。なべて人憎からぬもてなしにて、さる物から、とりわきうちとけたるむつごとの、心よせある御知る人には、おぼろけならず、えらびて、覚しめしかはすべく候。

『阿仏の文』では恋文に限らず、知人とのやりとりについて、むやみに贈答するのではなく、きちんと相手を選んで、あはれを交わし合うことの大切さを教えている。

玉鬘は光源氏がこうした教育的評論を語るのに格好の人であり、次もその例である。おそらく玉鬘という女性の突然の登場には、物語の中でさまざまな教育的評論を導き出す役割があり、そしてその聞き手としての役割も与えられていると考えられよう。

四　音楽論

源氏は常夏巻で、和琴について、玉鬘に対して長々語る。

音もいとよく鳴れば、少し弾き給ひて、「かやうのことは御心に入らぬ筋にやと、月ごろ思ひおとしきこえけるかな。秋の夜の月影涼しき程、いと奥深くはあらで、虫の声に掻き鳴らし合はせたるほど、気近く今めかしき物の音なり。ことごとしき調べ、もてなし、しどけなしや。この物よ、さながら多くの遊び物の音、拍子を調へ取りたるなむいとかしこき。大和琴とはかなく見せて、際もなくしおきたる事なり。広く異国の事を知らぬ女のためとなむおぼゆる。同じくは、心とどめて物などに掻き合はせて習ひたまへ。深き心とて、何ばかりもあらずながら、また誠に弾き得ることは難きにやあらん。ただ今はこの内大臣になずらふ人なしかし。ただはかなき同じすが掻きの音に、よろづの物の音籠り通ひて、言ふかたもなくこそ響きのぼれ」と語りたまへば、（中略）「さかし。東とぞ名も立ち下りたるやうなれど、御前の御遊びにも、まづ書司を召すは、ひとの国は知らず、ここにはこれを物の親としたるにこそあめれ。その中にも、親としつべき御手より弾きとりたまへらむは、心異なりなむかし。ここになども、さるべからむ折にはものしたまひなむを、この琴に、手惜しまずなど、あきらかに掻き鳴らしたまはむことや難からむ。物の上手は、いづれの道も心やすからずのみぞあめる。さりとも遂には聞きたまひてむかし」とて、調べ少し弾き給ふ。

源氏は、和琴は親しみやすく、柔軟で、他の楽器との調和性があること、もともと女性が弾くために作られたもので、宮中での音楽でも最初に取り寄せる第一の楽器であること等々、詳しく講義口調で語る。一般に、きまった奏法があ

る琴に対して、和琴にはそれがなく、演奏者の美意識や個性があらわれる。和琴を上手になりたいと思う玉鬘は、熱心に話を聞き、質問を差し挟む(中略部分)。源氏は長々と説明し、最後に弾いて聞かせる。和琴は『源氏物語』の中で、琴《きん》と同じように、奏者も場面も多く見える楽器である。中川正美[14]は、物語の中で和琴を大きく取り上げて重要な意味を付与しているのは、後期物語を含めても『源氏物語』だけであることから『源氏物語』の特異性を指摘し、「源氏物語は琴に対する独自の新しい美意識として和琴を呈示しているといえよう」と述べている。

そして若菜下巻の女楽の場面には、琴《きん》の論がある。演奏の後、源氏は夕霧と談笑し、音楽に関連して春秋論を交わし合い、また当代の音楽の名手について色々語り合う。続いて源氏は夕霧に、琴について長々と語る。琴は和琴とは対照的に、古くて格の高い、中国渡来の楽器であり、『源氏物語』の中でも、源氏は名手だが、ほかには名手はおらず、弾く人も少なくなっている状況にある。

「よろづのこと、道々につけて習ひまねばば、才と言ふもの、いづれも際なくおぼえつつ、わが心地に飽くべき限りなく習ひ取らんことはいと難けれど、何かは、そのたどり深き人の、今の世にをさをさなければ、片端をなだらかにまねび得たらむ人、さる片かどに心をやりてもありぬべきを、琴なむ猶わづらはしく、手触れにくき物はありける。この琴《こと》は、まことに跡のままに尋ね取りたる昔の人は、天地をなびかし、鬼神の心をやはらげ、よろづの物の音のうちに従ひて、悲しび深き者も喜びに変はり、いやしく貧しき者も高き世に改まり、宝にあづかり、世に許さるるたぐひ多かりけり。この国に弾き伝ふる初めつ方まで、深くこの琴《こと》を心得たる人は、多くの年を知らぬ国に過ぐし、身をなきになして、この琴《こと》をまねびとらむとまどひてだに、し得るは難くなむありける。げに、はた明らかに空の月星を動かし、時ならぬ霜雪を降らせ、雲雷を騒がしたる例、上がりたる世にはありけり。かく限りなき物にて、そのままに習ひ取る人のあり難く、世の末なればにや、いづこのそのかみの片端にか

はあらむ。されど、なほ、かの鬼神の耳とどめ、傾きそめにける物なればにや、なまなまにまねびて、思ひかなはぬたぐひありける後、これを弾く人よからずとか言ふ難をつけて、うるさきままに、今は、をさをさ伝ふる人なしとか。いと口惜しきことにこそあれ。琴《きん》の音を離れては、何事をか物を調へ知るしるべとはせむ。げに、よろづの事、衰ふる様はやすくなりゆく世の中に、ひとり出で離れて、心を立てて、唐土、高麗と、この世にまどひありき、親子を離れむことは、世の中にひがめる者になりぬべし。などか、なのめにて、なほこの道を通はし知るばかりの端をば、知り置かざらむ。調べ一つに手を弾き尽くさむことだに、はかりもなき物なり。いはむや多くの調べ、わづらはしき曲多《ごく》かるを、心に入りし盛りには、世にありとあり、ここに伝はりたる譜と言ふ物の限りをあまねく見合はせて、後々は師とすべき人もなくてなむ、好み習ひしかど、なほ上がりての人には、当たるべくもあらじをや。ましてこの後と言ひては、伝はるべき末もなき、いとあはれになむ」などのたまへば、大将、げにいと口惜しく恥づかしとおぼす。

『古今集』仮名序[15]をふまえた、勅撰集の序文のような荘重な語りである。『宇津保物語』の俊蔭譚を踏まえながら[16]、琴の特質、歴史、現況などについて語り続ける。最後部分では、源氏自身の体験が語られ、幼い頃から、世にある楽譜を網羅的に集めて学び、師匠とする人もいなくなるほどに好み、上達したことを語る。ここに掲げた条の後も語りは続いていき、源氏は自分の琴の技法を伝えることができる子や孫がいないことを嘆きつつも、明石女御の皇子に望みをつないでいることを述べる。『源氏物語』執筆時に実際に急速に衰亡しつつある楽器であることを反映してか、物語の中で、細い糸ながら未来へと繋げようとする叙述がみられる。

女楽は、女三宮の琴の上達を朱雀院に披露する朱雀院五十賀に向けた試楽である。ここで源氏が夕霧に対して、女三宮がむずかしい琴を習得し得たこと、それが自分の手柄であることを暗に示すだけなら、これほど重厚で長大かつ

荘重な琴論は必要ではない。ここでは、一条朝には既に衰退しつつあったとされる琴へのオマージュとして、あえて物語に織り込まれた音楽論と見るべきではないだろうか。

以上のように、『源氏物語』の二つの音楽論は、物語の流れとは別に、それぞれ独立した評論として重要な意味を担っていると考えられる。

五 尚侍論・宮廷女房論

行幸巻では、内侍論(尚侍論・宮廷女房論)とも言えるものが語られている。源氏は病気の大宮を見舞い、そこで玉鬘が内大臣の娘、つまり大宮の孫娘にあたることを打ち明ける。そして続けて、玉鬘を尚侍に就任させることについて長々と語り出す。

「(前略)いかでか聞こしめしけむ、内裏に仰せらるるやうなむある。「尚侍、宮仕へする人なくては、かの所の政しどけなく、女官なども、公事をつかうまつるにたづきなく、事乱るるやうになむありけるを、ただ今、上にさぶらふ古老の典侍二人、またさるべき人々、さまざまに申さするを、はかばかしう選ばせたまはむ尋ねに、たぐふべき人なむなき。なほ家高う、人のおぼえ軽からで、家の営み立てたらぬ人なむ、いにしへよりなり来にける。したたかに賢き方の選びにては、その人ならでも、年月の臈になりのぼるたぐひあれど、しかたぐふべきもなしとならば、大方のおぼえをだに選らせたまはん」となむ、内々に仰せられたりしを、似げなき事としも、何かは思ひたまはむ。宮仕へはさるべき筋にて、上も下も思ひ及び、出で立つこそ、心高きことなれ。公ざまにて、さ

る所の事をつかさどり、政の趣をしたため知らむことは、はかばかしからず、あはつけきやうにおぼえたれど、などかまたさしもあらむ。ただわが身の有様からこそ、よろづの事はべめれと、思ひ弱りはべりしついでになむ、齢のほどなど問ひ聞きはべれば、（中略）さやうに伝へものせさせ給へ」と聞こえ給ふ。

「尚侍、宮仕へする人なくては……大方のおぼえをだに選らせたまはん」は、冷泉帝の言葉を詳細に伝える言辞である。現在尚侍として勤める人がおらず内侍司の政務が滞り、女官も職務を統括する人がいないため事務が渋滞していること、古老の典侍などが任官希望しているがふさわしい人材がいないこと、家格が高く、人からの評価が良く、実家等を顧みなくても良い人が昔から任ぜられていること、しっかりしていて賢い人という選び方なら名門ではなくても年功で昇進する場合もあること、しかしいずれもいないなら世間一般の人望で選ぶことになる、等々が間接的に述べられる。続いて、源氏自身の考えが語られる。宮仕えする女性は身分が高くても低くてもみな帝の寵愛を受けることを願って出仕するのが高い志である、一方で公職に就いて内侍所に勤務し、政事に携わることは、きちんとしていなくて軽薄なように思われるが、必ずしもそうとも限らない、すべてその人の人柄次第である、等のことが源氏の口から語られる。

この後、源氏の語りは、玉鬘と内大臣とを対面させたいので、大宮から伝えて欲しいという依頼へとつながっていく。ゆえに、話の流れから言えば、ここでは玉鬘の血筋と尚侍就任の可能性があることを大宮に説明すれば良いのであって、尚侍の資格や宮仕えする女房・内侍の心構えなどについては、ここでこのような長々しい説明は必要ではない。事実、聞き手の大宮はこれらについて何の興味も反応も示していない。後藤祥子が「大宮を納得させるべく長談義をくりひろげる必要は、実は源氏の側にこそあったのだろう。ともかく源氏はここで自分自身を納得させた」[17]と述べている。確かに作者はそのようにして源氏の心理を示していると思われる。そして一方で、これは読者に向けて、

宮廷女房集団のトップである尚侍の選ばれ方や、宮廷女房が持つべき意識について、端的に説明している尚侍論、広く言えば宮廷女房論となっていると考えられる。

『阿仏の文』には、「同じ宮仕へをして、人にたちまじり候へども、我が身の器量にしたがひて、かしこき君にもおぼしめしゆるされ、かたへの人にも所おかるる物にて候」と、女房はその人の器量・人柄が重要であることが再三述べられる。帝寵についても「上をきはめたる位にもそなはり、日のもとの親ともあふがれさせ給ひ候はんこそ、仮の世にも慰む方にて候べきを」と、娘に対して帝寵と皇子出産を望むことが見え、宮廷出仕について「宮仕へなど心苦しく、あはつけて、名もれぬべきわざと見候しほどに」と述べるなど、共通する意識による言辞が多く見られる。このような意識が宮廷女房間で共有され、こうした教訓が現実の宮仕えで必要であったことの証であろう。

六 薫物論・仮名書道論・草子論

明石姫君の入内準備をする梅枝巻は、さながら全体が諸芸道の評論のような巻である。まず、女性達の薫物競べの場面で、それぞれの香りを具体的に描写しているが、源氏の講義口調の語りという形ではないので、ここでは掲げない。

続いて、源氏は紫上を相手に、仮名の筆跡について語り始める。

「よろづのこと、昔には劣りざまに、浅くなりゆく世の末なれど、仮名のみなん、今の世はいと際なくなりたる。古き跡は定まれるやうにはあれど、広き心ゆたかならず、一筋に通ひてなむありける。妙にをかしきことは、外

よりてこそ書き出づる人々ありけれど、女手を心に入れて習ひし盛りに、こともなき手本多く集へたりしなかに、中宮の母御息所の、心にも入れず走り書いたまへりし一行《ひとくだり》ばかり、わざとならぬを得て、際ことにおぼえしはや。（後略）」と、うちささめきて聞こえ給ふ。

今の末の世における仮名の隆盛を述べる序文のような語りののち、源氏はまず六条御息所、続いて秋好中宮、藤壺、朧月夜尚侍、朝顔前斎院、紫上の筆跡について論評を加え、謙遜する紫上の筆跡を褒める。この部分は源氏自身の恋の遍歴・女性評価と密接に重なりつつ語られており、本筋から逸脱するような語りではない。

続いて、仮名で書かれた草子論となる。源氏は名筆の人々に草子の執筆を依頼し、自分でも書く。そこへ螢兵部卿宮が訪れる。螢兵部卿宮が書いた草子、源氏が書いた草子、そのほかの人々が書いた草子、兵部卿宮が源氏に献上した古い宸筆の貴重な本などが次々に描写される。醍醐天皇が「巻ごとに御手の筋を変へつつ、いみじう書き尽くさせたまへる」という『古今集』などもある。ここでは源氏の長い語りという形はとっておらず、源氏と螢兵部卿宮との会話をまじえながら描写されている。

これらの条は、いずれも逸脱する語りではない。物語の内容に沿いながら、明石姫君の入内準備を述べると同時に、諸道の評論という性格を含み持っている。

七　結婚論

さらに梅枝巻では、雲居雁を想い続けて他からの結婚話に耳をかさない夕霧に対して、源氏は結婚に関して上流貴

族が持つべき態度や自身の結婚観を説く。

「かやうのことは、かしこき御教へにだに従ふべくもおぼえざりしかば、言まぜまうけれど、今思ひあはするには、かの御教へこそ、長き例にはありけれ。つれづれとものすれば、思ふ所あるにやと世人も推しはかるらんを、宿世の引く方にて、なほなほしきことに、ありありてなびく、いとしりびに人わろきことぞや。いみじう思ひのぼれど、心にしもかなはず、限りあるものから、好き好きしき心つかはるな。いはけなくより宮の内に生ひ出でて、身を心にまかせず所せく、いささかの事のあやまりもあらば、軽々しき譏りをや負はむとつつみしだに、なほ好き好きしき咎を負ひて、世にはしたなめられき。位浅く何となき身のほど、うちとけ、心のままなるふるまひなどものせらるな。心おのづからおごりぬれば、思ひしづむべきくさはひなき時、女の事にてなむ、賢き人、昔も乱るる例ありける。さるまじき事に心をつけて、人の名をも立て、自らも恨みを負ふなむ、つひの絆となりける。とりあやまりつつ見ん人の、我が心にかなはず、忍ばむこと難きふしありとも、なほ思ひ返さん心をならひて、もしは親の心にゆづり、もしは親なくて世の中かたほにありとも、人柄心苦しうなどあらむ人をば、それを片かどに寄せても見たまへ。我がため、人のため、遂に良かるべき心ぞ、深うあるべき」など、のどやかに徒然なる折は、かかる心づかひをのみ教へたまふ。

「かしこき御教へ」とあるのは、かつて桐壺帝が源氏に紅葉賀巻と、葵巻において説いた訓戒であるが、これらはいずれも葵上や六条御息所との間柄に即して直接源氏の行動を注意するものであり、物語中ではこの条ほど長大かつ一般的な内容の語りではない。

この条の最初の部分は、夕霧が結婚しないでいるのを世間がどう見るかという訓戒であり、夕霧の現在の状況に即したものである。しかしその後、自身への反省もこめながら語られる部分は、より一般的な教訓へと逸れていく。手

の届かない人に好色心を抱いたり、今気楽な身分であっても自制せず心のままにふるまうことなどを、「つかはるな」「せらるな」と、強い口調で禁止する。そして傲り高ぶり好色心を抑えるような存在がない時には、昔から賢人でも失敗することを言い、相手の浮き名を立て自分も恨みを負うことになることを戒め、さらには、結婚しても相手が思うような人ではなかった時、どのような心を持ち、具体的にどのようにふるまうべきかについて、長々と述べているのである。

こうした処世訓は、現在の夕霧に即した教訓ではない。むしろ貴族が持つべき一般的な処世訓・結婚観であり、内容的には教訓書等とも共通する部分がある。たとえば、「うちとけ、心のままなるふるまひなどものせらるな」という条は、『阿仏の文』で再三「心のままなるが返す返す悪しき事にて候」「名残なくうちとけさせ給ひ候まじく候」と説くことと共通する。男性への教訓書にも類似するような言説がある。「女の事にてなむ、賢き人、昔も乱るる例ありける[18]」とある部分は、宇多天皇の『寛平御遺誡』で時平について「左大将藤原朝臣《時平》者。功臣之後。其年雖少已熟政理。先年於女事有所失。朕早忘却不置於心[19]」と言う条が思い出されるが、この条について籠谷真智子は「このことをわざわざ遺誡にしたためているのは強い関心の逆説ともいえ、時平の失敗にことよせての教訓であろう」と述べている。さらに『河海抄』巻十二は、この時平の例のほか、いくつかの故事・人物をあげている。また、「とりあやまりつつ見ん人の、我が心にかなはず、忍ばむこと難きふしありとも、なほ思ひ返さん心をならひて、……人柄心苦しうなどあらむ人をば、それを片かどに寄せても見たまへ」という辺りは、北条重時の『極楽寺殿御消息』で、「一夜の語らひなりとも、先世の契深かるべし。……されば心に、はん縁とて、少々思はずなる事あれども、心ざまの良きには恥ぢ、悪しきには離るる也。物に心得やさしければ、男もはづかしく思ひ、いとをしみ深し[20]」などとある言と重なるような叙述である。もちろん影響関係ということではなく、説諭として当時多く存在したものであろう。

このように、梅枝巻の源氏の教訓的語りは、一人夕霧への教訓から離陸・逸脱して、広く一般性をもって読者に投げかけられる教訓となっている。

八　継母論・女性論・皇女養育論

第二部冒頭の若菜巻では、女三宮の降嫁、明石女御の皇子出産、女楽などのできごとが次々にあり、種々の局面で、さまざまな女性論が語られている。

若菜上巻で源氏は、皇子を出産した後の明石女御に対して、女御を愛し育んだ紫上の恩に関連して長々と訓戒する。継母論、広く女性論とも言うべきものである。

そのついでに、「今は、かくいにしへのことをもたどり知りたまひぬれど、あなたの御心ばへをおろかに思しなすな。もとよりさるべき仲、え避らぬ睦びよりも、横さまの人のなげのあはれをもかけ、一言の心寄せあるは、おぼろけのことにもあらず。まして、ここになどさぶらひ馴れたまふを見る見るも、はじめの心ざし変らず、深くねむごろに思ひきこえたるを。いにしへの世のたとへにも、さこそはうはべにははぐくみげなれと、らうらうじきたどりあらむも賢きやうなれど、なほあやまりても、わがため下の心ゆがみたらむ人を、さも思ひよらずうらなからむためは、引き返しあはれに、いかでかかるにはと、罪得がましきにも、思ひなほることもあるべし。おぼろけの昔の世のあだならぬ人は、違ふふしぶしあれど、一人ひとり罪なき時には、おのづからもてなす例どもあるべかめり。さしもあるまじきことに、かどかどしく癖をつけ、愛敬なく、人をもて離るる心あるは、いと

うちとけがたく、思ひぐまなきわざになむあるべき。多くはあらねど、人の心の、とあるさまかかる趣を見るに、ゆゑよしと言ひ、さまざまに口惜しからぬ際の、心ばせあるべかめり。みなおのおの得たる方ありて、取るところなくもあらねど、また取りたてて、わが後見に思ひ、まめまめしく選び思はむには、ありがたきわざになむ。ただまことに心の癖なくよきことは、この対をのみなむ、これをぞおいらかなる人と言ふべかりける、となむ思ひはべる。よしとて、また、あまりひたたけて頼もしげなきも、いと口惜しや」とばかりのたまふに、かたへの人は思ひやられぬかし。

この場面で、源氏は紫上の人柄・行動を称揚し、明石君が女御に付き添っている今でも、昔と変わらず紫上が女御を愛していることを強調し、最後でも紫上の人柄を賞讃する。女性は「おいらかなる人[21]」であることが最も重要であるが、あわせて「頼もしげ」の面をも持っているべきだとする見方は、『阿仏の文』の中で、阿仏尼が繰り返し述べていることであり、「たゞおいらかに、美しき御様ながら、よしあしを御覧じとゞめて…」等々としばしば訓戒していることと重なり合う価値観である。

ここで注意しておきたいのは、「いにしへの世のたとへにも」以下の長い部分が、明石女御の現在の状況や心情とほとんど関わらない訓戒であることである。この前に明石尼君の昔語り、明石入道の願文のことがあり、皇子出産による明石君の存在感の増大・女御の紫上への心情の変化などを懸念した訓戒に設定されているとも言われるが、この前の場面で、紫上が若宮を可愛がるのを源氏は心中深く満足し、明石君も源氏の意を十分に汲み取っているので、ここでこのような訓戒が必要な状況ではない。しかも訓戒の内容は、継母と継子との関係がこじれた時の方策や、さらに広く一般に意見の相違がある人とどのようにやっていけば良いか、などについてである。この前者の内容は、表面には出さず悪意のある継母もいるかもしれないが、そうした冷酷な継母に対しても継子が誠意をもって接すれば継母

も罰があたりそうで改心するだろう、などが長々と説諭されており、これは紫上には全くあてはまらない。後者についても同様である。いずれも、物語のこの場面では全く必要とされない説諭なのである。事実、このあと源氏と明石君との対話があるが、こうした説諭については何も受けていない。そして「多くはあらねど」以下で、唐突に妻論へと転じているが、それは冒頭の紫上賞讃に話を戻して、最後を再び紫上への賛辞で結ぶために、無理矢理に繋げたような語りである。このように、物語中の必要性とは離れて、こうした長く具体的な訓戒が、あえて物語中に織り込まれていることに注意したい。

さて、若菜下巻では、女楽が終わった後に、源氏は紫上を相手に、自らの半生を回想し、そこで出会った女性達について論ずる。ここでも「まことの心ばせおいらかに落ちゐたるこそ、いと難きわざなりけれとなむ、思ひ果てにたる」と、穏やかで落ち着いた人柄が理想であることが繰り返され、葵上、六条御息所、明石君、そして紫上への評論が語られるが、ここでは話が逸れていくことはない。玉鬘についても、のちに、源氏は誰かに語るのではないが、身の処し方の賢明さを心中で回想し、賞讃している。

女楽の後、紫上は発病し、源氏はその看病に明け暮れ、その隙に柏木は女三宮のもとへ忍び入る。偶然に妻女三宮の密通を知った源氏は、女三宮の幼さ、頼りなさを深く嘆く。紫上に朧月夜の出家のことを語る場面で、朝顔斎院の出家とその思慮深い人柄に言及し、おそらく皇女のあり方という流れの中で、続けて次のように語る。長くはないが、皇女養育論、広く言えば女子教育論とも言える条である。

「(前略)斎院、はた、いみじう勤めて、紛れなく行ひにしみ給ひにたなり。なほ、ここらの人のありさまを聞き見る中に、深く思ふさまに、さすがになつかしきことの、かの人の御なずらひにだにもあらざりけるかな。女子を生ほし立てむことよ、いと難かるべきわざなりけり。宿世など言ふらんものは目に見えぬわざにて、親の心に

任せ難し。生ひ立たむほどの心づかひは、なほ力入るべかめり。よくこそあまた方々に、心を乱るまじき契りなりけれ、年深くいらざりし程は、さうざうしのわざや、さまざまに見ましかばとなむ、嘆かしき折々ありし。若宮を心して生ほしたて奉りたまへ。女御は、ものの心を深く知りたまふ程ならで、かく暇なきまじらひをしたまへば、何事も心もとなき方にぞものしたまふらむ。皇女たちなむ、なほ飽く限り人に点つかるまじくて、世をのどかに過ぐしたまはむに、うしろめたかるまじき心ばせ、つけまほしきわざなりける。限りありて、とざまかうざまの後見まうくるただ人は、おのづからそれにも助けられぬるを」など聞こえ給へば、（後略）

この少し前の場面で、源氏は、女三宮の密通を知って苦しみ、今や男女のことすべてが気にかかり、自分の娘の明石女御ですら、おっとりしておられるから、もし柏木のように一途に慕う男が言い寄れば、過ちをするかもしれないのだ、とまで考え、不安にかられている。かつて犯す側であった源氏が、今は犯される側に立っている苦悩である。ここで朝顔斎院を礼讃する言の背後には、降嫁した後に密通を犯した女三宮の影があり、源氏を拒否し続けた朝顔斎院の思慮深さ、意志強さを、今は皇女の生き方の理想とするかのようである。

ここで、紫上に、女子を教育することのむずかしさを述べ、女御はまだ若く頼りないし、後宮にいて寵愛厚く、暇もない、一般に皇女は独身で過ごすことになれば夫のような庇護者もいないから、人に後ろ指をさされるようなことなく(つまり男性との過ちなど起こさずに)穏やかに生涯を過ごせるように、女御が生んだ皇女たちをきちんと養育してほしいと紫上に依頼しているのである。これまでのような、平穏で風雅な生活の中での講義的な訓戒ではなく、自らの激しい煩悶を押し隠しながら語られている。ここでは、螢巻で語られた女子教育論とまるで合わせ鏡のように、反転させるようにして叙述されている。

そしてこの後、源氏はこれまでのように饒舌に講義のように語ったり教訓したりということは、全く行っていない

ことは重要であろう。物語の中の講義的・評論的色彩は消え去り、ただ悲しみと老いのうちに運命と死に対峙していく源氏が語られる。そして第三部、宇治十帖において、主人公がこのように誰かに対して長々と、時に逸脱しながら訓戒する場面は全く見られない。

九　教育的テクストとしての『源氏物語』

以上みてきたように、『源氏物語』の中で、物語の流れの中心とは必ずしも絡まない、しかも長い評論的語りとして、権門子弟の教育論、作り物語論、女子教育論、返書論、音楽論、内侍論、結婚論、継母論などが存在する。これほど多くの評論が、逸脱的な語りという共通の性格をもって物語中に存在することは、決して偶然ではない。これらには、他の教訓書・女訓書にみられる訓戒とも重層する内容・意識が多く、つまりは現実の宮廷社会に生きる人々に、実際に必要とされていた教訓なのである。『源氏物語』にこうした語りが含まれているのは、物語がそもそも教育的テクストであり、『源氏物語』もその一つであることを鮮明に示すことにほかならないであろう。

これらの教育的な語りは、物語の構成上ストーリーを前進させていく本流からはやや逸れながら語られているため、時には違和感が生じるほどである。これらの評論の語り手が光源氏に集中していることは、『源氏物語』の大きな特徴であろう。源氏がいかに理想的・超越的な人物であるとは言え、男女の教育、結婚、人間関係、風雅、音楽などすべての分野にわたって知悉し精通しているのはやや不自然でもあり、しかもこれらは詳細で過剰なまでの語りであるが、それは源氏にのみ担わせ、役割づけているのである。

『源氏物語』には、源氏以外の人物による長い教訓的語りもある。たとえば、薄雲巻では明石尼君から明石君に、姫君を本邸にわたすように長い教訓をし、常夏巻では、内大臣が雲居雁に「女は、身を常に心づかひして守りたらむなむよかるべき。……」という長い教訓をしている。しかしこれらは、必要な訓戒から逸れていく逸脱的な語りではなく、物語の内容・流れに合致した内容のものであり、源氏の逸脱的な説諭とは異なっている。

源氏が語る相手は、夕霧、玉鬘、明石姫君、紫上というような、自分が育てた子女、養女、妻という人々、そしてその養育に関わる大宮や紫上、女房などに限られている。この点は、これらの語りに多かれ少なかれ、講義的・教育的な意図があることを示すものであろう。これらの人々に対しては、源氏は饒舌に自論を展開し、評論する。桐壺帝・朱雀帝・藤壺・左大臣のような、敬愛すべき目上の人に対しては、あるいは兵部卿宮のような風雅で知られる人に対しては、源氏が一方的に自論を展開することはない。

関連する「教ふ」という語について触れておくと、光源氏が「教ふ」ということを行っている対象は、女三宮、紫上、玉鬘、夕霧が多い(22)。これは先の講義的語りの対象と軌を一にしており、講義的な語りが基本的に教育的性格を持つことを示している。

興味深いことに、このような講義的・評論的な語りは、若菜巻までで、それ以降には見られなくなる。物語で表向きは若菜下巻の女楽までは慶事が続いており、そこには悲劇の伏線はあるものの、まだ何も起きていない。けれども女楽の後、女三宮と柏木の密通があり、それが源氏の知るところとなる。若菜下巻で前掲のように源氏は女子養育論のような論を語るが、それは苦悩のあまりに明石女御の犯しまでも心配する(それは杞憂におわるが)源氏の暗い内面のもつれが、表にあらわれ出た一片のようである。

若菜巻で女三宮の降嫁という、世間的には栄華の絶頂を極めた光源氏は、柏木巻以降は口を閉ざし、講義口調の語

りは消え、ただ己の因果応報の運命に向かい合っていくこととなる。『源氏物語』の第一部と第二部冒頭までの、平穏で満ち足りた生活の中でのみ、講義的な訓戒・評論が行われているのである。

そしてもう一つ重要な点は、宇治十帖では、語る主体が誰であれ、このような講義口調の評論的逸脱的語りはみられないことである。長い語りとしては椎本巻で八宮が娘達に述べた遺言があり、ほかにも女房や母が自分の考えを述べる部分はあるが、これは現実の状況に沿ったもので、これまでみてきた逸脱する語りとは異なる。おそらく宇治十帖は、教育的テクストからはかなり離れつつあり、『源氏物語』正篇とは異なる特質や執筆意図を有することが、ここでも確かめられるように思われる。

一〇 『源氏物語』の生成をめぐって

『源氏物語』の中の評論的語りが、教育的テクストであることを示すものであると述べてきたが、関連して少し付言しておきたい。

『源氏物語』は、入念に仕組まれた物語ではあるが、すべての叙述が物語内に歯車の如く整えられて収められているわけではないだろう。これまで見てきたように、時には野放図に逸れて、読者にさまざまな語りが投げかけられている。こうした場面では、物語上の流れは単なる端緒に過ぎず、そこを起点にして主人公による長い言説・説諭・訓戒が、枠外に逸脱しながら展開されるのである。こうした逸脱的語りは、中世では御伽草子や説話、軍記、古注釈など、種々の作品に多く見られる現象であるが、その多くは作者不定である。

平安期の作り物語では、こうした語りは『源氏物語』には多いが、たとえば『夜の寝覚』では、巻一の中納言と宮中将が女性論の対談を行っているものの、ほかの箇所には長い評論はほとんど見られない。『狭衣物語』でも長い評論的語りと言えるものはほとんどなく、たとえば巻四で宰相中将の母君が娘に、狭衣への返事を自分で書くように教える場面のように、母や女房などが教える場面はあるが、『源氏物語』のような長々しい逸脱的な教育的語りはみられない。むしろ笑いの中に教育的な意図が感じられる場面としては、巻一・三で、今姫君とその女房達の愚劣さが詳細に活写される部分があるが、そこには長い教訓的語りなどはない。

『源氏物語』の生成について、たとえば陣野英則は、[23]『源氏物語』の作者は、おそらく孤独のうちにこれだけの長大な物語を形成したのではなく、『源氏物語』は複数の人々の手によってまとめられ、編集されるものであったに違いあるまい」という前提で論じている。土方洋一[24]も紫式部出仕前執筆説を否定し、「あれほど長大な構想を持つ物語が、個人の手慰みとして執筆されたということは、この時代の創作をめぐる状況としてはありえないだろう。……中宮後宮というような公的な場における公的事業として制作されたフィクションであった」と述べている。このように近年は『源氏物語』が紫式部一人の著作ではなく集団の所産と考える研究動向にあり、私もそう考えている。『無名草子』等に見える、大斎院選子からの依頼により彰子の命で紫式部が作ったという説はあり得るが、紫式部が女房出仕以前に既に『源氏物語』を書いていたという説はあり得ないだろう。情報が流通する現代社会の中にあっても、たとえば我々が現在の宮中を舞台とする小説を書くことは極めて困難である。宮廷や後宮のありようを実際に目にしたこともない受領階級の女性には、当時の天皇家の人々や最高貴族たちが、どこでどのようにふるまい、どのように会話するのか、その心中はどのようなものか、詳しく知りようもない。ましてその理想の姿を描くのは不可能である。宮廷女房の経験がなければ、物語は荒唐無稽で珍妙なものとなってしまい、宮廷の人々は誰も読まないだろう。『狭

衣物語』ですら、宮廷のあり方と齟齬する面は『無名草子』で厳しく批判されている。時めく中宮の女房として出仕し[25]、宮廷・後宮の深奥部を知悉して初めて、『源氏物語』のような極めて現実に近い宮廷の物語を書くことが可能となるに違いない。

『源氏物語』は彰子・道長に委嘱されて制作されたことは間違いなく、それは古来作者と伝えられる紫式部を中心としていることは確かであるが、広い意味での作者は複数で不定であり、恐らくそこには周囲の男女の様々な語り、また人々の知識や専門的知見、宮廷内外や地方での見聞、あるいは宮廷生活での必要性や要望などが、種々の形で流れ込み、吸い上げられて成っていると想像される。

こうした物語制作の場では、物語作者が自由に物語世界を構築して執筆・生成していく面は当然あったに違いない。しかし一方で、厳しい価値観・美意識に縛られる宮廷世界にあって、宮廷社会・コミュニティの要請や必要性に応えて語る部分もあったと想像される。それは直接間接に全編にわたって示されているが、特に、教訓書・女訓書等とも共通するような、種々の分野にわたる現実的な評論・教訓・知識等の説論については、『源氏物語』の、それも栄華に輝く少女巻から若菜巻までの部分に、夕霧・玉鬘など教育対象の人物への逸脱する語りという形を取って、物語中に織り込まれていったと考えられる。

(1) 「源氏物語の作意の中心をなすもの」(『古典文学論I』窪田空穂全集9、角川書店、一九六五年)、初出は一九四八年。
(2) 「教えるということ――『源氏物語』の処世観について」(『国文学研究』一〇二、一九九〇年一〇月)。
(3) 「絵物語の製作とその享受――『源氏物語』螢巻における物語論への視座」(『源氏物語研究集成 七』風間書房、二〇〇一年)。

(4)「「雨夜の品定め」論――『源氏物語』の総序でありうることについて」(『十文字学園女子短期大学研究紀要』二五、一九九四年九月)。『源氏物語の鑑賞と基礎知識 7 帚木』(至文堂、一九九九年一〇月)に転載。
(5) 帚木巻はその骨格は女性論であるが、実は、その中には絵画論、仮名書道論、音楽論、真名論、和歌論など、短いが種々の教育的語りが包含されており、この点でもこの後の評論的語りの前哨としての位置にあるとみられる。この点はパリ・INALCO の寺田澄江氏の指摘によるものであり、ご教示に感謝したい。
(6) 柳町時敏「「論者」としての光源氏――光源氏論のための断章」(『むらさき』一七、一九八〇年七月)は、光源氏の「論」が明石巻あたり以後に頻出・偏在していること、それは彼が六条院文化圏における絶対的宰領者たることの証であること等を指摘する。
(7) これ以前には、絵合巻の光源氏・帥宮の間でかわされる絵画・才芸等についての話、薄雲巻で光源氏が斎宮女御に語る春秋論等があるが、いずれも長大な語りではない。
(8)「つゐ(い)に」とする伝本がある(陽明文庫本ほか)。また国冬本は「よに思ふ事なかりぬべきおきて」とし、意味が変わってくる。
(9) 柳町時敏(前掲論文)は、この条や春秋論における「論者」としての光源氏のあり方を検討し、「物語世界の人物を領略・支配・統御することによって同時に物語の世界そのものをも掌中に収めた「論者」としての光源氏の実相」を読み取り、源氏に新たに賦与された力であった、とするが、物語中の光源氏論であり、私見とは視座が異なる。
(10)「教育論・女性論」(『国文学 解釈と鑑賞』二六―一二、一九六一年一〇月)。
(11) 本文は、『家訓集』(東洋文庫、平凡社、二〇〇一年)所収の山本眞功による訓読文に拠る。
(12)「ありさまの」がない伝本もある(陽明文庫本、天理図書館蔵阿里莫本など)。
(13)『阿仏の文』については、第二部第一章、第五部第四章、および田渕句美子『阿仏尼』(人物叢書、吉川弘文館、二〇〇九年)など参照。なお本文は陽明文庫蔵『阿仏の文』に拠るが、漢字仮名・清濁などの表記は私意に依る。
(14)『源氏物語と音楽』(和泉選書59、和泉書院、一九九一年)。

(15)　鈴木日出男『源氏物語虚構論』(東京大学出版会、二〇〇三年)は、光源氏の天地鬼神を動かす力は『古今集』仮名序を原点とし、女達を動かす色好みの力と、人々を驚嘆させる才芸の力とが統合されたもので、潜在的に王権と関わり合うが、天皇の権威から疎外された優れた皇子たちへの共感とふれあい、光源氏の資質は伝承の古代を基盤とすることを述べており、示唆に富む。

(16)　中川正美(前掲書)は、ここに『宇津保物語』への対抗意識と否定とが見られることを読み解いており、物語への批評・評論とも言えよう。

(17)　『源氏物語の史的空間』(東京大学出版会、一九八六年)。

(18)　「昔も」は、阿里莫本ほかに「むつかしとむかしも」とある。

(19)　『寛平御遺誡』の本文は、籠谷真智子『中世の教訓』(角川書店、一九七九年)所収の本文に拠る。

(20)　『極楽寺殿御消息』は『中世政治社会思想　上』(日本思想大系21、岩波書店、一九七二年)所収の本文に拠るが、漢字仮名・清濁などの表記は私意に依る。

(21)　「おいらかなる」は、高松宮本(河内本)は「たひらかなる」とする。

(22)　酒井貴大「『源氏物語』における光源氏の教育観――「教ふ」を手がかりとして」(『愛知大学国文学』五三、二〇一四年二月)にある表一を参考にした。

(23)　「藤式部丞と紫式部＝藤式部」(『文学』一六―一、二〇一五年一・二月)。

(24)　『『源氏物語』は「物語」なのか?』(『新時代への源氏学1　源氏物語の生成と再構築』竹林舎、二〇一四年)。

(25)　彰子出仕以前に、紫式部が他に女房として出仕していたという説について、陣野英則(前掲論文)がまとめている。

第三章　劇場としての『源氏物語』和歌——俯瞰と語り

物語の和歌とはどのような特質をもっているのだろうか。少なくとも、その特質の一つは何だろうか。それを物語における虚構とリアリティ、俯瞰と語りという面から考えたい。

一　物語和歌の自在さ

藤原信実が編んだ説話集『今物語』第二二話に、このような逸話が載せられている。

待賢門院の女房加賀といふ歌よみあり。

かねてより思ひしことぞ伏し柴のこるばかりなるなげきせんとは

といふ歌を、年ごろ詠みて、持ちたりけるを、「同じくは、さりぬべき人にいひむつびて、忘られたらんに詠みたらば、集などに入たらんも、優なるべし」と思ひて、いかがありけん、花園の左の大臣に申しそめてけり。その後、思ひのごとくやありけん、この歌をまゐらせたりければ、大臣殿も、いみじくあはれにおぼしけり。かひがひしく千載集に入りにけり。世の人、伏し柴の加賀とこそいひける。

待賢門院加賀は伝未詳で、和歌もこの歌一首しか知られない女房である。この話についてはかつて検討したことがある[1]が、『今鏡』(御子たち・第八)、『古今著聞集』巻五、『十訓抄』十ノ十一などでも取り上げられる話である。

「かねてより……」は、掛詞・縁語を駆使し、初めから別れの予感があった恋の終焉を嘆く歌となっている。ある時この歌を詠み得た加賀は、高貴な男性との恋とその破局という現実性を与えることによってこの歌の価値を高め、勅撰集などに入集したらすばらしいと考えて、長年この歌を公にせず持っていた。そしてその企ては、花園左大臣源有仁という当時最高の花形貴公子を恋人とすることができた時、見事に実現した。やがてこの歌を詠むにふさわしい状況となって、つまり有仁に飽きられた時、この歌を有仁に送ったところ、有仁は大変心打たれた。世間でも評判となり、この歌は『千載集』に入集し、「伏し柴の加賀」と呼ばれるほどになった、というのである。院政期を舞台とする歌徳説話であり、ある秀歌が詠まれ、温存され、ある時を期して披露され、大きく飛躍してある権威を帯びて勅撰集世界に取り込まれていく変貌のさまを見事に捉えている。この話が事実に基づくものかどうかは確実ではないが、『今物語』には事実無根の説話は少なく、多くが事実性があるエピソードの反映なので、このようなことがあったのだろう。

『今物語』では勅撰集に入集するに至ったことに話の主眼があるが、おそらくこのように、ある秀歌を詠み得た時に作者がその生かし方を考えるということは、時にあったのではないだろうか。その一つとして、物語の和歌があったかもしれないと想像する。

なぜなら、物語ほど作者の自由になるものはないからである。現実の贈答歌は、場面や相手との関係性によって大きく制約されるし、現実にその場面を待つには、『今物語』に「年ごろ詠みて、持ちたりける」とあるような忍耐が必要である。屏風歌や歌合などの歌は、歌題・テーマが決定されている。けれども物語にはそうした制約がない。物

語の作者はいかようにも物語の展開をすすめることができる。登場人物をどのような性格にし、恋をどのようにすすめ、歌をどのように詠ませるかは作者の自由であり、作者は自在に人や状況を操ることができ、詠む和歌では男性にも女性にも化身することができる。ある優れた和歌が先にできて、それをもとに構想される場合もあったかもしれない。(2) 物語和歌の自在さは、歌人かつ物語作者である作家にとって、大きな魅力であったと想像される。

それゆえに、また複層的なさまざまな理由によって、『源氏物語』では独詠歌は勿論のこと、贈答歌も、宮廷生活の日常の会話的・社交的な贈答歌や即詠の贈答歌から抜け出て、二者間のコミュニケーションだけではない、普遍性、象徴性、共有性を強く帯びる場合があると思われる。勿論それはすべてではなく、『源氏物語』には会話的・即興的な贈答歌もあるが、それだけではない表現性をもつ贈答歌が、『源氏物語』には多いように感じられる。

物語における和歌とは、そもそもどのようなものなのだろうか。この素朴な疑問から始めてみたい。以下では、『源氏物語』の贈答歌を中心に、当時における贈答の場の実態と、物語和歌との乖離をみていくことになる。

二　ほのかな声

当時の最上層の貴族たちは、古歌の断片によって会話をし、意志を通じ合う。それが風雅の嗜みある上流貴族の資格であった。それは光源氏から中流の女性たちへの視線として、「くつろぎがましく、歌誦じがちにもあるかな」(帚木巻)という、上からのやや皮肉めいた批評によっても想像できる。また『枕草子』第一七七段、「宮にはじめて参りたるころ」の段で、定子や伊周らが古歌の共有を前提として古歌の一節を引きながら会話する様子を聞き、清少納言

は「物語にいみじう口にまかせて言ひたるに、たがはざめりとおぼゆ」という感想をもらしている。これは、物語の主人公たちは自在に古歌による会話をしているが、現実にもあったのだという感嘆とみられる。

では次に、『枕草子』で和歌の贈答の場を見てみよう。五節の日の場面である。

小兵衛といふが赤紐の解けたるを、「これ結ばばや」といへば、実方の中将、寄りてつくろふに、ただならず、

　あしひきの山井の水はこほれるをいかなる紐の解くるなるらむ

と言ひかく。年若き人の、さる顕証の程なれば、言ひにくきにや、返しもせず。そのかたはらなる人どもも、ただうち過ぐしつつ、ともかくも言はぬを、宮司などは耳とどめて聞きけるに、久しうなりげなるかたはらいたさに、こと方より入りて、女房のもとに寄りて、「などかうはおはするぞ」などぞささめくなり。四人ばかりを隔ててゐたれば、よう思ひ得たらむにても言ひにくくし、まいて歌よむと知りたる人のは、おぼろけならざらむは、いかでか。つつましきこそはわろけれ。よむ人はさやはある。いとめでたからねど、ふとこそうち言へ。爪はじきをしありくが、いとほしければ、

　うは氷あはにむすべる紐なればかざす日影にゆるぶばかりを

と、弁のおもとといふに伝へさすれば、消え入りつつえも言ひやらねば、「なにとか、なにとか」と耳をかたぶけて問ふに、少し言どもりする人の、いみじうつくろひめでたしと聞かせむと思ひければ、え聞きつけずなりぬるこそ、なかなか恥隠るる心地してよかりしか。（第八六段）

局で五節の準備をしている時、小兵衛という女房が、実方中将に御簾際で歌を詠みかけられるが、周囲の皆が耳をすまして返歌を待っているのに、人が多くいる場面でしかも歌人として名高い実方が相手とあっては、若い小兵衛は気後れして返歌ができず、傍らの女房たちも助けなかったので、沈黙が続き、「どうしてこんなに返歌をしないのか」

とささめく人もいた。四人ほど隔ててすわっていた清少納言がとっさに代わりに返歌を作り、弁のおもとという女房に伝えて実方中将に向かって言わせようしたが、弁のおもとはうまく言えず、実方が「何ですって、何ですって」と問い返すが、少しどもる癖のある弁のおもとが殊更にひきつくろい気取って聞かせようとしていたため、実方は結局聞き取ることができずに終わってしまった、という話である。このように、御簾際の内外で贈答される場合でも、女の声で詠じられる歌は、御簾のすぐ外の男が聞き取れない場合があったこと、また宮廷女房でもとっさに返歌はなかなか詠めないものであったことがよくわかる。(3)ここでの実方と清少納言の歌は、まさしく社交的・機知的な会話の贈答歌である。

贈答歌をかわす場面では、このように男女は御簾際の内外という近接した位置にいる。逢瀬の場面は当然だが、そうではない場合も贈答する二人の距離はごく近いとみられる。『源氏物語』の胡蝶巻に、源氏と玉鬘が贈答する場面がある。源氏は玉鬘の部屋から帰ろうとし、庭を眺めやり、立ち止まって、「ませのうちに根深くうゑし竹の子のおのが世々にや生ひわかるべき」という歌を、「御簾をひき上げて聞こえたまへば」、つまり部屋の外からわざわざ御簾を引き上げて玉鬘に詠みかけた(胡蝶巻)。それに対して玉鬘は、「ゐざり出でて」、つまり御簾近くに膝行して出てきて、源氏に「今さらにいかならむ世か若竹の生ひはじめけむ根をばたづねん」と返歌した。玉鬘はわざわざ源氏に近づいて返歌をしている。このように口頭で贈答する二人の距離はごく近いのが普通である。貴族女性が歌を詠ずる声は、小さくほのかだからであろう。(4)

これらの記事は、現実の女性たちの声のありようを反映していると思われるが、『源氏物語』全体ではどうだろうか。『源氏物語』の贈答歌のあり方は、平安時代当時の贈答・習俗等の文化の実態を反映する面も多いが、すべてがそうとは言えないのではないか。

三　垣間見の非現実

和歌が贈答される場面を、垣間見の場から見てみよう。若紫巻で、小柴垣から源氏が少女(若紫)を垣間見する場面は、『源氏物語』の中でもよく知られている部分である。

日もいと長きにつれづれなれば、夕暮れのいたう霞みたるにまぎれて、かの小柴垣のもとに立ちいでたまふ。人々は帰したまひて、惟光朝臣とのぞきたまへば、ただこの西面にしも、持仏据ゑたてまつりて行ふ尼なりけり。簾少し上げて、花奉るめり。中の柱に寄りゐて、脇息の上に経を置きて、いと悩ましげに読みゐたる尼君、ただ人と見えず。四十余ばかりにて、いと白うあてに痩せたれど、つらつきふくらかに、まみのほど、髪のうつくしげにそがれたる末も、なかなか長きよりもこよなう今めかしきものかな、とあはれに見たまふ。

きよげなる大人二人ばかり、さては童べぞ出で入り遊ぶ。中に、十ばかりやあらむと見えて、白き衣、山吹などの萎えたる着て走り来たる女子、あまた見えつる子どもに似るべうもあらず、いみじく生ひ先見えてうつくしげなる容貌なり。(中略)

尼君、髪をかき撫でつつ、「梳ることをうるさがりたまへど、をかしの御髪や。いとはかなうものしたまふこそ、あはれにうしろめたけれ。かばかりになれば、いとかからぬ人もあるものを。故姫君は、十ばかりにて殿におくれたまひしほど、いみじうものは思ひ知りたまへりしぞかし。ただ今おのれ見棄てたてまつらば、いかで世におはせむとすらむ」とて、いみじく泣くを見たまふも、すずろに悲し。幼心地にも、さすがにうちまもりて、

伏し目になりてうつぶしたるに、こぼれかかりたる髪つやつやとめでたう見ゆ。

　生ひ立たむありかも知らぬ若草をおくらす露ぞ消えんそらなき

またゐたる大人、「げに」とうち泣きて、

　初草の生ひゆく末も知らぬ間にいかでか露の消えんとすらむ

と聞こゆるほどに、僧都あなたより来て、「こなたはあらはにやはべらむ。今日しも端におはしましけるかな。（下略）」

（若紫巻）

「簾少し上げて」という状態であるにもかかわらず、源氏は尼君、女房、少女の様子を子細に見てとり、彼女達の声をすべて聞きとっている。尼君は室内の中の柱に寄りかかってすわり、脇息の上に経を置き、女房たちがいて、童女たちは端近なところを出入りして遊んでいる。少女は尼君のそばにいる。そして尼君と、近くにすわっている女房が、少女の将来について贈答歌をかわし、それを源氏が聞いている。

　これは小さな家であろうが、この場面よりも前で「同じ小柴なれど、うるはしうしわたして、きよげなる屋、廊など続けて、木立いとよしある」と描写されており、一応母屋と渡殿をそなえ、庭には木立がある家であった。しかも簾をかなりおろしてあり、前述のように貴族女性は大きな声を出すことはなく、和歌も小さな声で交わし合う。僧都が「今日しも端におはしましけるかな」というような端近な状況であったにせよ、この家にめぐらした小柴垣の外側にいる源氏に、簾の内の尼上たちがかわす贈答歌が聞こえたであろうか。[5]というよりも、当然聞こえるものとして、読者に認識されていただろうか。それは疑問であるとせざるを得ない。つまりこれは、いわば物語の方法のひとつとして、普通ならば屋外で垣間見する人に聞こえるはずのない歌や言葉を、尼君の心情や状況を伝えるために現前させるという、一種の虚構化であり、共有化の装置ではないだろうか。

この和歌の贈答には、読者の前に(もちろん源氏の前にも)突然姿をあらわした尼君と美しい少女の境遇・状況が端的に表される。会話にもそれは示されているのだが、この贈答歌にはそれが集約されている。すなわち尼君は少女を愛し養育しているが、尼君が死を前にしており、少女の将来は安定しておらず、この後どうなるかも決まっていないような状況にあり、それを尼君が心配していること、尼君は少女の成長を見届けることができないのを痛切に悲しんでいること、贈答している女房はそれを深く理解しており、共に少女の養育にあたる立場にいること、彼らが『伊勢物語』をふまえつつこのような歌をすぐに詠むことができる教養ある貴族女性であること等を、端的に語っているのである。

屋外からの垣間見で、ここまで細かな内容が男の耳に届く場面は、『源氏物語』でほかに橋姫巻がある。橋姫巻で室内にいる大君と中君の会話が、透垣から垣間見する薫に聞こえているのは、若紫巻と同様に物語の女主人公となる女性が垣間見によって劇的に登場する場面として、特別な虚構化を行ったのかもしれないと思われる。なお夕顔巻で惟光は夕顔の家の様子を隣の家から垣間見し、仕える女たちの声も聞いているが、この家は非常に小さく、源氏が泊まった時も隣の家の男の声が間近に聞こえており、例外に属する。

同じ家の中にいて見る垣間見(覗き見)では、声も聞こえることがある。空蟬巻では、空蟬と軒端の荻が碁を打つのを見て、会話も聞いている。この時源氏は、南の隅の間の「簾のはさま」という位置に隠れて見ている。また椎本巻で、障子の穴から大君・中君を覗き見している薫には、屋内の近い距離なので、大君や女房の声が聞こえている。末摘花巻で源氏が末摘花の女房たちを垣間見る場面、宿木巻で薫が浮舟一行を垣間見る場面、浮舟巻で匂宮が浮舟たちを垣間見る場面、蜻蛉巻で薫が女一宮を垣間見る場面などでも声が聞こえているが、いずれも屋内からの垣間見なのである。

けれども、屋内からの垣間見においてすら、女性の声が聞こえないことは多い。次のような例にそれは明瞭である。野分巻で、南御殿の東の渡殿にいる夕霧が、「東の渡殿の小障子の上より、妻戸の開きたる隙」から偶然紫上を見ることになるが、紫上と女房の会話は夕霧の耳には届かない。そこへやってきた源氏と、紫上との会話は、源氏の言葉は夕霧に聞こえているが、紫上の言葉はまったく聞こえていない。

また、この少しあとの野分巻では、玉鬘を見舞う源氏のお供をしてきた夕霧が、隅の間の御簾をそっと引き上げて、源氏と玉鬘のようすを覗き見している。

女君、

吹きみだる風のけしきに女郎花しをれしぬべき心地こそすれ

くはしくも聞こえぬに、うち誦じたまふをほの聞くに、憎きもののをかしければ、なほ見はてまほしけれど、近かりけりと見え奉らじと思ひて、立ち去りぬ。御返り、

下露になびかましかば女郎花あらき風にはしをれざらまし

なよ竹を見たまへかし、など、ひが耳にやありけむ、聞きよくもあらずぞ。（野分巻）

光源氏と玉鬘は贈答歌を交わすが、夕霧には、玉鬘が「吹きみだる……」と詠んだ声はよく聞こえず、源氏が口ずさむのを聞いてその歌の内容を知る。女性が歌を詠ずる声は小さくほのかで、室内からの覗き見であってもそこに声が届かないことを示している。(6)

以上あげてきたような点から考えると、最初に述べた若紫巻の場面で、室内の中の柱あたりにいる女性たちが交わす贈答歌や会話が、小柴垣の外側から垣間見している源氏の耳にすべて届いたということは、物語の中においてすらも非常に異質なできごとであり、非現実の空気が漂う特別な設定であることがわかる。

垣間見については、早くに今井源衛の論[7]があり、物語だけではなく日記・説話・歴史物語の垣間見の例も網羅しつつ、表現と構想の手法を論じている。吉海直人[8]が「見る側の目に読者を同化することで、そこに読者参加型の劇場を虚構・幻視させる装置とし、それによって臨場感溢れる物語描写に成功したと言えよう。実際の垣間見では、対象や音声をクリアーにとらえることは至難の業であろうが、物語においては容易に読者に情報を提供する仕掛けになっている」と指摘するのは重要である。垣間見の論文は多いが、ダニエル・ストリューヴ[9]は『源氏物語』内の垣間見場面の変奏のあり方を秀逸に論ずる。

『源氏物語』の語りは全体に、諸氏の指摘が多くあるように、一人称と三人称の叙述が不思議な形で多元的に交錯している。けれども若紫巻の垣間見場面は、源氏の耳と眼を通して語る一人称の記述でありながら、その中に第三者の耳と眼のような幻視・虚構が入り込んで、物語の内と外とをつなぎ、俯瞰的な視点で、非現実でありながら現実のリアルさをもって、読者に対して語られている。まさしく物語とは、非現実の舞台の上で人の世の現実が読者に語られる劇場のようなものであり、劇場としての物語の中で、和歌がすべての人々に共有されていくのである。

四　劇場としての『源氏物語』の贈答歌

このような物語の中の和歌は、作中人物の心の声であるとともに、作者が状況を集約して読者に総体的に示し、解説するような役割と意味を担っているとみられる。人が表に出せない心中を表す独詠歌は勿論だが、贈答歌にもそうした役割があったのではないか。渡部泰明が座談会[10]において、和歌とは演技であるという主張の上で、物語の和歌に

ついて、「突然観客に向いて、観客に向かって語りかけるような演技の仕方だろうと思います。これはオペラやミュージカルなどを想像するといいような気がします」と発言している。私の考えも全く同じで、物語の中の歌、それも独詠歌だけではなく、贈答歌のように本来は二人の個人の間で交わされた歌でも、オペラや能のように読者(観客)に向けられる演劇性、それに基づく表現性と機能があり、それは当時の読者にも意識されていたのではないか。

垣間見の場面の歌を見てきたが、ほかにもたとえば、ある人物が死にゆく場面で和歌を詠むことも、虚構の物語の中での非現実と見るべきであろう。現実の世界では、たとえば、中世において最も著名な歌人の父子である藤原俊成と藤原定家の臨終の場面が、それぞれ記録に書かれて伝わっているが、[11]彼らですら最期の時に辞世の和歌を詠ずることはしていないし、できなかったに違いない。『源氏物語』では、桐壺巻でそれまで一首も歌を詠まなかった桐壺更衣が、会話もままならぬ瀕死の状態で帝に歌を詠みかける。[12]また御法巻では、病で力つきた紫上が、自らの生涯を凝縮するはりつめた歌を光源氏と明石中宮に詠みかけ、三人が唱和した後に、はかなく息絶える。当時の読者は、死にゆく彼女たちがそのように歌を詠み得たと、このまま受け取ったのであろうか。そうではないだろう。例えて言えば、ヴェルディのオペラ「椿姫」で、死の床に臥すヴィオレッタが、アルフレード、アルフレードの父との三重唱を朗々と歌った後に息絶えるように、これらは劇場としての物語における、非現実の要素を持つ贈答歌、唱和歌であると思われる。

土方洋一は『源氏物語』の「画賛的和歌」と呼ぶべき和歌に注目して論じている。[13]それは、『源氏物語』の中で独詠歌とも見られてきたが、人物の心中または発語であることが明示されない、地の文の合間に浮かぶような歌であり、「その場面の中心人物の内面の表現であると同時に、その場面を外側から俯瞰し、抒情的側面としての意味を確定していくような機能」があると指摘する。またこのような場面から超脱した〈詠歌の場をもたない歌〉の検討から、「『源

氏物語』の作中歌は、単に作中人物の発話の一変種というだけのものではなく、散文部分と拮抗し、散文部分の叙述を集約し、緊張させ、そこにあることばの世界に化学反応をもたらして一瞬にして結晶化させる大事な触媒のような機能をもつ(14)」と指摘する。一方山本登朗(15)は『伊勢物語』を中心に、このように散文と和歌が連接される形式は『源氏物語』以前の私家集にも見られ、『伊勢物語』を経て『源氏物語』で発展深化されることを、先行の論をふまえつつ述べている。こうした和歌は、両氏によって、語り手の意識が作中人物の内面に接近した所で生まれると指摘されている。

本稿では通常の贈答歌を問題としており、これらの論とは対象が異なる場合もあるが、ある面で関連していると思われる。語り手が作中人物の心情に深く接近すると、作中人物が物語の語り手のような役割をも吸収しながら、贈答歌を詠ずる形となるのではないか。ゆえにオペラのような機能になるのだと思われる。読者にのみ明かされる心内の独詠歌や、誰にも知られるはずのない歌などは特にそうした性格を有していよう。けれども普通の贈答歌の形をとっている歌ですらも、時にそうした性格を帯びるのではないか。『源氏物語』の和歌は、王朝社会における現実の贈答歌とは異なる、物語和歌に特有のあり方、方法と表現をもち、現実のあり方と乖離する面を強く形象して見せている場合があると考える。

また関連する論として、『源氏物語』の語り手のことば(草子地)を和歌に関わる面から論じた高田祐彦「語りの虚構性と和歌(16)」がある。独詠歌の「伝承経路への疑問ないしは韜晦ともいうべきことば」が語り手から発せられていることに注目し、「作中人物に属する歌を、語り手の限界を超えて語る方法を編み出すことによって、作者は読者と新たな関係をとりむすぶことに成功したのであった」と述べ、そこに対読者空間が開かれていることを論じ、同じく歌を語る歌物語などとは異なる、語りの構造を読み解いた。

自明のことかもしれないが、そもそも物語には、物語上の手法としての非現実の様式や表現性をもつ贈答歌、独詠歌が多いと考えられる。これまでみてきたように、垣間見の場面で垣間見する人に聞こえるはずがない贈答歌、あるいは臨終の場面で死にゆく人と交わされるはずのない贈答歌・唱和歌などが、登場人物以外のものの俯瞰的な視点によって、あえて物語の中核として置かれていることに、こうした物語和歌の異形の性格、語りの方法が鮮明に浮かび上がるのではないだろうか。

このような『源氏物語』和歌の特異性・逸脱性をあらわにしていくためには、土方論・高田論などのような分析が王道的方法であると思われるが、一方では、受容の側から、つまり中世歌人の眼を通して考えてみることも有効かと思われる。例えば新古今歌人たちは、本歌取りの際に、宮廷で贈答歌が極めて隆盛した『後撰集』時代などの、『後撰集』や私家集所載の数々の現実の贈答歌を、たとえば著名歌で言えば「わびぬれば今はた同じなにはなる身をつくしてもあはんとぞ思ふ」(『後撰集』恋五・九六〇・元良親王)等を本歌に用いることもあるが、それは数首に留まり、それよりもはるかに多くの、虚構の『源氏物語』の贈答歌を本歌として用いている。(17) この現象は重要ではないだろうか。古典主義に基づく古典回帰、あるいは王朝物語的雰囲気の醸成というだけではなく、おそらくは、『源氏物語』の和歌の劇場性、共有性、俯瞰性、普遍性が深く関わると考えられる。

『源氏物語』の和歌・引歌については、秋山虔、鈴木日出男、小町谷照彦、伊井春樹ほか多くの研究の蓄積がある上で、さらに近年は新たな問題も含みこんで大きく展開されていく過程にあるとみられる。物語は、現実の制度や枠組の反映である部分と、現実から故意に遊離させた部分とを綯い交ぜにもっている。近年の『源氏物語』研究では、歴史的史実や宮廷の制度・儀礼などについて、歴史学の成果を汲み入れ、史実との重層や展開、ずらしなどが鮮明に

なってきている。一方で物語内の和歌については、歌ことばの表現史の検証から多くの成果がありつつも、物語和歌そのものの機能や位置づけなどについて、まだ今後考えていくべきことも多いのではないか。私たちは千年以上も離れた時代に生きていて、当時の読者には自明のことが、自明であればあるほどわからなくなっている。それを手探りしながら、本稿のような愚直な考証を重ねることも無駄ではないだろう。

以上のように、この前の第二章は現実の必要性を吸収していく物語テクストの特質、この第三章は非現実の舞台の上で展開される虚構の物語和歌の特質について論じたもので、いわば表裏の関係にあるが、いずれも物語を語り、物語のリアリティと虚構を動かしていく女房の存在が背後にあり、これらを統合し、俯瞰しつつ語りまとめていくのである。

（1）　田渕句美子『中世初期歌人の研究』(笠間書院、二〇〇一年)。
（2）　視点は異なるが、清水婦久子は、『源氏物語』の巻名は題のように与えられ、「題に基づいて物語が構想され、歌物語と同様に歌を発端にして場面が作られた」と推定する。『源氏物語の巻名と和歌』(和泉書院、二〇一四年)参照。
（3）　『源氏物語』では、返歌ができない人は末摘花などに限られていて、ほとんどの人々は縦横に古歌を引用しながら会話したり、いとも容易に返歌を詠んだりしているが、それは現実そのままではなく、あるべき理想の姿として描かれていることが理解される。
（4）　女性の声については、第一部第五章で総合的に論じている。
（5）　『源氏物語』の中においても、尼君と女房がかわした贈答歌の措辞をふまえた歌を、光源氏が詠みかけたことを、尼君が「かの若草を、いかで聞いたまへることぞ」と不審に思う場面が描写されている。

(6)　ここで玉鬘に対して源氏は返歌「下露に……」を詠むが、すでに夕霧は立ち去ったあとであり、返歌は夕霧が聞いているのではない。ここに突然物語の語り手の女房があらわれ、源氏の歌を聞いて読者に伝え、自分の耳のことを「ひが耳にやありけむ…」と韜晦しながら、「聞きよくもあらず」とコメントを加える。周知のように語り手の女房がこのように草子地の形で頻繁に姿をあらわし、コメントなどを述べるのは『源氏物語』の大きな特徴であり、女房のメディアが全体を覆っているのだが、ここでは返歌が語り手(女房)の耳をのみ通して提示されるという構造になっている。

(7)　『王朝文学と源氏物語』(今井源衛著作集1、笠間書院、二〇〇三年)。

(8)　『「垣間見」る源氏物語』(笠間書院、二〇〇八年)。

(9)　「垣間見——文学の常套とその変奏」(『源氏物語の透明さと不透明さ』青簡舎、二〇〇九年)。

(10)　土方洋一・渡部泰明・小嶋菜温子による座談会「『源氏物語』と和歌——「画賛的和歌」からの展開」(『源氏物語と和歌』青簡舎、二〇〇八年)。この座談会は、『源氏物語』と和歌についての示唆に富む発言が多い。

(11)　俊成は『明月記』元久元年十一月三十日条によって、定家は「七七日法要表白文草稿」(佐藤恒雄『藤原為家研究』笠間書院、二〇〇八年)によって知られる。

(12)　上野理「物語の和歌」(『源氏物語とは何か』源氏物語講座1、勉誠社、一九九一年)は、「辞世の詠出は、現実の世界ではなかなかに困難であり、その例も多くはない。他人に歌いかけた辞世となると、その例はさらに減少しようが、物語では登場人物にしばしば辞世を詠ませている」として、『古事記』や『伊勢物語』の例をあげている。

(13)　『源氏物語のテクスト生成論』(笠間書院、二〇〇〇年)、「物語作中歌の位相」(『源氏物語と和歌世界』新典社、二〇〇六年)、「『源氏物語』と「和歌共同体」の言語」(『源氏物語の透明さと不透明さ』前掲)など。

(14)　「『源氏物語』作中歌の重力圏」(『アナホリッシュ国文学』四、二〇一三年九月)。

(15)　『伊勢物語論——文体・主題・享受』(笠間書院、二〇〇一年)、「散文と和歌の連接」(『むらさき』五一、二〇一四年一二月)。

(16)　『源氏物語の文学史』(東京大学出版会、二〇〇三年)。関連する論に「虚構の和歌の可能性——物語の文脈との関係」

（『中古文学』八八、二〇一一年一二月）がある。

（17）　第五部第三章参照。

第三部　中世歌道家の女房たち——歌壇と家と

第一章　俊成卿女——先端の歌人として

宮廷女房の生涯は、歌壇で活躍する女房であっても、公私ともに不明な部分が多いのが普通である。しかし藤原定家の日記『明月記』には、女房たちの動きが詳細に書き留められている。定家の姉妹(つまり俊成の娘)十一人が禁色を許された女房であり、後白河院、八条院、高松院、上西門院、建春門院、前斎院(式子内親王)、承明門院に仕え(巻末系図参照)、定家の姪である俊成卿女は後鳥羽院・順徳院に仕えた。定家の娘民部卿も後鳥羽院・安嘉門院・中宮竴子の女房、そして後堀河天皇典侍となっている。この頃の御子左家は、歌道家に加え、女房の家と言ってもよいほど、家の女性たちが女房として活躍した。定家は『明月記』に彼女たちの動静を細やかに書き記している。本文的にも『明月記』の自筆本が多数伝存しており、正確に知ることができることは大きい。『明月記』の記述は、彼女たちの生涯を写しているだけではなく、この時代の女房たちを考える上で、多くの示唆を与えてくれる。この第三部では、俊成卿女と民部卿典侍因子を取り上げる。まず本章では、新古今歌壇の先端で活躍し続けた歌人俊成卿女の伝記考証を中心に、これまでの誤解を訂しつつ、その生涯について論ずる。

俊成卿女についての研究としてまず挙げるべきは、森本元子(1)の一連の研究である。この研究の水準の高さは、今もなお揺ぎようがない。その後、俊成卿女の和歌に関する研究は、渡邉裕美子(2)などによってさらに深められ進展してい

るが、俊成卿女の伝記面での研究は、森本以後ほとんどなされていない。本稿は森本の研究から多大な学恩を蒙っているが、『俊成卿女の研究』から四半世紀以上が経った現在、『明月記』等を読み直し、付け加えるべきこと、訂正すべきこともある。夫源通具や定家との関係等にも注目しつつ、俊成卿女の生涯について、『明月記』等を用いながら伝記考証を行っていく。

一　『明月記』正治二年正月三日条の再検討

「俊成卿女」は女房名であり、実は俊成の女ではなく孫女であって、俊成女である八条院三条の娘であり、父は盛頼であることは、石田吉貞[3]・森本元子によって明らかにされており、その後に見出された早稲田大学蔵『続古今和歌集目録』[4]の記載にも「皇太后宮大夫俊成女八首　実孫女　前尾張守盛頼女」とある。俊成卿女は当初は宮廷女房ではない。源(土御門)通親の二男通具と結婚したのは、建久三年(一一九二)以前、およそ建久元年前後であり(森本元子)、同五年に女子が、正治二年(一二〇〇)に具定が誕生した。

さて、夫通具が新たな妻の按察局と結婚したのは、これまで正治元年秋冬ごろとされてきた。その論拠とされてきたのは、『明月記』正治二年(一二〇〇)正月三日条である。

御参内之間、太理奉逢陣、自取笠〈此間雪降〉、坐地上、
件卿新妻典侍、今日参内云々、車馬如雲、宗行扈従、

石田吉貞[5]は、この条の「太理」を通具とし、その新妻である典侍が賑々しく参内するさまであるとした。谷山茂[6]もこ

れを踏襲して言及し、森本元子はこれをもとに、通具と按察局との結婚は前年の正治元年の秋冬ごろと推定した。山口逵子[7]もこれに基づきすべて立論し、以後後藤重郎[8]、部矢祥子[9]、そのほかにより踏襲されている。しかしこの条は、通具と按察局をさすのだろうか。

まず、通具はこの時まだ太理(検非違使別当)ではない。通具が太理となるのは建仁三年(一二〇三)である(『公卿補任』)。しかも正治二年当時従四位上であって、「件卿」とも呼ばれ得ない。このときの太理は藤原宗頼(従二位権中納言)であり、この直後、正月二十二日に太理を辞している(『公卿補任』『明月記』同日条)。これまで、通具が新妻按察局とともに参内したと解されてきたこの『明月記』正治二年正月三日条は、通具ではなくて、藤原宗頼の新妻の兼子(のちの卿二位)が参内したことを示す記事であると考えられる。周知のごとく、宗頼は後鳥羽院の近臣であり、卿二位(範兼女兼子)は後鳥羽院時代に絶大な権勢をふるった女房として知られている[10]。この前年の正治元年ごろに宗頼と結婚したらしく、この正治二年正月五日には「宗頼夫妻」と見えている(『明月記』同日条)。また「典侍」については、兼子は建久十年(正治元年)正月に典侍となっている(『猪隈関白記』『明月記』)。『明月記』ではこの前後、「典侍兼子〈卿局也〉」(同年正月三十日)、「卿典侍」(同年四月十三日条・十二月五日条、正治二年十二月十四日条)と再三記す。按察局も、土御門天皇の乳母であるから(『尊卑分脈』)、おそらく典侍となった可能性はあるが、この条の「典侍」はまず兼子として良いであろう。

また、従来使われてきた『明月記』国書刊行会本では「宗門扈従」となっているが、定家自筆本の影印では、明らかに「宗行扈従」である。宗行は行隆男であるが一門の宗頼の子となって、父宗頼とともに後鳥羽院の側近となった。宗行が扈従していることからも「件卿」が宗頼であることは確実であると考えられる。

これまで俊成卿女の研究の中で、按察局の権勢をさすものとして扱われてきた「車馬如雲」は、他の多くの箇所と

同様に、兼子の絶大な権勢を記すものなのである。一方、按察局は能円女・能保室であり、その係累は政界に大きな位置を占めているが、按察局自身は特に権勢を持つ女性ではなく、土御門天皇の四人の乳母の一人に過ぎない。[11]

このように、『明月記』正治二年正月三日条は通具と按察局ではなく、宗頼と兼子であると断定して誤りないとすると、俊成卿女の伝に関して、大きな変更がもたらされることになる。通具と按察局との結婚は、この記事をもとに正治元年(一一九九)秋冬頃と推定されてきたが、そうではなくて、それより約二年、後にずれるのではないか。これについては第三節でさらに述べる。

二　俊成卿女と通具――正治二年―建仁元年

正治二年(一二〇〇)二月二十一日の早朝、俊成卿女の母であり、定家の同母姉にあたる八条院三条(五条尼上)が没した。翌二十二日条の中に次のようにある。

即向冷泉油小路権弁宅、即相逢、所相示大略同前、時行之条更不存知、(中略)所被語事甚多、不遑記、今夜葬送云々、此人深恩難謝之由被相示、聞之催悲涙、無程退帰、

この「権弁」は、『弁官補任』によれば建久九年(一一九八)権左中弁に任ぜられた通具であろう。この直後の三月六日、通具は左中将、蔵人頭となり、弁を去る(『弁官補任』『明月記』三月七日条)。通具は冷泉油小路に邸があり、定家はそこを訪れ、八条院三条が時行で没したため、仏事を修するかどうかなどを通具と話し合う。俊成卿女もこの時この冷泉油小路宅で、通具と同居していたとみられる。通具は妻の母への「深恩難謝之由」を述べ、定家もそれを聞いて悲

しみの涙を流した。この夜葬送が行われた。そして閏二月二十四日条には「早旦権弁送消息云、今日五七日也、来訪乎、愁領状了、(中略)仏事已始了云々、尚書於簾中被招入、(後略)」とあり、この権弁・尚書も通具であろう。この五七忌には通具、定家、公仲(俊成卿女の妹の夫。つまり通具と同様に八条院三条の娘婿)ほか多数が出席した。俊成卿女ら女性達の名はないが、当然出席していたに違いない。また三月九日にも八条院三条が住んでいた五条邸で七七忌が行われ、俊成、定家、通具、羽侍従(公仲)、隆信子息たち、その他数人が出席した。この日のことは前少将(故人の夫盛頼)が行った。また「頭中将上今夜還冷泉云々、以老女房、達事由了、両度来向、為悦之由有返事、中陰如夢過了」(同日条)とあり、「頭中将上」は俊成卿女をさす。このように通具は、故人八条院三条の娘婿として、故人への思いを定家に語り共に悲しみ、その仏事を取り仕切っているのである。

さて、この正治二年に行われた『正治初度百首』については多くの論があり、これを契機に後鳥羽院歌壇が始まったことは周知のことである。俊成は定家をその出詠者に加えてくれるように、通具を通して何度も通親にはたらきかけたことが『明月記』から知られる。

五六度付頭中将、達内府、人数被定、難加之由答之、仍被進仮名状、(後略)　(八月十日条)

通具に依頼したのは、通具室である俊成卿女の存在があったからだろう。結局通親が容れるところとはならず、俊成が後鳥羽院に仮名奏状を提出し、院が認めて参加が実現し、後鳥羽院は定家の歌に魅了されることとなる。

次の条は、通具と俊成卿女について論じられる時によく引用される部分である。[12]

静閑梨来、一日一巻、返送頭中将許了、
彼家密々歌合也、可判之由有命、仍注付之了、
其歌尤宜、是室家所詠歟、　(正治二年九月二十八日条)

この記事と歌合切の「通具俊成卿女五十番歌合」との関係については諸説あるが、[13]ここではそれには立ち入らない。いずれにしても、これまでは、通具と按察局との結婚が正治元年とされていたために、この時点で俊成卿女について「室家」と書かれるのは不審が持たれ、通具との微妙に不安定な関係の中でこの歌合が行われたかとも理解されていた。しかしこの時点では俊成卿女は通具の「室家」にほかならないので、そうした疑問は氷解する。またこの正治二年は通具との間に一男具定が誕生した年でもあった。

さらに翌建仁元年(一二〇一)にも、俊成卿女を「宰相中将妻」と記す記事がある。ここでは、国文学研究資料館寄託田安徳川家蔵『明月記』によって本文を掲げ、想定される本文を右傍の( )内に記した。

　四日　天晴、
　暁更参御所、御拝訖後云云、仍退出、
　日入之後参上、秉燭以後参御拝、、(云々)、、
　入夜有召馳参、五十首歌三巻読上、可合点之由有仰事、御製、左大臣殿、女房〈宰相中将妻〉歌云云、乍恐依仰於御前評定、宰相中将〈公経〉、左中弁等在御前、沙汰訖退出、[14]

これは『明月記』の「建保五年十一月記」の中の条である。これは正治・建仁頃から建保元年までの記事と推定される『明月記』逸文・断簡等を、あたかも建保五年十一月の一日—三十日であるかのようにつなぎ合わせている一冊であり、近世書写の『明月記』の写本の中の一冊として伝存している。[15]『明月記』の逸文・断簡がさかしらに継がれたものであるが、多くの興味深い記事を含んでいる。この田安徳川家蔵本のほか、滋野井家旧蔵谷山茂蔵本・東京大学史料編纂所蔵徳大寺本・東京大学総合図書館蔵野宮本の『明月記』などにもある。本文はこの四本間で多少の字句の異同はあるものの、大きな相違はない。各日条の内容と年月日の推定は谷山茂が行っており、この四日条は、「仙

洞句題五十首」であり、谷山は建仁元年十二月下旬と推定する。[16]ちなみにこの「建保五年十一月記」の一日条は、谷山により正治三年(建仁元年)正月一日と推定されているが、年始挨拶の記事の中に「次向頭中将許、主人被出了、以女房達事由」とあり、定家は頭中将通具邸をも訪れたが不在であったため、「女房」に伝えている。

谷山の推定通り、前掲四日条が「仙洞句題五十首」の和歌をさすことは間違いないであろう。この「宰相中将妻」は通具妻の俊成卿女であり、この建仁元年時点でも通具妻であったことを示すものである。

なお、この条は「仙洞句題五十首」の成立に示唆を与えるものである。細かな成立過程には詳しくは立ち入らないが、私見を少々述べておく。これまでの諸論[17]で、当初は後鳥羽院と良経だけの企画であったとされているが、この記事を見る限り、俊成卿女の詠進歌もそれらと同時に成立しており、後鳥羽院は先に詠じられた三人の五十首歌を、試みに定家に評定させたと想像される。谷山茂は続群書類従本などの本五十首に付された「建仁元年十二月」という標記や、十月五日以降は熊野御幸であること、十一月記事の現存状況などから、十二月下旬と推定したが、むしろ熊野御幸前の九月末という可能性が高いのではないだろうか。諸氏の指摘にもあるように、『後鳥羽院御集』には「建仁元年九月五十首御会」とあって後鳥羽院は九月に詠んでいる。『拾遺愚草』は「院句題五十首　建仁元年十一月」としており、定家は十一月に詠作したらしい。そして『明月記』建仁元年九月は『明月記　歌道事』にある二十六日条があるのみだが、そこには次のようにある。

廿六日、巳時許依召参大臣殿、五十首御歌〈此間又被進題、他人不入其事云々〉、自院被忩仰、仍欲進、可見之由有仰、加愚眼返上、少々猶可有御案之由申之、自余殊勝如例、

定家は良経にその五十首歌を見せられ、少々意見を述べて再考すべき部分を示したが、他の部分はいつもと同様に優れていたと記す。ここに後鳥羽院が良経に「院被忩仰」急ぎ詠進するよう命じたとある。院は既に自詠五十首を詠み

終えていて、それを良経歌と比べたかったのではあるまいか。後鳥羽院は良経詠進後すぐさま、今手元にある三人の詠進歌三巻を、定家に御前で評定させたのであろう。だから「院被忩仰」という記述が納得される。前掲の条はこの二十六日条の後の二十七—三十日、もしくは遅くとも熊野御幸に出発する前の十月四日以前に位置するものではないだろうか。そして熊野御幸から帰洛した後、他の三人の詠が出揃い、歌題別に集成されたのが、諸伝本にある建仁元年十二月であったのではないかと考えられる。

本題に戻り、「仙洞句題五十首」はこの条に「五十首歌三巻読上、可合点之由有仰事、御製、左大臣殿、女房〈宰相中将妻〉歌云云、乍恐依仰於御前評定」とあることから、後鳥羽院歌・良経歌とともに俊成卿女の歌が後鳥羽院の御前で読み上げられ、公経・長房もいる場で、院の命により定家が評定してそれに合点を加えるという形であったことが知られ、それは新進歌人としてこの上ない栄誉であったに違いない。俊成卿女がすでに得ていた特権的な位置が知られるのである。『明月記』元久二年(一二〇五)三月二日条によれば、後鳥羽院は、定家・家隆・俊成卿女の歌を各々部の巻頭に置くように指示し、俊成卿女の歌はこの「仙洞句題五十首」中の一首、

下燃えに思ひ消えなん煙だにあとなき雲の果てぞ悲しき

が巻十二・恋二の巻頭に置かれた。俊成卿女自身、後年家集を自撰するにあたって、『千五百番歌合』とともに「仙洞句題五十首」から多数の歌を撰び入れている。

この建仁元年時点で、俊成卿女は、後鳥羽院・良経と並ぶような歌人として、後鳥羽院の高い評価を受けていたことが明らかとなる。後でも触れるが、俊成卿女は院女房として出仕する以前から多くの和歌を詠進しており、建仁元年六月に詠進された『千五百番歌合』などで既にその位置を確たるものとしていたのである。繰り返すが、この時点ではまだ通具と按察局との結婚は行われておらず、俊成卿女はまだ院女房ではなく、通具妻であると推定される。

三　通具と按察局

通具と按察局との婚姻を明らかに示す記事は、『明月記』建仁元年(一二〇一)十二月二十八日条と推定される条である。この前後は錯簡がひどく、従来使われてきた国書刊行会本では十一月二十八日に置かれるが、前半は石清水での歌合であり、国立公文書館蔵本『石清水社歌合』に「建仁元年十二月廿八日」とあることなどによって、これは十二月二十八日条にあたると考えられる(18)。この石清水八幡宮で、定家は相公(宰相中将通具)と同宿となり、具親も交えてそこで雑談した後、共に山上に登って歌合に参加し、雑談の内容を後半部分に書き留めている。

宰相中将、今夜心閑雑談、新妻事等且語之、誠雖失当初本意、旧室更不可離別之由、有会尺詞等、若為実儀者、又内府之例也、不可為恨歟、近代之法、只為先権勢、何為乎、

定家と通具とはこの夜雑談し、そこで通具は「新妻」のことも語った。前掲正治二年正月三日条は無関係であり、この建仁元年十二月二十八日条こそが、はじめて通具と按察局との婚姻を示す記事であると考えられ(19)、ここからさほど遡るとは思われない。通具が「新妻」を迎える(もしくは迎えた)のは、この建仁元年の秋冬、もしくは翌二年初めごろだったのではないだろうか。前述の「建保五年十一月記」所収「仙洞句題五十首」の記事が建仁元年九月末のものとすれば、その時点で俊成卿女はまだ「宰相中将妻」と記されており、これ以後に按察局との結婚のことが持ち上がった可能性もある。

ここで通具は、当初の本意と違うことになってしまったが、「旧室」つまり俊成卿女を離別するつもりは全くない

と言う。離別はしないと明言していることは注意するべきであろう。定家は「内府之例」もあるから「不可為恨歟」と言う。定家が「内府之例」と言うのは、通具父である内大臣通親が、はじめ花山院忠雅女と結婚し、一男通宗をもうけ、やがて平氏の隆盛期には清盛姪である平教盛女と結婚して二男通具をもうけ、やがて卿二位兼子の姉、後鳥羽院乳母である高倉範子と結婚して通光らをもうけたことをさすと考えられる。

定家は、こうしたことを踏まえて「近代之法、只為先権勢」と揶揄するが、通具と按察局の婚姻に関連して補足しておく。建久九年(一一九八)五月六日、通親一男で通具の兄、宰相中将通宗が三十一歳で急逝した。こののち二男通具は、正治二年(一二〇〇)左近衛中将、蔵人頭となった。この頃中将を望んでいた定家が、同年三月七日条に「蔵人頭通具〈任左中将、任意自在歟、去弁、年三十、勝於父兄〉」と記すほどの昇進ぶりであった。翌年参議となり、弟の通光(後に嫡男とされる)・定通(長兄通宗の猶子となる)・通方らと拮抗しつつ、土御門家を背負っていくこととなる。建仁元年(一二〇一)ごろのこうした通具の立場と将来の可能性を考えれば、按察局との婚姻は、権門の嗣子の一人としてはむしろ当然のなりゆきとも言えよう。なお、通宗女はのちに後嵯峨院の国母となる通子である。弟の通光の室は宗頼女と範光女、定通室は北条義時女、通方室は能保女であり、いずれも後鳥羽院と深く結びついた近臣たちや、幕府執権であった。[20]

按察局信子は、能円女、一条能保室であった。『尊卑分脈』具実の項に「母能円女、後鳥羽院女房按察局」、『尊卑分脈』能円女子の項に「信子　従二位能保卿室　後通通具　土御門院御乳母」、『公卿補任』具実の項にも同様に「大納言通具卿二男　母院女房按察局　法印能円女」とある。また、『明月記』建暦三年八月二十日条(後掲)には「按察三位」とあり、三位に叙せられている。天皇の乳母は三位に叙せられるのが通例であった。按察局は能円女であるが、周知のように範兼女範子は、能円との間に在子(承明門院)をもうけ、のちに範子は通親と結婚して通光、定通、通方

らをもうけた。按察局は承明門院在子の姉妹であり、在子の生んだ土御門天皇の乳母となったのである。
ところで前述のように、『尊卑分脈』には、通方（通具の弟。母は範子）の室、つまり中院通成らの母は、「能保卿女」とあるが、これは誰であろうか。『明月記』嘉禄三年（安貞元年・一二二七）十一月十三日条に、次のようにある。
雑人説、土御門納言室〈一条禅門女、母具実卿母〉、逝去云々〈赤斑瘡邪気相加、去夜丑時〉、
これによれば、土御門納言通方の室（一条能保女）の母が、具実卿母であると言う。すなわち通方室は、按察局がはじめ能保と結婚して生んだ娘ということになる。能保の死後、按察局は通具と結婚し、具実を生み、さきの按察局の娘は通具の異母弟である通方と結婚したのであった。これは通成が生まれる貞応元年（一二二二）以前のことである。もう一人、按察局が一条能保との間に生んだ娘がいたことが、『明月記』によって知られる。この大納言局は後鳥羽院に寵愛された女房であったらしい（建暦三年五月二十四日条・七月二十八日条・八月二十日条）。
院女房、通具卿後子、能保卿娘、大納言局、依腹病死去、年十九云々、母按察三位、入夜参院、俄而自川崎還御、
彼女房事一昨日云々、（八月二十日条）
彼女はこの建暦三年（建保元年・一二一三）に十九歳で没しているので、建久六年（一一九五）に生まれたことになる。能保は建久八年（一一九七）か九年に五十一歳で没したので、能保の晩年の子である。按察局はおそらく晩年の能保に嫁ぎ、少なくとも娘二人をもうけ、能保死後、通具室となったわけである。能保は周知のように頼朝の同母妹を妻とし、後鳥羽院の乳父でもある。能保女は何人かいるが、九条良経室、西園寺公経室など多くが権門に嫁ぎ、またうち一人は後嵯峨院（土御門院の子。母は土御門通宗女通子）の皇子円助法親王を嘉禎二年（一二三六）に生む。年齢的にこれも按察局が生んだ娘の一人という可能性もある。ちなみに後嵯峨院の乳母は通親女親子、乳父は通親男通方であった。
このように、土御門家、一条能保家、能円・範子らは、互いに幾重にも結びつきつつ後鳥羽院・土御門院を囲繞し

ている。通具と按察局との結婚は蓋し当然であったと言えよう。

四　後鳥羽院出仕――建仁二年

定家が通具から通具新妻のことを聞いてから約一か月後、押小路宅で俊成、定家、通具夫妻が会して、長時間「清談」したと言う。

向押小路万里小路〈伯宅〉、新宰相中将上許、入道殿渡御、相公被坐、清談移漏、退出、夕宿九条、

（建仁二年二月一日条）

ここには「新宰相中将上」とあり、まだ通具室としての立場であるが、ここ以降、すなわち後鳥羽院出仕以降は「妻」「上」「室家」とは書かれず、出家まで「押小路女房」もしくは「俊成卿女」と記される。『明月記』は明確に書き分けを行っているのである。

さてここで、俊成卿女と通具の家について述べておこう。「押小路万里小路〈伯宅〉」とあるが、伯とは神祇伯仲資王であり、建仁二年(一二〇二)正月一日条に次のようにある。

先参五条前斎宮〈当初自幼少居住旧宅也、宰相中将、与仲資王、相博押小路宅云々、仍為此宮御所〉、謁女房退出、(21)

この押小路万里小路邸がもとは仲資王宅であったことは、『仲資王記』建永二年(承元元年・一二〇七)十月一日条で、(22)前夜の火事が「及押小路高倉、(中略)予旧家同灰燼歟」と言うことによっても確認できる。五条京極邸はもとは俊成夫妻が住み、定家の「幼少居住旧宅」であった。この正月一日条によれば「宰相中将」通具がそれを仲資王宅の押小

路宅と「相博」、すなわち交換したとあり、前掲建仁二年二月一日条以降は、押小路宅は俊成卿女の居所として『明月記』に見えるので、この頃から俊成卿女は押小路宅に住み始めたと推定される。この建仁二年(一二〇二)二月一日条では、通具もこの日この押小路宅にいるが、通具と共に住んだのではなく、基本的に俊成卿女のための住居かと思われる。この押小路万里小路宅が俊成卿女の所有なのか通具の所有なのかはっきりしないが、五条京極邸は俊成室の美福門院加賀の所有であり、八条院三条に譲られたと佐藤恒雄[23]によって推定されている。とすれば、それが長女俊成卿女に譲られて、建仁二年正月一日条にあるように、通具の世話で押小路宅と交換されたと考えて良いのではないか。

『明月記』建仁二年七月十三日条には「宰相中将與権門新妻同宿、旧宅荒廃」とあり、通具は新妻と同宿しており、元久元年(一二〇四)十一月二十七日条には「於今者女房已別宿云々」とあるので、元久元年には通具と完全に別居状態である。按察局は、通具と同居する正妻となり、建仁三年(一二〇三)の具実(母按察局。のち岩倉内大臣と呼ばれる)誕生が、通具嫡男誕生を意味することとなったのではあるまいか。この押小路万里小路宅は、建永二年(承元元年・一二〇七)十月一日未明の火災で焼失した。この焼失まで、俊成卿女はここに住み、「押小路女房」と呼ばれている。俊成卿女は、ここに俊成の子と言われる老媼を住まわせていたらしい(元久元年十二月二日条・建永二年九月十八日条)。

一方、通具自身の邸は、はじめ冷泉油小路にあった。正治二年二月二十二日に、定家が通具の冷泉油小路宅へ行き、三月九日に通具妻(俊成卿女)がその冷泉宅へ帰ったことは前述した。建仁三年二月十一日条に「依招請向宰相中将亭〈冷泉〉」とあり、この時は既に按察局と同居していたかもしれない(建仁二年七月十三日条に「権門新妻同宿」とある)。やがて通具は二条堀川を本邸としたらしい。冷泉と二条、油小路と堀川は隣接しているものの、冷泉宅が二条堀川と同じか否か、あるいは拡張したのかは判然としない。承元四年(一二一〇)その二条堀川邸が焼けたが(『猪隈関白記』四月一日条)、再建されたらしく、『明月記』元仁二年(嘉禄元年・一二二五)四月二日条にはその堀川邸で白拍子の会が行

われたことが見える。同年十二月二十七日に再び二条堀川邸が焼失し、嘉禄二年五月六日に新造されたのは二条堀川邸と思われる。

さて、俊成卿女は建仁二年(一二〇二)七月十三日、後鳥羽院の女房として正式に出仕した。この条については明月記研究会の注解[24]に詳しい。ここでは一部のみ掲げておく。

昏黒、向押小路〈万里小路〉宅、此女房、今夜初参院云々、此事始終尤似狂気、宰相中将、與権門新妻同宿、旧宅荒廃之間、依歌芸、自院有召云々、且又彼新妻露顕之時、此等事皆構申置歟、棄本妻、與官女同宿、在世魂之所致耳、事又雖非面目、宰相中将、一昨日可行訪之由相示、又入道殿、同可扶持之由被仰、仍所到向也、此人事、又先妣殊鍾愛、旁難見放之故也、但毎事相公羽林沙汰云々、内府又以入道殿御文挙申、已被聴禁色云々、頗為面目、亥時許、予寄車〈入道殿先是還御了〉、未被出以前、先参御所、車可寄高倉殿局〈内府妹云々〉、行其局、入道殊可扶持之由申、仍参入之由、触其局了、(中略)、参入之後予退出、依窮屈也、

(建仁二年七月十三日条)

俊成卿女はこの日正式に院女房となるが、それ以前から、歌人として、後鳥羽院歌壇の歌合・歌会に頻々と和歌を詠進し、高い評価を得ていた。これは『源家長日記』にも記される。これ以前は大臣家二男の北の方としての地位にありつつ、歌合等には出席せずに和歌を詠進するという立場であった[25]。しかし、そうした位置を離れて、この日から、「歌芸」、つまり和歌を職掌として後鳥羽院に出仕する院女房としての道を選んだのである。後鳥羽院の生活に奉仕する普通の女房ではなく、和歌の才能をもって専門歌人として院歌壇に出詠することが役づけられた女房であったとみられる。そして、この出仕をすべて通具が沙汰し、通親妹の高倉殿が世話し、通親の手配であらかじめ禁色も得ていた等のことは、この出仕が土御門家と御子左家の連携の上で綿密に計画され、土御門家が経済的社会的支援をする形

であったことを示していると思われる。通具が新しい妻を迎え、俊成卿女はその通具との繫がりを保ちつつ、その土御門家の庇護のもとに院女房として出仕し、これらのことをあらかじめ俊成も俊成卿女も了解している、という一連のできごとに対して、定家は「此事始終尤似狂気」と批判的に言っているのではないか。

土御門家の側から言えば、今これほどに和歌にのめりこんでいる後鳥羽院との繫がりを更に深めるために、俊成卿女の存在は重要であったと考えられる。通親・通具・通光ら土御門家の人々も和歌を詠むが、土御門家に拮抗する九条家のような家の歌壇と伝統は持たず、また九条家の左大臣良経ほどに類い稀な歌人はいなかった。いわば土御門家は早急に何らかの対抗策を行う必要があった。その一つとして、通親は正治二年からしきりに自邸で影供歌合を行っている。定家はこれらの通親家で行われる和歌行事には、いつもいやいや出席しており、俊成が行くから、俊成に命ぜられたから、また通具の慫慂によって、あるいは追従のため、仕方なく行くのだということを『明月記』に度々書き記している(正治二年十月十二日条・十三日条、十一月八日条、十二月二十六日条など)。この俊成卿女初参院の七月十三日条も全く同じような筆致であり、「宰相中将、一昨日可行訪之由相示、又入道殿、同可扶持之由被仰、仍所到向也、此人事、又先妣殊鍾愛、旁難見放之故也」のように、定家は、通具に頼まれたから、俊成に命ぜられたから、俊成室(定家母)が鍾愛していたから、と繰り返しているのである。

通親らはいわば土御門家を文化的側面から支えるものとして、優れた和歌の才能を見せ始めた俊成卿女の存在を重視し、後鳥羽院歌壇の名望ある女房歌人として役付けようとしたのではないか。土御門家の支援は、通具の新たな結婚の代償としてだけではなかったと思われる。むろん専門歌人としての出発は、俊成卿女自身が強く望むことでもあったと想像される。御子左家の側から言っても、土御門家との連繫のもとに、自家の女性を後鳥羽院歌壇に送り出すのは大きな名誉であっただろう。こうしたことをすべて含んで、俊成の判断と処世は老獪かつ現実的であり、俊成卿

女はむしろ野心的であり、定家はこれらのことを理解しつつも反発しているのではないか。定家の不快感は、通具個人にむけられたものというより、むしろこの状況全体に対して向けられたもののように感じられる。

これ以後の俊成卿女の後鳥羽院歌壇での歌人活動と活躍ぶりは、本稿では省筆するが、『明月記』は時折、それらを短く記している（建仁三年正月十五日条・八月十四日条、元久二年三月二日条、建永二年五月五日条）。前述のように、これらの記事では一貫して「俊成卿女」もしくは「押小路女房」「女房〈押小路〉」と記されているのである。

五　元久元年以降

元久元年（一二〇四）十一月二十七日、俊成の臨終に人々が集会した。

> 巳時許大理相具女房〈押小路〉被来、尤似有芳志〈於今者女房已別宿云々、今相伴如年来〉、共入臥内見参、（中略）大理於堂良久言談、及公事沙汰、三位中将公宣、一夜行幸落馬、難存命由有聞云々、未時大理被還了〈参臨時祭〉、

通具が押小路女房を連れて訪れ、今は既に別居しているが、昔のように二人で相伴って来たのは「尤似有芳志」であると定家は書いている。通具は堂において定家としばらく言談したのち、臨時祭に参ずるため帰って行った。

さて、建永二年（承元元年・一二〇七）、俊成卿女宅が焼失するという出来事があった。

> 天未明之間、巽方有火、驚見之、二条南、富小路東云々、良風甚利、自押小路、女房車被来、火已付其屋云々、車不懸簾事、依不便、自取簾懸其車、源中納言被来坐、天明日出、火猶盛、及源大納言宅〈高倉東、二条南〉、良久相儀、火滅之後、女房相具、渡盛[　　]〈伯耆前司〉宅、即可向石蔵云々、於大納言家、火止了、

（建永二年十月一日条）(26)

この日の未明に火事があり、その火元の二条南富小路東は俊成卿女の押小路万里小路宅に近く、俊成卿女宅は焼失し、高倉東二条南の通光邸にまで燃え広がり、ようやくそこで止まったという。この時俊成卿女は家に火が付いたあと、定家邸へ避難してきたが、車の簾もなく、定家は自ら簾を掛けるというありさまであった。身一つで焼け出されたような状態だったのではないか。源中納言通具が来て、三人で暫く話し合った。これは俊成卿女の当面の住居についてであろう。火が消えた後に俊成卿女と共に伯耆前司（源盛忠か）宅へ向かい、更にすぐ石蔵へ向かうと言う。石蔵は、通具が没後に石蔵に葬られたことが見え（『明月記』嘉禄三年九月四日条）、建久九年に没した兄通宗は通親家別邸のあった乙訓郡久我庄に葬られているから、石蔵には通具の別邸か山荘があったとみられる。また通具の子具実はのちに石蔵（岩倉）内大臣と呼ばれている（『公卿補任』『鎌倉遺文』）。

さて、建暦三年（建保元年・一二一三）二月七日の記事は、前月の正月二十日の俊成卿女の出家を示すとされている条である。

今日行向仁和寺公仲朝臣後家尼公家、件尼公予姪也、年来疎遠、自去年連々送書、可逢之由招請、遠路雖極無由、少年之時在一所、依不忘旧縁行訪之、（中略）、此人姉猪隈女房、去月十一日参籠日吉、七ヶ日退出、廿日出家、即籠天王寺之由、雖伝聞、依程遠未音信、今日委聞之、於出家者尤可然、年来猶遅引也、天王寺居住頗過分、還傍難出来歟、中終許帰家、

俊成卿女の出家については、第六部第四章でも少々触れているが、この出家後、通具はその男具定については世話しているけれども、社会的に通具と俊成卿女との関係は解消されたと言えよう。『明月記』の中でも出家後の二人の接触は述べられていない。

この「猪隈女房」という呼称は、管見ではこの一箇所だけであり、この部分の自筆本がないこともあって、やや不審もある。だが、公仲の妻が俊成卿女の妹であったことは、『明月記』元久元年(一二〇四)十一月二十九日条の俊成臨終の場面で自筆本に「公仲侍従女房〈大理女房弟也〉同来臨」とあることによって明らかであり、『翻刻 明月記二』が傍注で「予姪」とする通りである。また嘉禎元年(一二三五)十二月三十日条に、逐電した実瑜(公仲男)の母が「盛頼朝臣次女〈予姪也〉」とある。更に森本元子の指摘がある通り、『紫禁和歌草』二九六に俊成卿女出家のことが見え、これは建暦三年(建保元年)の歌群であり、この年に出家した可能性が高い。また同年閏九月十九日の『内裏歌合』の俊成卿女の詠には、出家を示唆する表現が見られる[27]。するとやはり「猪隈女房」は俊成卿女であると考えざるを得ない。建永二年(承元元年・一二〇七)の押小路宅の焼失後、「押小路女房」という呼称は見えなくなるので、それ以後出家まで住んだ場所であろうか。堀川通と猪隈通は隣接するので、二条堀川の通具邸の近辺という可能性もなくはない。

その後、俊成卿女は順徳天皇歌壇で出家後も活躍するが、『明月記』の中ではほとんど触れられていない。一箇所のみ、建保五年四月十四日条の後鳥羽院庚申御会で、出席しなかったが歌を詠進した歌人達の中の「尼公」は俊成卿女ではないかと思われる。

そして承久の乱後は嵯峨に住み、「嵯峨禅尼」(寛喜二年六月二十一日条・天福元年五月六日条)、中院尼上[28](天福元年十二月二十七日条)と呼ばれている。現存の『明月記』で俊成卿女に最後に触れるのは、この天福元年十二月二十七日条である。

又中院尼上〈三位侍従母儀〉、同被来訪、詠歌多有贈答等云々、

これは出家した定家の娘民部卿典侍との交友を示すものであり、『民部卿典侍集』に見える[29]。また『光経集』末尾にも嵯峨での光経との贈答がある。晩年の俊成卿女は、定家没後まもなく播磨国越部庄に下向してそこに住んだと言わ

れているが、下向の時期を正確に示す資料はなく、[30] 晩年ずっとこの地に住んだかどうかもあきらかではない。俊成卿女は後嵯峨院歌壇にも出詠しており、宝治元年(一二四七)九月の「院御歌合」、宝治二年の「宝治百首」、建長三年(一二五一)九月十三夜の「影供歌合」に出詠しており、越部から和歌だけを詠進していたのか、折々には上洛していたのか、全く不明である。しかし没したのは越部であったと思われる。

越部庄は揖保川西岸の細長い荘園であるが、俊成がそれを三分して、上保(上庄)を八条院三条に、中保(中庄)を成家に、下保(下庄)を定家に与え、上保は八条院三条の死後、俊成卿女に譲られたと推測されている。[31] 越部庄の、現在の兵庫県たつの市新宮町市野《いちの》保《ほ》にある越部八幡神社近くに、俊成卿女の墓・邸跡と伝えられる場所があり、祠が立てられていて、「てんかさま」(てんかさん石仏)と呼ばれて保存されている。[32]

さてここで、通具と定家の関係について触れておく。俊成卿女を離別したこともあって定家は通具を嫌っていたというのがこれまでの見方であり、確かに定家は通具に好意的であったとは言えない。けれども定家は通具邸を訪れ清談することも多い。『明月記』建仁三年二月十一日条には「依招請、向宰相中将亭〈冷泉〉、清談移漏帰」とあり、この後も「入夜、依招請向大理亭、清談之間、南方有火、亥時帰家」(元久二年二月二十六日条)、「訪源中納言、日来瘧病云々、隔物相逢、即帰廬」(建永元年七月一日条)、「秉燭以後凌雨向新大納言亭、閑談之後、依番参院」(建暦二年十月五日条)、「夕向新大納言亭、灸治籠居云々、清談之後、入夜帰畢」(建暦三年閏九月二十五日条)のように、按察局との結婚後も度々通具邸へ行っており、時には馬などを借りることもある(建永元年八月十五日条など)。しかし一方で定家は、歌人通具には厳しく、『新古今集』撰者の一人である通具の『新古今集』撰歌について、杜撰であると痛罵する(建永元年六月十九日条・二十日条など)。また通具は自他共に「稽古有識公卿」(嘉禄三年九月二日条)と任じており、公事や故実に詳しい定家と意見がぶつかることが多かった。そのような時、定家は通具を厳しく批判することが多く(元久二年正

月五日条・建永元年十二月十八日条・承元元年十一月二十一日条・嘉禄二年十一月十八日条など)、「此人、本自以僻案万事称家之秘事、不便事也」(建永二年九月十日条)と揶揄する。あるいは通具が嘉禄三年(一二二七)、教実・兼経の任大臣を不快として大納言を辞退し籠居すると言い出した時も「尾籠之至極歟」(嘉禄三年閏三月二十五日条)と冷ややかである。通具が同年九月二日に没したときの定家の感想も、『民経記』が「文道之故人也、風月之本主也、可惜可憐」(同日条)と悼むのに比べて、やや厳しいものである。没後の『新勅撰集』には通具の歌を三首しか撰入していない。だが同じく『新古今集』撰者であった有家も四首であり、通具に対してのみ個人的に厳しいとも言えない。定家の通具評は、俊成卿女とは関わりなく、長い官人生活・歌人生活の中で培われた評価であろうと思われる。

六　子女たちとその子孫

俊成卿女の子女について略述する。

建久五年(一一九四)に誕生した俊成卿女の長女については、次に挙げる天福元年(一二三三)の『明月記』記事が今のところ唯一のものである。(33)

伝聞、嵯峨禅尼嫡女〈具定卿姉〉、密難産終命云々〈或云、此事及度々、菩提院禅閤子息法印数子母云々〉、其年四十、本性末代之賢者之一分、自厳父存生之時、有産業之奇計云々、連枝未称軽服之由云々、若謬説歟、又秘蔵歟、(天福元年五月六日条)

以助里、嵯峨承不審事、又非慥説、驚申之由、示送三位侍従許、返事云、未承及、只今可遣尋云々、聞此事若秘

歟、如聞者火葬訖後、不知之由返事、非普通事歟、年来聞心操尋常之由、若伝家風歟、（天福元年五月八日条）

「菩提院禅閤子息法印数子母云々」の菩提院は兼実の兄、前関白松殿基房である。基房の子息との間に法印数子をもうけたのか、あるいは基房子息である法印との間に数子をもうけたのか、やや曖昧だが、『明月記』寛喜二年十二月基房が没した時の閲歴に「子息前摂政入道、（中略）其外法印又両三人歟〈非名誉人〉」（十二月二十九日条）とあり、後者であろう。『尊卑分脈』では法印が数名いるので、それが該当するとみられる。

難産で死んだというこの嫡女の死は不審が多く、その死にもかかわらず弟の具定が軽服を称していないので、定家は具定に問い合わせるが、具定はまだ知らなかったと言う。定家はその死を秘しているのかと、あれこれ憶測している。また彼女は「本性末代之賢者之一分」であったと定家は書いており、生前定家と多少の接点があったのであろう。

土御門家と松殿基房との関わりは少なくないが、通具に限って言えば、道元の出生の問題がある。道元の父母については諸説あり[34]、父は通親、母は松殿基房女（一説に伊子）で、正治二年誕生し、三歳の時に通親が没したため、道元はその後通具に育てられたと推定されているが、一方、父は通具であるという説も有力である。いずれにせよ、こうした近さが、通具女と松殿基房子息との関係に影響した可能性も考えられる。

さて、一男具定は、正治二年（一二〇〇）に誕生し、建永二年（承元元年・一二〇七）正月二日元服した。

顕兼朝臣語云、去二日〈行幸之後〉、源中納言子〈押小路腹具定〉元服、顕兼理髪、雅具脂燭、雅清朝臣着座、無他人、給承明門院御給、叙従上云々、

この時具定は承明門院在子の御給で叙爵している。この後具定が受けた年爵を見ると、承元四年（一二一〇）に修明門院、建暦二年（一二一二）に承明門院、建保二年（一二一四）に土御門院の御給を受け、同五年には父通具の日吉行幸行事賞譲、嘉禄元年（一二二五）には父の八幡賀茂行幸行事賞譲で二十六歳で正三位となった（『公卿補任』）。堀川家の嗣子具

実の昇進には及ばないが、具定も通具一男として、承明門院・土御門院の年爵を一度ならず受け、父通具と土御門家からの庇護を受けていたことが知られ、通具の大納言の拝賀にも一人扈従した（建暦三年六月十四日条）。

具定の妻は、北白河院に仕えて勢威があった平繁雅の女子である。『明月記』嘉禄二年四月十九日条に「女院御乳人信繁母、参宣旨殿局、数日居住、責申新聟具定事」とある。井上宗雄[35]と日下力[36]の指摘にあるように、嘉禄二年四月の除目の際、北白河院の乳母であった平信繁母、即ち繁雅室は、北白河院女房の宣旨局（成子）の許に数日居続け、娘の夫具定の任参議を嘆願したが、結局実現しなかった。

父通具が没した時、具実と具定とは、財産の処分をめぐって相論したと言う。

雑人説、通具卿今夜石蔵葬送、両息〈左金吾、拾遺〉、処分相論云々、（嘉禄三年九月四日条）

定家は『新勅撰集』にこの具定の歌を二首撰入した（一〇三七・一一八五）。その後まもなく、具定は嘉禎二年（一二三六）三月五日、三十七歳で逝去した（非参議正三位侍従）。

具定男の俊定は従四位下右少将に到るが、『続古今和歌集目録　故者』によって、佐藤恒雄（前掲書）は文永二年（一二六五）末から三年にかけて没したと推定している。『続古今集』以下の勅撰集に四首入集、『夫木抄』によれば家集もあったという。父の死によってであろう、俊定男の基定は具実男基具（後に従一位太政大臣）の猶子となり、従四位上右中将に到ったが、文永六年（一二六九）九月十三日に恐らく若くして出家、法名知道と言った（『尊卑分脈』）。この基定（知道）は勅撰歌人ではないが、『閑月集』一八三の源基定朝臣であろう。『源承和歌口伝』に、「又源中将基定朝臣〈法名知道〉五十首に、先人合点、愚老にあづけおかれて侍し中に　すずしさは秋かぜちかくなりにけりまだたちかへぬ衣手のもり（後略）」とあり、為家と交友があった。この歌を引く記事が『愚問賢注』にあり、その注釈で小川剛生は、この基定が『好夢十因』の著者知道であることを指摘した。[37] 知道は弘安九年（一二八六）に『好夢十因』を著したほか、

『仏法夢物語』[38]『病中用心抄』『不生抄』ほか多くの著作があり、仏教史で知られている人物である。真言密教に帰依しつつ、それに疑問を持ち、禅や専修念仏にも関心を寄せたという。[39]俗名「中院中将」と言ったと伝えられている（『好夢十因』文政四年板本の附言）。これは村上源氏中院《なかのいん》流との関係か、あるいは俊成卿女が出家後住んだ嵯峨中院《ちゅういん》の家が、曽孫基定に伝領されていたのかもしれない。出家後、嵯峨や東山白毫寺に住んだと伝えられる。また『花園院宸記』文保三年（元応元年・一三一九）三月二十八日条の「知道上人参、受戒、談法文」という、花園院に授戒した知道も、あるいはこの基定（知道）ではないか。この時はかなりの高齢であったと思われる。俊成卿女の子孫として知られるのはこの知道までで、これ以降は知られない。

七　俊成卿女再考

以上のように、『明月記』を読み直した結果、俊成卿女の生涯、作品、人間像などに関して、再考すべき点が浮上したと思う。そのうち重要な問題についてここでまとめるとともに、いくつかの点を付け加えておきたい。

(1) 通具との関係

通具と按察局の結婚が、正治元年（一一九九）ではなく、建仁元年（一二〇一）十二月を前後する時期と推定できることは、俊成卿女の和歌作品や、歌壇活動の検討に大きく影響する。作品の成立に関しても、これまで、例えば「通具俊成卿女歌合」の成立を論じる際に、あるいは『無名草子』を俊成卿女作と考えてその成立時期を推定する場合に、正

治元年に通具と按察局が結婚という説は影響を及ぼしてきた。しかし、建仁元年三月に土御門家影供歌合に「新参」として出詠、歌壇に登場した時の俊成卿女は、通具正室にほかならない。この年六月ごろまでに詠進された『千五百番歌合』の出詠時にも、通具と按察局との結婚はまだ行われていなかった可能性が非常に高く、俊成卿女の和歌、特に恋歌の読みとりに、ともすれば投影されがちであった通具との離別は、この時点ではまったく払拭すべきこととなる。また離別という点でも、当初通具は離別しないと明言していた。森本元子は、通具との離別と彼への追慕を歌合等の恋歌に重ねがちであった従来の見方を極力否定して、専門歌人としての俊成卿女像を描いたが、『明月記』で通具との関係を見直すことによって、森本の説はよりはっきりと肯定し得ると言えよう。また『千五百番歌合』の通具歌を俊成卿女が一部代作したとの森本の説は、蓋然性が高いと思われる。

同時代前後に書かれた『源家長日記』『無名抄』、また説話集『十訓抄』などの俊成卿女の話が、通具との関係破綻などには全く触れることなく、まして夫に捨てられた女像とも無縁であり、むしろ誇り高く、歌道に精進し、覇気のある人間像を描出していることは、十分注意すべきではないだろうか。

『明月記』は、俊成卿女が通具の正妻であった時期と、その位置から離れ院女房となった時期を明確に書き分けている。院女房としての出仕は、むしろ土御門家の期待と支援、御子左家との連携のもとに行われた。後見者である通具との関係はその後も続き、俊成卿女は出家まで、社会的経済的にある程度通具の庇護を受けていたと思われ、通具は誠意をもって俊成卿女の後見をしているのではないか。定家もそれを認めている(元久元年十一月二十七日条・建永二年十月一日条)。一男具定も、通具や土御門家の庇護下にある。

歌人としては逆に、俊成卿女が通具を支えたと推定される。『千五百番歌合』でも、さらにそれ以外にも俊成卿女が通具の代作をした可能性を森本元子が指摘している。後藤重郎(前掲論文)が指摘するように、『新古今集』の中で通

具と俊成卿女を四箇所で並べて配列するのは、撰者や院の意識的配慮であろう。これはライバルの定家・家隆を十二箇所で並列するのと同じように、二人の間に結ばれた強い紐帯をあらわしているのではないか。

また定家から通具への視線も、俊成卿女に同情し通具を嫌ったというような、俊成卿女の存在を通した見方は危険であろう。定家の通具への筆致は概して厳しいが、定家と通具は、歌人として、官人として、宮廷で長い年月を共に過ごした。そのような中での人間把握・評価であったと思われる。

(2)定家との関係

これまで述べてきたように、定家と俊成卿女の関係は、定家が終始俊成卿女を全面的に支援したというような見方は、『明月記』を見る限り、再考すべきであると思われる。後鳥羽院歌壇で、また順徳天皇歌壇で、定家と俊成卿女は数多くの和歌行事に共に出席しているし、御子左家の中で俊成の庇護のもとでごく近い位置にいるはずであるが、『明月記』の中での俊成卿女への言及は少なく、あってもごく短い。

俊成卿女が後鳥羽院に女房歌人として出仕したことに対して、定家が批判的な言を記していることは前述した。それ以外にも、たとえば、定家は自身の任中将に俊成卿女が深く関与したことを全く記していない。建仁二年閏十月二十四日、定家はかねて懇望していた左中将に任ぜられた(『公卿補任』)。『源家長日記』によれば、俊成が後鳥羽院に定家の中将転任を望む歌を奉り、はじめは司召の時期ではなく院の返答はなかったが、俊成卿女が司召の前に院に再び奏上したため、後鳥羽院から俊成への返歌があり、定家の左中将転任が実現したと言う。『明月記』建仁二年九月十四日条に「内府殊有恩言、不知其由、或人密語云、転任事天気快然」とあり、転任のことが「天気快然」となったのは、俊成卿女の七月の出仕後まもない九月のことである。「或人密語云」という第一報が、俊成卿女、又はそこから

の情報を受けた人という可能性もあろうが、それは全く触れられていない。

そしてまた、建暦三年(建保元年・一二一三)の俊成卿女の出家に際して、「依程遠未音信」と自ら言い、俊成卿女に出家の見舞いの手紙を送ることもなく、出家について遅すぎるという批判的言辞を書いている。天福元年(一二三三)俊成卿女の長女が没した時も、まず俊成卿女に手紙を送るのではなく、具定に尋ねている。全体に『明月記』には承久の乱以後の俊成卿女の消息がほとんど書かれておらず、両者が昵懇であったとは考えにくい。俊成卿女が嵯峨に住んだ時期にも、嵯峨に山荘がある定家と交流しているさまは見えない。もちろんこれは『明月記』が一部散佚しているためかもしれず、また『明月記』以外の材料も勘案すべきで、歌合判詞において定家が俊成卿女歌を褒める場合も見られる。しかしそれは判者として公的な立場にある時の言であろう。『明月記』の中で見る限り、定家と俊成卿女との間柄は、従来考えられていたよりも、心理的に距離のある関係であると感じられる。

勅撰集においても、『新古今集』に俊成卿女は二十九首入集しているが、定家は『新勅撰集』に俊成卿女の歌をわずか八首しか採入しなかった。『新古今集』では俊成卿女がはるかに凌駕していた女房歌人、たとえば殷富門院大輔は『新勅撰集』で十五首、二条院讃岐は十三首、八条院高倉は十三首。それよりも俊成卿女は少ない。しかも定家は、撰集材料として俊成卿女が自撰し定家に提出した『俊成卿女集』をも尊重しなかった。その上、定家は「俊成卿女」という名も勅撰集から消し去ってしまったのである(次項で後述)。さらに定家は、『百人秀歌』(『百人一首』の原型)に、俊成卿女の歌を撰び入れていない。定家が採入した右近、祐子内親王家紀伊、皇嘉門院別当は、和歌史上さほど著名な女房歌人というわけではなく、歌人として極めて評価の高い俊成卿女とを比べると、当時の感覚でも大きな懸隔があるであろう。

森本元子は『新勅撰集』には、当時の定家の主義や歌論に裏づけられた俊成卿女批判がある、と述べる。しかしそ

れだけではなく、定家との距離は、これまで述べてきたように、かなり前から胚胎されていたものではないだろうか。

俊成卿女の最晩年、八十余歳の俊成卿女に、為家は完成した『続後撰集』を送り、意見を求め、俊成卿女はそれに対して細やかな賞讃の言葉で報いた。その中に、『新勅撰集』への激烈な批判があることは良く知られている。

新勅撰はかくれごと候はず、中納言入道殿ならぬ人のして候はば、取りて見たくださぶらはざりし物にて候。さばかりめでたく候ふ御所たちの一人も入らせおはしまさず、その事となき院ばかり、御製とて候ふ事、目もくれたる心地こそし候ひしか。歌よく候ふらめど、御爪点合れたる、出さんと思召しけるとて、入道殿の選り出させ給ふ、七十首とかやきこえしよし、かたはらいたやとうち覚候ひき。（『越部禅尼消息』）

このほかにも、次のような条がある。

もとより詞の花の色匂ひこそ、父には少し劣りておはしまし候へ、歌の魂はまさりておはしますと申しつることあらはれて、撰じ出させ給ひて候ふ勅撰、命生きて見候ひぬる、返々うれしくて候。

俊成卿女は、かつて為家に、父定家よりもあなたは「歌の魂はまさりておはします」と言ったと見られる。それは為家への激励であると同時に、為家の本質を見抜く言葉であり、この後も為家は没するまで、根源的な歌人の魂を持ち続け、歌を詠み続けた。こうした言にも、定家への批判的視線が見え隠れしていると思われる。

そして俊成卿女の名にも、定家と俊成卿女の微妙な関係が影を落としているようだ。(40)これについて次に触れる。

(3)「俊成卿女」という名

新古今歌壇における俊成卿女について、森本元子が、その家門意識を重視し「野心的に、生涯を専門歌人として生きるべく、雄々しく歌壇に登場した。一時は用いたらしい「少将」という召名をまもなく廃して、「皇太后宮大夫俊

成卿女」と名乗ったことも、このあたりの事情と無関係ではあるまい。彼女は歌道の人として俊成の女であり、定家と共にその後継者でもあった」とするのは、まさしく正鵠を得ていると思う。「皇太后宮大夫俊成卿女」という特殊な女房名を用いるのは、当時の感覚でも異質なことであっただろう。実際には孫女でありながら俊成の女と名乗ることは、定家と共に俊成の後継者であることを示す、特別な女房名であったとみられる。俊成卿女は歌道家の御子左家の名を背負って、後鳥羽院歌壇で、そして続く順徳天皇歌壇でも、「俊成卿女」として数々の歌合に出詠した。

しかし承久の乱後、それが変わる。寛喜四年(一二三二)三月二十五日の『石清水若宮歌合』では「皇太后宮大夫俊成卿女」として出詠し、一番右で勝を得ているが、同年撰歌結番された三月十四日の『日吉社撰歌合』では「侍従源朝臣具定母」である。また同年の『洞院摂政家百首』、及び同年八月十五夜『名所月歌合』でも「三位侍従母」と記されている。そして定家撰『新勅撰集』において、「俊成卿女」ではなく、「侍従具定母」という名になっている。

これは彼女の意に叶ったことだったろうか。『新勅撰集』を批判し『続後撰集』を称揚する『越部禅尼消息』では、そのような個人的感懐は述べられていない。しかしもし、『新勅撰集』入集に際し建礼門院右京大夫に問うたように、定家が俊成卿女に「いづれの名をとか思ふ」と尋ねたなら、御子左家一門たることを象徴する「俊成卿女」と答えたのではないかと想像する。

しかし定家の没後、彼女はもとの名に復する。彼女の願いによってか、為家の配慮か、嘉禎二年(一二三六)に具定が没したことによるのか、あるいは後嵯峨院歌壇が後鳥羽院時代を憧憬するゆえに、後鳥羽院歌壇で活躍した著名な女性をその昔の名で迎え入れたのか。いずれにせよ、後嵯峨院歌壇で、宝治元年(一二四七)九月の『院御歌合』、宝治二年の『宝治百首』、建長三年(一二五一)九月十三夜の『影供歌合』に、いずれにも「俊成卿女」として出詠する。そして撰集においては、宝治二年(一二四八)成立の『万代和歌集』で再び「皇太后宮大夫俊成卿女」と記されるのであ

り、この後の『現存和歌六帖』『秋風抄』『秋風和歌集』『雲葉和歌集』などもみな同様に記している。そして勅撰集においても、為家は、建長三年成立の『続後撰集』で、父定家の『新勅撰集』の例にならうことなく、「皇太后宮大夫俊成卿女」という名に戻す。結局、勅撰集において「具定母」とするのは『新勅撰集』だけであり、現在も「俊成卿女」が一般に知られている名である。

「俊成卿女」という名は、家門意識に裏打ちされた自負と誇りに満ちた名であり、彼女のアイデンティティでもあった。定家はそれを必ずしも快く思わず、自分こそが御子左家の家門を継承する者であって、俊成の後継者は自分だけだという矜持と反発を、終始もっていたのかもしれないと憶測されるのである。

(4)『無名草子』の作者説について

最後に、従来『無名草子』の作者が俊成卿女であるとされてきたことに触れておきたい。これについては第五部第二章で詳述しているので、ここでは俊成卿女に関わる点の骨子だけを述べておく。『無名草子』作者は不明だが、種々の徴証から、定家周辺の女房であり、建久九年(一一九八)正月から建仁二年(一二〇二年)の間の成立である。

『無名草子』の作者は、これまで俊成卿女ではないかという説が大勢を占めてきた。辞典類などにも「俊成卿女か」と書くものが多い。けれどもそれは否定すべきと考える。その最も大きな理由は、俊成卿女を作者と推定する理由が薄弱なことである。定家周辺では俊成卿女が優れた才能と批評眼をもつ歌人であったことが主な理由となっているが、定家の周辺、母や同母姉妹・異母姉妹には、深い文学的教養をもつ女房が多くいる。作者はおそらく宮廷女房で、和歌も多少は詠んだであろうが、俊成卿女のような当代歌壇で活躍する専門的歌人であることは必要条件ではない。むしろ『無名草子』の和歌の詠作方法や、『無名草子』作者の和歌史への視線・言述を見ると、俊成卿女の歌とはかけ

離れているものであり、新古今時代の空気は全く感じられず、当時の題詠の和歌や新風和歌についての関心や言及もない。むしろこれ以前の時代の、平安末・院政期和歌からの影響がみられる。

また『無名草子』は、女性の晩年のあり方へに深い関心を抱いているが、俊成卿女はこのころ三十代初めであり、後鳥羽院歌壇に華々しく登場した時期にあたり、老いを見つめる姿勢からは隔たりがある。さらに、『無名草子』は天皇・上皇のあり方については無関心であり、逆に女主人たる貴女には深い関心をあらわしていて、おそらく作者は女院・内親王に仕える女房であった可能性が高いと考えられる。そして『源氏物語』受容のあり方として、俊成卿女の『源氏物語』本歌取の歌や、俊成卿女の『源氏物語』注釈の学術的・考証的態度は、『無名草子』の『源氏物語』受容のあり方とはかけ離れているものである。さらには、本章で考証してきた、俊成卿女の夫である源通具が新妻と結婚した時期、および関係の実態からは、『無名草子』が夫との不仲や離別後の無聊な毎日の心やりに書かれたのではないか、とする旧来の説は、全く成り立たない。

『無名草子』自体は、女房たちの語りの形により、『源氏物語』をはじめとする物語、和歌、宮廷女性などについて論じている作品である。物語評論書とされているが、実は、最初は説話・歴史物語のように始まり、前半は物語論・物語人物論、歌集論などであり、後半は説話的な、歴史上の宮廷に実在した女性たちを論ずる宮廷女性評論である。全体のこれらの内容から、『無名草子』は、宮廷女性へ向けた教養書、教訓的・教育的テクストであり、物語評論の部分は、物語の案内書としての機能をもち、物語と女性教育とを繋ぐような執筆内容があると考えられる。『無名草子』の内容については第五部の第一章〜第三章、および第六部第一章で詳論するが、内容からも俊成卿女が作者とは考え難いのである。

『無名草子』作者は、定家周辺の女房の誰かである可能性は高いと思われる。しかし俊成卿女は彼女たちの中で、

むしろ最も作者像から遠いであろう。俊成卿女が『無名草子』作者という説は、種々の点からみて、成立し難いものである。

なお、俊成卿女については、本稿で論じた成果を取り込みながら、別の書で[41]、俊成卿女の評伝を著した。あわせてご参照いただければ幸いである。

（1）『俊成卿女全歌集』（武蔵野書院、一九六六年）、『俊成卿女の研究』（桜楓社、一九七六年）。以下、森本元子の論の引用は主として後者による。
（2）『新古今時代の表現方法』（笠間書院、二〇一〇年）。
（3）『藤原定家の研究』（文雅堂書店、初版一九五七年、改訂版一九六九年）。
（4）柴田光彦「翻刻『続古今和謌集目録』」（『国文学研究』四一、一九六九年一二月）参照。
（5）『新古今世界と中世文学（下）』（北沢図書出版、一九七二年）。
（6）『新古今の歌人』（堀書店、一九四七年）、『新古今集とその歌人』（谷山茂著作集5、角川書店、一九八三年）。
（7）「俊成女と通具」（『大谷女子大学紀要』三、一九六九年一〇月）、「俊成女に関する年表」（『大谷女子大学紀要』五、一九七一年六月）。
（8）「通具と俊成卿女――新古今和歌集所収歌をめぐって」（『中世和歌とその周辺』笠間書院、一九八〇年）。
（9）『源通具全歌集』（思文閣出版、一九八七年）。
（10）卿二位については、五味文彦「聖・媒・縁――女の力」（『日本女性生活史2　中世』東京大学出版会、一九九〇年）、ほか参照。
（11）秋山喜代子「乳父について」（『史学雑誌』九九―七、一九九〇年七月）によれば、土御門天皇の乳母は、高階泰経女（隆

房妻）、藤原信子（按察局）、源隆子、藤原恒子の四人であり、このうち泰経女の夫隆房が乳父となった。
(12)　大阪青山歴史文学博物館に自筆本が蔵されており、その翻刻である『翻刻明月記　一』（朝日新聞社、二〇一二年）に拠って掲げる。
(13)　佐藤恒雄「通具俊成卿女五十番歌合の成立について」（『中世文学研究』一四、一九八八年八月）、上條彰次『中世和歌文学諸相』（和泉書院、二〇〇三年）、渡邉裕美子『新古今時代の表現方法』（前掲）がある。
(14)　本文は国文学研究資料館寄託田安徳川家所蔵『明月記』（全四十八冊）の第廿九冊「建保五年十一月」による。右傍の（　）内に私案を記した。
(15)　田渕句美子「『明月記』建保五年十一月記」（解説四、『明月記研究』六、二〇〇一年一一月）参照。
(16)　『中世和歌の想念と表現』（思文閣出版、一九九三年）。
(17)　片山亨「『仙洞句題五十首』をめぐって」（『日本文芸思潮論』片野達郎編、桜楓社、一九九一年）、石川一「慈円『仙洞句題五十首』考」（『中世文学研究』二三、一九九七年八月）他。
(18)　十一月二十八日は、『猪隈関白記』十一月二十七日条に「今夕院御幸于鳥羽、暫可御坐云々」、同十二月二十二日条に「今日院自鳥羽還御二條殿云々」とあるように、後鳥羽院は群臣を連れて約一か月、鳥羽・水無瀬に御幸していた。野宮本『明月記』十一月二十八日条には「未時参鳥羽殿」とあり、二十九日条も同様で、この日に石清水に行く記事は見えない。ゆえに当該記事は十二月二十八日条として良いであろう。『翻刻明月記　一』（前掲）も十二月においている。以下の本文は、東山御文庫本を翻刻する同書に拠る。
(19)　石田吉貞、森本元子、山口逵子は、いずれもこの建仁元年十二月二十八日条を指摘していない。
(20)　通光と宗頼女との婚儀は『明月記』正治元年七月二十二日条に見える。
(21)　自筆本断簡を売立目録により翻刻する『翻刻明月記　一』（前掲）に拠る。
(22)　『大日本史料』第四編之九、承元元年九月二十九日所収。
(23)　『藤原定家研究』（風間書房、二〇〇一年）。

（24）「『明月記』（建仁二年七月）を読む」（『文学』季刊 六―四、一九九五年秋）。
（25）『源家長日記』は、俊成卿女について「三位入道の女、歌奉りなどせらる。ふたばより世の交じらひも埋もれて過ぎ給ひけむに、常に歌召されなどし給ふを」と記しており、これが正しければ、幼少から宮廷女房とするべく育てられたとは思われず、これまで女房として世に出ることはなかったと見られる。
（26）この条は自筆本ではないが、重要文化財指定に際し附とされた「附五・建永二年冬記」（『明月記 二』冷泉家時雨亭叢書57、朝日新聞社、一九九六年）に拠る。
（27）「建暦三年閏九月十九日『内裏歌合』注釈（上）」田渕句美子・中世和歌の会（『学術研究――人文科学・社会科学編』六七、早稲田大学教育・総合科学学術院、二〇一九年三月）参照。
（28）この「中院」は「なかのゐん」「ちゆうゐん」双方で読まれてきたが、『新古今和歌集 文永本』（冷泉家時雨亭叢書5、朝日新聞社、二〇〇〇年）の解題で言及された紙背の書状に「ちうゐん殿」（為家）とあるので、「ちゆうゐん」（ちうゐん）と読むべきことが明らかとなった。現在も中院町はそう読まれている。なお、「中野禅尼」という呼称が『源承和歌口伝』とそれを引く『井蛙抄』第三に見える。他の同時代資料になく、「中院」の誤写かもしれないが、『源承和歌口伝』の九条家旧蔵本など諸本に「中野禅尼」とある。地名としての「中野」は、現右京区太秦の一部にあたり、『山城名勝志』巻九は「在嵯峨野　今並岡西有中野村」として、『井蛙抄』と『自讃歌宗祇注』の俊成卿女の記事を引く。
（29）森本元子『古典文学論考　枕草子　和歌　日記』（新典社、一九八九年）、田渕句美子・中世和歌の会『民部卿典侍集・土御門院女房全釈』（風間書房、二〇一六年）参照。
（30）下向の折の詠と考えられるものに、『続古今集』に「老ののち都を住みうかれて、野中の清水をすぐとて／忘られぬもとの心のありがほに野中の清水かげをだに見じ」（雑下・一七七八・皇太后宮大夫俊成女）がある。
（31）越部庄については、佐藤恒雄『藤原定家研究』（前掲）で詳細に論じられている。
（32）二〇〇一年七月に明月記研究会で行った、越部庄・細川庄などの実地踏査による。
（33）長女の出生年はこの記事により逆算した。

(34)　竹内道雄『道元』(人物叢書、吉川弘文館、一九九二年)、『道元思想大系一(伝記篇1)』(同朋舎出版、一九九四年)所収の諸論など参照。
(35)　『鎌倉時代歌人伝の研究』(風間書房、一九九七年)。
(36)　『平家物語の誕生』(岩波書店、二〇〇一年)。
(37)　『歌論歌学集成』第十巻(三弥井書店、一九九九年)所収『愚問賢注』の補注三〇。
(38)　『仮名法語集』(日本古典文学大系83、岩波書店、一九六四年)所収。
(39)　知道については、前掲『仮名法語集』解説のほか、田中久夫『鎌倉仏教雑考』(思文閣出版、一九八二年)参照。
(40)　家永香織『転換期の和歌表現——院政期和歌文学の研究』(青簡舎、二〇一二年)は、「五条殿御息男女」に俊成卿女が記されていない点を指摘し、定家個人の俊成卿女に対する見方が関係しており、養子の記載についても定家の判断による取捨選択があると推定している。
(41)　田渕句美子『異端の皇女と女房歌人——式子内親王たちの新古今集』(角川選書、二〇一四年)。

第二章　民部卿典侍因子――女房・典侍として

後堀河院民部卿典侍因子は、藤原定家の長女である。「因子」は典侍となった際の命名であり、それ以前は貞子であるが、本稿では一貫して因子と呼ぶこととする。因子は十一歳で後鳥羽院に出仕、承久の乱後は安嘉門院の女房となり、寛喜元年（一二二九）九条道家女竴子入内の時から竴子に仕え、寛喜三年（一二三一）三月から後堀河天皇の典侍を兼ね、天福元年（一二三三）竴子崩御と共に出家した。和歌は『新勅撰集』以下の勅撰集に二十四首入集する。

民部卿典侍因子の生涯と和歌については、森本元子「民部卿典侍集考――特に俊成卿女とのかかわり」「民部卿典侍の生涯」「民部卿典侍集訳注」[1]があり、伝記については「民部卿典侍の生涯」に詳しく、本稿においても、ここから受けた学恩が大きい。

因子の私家集に『民部卿典侍集』があり、共著でこの全歌注釈を行うとともに[2]、解説その他を載せた。本稿は、その解説のうちの「一　民部卿典侍因子について」（田渕句美子）で簡略に述べた内容を、詳述・補完する論である。また同書に「民部卿典侍因子年譜」（田渕句美子・米田有里作成）を付録として載せているので、あわせてご参照いただきたい。

本稿では、父定家の日記『明月記』などを中心に、因子の生涯をたどっていく。以下、史料名を特に記さないものは『明月記』による。

一　後鳥羽院時代

因子は、天福元年(一二三三)九月十八日条に「今年卅九」とあることから、建久六年(一一九五)年生で、藤原定家と、西園寺実宗女との間に生まれた嫡女である。香は一歳下の同母妹で次女。(3) 御子左家の継嗣たる為家は同母弟で因子の三歳下。定家は、実宗女との結婚以前に、藤原季能女を妻とし、光家(後の浄照房)・定修らをもうけていたが、建久五年(一一九四)頃に実宗女を正妻とした。この年定家は三十三歳、従四位下左近衛権少将。まだ官位は低いが、九条良経家歌壇で活躍する気鋭の歌人であった。権門西園寺家との縁は、御子左家に大きな益となった。因子は、定家と実宗女の初めての子である。

定家は因子が幼少のころ、後白河院皇女で前斎院式子内親王のもとへ参上させたことがあった(貞永二年三月二十日条)。因子はその時に式子から式子自筆の「月次絵二巻」(4) を賜った。それを因子は長年にわたり保管し、三十余年後に藻璧門院に献上している(同日条)。式子内親王は建仁元年(一二〇一)に没しているので、式子のもとに参上したのは建久末年から正治の頃であろう。御子左家の女性達は女房が非常に多い。因子が幼い時から、定家は因子の女房出仕を企図していたことが知られる。

正治二年(一二〇〇)、後鳥羽院が和歌に耽溺し始め、定家はその圧倒的な歌才を認められて、後鳥羽院歌壇で活躍し、やがて『新古今集』撰者の一人に任命された。

元久二年(一二〇五)、定家は、十一歳の因子に、七月五日から日吉社に百日参籠を始めさせた。「依有宿願也」とだ

けあり、祈願の内容は記されていないが、後鳥羽院出仕が成就し、院の意に叶い、女房として成功するようにという願いだったのではないか。

十一月九日、因子は女房として後鳥羽院に初参した。父定家らにより入念に準備が整えられた。女房勤めの経験のない因子の母(定家室・実宗女)にかわって、因子の祖母、即ち実宗女の母(教良女)が付き添って世話した(六で後述)。この日は院は御寝の後であり、見参しなかったが、十一月二十二日に見参し、翌建永元年(一二〇六)六月十八日より出仕が始まった。七月十七日、「民部卿」という女房名を後鳥羽院から賜った。これは定家の高祖父にあたる権大納言民部卿長家の兼官によったもので、定家は高位にのぼった長家の官名を女房名に賜ったことを「過分之恩也、抃悦之至」と喜ぶ。以後、出仕先は変わっても、女房名の「民部卿」は変わらない。十一月九日には、「番」(当番制)の女房に入ったことを定家に伝えてきて、定家は「奉公有其甲斐、恐悦」と大いに喜ぶ。後鳥羽院に近く仕える女房となったことは、因子から上皇周辺の最新情報が常に定家のもとにもたらされることを意味する。

当時の御子左家一門について『源家長日記』は、後鳥羽院が、俊成や、その子息で定家の同母兄成家とその子、定家とその子女為家・因子らを寵遇したことを述べる。因子については「此の小君のはらからの女房も参りて、常に候はる。いまだいはけなきとこそ承るに、それもすでに歌詠まるとぞ承りしが、忘れ侍りし口惜しさよ」と記す。すでに因子は常に祗候し、和歌も詠んでいたという。この頃、御子左家への後鳥羽院の殊遇はあつく、定家自身も『新古今集』撰者として編纂に多忙であった。

これから後、因子は後鳥羽院女房として、若年ながら多忙の身となった。水無瀬殿・鳥羽殿への御幸に御供するなどのことも多い。後鳥羽院から白粉を入れた装飾を施した火取(香炉)を拝領したこともあり、定家は「尤為面目」と言う(承元元年十二月二十九日条)。承元三(一二〇九)—四年の『明月記』はないが、建暦二年(一二一二)、十八歳の因子

は更に多忙となっており、後鳥羽院御所で勤めるだけではなく、おそらく後鳥羽院の意を受けた卿二位兼子からも命を受けたり、順徳天皇の内裏にも参っている。因子は定家に「常被召仕由語之、為奉公本意」、常に院に召される状況であることを述べる（建暦二年十月二十日条）。因子は有能で、院に気に入られていたようだが、まだ歌人活動は見えない。

因子は、前掲『源家長日記』では十一歳で出仕した時に既に和歌を詠んだと言う。けれども当時の後鳥羽院歌壇への出詠は確認できない。初出仕の元久二年に『新古今集』竟宴が行われ、この後数年歌壇は熱気に包まれていたが、因子は十代前半で、出詠するには若すぎたのだろう。因子が十五歳の頃『新古今集』が最終的に完成し、この後しばらく後鳥羽院は和歌には興味を失い、その頃に因子が本格的に歌人として成長する機会はなかったのではないか。建保期には順徳内裏歌壇が隆盛するが、因子は内裏女房ではなく、歌人としての実績もないので、内裏歌壇に出詠することもなかったとみられる。因子は後鳥羽院から、歌人ではなく有能な女房として認められていたのだろう。勿論、宮廷の日常で和歌の贈答は行っていたと思われ、それは『民部卿典侍集』の贈答歌の詠みぶりから想像できる。

為家と因子とは、定家一家を支える両軸であった。定家と親しい治部卿局(5)が、参議に洩れた定家を慰め、「褒誉男女両人心操」（建暦三年六月十四日条）と言い、為家・因子の二人を褒めていることが見える。因子は後鳥羽院の側近女房の一人となっており、この前から出仕している因子妹の新中納言もそこに含まれていて、定家は「可驚、可奇」と驚く（建暦三年十一月十四日条）。因子が後鳥羽院に重用されている事は、同年十二月二十九日条等に見える。

この記事で因子の事蹟は途切れるが、それは『明月記』の残存状況の問題である。因子の事蹟は建保二年（一二一四）からの十年間は知られないが(6)、建保二年から元仁元年（一二二四）の自筆本・自筆断簡は現存せず(7)、転写本が部分的に残るに過ぎない。為家も同様にこの間の事蹟を示す記事は少ない。そして承久三年（一二二一）に承久の乱が起こる。

因子がいつまで後鳥羽院女房であったか不明だが、確認できる範囲で八年は仕えており、継続して後鳥羽院が隠岐に配流された承久三年まで仕えていたとすれば、十六年に及ぶ。早くも十八歳頃には後鳥羽院の側近女房となっており、院や周囲の人々から信頼されていたとみられる。これは次の安嘉門院の女房であった時も同様であったであろう。

二　安嘉門院時代

承久の乱後に『明月記』に初めて見える因子の記事は、元仁二年（嘉禄元年・一二二五）正月四日条であり、すでに安嘉門院の女房となっている。因子は三十一歳。安嘉門院は後高倉院の皇女邦子内親王で、貞応三年（元仁元年・一二二四）十六歳で院号宣下。承久の乱後に思いがけず即位した後堀河天皇の同母姉で、准母である。莫大な皇室財産である八条院領のほとんどは後高倉院から安嘉門院に譲与され、安嘉門院は、勢威ある、富裕で華やかな女院御所であった(8)。御子左家とも関わりがあり、為家は安嘉門院院司である（元仁二年正月二十日条）。安嘉門院御所には多くの人々が参集し、また安嘉門院は御幸や御所造作、芸能見物や仏事を好んだ。因子はベテラン女房として若い安嘉門院を世話し、内外の諸事を管理・手配し、院司との折衝等も多かったであろう。『明月記』から職務の繁忙さが窺え、御所から一時退出してもすぐに帰参する日々である。

ただ因子の安嘉門院出仕については定家は不満が多く、安嘉門院側からの出仕催促があるので仕方なく出仕させていると再三述べている（嘉禄元年十月二十四日条・安貞元年十二月二十九日条）。嘉禄二年（一二二六）には、因子に禁色が許されていないことを不満とし、定家は因子に籠居させ、禁色は西園寺公経が安嘉門院母の北白河院に頼んで許される

ところとなった(同年十二月十六日条・十八日条)。重鎮女房なら禁色の女房となるのが普通である。定家がこの時いかに喜んだかは、喜びのあまり、自分の姉妹がみな禁色を許された女房であることを述べて、姉妹達の名を書き連ねたことから想像できる。因子は、翌嘉禄三年(安貞元年・一二二七)正月十六日に禁色の衣装をまとって再出仕し、再び多忙な日々が続くが、寛喜元年(一二二九)春夏にはまた数か月にわたり経済的理由で籠居している(後述)。(9)

寛喜元年(一二二九)、定家は公経から、因子に、後堀河天皇に入内する竴子の女房となってほしいと依頼された(九月二十六日条・二十七日条)。竴子は、九条道家と正室公経女の間に生まれた姫君で、その美貌が知られ(『五代帝王物語』ほか)、この年二十一歳。定家は出仕の経費(ほとんどが衣装代であると十月二日条にある)の負担が重いことを懸念して因子の竴子出仕について渋ったものの、公経が経済的援助を約束し、安嘉門院からの出仕替えも許されて、正式決定し、定家は喜ぶ(十月三日条)。こうして因子は、中宮となる竴子の女房となり、やがては後堀河天皇の典侍という地位に昇っていくのである。

三　藻璧門院・後堀河院時代

『明月記』では因子の動静を記す記事は更に夥しくなるが、点描していこう。寛喜元年(一二二九)十一月十日に竴子に出仕。因子は三十五歳。このころ竴子の女房が集められていたらしく、十一月三日には藤原信実が定家邸に来訪し、十五歳の娘が女房として出仕する旨を語り、これはおそらく藻璧門院少将である。十一月十六日に竴子が後堀河天皇に入内。あわせて因子も内裏に局をもらい、局の調度一式は西園寺公経が下賜した(同日条)。竴子は「藤壺わたり今

めかしく住みなしたまへり」（『増鏡』第三・藤衣）とあり、九条家と西園寺家の勢威を一身に集めて、華やかに藤壺に住む。因子は、その重鎮女房であった。

翌二年正月十二日条で、退出してきた因子が語るには、後堀河天皇は毎日女御竴子のもとへ渡御され、終日いらっしゃる、私は近習のように祇候している、という。定家は「実可謂本懐」と喜ぶ。因子の栄達は御子左家の栄誉であると共に、家を支える存在であった。

一方で、『明月記』では、因子とその局の者達の衣装を、季節ごと、折ごとに用意する負担が大変であることを、定家はいつも嘆いていて、多くの筆が割かれている（後述）。

寛喜二年（一二三〇）二月十六日、竴子は立后して中宮となる。五月二十日条に、最勝講で道家以下の人々が着座する時に膝を突くか否かについて、因子が天皇と談笑する様子が描かれる。これは中宮女房としてであるが、同年十二月二十七日、因子は道家を介して、後堀河天皇の御前に参る。この頃から因子を典侍にするための動きが見られる。

翌寛喜三年（一二三一）二月十二日、中宮竴子は皇子（四条天皇）を出産し、宮中は喜びにわく。三月四日、因子が典侍となることを定家は承諾する。定家は経済的負担が増えることを危惧して渋っていたが、公経、実氏、道家室、成子（後堀河天皇乳母）らが援助してくれると因子は定家に語り、定家は結局了承する。三月二十八日の女官除目で、因子は典侍となり、名を貞子から因子に改めた。あわせて因子に仕える侍女である妹は香と命名される。これは『古今集』の女房歌人で典侍の藤原因香《よるか》朝臣にちなんだもので、因子は「よるこ」とよむ可能性が高い。歌は詠むものの、宮廷歌壇での活躍がまだない因子に、今後は勅撰集に名を残す歌人となってほしいという定家の願いがこめられた名であろう。こうして因子は中宮女房と後堀河天皇典侍とを兼ねる女房となった。

寛喜四年（貞永元年・一二三二）正月三十日、定家は念願の権中納言に任ぜられた。この任権中納言については、因子

は二年前から何度も定家に手紙を送り、状況を逐一報告していた。

貞永元年(一二三二)六月十三日、定家は勅撰集撰進の下命を受けた。それを受けてこの年には、九条家主催の歌合・和歌会が頻々と行われ、因子も「中宮初度和歌会」「前摂政家七首歌合」『光明峯寺摂政家歌合』『名所月歌合』に出詠した。この「中宮初度和歌会」での詠(『民部卿典侍集』一四)が、因子の詠歌の中で年代が判明するものでは最も早い歌であり、本格的な歌壇活動の最初である。定家は因子の歌を『新勅撰集』に二首入れたが、それは二首とも七月十一日「前摂政家七首歌合」の歌である。ただし因子は、この年の『洞院摂政家百首』には出詠していない。職務繁多のゆえに、詠歌に時間のかかる百首歌は辞退したのかもしれない。折しも中宮竴子は再び懐妊中であり、九月三日、中宮は暐子内親王を生む(『百練抄』『民経記』)。十月四日、後堀河天皇は譲位し、竴子所生の四条天皇が践祚、十二月五日に二歳で即位し、竴子は国母となった。

天福元年(一二三三)、因子の生活は相変わらず多忙を極めている。三月、後堀河院が指揮して、中宮竴子、九条家、西園寺家らが「天福元年物語絵」を制作し、因子もそれに携わる(10)。四月三日、院号宣下により竴子は藻璧門院となった。後堀河院と藻璧門院の御所は冷泉富小路殿である。

藻璧門院はまた懐妊していた。出産は十月の予定なのに、九月十三日に出産の気配となる。邪気(物怪)がしばしば起こるが、一旦は良くなり、院御所へ移る。十八日、自邸で気を揉みながら待つ定家のもとに、御産が成ったという知らせが届くが、後産がまだであり、更に後堀河院が御産の後に乳母成子の近衛邸へ移御したという。穢れを避けるためであろう。定家は何度も下人に様子を窺わせるが、様子がおかしく、因子の局の者の手紙では因子は暁から局に下がっていないという。やがて雑人から、女院が崩御したらしいと伝わってきた。更に因子からは、袈裟を用意しておいてほしいと使いが知らせてきた。定家は、娘の出家の意図を悟り、「敢不及加詞」と書きながらも、娘の若さを

思い、「今年三十九、不堪其悲、何事在哉」と嘆いた。定家はすぐに女院御所に参上して、人々に会い、また因子を呼び出して、局で簡単に女院の臨終のさまを聞いた(天福元年九月十八日条)。

仍於局令招出相逢、御産之後、猶有御言語等、只今苦御身御、興心房伺候、有御戒、合掌聞食御気色、大略其間漸々御閉眼歟、心神迷惑、前後不覚云々、御胞遂不令下給、御身当時猶不令冷了御云々、自簾隙聊見其面、即退出訖帰家、

因子の話では、御産の後まだお言葉があったが、苦痛がひどく、興心房が参って授戒し、合掌してお聞きになるご様子で、しだいに閉眼された、自分は心神惑い、前後不覚の状態である、後産はなく、まだお身体は冷え切っていない、という。この辺りは『讃岐典侍日記』の崩御の場面にも類似の記述がある。又『たまきはる』遺文で、八条院崩御の世話をした作者は「宰相殿と二人、御衣たてまつらせ更へなどするまでは、猶名残ある心地す」と記している。ご遺体にまだ温もりがあるという言葉は、逝去の世話をした女房のみが感ずる実感であろう。因子と話した定家は、簾の隙から娘の顔を少し見て(わざわざこの様に記すことに定家の娘への万感の思いがあるようだ)、家に帰った。

定家は翌々日に、女院の臨終に立ち会った興心房から、詳細な様子を聞いた(九月二十日条)。興心房の話では、十七日夜半に危急の状態となった。早産の上に逆子であり、父道家らが周章する中、十八日朝、女院は男子を死産し、容態が悪化、道家の命で興心房が授戒した。その時、因子が女院に、お聞きになっていますかと尋ね、女院が聞いているというご様子を見せ、合掌されて臨終となった。興心房は一度退下したが、また道家に召されて参ると、今からご出家の儀を行なうようにという命があり、女房の刑部卿と因子とが、女院の御髪を分け、水で湿し奉り、興心房が頭を剃り奉った。そこには「又以水奉湿、無煩奉剃了」とある。ふつうは尼削ぎであるが、例えば『狭衣物語』巻二、重病の女二宮の出家剃髪について「きろきろとなし奉りても、時の間の御命を助け奉りて見奉らむ」と乳母達が言う

例もあり、あるいは髪をすべて剃り落としたのかもしれない。御衣の袈裟を着せ、因子が念誦を御手にもたせた、という。『増鏡』(第三・藤衣)が「若く清らに美しげにて、盛りなる花の御姿、時の間の露と消え果て給ひぬる、言はん方なし」と記すように、花のように美しかった藻璧門院が二十五歳の若さで逝去し、このような変わり果てた姿となったのは、因子にとって生涯忘れられない悲しみであったに違いない。因子と同じように健御前は、八条院が崩御した時に臨終の世話を行い、気丈さを失わずに御衣をかえ、棺に納めたが、心中は悲しみに茫然としたことなどを述べている(『たまきはる』)。

因子は、女院の難産、逝去、没後の出家の儀など、すべて手ずから世話し、すべてを見届けて、直ちに自らの出家をも決意し、その時に父定家に袈裟を用意してほしいとだけ、知らせてきたのである。九月二十日に、因子の妹の香も出家を定家に願い出た。香は以前より出家したいという本意があり、定家はこれも許す。香は三十八歳である。

四　出家とその後の生活

天福元年(一二三三)九月二十三日、因子は香とともに、興心房の菩提院において出家した。『明月記』に、父定家は娘の出家の儀を、克明に描写している。

未一点、向菩提院房謁申興心房、不経程女房等来、即始其作法、房主紙二枚ニ被書左右字〈各一字〉、次分左右髪、各結之、次懸水瓶湯、先是令拝父母国王氏神〈只乍坐也〉、戒師取頭剃、被剃始〈左髪三、右髪一歟〉、次静俊替剃左髪了、共人取其髪、裏左字書紙〈髪甚多〉、次剃右、又如此、次其上又委剃、終懸湯洗、次著衣〈帯〉、次戒師取

袈裟、誦文被授、尼取之載返之、戒師又誦文被授、三度載了、又取之結之、被着袈了云々、起改座、次第又如此、二人着袈裟了、相共参持仏堂釈迦如来、道場戒師昇礼盤被授戒了、各退出、如形布施物相具来云々、如手箱物歟、随之不委見、

剃り落とした髪が甚だ多い、と記す定家の胸中はいかばかりであっただろうか。この後すぐに、因子は出家した姿で、為家と共に公経に出家の報告に赴いている。これまで受けた援助の御礼もあろう。家隆や蓮生は定家に因子出家を慰める歌を送ってきた(『民部卿典侍集』四・五、八・九)。九月三十日、女院の葬送が行われ、因子は素服を賜っている。

十月十一日、定家自身も出家し、明静となった。興心房を戒師として出家の儀が行われ、為家と因子も出席した。定家は前年末に官を辞しており、宮廷から退いていた。嫡男為家はすでに公卿に列して正三位参議右兵衛督となっており、西園寺家・九条家の庇護、蓮生(為家岳父)の支えもあって、御子左家の将来に不安はない所まで来ていた。この頃の定家は『新勅撰集』撰者としての仕事は残しているが、出家の機を窺っている時期であったであろう。妻(西園寺実宗女・公経姉)もすでに出家していた。ちょうどその頃に藻璧門院が逝去し、娘が自分に先んじて出家するという悲しみに遭い、定家自身も出家を決意したのである。新古今時代の知友の多くはこの世を去り、出家を見舞う歌(『民部卿典侍集』一〇)を送ってきた家長は、新古今時代の残り少ない知人で、晩年の定家と親しかった。定家は返歌(同一一)で「生ける世にそむくのみこそ悲しけれ明日ともまたぬ老いの命は」と、老い先短い自らの命を詠ずる。

天福元年十月十四日、因子は香とともに興心房のところへ行き、故藻璧門院の御帯の絹に描いた不動明王の画像の開眼をしてもらう(同日条)。

故女院の仏事がさまざま行われる。為家や因子もぞれぞれ女院墓所で追善仏事を修す(十月九日条・二十八日条)。この時為家は藤原頼資に諷誦文を依頼し、頼資自筆らしき清書稿が『明月記』に継がれており、当時そのままの諷誦文

を見ることができる。[11] 十一月七日の四十九日も終わる。公経は四十八体の三尺阿弥陀像を造立した(十一月八日条)。十一月十一日に、道家が、「或人」の夢に現れた故藻璧門院の歌二首と、それに唱和する道家の歌二首を定家に送ってきた。[12] 定家は丁重に返事を書き、その内容を『明月記』にも記している。歌四首は『民部卿典侍集』七四—七七番にある。

十一月七日の故女院四十九日の後は、女房たちは旧院御所(故女院御所の冷泉殿)から退出せよと、恐らく道家からの命があったが(十一月四日条)、一転して旧院御所にいられることになった(十一月七日条)。因子も一周忌までは旧院御所に祗候しつつ、定家の一条京極邸に帰ったり、後堀河院御所、四条天皇の内裏、道家邸(一条殿)などへ参っている。因子は以前から道家室(公経女)に近く接しており、一条殿に参上するのは道家室の召しによるのではないかと思われる。

天福元年十二月一日、因子は嵯峨の栖霞寺(清涼寺)へ参るが、これは昨年九月に藻璧門院が夢に嵯峨釈尊を見たことを仰せられたことがあり、近習であった女房たちが連れだって参詣した。そしてさらに因子は十二月二十日から七日間の参籠をし、二十七日に帰る。「又中院尼上〈三位侍従母儀〉同被来訪、詠歌多有贈答等云々」(十二月二十七日条)とあり、参籠中の因子と、中院に住む俊成卿女との詠歌・贈答歌があったと定家は書いている。これが『民部卿典侍集』にある因子と俊成卿女との贈答歌群に関わる記事である。[13]

翌天福二年(文暦元年・一二三四)八月六日、病弱であった後堀河院が、病のため二十三歳の若さで崩御した。藻璧門院崩御で世は諒闇であったが、さらに諒闇が続く。『増鏡』(第三・藤衣)には重なる崩御への世の人々の悲嘆が描かれている。九月十八日、故女院の一周忌が行われた。道家・道家室・教実をはじめとする人々や、因子も出席した。そして四十九日後も冷泉旧院に残っていた女房たちは、この一周忌の日に因子も含めてすべて退出した。四十九日後も

旧院に留まる娘を心配していた定家は「一周如夢馳過、無為退出、適可謂冥助」と書き、ほっとした様子である。

因子は、藻璧門院逝去の天福元年(一二三三)九月十八日から嘉禎元年(一二三五)十二月までずっと、毎月十八日の月忌(又は代替日)に、同じく女院女房であった権大夫などと共に女院墓所の法華堂へ参っている。権大夫は藤原盛房女、九条道家家司の資親の妹で、因子同様に尼となっていた(天福元年九月三十日条)。亡き主君の月忌に必ず参るのが、仕えた人々の追慕の表明であったことは、『讃岐典侍日記』にも見える。後堀河院近臣の為家は、後堀河院の月忌に忠実に参っているが、因子が後堀河院の月忌に参ることは『明月記』に見えない。因子は後堀河院典侍であったが、典侍は一人ではないし、また因子は中宮あってこその典侍出仕であり、中宮女房が主たる立場であって、中宮女房としての意識が強かったのであろう(14)。

さて因子は、その後の人生をどのように生きたのだろうか。一般に、出家した後も女房として出仕することは散見され、特に主君が出家している場合は多い。たとえば健御前は建永元年(一二〇六)出家後も八条院(すでに出家)・春華門院(昇子内親王)に仕えている。因子は一周忌の後も、道家邸(一条殿)、四条天皇の内裏などへしばしば参っているが、長く滞在することはなく、その日のうちに定家邸へ帰っているので、この頃の因子は局はなく、女房という立場ではなく、召しに応じて参上していたとみられる。

時折、幼い姫宮や姫君に見参している記事が見える。文暦二年(嘉禎元年・一二三五)六月三十日条で、因子は内裏に参った後、一条殿(道家邸)に参り、そこで「入准后宮見参」とある。「准后宮」とは暐子内親王であろう。貞永元年(一二三二)九月三日に生まれ、母は藻璧門院、四条天皇の同母妹。同年十一月二四日に内親王宣下、翌年二月十三日に安嘉門院の猶子となった。安嘉門院領の継承のためであろう。この年、二歳で母藻璧門院に死別、二年後の文暦二年(嘉禎元年・一二三五)二月三日に准三宮(『明月記』ほか)。かつて後堀河院・藻璧門院らが制作した豪奢な「天福元年

物語絵」は、「姫方」おそらくこの暲子内親王のもとに伝えられた(『古今著聞集』巻十一)。因子と同様に藻璧門院女房であった宰相が、最近姫宮の所に人がいない(しかるべき女房がいない)ので、召されて祗候している、と言っているが(文暦二年三月二十七日条)、これはこの暲子内親王であろう。宰相も尼となっているが(天福元年十二月十三日条)、改めて道家に召されたとみられる。しかし暲子内親王は、嘉禎三年八月二日に六歳で没した。

因子が、おそらく道家女と思われる幼い病気の姫君に見参している記事もある(嘉禎元年十一月十日条)。因子はそのキャリアや年齢から、姫宮・姫君の養育をする女房や乳母などにふさわしい人材とみられていたのではないかと思われるが、結局そうした養育係となったかどうかはわからない。嘉禎元年(一二三五)十月五日条で、為家が定家に「典侍女房説事近々歟、尤可忩歟云々、又達申禅室返事此間由承也、定有其沙汰歟」と語っているのは、因子が改めて女房として出仕すること等に関わる言のように思われるが、関連の記事が残らず、ここは自筆本もないので、判然としない。

『明月記』の因子記事は嘉禎元年(一二三五)十二月二十七日が最後である。嘉禎二年以降の『明月記』が残らないため、因子の消息は伝わらず、没年もわからない。定家は仁治二年(一二四一)八月二十日、八十歳で没した。為家が行った定家七七日の表白文草稿が残るが[15]、その場に因子がいたかどうかは不明で、存生なら四十七歳になっている。

因子の生涯は多忙な女房生活が大半であった。筆者不明だが『明月記』建久七年五月六月記紙背(第三19)に「又内裏よ、この殿よと、まとゐありき候へば、老骨とかやも折れ果てて[16]」という女房らしい人の嘆きがあるが、因子の生活も同様であっただろう。

五　女房の衣装

女流日記の服飾表現、特に『とはずがたり』の衣装等については、岩佐美代子の論[17]に詳しい。しかし女房出仕を支える実家の側の経済的負担感について、直接具体的に描写する作品は少ない上に、岩佐論のほかには詳しい研究はあまり見られない。

健御前の記すところを見ると、『たまきはる』では、「定番の女房廿人ばかりは、身の装束、行器などまで、みな上より御沙汰あり」とあり、常時出仕の定番の女房は、衣装などすべて上から下賜されたとあるが、それは万事規律正しい建春門院御所の事である。対照的に八条院御所では万事ゆるやかで、「何を着よと言ふ事もなかりしかば、……わが心にしたきままにて、褻、晴もなし」という状態で、逆に衣装を準備する経済的苦労はなかったであろう。

けれども因子の仕えた安嘉門院は芸能などを好み、御所は贅沢風流な気風であった。後年の文永四年（一二六七）の安嘉門院御所の描写であるが、『増鏡』（増補本系本文・北野の雪）に「さぶらふ人々も常にうちとけず、衣の色あざやかに、はなばなと今めかしき院の内なり」とあり、女房たちは多忙で、衣装が華やかであったことが特記されている。さらに因子は続いて、勢威を誇る竴子中宮の側近女房・後堀河天皇典侍となったのである。特に富裕とは言えない御子左家のような家にとって、女房の衣装の経済的負担は大変なものであったようで、因子の衣装の準備をする父定家の苦労が『明月記』に詳しく書かれている。因子周辺に留まらず、女房研究にも貴重な資料である。

安嘉門院に先立つ後鳥羽院時代では、因子の衣装に関して、五節の出仕に「女房晴出仕、旁人之費也、又非身光華、太無益歟」（建暦二年十月二十四日条）と定家が嘆くことが少し見えるが、後鳥羽院女房として出仕できるなら、大した

問題ではなかったのではないかもしれない。けれども安嘉門院女房の時には、前述のように数か月にわたって籠居した末、禁色が聴され、嘉禄三年(安貞元年・一二二七)正月十六日には再出仕したが、二年後、寛喜元年(一二二九)春夏頃また数か月籠居しており(同年三月一日条)、これは「依貧籠居」であるという(同年七月十八日条)。前述のような華やかな安嘉門院御所の中で、折々の衣装を用意できないため籠居させたとみられる。定家が因子の安嘉門院出仕に対して前向きではないことも影響しているのだろう。ただし因子は時々密かに参上している。

寛喜元年(一二二九)九月、公経から竴子女房となるよう依頼された時、定家は経済的負担を思って苦慮し、家司忠弘と相談を重ね、「無足鵞眼六十一貫云々、是只衣装許歟、貧家之涯分、実無計略事歟」(十月二日条)と嘆くが、公経が援助を約束し(十月三日条)、讃岐国の一村が下賜された(十月二十日条)。十一月十六日に竴子が入内。十七日条に女房装束が列挙されるが、「入内日十八具、……」以下、自筆本『明月記』では別紙が継がれ、当時の書き留めかもしれない。定家は折々に因子に物具衣を送り、年末には因子と局の者達の正月の衣装を送る(寛喜元年十二月二十九日条等)。寛喜二年正月三日間は異なる衣装をまとったが、寛喜三年の正月は三日間同じ衣装を着よとの新制があり、一具だけ送った。また新制に従って、寛喜三年の重陽節会の衣装を因子は用意しなかったが、内裏の女房たちは新制を守らずに用意しており、因子があわてて定家に手紙を送って頼み、定家は急ぎ衣装一式を用意させて送ったということもあった(寛喜三年八月三十日条・九月九日条)。この間にも、公経から季節に合う衣や調度を賜る記事は頻繁に見え(寛喜二年二月十三日条・四月一日条・五月三日条)、藻璧門院からも賜り(五月五日条)、定家は「毎物非私力、貧家之恥也」(同)と嘆く。西園寺家や九条家の援助なしにはやっていけず、定家は西園寺実氏と会った時、「宮仕女房、毎時節廻転、無其計之由、可被申北政所之由等也」と、季節ごとに衣装を用意するのが困難である旨を道家室(藻璧門院母)に伝えてほしいと依頼(寛喜二年四月五日条)、重ねて実氏にも頼む(八月十六日条)。因子が典侍となった後もこうした

記事は多く、道家室や公経らから援助はあったが、それにしても季節毎に衣装や局の調度を改めねばならない。寛喜三年九月二十二日条には、十月から冬の衣となるが、その用意が困難なので、九月末に退出せよと何度も因子に言い、因子はお仕えする人が少ないからと退出を嫌がり、やりとりの末、結局家司忠弘(賢寂)が何とか工面しましょう、と言ったという顚末が見える。

定家は天福元年五月十九日条で「出仕之計次第哀弊、無其方術」と嘆いているが、六月九日、後堀河院国衙領である播磨国上岡郷(越部庄に隣接)が因子に下賜された事を実氏から聞き、定家も家司賢寂も大変喜ぶ。為家も細川庄近くの一村を下賜された(二月十一・十二日条)。この年の重陽の装束も賢寂が調えた。「女房装束、貧家営出云々〈賢寂沙汰也、裏菊、面白、但其表織紫筋云々、近日筋繁昌、如此事、往事若齢着之、今老者好之、甚不甘心〉」(天福元年九月九日条)とある。表着に紫の筋(縞柄)を織ってあるらしい、最近筋が流行しているが、昔は若い女が着るものだった、老女(因子は三十九歳)が筋を好むのは感心しない、とぶつぶつ言っているのは面白い。なお、定家が因子の女房装束を用意したのはこれが最後で、この直後、因子が出家する袈裟を用意することとなるのである(九月十八日条)。

以上のような記述は、華やかな女院御所や盛運を誇る中宮御所、内裏などへの女房出仕が、実家にとって経済的にいかに大変なものであったかをリアルに語っている。定家はしばしば「老女房」「老者」とやや揶揄的に因子を言うが、女院の重鎮女房、かつ女房集団のトップである典侍にとって、豪華な女房装束は職務と直結しており、宮廷女房という存在を象徴するものと言えよう。因子が出家後、「たち別れうき世出づべきつまとてや花色衣着つつなれけん」(『民部卿典侍集』四二)と、女房生活を振り返って「花色衣着つつ」仕えた自身を回想しているのは、修辞上のことではなく、まさしく実感であったと思われる。

実家側が女房装束を工面するのにこれほど苦労しながらも手に入れたいのは、宮廷女房が得る情報であり、主君の

傍らで様々なことを見聞きする女房こそが、貴重な最新情報・人事情報を迅速に家にもたらしてくれ、それが家の繁栄や男子達の昇進等に寄与する。因子が様々な局面で定家に情報を伝えてきていることは、『明月記』に記されている。女房のこうした役割については序章でも述べている。

六　家と女房

御子左家は歌の家だが、女房の家と言っても良いほどに女房が多い。特に俊成の娘たち（定家の姉妹たち）に多く、院、女院、内裏、内親王など各御所に女房として出仕し、そこで得た貴重な情報を家にもたらし、昇進や出仕などに寄与している。定家は姉妹十一人がみな禁色の女房であることを誇らかに記している（嘉禄二年十二月十八日条）。彼女達は女房として互いに支え合い、初参するのを世話し、養女関係を結ぶなど、強固なネットワークを作っていた[18]。因子の女房出仕も、血縁の御子左家の女性たちによって支えられている面が大きい。

定家妻（実宗女）の生母、即ち因子の祖母（尼公）は、教良女で、近衛院典侍、また高倉院女房の新中納言であり、実宗との間に四子を生む。そのキャリアと人脈を用いて、因子出仕に尽力し、元久二年（一二〇五）十一月九日の後鳥羽院御所初参と二十二日の見参の当日に因子に同行したこと等が、土谷恵の論[19]によって明らかにされている。初参前の十一月三日には、因子は祖母と同車して七条院（後鳥羽院母）へ参っているが、七条院と祖母とは、高倉院女房として朋輩であったとみられる。後鳥羽院初参の日には、祖母が、院の寵愛を受けている女房の坊門殿に依頼し、因子の裳腰を結んでもらった。建暦二年（一二一二）二月十日条では、御殿の朝餉の故実を因子に教えている。また同年十月二

十四日に卿二位兼子が因子に五節に参仕するように命じた際、この祖母に参謁するよう命じている。ところで、前述の初参に先だって、祖母は旧知の女房で今は院女房の新大夫に会っているが(元久二年十一月九日条)、これは健御前の『たまきはる』(『建春門院中納言日記』)に見える建春門院女房の新大夫殿であり、健御前の朋輩でもあった。健御前は定家の同母姉で、因子にとって身近な叔母であり、共に日吉参籠したこともあった(建永元年十二月十九日条)。健御前は『たまきはる』に、建春門院、八条院、春華門院のことを書いているが、因子もこれを読んでいると思われ、『民部卿典侍集』には『たまきはる』からの影響が見られる。[20] この健御前のほかにも、因子は多くの叔母達から薫陶を受けたに違いない。また従姉妹にあたる三位(安貞元年に叙二位)成子は、定家の異母姉後白河院京極の娘で、後堀河天皇の乳母として権勢があり、因子の典侍出仕を助けた。

加えて、因子が出仕した時、身近で因子を支えたのは血縁の妹・姪らであった。後鳥羽院に出仕していた時、妹の新中納言が一時共に院に仕えていたことは前述した。安嘉門院女房であった時は、「御方と云〈定修妹也〉」(嘉禄三年正月十六日条)が因子に侍女として仕え、これは浄照房(光家。因子の異母兄)と定修の妹、つまり因子の異母姉妹である。藻壁門院女房であった時は、因子の同母妹の香が因子にずっと仕え、共に出家した。浄照房の娘である高諦も、因子の局の侍女として因子に仕えていた(寛喜元年十一月十日条・同二年三月十四日条)。[21] 定家は因子だけではなく御方や高諦の衣装も調えている。また因子、香、高諦は、寛喜三年九月二十五日に退出し、翌日そろって灸治を受けた事なども見える。なお浄照房の別の娘が、道家室(公経女)の女房として出仕しており(天福元年四月十七日条)、おそらく道家室に近い因子と会うことも多かったであろう。また為家二男為定(後の源承)を定家は当時養育しており、八歳の為定を因子の局に参らせ、中宮の御簾前にも召されて参った(寛喜三年正月十六日条)。因子の局の雑事・使い等の奉仕のためであろう。このように一家をあげて、因子の女房出仕を支えているのである。

ところで定家は『明月記』寛喜元年(一二二九)十一月三十日条で、次のように言う。

右大臣殿、此女房、毎事穏便、言語分明、他人皆恥人、現未練気色、不能問答由、令語給云々、老者之得分歟、

竴子に出仕後、右大臣教実が因子を評して、事をすべて穏便に運び、言葉が明瞭である、他の女房は人を恥じ問答できなくて困る、と褒めている。定家は三十五歳という老者の得分かと言うが、因子は若い頃から重用されていた。この教実の言は、『紫式部日記』『たまきはる』『阿仏の文』[22]などで述べられるような、宮廷女房が持つべき態度の基本とまさしく一致するものであり、典侍にまでのぼりつめた因子の女房としての資質が知られる。

七　父と娘

『明月記』の中には、これまで見てきた中にもあるように、定家から娘因子への思いをしばしば見ることができる。一つの逸話を取り上げておこう。藻璧門院崩御の後、因子は一周忌まで旧院御所にいるが、一周忌を前にした天福二年(文暦元年・一二三四)九月十五日条を掲げる。

持仏堂仏壇寄東壁奉渡、冷泉旧院御仏、為持仏申請、可奉渡由、典侍日来示送、不可合此小堂、雖非始終事、先奉渡、可求堂宇歟、微力定不及歟、

旧院の故女院の御仏である釈迦三尊を、因子は持仏にしたいと父に願い、定家は娘の願いを聞き入れ、譲り受けることにした。定家は、家の小さな持仏堂には不似合いだが、東の壁に仏壇を寄せて、先にそこに運んでから堂宇をなんとかしよう、微力が及ばないかもしれないが、と思案する。九月十七日に定家が旧院に行き、尼となった女房たちと

話し合っているのは、おそらくこの件についてであり、十八日、賢寂が御仏を運び出し、雨なので為家邸に仮置きした。翌十九日に釈迦三尊は定家邸に運ばれ、持仏堂に奉安された。

定家は『明月記』に為家への夜鶴の思いを直接書くことは少なく、逆に否定的な筆致で書くことが多い。因子についても、家集『拾遺愚草』には因子への親の情を詠んだ歌は一首もない。けれども『明月記』には、因子への愛情を、時に直接的に、時に淡々と記している。些細な記事も興味深く、たとえば天福元年十二月二十日から因子は清涼寺七ヶ日参籠を行うが、二十六日条で定家は「閑居殊寂寥、寒天又陰、嵯峨参籠、已満七ヶ日了」と言い、もう七日は終わったのに、と寂寥の念を記す。因子は翌日帰る。また、因子が女院の月忌に墓所の法華堂へ参る時、墓所は月輪殿の近くで「御墓所参、牛車極難堪歟」（天福元年九月二十二日条）とあり、牛車は難しい所なので、雪の日には、「典侍〈伴権大夫〉参詣法華堂、雪中定有煩歟」（嘉禎元年十一月十八日条）と、雪の中の足まで心配する。

香に対しては、「典侍之弟女子、善悪無所憑之故、雖方丈之地、為宛彼料、所令買取也」（寛喜三年九月二十四日条）とあり、頼む所のない香のために狭小の土地だが購入したという記事もあるが、因子に比べて香の記事はごく少ない。また因子・香の同母妹の新中納言[23]は、前述のように因子と共に一時期後鳥羽院に仕え（『明月記』）、その後その皇女煕子内親王に長く仕えて、没後はその養女の和徳門院（仲恭天皇皇女義子内親王）に仕えたと『十六夜日記』に記されるが、新中納言に関する『明月記』記事は更に僅かである。

因子が為家と共に家を支える存在であり、平安時代から鎌倉時代にかけては家で嫡女が特に重視されたこともあろうが[24]、定家にとって、因子はやはり特別な娘だったのであろう。『明月記』の仮名書き部分は因子のために書かれたものかと五味文彦[25]が推定している。とりわけ老いた定家が『明月記』にしばしば流露させる娘への思いは、さすがに凝縮された表現を象っていて、父と娘の姿を浮かび上がらせている。

（1）いずれも『古典文学論考 枕草子 和歌 日記』（新典社、一九八九年）所収。
（2）田渕句美子・中世和歌の会『民部卿典侍集・土御門院女房全釈』（風間書房、二〇一六年）。
（3）『明月記』天福元年九月二十三日条に、「次女也」とある。
（4）この月次絵については、第一部第四章参照。
（5）順徳天皇の内裏女房で中宮立子（道家姉）にも仕えた。第六部第二章参照。
（6）森本元子（前掲書）は、『明月記』における因子の記事が、建暦元年（一二一一）から十五年間については、その名も事蹟も見出だすことができないとするが、それはこの間の「女房」を因子と認定しなかったためであり、建保元年までは多くの因子関連記事が「女房」「女子」などとして見える。「民部卿典侍因子年譜」（前掲）参照。
（7）尾上陽介「『明月記』原本及び原本断簡一覧」（『明月記研究提要』八木書店、二〇〇六年）参照。
（8）安嘉門院御所とその女房たちについては、井上宗雄『鎌倉時代歌人伝の研究』（風間書房、一九九七年）、田渕句美子『阿仏尼』（人物叢書、吉川弘文館、二〇〇九年）参照。
（9）この条は、定家の姉妹たちの伝を正確に伝える重要資料となっている。自筆本断簡については川上新一郎「明月記切二葉」（『三田評論』九九六、一九九七年一一月）参照。
（10）この物語絵については、田渕句美子「後堀河院時代の王朝文化――天福元年物語絵を中心に」（『平安文学の古注釈と受容』二、武蔵野書院、二〇〇九年九月）参照。
（11）佐藤恒雄『藤原為家研究』（笠間書院、二〇〇八年）参照。
（12）天福元年十一月・十二月二巻は、日本大学総合学術情報センター所蔵であり、影印が日本大学日本語日本文学デジタルアーカイブで公開されており、以下これに拠る。また大野順子「『明月記』天福元年十一月十一日条について」（『明月記研究』一四、二〇一六年一月）参照。
（13）『民部卿典侍集・土御門院女房全釈』（前掲）参照。

(14)　典侍となっても中宮女房たるべき意識が、本人・周囲にあったことは、『玉葉集』秋下・六七二・六七三、西園寺実兼と藤原為子との贈答歌に明瞭である。中宮(後の永福門院)の女房から典侍となった為子に対して、中宮の父実兼が、中宮の里第退出のお供をせずに為子が内裏に残ったことを歌で咎め、為子が丁重に弁解して返歌している。

(15)　佐藤恒雄『藤原為家研究』(前掲)参照。

(16)　『翻刻明月記紙背文書』(朝日新聞社、二〇一〇年)による。適宜漢字を宛てた。

(17)　『宮廷女流文学読解考　総論　中古編』『同　中世編』(笠間書院、一九九九年)。

(18)　土谷恵「尼たちの中世──『明月記』の世界から」(『駒澤大学仏教文学研究』一〇、二〇〇七年三月)参照。

(19)　「定家妻の母の尼公」(解説五、『明月記研究』一、一九九六年一一月)。また稲村榮一「健御前と定家夫妻」(『明月記研究』八、二〇〇三年一二月)は、教良女と健御前が女房として親密であったことが、定家と権門西園寺家の実宗女との結婚につながったのではないかと推測している。また定家は健御前の猶子であったと指摘する。

(20)　『民部卿典侍集・土御門院女房全釈』(前掲)参照。

(21)　従来使われてきた国書刊行会本等では「家光女也」とあるが、定家自筆本には「光家女也」とあり、定家の孫女であることが明らかとなった。

(22)　第二部第一章、第五部第四章など参照。

(23)　和徳門院新中納言については、佐藤恒雄『藤原為家研究』(前掲)参照。

(24)　野村育世『ジェンダーの中世社会史』(同成社中世史選書22、同成社、二〇一七年)第五章。

(25)　『明月記の史料学』(青史出版、二〇〇〇年)。

第四部

中世女房たちの仮名日記

――書き残すことへの渇望

第一章　建礼門院右京大夫とその集——実人生と作品と

建礼門院右京大夫は、そして『建礼門院右京大夫集』(以下『右京大夫集』と略称する)とは、どのような人、どのような作品であろうか。もちろん『右京大夫集』とそこに書かれている右京大夫については、私達は良く知っている。だが『右京大夫集』という作品を考えるとき、私達はあまりにも作品中に描出された作者像にとらわれ過ぎているようにも思われる。『右京大夫集』に書かれていない軌跡はどのように推定できるであろうか。その上で『右京大夫集』を読み直した時、どのような位置づけが可能であろうか。このような問題意識を持ちつつ考えてみたい。

一　作者の周辺から

建礼門院右京大夫自身の伝記については先学の諸論があるが、(1)『右京大夫集』と『隆信集』をはずすと、確実なものは非常に少ないのが現状である。ゆえに本稿では推定や仮定が自ずと多くなってしまう面もあるが、出来る限り外部徴証を押さえながら論じていきたい。

先学の諸論が述べる通り、建礼門院右京大夫の父は、宮内少輔従五位上藤原(世尊寺)伊行、母は大神基政女の夕霧

である。

右京大夫の姉妹はどのような生涯を送ったのであろうか。『尊卑分脈』伊行の項の女子には「女子　建礼門院女房箏　右京大夫　母夕霧　太神基政女」「女子　大夫局　母」「女子　母」「女子　忠能卿妻　母」とある。このうち最後の女子については、『尊卑分脈』が「忠能卿、拠補任恐有誤」とするように、藤原忠能は大蔵卿長成の父であって、保元三年（一一五八）に六十五歳で没しているから、何かの誤りであろう。

これらとは別の女子かどうかは不明だが、藤原（大炊御門）頼実の室になった伊行女がいる。『尊卑分脈』には頼実男家宗の項に、「従三位　侍従　兵部卿　母宮内権少甫藤原伊行女」とあり、家宗は『公卿補任』によれば頼実一男である（嫡男の師経は頼実弟）。頼実は久寿二年（一一五五）生で、太政大臣に至り、卿三位（のちに二位）兼子が夫宗頼を亡くしたのちに直ちに兼子を妻とし、夫婦で後鳥羽院に密着して権勢をふるった。頼実が卿三位と結婚した時の『明月記』建仁三年（一二〇三）十二月三十日条を、自筆本により掲げる。

太政大臣通于卿三位〈不聞其日、歳内事云々、有年来妻室、経卅年〉、夫妻共旧年四十九、

これによれば、頼実は三十年前の承安三年（一一七三）頃に、十九歳で結婚したとみられる。卿二位との結婚により離縁した[2]、この三十年来の妻とは誰であろうか。頼実の妻には、この伊行女（一男家宗母。家宗の生年不明）のほか、平時忠卿女（二男頼平母。頼平の生年は一一八〇年）と、藤原定隆卿女従二位隆子（陰明門院麗子母。麗子の生年は一一八五年）がいる。このうち、陰明門院は父頼実と卿二位との結婚によって土御門天皇への入内がかない（『愚管抄』）、元久二年（一二〇五）入内の時に母隆子は従三位になっているから、隆子ではないだろう。頼平母の可能性もあるが、頼平は、「本是居住仁和寺、一身無従、（中略）、父新妻之後、禁色近習」（『明月記』元久元年四月十六日条）とあり、窮乏していたが父頼実と卿二位の結婚によってめざましく立身し、元久元年以降近衛権少将、春宮（順徳）権亮、禁色をゆるされ、陰明門

院の職事ともなり、承元四年(一二一〇)に蔵人頭・参議となり、承久三年(一二二一)には正二位中納言に至った。また頼平女は頼実新妻卿二位の養女となっており、卿二位との関係が深い。これに対して家宗は、一男でありながら弟頼平に較べて不遇で、頼平が参議となった承元四年にようやく非参議従三位となり、翌建暦元年(一二一一)兵部卿となったが、十月十日に若くして薨じた。定家は、頼実が旧妻を棄てたことを後年になって再び糾弾している。以上のことから、不遇であった一男家宗の母が頼実の最初の妻で、棄てられた妻である可能性が高いのではないか。つまり、右京大夫の姉妹である伊行女は、承安三年(一一七三)頃に頼実と結婚、家宗を生んだが、夫頼実は正治元年(一一九九)太政大臣に至り、建仁三年(一二〇三)卿三位と結婚したため、三十年来の妻の地位を失い、家宗も建暦元年(一二一一)に没したということになる。

このほか、七条院権大夫の母であった伊行女がいることが、これまでにも指摘されている。七条院権大夫は『新古今集』に一首(秋上・三〇六)、『続古今集』に一首(哀傷・一四四一)入集する女房歌人であるが、父は蔵人左京権大夫光綱(『勅撰作者部類』『続古今和歌集目録』ほか)であり、母は宮内少輔伊行女(鳥丸本『新古今集』勘物・鷹司本『新古今集』勘物)と伝えられる。(4)七条院権大夫については、兼築信行の論で述べられているが、(5)建保二年(一二一四)順徳天皇内裏で行われた『月卿雲客妬歌合』に出詠、『紫禁和歌草』『古今著聞集』に見えることが指摘されている。父の光綱は藤原光房男、吉田経房の弟であり、建礼門院判官代などを経て左京権大夫となり、文治五年に正五位下蔵人となったが、建久五年(一一九四)四月十二日に五十二歳で頓死した(『玉葉』『蔵人補任』)。光綱女がいつ七条院の女房になったかは不明であるが、父の官名による女房名であったことは間違いない。母が伊行女であるから、建礼門院右京大夫の姪にあたる。なお光綱兄の経房は、周知のように平家滅亡後に維盛室が再嫁した人物で、経房母は俊成妹である。

このように、建礼門院右京大夫の姉妹は、頼実卿妻(家宗の母)、光綱妻(七条院権大夫の母)、「忠能卿妻」(マ、)など、

いずれも夫を持つ。もちろん建礼門院右京大夫が結婚しないまま生涯を送ったという可能性もあるが、あるいは、長い生涯のうちで夫(もしくはそれに近い男性)がいた可能性を全く否定はできないと思われる。(6)

少なくとも、右京大夫が後鳥羽天皇の内裏女房として再出仕するに際して、庇護者・後援者がいたことは間違いないのではないか。この時右京大夫は「さりがたく言ひはからふことありて、思ひの外に、年経てのち、また九重の中を見し身の契り、かへすがへす定めなく、わが心の中もすぞろはし」(三二三)と記す。このように再出仕を意に染まぬものと捉える意識は、周防内侍の和歌や『讃岐典侍日記』などに多く見られるものであるが、それはそれとして、内裏に出仕することの重さやそこへ至る経緯などに注目したい。一般に、女房の後援者は、内裏・院などの女房を通して、自家や官途のために、様々な情報を獲得したり、種々の関係の形成に益するからこそ、その女房の出仕を経済的に支えるのであり、それは父・兄弟・夫など身近な近親であることが多い。岩佐美代子(7)は、『讃岐典侍日記』後半部、新帝出仕の際に作者が相談した人物は夫であると推定し、当時公的女房の給与はほとんど有名無実化しており、女房生活を物質的に支えるのは父・兄姉・夫という後見であったこと、それは有力女房を自家から出すことによる有形無形の見返りの期待のゆえであること、新帝再出仕という重大な決断には財政的基盤の有無が関わること、讃岐典侍にも堀河帝時代から後援者たる夫がいて、夫が再出仕を哀訴説得したことなどを述べている。右京大夫の場合は典侍ではないが、内裏への再出仕という点では同じ状況である。当時右京大夫の父母は既に没しているので、庇護者にはなり得ない。これまでは、再出仕の前は『拾玉集』五一四八(後述)によって慈円の僧房にいた兄尊円のもとに身を寄せ、庇護を受けていたと推定されてきたが、これは文治五年(一一八九)のある時に右京大夫が尊円の房に滞在していたことを示すに過ぎない。内裏女房となったときの経済的後見が無名の僧ということは考えにくいように思われる。『右京大夫集』の後鳥羽天皇時代の記事の中で、蔵人頭通宗とのやりとりなどを見ると、右京大夫は蔵人頭の取り次

ぎをする、堂々たる内裏のベテラン女房であり、確かな後見もいたのではないか。もちろん兄弟の伊経が後見であった可能性もある。けれども一方で、『右京大夫集』に書かれていなくとも、当時夫(またはそれに近い男性)がいた可能性を全く否定はできないと思われる。

ところで父の伊行は『夜鶴庭訓抄』の作者で、その識語には「伊行卿被書与息女云々」のように、「息女」に宛てて書いたと伝えられている。この「息女」が右京大夫であるかどうかは不明だが、『尊卑分脈』では右京大夫は嫡女である。また『実家集』三七九には、「くないのふこれゆきといひしもの、手かくべきありさまを草子にかきて、それをば夜の鶴となづけて、むすめなるものにとらせおきてみまかりにきと、大宮のかがが語りしかば、……」という詞書があり、伊行は没年の承安五年(安元元年・一一七五)二月(『世尊寺家現過録』による)に娘に贈与したとある。当時右京大夫は中宮徳子の女房であり、右京大夫の可能性が高いのではないか。この書の中で「草子ハナチテハ、人中スマジケレドモ、サリナン人ノ子トテ、無下ニユクヘシラヌハ口惜シキ事ニテ候ゾ。書シヲ見シハ、父イヒシハトテ、問フ人候ハバ、仰セラルベシ。サレバコソ、コト女房ニヒキカヘタル事ニテハ候ハムズレ」のように、家の伝であることを強調しつつ、具体的に、例えば歌書の書き方、主君の御前で仰せ書きをする時の作法などについて、細かに教訓を書いている。娘を入木道の世尊寺家にふさわしく教育し、娘が世尊寺家ゆえの特別な女房として活躍することに大きな期待をかけていたことが窺われよう。『右京大夫集』最後の俊成九十賀で、袈裟に糸で和歌を置くのも、まさしくこうした家の女房として認められている証であると考えられる。

さて伊経は、(8)伊行の後をついで、嘉応から承安ごろ、松殿基房や師家、建春門院などのために上表文や仏事願文などを清書し(『兵範記』ほか)、その後は文治から建久にかけて兼実の同様の文書や文治六年入内和歌などを書き(『玉葉』ほか)、朝廷で書家として重んじられた。元久元年(一二〇四)正四位下となり、宮内大輔、建暦二年(一二一二)十月以

前に出家(『玉蘂』十月十九日条)、嘉禄三年(一二二七)に没した。『尊卑分脈』によれば伊経には一人しか女子がいないので、伊経が、異母かもしれないが姉妹の右京大夫を、キャリアのある世尊寺家の女房として大切に扱い、右京大夫が内裏に再出仕する際にその後援者となったとも考えられる。あるいは建久期に権大納言であった頼実が、妻の姉妹である右京大夫の内裏出仕を後援した可能性も考えられる。ちなみに伊行は、右京大夫出仕以前の嘉応元年から承安元年に既に没していたとする説もあり、(9)その場合は、建礼門院出仕時の実質的後援者は伊経と母夕霧であったことになる。(10)

伊経女の従三位伊子は、右京大夫の姪にあたるが、『尊卑分脈』によれば松殿関白基房の妾となっている。基房は忠通二男で、久安元年(一一四五)生、寛喜二年(一二三〇)没、八十六歳。摂政、太政大臣、関白。かつて嘉応二年(一一七〇)に、平資盛と闘乱する殿下乗合事件を起こしている。後白河院と結んで平家と対立し、義仲死後は政界から離れたが、公事の先達として重んじられた。基房には妻妾・子女が多く、妻妾には女房も多い(『尊卑分脈』『今物語』)。この伊経女伊子も、女房であったと考えられる。伊経女が基房妾になったのは、伊経一男行能(一一八〇年生)の年齢から考えれば、建久期以降のことかと思われる。この基房は、最晩年の嘉禄二年(一二二六)にも愛妾の「春日〈御愛物〉」がいたらしい(『明月記』嘉禄二年六月十日条)。なお基房女に同名の従三位伊子がいて(『尊卑分脈』)、これが混同や誤りでなければ、この母が伊経女伊子であろうか。世尊寺家出身の女房に代々伊子と命名したのかもしれない。

伊経男の行能は、歌人・能書として知られ、定家撰『新勅撰集』奏覧本の清書を行っている。個人的にも定家と交友があり、『明月記』にも頻出しているが、五味文彦は、(11)『明月記』紙背に行能の書状が二点あり、定家は行能の望みを九条道家に取り次ぐなどしていることを指摘している。定家が右京大夫に「書き置きたる物や」(三六〇)と尋ねた背景には、当時におけるこうした世尊寺家、行能と定家の近さもあったと考えられる。

なお伊行男には、伊経、行家、尊円(もとの名は定伊。後述)のほか、『尊卑分脈』には記載がないが、瞻空という僧・歌人がいることを、久保田淳が論じている。[12] ここでは微細なものであるが瞻空についての資料を加えておく。瞻空は、建仁元年(一二〇一)正月四日阿闍梨雅西の入寂の付法に「瞻空　字大夫上人、南都、小田原人、伊行之子、付法二人」(『続伝燈廣録』[13])、「瞻空、小田原院主、大夫聖人」(『血脈類集記』)等と見え、承元三年(一二〇九)三月七日、興福寺別当雅縁発願による大和大野郷石仏供養に「被遂供養、以小田原住瞻空法師為唱導、非有殊徳人、以不受之、供養之日有上皇臨幸(後略)」(『興福寺別当次第』)、「上皇及修明門院当山に臨幸し玉ひて……法会の御導師は小田原瞻空上人なり」(『大野寺略縁起』)とあり、この供養で唱導をつとめたという。また平野多恵[14]によると、小田原寺(浄瑠璃寺)の住僧で、海住山寺貞慶の同朋であり、興福寺の春日版『法華経普門品』の版下を書くなど能書としても知られ、貞慶を中心とする南都の弥勒信仰の高まりのなかにいた一人であったという。このように、建礼門院右京大夫の兄弟瞻空は、後鳥羽院時代に、南都で活躍した僧であり、世尊寺家の人として能書でもあった。

このように、建礼門院右京大夫の周辺資料を改めて見ると、当然のこととは言え、『右京大夫集』に書かれていることはそのごく一部に過ぎず、『右京大夫集』のみから建礼門院右京大夫の生涯を考えることはできないことが、改めて浮かび上がってくる。

二　前半生の事蹟から

建礼門院右京大夫の前半生の中で、大きな問題の一つは、仁安元年(一一六六)四月から八月の間に催された『中宮

亮重家朝臣家歌合』(以下『重家家歌合』と略称する)への出詠の有無である。これに関連するいくつかについて、本節では述べていきたい。

出詠歌人の一人である「右京大夫　殿下女房」が、建礼門院右京大夫であるかどうかは、右京大夫の生年の推定に絡んでいて、以前から問題とされていた。(15)「殿下」はこの年七月に没した摂政近衛基実である。これに密接に関連すると思われるのが、『兵範記』仁安二年(一一六七)十一月二十六日条である。

女房簡　従五位下高階兼子〈弁内侍〉　従五位下平教子〈播磨〉
　　正六位上藤原伊子〈大夫〉　　已上中﨟付上堺

この「正六位上藤原伊子　大夫」を、草部了円(前掲書)は前年の仁安元年に行われた『重家家歌合』に出詠した「右京大夫　殿下女房」と同一人で、さらに『右京大夫集』作者の伊行女であろうと推定している。

草部了円は触れていないが、この『兵範記』の記事は、夫基実が仁安元年七月に没し十一歳で未亡人となり、翌二年従三位准三后となった、平盛子の侍始の記事である。「正六位上藤原伊子　大夫」はそのうちの女房簡に列挙されているのであり、「伊子」は准后盛子の女房である。『重家家歌合』の「殿下女房」の「殿下」は基実であるが、重家は基実家に出入りしており、没後は盛子家の家司に任ぜられて侍始当日も差配している(『兵範記』同日条)。また『重家家歌合』に同時に出詠している女房歌人は、ほかには著名な歌人三河と小侍従であり、またもう一人の「弁　殿下女房」は、『続詞花集』『今撰集』『月詣集』に入集、その詞書によれば忠通家女房で、のち基実の女房になったと考えられ、治承二年『廿二番歌合』の「弁殿」かもしれない。これに対して「右京大夫」という女房歌人は、建礼門院右京大夫以外には撰集や歌合に見出されないので、歌歴からみて、これは建礼門院右京大夫である可能性があると思われる。

『重家家歌合』の「右京大夫　殿下女房」と、『兵範記』の「正六位上藤原伊子　大夫[16]」とは同一人という可能性を認めるならば、この藤原伊子は、はじめ基実か基実室盛子(清盛女)に仕える女房で、基実没後は准后盛子の女房となったとみられる。伊行女にふさわしい「伊子」「右京大夫」という名や、前述のような同時出詠歌人の歌歴から類推して、伊子が建礼門院右京大夫と同一人という可能性があるのではないか。そして、承安元年(一一七一)徳子が入内し同二年立后したころ、家集によれば承安三年以前に、盛子御所から、盛子の姉妹である中宮徳子の御所に移ったということになるであろう。

摂政関白の上表文清書は、当代の能書の最も重要な仕事の一つであるが、右京大夫の父伊行が、はじめは頼長の、その没後は基実の上表や供養願文を浄書していることは、『兵範記』保元三年(一一五八)から基実が没した仁安元年(一一六六)にかけてしばしば見える[17]。仁安三年に伊行が基房(基実弟)の第二度上表を浄書、それ以降は伊行男伊経がずっと基房の浄書をしている。この伊経の女は基房妾となっている。このように、伊行・伊経が、能書として摂関家(基実・基房など)の清書役を勤仕しながら、それぞれが娘を基実・基房の女房とするのは、極めて自然なことであろう。

ところで『右京大夫集』に、次のような場面がある。

近衛殿、二位中将と申ししころ、隆房、重衡、維盛、資盛などの殿上人なりし、引き具せさせ給ひて、白河殿の女房たちさそひて、所々の花御覧じけるとて、又の日、花の枝のなべてならぬを、花見ける人々の中よりとて、中宮の御方へ参らせられたりしかば

さそはれぬ憂さもわすれて一枝の花に染めつる雲の上人　(九)

「近衛殿」は基実嫡男の基通であり、基通が平家の殿上人達と白河殿(盛子)の女房達とを連れて、花見に行った。翌

日、中宮のもとへお土産の美しい桜が献上されたので、右京大夫が中宮の女房達を代表して答礼の歌を詠んだ。まことに晴れがましい名誉の役であっただろう。年時は矛盾があり必ずしも明確ではないが、家集の配列からは中宮出仕後さほど経ていない時かと思われる。新参の女房がこの大役を勤めたのは、あるいは右京大夫が、もとは基実・盛子の女房であった縁によるとも想像できるのではないか。

さて、『重家家歌合』の「右京大夫　殿下女房」について、関戸秀規[18]は、『重家家歌合』の本文中「右京大夫」の一部を「左京大夫」と記す伝本があること、また歌合中の一首の作者を『夫木和歌抄』諸本が「法性寺入道関白家左京大夫」としていることから、左京大夫六条顕輔の女で「法性寺殿女房　関白基実妾　忠良母」(『尊卑分脈』)がこの「左京大夫」であるとし、建礼門院右京大夫ではないと推定した。「右」と「左」とが誤写されることはよくある。しかしこの論に基づいて建礼門院右京大夫ではない、とする論が少なくない。だが『夫木抄』は鎌倉末期の二次資料であり、基本的誤りも多い[19]。『夫木抄』は、「殿下」を長寛二年(一一六四)に卒去した忠通(基実の父)としているが、歌合の仁安元年(一一六六)時点での「殿下」は基実である。そして顕輔女については、井上宗雄がこの一族の伝と共に述べているが[20]、重家・季経の妹で、基実側室であり「寵愛無双、後号六条殿」(『玉葉』治承四年二月十一日条)という。この顕輔女の女房名は仁安元年時点で既に「六条殿」であり(『兵範記』仁安元年九月七日条・十五日条・二十日条、同二年六月九日条)、女房名が「左京大夫」であった証左は全くなく、しかもこの顕輔女「左京大夫」が和歌を詠んだという事跡も知られない。また当時基実は二十四歳ながら既に正二位摂政であり(この年七月二十六日没)、顕輔女は既に通子(長寛元年生。高倉院妃。准后)と忠良(長寛二年生。正二位大納言)を生んでいて、摂政基実の寵愛深い側室であり、一女房ではない。六条殿は、基実没後には仏事を行うなど、宣旨殿(基実乳母)と並んで重要な地位にあったことが窺われる(『兵範記』前掲条)。以上を総合して、『重家家歌合』の「右京大夫　殿下女房」は顕輔女ではないと断定できよう。

するとこれは建礼門院右京大夫である可能性が高くなる。

またこれまでは、右京大夫という女房名が俊成の官によるとすると、俊成が右京大夫になったのは『重家家歌合』以後の仁安三年であり、『重家家歌合』の「右京大夫」は別人であるとする根拠となっていた。しかし注(10)で述べたように、これは曽祖父定実の官名によったと考えて良いため、この点について問題は生じない。『重家家歌合』に出詠していたと仮定すると、生年はおよそ仁平元年(一一五一)前後と考えて種々の点で矛盾はないと思われる。歌歴の点でも、次に述べるように永万元年(一一六五)の「歌林苑十首歌会」に出詠した可能性があるので、翌年『重家家歌合』に出詠するのはあり得るだろう。『重家家歌合』には、隆信、小侍従、雅頼、三河など、『右京大夫集』に見える歌人や、作者と縁のある歌人が多く出詠していることは注意される。判者は俊成であった。

また『右京大夫集』の、古い年代の二首をあげよう。

大炊の御門の斎院、いまだ本院におはしましころ、かの宮の中将の君の

もとより、御垣の内の花とて、折りてたびて

標の内は身をもくだかず桜花惜しむ心を神にまかせて　(七三)

返し

標のほかも花としいはむ花はみな神にまかせて散らさずもがな　(七四)

式子内親王が斎院であったのは平治元年(一一五九)から嘉応元年(一一六九)であり、嘉応元年以前という詠歌年次が集の中で突出して古いため、従来やや違和感も持たれていた。しかしこれも、仁安元年(一一六六)当時既に摂関家の女房であれば、もし中将が俊成女でなくとも、女房として斎院女房と贈答することはあり得るのではないか。[22]

ただ一方では、建礼門院右京大夫が基実家女房であったと断定するには、ほかに確たる証左がないことも問題では

ある。この『重家家歌合』歌が、『右京大夫集』にないことについて、久保田淳(前掲書)が、

家集で「何となく詠みし歌」として一括された作品群の中に五首のうち一、二首くらいは入れておくのが自然ではないかとも考えられるのである。結局、この問題についても明確な結論を出すことはできない。

としている通りであろう。『重家家歌合』については後にまた触れる。

このほかの、右京大夫の前半生における歌歴については、先学の諸論があるので、概観するに留める。多くは『右京大夫集』の題詠歌四〇首(一四—五三)の題から同題の同時詠を探して歌歴を復元するという形で行われている。それは久保田淳、谷知子の注釈でもそれぞれ指摘されており、題詠歌群に関わる諸論もある。(23) ここでは題の具体例は挙げないが、早いものは、永万元年(一一六五)の「歌林苑十首歌会」(五二)であり、兄伊経が出詠していることから、右京大夫も加わったと思われるが、参加せず同題で詠んだ可能性もないとは言えない。また年代は未確定だが「高松宮歌合」(四八—五〇)に出詠した。このほか、題から右京大夫と歌会同時出詠の可能性がある歌人名を列挙してみると、有房、親宗、親盛、覚綱、教長、実定、俊恵、長明、小侍従、若水(皇太后宮大進)、頼政、経正、殷富門院大輔、隆信、伊経などである。このように、右京大夫の歌人的出発の場、詠歌を涵養した基盤は、広く捉えたところのいわゆる歌林苑を中心とする、こうした歌人達とその文化圏の中にあったらしいと言うことができる。

参考までに、右京大夫の兄弟である伊経の歌歴をあげておく。伊経も右京大夫とほぼ同様の歌人集団に属したと考えられるからである。永万元年「歌林苑十首歌会」(証本なし。前述)。治承二年『廿二番歌合』(顕昭判。右京大夫を「ある女歌よみ」と言う判詞あり。後述)。元暦元年(一一八四)「賀茂別雷社後番歌合」(証本なし)。建久二年(一一九一)『若宮社歌合』、顕昭判で、季能、季経、顕家、有家、隆信、兼宗ら三十二人が出詠した奉納歌合。撰集では『千載集』『新勅撰集』に各一首入集し、『月詣集』に一首採られた。

兄尊円も『千載集』に一首入集する。尊円は、『千載集』編纂時に詠草を定家へ送ったことが、『新勅撰集』一一九二によって知られる。歌合・歌会等の事跡が知られない尊円でさえ詠草を送ったならば、幾度か出詠している右京大夫も、『千載集』撰進時に詠草をまとめて、俊成か定家へ送った可能性があるかもしれない。もしそのような詠草があったとしても、それは『右京大夫集』とは全く違うものであっただろう。(24)

右京大夫は『千載集』に入集しなかったが、寿永元年(一一八二)『月詣集』に一首採られた。これは『右京大夫集』になく、歌合・歌会詠ではない私的な詠なので、現『右京大夫集』とは別の詠草か歌稿から採ったものと考えられる。

なき名たつ事をなげきけるに、人のもとより、おもひやる袖も

つゆけしと申したりければ　　建礼門院右京大夫

何か思ふ露けかるらん袂にてわが濡れ衣のほどはしるらん　　（巻九・雑下・八一六）

また、右京大夫の詠んだ歌句に言及した判詞として、先学や注釈によって指摘されているが、治承二年(一一七八)八月の『廿二番歌合』の「長精進恋」七番右、因幡の歌「百夜まで引くしめなはに思ひしれしぢのまろねのつもる数をば」(三六)に対して、判者顕昭が「まろねといふことは、近比ある女歌よみの詠みて侍りし後より、みなかやうにのみよまれ侍るなり」と言う判詞がある。「ある女歌よみ」とは右京大夫をさし、『右京大夫集』三〇「稲荷社歌合」歌をさすと考えられている。右京大夫がこの時点である程度の歌人として見られていたことが知られる。

また『右京大夫集』五六に、「重盛家菊合」に誰かが出す歌を代わりに詠んだ代作歌がある。

小松の大臣の菊合をし給ひしに、人にかはりて

移し植うる宿のあるじもこの花もともに老いせぬ秋ぞ重ねむ　　（五六）

また八三では時忠から中宮への歌の返歌を、中宮に代わって詠み、八九では建春門院女房への返歌を代表して詠んだ。

後鳥羽院時代にも、実宗が没した時、子の西園寺公経に五節の櫛を送る人の代作で、歌を送っている(三三四)。この三つはいずれもどのような料紙に書いたかを具体的に記していて、それは世尊寺家の職能を思わせる。一一四には播磨内侍の代作をしたことも見える。右京大夫は、このような儀礼的・社交的な挨拶の歌・賀の歌がきちんと詠めて、貴族社会で社会的機能を持つ歌の詠出が、場に応じて難なくでき、世尊寺家の女房にふさわしく手跡も見事であるという評価を得ていたと考えられる。

三　後半生の女房名をめぐって

建礼門院右京大夫が、中宮御所から退出し、平家滅亡と資盛の死を経て、後鳥羽天皇の内裏に再出仕したとき、女房名は何であったのか。

これまでも先学に引用されているが、『拾玉集』の五一四五―五一四八は、雪の朝における静賢・実命・尊円のやりとりを書き留めている。そのうち五一四八の詞書の中の、「円闍梨のいもうとの女房、右京大夫のしわざなりけり」「大夫殿のにて侍りけるものを」が、伊行男尊円の妹、建礼門院右京大夫をさすことは、本位田重美により指摘されていた。『拾玉集』の前後から、これは文治五年(一一八九)十一月十七日の一連の贈答であることが判明する。右京大夫が中宮女房を退いてから十年前後が経っている。そしてこの後、おそくとも建久期後半には右京大夫は後鳥羽天皇に既に再出仕している。(25)もしもそこで「右京大夫」以外の女房名であったなら、『拾玉集』のもとになった詠草で、「右京大夫」「大夫殿」とは呼称されにくいのではないか。おそらく右京大夫のままであったのだろう。

さて、『明月記』建永元年（一二〇六）七月十二日条は、建礼門院右京大夫の後半生に関わる資料として重要である。『明月記』自筆本影印によって、それが確実に「右京大夫」と書かれていることが判明した。『明月記』に「七条院右京大夫」はここ一箇所のみである。[26]

　十二日、天晴、（中略）

昨日朝五首題給十人、今夜詠進、可有歌合、大納言兼宗卿、太理、季経卿〈入道〉、経家（卿）、、顕家、、隆保、、通方朝臣、七条院右京大夫、賀茂重政、蓮重、〈内々仰云、他宗歌合、為咲其歌躰、故被召之、所詠進有宜哥云々〉[27]

この条については、早くに遠田晤良[28]がこの「七条院右京大夫」が建礼門院右京大夫であると推定し、久保田淳（前掲書）も「『明月記』に見える七条院右京大夫も建礼門院右京大夫その人である可能性は大きいであろう」と述べる。私見でもそう考えている。

遠田晤良は、七条院の女房には越前、七条院大納言、七条院権大夫などがいるが、越前は七条院女房で後に後鳥羽院女房になっており、右京大夫が後鳥羽院からその母七条院に出仕変えすることも十分考えられること、七条院大納言は、[29]『右京大夫集』に見える「大納言の君」で、かつての同僚女房であり、奥書によれば『右京大夫集』を書写していること（それが現存本の祖本である）、また七条院権大夫は作者の姪であって、右京大夫と七条院のつながりは深いことなどから、『明月記』当該条の「七条院右京大夫」は建礼門院右京大夫であると推定した。また『右京大夫集』の建仁三年（一二〇三）の俊成九十賀の記事で、「にはかにその夜になりて、二条殿へきと参るべきよし仰せ事とて、範光の中納言の車とてあれば」（三五七）とある記述により、遠田晤良は、右京大夫は召し出されるまで、当時後鳥羽院の御所であり九十賀が行われた二条殿にはいなかったとし、右京大夫は当時既に院女房ではなく七条院の女房であったかと推定、[30]また家集中で後白河院の院宣の先例に言及していることから、後鳥羽天皇に出仕し、退位後もしばらく

は後鳥羽院女房であったが、建仁三年には既に七条院に出仕していたとした。以上の推定はこのまま首肯すべきと思われる。つまり、後鳥羽天皇内裏と、続いて仕えた七条院での女房名も「右京大夫」であった可能性が高いとみられ、それを裏づける資料がこの『明月記』記事なのである。

出仕先が変わると女房名は変わることもあり、同じ御所でも女房としての身分が中臈から上臈へと大きく上昇するなど、状況の変化があると女房名も変わることがある。しかしそうしたケース以外は、ある程度名前の知られた女房や、著名な父を持つ女房、特に一度撰集に入集したり歌合に出詠して公に名が書き留められた女房等は、女房名はかわらないことが多いのではないか。例えば、兵衛(待賢門院→上西門院)、丹後(摂政家(兼実)→宜秋門院)、小宰相(承明門院→土御門院→後嵯峨院→宗尊親王家)などの例が思い浮かぶ。右京大夫の身近な例を見ると、前述の七条院大納言は、建礼門院(もしくは高倉天皇)→七条院に仕えて、同じく大納言であり、越前も、七条院→後鳥羽院→嘉陽門院と主家が変わったが、同じ越前であり、また例えば俊成女の健御前は、建春門院に仕え、崩御の七年後に八条院に出仕し、続いて春華門院に仕えたが、ずっと中納言と呼ばれている。

建礼門院右京大夫は、著名な能書世尊寺伊行の女である。しかも、この時点ではまだ勅撰集に入集していないが、前述のように、寿永元年(一一八二)十一月成立の『月詣集』で既に「建礼門院右京大夫」の名前で一首入集していることは、注意すべきであろう。

以上のことから、准后盛子、建礼門院徳子、後鳥羽天皇(院)、七条院と主家が変わっても、「右京大夫」という名が変わらなかったことは、かなり蓋然性が高いのではないか。

ところで、勅撰集で書かれる女房名について、この時期における基本則を確認しよう。三位以上の女房や「俊成卿女」のような特別な名を除き、普通は主家(院・女院・親王家・摂関家など)+女房名の形で書かれる。後深草天皇に仕

えた少将内侍の例で言うと、当代においては女房名のみの形で「少将内侍」のように書かれ、その後は「新院少将内侍」→「院少将内侍」→「後深草院少将内侍」のように、それぞれの勅撰集撰進時で後深草院を指し示す名称で書かれる。しかし『新勅撰集』時点では、後鳥羽院は隠岐で存命で、院号はまだなく、しかもその歌を『新勅撰集』には入れられないほどタブー視されており、後鳥羽院に仕えた女房の名に後鳥羽院を明示する「院」などの語を付すことはできなかったであろう。後鳥羽院時代の女房歌人の名を『新勅撰集』で書く時、定家は、「宮内卿」(『新古今集』でも「宮内卿」)のように没した者は女房名のみ、「嘉陽門院越前」(『新古今集』では「越前」)のように新たな主家がある者は主家の名を付している。下野は、『新古今集』では「信濃」、『新勅撰集』では「下野」としたため、[31]旧『勅撰作者部類』[32]は混乱して、これを四条宮下野と誤解してしまった。『続後撰集』以降の勅撰集はすべて「後鳥羽院下野」としている。下野の場合、後鳥羽院の後には女房仕えをしなかったようであり、新たな主家の名を冠することができなかったのが理由であろう。右京大夫の場合は、後鳥羽院の後の主家があるから、通常なら「七条院右京大夫」と記すところであるが、家集には全く七条院のことが書かれていない。以上のことから、定家が『新勅撰集』入集に際して「いづれの名をとか思ふ」(三六〇)と聞いたのは、今回提出した家集の内容に即していて、かつ『月詣集』に既にその名で入った「建礼門院右京大夫」か、この家集には出てこないが通常は用いることが多い最終的な主家名を冠した「七条院右京大夫」かという選択であり、右京大夫はそこから前者を選んだ、ということを意味すると考える。

さて、以上のようなことは、何を意味するのだろうか。建礼門院時代に女房として同僚だった七条院大納言は『新古今集』に三首、『新勅撰集』に一首採られ、また姪の七条院権大夫は『新古今集』に一首、『新勅撰集』に一首採られ、いずれも当時もしくは最終的な主家の「七条院」を冠する。もし建礼門院右京大夫が、彼女らと同様に『新古今集』に入集するか、新古今時代の歌合に出ていたら、それは当然「七条院右京大夫」となった筈であり、選択の余地

はない。新古今時代はもちろんのこと、七条院が存生の間は、それが現在の、あるいは最終的な主家であることを無視することはできず、それ以外の名はあり得ないだろう。最晩年は既に退下していたかもしれないが、退下後も、女房が仕えた女主人との関係は、生涯なんらかの形で続くことが多い。しかしその七条院は安貞二年(一二二八)に崩御した。そして『新勅撰集』は、貞永元年(一二三二)後堀河天皇より勅命があり、実際の撰集作業は翌天福元年をピークに翌年まで続く。『右京大夫集』が最終的に整えられ、定家と贈答したのはこの頃であろう。つまり、極端な言い方をするなら、「建礼門院右京大夫」という呼称は、七条院が没した後であったから可能であったとも言える。「建礼門院」を冠する女房は、その後も勅撰集には他に全くないことからも、これは大きな決断であったと言えよう。

更に注意すべきことは、七条院の女房達との繋がりである。七条院自身、もとは建礼門院に仕えた兵衛督君と言う女房であり(『増鏡』第一・おどろのした)、後に高倉天皇の寵愛をうけ、後高倉院と後鳥羽院を生んだ。つまり七条院と七条院大納言と右京大夫とは、建礼門院のもとで、多少の時期のずれはあったとしても同僚の女房だったのである。また七条院権大夫は前述のように右京大夫の姪で、父光綱はかつて建礼門院判官代、その兄経房は集中にもしばしばみえる維盛室の後夫となった。ちなみに平知盛室(33)であった七条院治部卿局は、かつて七条院に仕え、平家滅亡・知盛没後は上西門院のもとで乳母として後高倉院を養育し、承久の乱後は後高倉院四条局として執権したが(『明月記』寛喜二年五月十三日条)、後高倉院の母七条院との繋がりも保たれていただろう。このような七条院周辺の環境を考えると、『右京大夫集』の中に表わされる、これは自分一人の追悼の集であり、悲しみを分かち合う人はいないと嘆くのは、虚構めいた語り口ではないか。冒頭では「我が目ひとつに見んとて書きおくなり(34)」と始め、跋文でもそれを繰り返し(三五九)、また次のように記す。

その世のこと、見し人、知りたるも、おのづからありもやすらめど、語らふよしもなし。

ただ心の中ばかり思ひ続けらるるが、晴るる方なく悲しくて
わが思ふ心に似たる友もがなそよやとだにも語り合せむ
（三二六）

また「隆房の中納言の、嘆く事ありて、こもりゐたるもとへ、これぱかりは、昔のこともおのづから言ひなどする人なれば」（三三一）と記すが、実際には隆房のほかにも、かつての平家時代を共有した人々は、作者の周囲に数多くいたわけである。後鳥羽天皇内裏にも、高倉院中納言典侍（源有房女）がいて、作者と親しかったことは、作者自身記している（二六〇・二六一）。しかし一方では、日記文学にはある程度の虚構や物語化、韜晦はつきものであり、当然でもあろう。これは『右京大夫集』の基本的性格として位置づけておきたい。むしろ七条院周辺は、『右京大夫集』が形成され享受される環境として、実にふさわしいとも言える。まずは親しい七条院大納言が写し、さらにほかの女院御所の承明門院小宰相などの女房によって書写された。はじめは女房の手を経て伝播していき、かなり早い段階から、男女ともに広く享受されたことが窺えるのである。(35)

四　建永元年七月十二日「五首歌合」

さて、前掲の『明月記』建永元年七月十二日条に見える歌合とは、どのようなものだったのだろうか。その前の記事も含めて再掲する。

十二日、天晴、
今暁御幸鳥羽殿云々、午時許還御、又川崎渡御了、月出之後参上、還御之間入見参、俄而御馬場殿、又還御、名

謁、雖番依心神違例退下、

昨日朝五首題給十人、今夜詠進、可有歌合、大納言兼宗卿、太理、季経卿〈入道〉、経家、、（卿）顕家、、隆保、、通方朝臣、七条院右京大夫、賀茂重政、蓮重、〈内々仰云、他宗歌合、為咲其哥躰、故被召之、所詠進有宜哥云々〉(36)

この中で注目されるのは、後鳥羽院が内々に定家に言った「為咲其歌躰、故被召之」という一節である。「その歌躰を咲《わら》ふため」であると述べており、「咲ふ」は、『明月記』に他の例も多くあるが、笑う、あるいは嘲弄するの意である。つまりこれは、歌の体を笑い愚弄する目的で、昨日十人に五首題を与えて今夜和歌を詠進させ、歌合を行うという、恐るべき催しなのである。しかし詠進させた歌の中には良い歌もあった、と後鳥羽院は定家に言っている。定家はこの歌合の企てには関わっておらず、歌も見ていないようだが、定家はこの日の夕刻後鳥羽院に見参したときに、この話を後鳥羽院から直接聞いたと考えられる。この歌合についての論文はないが、(37)久保田淳（前掲書）は、「後鳥羽院は六条家の人々を中心とするこれら十人が詠む、いわゆる新古今の歌風とはいささか趣を異にする歌体を「咲《わら》う」（嘲弄する）目的で彼らに詠進させた」と、端的に述べている。藤平泉(38)は、建永元年の歌壇について、七月二十八日『和歌所当座歌合』を中心に詳しく論じているが、七月十二日の当該歌合には特に触れていない。

後鳥羽院はこの前後、『明月記』によれば、前掲の如く七月三日にはよく泳げない近臣達二十余人を船瓦（刳り船）から川へ落として興がったり、八月十七日には、当該十二日条の歌合にも出詠した蓮重（家重法師）を嘲弄するために城南寺に上北面を参集させたりしているが、このような行動と一連のものであろう。

この歌合のメンバー十人について、『新古今集』『新勅撰集』入集数と、歌壇出詠回数などを略記する。歌壇出詠回数は藤平春男の「新古今時代歌壇出詠歌人索引」(39)に拠り、ⅠⅡⅢに分けて示す。数字は出詠回数である。

Ⅰ　建久元年―正治二年　Ⅱ　正治二年六月―承元四年〈この「五首歌合」を含む〉　Ⅲ　建暦元年―承久三年

兼宗　中山忠親男。『新古今集』2首。『新勅撰集』5首。歌壇出詠数はⅠ5。Ⅱ13。Ⅲ0。仁治三年没。
隆衡　検非違使別当。四条隆房男。『新古今集』なし。『新勅撰集』3首。Ⅱ6(建仁元年「十首和歌会」〈いわゆる和歌試〉では落第組。以後新古今歌壇の代表的催しには出詠なし)。Ⅲ0。建長六年没。
季経　六条顕輔男。『新古今集』1首。『新勅撰集』なし。Ⅰ11。Ⅱ6(2回は撰歌合。『正治初度百首』以降、新古今歌壇の代表的歌合には出詠なし)。Ⅲ0。承久三年没。
経家　六条重家男。『新古今集』2首。『新勅撰集』1首。Ⅰ3。Ⅱ8。承元三年没。
顕家　六条重家男。『新古今集』なし。『新勅撰集』1首。Ⅰ3。Ⅱ2(当該歌合と正治二年『石清水若宮歌合』のみ)。Ⅲ0。貞応二年没。
隆保　四条隆季男。勅撰集なし。Ⅰ3。Ⅱ2(当該歌合と正治二年『石清水若宮歌合』のみ)。Ⅲ0。建保四年出家。
通方　源通親五男。『新古今集』なし。『新勅撰集』1首。Ⅱ3。Ⅲ2。土御門家歌人であるが通親・通具・通光に較べると、歌会出詠は圧倒的に少ない。暦仁元年没。
七条院右京大夫　Ⅱ1(当該歌合のみ)。
重政　賀茂重保男。『新古今集』1首。『新勅撰集』2首。Ⅱ2(当該歌合と正治二年『石清水若宮歌合』のみ)。Ⅲ0。
蓮重　勅撰集なし。Ⅱ1(当該歌合のみ)。上北面。俗名家重(『明月記』建永元年八月十七日条)。

この十人は、Ⅱを中心とする後鳥羽院歌壇では活躍していない歌人達であることが、直ちに知られる。『新古今集』への入集数も全体に非常に少ない。Ⅱの出詠回数がやや多いのは兼宗であるが、『新古今集』には二首で、それは『六百番歌合』『千五百番歌合』両方に出詠している歌人としては少ない。この十人の中には、後鳥羽院歌壇では忘れ

られたような六条家の歌人が三人も含まれる。六条家歌人の中で後鳥羽院に高く評価されていた有家は、Ⅱで四〇回の参加があるが、この歌合には参加していない。この十人の出詠歌合・歌会のうち、正治二年『石清水若宮歌合』は後鳥羽院歌壇のごく始発期に行われたため、六条家も含んでおり、この十人中五人(顕家・重政・季経・隆保・経家)が参加しているが、それ以外はあまり出ていない、という歌人が多い。七条院右京大夫と蓮重の二人は、当該歌合のほかには全く参加がない。しかも蓮重は、『明月記』建永元年八月十七日で、はじめから嘲弄の対象にされている。[40] つまりこれは、後鳥羽院歌壇でほとんど評価を受けていない歌人や、ふるめかしい旧風歌人を対象とした歌合なのである。『明月記』の、後鳥羽院が彼らの歌体を嘲弄するために催したのだという言は、参加歌人の歌壇実績からも裏付けられる。右京大夫も、後鳥羽院の眼から見れば、古い時代に属する旧風歌人としての位置づけをされていたことになる。

さてここで再び問題になってくるのは、『重家家歌合』である。歌人メンバーだけから言えば、『重家家歌合』と、当該の建永元年「五首歌合」とは、その間に四十年あるものの、同じように六条家や四条家の人々を中心としており、前者には重家と季経が、後者には季経及び重家男の経家・顕家が、また前者には隆季が、後者には隆季男隆保と孫の隆衡が出席というように、同じ歌人、もしくはその子・孫の歌人が少なからず出詠している。『重家家歌合』に限るわけではないが、まるで新古今時代の中に、六条重家らを中心とする旧派の歌合を再現したかのような感さえも抱かせる歌人構成である。新古今時代の『正治初度百首』以降の後鳥羽院歌壇で、このように六条家・四条家を中心とした歌合はほかにない。後鳥羽院が右京大夫をこの「五首歌合」に召した理由も、後鳥羽院の眼から見て右京大夫が六条家などに近い歌人であったゆえと考えられ、この点から言えば右京大夫が『重家家歌合』に出詠した可能性が高いであろう。ただ、あくまでも歌人メンバーからの推定であり、『重家家歌合』と『右京大夫集』の和歌内容の検討も

さらに必要である。[41]

以上のように、『明月記』建永元年七月十二日「五首歌合」の記事は、右京大夫の新古今時代の位置を窺い知るのに重要な資料である。右京大夫と同時代の女房歌人のうち、小侍従、讃岐、丹後などは後鳥羽院歌壇でも活躍するが、右京大夫はそうはなり得ず、当該歌合以前に後鳥羽院が七条院の女房の中から、七条院大納言(母三河内侍)と越前を女房歌人として召し出した時も(『源家長日記』)、右京大夫は召されなかった。後鳥羽院は、歌人の才能を評価すると き、それは極めて峻烈であって、容赦がない。この歌合で右京大夫の和歌が後鳥羽院の眼に入る機会があったにもかかわらず(というよりも、その前から眼にしていたからこの歌合のメンバーになったのだろう)、後鳥羽院から評価されずに終わった。当該歌合歌の中には「宜しき歌」もあったというが、撰集継続中の『新古今集』に右京大夫の歌が切り入れられることはなかったのである。

その歌々は、あるいは、今私たちが読んでいる『右京大夫集』とはかなり違った和歌や詠草であったのかもしれないと思われる。『右京大夫集』末尾近くに、作者は次のように記している。

(前略)おのづから人の「さることや」と言ふには、いたく思ふままのことかはゆくも覚えて、

少々をぞ書きて見せし。これはただ、わが目ひとつに見むとて、書きつけたるを、のちに見て、

砕きける思ひの程の悲しさもかき集めてぞさらに知らるる　(三五九)

謙辞であろうが「少々をぞ書きて見せ」た集が他にもあったのである。[42]

『右京大夫集』には七夕の歌だけで五十一首に及ぶ七夕歌群があることや、雅頼女輔殿へ贈られた歌は末尾を「秋の山里」で結ぶ十首歌であること、また平親長との贈答は少なくとも八首の対の複数贈答歌であること、[43]ほかにも複数の贈答が散見されることなどから、作者はかなり多作の歌人であり、その詠歌は多数存在したと想像される。

その和歌は、口から自然に詠み出されたような平明さを備え、時には理屈が勝ち、詞の緊張が薄く、やや素人的で、一面では言葉遊び的試み[44]も見られるが、それには専門歌人の刻苦とは違う気軽な自由さが漂う。知人との贈答等は、種々の形で長い生涯の中で限りなく多くあっただろう。また『右京大夫集』には比較的早い時期の題詠歌は収められているが、後鳥羽院時代、七条院時代における題詠歌もあっただろうし(当該「五首歌合」歌も含まれる)、定数歌も試みたかもしれない[45]。

しかも建礼門院右京大夫は、その生涯の中で、『千載集』『新古今集』『新勅撰集』の三つの勅撰集が編まれる時を見、歌林苑、六条家、平家文化、新古今時代、承久の乱後の時代など、いくつもの和歌圏や時代を体験しているのである。前述のように『月詣集』『千載集』撰進の時に、あるいは『新古今集』のときにも、何らかの詠草がまとめられた可能性もある。『右京大夫集』は作者最晩年の時点で選択したある主題に沿って、ゆるやかにまとめられた集ではあるが、生涯の詠歌全体から撰び抜いた、全歌集からのアンソロジーではないと思われる。むしろ長い生涯の中には、作品テーマや、歌風、題材、形式などを異にする、いくつかの家集、ないしある程度おおまかにまとめた詠草が存在したとしても、全く不思議ではないのである。

五　『建礼門院右京大夫集』の特質

『右京大夫集』に書かれていない建礼門院右京大夫の生涯、及びその和歌活動について、推定を重ねつつ、細部にわたりながら述べてきた。以上のことから『建礼門院右京大夫集』の特質そのものが、種々浮き彫りになると思われ、

それについて最後に述べたい。

右京大夫は、若年の頃に摂政基実・准后盛子に仕えた可能性があり、その後中宮徳子、後鳥羽天皇(院)、そして七条院に仕え、恐らく後見を持ち、途中十五年余ほどの中断を挟みつつも、長い女房生活を送ったと見られる。それは右京大夫が女房として諸事に優れ有能であったことを想像させ、入木道の世尊寺家の女性としてのアイデンティティにも裏打ちされたものであっただろう。その生活の中で詠まれた和歌は数多くあり、複数の家集・詠草がまとめられたと想定されるが、最晩年において、その生涯の中から何を撰び出すかというときに選択したテーマが、現存の『建礼門院右京大夫集』の主題であったとみられる。

この作品は、冒頭で専門歌人が編むような家集ではないと断り、「高倉の院御位の頃」と始めているように、女房日記的性格を持つ集であるが、その視線は主君だけに向けられるのではなく、分散していくことが特徴である。資盛・隆信との恋に多くの筆が割かれるが、資盛との恋とその死を描くことだけがこの集の目的ではない。資盛という若くして死んだ青年の風貌、その死への限りない哀悼を通して、平家の時代と、その終焉、鎮魂を描くのであり、単に資盛一人への追悼的な家集ではないと思われる。しかも成立時、『右京大夫集』に登場する人々はほとんどが没しており、集中に作者周辺や血縁の存生の人々は描いていない。これはこの世の向こう側に消えていった人々を描いた物語であり、死や喪失を通して、すでにここにない、人や場面、時代を描くのである。

ところで、後鳥羽院時代は卿二位などの女房の権威が拡大した時代であるが、後鳥羽院の女房の日記は他に現存していない。その点で『右京大夫集』下巻は貴重であるが、後鳥羽天皇の内裏女房であったのに、主君の姿や言動はほとんど描かれていない。三二二の前に「高倉の院の御けしきに、いとよう似まゐらせおはしましたる上の御さまにも、数ならぬ心の中ひとつにたへがたく」とあるのが唯一である。また、これはすでに七条院に仕えるようになった後で

あるが、俊成九十賀の記事で「院より賀たまはするに」「院の仰せ事にて」と記しており、命令主体を示しているのみである。後鳥羽院の強烈な個性やその治世、新古今時代の雰囲気を彷彿とさせるものは何も描かれない。これは、『右京大夫集』を女房日記とみる場合に、異色と言ってもよい。仕えた主君やその時代を描かない日記はほとんどないと言っても良いのではないか。堀河帝追慕に貫かれている『讃岐典侍日記』も、幼帝鳥羽天皇の姿を鮮明に描く。『右京大夫集』は、あえて触れずに後鳥羽院の世の雰囲気を削ぎ落しているかのようである。『右京大夫集』成立時には、隠岐に流されている後鳥羽院のことは書きにくかったとも考えられよう。

『右京大夫集』の再出仕以後の記事は、はじめは内裏で資盛を想起する記事がいくつかあり、ここまでは先帝を追慕する『讃岐典侍日記』と類似している。そのあとは個別的に、ある人物との関わりが描かれて進行していき、隆房、公経、親長、通宗、俊成の九十賀と続く。ある人から公経への歌の代作は、冒頭近くにある公経父実宗との贈答歌(四—七)と対応しているとみられるが、わざわざ代作歌を入れているのは、家集成立時の権力者西園寺公経、及びこの集の献呈先の定家が、公経と繋がりの深いことを意識したものかもしれない。

そして親長・通宗とのやりとりなどは、右京大夫の女房としての姿が彷彿とする場面である。廷臣はこのようにある女房と繋がりを保って、情報を入手したり、便宜をはかってもらったりすることが多く、そのような廷臣と女房との親しいやりとりである。親長との贈答は、正治元年(一一九九)の父親宗の死を悼む複数贈答歌であるが、当時こうした複数贈答歌はかなり親しい間で行われるのが普通であり、右京大夫と親長は近い間柄であったのだろう。続く通宗とのやりとりも、作者と通宗との情愛のこもった親しさや、女房としての地位や自信を窺わせる。これらの場面では、親長がさっと和歌を書いて台盤所の女房たちをかきわけて歩み寄ってくる様子や、通宗とのふざけ合いの楽しさがうかぶような、生き生きした描写である。確かに上巻から読み通してくると、この最後のいくつかの逸話は少し異

質に思えるが、むしろこの家集を追悼の集とすることからのほころびを示しているようだ。建礼門院右京大夫の後半生の女房生活を垣間見せるものであり、家集のメインテーマ以外の部分の大きさ・重さ、ある時、ある面を浮き彫りにしている。

俊成九十賀の描き方は、私家集とは言え、女房日記的性格のものとしてはかなり異質であろう。これは本来なら公表すべきではない逸話であり、『たまきはる』ならば正編には入れない類の記事である。宮内卿の和歌への批判、すなわち儀礼的な和歌の詠歌主体を誤って詠んだことへの揶揄があり、それは上皇が廷臣に賜る賀宴に不手際があったことを暴露していることにもなる。同時代の『源家長日記』は祝祭性に満ちており、対照的である。右京大夫はこの時に自らが歌人として和歌を出詠する立場になかったことには触れず、翌朝の俊成との贈答を詳しく語る。右京大夫はここで、俊成をはじめとする御子左家を顕彰するとともに、跋文の前、家集の最後尾においており、ここには勅撰集入集を意識した構成がみられる。『右京大夫集』は『新勅撰集』以降、御子左家の勅撰集の撰集資料となったが、この贈答は『新拾遺集』賀に採られた。

建仁三年十一月和歌所にて九十賀たまはりける時、つかうまつりける
皇太后宮大夫俊成

ももとせに近づく人ぞおほからん万代ふべき君が御代には　（七〇四）

正三位経家

和歌の浦による年波をかぞへしる御代ぞうれしき老いらくのため　（七〇五）

おなじき時たまはせける法服の袈裟のおきものにすべき歌めされけるに
後鳥羽院宮内卿

ながらへてけさやうれしき老の波やちよをかけて君につかへよ　（七〇六）

此歌を賀せられんとてめされて参りてよもすがら見侍りて、なべてならぬ道の面目、いみじくおぼえける余りに、つとめて申しつかはしける　建礼門院右京大夫

君ぞ猶けふよりも又かぞふべきここのかへりの十のゆく末　（七〇七）

返事　皇太后宮大夫俊成

亀山のここのかへりの千とせをも君が御代にぞそへゆづるべき　（七〇八）

『新拾遺集』撰者が俊成との贈答歌を『右京大夫集』から採ったことは確実である。が、『右京大夫集』にだけ見える縫い直しの事は、当然ながら削ぎ落とし、ただ訂正後の歌を載せている。

このように、『右京大夫集』に描かれる出来事は、作者の生涯の全体を凝縮したものでは全くない。中宮出仕以前の時代、あるいは七条院時代については、ここでは何も語られない。資盛・隆信以外の恋人（あるいは夫）もいたかもしれないが、全く書かれていない。資盛の描写にも、当然ながら美化がある。(46)また後鳥羽院歌壇の熱狂・隆盛や、そこで自分が歌人としては認められなかった事等には全く触れない。(47)

この結果『右京大夫集』は、焦点が絞られ、テーマ性の高い名品となっているが、そのため解釈・研究に際して、資盛との恋・追悼に、作者や作品全体をも収斂させてしまう傾向があるように思われる。(48)しかし、作品形成を位置づけるときには、作品に書かれたこと以外の部分にも眼を向けるべきであろう。後鳥羽院時代の後半の記事をも、最後まですべて資盛追慕・平家関連へと繋げる理解がなされることがあるが、むしろこれは、本来の主題から洩れ出た、それ以外の右京大夫の世界の広がりを垣間見せるものと考えられる。

『右京大夫集』の成立については、佐藤恒雄(49)、上條彰次(50)、谷知子(51)ほか数多くの論があり、上下巻の間には断層が認められる。『新勅撰集』の資料として定家に提出したときに、和歌や詞書を直したり全体や細部を整えない筈がないし、虚構や、物語的表現、最新の勅撰集の表現も取り込まれるであろう。佐藤恒雄が早くに、最終段階における加筆に際し、作者は多分に、物語化の志向、あるいは創作的な意図(それらはすべて自己の半生を美化して語り、自らもそう信じたいと願う素朴な心に発しているであろう)をもってのぞみ、結果として、部分的にかなり事実からは遠ざかった、明らかに読者を意識した文学として完成することをえたのであった。と結論したのは、この集の本質を捉えた提言であったと思われる。本稿で行った伝記考証も、結果的にこれを裏付けるものとなっている。

その女房人生全体の中で、なぜ現在の『右京大夫集』の主題と建礼門院右京大夫の名が選ばれたか。それは作者の内的必然性も当然あっただろうが、『新勅撰集』の時代における文学史的・社会的意味が関わるに違いない。日下力(前掲書)は、後堀河・四条朝の平氏血脈の状況を詳細に分析し、建礼門院右京大夫が、「平資盛との恋が秘められた家集を提出し、かつ、自らの名乗りを問われて、「昔の名こそとめまほしけれ」と、建礼門院を冠した呼称を望んだのも、当時の親平家的な宮廷の雰囲気が、それを許したのであろう」と指摘する。また文学空間としては、右京大夫が晩年仕えた七条院の周辺が、『右京大夫集』の形成と享受に、少なからず意味を持っていたかとみられる。そして、建礼門院右京大夫という名で、『右京大夫集』のような内容の家集を作ったからこそ、かつて新古今時代には右京大夫を凌駕して『新古今集』に入集した七条院大納言・七条院権大夫などが忘れられた後にも、長い間愛読され、後世まで残ったと言えよう。私家集の形態から言えば、『右京大夫集』は、厳密な編年でもなく部類でもない、あるテーマを立てた編纂で、鎌倉期女房歌人の家集としてはやや特異であり、平安期の私家集に近いことも注意される。

しかも『右京大夫集』下巻は、家集としても女房日記としても、当時タブーとされたことを描いている。確かにこの点でも、上巻と下巻とははっきりと性格を異にする。第一に、平安・鎌倉期の和歌においては、また女房日記・王朝物語においても、戦乱にまつわる悲劇は王威・王権を脅かすものであるから、基本的に描かれない。『右京大夫集』下巻において詳述されるような、リアルな戦乱の経過、戦乱による人々の死やさらし首、捕えられ生き残った人々の悲劇的な末路、戦乱により愛する者を失った女性の慟哭などは、すべて、平安・鎌倉期の勅撰集では取り上げられない性格のものであり、取り上げられても朧化され、私家集においてすらほとんど見られない。(52) 第二に『右京大夫集』下巻は、女房日記としても禁忌を越えているものである。(53) 例えば下巻の大原訪問は感動的な場面ではあるが、自分が仕えた中宮・国母という至尊の存在が変わり果てた姿を、「あらぬかとのみたどらるるに」(二四二)と直截に描写することは、記録ならともかく、女房日記において、直接仕えた女房が主君を形容する表現としては、実に異質な逸脱するものであろう。また後鳥羽院時代のことでも、俊成九十賀で和歌を縫い直したという話は、前述のように、宮内卿の和歌への批判と揶揄があると同時に、上皇が廷臣に賜った賀宴そのものに不備があったことを暴露するものであり、本来ならば女房日記には書くべきではない内容である。

しかし下巻がこうした逸脱した側面を持つからこそ、『右京大夫集』は文学史上に光彩を放つのであり、和歌・日記の通常の枠内にある上巻のみであったら、これほどに愛読されたかどうかは疑問であろう。『右京大夫集』はこのように、当時タブーとされていたことに拘泥せず、優れた文学的達成をなし得た、稀な家集なのである。鎌倉期の勅撰集では、『右京大夫集』は京極派から高く評価されたが、和歌の正統たる二条派の勅撰集ではほとんど無視されたに近い。こうした逸脱性をもつことに加えて、その詠歌が専門家人の歌ではなく、やや素人的ということもあるだろう。私は、『建礼門院右京大夫集』は和歌よりもむしろ散文の部分の方がこよなく美しく、端的で、珠玉のような表

現が多いと思う。

建礼門院右京大夫は、自らの生涯と生きた時代を、そしてその喪失を、ある意図に基づいて部分的に切り取って表現化し、その方法は家集としても女房日記としても通常から逸脱する面があったが、その試みは成功して、『建礼門院右京大夫集』は不朽の名声を獲得したのである。

（1）主なものとしては、本位田重美『評註建礼門院右京大夫集全釋改訂版』（武蔵野書院、一九七四年）、同（『古代和歌論考』（笠間書院、一九七七年）、樋口芳麻呂「隆信と右京大夫の恋」（『国語国文学報』三〇、一九七六年一一月）、草部了円『世尊寺伊行女右京大夫家集』（笠間書院、一九七八年）、松本寧至『建礼門院右京大夫』（新典社、一九八八年）、久保田淳『建礼門院右京大夫集　とはずがたり』（新編日本古典文学全集47、小学館、一九九九年。以下、この解説を久保田淳（前掲書）として引用）、弓削繁「『建礼門院右京大夫集』と藤原俊成」（『和歌史論叢』和泉書院、二〇〇〇年）、谷知子『建礼門院右京大夫集』（和歌文学大系23、明治書院、二〇〇一年）など。

（2）兼築信行「新出の『明月記』嘉禄元年七月五日条断簡」（『明月記研究』九、二〇〇四年一二月）が紹介する断簡で、定家は頼実が没した時に頼実への悪口を羅列し、そこで「棄卅年之妻室」と書いており、頼実が旧妻を棄てたことが確認できる。

（3）『天理図書館善本叢書和書之部』第十七・十八巻（八木書店、一九七四年）。

（4）宮内庁書陵部蔵『新古今和歌集』四冊（鷹・六七〇）。

（5）「歌人たちと社会――七条院とその周辺」（『和歌を歴史から読む』笠間書院、二〇〇二年）。

（6）本位田重美「右京大夫集・二つの恋」（『国文学』二四―一〇、一九七九年八月）は、『隆信朝臣集』によるなら隆信は右京大夫に正式に求婚しており、親にも公認された関係が『右京大夫集』一六三番歌頃まであったと推定している。

（7）『宮廷女流文学読解考　総論　中古編』（笠間書院、一九九九年）。

（8）伊行や伊経については、多賀宗隼「世尊寺家書道と尊円流の成立」（『論集中世文化史　上』法蔵館、一九八五年）、宮﨑

肇「中世書流の成立――世尊寺家と世尊寺流」(『鎌倉期社会と史料論』東京堂出版、二〇〇二年)に詳しい。
(9)　樋口芳麻呂(前掲論文)、弓削繁(前掲論文)、ほか。
(10)「右京大夫」という名は、仁安三年(一一六八)から安元元年(一一七五)まで右京大夫であった俊成が彼女の後見であったためとされることが多い。これは『新勅撰集』一一九二の詞書から、尊円は俊成と夕霧の子であると推定し、夕霧が伊行に再嫁して生んだ右京大夫が俊成養女になって出仕したと考える本位田重美の推定(前掲書)に基づく。しかし建礼門院右京大夫の曽祖父定実が右京大夫であり、曽祖父の官位による女房名も十分あり得るので、定実の官によった女房名と断定して良いと思われる。例えば定家女因子は勅定で「民部卿」となったが、それは「不忘高祖父古事、預亜相兼官名字」(『明月記』建永元年七月十七日条)とあり、曽祖父の祖父にあたる権大納言民部卿長家の兼官から女房名が取られたと述べている。一方、『新勅撰集』の詞書から、尊円を俊成の子とすることには、樋口芳麻呂(前掲論文)をはじめ、草部了円(前掲書)、松本寧至(前掲書)が異議を唱えており、私見も樋口説に賛同する。つまり尊円は俊成の子ではない。
(11)『明月記』と定家文書」(『明月記研究』六、二〇〇一年一一月)。
(12)『中世和歌史の研究』(明治書院、一九九三年)。
(13)　以下の史料は、それぞれ『大日本史料』当該条による。
(14)「寺院文化圏の釈教歌――『楢葉和歌集』を中心に」(『国語国文』七七―八、二〇〇八年八月)。
(15)　徳丸春雄「中宮亮重家朝臣歌合に於る右京大夫は建禮門院右京大夫なるか」(『国漢会誌』一九三五年三月)、草部了円(前掲書)、糸賀きみ江『建礼門院右京大夫集』(新潮日本古典集成、一九七九年)は、『重家家歌合』出詠の可能性を肯定する。久保田淳(前掲書)も「否定しうる積極的な根拠はない」とする。否定論については後述する。
(16)「右京大夫」「大夫」の違いはあるが、建礼門院右京大夫も『拾玉集』で「右京大夫」「大夫殿」と両様呼ばれている。
(17)　多賀宗隼(前掲論文)、宮﨑肇(前掲論文)、及び久曽神昇『昭和美術館蔵伝津守国夏筆建礼門院右京大夫集と研究』(ひたく書房、一九八二年)参照。
(18)「『建礼門院右京大夫集』の作者について――『重家朝臣家歌合』の右京大夫とは別人か」(『大谷女子大国文』五、一九

七五年五月)。

(19) 例えば、『夫木抄』が『右京大夫集』題詠歌群から採歌した際、「稲荷社歌合」(三〇詞書)という詞書を題詠歌すべてに付してしまったが、「稲荷社歌合」の詞書は三〇―三二の三首のみにかかることが、芝尾仁「建礼門院右京大夫集の題詠歌群試論」(『中世文学』二五、一九八〇年一二月)で考証されている。三五に対して勅撰集である『新後拾遺集』は単に「暗夜帰雁といふことを」(春上・七二)としており、このような誤りは犯していない。

(20) 『平安後期歌人伝の研究 増補版』第二章(笠間書院、一九八八年)。

(21) 彰考館本『建礼門院右京大夫集』は「皇太后宮大夫俊成女、前斎院女別当号中将」と注するが、根拠は不明。

(22) 『右京大夫集』二六四・二六五には、文治三年(一一八七)以前、殷富門院(式子内親王同母姉)の上臈女房と親しくしていることが見える。

(23) 後藤重郎「建礼門院右京大夫集題詠歌群に関する一考察」(『名古屋大学文学部研究論集』五五、一九七二年三月)、芝尾仁(前掲論文)、石川暁子「歌林苑をめぐる歌人たち」(『和歌文学研究』五〇、一九八五年四月)、青木真知子「建礼門院右京大夫と稲荷社歌合」(『星稜論苑』一一、一九九〇年一二月)、ミシェル・ヴィエイヤール＝バロン「『建礼門院右京大夫集』における断片――題詠歌群の機能」(『集と断片 類聚と編纂の日本文化』勉誠出版、二〇一四年)、谷知子「『建礼門院右京大夫集』と和歌文学――題詠歌三三～四〇番の検討」(『日記文学研究誌』一八、二〇一六年六月)などがある。

(24) ただし、尊円は『尊卑分脈』に「改定伊」とあり、『月詣集』に五首入る定伊が尊円ならば、その詞書から歌会に出詠していることが知られる。

(25) 後鳥羽天皇譲位は建久九年であり、再出仕はそれ以前となる。本位田重美(前掲書)は、建久六～七年頃と推定する。

(26) 『明月記』貞永二年(天福元年・一二三三)三月二十日条で「隆信卿娘右京大夫〈尼〉」が、天福元年物語絵に『更級日記』の墨絵を書いているが、右傍に定家は「承明門」と注記していて(建礼門院右京大夫との混同を避けるためか)、これは承明門院在子の女房であり、別人である。

(27) 従来使われていた国書刊行会本では「経家朝臣、隆保朝臣」となっていて、かつ「顕家、」が脱落している。また、国

書刊行会本では「他家」であるが、自筆本では「他宗」とあり、他の流派・流儀の意と解される(『明月記』嘉禄三年九月二十七日条など)。

(28)「建礼門院右京大夫の召名に関する考察」(『苫小牧工業高等専門学校紀要』八、一九七三年三月)、「建礼門院右京大夫の再出仕について」(『野田教授退官記念 日本文学新見――研究と資料』笠間書院、一九七六年)。

(29)七条院大納言については、本位田重美『古代和歌論考』(前掲書)、兼築信行(前掲論文)に詳しい。

(30)このとき二条殿へ参るよう右京大夫に迎えの車を送ってきた範光は、七条院の女房越前を後鳥羽院が召した時にも、七条院御所へ迎えの車を遣わしている(『源家長日記』)。

(31)後鳥羽院下野は、『源家長日記』によれば初め皇后宮(坊門院範子)に仕え、後鳥羽院に召され、元久元年(一二〇四)の歌合では「下野」である。鷹司本『新古今集』勘物には「本者下野」とある。『新古今集』のみ「信濃」で入集する。

(32)『八代集全註』(有精堂出版、一九六〇年)第三巻所収の本文による。

(33)知盛室については、日下力『平家物語の誕生』(岩波書店、二〇〇一年)に詳しい。

(34)『成尋阿闍梨母集』冒頭の「はかなくてすぎはべりにけるとし月のことども、をかしうもあやしきもかずしらずつもりはべりにけれど、それをしるしおきて、人の見るべきことにもはべらぬを、年八十になりて、よにたぐひなきことのはべれば、心ひとつに見はべるが、しばしかきつけてみ侍らまほしうて」と酷似していることは注意される。

(35)櫻井陽子は、『平家公達草紙』第一種・第二種本ともに『建礼門院右京大夫集』の影響が顕著に窺えること、また『平家物語』そのものが『右京大夫集』成立後の初期の段階に『右京大夫集』を材としたことを推定している。『『平家物語』本文考』(汲古書院、二〇一三年)参照。

(36)この割書は、「蓮重」の説明のようにも見えるが、自筆本を見ると、「蓮重」のあとやや間をあけて、余白に書きつけており、前の文全体についての説明であると考えられる。この割書がもし蓮重にかかるなら、蓮重の歌が「有宜哥」ということになるが、それはあり得ないと思われる(八月十七日条参照)。また、同様の割書の例として、七月三日条に、後鳥羽院が「昨日川上船瓦之中、被籠未練者廿余人、一度被落、以之為興云々」という、本日条と類似のできごとがあり、このあとに

「不異網代、依至愚之不堪、漏此嘲弄人数、（以下略）」を、全く同様の割注の形で記すが、これもこのできごと全体についての説明・感想である。以上のことから、この割書はこの歌合全体の説明と考えておく。

（37）遠田晤良（前掲「建礼門院右京大夫の召名に関する考察」）は、兼宗以下は当代屈指の歌人達であり、七条院右京大夫も力量を認められた歌人であった、とする。

（38）「建永元年七月『和歌所当座歌合』前後」（『神女大国文』一〇、一九九九年三月）。

（39）『新古今歌風の形成』（藤平春男著作集1、笠間書院、一九九七年）。

（40）後鳥羽院はこのような道化的存在の人物を周囲に置くことを好んだようである。『明月記研究』九（二〇〇四年一二月）所収「『明月記』（建暦三年五月）を読む」の五月十一日条参照。

（41）糸賀きみ江（前掲書）は、『重家家歌合』六四の右京大夫の作と『右京大夫集』四九の類似、また『重家家歌合』の三河・重家の歌から右京大夫が学んだと思われる特異な歌句が『右京大夫集』にあることを指摘、同一人の可能性を示唆する。

（42）谷知子（前掲書）は「人に請われて見せたものと、自分一人のために書いたものと、何種類かの家集があったことを窺わせる」とする。

（43）親長・雅頼女との歌は、十首等を対にし、場合によっては初句・結句などを統一して贈答する、題詠や定数歌の要素を持つ複数贈答歌である。西行、寂然、慈円、寂蓮、定家、良経、家隆、後鳥羽院などにあり、『拾玉集』には多い。この『右京大夫集』の初句・末句を統一する技巧・歌材等は、『山家集』の西行と寂然の贈答の影響を受けたという指摘がある。稲田利徳『西行の和歌の世界』（笠間書院、二〇〇四年）参照。

（44）兼築信行（前掲論文）は、七条院の女房達の文学活動を検討し、「女院の周辺における詞への高い関心、しかしそれは即興的な戯笑を喜ぶ雰囲気が存した」と指摘する。

（45）七夕歌群は「年々、七夕に歌をよみてまゐらせしを、思ひ出づるばかり、せうせうこれも書きつく」とあるが、形としては五十首和歌となるよう整えていると思われる。五十一首目の最後の歌は、「この度ばかりやとのみ思ひても、また数つもれば」（三二二）という詞書を付け、別扱いの跋としていることにも、それが窺われる。なお伊経男行能は、百首歌を詠ん

で披露することによって立身を図り、元久元年(一二〇四)に北面に召されたことが、『源家長日記』に見えている。この時点で行能よりも歌歴のある右京大夫が、百首歌等を詠むことも十分考えられる。

(46) 資盛は後白河院の寵愛を受けており、久保田淳(「建礼門院右京大夫集評釈一八」『国文学』一五―六、一九七〇年五月)は、平家都落の際、『吉記』『愚管抄』によると資盛は後白河院の御気色を窺おうとし、都に留まろうともしていたが、去就に迷っている現実の矮小な資盛は『右京大夫集』にはなく、悲愴な決意を打ち明けた武人資盛が描かれると指摘する。

(47) 樋口芳麻呂(前掲論文)が、建礼門院右京大夫は中宮出仕前の生活について何も語っていないことに言及し、「『右京大夫集』はしたたかな家集であるといえよう。自分の意図・主題に直接かかわらない過去は、相当部分をバッサリ切り捨てて惜しまないのだから」と記している通りであろう。『右京大夫集』後半部も同様であると思われる。

(48) 谷知子「『建礼門院右京大夫集』と和歌文学――題詠歌三三〜四〇番の検討」(前掲)は、題詠歌群が、後藤重郎の説以来、右京大夫の生活の移りかわりを歌に反映したもの、あるいは二人の愛人との関係を集約構成したもの、などの読解がされてきたことを批判し、この題詠歌群は『堀河百首』などをよく学んだオーソドックスな題詠であり、右京大夫の人生の寓意を見出だす必要はないことを、明快に論じており、首肯される。

(49) 「建礼門院右京大夫集の成立――新古今集からの影響歌を起点として」(『国文学 言語と文芸』八七、一九七九年三月)。

(50) 『中世和歌文学論叢』(和泉書院、一九九三年)。

(51) 『中世和歌とその時代』(笠間書院、二〇〇四年)。

(52) これらについては田渕句美子「敗者たちの風景――勅撰集を中心に」(『中世文学』四九、二〇〇四年六月)において論じた。

(53) 岩佐美代子が『たまきはる』について、「本編と遺文とを見くらべて、健御前が女房としてのたしなみから、何を書き残すべきでないとして本編から除外したかを知る事は、当時の女房一般の心構えを知る一助ともなろう」と指摘していることは、女房日記の性格を知る上で重要である。『枕草子・源氏物語・日記研究』(岩佐美代子セレクション1、笠間書院、二〇一五年)参照。

第二章 『うたたね』――虚構性と物語化

『うたたね』は、古くは偽作説も存在したが、種々の徴証から今日では阿仏尼（安嘉門院四条）の作とするのが定説である。しかし『うたたね』という作品の定位についてはまだ検討すべき点があるように思われる。本章では『うたたね』の虚構性について論じたい。

一 『うたたね』の物語性

はじめに、『うたたね』という作品の特質について述べておきたい。『うたたね』を読む時、我々はその過剰なほどの古典の羅列、引用、重層に驚かされる。物語や歌集などの先行作品が、縦横に引用されちりばめられ、織り上げられて描出され、あたかも古典の詞句の綴れ織りのような作品なのである。特に『源氏物語』との関係は深く広汎で、話型や主人公の造型のみならず、和歌や表現の細部に至るまで、『源氏物語』の影響は甚だしい。このような摂取の実態については、既に多くの論がある(1)。更に、題号の命名の方法や巻末和歌の置き方にも、『源氏物語』が影響を及ぼしていると思われるのであり、作品の演出のありようにまで『源氏物語』の磁力が作用していることになる。『源

氏物語』のほかには、『伊勢物語』が規範的役割を果たしていることは、他の多くの紀行や和歌と大差ないが、このほか、私の調査では、『古今集』『後撰集』『拾遺集』『後拾遺集』『金葉集』『千載集』『新古今集』『新勅撰集』『続後撰集』という勅撰集からの影響が顕著である。私家集・私撰集・定数歌の影響も散見されるが、やはり勅撰集への関心の強さが圧倒的であると言えよう。また『古今和歌六帖』『和漢朗詠集』などのほか、『今鏡』『今物語』なども、作者は眼にしていたかもしれない。そしてこれらの作品の引用・摂取の方法は非常に周到で、『源氏物語』を摂取する場合にもしばしばそうであるように、表面上は引用されていない部分までも暗示的に浮び上がらせたり、当該部分の前後の場面にまでも連関させていくなど、見えない糸を繫ぐようにして、重層的に立体的に交響させている。

恐らく『うたたね』の作者は、恋とその喪失というきわめて切実な個人的な体験を表現化するにあたり、自己の体験を振り返り書くことによって内省的に客観化を図ることには関心が薄く、むしろ古典や当代の作品の表現・枠組を、いかに自作品の中に溶解し、ひとりの女の恋の悲劇として目の前に再生させるかということに主たる関心を注いでいるように思われる。『うたたね』は日記文学ではあるが、強い物語性は動かし難いところではないだろうか。あたかも自分を『源氏物語』という巨大な鏡に映してみた映像を表現化したように、あるいは三人称ではなく一人称という形式を採って叙述してみた物語のように(『和泉式部日記』は逆に三人称で語った日記である)、或いは現実にあった自分の恋にはるかな平安朝物語の衣を纏わせてみたように、どこかたどたどしげな、実験的試みの意図が感じられる。

しかし勿論それだけではない。王朝物語を模倣した表現世界を志向していながら、次第に自ずと逸脱した部分が生まれていき、自ら髪を削ぎ落とす場面や里人との邂逅、墨俣の渡しの描写のようなそれらの部分は、生気に満ちて作品を躍動させている。むしろその逸脱・矛盾こそが作者の置かれた時代性を如実に反映している、とも言えよう。

ところでこの作品の終章について触れておく。日記文学では多く歌によって作品が閉じられ、そこに作者の執筆目

的や姿勢、あるいは人生の総括や感慨が、何らかの形で示されることが多い。『うたたね』末尾に置かれた中務の歌「我よりはひさしかるべき跡なれどしのばぬ人はあはれとも見じ」にも、読者に向けてのそうした性格を読み取ることができよう。(2) それに対して、物語文学においては、例を挙げれば「典薬助は二百まで生けるとかや」(落窪物語)、「そのの ちいかが。をこがましうこそ。御かたちはかぎりなけれど」(堤中納言物語・花桜折る少将)、「二の巻にあるべし」(同・虫めづる姫君)、「本にも、「本のまゝ」と見ゆ」(同・思はぬ方にとまりする少将)、「……かなしとや」(とりかへばや物語)のように、読者を惑わせるような文言や、伝聞的表現、疑問的表現、物語終焉後のなりゆきを読者にゆだねる措辞など、作品や作中人物を相対化しようとする試みが見られるのである。『源氏物語』各巻の末尾も同様の性格を持ち、「言ひ伝へたるとなむ」(桐壺)、「かかる人々の末々いかなりけむ」(末摘花)のように韜晦することが多い。『うたたね』の末尾、中務歌の前に記される「又なりゆかん果ていかが」という文も、まさにそうした性格のものではないだろうか。つまり、『うたたね』の末尾には、日記と物語の要素が同時に連続して置かれているのであり、本作品が、日記文学でありながら、強い物語性を有するものであることを、作者自身が端的に示していると思われる。

『うたたね』の本質的性格については、早く今関敏子(3)が、「古代物語世界への憧憬の強い、美文調で綴られる劇的な内面世界であり、その観念性の延長線上には、虚構、創作が想定される」と指摘し、近年の諸論には、この作品の虚構性の強さや、悲劇性を強調する執筆姿勢への注視が、多かれ少なかれ底流する。佐藤茂樹(4)が「失恋自体が仮構の恋であった」とし、柏原知子(5)が「かなりの虚構を含む作品」「日記というよりは物語に近づける意図」とする。また寺島恒世(6)は「阿仏尼が目指したのは、自伝であり、物語的創作であり、紀行記であり、歌集でありつつ、そのいずれとも言えない何かを語ることにあった」という興味深い指摘を行っている。ただし、これまでは専ら作品内部からの読み込みが主体であり、『うたたね』外縁からの比較検討はあまりなされていないと言えよう。先学諸氏の学恩を受け

つつ、少々その試みを行いたい。

二　『うたたね』と阿仏尼伝の乖離

前節で『うたたね』の物語性について述べたが、『うたたね』はこれまで、阿仏尼の自叙伝的作品であるとされ、古くから、作品中の恋愛や出家などが阿仏尼伝の一部として組み込まれて来た。しかし、他の資料から知られる阿仏尼の伝と『うたたね』中の記述とをつき合わせてみた時、そこにはどのようなことが浮かび上がるだろうか。

まず、阿仏尼の伝や輪郭と重なる点を挙げてみよう。[7]『うたたね』内部では、女主人公や恋人の出自・生活などはあまり具体的には示されないが、「二葉より参りなれにし」太秦や法金剛院が、彼女の生活圏であったことが示される。また出奔する道程である北山の麓、嵯峨、嵐山、西山の麓という辺り一帯も、それに重なる。

この周辺は作者阿仏尼には馴染み深い地であり、周知のように阿仏尼は安嘉門院御所に仕えた後、一時松尾に止住、また後年為家と共に嵯峨に住んだ。『うたたね』中の「北山の麓」が、現実の安嘉門院御所、即ち持明院殿の西殿として直接描かれているかどうか、この記述からだけでは断言はできない。「北山」という表現は、いわゆる北山だけではなく、鞍馬、鷹峯、岩倉、仁和寺背山など、色々な可能性がある。しかし確かに、阿仏尼を含めた平氏一族は持明院殿の付近一帯に住んでいたことが『鎌倉遺文』『勘仲記』により知られることが、五味文彦[8]により指摘されている。また阿仏尼は、「阿房きゝて、みづから名望あらん事を思ひて、にはかに持明院の北林にうつりて、嵯峨之旧屋并《マヽ》和歌文書以下はこびわたす」(『源承和歌口伝』)とあり、正和二年の「播磨国細川庄地頭職関東裁許状」(天理図書館蔵)

にも「和歌文書以下多以北林禅尼為相卿母儀抑留訖」と見える。また『阿仏真影之記』[9]には「又北林禅尼と申す」「北林禅尼の御影を画かせて、西八条の大通寺に安するとて、御前に焼香つゐて、為村」「北林尼公御墳に落葉深といふことを」などとあり、冷泉家の子孫により「北林禅尼」「北林尼公」と呼ばれたのであり、『系図纂要』にも「号北林禅尼」とあり、「世称北林禅尼」(『大日本史』)のように通称となっていたのであろう。また『霞関集』二四七にも「北林尼公阿仏手向に」と記される。このように、いつからかはわからないが、為家と結婚後も、恐らく晩年に至るまで、実家である平度繁一族が住んだ持明院付近の、「持明院の北林」に阿仏尼自身の自邸があったと推定できるのである。『うたたね』ではそれを「ふるさと」のモデルとし、そのような自邸を、出仕先の御所と区別して「ふるさと」と呼んでいると想像される。『阿仏仮名諷誦』(尊経閣文庫蔵)に、為家の仕事を支えたことを回顧して、「ふるさとをもはなれ、したしきをもすてゝ、影の形にしたがふためしなれば、なだのしほやき、いとまもなく、臥猪のとこのいをやすむひまだになくて、歌の道をたすけつかへしこと、はたとせあまりみとせばかりにもやなりにけむ」と言うが、ここでも「ふるさと」は自邸をさしていると考えられる。

　後半部で遠江に下向する部分は、明らかに実体験をもとにしていて、阿仏尼自身がモデルとなっている。『十六夜日記』に若い頃に下向したことが事実として語られる。父の度繁は、検非違使、左衛門尉、佐渡守であったことは知られるが、遠江守であった明徴は得られない。ただし、この一族が遠江と関わりを持っていたことは確かで、阿仏尼と遠江との関わりは最晩年の『十六夜日記』にも見え、おそらく子の為相にも引き継がれ、遠江の豪族藤原長清に『夫木和歌抄』の編纂を依頼したのも、阿仏尼以来の縁故があったかとされている。また五味文彦(前掲書)は、嘉元四年(徳治元年・一三〇六)の院領目録に、浜松庄預所の名に「遠繁」とあり、これは度繁の兄信繁の孫にあたることを指摘する。後年の事ではあるが、この一族と浜松との接点を示すものとして注目される。

このように、『うたたね』の中の女主人公の輪郭と、他の資料によって知られる作者阿仏尼の軌跡とが、非常に近いことは確かである。しかし、相違する部分もある。以下に挙げるのは、『源承和歌口伝』の、よく知られている条である。

先由来は、阿房〈為相朝臣母〉安嘉門院越前とて侍ける、身をすてゝ後、奈良の法花寺にすみけり。後に松尾慶政上人のほとりに侍けるを、源氏物語かゝせんとて、法花寺にて見なれたる人のしるべにて、院大納言典侍〈二条禅尼〉もとにきたれり。続後撰奏覧之後事也。とし月をゝくりて定覚律師をうめり。誰が子やらんにて侍しほどに、はるかにして為相をうめり。(後略)

ここでは阿仏が出家の後に奈良の法華寺に住み、その後「松尾慶政上人のほとり」に住み、その後、法華寺の知人の紹介により後嵯峨院大納言典侍のもとへ来た、と伝える。しかし、これら一連のできごとは、『うたたね』で、恋の悩みからひとり出奔して西山の尼寺で出家し、その後また自邸へ戻り遠江へ下向したという経緯と重ならないのである。『うたたね』のできごとと旅の後に、再び出奔して奈良の法華寺へ入寺したのか。あるいはこれは源承の誤解・記憶違いなのか。あるいは『うたたね』は自身の体験やその背景となった場を下敷き・モデルとして、朧化を施したり少し変えたりして書かれたのだろうか。私見では、この最後の可能性が高いのではないかと思える。

『うたたね』に書かれたことをそのまま事実と受け取るなら、数年間の間に、上流貴族と恋、出奔、西山の尼寺で出家、帰宅、遠江下向(以上『うたたね』)、そして再び出奔、奈良法華寺で出家(『源承和歌口伝』)、別の恋による出産(後述の『阿仏の文』)、その前後に西山松尾の法華山寺へ(『源承和歌口伝』)、再び還俗して夫(もしくは恋人)をもつ(『続古今集』一八三二、『玉葉集』一六八八・一六八九)、となる。このように恋・出奔・出家・入寺が繰り返された、と推定するのは、あり得なくはないが、いささか考えにくいのではないだろうか。しかもこの後為家と出会い、恋愛し、その室

となり、文永五年以前に出家(同年の為家の譲状)という事柄が続く。これまではたとえば、「「うたたね」の繰り返しのような情史が、この十数年間にあった」[10]のように理解されることが一般であったが、再度出奔して出家したことを述べるものは『うたたね』以外にはないのである。

岩佐美代子(前掲書)は、「南都法花寺長老」(『田中本帝系図』)、「法花寺尼衆故深草院御長女也」(『花園院宸記』元弘二年五月四日)とある皇女が、阿仏女子が後深草院との間に生んだ姫宮である可能性を指摘している。これは『源承和歌口伝』の「奈良の法花寺に住みけり」を傍証の一つとした推定であるが、『源承和歌口伝』の記述は錯誤ではなく事実に基づくものである蓋然性は高いのである。

法華寺は貴族社会から離脱した単身女性のアジール的機能を持つ寺であり、『とはずがたり』に見え、『平家物語』は横笛が住んだことを伝える。細川涼一[11]によれば、法華寺に代表される律宗の尼寺は、「多くもと宮中に宮仕えした女房で、結婚して世帯・家族を持つことが容易でない境遇におかれた女性が単身者として入寺したのであり、ほかならぬ阿仏尼自身が、そのような境遇におかれた女性の一人として法華寺に入ったのである」という指摘を行っている。また法華寺はこの頃西大寺流律宗の尼寺として復興が行われており、建長元年(一二四九)には叡尊の手で十二人の尼に大比丘尼戒が授けられ如法の比丘尼が誕生している(『感身学正記』)。また、阿仏尼を後嵯峨院大納言典侍に紹介したのは、ほかならぬ法華寺第一世長老の慈善尼(春華門院右金吾)であり、阿仏尼が慶政の庇護を受けたのも、慈善と真如という、もと春華門院の女房の縁を辿ってのことかとも推測している。『法華寺結界記』に見える法華寺の尼衆の数は、比丘尼・式叉摩那・法同沙弥尼・形同沙弥尼《ぎょうどうしゃみに》を合わせて、宝治三年(建長元年・一二四九)には二六人、正元元年(一二五九)には六四人、文永二年(一二六五)には七九人であり、中でも形同沙弥尼が急激に増加しており、大石雅章[12]によれば、これは尼衆といいながらも在俗に近い存在であったという。阿仏尼が形同沙弥尼だったのか何であったの

かはわからない。またこの尼衆のほか、多数の近住女《ごんじゅう》(在家信者)が法華寺に所属していて、多様な階層・階級の人々から成る集団であった、と指摘されている。

岩佐美代子の周到な論証によれば、この建長三—四年頃、阿仏尼が女子を出産し、その女子とともに不遇・困窮していたことは『阿仏の文』(『乳母のふみ』)などによって知られる。その理由について、「法花寺にあった阿仏は出家の身ながら藤原氏の相応の身分の男性との間に子を宿してしまい、寺に居られなくなって、旧主安嘉門院と縁ある慶政に庇護を求めたのではなかろうか」と推定する。岩佐は、『乳母のふみ』の記述(女子が生まれて二年程不遇、困窮した記事をさす)は、「鮮やかに『源承和歌口伝』の所説に符合するのである」と読み解いた。『源承和歌口伝』の記述が『うたたね』以外の他資料と齟齬する点はなく、恐らく事実性が高い。つまり、出家して、奈良法華寺で慈善尼のもと、かつて宮仕えした女房達の尼にまじって修行していた阿仏尼が、ある恋の結果女子を出産、法華寺を出て、松尾法華山寺で慶政に庇護されてその「ほとり」に住んだが、出産した女子を育てながら不遇困窮の二年を送ったのである。嘉禄三年(安貞元年・一二二七)執筆の慶政自筆草稿本『法華山寺縁起』(13)巻末の「奇事条々」に「又他人連々告瑞夢〈某院女房夢、又住僧等夢〉」とあり、無論これは年代から阿仏ではないが、女房などが住む、あるいは立ち寄る房が周辺にあったようだ。この時期には、阿仏尼は親族・知人にも絶縁されたような状態であり、「おもひのほかなる事にて、中比世に経るたづきもすたれ、親しきにもそむけられ、うときにもましてことゝふ方なうなりたる事候ひしを、……」(『阿仏の文』)という、孤独で深刻な状態であったことを述べる。

しかし『うたたね』の記述は、この二書の記述と同時期のこととしては両立しない。『うたたね』の中では、出奔・出家の理由は失恋であって、女子の出産については触れられていない。そして周囲に絶縁され疎外された深刻な状態も見られない。『うたたね』では、女主人公は養父に庇護されている。そもそも『うたたね』で、夜中に出奔し

て単身たどりついたのは西山の尼寺であって、奈良法華寺ではない。位置的にいえばむしろ、西山の尼寺は、阿仏が後に移り住んだ、嵐山の南、桂の西方、丘陵の上にあった松尾法華山寺に合致する。桂の里人に遭った描写も、法華山寺に里人の出入りがよくあったこと（『沙石集』）から、阿仏と里人との接点を憶測することもできる。またこの寺が「峯の堂」と呼ばれ、法華三昧堂もあったことは、よくあるような表現であるが『うたたね』の「法華三昧の峯の松風に吹きかよひ……」という記述を思い出させるようである。

『うたたね』では、自分がかつて住んだ寺の二つをモデルとし、尼寺である奈良法華寺を、西山の法華山寺に重ねて、『うたたね』の舞台としたという可能性があるのではないだろうか。このように、舞台設定のモデルとしては共通点があることは確かである。また自分が体験した恋が何らかの形で投影され、遠江下向の旅も素材として組み込まれている。しかし、阿仏尼の実人生とは、つまり出家の場所や出奔の経緯、女子の出産やそれに伴う困窮など、重要なことに関しては、決定的に相違すると言わざるを得ない。

『うたたね』後半紀行部分に関しては、『続古今集』や『十六夜日記』など、他の傍証資料が得られる。しかし前半部分に関しては、微妙に齟齬する他資料しかない。しかも恋人の男性の存在感はきわめて稀薄であり、具象性を欠く。おそらくは『うたたね』は、若い頃体験した出奔・出家という劇的な人生の一齣――これが即ち『源承和歌口伝』が語る部分――を素材に、大きく朧化・虚構化して物語的に語って見せたものではないかと思える。

三　『続古今集』入集歌をめぐって

このような虚構性と言う観点から、『うたたね』の中の次の記述と、『続古今集』入集歌について検討したい。

いとせめてわび果つる慰みに、さそふ水だにあらばと、朝夕のことぐさになりぬるを、そのころのちの親とかの、頼むべきことわりも浅からぬ人しも、遠江とかや、聞くもはるけき道を分けて、都の物詣でせんとて上りきたるに、何となく細やかなる物語などするついでに、「かくてつくづくとおはせんよりは、田舎のすまひも見つつ慰み給へかし。かしこも物騒がしくもあらず、心すまさん人は見ぬべきさまなる」など、なほざりなく誘へど、さすがひたみちにふり離れなん都の名残も、いづくをしのぶ心にか、心細く思ひわづらはるれど、あらぬすまひに身をかへたると思ひなしてとだに、憂きを忘るるたよりもやと、あやなく思ひ立ちぬ。

「のちの親とかの」と言う記述から、平度繁が阿仏尼の養父であるとされてきたのは、はっきり確認できていないものの、池田亀鑑[14]あたりからのようだが、そのように断定しても良いだろうか。『尊卑分脈』には桓武平氏、度繁の女として「安嘉門院四条　法名阿仏　権中納言為相卿母　哥人」と記され、冷泉為相の項にも「母安嘉門院右衛門佐〔平度繁女〕〔法名阿仏〕」とある。『系図纂要』も同様である。『勅撰作者部類』には「但馬守平慶《（ママ）》繁朝臣女」、『続古今集』羇旅・九三三には「父平度繁」と記される。この旅を『十六夜日記』では「昔、父の朝臣に誘はれて」とする。同じ『十六夜日記』巻末の長歌には「思へばいやし　信濃なる　そのはゝき木の　そのはらに　たねをまきたる　とがとてや」とあり、自らが卑しい出自であることを言うが、それ以上は述べていない。また、前出の『阿仏真影之記』には、「禅尼公は葛原親王十四世の孫佐渡守平度繁朝臣の女、安嘉門院にさぶらひ給ひて、右衛門佐と申。又四

条と申す。薙髪の後、阿仏房と申。又北林禅尼と申す」と、やはり度繁女とする。このように、養父であるとするものは、『うたたね』以外に見出されないのである。

『続古今集』羇旅・九三三には、

おもふこと侍りけるころ、父平度繁朝臣遠江の国にまかれりけるに、

心ならず伴ひて、鳴海の浦をすぐとてよみ侍りける　安嘉門院右衛門佐

さてもわれいかになるみのうらなればおもふかたにはとほざかるらん

とあり、この詞書だけ読めば、都に在住する父度繁が、所用で遠江に下向したのに同伴した、と解釈できる。しかし『うたたね』では、遠江に在住する養父が都見物のためにはるばる上京してきて、遠江に帰る折に作者を田舎見物に誘った、と記すのである。この二つを別々に読めば、そこにはかなりの落差がありはしないか。

一般に、勅撰集の詞書には信憑性があるのが普通である。しかも、この場合は古人ではなく同時代であり、為家も撰者の一人であるから、既に為家室となっていた阿仏尼に関する記述が誤謬である筈はない。また、五味文彦(前掲書)の指摘によれば、平度繁は、「京都に基盤を置く下級貴族であって、遠江にいて上洛するような豪族ではない」という。五味は、「後の親」ではなく「乳の親」と解釈し、都に在住する度繁と浜松に在住する乳父とを別の人物と考えて、矛盾を解決しようとするが、私見では、そもそもこの二つの記述は両立し難いものであり、「のちの親」以下の記述は、作品上の虚構という可能性があると思える。『うたたね』は作者自身をモデルとしながらも、かなりの虚構も織り交ぜている可能性を示しているのではないだろうか。なぜこの様に下向の性質や同行者を変えたかは、今関敏子の、

「うたゝね」の主題は、「不幸な恋と流浪の運命的な悲劇」であり、「恋に身を投じ、物狂ほしくあくがれ、果て

はさすらふる悲劇の女性」こそが作者の描こうとした主人公像なのである。(15)

という視点が有効ではないだろうか。父の仕事に同伴しての旅では、さすらう女、流浪する女の悲劇のイメージは薄くなってしまう。

そして同時に、そこには前述のような『源氏物語』の影響もあるように思われる。恋の果ての流浪ではないが、乳母夫婦に伴われて筑紫へ下向した玉鬘や、受領の妻となった叔母に地方へ誘われる末摘花、宇治八宮の娘でありながら、常陸介の後妻となった母に伴って、つまりはまさに「後の親」に同伴してその任国へ下向して生活した浮舟のような女性のイメージを投影したのではないか。特に、『うたたね』には浮舟の一連の物語からの影響は非常に強く、恋の経緯から出奔・出家、その後に至るまで、女主人公を浮舟に重ねる意図は、枚挙に暇がないほど指摘できる。つまりこの「そのころのちの親とかの……」以下の記述にも、そのような物語的虚構が施されている可能性があるのではないか。

先の『続古今集』入集歌の詞書を見ると、「父平度繁朝臣遠江の国にまかれりけるに」のように、『うたたね』に記述していないことを実名を挙げて明記し、その事実性を裏付けるかのような筆致の詞書である。これは撰者のひとりが、この歌の現実の詠歌事情を個人的に知り得る為家であったからこそ、可能な措置であったと憶測できるかもしれない。ちなみにこの歌は、『うたたね』には「これやさはいかに鳴海の浦なれば思ふかたには遠ざかるらん」と記されていて、『続古今集』では初句が改変されている。

四 勅撰集・私撰集との関係

『うたたね』の作中和歌については、長崎健、寺島恒世、今関敏子が前掲論文で論じているが、ここでは撰集との関わりから考えてみたい。『うたたね』から勅撰集に入ったのは、前掲『続古今集』の歌一首のみであり、これは、恐らくは撰者為家によって、『うたたね』に依拠せずに端的な事実を述べる詞書が付されて、『続古今集』に入れられた。しかし、この後の勅撰集において、またこの時代に主として勅撰集の撰集資料たるべく編纂された数多くの私撰集においても、『うたたね』からはその作中和歌が採入されることはなかった。『建礼門院右京大夫集』『十六夜日記』などからは、日記中の記述に沿った詠歌事情を説明する詞書を付されて勅撰集・私撰集に多数の歌が採られている事実を思い起こせば、これは注意すべき事実であると言えよう。『建礼門院右京大夫集』は『新勅撰集』以下の勅撰集に二九首、『夫木和歌抄』に九首採られ、阿仏尼に比して知名度の低い『信生法師集』からも『玉葉集』以下の勅撰集に三首、『海道記』からは作者鴨長明として『夫木和歌抄』に一首、『東関紀行』からは源光行として『夫木和歌抄』に九首、そして『十六夜日記』からは『玉葉集』に四首、『夫木和歌抄』には一四首の歌が採られている。

しかし『うたたね』作中歌は、『夫木和歌抄』に採入されていない。かつて吉川秀雄は[16]、『うたたね』から『夫木和歌抄』に歌が採られていないことを、『うたたね』偽作説の根拠とした。諸徴証により阿仏尼作説が確定している現在、偽作説は成り立たないが、このことは注意されてもよい事実ではないか。『夫木和歌抄』は、冷泉為相の依頼と協力により、将来の勅撰集撰集資料たるべく、為相の門弟藤原長清によって編纂されたと言われており、為相からおそらく厖大な歌書が提供されたというのが通説である。『夫木和歌抄』の編者藤原長清は、遠江の豪族であり、「五位

勝間田遠江守」であったとの説も伝えられる(『勅撰作者部類』)。長清については先学の論に詳しいが[17]、勝間田氏が遠江在住の名族であったことは諸史料に見える。そして『夫木和歌抄』は、岩佐美代子が「撰歌態度は作品の良否によらず、広汎に採集し詳密な歌題分類を行うことを意図したものらしい[18]」と指摘する通り、網羅的であって歌の巧拙はあまり関係がなく、『うたたね』歌が拙劣と考えられて落とされたわけではない。特に『うたたね』後半部の羇旅歌は類題集入集にふさわしい。『十六夜日記』(路次の記)からは十四首もの歌が『夫木和歌抄』に採られている。もし『うたたね』作中歌が勅撰集・私撰集入集歌にふさわしい性格を備えていると考えられていたならば、為相は長清に撰集資料として提供した可能性があり、その場合遠江の在地の豪族長清が、後半部遠江を舞台とするこの作品を、しかも為相母で良く知られた歌人阿仏尼の歌を、一首も入れないことは考えにくい。そもそも、阿仏尼と遠江との関係から、阿仏尼と勝間田氏との縁が生じた可能性も含めて「為相は母を介して遠江と関係を持っていたと見ることができる」(井上前掲書)と推測されているのである。

勿論『うたたね』が撰集資料の中に含まれなかった場合も十分考えられる。しかし前述の如く、『うたたね』は、『夫木和歌抄』だけではなく、『続古今集』の一首を例外として、すべての勅撰集、及び管見の私撰集にも採入されていない。これは、『うたたね』という作品の性格を物語るものではないか。つまり、『うたたね』という作品が、『十六夜日記』のような事実性に基づく日記ではなく、虚構をも合わせ含む物語的色彩の作品として、同時代の人々に享受されていたことを示しているのではないだろうか。この時代の執筆者に、今日のような明確なジャンルの意識があったかどうかは必ずしも明言できないが、勅撰集及びそれに準じた私撰集のような撰集への入集には、ある尺度が厳然とあったであろう。例えば、樋口芳麻呂[19]は、『続古今集』に『浜松中納言物語』の歌が菅原孝標女の作として撰入されたことを契機に、勅撰集に物語歌が物語作者名で撰入されるという混乱を避けるべく、『風葉和歌集』が撰進さ

れたのではないか、と述べている。

『うたたね』の享受という点で言えば、飛鳥井雅有の日記や和歌には『うたたね』の歌の影響が散見され、他にもその可能性が見られ、また南北朝頃書写とされる伊東本[20]をはじめいくつかの伝本があり、当時全く流布しなかったとも思われないのである。

五 阿仏尼に関する問題

前節までに述べたような『うたたね』の虚構性は、少なからぬ問題を孕んでいる。なぜなら、『うたたね』はこれまで阿仏尼の二十歳前後の実人生を語ったものとして扱われ、阿仏尼の伝記を記述する場合に『うたたね』の内容も含めて考証されることがほとんどであったからである。言うまでもなく、ある一個の作品を読み解く上で、それがどこまで事実であったかどうかを議論するのはあまり重要ではない。だが、『うたたね』の場合、阿仏尼伝の一郭をなすものとして『うたたね』の記事がそのまま利用されてきた。しかしもし『うたたね』を虚構を多く含む物語的作品であると定位するならば、阿仏尼伝のうちいくつかの点に関して、今後慎重に取り扱う必要が生じてくる。前述のように、父親の問題や、為家と出会う前の軌跡などがまず再考すべき部分であると言えよう。従来のように養父と断定することには疑念があり、『うたたね』以外にはその徴証が得られない以上、『続古今集』や『尊卑分脈』など他の多くの資料の記載に従って父としておくべきかと思われる。

いずれにせよ、『うたたね』は、記録性を重視した勅撰集・私家集(もちろん全部ではない)や、同じ作者の作品では

あるが明らかに記録的意識が認められる『十六夜日記』とは、大きく性格を異にする作品であり、自分を主人公に仕立てた物語的構成の作品なのである。たとえば、隆房が小督との恋を描いた『隆房集』(『艶詞』)が、事実そのままではなく大幅に朧化・物語化されている作品として扱われていることなどが想起できよう。『うたたね』は、ひとまず阿仏尼伝の資料としての位置からは切り離し、創作的意識により創り上げられた一作品として扱うべきであると考える。

なお、『うたたね』と阿仏尼については、本稿の内容をふまえてさらに詳しく論じたので、(21) ご参照いただければ幸いである。

(1)　渡辺静子『中世日記文学論序説』(新典社、一九八九年)、劉小俊「『うたたね』と浮舟」(『岡大国文論稿』一八、一九九〇年三月)、村田紀子「『うたたね』の『源氏物語』摂取——「浮舟物語」を中心として」(『中世和歌 資料と論考』明治書院、一九九二年)、島内景二『源氏物語の影響史』(笠間書院、二〇〇〇年)、ほか。

(2)　この巻末歌については、今関敏子「『うたゝね』における和歌」(『日記文学研究 第二集』新典社、一九九七年)に、詳しい考察がある。

(3)　『中世女流日記文学論考』(和泉書院、一九八七年)。またその後、『仮名日記文学論』(笠間書院、二〇一三年)が刊行され、「『うたたね』の夢——時空認識と虚構」がある。

(4)　「『うたゝね』における虚構の問題——月の描写と恋心」(『広島女学院大学日本文学』一、一九九一年七月)。

(5)　「『うたゝね』の方法」(『香川大学国文研究』一七、一九九二年九月)。

(6)　「『うたたね』の試み」(『国語と国文学』六九—五、一九九二年五月)。

(7)　阿仏尼の伝についての主要な論として、福田秀一『中世和歌史の研究』(角川書店、一九七二年)、長崎健・濱中修『阿仏尼』(新典社、一九九六年)、岩佐美代子『宮廷女流文学読解考　中世編』(笠間書院、一九九九年)、井上宗雄の「阿仏尼伝

の一考察」(『鎌倉時代歌人伝の研究』風間書房、一九九七年)などがある。また田渕句美子『阿仏尼』(人物叢書、吉川弘文館、二〇〇九年)において、阿仏尼伝の全体を論述した。また本書第五部第四章、第六部第三章などでも阿仏尼について言及している。

(8) 『武士と文士の中世史』(東京大学出版会、一九九二年)。

(9) 『阿仏真影之記』は『校註阿佛尼全集 増補版』(簗瀬一雄編、風間書房、一九八一年)に拠る。

(10) 玉井幸助『日記文学の研究』(塙書房、一九六五年)。

(11) 『女の中世』(日本エディタースクール出版部、一九八九年)及び『中世の律宗寺院と民衆』(吉川弘文館、一九八七年)参照。

(12) 「尼の法華寺と僧の法華寺」(『仏と女』西口順子編、吉川弘文館、一九九七年)。

(13) 宮内庁書陵部の複製本(一九九一年)に拠る。

(14) 『宮廷女流日記文学』(至文堂、一九二七年)。

(15) 前掲『中世女流日記文学論考』参照。

(16) 『新譯十六夜日記精解』(精文館書店、一九一九年)。

(17) 井上宗雄『中世歌壇史の研究 南北朝期 改訂新版』(明治書院、一九八七年)、山田清市『作者分類夫木和歌抄 研究索引篇』(風間書房、一九七〇年)、福田秀一「夫木抄」(和歌文学講座4、桜楓社、一九八四年)など参照。また『夫木和歌抄』については、夫木和歌抄研究会編『夫木和歌抄 編纂と享受』(風間書房、二〇〇八年)がある。

(18) 『研究資料日本古典文学⑥和歌』(明治書院、一九八三年)。

(19) 「和歌と物語のはざま——物語歌撰集の誕生」(『文学・語学』一一八、一九八八年八月)。

(20) 永井義憲校注『うたゝね』(影印校注古典叢書33、新典社、一九八〇年)。

(21) 田渕句美子『阿仏尼とその時代——『うたたね』が語る中世』(臨川書店、二〇〇〇年)。

第三章　『とはずがたり』の『源氏物語』叙述——女主人公への転移と語り

天皇・上皇の后妃や母、内親王、女院として公的な歴史に名を留めている女性たちや、あるいは歌人として宮廷歌壇で活躍したり、勅撰集に入集してそこに名を残している女性たちが歴史上に大勢いる。しかし、そのどちらでもない、ある女房による、宮廷と信仰の壮大な語り、そして心を奪う哀切な人生の物語、それが『とはずがたり』である。第三・四章では『とはずがたり』を取り上げる。この第三章では古典世界の物語への視線を、次の第四章では、同時代前後の宮廷歌壇への視線を取り上げて論じていく。

『とはずがたり』は、文永八年(一二七一)正月に始まる。『とはずがたり』ほどに、次々に深刻な危機に直面していく自分を描いている女房文学は少ないと言えるだろう。この正月に自分の運命を変えた主君の命、父の死、生んだ皇子の夭折、恋人との葛藤と離反、新たな恋人の突然の死、主君の裏切り、宮廷からの追放、諸国行脚での苦難と孤独、主君の死など、『とはずがたり』はうち続く危機に満ちている。

『とはずがたり』が叙述や構成の上で最も拠り所としているのは、虚構の宮廷と歴史を描く『源氏物語』であろう。『とはずがたり』における『源氏物語』からの影響については多くの論文があり(1)、両作品が類似する箇所については諸先学が多数列挙している。『とはずがたり』における『源氏物語』受容は、『源氏物語』の枠に自身・人々や場面を

あてはめ、あるいは無意識に表現の断片を使い、『源氏物語』の言辞を縦横に引用しつつ叙述をすすめていく形になっている。

けれども、この二つの作品を比べて気付くのは、『源氏物語』の中で種々の危機に直面した時の女たちの衝撃や悲しみ、あるいは禁忌の恋に惹かれていくというような女の内面は、『源氏物語』には具体的に描かれていないことである。それに対して『とはずがたり』は一人称の作品であり、虚構もまじえているにせよ、女の内面をリアルな肉声でこまやかに語っている。『源氏物語』の女三宮を中心に、若紫や藤壺も一部含めて考察する。

一 『源氏物語』の女三宮の和歌の異質性

『とはずがたり』における二条と高僧有明の月(性助法親王)の恋の叙述が、女三宮と柏木の物語に重ねられていることについては、これまでにも多く論じられている。本稿では、『とはずがたり』の『源氏物語』叙述に入る前に、『源氏物語』の女三宮の和歌について、特に柏木との贈答歌について論じておきたい。ゆえに本節は、『源氏物語』の和歌自体についての考察である。

女三宮と柏木との贈答歌については、佐竹彌生(2)、鈴木日出男(3)、高田祐彦(4)が読み解いているが、ここでは『源氏物語』の地の文との齟齬、異質性という点で考える。

若菜下巻で女三宮は見知らぬ男に侵入され、「あさましくむくつけくなりて」「いとあさましく、うつつともおぼえたまはぬに」「院にも、今はいかでかは見え奉らんと、悲しく心細くて、いと幼げに泣きたまふ」という状態であり、

「ただ一言御声を聞かせたまへ」と懇願する柏木に、「うるさくわびしくて、ものさらに言はれたまはねば」であった。ところが、帰り際に柏木が別れの歌を詠みかけると、帰るのだと少し安堵して、女三宮は歌を返す。Ａは柏木、Ｂは女三宮の歌である。

おきてゆく空も知られぬ明けぐれにいづくの露のかかる袖なり(Ａ)

と引き出でて愁へきこゆれば、出でなむとするにすこし慰めたまひて、

明けぐれの空に憂き身は消えななむ夢なりけりと見てもやむべく(Ｂ)(5)

とはかなげにのたまふ声の、若くをかしげなるを、聞きさすやうにて出でぬる魂は、まことに身を離れてとまりぬる心地す。

Ｂの歌ことばは、Ａの歌の「空も知られぬ明けぐれ」を受けて「明けぐれの空」を詠み込み、薄暗い空に託した暗い心情をそのまま受け継ぎ、さらにＡの歌の「露」から「消え」る身に展開して詠んでおり、返歌として贈歌に沿う面が多い。「憂き身は消えななむ」は自分を苦しめる男への切り返しともとれるが、男への直接的な非難の響きはなく、「夢」に溶解されていく。男を強く難詰するでもなく、世人の眼を恐れるでもなく、自身の悲嘆を激しく訴えるでもなく、ただ夢としてなかったことにしたい、と詠ずるのである。

そもそも、女三宮はなぜここで歌を返すのだろうか。見知らぬ男、それも自分よりはるかに身分が下の男が、無礼にも突然侵入してきた上に、源氏の正妻たる自分を犯したのである。帰る男が別れに際して歌を詠んだとて、愛を感じてもいない女が歌を返す必要はない。すでに源氏に引き取られ源氏に親しんでいた若紫ですら、源氏の後朝の歌に返歌していない。

『源氏物語』で突然に契りをかわした男女の後朝の贈答歌をみると、帚木巻では、空蟬は源氏の後朝の別れの歌に

返歌するが、大きな身分差ゆえに、返歌せねば思い上がったふるまいであるし、またその和歌は「身のうさを嘆くにあかで明くる夜はとりかさねてぞ音もなかれける」という、男に我が身の悲嘆を強く泣訴する歌である。花宴巻では、朧月夜は源氏に惹かれつつ、「うき身世にやがて消えなば尋ねても草の原をばとはじとや思ふ」の歌を詠む。若紫巻の逢瀬の場面で、源氏の歌「みてもまた逢ふ夜稀なる夢のうちにやがて紛るる我が身ともがな」に対して、藤壺は「世語りに人や伝へむたぐひなくうき身をさめぬ夢になしても」と返しているが、それは旧知の間柄、しかも義理の母と子という関係が既に存在し、歌の内容も源氏の歌を強くたしなめるものであり、藤壺は自身の心情をあらわすことには抑制的である。女三宮の歌Ｂとの共通性が指摘されるが、実は対照的であって、女三宮の歌はむしろ贈歌の源氏の歌のほうに近いと言える。また、浮舟巻で、匂宮が侵入してきた翌日、匂宮の歌に浮舟はすでに匂宮に強く惹きつけられていることが本文に再三述べられ、歌も匂宮の心変わりを心配する歌である。また『とはずがたり』の二条は、巻一で後深草院に対して第一夜には「夜もすがら、つひに一言葉の御返事だに申さで」とある。そして巻二では、主君の弟たる貴人の有明の月が、二条に熱烈に求愛してきても、すぐには返歌を与えていない。

以上のような例から、『源氏物語』で女三宮がわざわざ返歌を詠じているのは、特異な印象を与える。ここで女三宮が返歌しなければ、柏木が女三宮に執着し続けて身を滅ぼすことはなかったかもしれない。しかし女三宮の返歌の声を聞いて柏木は「聞きさすやうにて出でぬる魂は、まことに身を離れてとまりぬる心地す」と、離魂の精神状態となった。

その後も柏木は女三宮と密会を重ねる。地の文では「宮は、尽きせずわりなきことに思したり」とあり、女三宮から柏木への思慕は全く記されない。女三宮は源氏を恐れ、また柏木は源氏に比べてはるかに劣ると感じて、「めざま

しくのみ見たまふ」ともある。しかし女三宮は、藤壺の如く二度と侵入されまいと周囲を固めるでもなく、手引きした小侍従を叱責するでもなく、その後も柏木に逢瀬を許す。懐妊に気付いた後、そのような最も人の眼を警戒すべき事態でありながら、届いた柏木の手紙を隠し損ね、それが源氏の眼に入り、柏木の苦悶と死を呼び起こす。柏木巻で、重態となった柏木は女三宮に手紙を書く。自分は死んで煙となった後も、その煙はむすぼおれて、あなたへの執着が残るだろうと訴える。

　　今はとて燃えむ煙もむすぼほれ絶えぬ思ひのなほや残らむ(C)

これを受け取った女三宮は、最初は返事を書こうとしない。それは、源氏が「をりをりにまほならぬが、いと恐ろしうわびしきなるべし」と、語り手が、女三宮は源氏の不興をひたすら恐れているのだろうと忖度する形で述べられている。しかし結局、小侍従に催促されて女三宮は「しぶしぶに書いたまふ」と描写されており、結局返事を書く。

　御手もなほいとはかなげに、をかしきほどに書いたまひて、

「心苦しう聞きながら、いかでかは。ただ推しはかり。残らむ、とあるは、

　　立ちそひて消えやしなまし憂きことを思ひ乱るる煙くらべに(D)

後るべうやは(6)」

この女三宮の返事に感動した柏木は、最後の力を振り絞って書く。

　言の葉の続きもなう、あやしき鳥の跡のやうにて、

　　行方なき空の煙となりぬとも思ふあたりを立ちは離れじ(E)

　このとき女三宮は、間近に迫っている出産で、自分も命を落とすかもしれないと感じているのかもしれない。しかしそれにしても女三宮は、柏木歌Cの訴えと思念に寄り添い、Dで「私も一緒に煙となって立ちのぼり消えてしまお

うかしら。つらい身の上を思い乱れて死に、乱れてのぼる私の煙と、結ぼおれて停滞するというあなたの煙とを比べるように」と詠み、その上「後るべうやは」と付け加える。私もあなたと一緒に死にたい、と、真実の愛がこもっているような言葉を添えて返しているのである。

この場面から源氏取りをした『民部卿典侍集』三二は、傍線部分を摂取し、「身をこがす煙くらべの別路はおくるべくやは物のかなしき」と詠む。民部卿典侍因子が、おそらく朋輩の女房に対して、亡き藻璧門院への痛切な哀悼の心情を、あなただけではなく私も死んでしまいそうだ、と詠じている。「煙くらべ」「後るべくやは」は、相手の心情に自分の心情を重ね合わせる、共感のメッセージとして機能している。そしてまた、この「煙くらべ」が、源氏寄合、『源氏物語』の梗概書・注釈書、御伽草子などにおいて、柏木・女三宮の密通のキーワードであり、互いの恋慕の強さを比べるものと解されていることは、安達敬子の論がある。(7)和歌の表現から言えば、それは当然の受容であった。

さらに「立ちそひて……」も、相手を思い、共感する表現である。『源氏物語』夕顔巻の、「ほどもなく、また立ちそひぬべきが口惜しくもあるべきかな」は、夕顔の死を悲しむ源氏が、悲嘆のあまり自分も死んでしまいそうだという表現である。また『続後撰集』羇旅で、藤原定家が「立ちそひてそれとも見ばや音に聞く室の八島の深き煙を」(一二九四)と詠むのは、故郷の下野国に下る蓮生に、自分も同行して室の八島を見たいという友情の表現である。自分への恋ゆえに死を前にしている男に「立ちそひて消えやしなまし」と返すのは、相愛の男女が用いる表現にほかならないだろう。決して冷淡な切り返しではない。

『源氏物語』の地の文では、女三宮が柏木のことを「あはれ」と思うのは柏木の死を聞いた時であり、女三宮が柏木に惹かれていたとは書かれていない。しかし和歌の贈答では、まるで密かに思い合う男女の贈答歌のような表現がなされている。しかもその手紙は「御手もなほいとはかなげに、をかしきほどに書いたまひて」と、美しく書かれた

ものであった。

ところで、女三宮は若菜下で、源氏に対しても媚態めいた恋歌を詠んでいる。この頃の女三宮は、柏木との密通が源氏に露顕するのを恐れている上、その柏木から届いた手紙をしかるべき場所に隠すことができなかったのだから、絶対に源氏を引き留めるべきではないのに、女三宮は自分から源氏に、「夕露に袖ぬらせとやひぐらしの鳴くを聞く聞く起きてゆくらん」と詠みかけて引き留める。源氏は「らうたければ」と感じて、その誘いを断わることができずに、もう一晩留まってしまう。この応酬の前の状況をやや詳しく述べると、源氏は紫上のいる二条院へ戻るという挨拶のため女三宮のところへ行き、女三宮の様子が「いたくしめりて、さやかにも見合はせ奉りたまはぬを、ただ世の恨めしき御気色と心得たまふ」とあるように、自分を恨んでいるのだと誤解した。そして「昼の御座にうち臥したまひて、御物語など聞こえたまふほどに暮れにけり。すこし大殿籠り入りにけるに、……御衣など奉りなほす」とあるので、源氏は女三宮と語らうだけではなく、昼の御座で契りをかわしたのである。そして身繕いをして二条院へ帰ろうとする源氏を、女三宮が「月待ちて、とも言ふなるものを」と言って引き留め、源氏が帰るのを躊躇するとさらに女三宮は、前掲の「夕露に……」の歌を自分から詠みかけて引き留めたのである。しかも実は、この歌「夕露に……」は、柏木が初めて侵入してきた時の後朝の歌A(柏木)と重なり、無意識に使ったものかという論がある。(8)

また池田節子は、この応酬について、「若い妻の媚びに対して、「憎からずかし」「らうたければ」と、源氏は心ひかれて、女三の宮のもとに留まるのである。……このようなやりとりが、この頃の二人の日常的なものであったことが知られよう(9)」と指摘していて、賛成したい。中年に至った源氏が、女三宮の若さと身体に惹かれて、戯れた言動を好んでいることは、本文のほかの箇所でも、間接的に示されていると思われる。(10)

高貴な女三宮の中に、主体性をもたない幼児性と、男を拒否できない(もしくは本能的に男をひきとめる)媚態性・

好色性とが、奇妙に同居しているように造型されているのではないだろうか。『源氏物語』の地の文では、女三宮から柏木への愛情は表現されていないにも関わらず、和歌や手紙には、それとは矛盾する言葉が散りばめられているのである。

中世初期の成立で、『源氏物語』を精読して批評する『無名草子』は、無思慮な女三宮に批判的であり、「あまりに言ふかひなきものから、さすがに色めかしき所のおはするが心づきなきなり。かやうの人は、一筋に子めかしく、おほどきたればこそらうたけれ。あさましき文、大臣に見ゆることも、その御心のしわざぞかし。（後略）」と述べている。そして柏木との最後の贈答歌は、「あはれなること」に掲げながらも、女三宮の返歌については「……とて、「後るべうやは」とある、女宮ぞ憎き」と強く批判する。女三宮は、一見「色めかしき」女性とはかけ離れているように見えるが、『無名草子』の作者は、女三宮の人格に、幼なげな中に潜むある種の好色性を、はっきりと見て取っていた。(11)

二　女三宮の歌から『とはずがたり』へ

以上のような女三宮の和歌の検討をふまえて、『源氏物語』と『とはずがたり』の類似・往還について考えていきたい。

『源氏物語』柏木・女三宮の物語と、中世の『とはずがたり』は、院の正妻（『とはずがたり』では寵妾）である女が、貴公子（『とはずがたり』では院の弟）に突然に愛を告白されて契りを結ぶこと、男は長年にわたり女をひそかに思ってい

たこと、男は院よりも年若く、情熱的であること、秘密の恋であったが、院に偶然のことから知られてしまうこと、女は男児を出産し、産まれた子は院の子として育てられていくこと、男は女に執着しながら病で逝去すること、女は若くしてこの直後(『とはずがたり』では数年後)出家すること等、重なる要素が数多くある。そして女の年齢は、女三宮は二十二、三歳、二条は二十四歳位であり、ほぼ同じである。一方では、『とはずがたり』では後深草院が二人の関係を知った後は、院の容認のもとで進行していくなど、異なる点もある。

『とはずがたり』の表現には、意図的に柏木の恋の雰囲気や交わされた和歌が散りばめられている。また有明の月の造型には、『源氏物語』以後の物語のバリエーション的な属性を取り込み、重層的な構築がなされていると、阿部真弓(12)の指摘がある。さらに吉野瑞恵(13)が、『とはずがたり』は柏木引用をはりめぐらせ、有明の月が破滅的・悲劇的な恋を生きる男性に転換されていること、離魂・火葬の煙という執着を表す柏木モチーフを繰り返して描き、柏木の恋の本質をとらえ、中世に蘇らせていること等を論じている。本稿では、『とはずがたり』における女三宮像の形象・利用について述べたい。

『とはずがたり』は、有明の月への自己の心情の推移を刻々と描写する。「思ひのほかなる事を仰せられ出だして」驚き、初めての逢瀬で「余りうたてくおぼゆれども」「思ひ焦がるる心はなくて」「心苦しきものから」、そして「忘れがたき心地して」と変化し、逢瀬を重ねる。有明の月の恐ろしい起請文に対してなぜか「今よりは絶えぬと見ゆる水茎の跡を見るには袖ぞしをるる」という、関係の断絶が悲しまれるという歌を返し、心の微妙な変化をあらわす。やがてふとしたことで後深草院に知られ、その後は院公認のもと逢瀬を重ね、その頃には「われも通ふ心の出で来けるにや」と自覚する。有明の月を父とする男児を出産し、さらに愛が深まる。出産後の逢瀬の時、有明の月は「空しき空に立ち昇らむ煙も、なほあたりは去らじ」等の言葉を残して帰り、二人は贈答歌を送り合う。

あくがるるわが魂は留めおきぬ何の残りて物思ふらむ(a)　(有明の月・六一)

物思ふ涙の色をくらべばやげに誰が袖かしをれまさると(b)　(二条・六二)

この直後、有明の月は流行病にかかり、会えぬまま急死するが、その直前に贈答をかわす。

身はかくて思ひ消えなむ煙だにそなたの空になびきだにせば(c)　(有明の月・六三)

思ひ消えむ煙の末をそれとだに長らへばこそ跡をだに見め(d)　(二条・六四)

(中略)鳥の跡のやうにて、文字形もなし。

前節で掲げた、『源氏物語』の柏木の歌C「今はとて燃えむ煙もむすぼほれ絶えぬ思ひのなほや残らむ」、女三宮の返しD「立ちそひて消えやしなまし憂きことを思ひ乱るる煙くらべに／後るべうやは」、そして柏木の最後の歌E「行方なき空の煙となりぬとも思ふあたりを立ちは離れじ」が、『とはずがたり』のこれらa―d、すなわち有明の月の没前の贈答二組に、色濃く反映されている。女三宮が詠んだ「煙くらべに」は、二条の「涙の色をくらべばや」を引き出しており、さらに「消えやしなまし」は最後のcdの贈答の中心にあり、さらに二条は、「後るべうやは」という女三宮の言を、「長らへばこそ跡をだに見め」と言い換えている。女三宮の歌は、『とはずがたり』の有明の月との最後の贈答の骨格となっているのである。

『源氏物語』の地の文では、柏木を疎む女三宮の心情が書かれながら、作中和歌では互いに強く想い合う恋歌のような贈答歌が詠まれていることは、前節で述べたように、おそらく女三宮の人物造型に由来するずれ・二重性であると考えられる。けれども、まさしくその歌に『とはずがたり』は注目し、歌をもとに有明の月との最後の哀切な贈答歌二組を表現化し、『源氏物語』の和歌があらわすところの女三宮の心情を大きく増幅して語ってみせた。

ところで、この二条と有明の月(性助法親王)との情事に、種々の虚構的操作が加えられていることは、これまで諸

氏による指摘がある。『とはずがたり』の中で、有明の月の死は弘安四年（一二八一）十一月二十五日であるように書かれているが、実際に性助法親王が逝去したのは翌弘安五年十二月十九日である。また、後深草院が、二条と性助法親王の情事や出産を容認し後押ししたのは、おそらく性助法親王を持明院統に取り込むためであったことが指摘されている。すなわち、性助は対立する亀山院側に立つ可能性もあった人物だが、二条との密通が知られた後、性助は後深草院に「若宮を一所渡し参らせて、われは深き山に籠り居て、濃き墨染の袂になりてはべらん」と言い、後深草院の皇子を自分の後継者として、自分は遁世籠居するという意志を示す。その通りに、「有明が担い保つ御室の仏法の権威は全く後深草院の門下に伏し、その門跡は院の側の皇統たる持明院統に継承されることになったのである」と論じられている[14]。ちなみに、二条と近衛大殿・亀山院との情事も、おそらく後深草院自身が彼らへの贈与として許したものである。同様に、二条と性助法親王との情事も、後深草院は一種の見返り・贈与として許したと見られるが、こうした点は『とはずがたり』には全く記されていない。一女房に過ぎない二条は、後深草院の支配下で、その強制や黙認、監視のもとで、院の意のままに動くしかない。しかしこれは、当時の宮廷女房の実態として当然なことでもあっただろう。

つまり、有明の月の熱愛は、極めて物語的な語りの上にあり、事実そのままと受け取ることはできないのである。二人の恋のありようには、多くの虚構・粉飾が加えられているとみられる。有明の月（性助法親王）は突然に若くして病死するため、そこに『源氏物語』の中の貴公子ではただ一人若くして病死する柏木の恋物語が用いられたのではないだろうか。

『とはずがたり』の物語的語りにおいて、有明の月には柏木の破滅的な熱愛を重ね、作者自身には、『源氏物語』では和歌だけにあらわされている女三宮の心情を増幅・拡張し、死に繋がる破滅的な恋の結末を、女の内側から角度を

変えて語って見せたのである。

三 『源氏物語』の若紫・藤壺と『とはずがたり』

『とはずがたり』が叙述や構図に利用している、『源氏物語』のほかの女君についても触れておきたい。後深草院と二条の関係が、『源氏物語』の光源氏と紫上の関係に重ねられていることは、清水好子の論(前掲)をはじめ、多く指摘されている。男女に年齢差があり、男は権力をもち、少女の庇護者・養育者であること、少女は年若く、まだ恋も性愛も知らず、無垢であること、少女のゆかりの女性(『とはずがたり』では母、『源氏物語』では叔母)を男は思慕し、そのいわば身代わりとして少女を引き取り、手元においたこと、少女は男を父のように思い異性とは意識していなかったが、男は少女と新枕をかわして愛人(『源氏物語』では妻)とし、長年にわたり寵愛したこと、けれどもやがて、『とはずがたり』では正妻の讒言によって御所を追放されて出家し、『源氏物語』では新たな正妻の降嫁により苦悩しやがて死に至る、等である。

細部でも『とはずがたり』は周到である。二条は後深草院と新枕をかわした時、十四歳であったことを後深草院の言葉として「十とて四つの月日を待ち暮しつる」と述べているが、それは『源氏物語』の若紫と自身とを明確に重ねてみせるためではないだろうか。光源氏と若紫が新枕をかわした時、若紫は十四歳であり、まさしく『とはずがたり』と一致する。また若紫は、北山僧都が、若紫の母は若紫を産んでまもなく亡くなったと述べており、幼くして母を失っている。そして二条は、産まれた翌年に母に死別したことを『とはずがたり』の中で再三、「さても二つにて

母に別れしより」(巻一)のように述べている。ただしこれにも虚構の操作が加えられている可能性がある。[15]
また、構図自体が事実とは異なる部分もみられる。雪の曙(西園寺実兼)は、作者にとって「さしも新枕ともいひぬべく、かたみに浅からざりし心ざしの人」(巻三)であった。おそらく父雅忠が雪の曙を招いて「一とせの雪の夜の九献の式」を行って前年の雪の夜に婚約し、内祝言ともいえる契りを交わしていたと推定されることを、岩佐美代子[16]が論じている。『とはずがたり』で、後深草院との新枕の時に何も知らない無垢な少女であったように描くのは、『とはずがたり』の虚構の操作にほかならないのである。

『源氏物語』の葵巻、光源氏と若紫の新枕の描写と、『とはずがたり』の二条と後深草院の新枕の描写には、表現上、非常に多くの類似点や共通する筆致が見られる。光源氏と若紫の新枕の描写を、中略をはさみつつ掲げよう。前掲の清水好子論その他でも指摘されているが、改めて掲げる。傍線は『とはずがたり』と内容的に類似する部分である。

……いかがありけむ、人のけぢめ見奉りわくべき御仲にもあらぬに、男君はとく起きたまひて、女君はさらに起きたまはぬ朝あり。人々、「いかなればかくおはしますならむ。御心地の例ならずおぼさるるにや」と見奉り嘆くに、君は渡りたまふとて、御硯の箱を、御帳の内にさし入れておはしにけり。人間に、からうじて頭もたげたまへるに、ひき結びたる文、御枕のもとにあり。何心もなくひき開けて見たまへば、

あやなくも隔てけるかな夜を重ねさすがに馴れし夜の衣を

と書きすさびたまへるやうなり。かかる御心おはすらむとは、かけてもおぼし寄らざりしかば、などてかう心憂かりける御心を、うらなく頼もしきものに思ひきこえけむ、とあさましうおぼさる。

昼つ方渡りたまひて、「悩ましげにしたまふらむは、いかなる御心地ぞ。今日は碁も打たで、さうざうしや」とてのぞきたまへば、いよいよ御衣ひきかづきて臥したまへり。人々はしりぞきつつさぶらへば、寄りたまひて、

「などかくいぶせき御もてなしぞ。思ひのほかに心憂くこそおはしけれな。人もいかにあやしと思ふらむ」とて、御衾をひきやりたまへれば、汗におしひたして、額髪もいたう濡れたまへり。「あなうたて。これはいとゆゆしきわざぞよ」とて、よろづにこしらへきこえたまへど、まことにいとつらしと思ひたまひて、つゆの御いらへもしたまはず。「よしよし。さらに見えたてまつらじ。いとはづかし」など怨じたまひて、御硯あけて見たまへど、ものもなければ、若の御ありさまや、と、らうたく見たてまつりたまひて、日ひと日入りゐて慰めきこえたまへど、解けがたき御気色、いとどらうたげなり。(中略)

君は、こしらへわびたまひて、今はじめ盗みもて来たらむ人の心地するもいとをかしくて、年ごろあはれと思ひきこえつるは、片端にもあらざりけり、人の心こそうたてあるものはあれ、今は一夜も隔てむことのわりなかるべきこと、とおぼさる。

では次に、『とはずがたり』で、後深草院と二条の新枕の夜とその後の叙述を、『源氏物語』葵巻との共通部分・類似部分があるところを中心に、抜き出してみよう。なお、葵巻以外の巻からの表現上の引用も多いが、それはここでは省く。

「今は人に顔を見すべきかは」と、くどきて泣き居たれば、あまりに言ふかひなげにおぼしめして、うち笑はせ給ふさへ、心憂く悲し。夜もすがら、つひに一言葉の御返事だに申さで、明けぬる音して、(中略)起き出で給ふとて、「あさましく思はずなるもてなしこそ、振分け髪の昔の契りもかひなき心地すれ。いたく人目あやしからぬやうにもてなしてこそ、よかるべけれ。余りに埋もれたらば、人いかが思はむ」など、かつは恨み、また慰め給へども、つひに答へ申さざりしかば、(中略)

還御なりぬと聞けども、同じさまにてひきかづきて寝たるに、いつの程にか、「御文」と言ふもあさまし。大

納言の北の方、尼上など来て、「いかに。などか起きぬ」など言ふも悲しければ、「夜より心地わびしくて」と言へば、「新枕の名残か」など人思ひたるさまもわびしきに、この御文を持ちさわげども、誰かは見む。「御使立ちわづらふ。いかにいかに」と言ひわびて、「大納言に申せ」など言ふも堪へがたきに、「心地わぶらんは」とて、おはしたり。（中略）

　あまた年さすがに馴れしさ夜衣重ねぬ袖に残る移り香　　（四）

（中略）暮れぬと思ひし程に、「御幸」と言ふ音すなり。またいかならむと思ふほどもなく、引き開けつつ、いと馴れ顔に入りおはしまして、「悩ましくすらむは、何事にかあらむ」など御尋ねあれども、御答へ申すべき心地もせず、ただうち臥したるままにてあるに、（中略）「……逢ひ見る夜半は隔つとも、心の隔てはあらじ」など、数々うけたまはるほどに、（中略）

　道すがらも、今しも盗み出でなどして行かむ人のやうに契りたまふも、をかしとも言ひぬべきを、つらさを添へて行く道は、涙のほかは言問ふ方もなくて、おはしまし着きぬ。

傍線部分の言葉は同じ文脈で用いられているとは限らないし、表現もそのままではなくかなり変わってはいるが、それでもこれほど多くの類似表現・構図は、『とはずがたり』が意図的に『源氏物語』を用いていることを示しているだろう。『とはずがたり』の後朝の歌にも『源氏物語』の影響があり、それに女君が返事をしないこと、全体に年若い少女の嫌悪感が強いこと、それを年長の男君が余裕をもってながめていること等も、同じ構図となっている。

ここで注意したい点は、『源氏物語』は源氏や周囲の眼から描くのみで、この夜や翌日の若紫の心中についてほとんど記さず、ただ一文、「かかる御心おはすらむとは、かけてもおぼし寄らざりしかば、などてかう心憂かりける御心を、うらなく頼もしきものに思ひきこえけむ、とあさましうおぼさる」と記すに留まっていることである。その後

の約二か月間、若紫の心情は記されない。十月の新枕の後に、源氏が若紫との結婚を公にしようと準備していた年末頃、若紫の心情は、まだ源氏への不信感をもったまま悩み悲しんでいたと記されるので、若紫が抱いていた不信感は深刻であったことが初めて知られる。

つまり『源氏物語』は、朧化された描写で、主として若紫の外側から語っているに過ぎない。何も予想していなかった少女が受けた衝撃、信頼していた人の裏切りにあったような怒り、周囲の誰とも共有できない悲しみなどがあったに違いないが、『源氏物語』は若紫の心情に深く入り込むことはない。それに対して『とはずがたり』では、一人称の作品であるだけに、リアルに繊細に、時間を追って詳細に描いている。しかも、自己造型を若紫にあわせて虚構化する操作を加え、自身を演出しながら語る。ここに掲げたのは一部であるが、『とはずがたり』は意図的に、『源氏物語』の若紫に成り代わるようにして、『源氏物語』ではほとんど叙述されていない若紫の視点から、[17]『源氏物語』を語り直しているのではないだろうか。

さて光源氏と藤壺との物語では、『とはずがたり』との近似は人物の構図にあり、『源氏物語』では桐壺院の后藤壺と、その院に鍾愛されている皇子光源氏、『とはずがたり』では後深草院の寵人二条と、院に極めて近い近臣の雪の曙、という関係性の類似にみられる。そしていずれも密事の結果として子を産み、その出産については、懐妊から出産までの期間の矛盾を巧妙に言い繕い(いずれも二か月ずらしている)、院や世の人をあざむく。また、産まれた子は、光源氏と藤壺の子は桐壺院の子冷泉帝として即位し、二条と雪の曙の子は秘密に出産した後、後深草院には流産したと言い繕い、雪の曙と北の方の子とし、后がねの姫君として養育される。つまり入内して国母となるかもしれないことが示唆され(昭訓門院に比定されている)、いずれも至尊たる院・女院の地位に昇ることなどが共通する。

しかし『源氏物語』では藤壺は光源氏の接近を拒否し続けるが、『とはずがたり』では二条と雪の曙は相愛で、そ

の関係は半ば公然と続いていくのであり、男女の状況は『源氏物語』とは異なっている。そのせいか表現上の類似は少ない。表現面では、むしろ『とはずがたり』の雪の曙との逢瀬ではなく、有明の月との逢瀬に類似点が散見される。たとえば、若紫巻での藤壺と源氏の逢瀬の場面の、「むせかへりたまふさまも、さすがにいみじければ」は、『とはずがたり』の「むせかへり給ふ気色、心苦しきものから、明け行く音するに」に重なるなど、断片的に見られる。このような表現の断片的類似・利用は、物語の構図・プロットとは必ずしも関わらず、全体に散在している。

四　物語の女君を一人称で語り直す日記

父とも思っていた男性から突然に契りを求められて動揺する純真な少女。院に愛される后・寵人でありながらその院に極めて近い男性(院の子、院の弟、院の側近)との間に秘密の子を産む女。『とはずがたり』は、『源氏物語』の若紫、藤壺、女三宮という三人の女性に転移したり、一部を拡大・展開させたりして、女の視点で、その胸の内を語って見せていると考えられる。若紫については、『源氏物語』をほぼそのまま辿り直し、自分と雪の曙との関係の方に虚構の操作を加えた。有明の月の恋は、後深草院が承認し、むしろ二条を贈与したのであり、本来は破滅的にはならないはずだが、その点は捨象し、柏木の人物像を有明の月の形象に利用し、対置する女三宮は、本文の地の文には書かれていない女三宮の柏木への心情を和歌から汲み上げ、それを強調し、自分を題材にして語り変えた。

『とはずがたり』作者が、これほど種々の操作を交えつつ、枠組みを『源氏物語』に近づけて語ろうとしていることには、どのような意識があるのだろうか。鎌倉中期における王朝文化への憧憬、巨大な古典装置としての『源氏物

語』の文化力、作者自身の『源氏物語』への限りない親愛、自らの生涯を『源氏物語』を通してこそ具体的に語りやすいという表現意識、等々、さまざまな理由があったのだろうが、その一つとして、『源氏物語』の危機的場面における女君の心情への共感・共振、そしてそこでの女君視点の内面描写の少なさが、『とはずがたり』の表現形成を促した面があったのかもしれないと考える。

『源氏物語』が書かれた社会においては、優雅さを必須のものとする価値観が全体を覆い、女君が男の侵入というような危機的状況に直面しても、あまりに直截な表現は避けられている。特に第一部ではその傾向が強い。また『源氏物語』は三人称の語りに一人称の語りが不思議な形で入り交じるが、基本的には側近の女房の視点とみられるので、女君の心中は外側の第三者の視点から間接的に語られることが多い。それに対して『とはずがたり』は、一部に三人称の語りがあるが、ほとんどが一人称の語りなので、女性主体の視点での語りが続く。『とはずがたり』は自らを主人公として、虚構を交えて演出し、寡黙な『源氏物語』の女君に転移するかのようにして、物語的に、かつ一人称で語り変えている。

そもそも『とはずがたり』で、恋人を実名ではなく、雪の曙、有明の月という名で呼ぶこと自体、その辺りは物語に限りなく近いと公言しているようなものであろう。日記が物語に転調するような感覚ではないだろうか。『とはずがたり』はモザイク模様のように、物語的部分と女房日記的部分が織り混ざって構成されているとみられる[18]。その物語的部分において、『とはずがたり』が『源氏物語』に入り込み、種々の操作を加えつつ、角度を変えて女君の内側からの視点で語り直していることは、『とはずがたり』の『源氏物語』叙述の特質であると考えられる。

(1) 清水好子「古典としての源氏物語——とはずがたり執筆の意味」(清水好子論文集2、武蔵野書院、二〇一四年)、福田

秀一『中世文学論考』(明治書院、一九七五年)、西沢正史「『とはずがたり』における『源氏物語』」(『とはずがたり・中世女流日記文学の世界』女流日記文学講座5、勉誠社、一九九〇年)、ほか。

(2)「女三宮と柏木の贈答歌について――おくるべうやは」(『平安文学研究』六四、一九八〇年一二月)。

(3)『古代和歌史論』(東京大学出版会、一九九〇年)の第五篇第七章。

(4)『源氏物語の文学史』(東京大学出版会、二〇〇三年)Ⅲの4。

(5)この贈答歌にはかなり異同があり、「袖なり」は「袖ぞも」、「憂き身」は「わが身」、「やむべく」は「さむべく」とする伝本があり、問題を残すが、ここでは大島本に拠る。

(6)国冬本は「思ひ乱るる」を「思ひこがるる」とし、「後るべうやは」はない。

(7)『源氏世界の文学』(清文堂出版、二〇〇五年)の「室町期源氏享受一面――源氏寄合の機能」。

(8)井野葉子「女三宮の「ひぐらし」の歌――刻み付けられた柏木の歌の言葉」(『源氏物語の歌と人物』翰林書房、二〇〇九年)。

(9)『源氏物語表現論』(風間書房、二〇〇〇年)。

(10)たとえば女楽の後の、「今は暇ゆるしてうち休ませたまへかし。物の師は心ゆかせてこそ。……とて、御琴ども押しやりて大殿籠りぬ」という表現など。

(11)「色めかし」「色めく」という表現は、『源氏物語』の女性では、源典侍、近江君、浮舟(匂宮との関係の後)や女房等に用いられていることを、陣野英則『源氏物語論――女房・書かれた言葉・引用』(勉誠出版、二〇一六年)が指摘している。

(12)「『とはずがたり』の恋――物語る二条」(『文学』八―五、二〇〇七年九月)。

(13)「『源氏物語』が『とはずがたり』にもたらしたもの――「有明の月」の人物造型をめぐって」(『源氏物語　煌めくことばの世界』原岡文子・河添房江編、翰林書房、二〇一四年)、「執着の恋の系譜――『とはずがたり』の『源氏物語』柏木受容を通して」(『国語と国文学』九三―四、二〇一六年四月)。

(14)阿部泰郎「『とはずがたり』の王権と仏法――有明の月と崇徳院」(『王権の基層へ』赤坂憲雄編、新曜社、一九九二年)。

(15)　久保田淳が『とはずがたり』(新編日本古典文学全集47、小学館、一九九九年)解説で、典侍藤原近子が正元元年(一二五九)十二月亀山天皇即位の褰帳典侍を勤めており、これが二条の母である可能性について言及している。

(16)　『宮廷女流文学読解考　中世編』(笠間書院、一九九九年)。

(17)　中世王朝物語にも、『源氏物語』の葵巻の、若紫と源氏の新枕場面の踏襲・影響が見られる。たとえば『恋路ゆかしき大将』巻二の「いかなる朝にかありけん、男の御有様もつれなし作りあへず、女宮も起き給はで、暮れゆくを悩ましくおはしますにこそは、……」という一節は、若紫と源氏の新枕場面の踏襲とみられる。しかしこれも主として外側から、あるいは男君の視点からの描写であり、女君の心中を具体的に語ることはない。なお本文は『恋路ゆかしき大将　山路の露』(中世王朝物語全集８、笠間書院、二〇〇四年)に拠った。

(18)　第四部第二章で扱った『うたたね』も類似しており、草子地的な第三者の語りが混じるが、それは『とはずがたり』に三人称の語りが混じっていることと軌を一にし、いずれも単なる一人称の日記文学ではなく、物語的性格が強いことを示している。第二章および田渕句美子『阿仏尼とその時代――『うたたね』が語る中世』(臨川書店、二〇〇〇年)参照。

第四章　『とはずがたり』と宮廷歌壇——内包された意識と表現

『とはずがたり』は、鎌倉中期から後期の宮廷歌壇とどのような接点を持つのだろうか。『とはずがたり』の背景と作品内部の表現の両方から考えてみたい。

一　『とはずがたり』作者と勅撰集・歌壇

まず和歌史の側から、作者雅忠女(後深草院二条)が生きた時代を眺めておきたい(1)。雅忠女は、後嵯峨朝に生を享け、弘長元年(一二六一)四歳から後深草院の御所に出仕した。

文永二年(一二六五)には後嵯峨院の命による二番目の勅撰集『続古今集』が撰進された。そして文永八年(一二七一)冬に(序文による)、後嵯峨院中宮で後深草院の母である大宮院の女房らにより、物語歌を勅撰集的に編纂部類した『風葉和歌集』が撰進された。『とはずがたり』はちょうどこの文永八年春から起筆されており、雅忠女は十四歳である。そして建治二年(一二七六)七月、亀山院が二条為氏に勅撰集撰進の院宣を下し、弘安元年(一二七八)十二月『続拾遺集』が奏覧された。雅忠女はこの年二十一歳である。この年に亀山院によって行われた『弘安百首』には亀山院を

はじめ、性助法親王、西園寺実兼も詠進しており、また『性助法親王五十首』もこのころ性助法親王によって催されたと考えられる。ちなみにこの年は『とはずがたり』は巻二と三の間に該当し、この弘安元年から三年の記事を欠く。以上の『続古今集』『風葉集』『続拾遺集』について、『とはずがたり』作者は宮中で見聞していたはずであるが、『とはずがたり』は何も言及していない。

そして永仁元年(一二九三)八月、持明院統の伏見院は二条為世・京極為兼らに勅撰集撰進を諮るが(永仁勅撰議)、結局この時は為兼失脚により途絶する。この時雅忠女は三十六歳で、出家後であるが、ここも『とはずがたり』は巻四と五の間であり、この永仁元年から正安三年(一三〇一)までの九年間の記事を欠く。そして正安三年、二条為世が大覚寺統の後宇多院から勅撰集撰進の院宣を受け、嘉元元年(一三〇三)十二月、第十三番目の勅撰集『新後撰集』が奏覧される。この年雅忠女は四十六歳。この『新後撰集』に対して『とはずがたり』中で初めて、父雅忠も、また自分も入集しなかったことへの嘆きが、巻五で語られる。そして『とはずがたり』の最終記事である徳治元年(一三〇六)から六年後、正和元年(一三一二)三月に『玉葉集』が成立するが、上條章次(2)が示唆するように、この時にも雅忠女は生きていた可能性が高いであろう。

つまり、雅忠女は、その生涯におそらくは四つ(うち三つは確実)の勅撰集の成立を見ているのである。前述のように、『風葉集』の成立や永仁勅撰議もあり、このほかにも、『弁内侍日記』『夜の鶴』『十六夜日記』『嵯峨のかよひ』『春の深山路』「弘安源氏論議」『中務内侍日記』ほか、歌人による多数の作品や、『人家和歌集』『石間集』『現葉集』『閑月和歌集』ほか多数の私撰集などが成立している。総体的に言って、雅忠女が生きた鎌倉中期から後期は、歌壇と文雅が極めて隆盛したふたつの時期を含んでいる。即ち、王政復古の理念のもと宮廷あげて和歌行事が積極的に行われ、二つの勅撰集が撰進された後嵯峨院時代。そして両統迭立という政治的背景のもと、歌壇においては二条派・

京極派が熾烈に対抗し合った伏見院の時代前後である。

雅忠女が宮廷の和歌会・歌合・定数歌などに出詠したことは知られない。雅忠女の仕えた後深草院は勅撰集下命はしておらず、歌会なども催していないことが理由のひとつであろう。また後深草院の和歌は、勅撰集には一首しか採られていない。

題しらず　　　　後深草院御製

石清水流れの末のさかゆるは心の底のすめるゆゑかも　（玉葉集・神祇・二七六四）

だが、後深草院とその周辺が、和歌に縁遠い生活であったかというと、全くそうではないことが、『とはずがたり』に数多く収載される贈答歌などから知られる。またそれ以外の場面でも、後深草院自身、歌会や晴の歌などに無縁であったわけではない。『とはずがたり』巻二において、後深草院は、伏見の御幸に欠席した鷹司兼平からの歌に返歌している。これは晴の歌的な、祝意をこめた贈答歌である。

伏見山幾万代か栄ふべきみどりの小松今日をはじめに　（三六）

御返し、後の深草院の御歌、

栄ふべきほどぞ久しき伏見山生ひそふ松の千代を重ねて　（三七）

また、乾元二年（嘉元元年・一三〇三）の記事が断片的に残存する『為兼卿記』には、伏見院・後伏見院らとともに、後深草院も折々の歌会に同席していることが見えている。また、古筆切などにより、同じ年に行われた『伏見院三十首』に、後深草院が詠進したことが明らかにされている。[3]『新後撰集』が奏覧されたのはこの年十二月であった。

このほか、作者が深く関わった人々は、ほとんどが勅撰歌人としての実績がある人々である。[4]「雪の曙」とされる西園寺実兼は権門の歌人として著名であり、曲折はあったが為兼ら京極派を庇護した。歌人実兼については岩佐美

代子(5)、石澤一志(6)の論に詳しい。『とはずがたり』においては、巻三の准后九十賀で、実兼の和歌「世々のあとになほ立ち昇る老いの波よりけむ年は今日のためかも」(八一)が、特に賞讃されたことを記している。これは『とはずがたり』において、同時代に生きる歌人の公の評価に言及する唯一の部分である。後にこの歌は『新後撰集』賀・一六〇三に入集した(第二句「なほたちこゆる」)。あるいは『新後撰集』入集後に『とはずがたり』はまとめられ、この場面は入集歌を強調する形で執筆したとも考えられる。

性助法親王も勅撰歌人であり、『夫木抄』に「御集」とあることから家集もあったかと推定されている。建治三年(一二七七)には「性助法親王家三首歌会」を行い(『源承和歌口伝』)、翌弘安元年(一二七八)『性助法親王五十首』を主催した。後者には実兼・雅有・為氏・為兼ら当時の代表歌人十九名が詠進し、知られる範囲でうち七首が為氏によって『続拾遺集』に採られている(7)。それが「歌壇」とまで言えるかは疑問もあるが、いずれにせよ、性助法親王はこの時代の仁和寺文化圏を代表する歌人であり、弘安元年(一二七八)の『弘安百首』にも詠進している。『とはずがたり』は、建治元年(一二七五)頃に二条は「有明の月」に愛を告白されて何度か逢瀬をもち、翌年には恨みの起請文を受け取り、弘安四年(一二八一)に後深草院の仲介により関係が復活するものの有明の月は病没する、という経緯を語っているが、これとほぼ重なる時期である。

そして言うまでもなく亀山院は和歌に優れ、勅撰集を撰進させ、家集もあり、勅撰集に多数入集している。近衛兼平も勅撰歌人である。また父の雅忠も、後述するが、後嵯峨院歌壇で活躍し、『続後撰集』以下に入集する歌人である。

ところが『とはずがたり』は、二条とこうした男達との贈答歌を収載し、私的な詠歌の部分を詳しく描くが、先の実兼の例を除いて、彼らの宮廷歌壇・勅撰集等における公の存在としての歌人的側面には、まったく言及していない

のである。

さらに『とはずがたり』は、巻一から巻三の中で、十五年間にわたる長い間の宮中を描きながら、勅撰集や和歌行事、その他の行事に付随する詠歌等にほとんど触れることがない。御所での遊宴における管絃や今様、漢詩の朗詠等の諸芸や壺合などの行事を描くが、それに付随して詠まれたであろう和歌などには触れていない。唯一の例外が、巻三最後で描かれる北山准后九十賀の歌会である。こうした傾向は、同時代前後の宮中の女房・貴族らの歌を詳しく描く『弁内侍日記』『中務内侍日記』と好対照である。たとえば、幼い後深草帝の宮廷を描く『弁内侍日記』で、第一三〇段で「ただかやうの御遊ばかりにてやみぬるも口惜しくて」のように、歌会もなく終わったのを残念がる口吻や、「この雪に、内侍たち、定めて面白き歌どもあるらむ」と准后貞子が仰せられているなどの記事がある。

宮廷の常として、和歌に興味がなかったと言われる後深草院の御所でも、行事や遊宴に詠まれた和歌は多数あったと想像される。例えば巻二、花合について「新院、本院、御花合わせの勝負といふ事ありて、知らぬ山の奥まで尋ね求めなど、この春は暇惜しきほどなれば」とだけ記すが、花合には和歌が詠まれた筈であるし、作者も何らかの形で参加したであろう。しかし作者はそれを記さない。さらに公的な勅撰集等の歌壇動向や、周囲の人々のそこでの和歌活動にも一切触れないのである。そのため、『とはずがたり』は同時代や近い時代の歌壇とは無縁の所産とも一見見えるが、そうではないと考えられる。

『とはずがたり』の中で、勅撰集について明確に言及するのは、前述のように、巻五で、『新後撰集』に父雅忠が洩れたことを嘆く部分一箇所のみである。

「さても、この度の勅撰には漏れたまひけるこそ悲しけれ。我、世にあらましかば、などか申し入れざらむ。続古今よりこの方、代々の作者なりき。また、わが身の昔を思ふにも、竹園八代の古風、空しく絶えなむずるに

や」と悲しく、最期終焉の言葉など数々思ひつづけて、

古りにける名こそ惜しけれ和歌の浦に身はいたづらに海人の捨て舟　（一四八）

上條章次(前掲書)は、この記事を中心に、『とはずがたり』背後にある久我家歌運再興・勅撰集入集の宿願を読み解き、さらに作者は勅撰集入集という宿願を自覚し、歌壇の動向も見定めて、持明院統と大覚寺統の双方に関わり深く、歌人としても優れた遊義門院を、『とはずがたり』の望ましい読み手として期待していたのではないかと推定しており、首肯される。

『とはずがたり』はここで初めて勅撰集について言及し、『新後撰集』に洩れたことを嘆く記述をしているけれども、雅忠女は勅撰集・宮廷歌壇に深い関わりを持つ人々とごく近かった。雅忠女の勅撰集や歌壇の動向への意識は、『とはずがたり』には直接記されずとも、かなり強いものであったと思われるが、『とはずがたり』の和歌表現からは、作者のどのような意識・傾向が窺えるのだろうか。

二　後嵯峨院時代の和歌からの影響

『とはずがたり』には先行の文学作品からの影響が多数見られる。和歌に限っても、諸氏(8)による多くの論があり、注釈でも先行歌・本歌の指摘がなされている。

『とはずがたり』においては、『古今集』『伊勢物語』『源氏物語』などの古典からの影響は、甚だ強いものがある。また『新古今集』の時代はこの頃には遠く仰ぐべき和歌の聖代となっていて、しかも後嵯峨院歌壇そのものが後鳥羽

院歌壇を範としている面が濃厚であることから、『新古今集』から多くの影響を受けていることも当然であろう。[9]これらからの影響は数の上でも多数に及ぶ。そして、その後成立した勅撰集である『新勅撰集』『続後撰集』『続古今集』『続拾遺集』『新後撰集』『玉葉集』との関わりを見ると、最も雅忠女が親しみ、影響をうけたのは、雅忠女が宮廷生活を送っている時に二条派によって編まれた『続拾遺集』ではなく、後年の『とはずがたり』執筆時に近い『新後撰集』『玉葉集』でもなく、執筆時からは約半世紀を遡る『続古今集』ではないかと思われるのである。

久保田淳による「引歌一覧」[10]では、『続古今集』からの引歌はのべ十五首にのぼり、ほかに注で先行歌として五首の『続古今集』歌が指摘されているので、のべ二十首の『続古今集』からの引用・享受が確認できる。この前後の勅撰集では、諸氏により指摘されている先行歌・類似歌は『続後撰集』が四首、『続拾遺集』が二首、『新後撰集』はなし(もしくは一首)などであるのに対して、『続古今集』は格段に多い。[11]関係があると断定できるものばかりではないにせよ、一つの目安になり得よう。そしてその多くは作者の心中描写や自詠に溶け込ませて用いられており、引用(その和歌自体を掲げる目的の引用)も五首あるが、他人歌の表現には『続古今集』歌からの影響は、特に顕著には見られない。

またこれらに加えて、私見では、巻三で「有明の月」と逢瀬を持った折の独詠歌、

つらしとて別れしままの面影をあらぬ涙にまた宿しつる　（五一）

これは建長五年(一二五三)二月仙洞三首の、後嵯峨院大納言典侍の『続古今集』入集歌、

面影はたちもはなれず唐衣別れしままの袖の涙に　（恋四・一二五三）

を念頭におくのではないかと思われる。また巻五で、父雅忠が夢中で詠じた歌、

なほもただ書きとめてみよ藻塩草人をもわかずなさけある世に　（一四九）

は、この和歌の直前で言及されている祖父隆親が、『続古今集』竟宴和歌に詠進した、

藻塩草いにしへ今を書きとめてみたびつたふる和歌の浦風　（続古今集竟宴和歌・七）

を受けた表現ではないだろうか。また、巻二の最後、近衛の大殿と過ごした翌朝の帰京で、「起き別れぬるも、「憂きから残る」と言ひぬべきに」の部分は、『続古今集』入集歌、

寄鏡忘恋といへることを　侍従行家

もろともに見しは昔のますかがみ憂きかげばかりなに残るらん　（恋五・一三三四）

によるのではないか[12]とも指摘されている。

『続古今集』が撰進される前の、後嵯峨院時代前半期に行われた『宝治百首』からの影響も散見される。巻二、伏見小林で、時鳥の初音を聞いて作者が詠んだ独詠歌、

わが袖の涙言問へほととぎすかかる思ひの有明の空　（四八）

この歌には、次の『宝治百首』の実氏の歌からの影響が考えられる。

待つとせし人はつれなきわが袖の涙言問へいざよひの月　（二四〇〇）

この実氏歌とは二句に渡って全く同じである。『宝治百首』は宝治二年(一二四八)に、『続後撰集』撰進に備えて後嵯峨院歌壇で行われた。なお巻四で、伏見の御所で後深草院に再び会った折の作者の独詠歌「鹿の音にまたうち添へて鐘の音の涙言問ふ暁の空」は、場所も同じ伏見であり、同じモチーフが繰り返されている。

また巻四、作者が後深草院と石清水で再会し、小袖を賜った後に別れて詠んだ独詠歌、

重ねしも昔になりぬ恋衣今は涙に墨染の袖　（一〇八）

は、同じ『宝治百首』三一四三、為継の歌、

重ねしも昔なりけん唐衣かたしくのみぞ今はかなしき

に拠ったものではないだろうか。上句がこれほど類似する歌は他に見出せない。なお、『宝治百首』という点でいえば、巻三で、「有明の月」との逢瀬を許した後深草院の言葉、「待つらむ方の心づくしを」は、久保田淳の指摘の通り、『続千載集』夏・二四四、

　　宝治百首歌めしける次に、聞郭公　　　　後嵯峨院御製

われとまたいざかたらはむ郭公まちつるほどの心づくしを

をさしていると考えられ、この時点ではまだ勅撰集に入っていないが、『宝治百首』からの引用である。また、後嵯峨院時代後半期の、弘長・文永年間前後に詠まれた和歌からの影響例も見出される。巻四で惟康親王将軍更迭を見た雅忠女は、前将軍であり惟康親王の父である宗尊親王をしのびながら、惟康親王に同情して独詠歌を詠む。

五十鈴川同じ流れを忘れずはいかにあはれと神も見るらむ　　（九六）

これは、宗尊親王が文永三年（一二六六）七月に将軍を廃され、都へ送還された直後、失意のうちに詠んだ文永三年十月『五百首和歌』の一首、

五十鈴川同じ流れにしづむ身をいかがあはれと神も見ざらん　　（竹風和歌抄・二五七）

を、わずかに改変したものであり、この歌をどこかで知った雅忠女が、意図的に引用したものではないだろうか。続く場面では宗尊親王の『増鏡』所収歌「猶たのむ北野の雪の朝ぼらけ跡なき事に埋もるる身を」（三五八）を引用している。宗尊親王の歌への関心という点では、巻三最後で、「たびたび御使あれども、「憂き身はいつも」とおぼえて、さし出でむ空なき心地してはべるも、あはれなる心の中ならむかし」の「憂き身はいつも」は、これまで引歌未詳と

されてきたが、同じ文永三年に宗尊親王が詠んだ「袖の上に涙の雨のはれぬかな憂き身やいつも五月なるらん」(『竹風和歌抄』一五)かもしれない。

ところで、諸氏の指摘があるように、『とはずがたり』の中で「問ふにつらさ」という措辞は、巻一・三・四・五の計四回用いられている。これは勅撰集には次の歌がある。

西院皇后宮

①忘れてもあるべきものをなかなかに問ふにつらさを思ひいでつる

(続古今集・恋四・一二四一、続詞花集・恋下・六四七)

建長三年九月十三夜十首歌合に、山家秋風　入道前右大臣

②ふく風も問ふにつらさのまさるかななぐさめかぬる秋の山里

(続古今集・雑中・一六八八)

冬歌の中に　光俊朝臣

③おのづから問ふにつらさの跡をだにみて恨みばや庭の白雪

(続拾遺集・冬・四四二)

「問ふにつらさ」は、①が『続詞花集』に入っているのが初出であるが、『道助法親王家五十首』『洞院摂政家百首』『宝治百首』で詠まれ始め、続いて建長三年(一二五一)後嵯峨院仙洞での歌合で②が詠まれ、①②が『続古今集』に採られ、③が詠まれ、後嵯峨院時代の私撰集にも相次いで採られた。また『親清四女集』『親清五女集』にあるほか、阿仏尼の『うたたね』や『安嘉門院四条五百首』に見えるなど、後嵯峨院時代にきわめて流行した歌語であった。『とはずがたり』に四例もあることは、後嵯峨院時代の流行と密接に関わると思われる。また、『しのびね物語』をはじめ、『海人の刈藻』『浅茅が露』『むぐらの宿』『小夜衣』など、中世王朝物語においても流行の表現であったと指摘されている。[13] また加藤昌嘉[14]は、「とふにつらさ」の用例を網羅的に検討し、作り物語・仮名日記・軍記物語・御伽草

子など、鎌倉期から室町期の散文作品であまねく使われ、和歌では平安期からその萌芽が見られることを詳述し、①や②の歌が典拠というわけではなく、物語の成立年代推定の根拠にはなり得ないことを明快に述べている。

このように、後嵯峨院時代、特に『続古今集』前後の和歌からの影響は注目すべきものがある。(15) 前掲の、巻五で勅撰集に洩れた恨みを述べる部分で、雅忠が「続古今よりこの方、代々の作者なりき」というが、雅忠はその前の『続後撰集』から既に入集しており、実際は『続古今集』が初入集ではない。これはあるいは、作者が『続古今集』を強く意識していたことによる錯誤かもしれない。また父雅忠は、後嵯峨院の近臣・歌人として、宝治元年『院御歌合』、正嘉三年『北山行幸和歌』、弘長二年二月十四日『亀山殿御会』、文永二年八月十五夜『歌合』、同年九月十三夜『亀山殿五首歌合』などに出詠し、これらの出詠歌から勅撰集に入集をみた。雅忠女はまだ幼少であったとはいえ、華やかな後嵯峨院時代、特にその後半の『続古今集』の時代は、宮廷和歌隆盛の時であったことを見聞きしている。後嵯峨院時代の記憶は、歌壇で活躍し『続古今集』に三首の入集をみた宮廷歌人たる父の記憶とともに、晩年に至るまで雅忠女に強く刻まれていたのではないだろうか。(16)

実はこの後嵯峨院時代と『とはずがたり』との関係については、井上宗雄が、「この作品に描かれている文化的諸相や貴族社会の雰囲気には、生気と爛熟とが交錯し、その色調としては健康と頽廃倦怠などが混ざり合っているが、これらはよく時代相と対応しているといえないだろうか。彼女をはぐくみ、その下地を培《つちか》ったのは、後嵯峨朝の土壌であるような気がしてならない(17)」と指摘している。これは『とはずがたり』の本質を捉えた卓見であったと言えよう。

三　『風葉和歌集』との関係――大宮院周辺

物語歌集『風葉和歌集』もまた後嵯峨院時代を代表する撰集であり、序文によれば文永八年(一二七一)に、後嵯峨院后大宮院のもとで、その女房達によって編纂されたものである。これは単なる物語歌集ではなく、勅撰集と一対をなす、大規模な勅撰的性格を持つ撰集事業であったことが明らかにされている。[18]

『とはずがたり』には、この『風葉集』への意識がほのかにみられるのではないだろうか。『風葉集』の母胎となった物語自体からの摂取も『とはずがたり』研究に重要であるが、[19]本稿では『風葉集』所載の和歌に注目してみる。まず『とはずがたり』巻三で、作者が法輪にこもって鹿の声を聞いて詠んだ独詠歌をあげよう。

わが身こそいつも涙のひまなきに何を偲びて鹿の鳴くらむ　(五七)

涙の「ひまなき」の例は多数あるが、それを鹿の鳴き声と取り合わせて詠むのは、『風葉集』三〇八(しぐれ)の歌、

人しれぬ袖のしぐれもひまなきにおなじ心に鹿も鳴くなり

のみである。作者が、『風葉集』、もしくはその母胎となった物語を読んでいることは十分考えられる。同じ巻三の嵯峨の彼岸懺法で、作者は

恋ひしのぶ袖の涙や大井川逢ふ瀬ありせば身をや捨てまし　(七一)

とにかくに思ふもあぢきなく、世のみ恨めしければ、底の水屑となりやしなましと思ひつつ、何となき古反古など取りしたたむるほどに、……

のように心中を述べるが、これは『風葉集』一〇四七(朝倉)の、

恋ひわびぬ我もなぎさに身を捨てて同じ藻屑となりやしなまし

から学んだものかもしれない[20]。そしてこの直後の場面、作者が亡き「有明の月」との間に生んだ子を不憫に思って詠んだ独詠歌、

たづぬべき人もなぎさに生ひ初めし松はいかなる契りなるらむ　（七二）

は、『住吉物語』の作中歌で、やはり『風葉集』一三四〇にも入っている、

たづぬべき人もなぎさのすみの江にたれ松風のたえずふくらん

に拠っていると考えて良いであろう。

また同様に、『とはずがたり』巻三の御所退出後の法華講讃での独詠歌、

折々の鐘の響きにねを添へてなにとうき世になほ残るらむ　（七四）

は、数首に類似句はあるものの、『風葉集』一二八八（緒絶えの沼）の、

有明の月に心はすみぬるをなにとうき世にかへるなるらむ

にヒントを得たかもしれない。また、巻三・九十賀での作者の述懐歌、

かねてより数に漏れぬと聞きしかば思ひもよらぬ和歌の浦波　（七七）

の下句は、ほかに数首の類例もあるが、『風葉集』一三四八の、

みづはさす潮干にあさるあま貝は思ひもよらず和歌の浦浪

が関係するかもしれないと思われる。また同じく九十賀での後深草院への返歌、

かくて世にありと聞かるる身の憂さを恨みてのみぞ年は経にける　（八三）

は、『風葉集』一〇四二（うきなみ）の、

たぐひなく憂き身ながらもおなじ世に今幾よかはありと聞かれん

から学んだ可能性もあるかと思われる。

また巻五、母の形見の手箱を手放した時の歌、

二親の形見と見つる玉くしげ今日別れ行くことぞ悲しき　（一四四）

は、やはり『風葉集』五五八（しのぶ草）にある、

なき人の形見と見つる宿をさへ又別れぬる今日ぞ悲しき

との一致は否定し難いと思われる。これらはやはり自身の心中描写や独詠歌である。たまたまの類似かもしれないが、すべてが偶然の一致とも考えにくく、題詠歌が宮廷歌壇の中心を占める当時にあって、物語的な『とはずがたり』の表現を模索する時に、物語和歌を類聚する『風葉集』が参看されたという可能性も考えられるのではないか。

さて、『とはずがたり』と『源氏物語』との関係については、これまでしばしば言及されているところであり、作者のみならずこの時代の宮中の人々が、『源氏物語』全編を愛読していたことは周知のことであるが、その『源氏物語』の作中和歌が引用・参看される場合、『風葉集』に採られている『源氏物語』歌が『とはずがたり』に引かれる例は多く、ごく簡略な調査であるが、およそ半分近くが『風葉集』入集歌ではないかと思われる。『風葉集』に採られた『源氏物語』歌は、『源氏物語』歌全体の四分の一以下であることから考えれば、『源氏物語』歌の引用の際にも、『風葉集』が参看されたかもしれない。

例えば、数例のみを挙げておくと、巻五、那智より帰洛したときの独詠歌、

夢さむる枕に残る有明に涙伴ふ滝の音かな　（一五五）

は、『源氏物語』の若紫巻にある、

吹き迷ふ深山おろしに夢さめて涙もよほす滝の音かな

によったものと久保田淳の注釈によって指摘されているが、これは『風葉集』一三〇〇に採られている。また、巻五、後深草院の一周忌の折の独詠歌、

いつとなく乾く間もなき袂かな涙も今日を果てとこそ聞け　（一五二）

は、よく使われる表現ではあるが、愛する妻（『とはずがたり』では主君）への哀傷を読む点で、『源氏物語』の幻巻、紫上一周忌の詠で、『風葉集』六八〇に採られた歌（第三句「なかりけり」）、

君恋ふる涙は際もなきものを今日をば何の果てといふらん

から影響を受けた歌かもしれない。

作者にとって大宮院周辺は身近な環境であり、その女房達によって編纂され、作者が既に宮廷に出仕していた時期に成立したとされる『風葉集』は、作者が目にする機会もあったに違いない。以上のような例から、『とはずがたり』は『風葉集』やその母胎である物語から、意識的又は無意識的に、表現的な影響を受けた可能性が考えられよう。[21]『とはずがたり』の成立自体にもこの時代の物語志向が関わる。女房達の間では多くの物語的な言語・表現が共有され、流れていたのではないか。[22]『とはずがたり』の和歌も、物語的文化を愛好した後嵯峨院時代前後の文化思潮の雰囲気を表出していると思われる。

四 「雪の曙」「有明の月」という呼称をめぐって

本節では、恋人の隠名として作者が用いている「雪の曙」「有明の月」と、勅撰集の和歌表現との関係について、先学の指摘をふまえつつ、少々触れておきたい。

「雪の曙」という呼称は、巻一で雪の曙に帰っていく情景からの隠名かとも言われている。また岩佐美代子[23]は、それは語られざる「雪」の初契りの後朝の面影による呼称かと推測した。これらの可能性もあろうが、それならばなぜ『とはずがたり』で巻一から使われていないのであろうか。「雪の曙」との相愛や絆が詳しく描かれている巻一から巻二半ばまで、全く使われていない。『とはずがたり』で「雪の曙」は全部で六箇所しかなく、すべて巻二にあり、その初例も含めて五箇所が、女楽後の出奔場面に関わる場面で使われている。

『新後撰集』冬・五一九に、次のような実兼の歌がある。

冬歌の中に　　入道前太政大臣

ながめても幾とせふりぬたかまどの野がみの雪の曙の空

次田香澄[24]は、「雪の曙」という名は、この『新後撰集』歌に依ったのではないかと指摘しており、その可能性はある。この歌は詠歌年代が不明であるが、少なくともこれが『新後撰集』に入集したことを作者が知っていたことは、巻五で父雅忠が『新後撰集』に洩れたことを述べているから、確実である。全くの憶測だが、後年の『新後撰集』歌から事後的に命名したものであったために、ごく限られた場面に挿入されて使われているとも考えられよう。

また性助法親王の「有明の月」については、冨倉徳次郎[25]が、

はかなしやいひしばかりの形見だに面影つらき有明の月　（続拾遺集・恋三・九五六）

かり枕小笹が露のおきふしになれていく夜の有明の月　（玉葉集・旅・一一四九）

この二首が関係するのではないかと推測し、次のように述べた。

この「有明の月」、あるいは西園寺実兼をさすと見られる「雪の曙」のごとき異称（綽名）は必ずしも二条のみの用いた秘称ではなく、有明の薨後、後深草院がこの称について言うことも見られ（巻三）、当時の貴族の世界では、秘称はよく用いられたと考えられる。

また次田香澄（前掲書）もこの二首を挙げて、「当時すでにこの表現が評判になっていたのではないだろうか」とした。『玉葉集』歌は旅の歌であるからおくとしても、『続拾遺集』の歌は恋の歌であり、内容からみても可能性がありそうである。また『続拾遺集』成立は弘安元年（一二七八）十二月であり、巻二と巻三の間であり、ちょうど同時期である。しかも「有明の月」は九十賀の記述からも窺えるように、人々に周知の名であり（少なくとも『とはずがたり』はそう書いている）、それは『続拾遺集』に入集したこの和歌から採ったもの、と考えるのは、首肯できるように思われる。なお、勅撰集に採られた歌からの綽名は、「伏し柴の加賀」「異浦の丹後」「若草の宮内卿」「下燃えの少将」など、枚挙に暇がない。

また「有明」という措辞は、『とはずがたり』に頻出するとは言え、巻三で「有明の月」との逢瀬の後に詠まれた作者の独詠歌は、次の歌である。

わが袖の涙に宿る有明の明けてもおなじ面影もがな　（五六）

更に「有明の月」の死後詠まれた後深草院との贈答歌は、次のような歌である。

面影もなごりもさこそ残るらめ雲隠れぬる有明の月　（後深草院・六六）

数ならぬ身の憂きことも面影も一方にやは有明の月　（作者・六七）

面影をさのみもいかが恋ひわたる憂き世を出でし有明の月　（後深草院・七〇）

これらがいずれも『続拾遺集』九五六の性助の歌を想起させることは、この歌が基盤にあったことを示しているのではないか。『とはずがたり』執筆に際して、性助の歌に基づいて、「有明の月」を骨格とした歌を詠み加えた可能性もあるかと思われる。

以上のように、恋人たちの名は彼らの『続拾遺集』『新後撰集』入集歌から、あるいは入集以前でも当時評判になっていたのかもしれないその和歌から、採っている可能性が高いとみられる。一般的な措辞でもあるので、断定し難いことではあるが、『とはずがたり』の勅撰集への視点を示す重要な手掛かりとして注意しておきたいと思う。

五　後深草院・亀山院時代の和歌との関わり

以上のように恋人たちの名が『続拾遺集』『新後撰集』入集歌に因む可能性があることを述べたが、それと同様に、同時代の後深草院・亀山院時代の和歌や、出家後の『とはずがたり』執筆時に近い時代の和歌からの影響は、さほど数は多くはないが、『とはずがたり』にいくつか見出される。まず、諸氏により、『続拾遺集』冬・四四二(光俊)、雑秋・六二〇(平忠時)の二首が指摘されている。

このほかの例を掲げよう。巻五の冒頭、西国へ旅立つ場面に、次のような一文がある。

岸に船着けて泊りぬるに、千声万声の砧の音は夜寒の里にやと音づれて、波の枕をそばだてて聞くも悲しきころ

なり。

「夜寒」と「衣打つ」(砧)とを詠む歌は多数あるが、「夜寒の里」の例は八首のみで、『永久百首』で二首詠まれた後はなく、『弘安百首』で式乾門院御匣によって再び取り上げられ、ここではじめて「衣うつ」と取り合わされた。

弘安元年百首　　式乾門院御匣

聞くままに嵐吹きそふ秋とてや夜寒の里の衣うつらん　(夫木和歌抄・巻三十一・一四六二五)

この歌は勅撰集にはないが、式乾門院御匣は通光女で、雅忠女にとって叔母にあたる関係であり、珍しい歌枕「夜寒の里」を、この御匣の歌から学んだ可能性もある。[26] この『弘安百首』は弘安元年(一二七八)、『続拾遺集』の撰集資料として亀山院によって歌人四十人に召された百首である。また、『弘安百首』からの享受という点でもう一例あげる。

いかなる隙に書き給ひけむなど、なほざりならぬ御心ざしも空に知られて、このほどは隙をうかがひつつ、夜を経てといふばかり見たてまつれば、……

巻二、「有明の月」との密会の後の描写である。この「夜を経て」は、読者が次に示す歌を知っていることが前提の引歌であるが、久保田淳の指摘のように、『続千載集』恋二・一一六三にみえる西園寺実兼の歌によっている可能性がある。

弘安百首歌奉りける時　　入道前太政大臣

空に知れ雲間にみえし三日月の夜を経てまさる恋の心を

三角洋一[27]の指摘があるように、「夜を経て」は『浜松中納言物語』『いはでしのぶ』にもあって、王朝物語でも使われていることばである。

このように、後深草院出仕時代の『弘安百首』『続拾遺集』、及び執筆時に近い『新後撰集』を、作者が参看した痕

跡も散見される。『続古今集』前後からの影響に比すると、これらからの影響は少ないが、作者が同時代の和歌と接点を有していたことは明らかである。

作者は、『とはずがたり』には記さずとも、宮中にあった時はもちろん、退いた後にも、歌人達との交流や、勅撰集・歌壇に関する知識・情報は、恒常的に得ていたと想像される。佐々木孝浩は『とはずがたり』巻五の人麿影供の記事を取り上げ、この人麿影供は影供の内容と歴史に関する豊富な知識が集約された典型的なものであること、二条の人麿影供は父母両系の血統を再認識する行為であったこと、従兄弟六条有房が『新後撰集』に三首入集して勅撰歌人となり、通光嫡流歌人たることの宣言として通光影供を行ったことへの対抗意識があったのではないか、ということを詳しく論じた(28)。雅忠女は、影供歌合ひとつとってもこれほどの知識と意識とを背後に有するのであり、一族や周囲の人々の勅撰集入集はもちろん、和歌活動も知悉していたであろうと想像される。

次の歌もその例である。巻五で後深草院が崩御した後、雅忠女が遊義門院の悲しみを思いやって詠んだ歌、

春着てし霞の袖に秋霧のたち重ぬらむ色ぞ悲しき　（一四一）

は、『増鏡』(巻十一・さしぐし)において、遊義門院が後深草院崩御後に詠んだ歌、

春着てし霞の衣ほさぬまに心もくるる秋霧の空

と酷似していて、関係があろうことを諸注釈が指摘している。この二首が贈答歌であるなら当然そのように記されるであろうし、遊義門院のほうから雅忠女に歌を送ることは考えにくいので、これは作者が誰かから遊義門院のこの歌を伝聞し、照応する形で詠んだ歌であろう。『とはずがたり』では述べられていないが、そのような背景があったと推察される。

なお、『とはずがたり』の最後で、後深草院三回忌に遊義門院に奉った歌、

思ひきや君が三年の秋の露まだひぬ袖にかけむものとは　（一六三）

これは、『新古今集』哀傷・七七六、上東門院の「思ひきやはかなく置きし袖の上の露を形見にかけむ物とは」を念頭においていることが諸氏により指摘されている。この『新古今集』七七六をふまえた歌に、次の歌もある。

秋ごろ人のみまかりにけるを歎き侍りけるに、程なく三年の同じ月日もめぐりきにければ　従二位行子

思ひきや三年の秋をすぐしきてけふまた袖に露かけんとは　（玉葉集・雑四・二三八四）

偶然とは考えにくいような一致であるが、残念ながら前後関係は不明である。

ところで、第一節で掲げた、父雅忠が『新後撰集』に入集しなかったことへの嘆きを記す記事の中で、作者が「我、世にあらましかば、などか申し入れざらむ」と書いていることに注目したい。もし私が宮中にいたならば、どうして撰者に入集をお願いしないことがあろうか、そうすれば当然入集に至ったであろうに、と述べているのである。それならば、建治二年（一二七六）撰集下命で弘安元年（一二七八）奏覧の『続拾遺集』の時には、当時宮中にいた作者は、父雅忠の詠草を撰者二条為氏に送るなどして、何らかの働きかけを行ったという可能性が高いことになる。(29)

つまり、『とはずがたり』では、作者の和歌的環境や同時代の和歌・歌壇関係の情報の入手、贈答歌以外の歌集等の往来、宮中にいた時の勅撰集撰者への関わり、当然あった筈の同時代歌人との関わり、和歌行事や行事に付随する和歌などについては、後半部への重大な伏線とするべく作者が選択した西行への憧れを除いて、全く省筆されているのである。

六　円環する和歌表現

最後に『とはずがたり』の作中和歌のある方法について触れておく。種々の場面で作者が歌を詠むのは、当時の女房の嗜みとして日常的なことであるが、それを作品中に定位する時、作者はどのような手法を用いているのであろうか。これについては既に諸氏の多くのご指摘があり、屋上屋を架するようであるが、少々述べておきたい。

『とはずがたり』の作中和歌を見ると、諸氏も指摘しているが、前掲の「問ふにつらさ」のように同じ措辞が繰り返し引用されたり、同じ歌句が繰り返し使われる場合がある。このようなことは私家集などを調べていてもままあることであり、気に入った表現を何度も使う行為は専門歌人にも非専門歌人にもよく見られるが、『とはずがたり』ですべての例が無造作な、無意識的な結果かというと、必ずしもそうではない。巻五の二首を掲げる。

露消えし後のみゆきの悲しさに昔にかへるわが袂かな　（一三九）

露消えし後の形見の面影にまたあらたまる袖の露かな　（一五八）

一三九は後深草院の崩御後の歌、一五八は三回忌の折の歌であり、おそらく意識的に照応させているとみられる。このような例は『とはずがたり』に多く見られる。

岩佐美代子（前掲書）は、『とはずがたり』の「小夜衣」を軸に、和歌表現の展開とその二重構造に込められた暗示的・潜在的効果を鮮やかに読み解いた。その一環として、巻一の後深草院の後朝の歌、

あまた年さすがに馴れし小夜衣重ねぬ袖に残る移り香　（四）

が、巻五で、院の形見である肌小袖の最後の一枚を手放すときの歌、

あまた年馴れし形見の小夜衣今日を限りと見るぞ悲しき　（一五四）

に、この恋物語の結びとして収斂していくことを述べる。

このような手法は、「雪の曙」との恋の始まりと終焉を示す和歌にも、同様に見られるのではないだろうか。巻三で、二条と「雪の曙」とは次第に疎遠になっていく。「雪の曙」が久しぶりに二条を訪れるが、火事によって逢瀬が妨げられ、「雪の曙」と二条は次のような贈答をかわす。

明け放るるほどに、「浅くなりゆく契り知らるる今宵の蘆分け、行く末知られて、心憂くこそ」とて、

絶えぬるか人の心の忘れ水あひも思はぬ中の契に　（五四）

げに、今宵しもの障りは、ただごとにはあらじと、思ひ知らるることありて、

契りこそさても絶えけめ涙川心の末はいつも乾かじ　（五五）

二条の返歌(五五)は、恋歌の常套である切り返しではなく、二人の現在と未来とを静かに歌に含ませて詠ずる。この歌はこの時の「雪の曙」の言葉、「浅くなりゆく契り」「行く末知られて」や歌の詞を受けながらも、おそらくはその昔、『とはずがたり』冒頭で、二条の言葉「思ふ心の末空しからずは」を受けて詠まれた「雪の曙」の歌、

契りおきし心の末の変はらずはひとり片敷け夜半のさ衣　（三）

の上句をふまえていないだろうか。

この歌は、二条が院に召される直前に「雪の曙」が二条に送った歌であり、二人の秘めた相愛を象徴するような歌であった。二人の関係の始まりに置かれた歌を、この終わりの場面で想起させることによって、今閉じられていく二人の恋を、その関係の終焉を、暗示的に描き出しているようだ。巻三のこの場面の後、二人が言葉をかわす場面はあってもその逢瀬が語られることはなく、「今は昔とも言ひぬべき人」「恨みの人」(巻三)と記されて、二人の恋は過去

のこととなっている。これらは、ある表現が作品中で円環し、形を変えて繰り返されていると言えよう。

このように『とはずがたり』作者は、ある構想のもとに、作品中の和歌に種々の仕掛けを用意し、表現を選択し、周到に吟味を重ねていると推測される。(30)こうした点から、これまで述べてきたように、『とはずがたり』の表側には見えずとも、深く内包された宮廷歌壇や勅撰集等への視線と関心を、『とはずがたり』に読み取ることは可能なのである。

七　『とはずがたり』の内なる意識

雅忠女は陸続と勅撰集が撰進された鎌倉中後期に生き、『とはずがたり』前半部は、十五年間にわたる宮廷を描いている。そこでは、以上述べてきたように、勅撰集撰進や和歌行事、また『とはずがたり』に登場し自分と深く関わった男性達の歌人的側面には、ほとんど言及していない。けれども作者の勅撰集や歌壇の和歌への意識は強く、特に半世紀前の『続古今集』やその前後の後嵯峨院時代の和歌からの表現的な影響は大きく、後嵯峨院時代に編まれた『風葉和歌集』との関連も見られる。また、雅忠女は当時の歌壇活動や趨勢については知悉していたと思われ、父や自分の歌の、勅撰集入集への切なる願いを、最後の巻五で表明している。

『とはずがたり』の表現形成において、恋人たちの「雪の曙」「有明の月」という名は彼らの『続拾遺集』『新後撰集』入集歌から命名した可能性があり、その場合、物語的呼称でありながら、勅撰集への意識がそこに重層する。また、宮廷出仕当時の、あるいは執筆時に近い最新の勅撰集をも、『とはずがたり』に取り入れていることが確認でき

る。

全体の色彩としては、『とはずがたり』執筆時よりも約半世紀遡った後嵯峨院時代の和歌への志向が浮び上がる。この後嵯峨院時代の『続古今集』『風葉集』などからの影響表現は、作者の独詠歌や心中描写に多く見られることは注意される点である。贈答歌もそうかもしれないが、独詠歌の場合は特に、作品の構想を立てて執筆した時の詠出・挿入である可能性も大いに考えられるからである。(31)

『とはずがたり』は、『古今集』『伊勢物語』『源氏物語』『新古今集』などの古典を骨格とし、擬古物語の話型を数多く取り入れて物語的な装いを凝らし、他にも多くの作品を吸収していることは確かである。その一方で、作者の宮廷歌壇の和歌への視線を辿ると、執筆時より約半世紀を遡った、王朝復古・和歌隆盛の時代であり、父雅忠が廷臣・歌人として輝いた時代であり、かつ自身の文学的原体験の時でもあった、かつての後嵯峨院時代の文学と和歌の色彩が、『とはずがたり』に、意識的にせよ無意識的にせよ、色濃く流れているように思われる。

(1)　久保田淳『中世文学の時空』(若草書房、一九九八年)および『建礼門院右京大夫集・とはずがたり』(久保田淳校注・訳、新編日本古典文学全集47、一九九九年、小学館)の解説に詳しい。
(2)　『中世和歌文学諸相』(和泉書院、二〇〇三年)。
(3)　別府節子『和歌と仮名のかたち――中世古筆の内容と書様』(笠間書院、二〇一四年)ほか、諸氏の論がある。
(4)　渡辺静子『中世日記文学論序説』(新典社、一九八九年)は、前半宮廷生活篇で、所収歌の作者のうち雅忠女以外の作者はすべて勅撰集歌人であることを指摘している。
(5)　『京極派歌人の研究〔改訂新装版〕』(笠間書院、二〇〇七年)。
(6)　「西園寺実兼　年譜」(『国文鶴見』三〇、一九九五年一二月)、「「歌人」としての西園寺実兼」(『鶴見日本文学』一、一九

九七年三月)、「西園寺実兼年譜 増補――付伝記小考」(『国文鶴見』三二、一九九七年一二月)ほか。

(7) 小林強「性助法親王五十首に関する基礎的考察」(『中世文芸論稿』一一、一九八八年三月)、石澤智子「性助法親王の歌壇――道洪法師と法眼行済を中心に」『成蹊國文』三一、一九九八年三月)など参照。

(8) 鈴木儀一「「とはずがたり」典拠詩歌考」(『古典の諸相』冨倉徳次郎先生の古稀を祝う会、一九六九年)、渡辺静子(前掲書)、重松裕己「とはずがたり――引歌・本歌の補遺を中心に」(『熊本女子大学学術紀要』二六―一、一九七四年三月)、位藤邦生「『とはずがたり』引歌攷――引歌による心情表現について」(『中世文学研究――論攷と資料』和泉書院、一九九五年)、ほか。

(9) 佐々木孝浩「後嵯峨院歌壇における後鳥羽院の遺響」(『和歌の伝統と享受』和歌文学論集10、風間書房、一九九六年)参照。

(10) 久保田淳校注・訳『とはずがたり一・二』(完訳日本の古典38・39、小学館、一九八五年)の巻末に付録として載せられている。

(11) 渡辺静子(前掲書)は、勅撰集では『古今集』『新古今集』について『続古今集』が多いことを指摘し、「身辺に置かれた続古今集は祖父以来の家宝で、常に作者の目に触れて意識せられ、歌語は気軽に口をついて出る程のものであったのではないか。それ故、寂しさの慰めに続古今集が用いられた、そんな摂取の仕方のように思われる」と述べる。

(12) 渡辺静子(前掲書)、次田香澄全訳注『とはずがたり(上)(下)』(講談社学術文庫、一九八七年)などに指摘がある。

(13) 中村友美「『しのびね物語』の引歌」(『詞林』二五、一九九九年四月)。

(14) 『源氏物語』前後左右』(勉誠出版、二〇一四年)。

(15) 『続古今集』が撰進された文永二年(一二六五)には作者は八歳でまだ幼少だが、既に九歳の時には後深草院から琵琶を習ったという(巻二)。

(16) これは巻三、法輪にこもった折、文永七年の後嵯峨院の法華八講を「うらやましくも返る波かな」と回顧している姿勢にも通ずるものがあるのではないだろうか。

(17)『鎌倉時代歌人伝の研究』(風間書房、一九九七年)。
(18) 米田明美『「風葉和歌集」の構造に関する研究』(笠間書院、一九九六年)、金光桂子『中世の王朝物語 享受と創造』(臨川書店、二〇一七年)など参照。
(19) 辻本裕成は、「同時代文学の中の『とはずがたり』」(『国語国文』五八―一、一九八九年一月)で、『とはずがたり』が当時の擬古物語と密接な関係を持ち、その手法や表現を意識的に模倣したことを検証した。『風葉集』やその入集歌との関係については特に言及していない。
(20) これは位藤邦生(前掲論文)の指摘による。散佚物語『朝倉』のこの歌の引歌であると指摘されているが、特に『風葉集』については触れていない。
(21) なお、これは成立不明であるが、あわせて挙げておくと、文永八年の『風葉集』成立以後に成ったとされる現存本(改作本)『しのびね物語』の和歌との関連も考えられる。巻二の女楽の場面で作者が書き残した和歌、

数ならぬ憂き身を知れば四つの緒もこの世のほかに思ひ切りつつ(四二)

が、『しのびね物語』の作中歌、

数ならぬ憂き身を知ればあやめぐさいつもたもとにねぞなかれける

と上二句が全く同一であり、偶然ではないように思える。また巻三の九十賀、船上の連歌で、雅忠女が付けた「憂きことを心ひとつに忍ぶれば」も、『しのびね物語』の作中歌、

憂きことを心ひとつにおもはずはなぐさむほどの夢もみてまし

にしか和歌の用例がない表現である。
(22) 梅野きみ子「『小夜衣』の成立とその作者像――『とはずがたり』に注目して」(『小夜衣全釈 研究・資料篇』風間書房、二〇〇一年)は、中世王朝物語『小夜衣』と『とはずがたり』の出典・語彙の非常な近似から、『小夜衣』の作者は雅忠女かと推定する。
(23)『宮廷女流文学読解考 中世編』(笠間書院、一九九九年)。

(24)『とはずがたり(上)』(講談社学術文庫、前掲)の巻末補注。

(25)『とはずがたり』(筑摩叢書、一九六九年)の巻二補注13。

(26)位藤邦生(前掲論文)が、「二条はこの歌を知っていて文章中に裁ち入れた」と指摘する。なお御匣の歌では、巻二で出家した傾城から送られてきた歌「数ならぬ……」の歌が、『続古今集』恋三・一一九一の式乾門院御匣の歌と、初句以外すべて同じで、この歌を用いたかと、久保田淳によって指摘されている。

(27)三角洋一校注『とはずがたり たまきはる』(新日本古典文学大系50、岩波書店、一九九四年)で指摘されている。

(28)「『とはずがたり』の人麿影供――二条の血統意識と六条有房の通光影供をめぐって」(『国語と国文学』七〇―七、一九九三年七月)。後に『秘儀としての和歌――行為と場』(有精堂出版、一九九五年)所収。

(29)ただし、この時『続拾遺集』に入集した雅忠の詠は『宝治元年院御歌合』での詠であるから、それは必ずしも雅忠の詠草から採ったとは断言できない。

(30)こうした観点からの論も少なくない。例えば寺島恒世は、「『とはずがたり』後篇の起筆――巻四冒頭部の意味と機能」(『日本語と日本文学』一一、一九八九年六月)及び「『とはずがたり』巻四の叙述――作中和歌の機能から」(『山形大学紀要(人文科学)』一二―一、一九九〇年一月)」で、『とはずがたり』に施された仕掛け、方法について詳細に検証する。

(31)福田秀一は、『中世文学論考』(明治書院、一九七五年)で、『とはずがたり』の虚構について論ずる中で、作者の独詠歌、及び「雪の曙」との贈答歌を例に挙げ、これらが執筆の段階で創作・挿入された可能性を指摘している。また『建礼門院右京大夫集』の場合では、佐藤恒雄が、「建礼門院右京大夫集の成立」(『国文学 言語と文芸』八七、一九七九年三月)で、主として上巻に『新古今集』とその時代の歌の影響を受けた歌が散見され、それは最終的な段階で後補挿入されたものであることを論じている。

第五部　教え論ずる女房たち

——教育がひらく回路

第一章　『無名草子』の視座――物語と教育を繋ぐ

『無名草子』は物語評論書、又は風雅論書と言われることが多い。しかしそれに該当しない部分も多く、内容は多様である。冒頭は歴史物語・説話のような語り口で始まり、続く「捨てがたきふし」論には『枕草子』『徒然草』のような随筆的筆致があり、続いて物語論が長く続き、撰集論へ移り、最後に説話的な人物論が語られて、唐突に閉じられる。

なぜ随筆的部分や説話的部分があるのか、『源氏物語』等の物語をどのような視点で論じているか、なぜ人物論が多くを占め、物語中の人物のみならず、実在した人物をも論じているのか。これらを総合的に考え、全体を貫く視座を見出すことによって『無名草子』という作品の特質を捉え、その執筆意図を探りたい。

一　冒頭と構成

『無名草子』は、かつて宮廷に仕えた老尼が東山を逍遥し、最勝光院を経て、見知らぬ古い邸に入るところから始まる。この冒頭については、森正人を初めとする諸氏の論(1)がある。そこで指摘があるように、『無名草子』は、歴史

物語・説話集などと類似する点を有する。骨格として、四鏡のうち、『水鏡』はやや異なるが、『大鏡』『今鏡』『増鏡』は、宮仕えなどの経験をもつ高齢の老翁か老女が語り、その場には若い男か女がいることが多く、特に、聴き手（筆録者）はすべて女性であることが共通している。(2) 特に『宝物集』と共通する点があることは多く指摘されている。さらに、『無名草子』の設定は歌論書や秀歌撰の序文とも共通する点が見られる。これらは作品の設定を説明するものであり、『歌仙落書』は、宮仕えした人が隠栖し、旧友と歌について語り合ったもの、『治承三十六人歌合』は沈淪を嘆く人が、長楽寺で翁に会って渡された書、『和歌色葉』は雲林院菩提講に西山隠士が参詣した時、九十歳の入道が老翁の頼みで、老翁が連れた「最愛の初孫」の若者のために和歌について語り、隠士が書き留めたもの、『続歌仙落書』は昔仙洞歌壇で活躍した人が天王寺・住吉へ参詣し、宿所で主の翁が取り出して見せた書、『筑波問答』は松の戸を叩いた老翁に連歌のことを尋ねたもの、という設定である。

以上いずれも、かつて宮廷に仕えた人、歌人として活躍した人や老翁などが、語ったり書いたりする形を仮構する。『無名草子』は、語るのが女房達、聴き手が老尼であり、逆転した形をとっているが、骨格は継承していることは確かであろう。つまり、こうした語りの場の文学は、歴史や和歌などについて良く知っている者が、あまり知らない者や若い男女のために語るという設定を取っている。これらの書物は、『無名草子』を含めて、広く言えば、文学的意図とともに、教訓的、教育的なテクスト、教養書・手引き書としての性格を持つのではないかと考えられる。

これは、『無名草子』が教訓的要素の強い説話集と、特に類似する面を持つことにも窺える。例えば、『無名草子』最後は、小野皇太后宮歓子が、白河院が突然御幸した際に見事に対応した逸話であり、「かねて用意したらむには、それにまさること何事かなからむ。にはかにはいとありがたき御用意なりかし」と、歓子の心用意を絶讃する。同じ話は『十訓抄』第七「思慮を専らにすべき事」という教訓を説く巻の中にあり、「御もてなし優に、用意深くましま

しけり」と賞讃され、この前の話でも「用意」が説かれる。しかし『古今著聞集』巻十四では、同じ逸話を述べるが、教訓的には記述していない。

『無名草子』と『古本説話集』との関係の強さも注目され、共通話が連続して配列されている。そもそも『古本説話集』は「もっぱら女性を読者に想定し、その教養書として編まれたのであろう(3)」という説話集である。薗部幹生は『無名草子』の女性論について、「その本文のかなりの部分が古本説話集によっていること、その場合、無名草子は女性の人物像を浮き刻りにする方向で古本説話集の本文を切り詰め、評語についてはそれを置き換えるなり、付加・削除するなりして独自の評論集を作り上げていること」を述べる(4)。

以上のように、『無名草子』の冒頭や構成、関連の説話集との関係から、『無名草子』には教訓的テクスト・教養書としての性格や枠組があるのではないかと考えられる。この見通しを意識しつつ、以下で内容の検討を行う。ただし『古本説話集』『十訓抄』ほかの説話集に対して、『無名草子』は基本的に宮廷人しか取り上げていないことに注意したい。

二　人物論の視座

まず、『無名草子』で、物語中の人物、及び歴史上に実在した人物の両方にわたって展開されている人物論が、どのような視座から論じられているのか、検討していく。

(1)宮廷人のあり方への意識

人物論の評語の中で「めでたし」は多数使われ(七三例)[5]、総合的な賛美の表現である。「いみじ」はさらに多く(一一七例)、安達敬子は、「いみじ」は精神活動や知的営為についての評価、社会的評価であり、意志的な精神の働きに向けられる言葉であることを浮き彫りにした。[6] こうした記述では「心もちゐ」「振る舞ひ」「心ざま」などへの言及が多い。これが「めでたし」「いみじ」などの賞讃の理由であることが多く、前述の歓子の逸話にも「御用意」への礼讃があった。たとえば『無名草子』における『源氏物語』女性論の冒頭を掲げよう。

この若き人、「めでたき女は誰々かはべる」と言へば、「桐壺の更衣、藤壺の宮、葵上の我から心用ゐ。紫の上さらなり。明石も心にくくいみじ」と言ふなり。

また「御子の中宮も、我から心用ゐなど、いといみじく、心にくき人の中にも交ぜきこえつべきが……」も同様の例である。これらは「我から心もちゐ」(自分を律する自制的態度)によって「めでたし」「いみじ」と評されているのである。男性論でも全く同様である。

匂兵部卿宮、若き人の戯れたるはさのみこそ、と言ふなるに、けしからぬほどに色めき好きたまふさまこそ、ふさはしからね。……薫大将、はじめより終はりまで、さらでもと思ふふし一つ見えず、返す返すめでたき人なんめり。

軽薄で好色な匂宮は非難され、薫は理想的な男性とされている。光源氏すらも落ち着いた心が欠けていると批判され、逆に夕霧や大内山の大臣(頭中将)は良い人だと評価が高い。

『源氏物語』以外の物語の人物論でも、同じ傾向が見られる。『狭衣物語』の一品の宮は、「一品の宮の御心用ゐ、ありさま、愛敬なくぞあれど、いとあてやかによき人なり」と評されている。そして特に絶讃されるのは『夜の寝

覚』の女主人公、中の君である。「仲らひも、乱りがはしき身の契りこそ、いみじく口惜しけれ、心用ゐ、いとよし」「我も人も、人聞き穏しきさまにもて鎮めてやみたまひしほどは、いみじき心上衆とこそおぼゆれ」と、運命に翻弄されながらも世間に対して穏便に事をおさめることができるのは、「いみじき心上衆」であると高く評価されている。『木葉の露』の皇太后宮についても、「皇太后宮の御振る舞ひ、心ざまこそ、返す返すめでたけれ」とあり、賞讃されている。男性も同様であり、『浜松中納言物語』の中納言は、「中納言の心用ゐ、ありさまなどあらまほしく、この薫大将のたぐひになりぬべく、めでたくこそあれ」と評され、やはり「心用ゐ、ありさま」が賞讃されているのである。

実はこうした記述は、女房へ向けて書かれた手引き書・女訓書にも多く見られる。『阿仏の文』は、女房として長いキャリアをもつ阿仏尼が、娘に向けて女房の心得を説いた教訓的な消息であり、鎌倉時代のものとしては唯一残っている女訓書である。(7) そこでは「心用ゐ」「用意」「心掟」などを説く記述が極めて多い。たとえば、「さぶらふ人に、浅々しく乱れたるふりなく、用意ある様に御教へ候へ」「わざとめかしからぬやうに、はづかしきかたをそへて、おほどかに用意加へて、御ふるまひ候へ」「心もちゐおだしくて、人とあらそひそねむけはひなう、ほけらかにもてなして、……」のように、繰り返し教訓されており、『阿仏の文』は全体に「心用ゐ」を説いていると言ってもよいほどである。

また、『無名草子』の『駒迎へ』の評には、次のようにある。

大将の心用ゐこそいみじけれ。人は口にまかせて、さこそはものは言へども、必ずその筋を通すことは、今も昔もありがたきわざなるを、はじめの趣にて、末まで通したるがいみじきなり。

大将が、最後まで筋を通すことを賞讃する。場面は異なるが『阿仏の文』にも、「人にもうち頼まれ、御言葉をもまぜたらん事をば、きはぎはしう末通るように、はかなからむ事をも、我が御身の手をも触れ、いろひたらせ給ひ候べ

く候」「心の底には、ひしと一とをりを思ひこめて、はじめよりする為のこと申て、たがへず物をもおほせ候へ」とあり、最後まで筋を通して処理せよ、首尾一貫して物を言うこと、という訓戒が見られる。物語の人物論と、女房に向けた女訓書との近さは、見過ごせない点である。

逆に、『無名草子』で批判されているのはどのような点であろうか。『無名草子』は和泉式部について、あれほど多くの和歌を女が詠んだのは稀有だが、「心ざま、振る舞ひなどぞ、いと心にくからず」と、「心ざま」や行動を批判する。女三宮については、色めかしい所があるのが気にいらない、(8)手紙を発見されて大事に至ったのも、源氏をさかしらにひきとめたからだ、と強く批判する。女訓書『めのとのさうし』にも女三宮の軽率さへの批判があることと一致している。しかし同じく密通した女性の藤壺は、『無名草子』で「めでたき女」として絶讃されており、密通という行為が問題なのではない。女三宮は密通後の対処の態度が批判されていると言えよう。女三宮と同じように、浮舟も評価が厳しく、かなり批判的に書かれている。浮舟が誉められている所は一箇所あるが、それは薫が匂宮と浮舟の仲を知って不実をなじる歌を送ってきたのに対して「ところ違へならむ」と言って返してしまった場面であり、薫の嫌味な言葉に反発して対応した能力が評価されている。文学としての浮舟の物語のあわれさは、中世において非常に愛され、『物語二百番歌合』等でも中世王朝物語でも、浮舟とそれをめぐる表現に関心が高いが、『無名草子』がそうした評価をもっていないことは、注目すべき点である。むしろ浮舟ではなく、匂宮との結婚後に思慮深く身を処した中君に、『無名草子』が注目しているのは特異であろう。

以上は一部の例にとどまるが、『無名草子』の人物論の叙述から、『無名草子』は、男女を問わず、宮廷人として、立場に即して適切にふるまい、風雅や情緒を深く解し、(9)思慮深く、物事を的確に判断して処理し、宮廷社会の複雑な人間関係に対処し、人の心をよく知って心理を読み、心遣いをし、誠実で、自制し、破綻せず、穏健にふるまえる

人々を高く評価していると考えられる。宮廷社会に生きる人間として持つべき態度を『無名草子』は明確に示しているのであり、それは『阿仏の文』などとも共通している。物語中の人物のあり方を、現実的な視点でとらえ、それが宮廷人として適切か、賞讃される行為か否かという視座を持っており、宮廷人としてあるべき姿を弁えず逸脱している人物には概して批判的である。これは、先に述べたことをも勘案すると、『無名草子』がある種の教訓的テクストであったことを示しているのではないか。

『無名草子』が宮廷人への教訓的テクストとしての性格を有すると明確に位置づけている論は、管見では見出されない。『無名草子』の『源氏物語』人物評について、伴利昭[10]が、「文学として見ずに、人間批評をなそうとするかの如きである。このような無名草子の批評は登場人物を実際の人物に準じて考え、自らのかくあれかしと思う人間像に照らして評する人物論とでもいえよう」と述べていて、この部分は私見と共通するが、伴はこれは「物語の全体的な把握の一つのあらわれ」であると言う。川島絹江(前掲書)は「女の立場から、女の文学、女の人生を語るところに、この作品の眼目がある」と述べているが、全体を「女の立場から書かれた風雅論書」であるとし、女性論を風雅の道に徹した平安女性の論と見るなど、「風雅」に集約する点は、私見とは異なる。

(2)宮廷女房としての意識

『無名草子』には、宮仕え女房としての意識や理想を述べる部分がある。『源氏物語』の六条御息所に仕えた中将について、二箇所で「いみじ」と評し、「六条御息所の中将こそ宮仕へ人の中にいみじけれ」と述べ、見送りに出た時に源氏から言い寄られた中将が、それをわざと御息所への言葉と取りなしたことを賞讃する。また実在した女房についての論[11]では、小式部内侍は、主君である彰子に深く愛されたことが、宮廷女房の本意であると賞讃する。

小式部内侍こそ、誰よりもいとめでたけれ。かかるためしを聞くにつけても、命短かりけるさへ、いみじくこそおぼゆれ。さばかりの君に、とりわきおぼし時めかされたてまつりて、亡きあとまでも御衣など賜はせけむほど、宮仕への本意、これにはいかが過ぎむと思ふ。果報さへ、いと思ふやうにはべりし。

そして紫式部と『源氏物語』について述べる部分では、次のように言う。

繰り言のやうにははべれど、尽きもせずうらやましくめでたくはべるは、……（上東門院が紫式部に新しい物語を＝稿者注）「作れ」とおほせられけるを、うけたまはりて、『源氏』を作りたりけるとこそ、いみじくめでたくはべれ。

彰子の女房として、彰子から特別に命をうけて『源氏物語』を作成したことが、「うらやましくめでたくはべる」とあり、ここでも女房と女主人との信頼関係が強調されている。主君に愛され、信頼を受けて宮廷の「めでたき」世界を描くことが、才能ある女房の文化的役割であり、本意であった、という強い意識が窺えよう。そしてさらに『無名草子』では、才能ある女房が書くこと、名を残すことへの渇望が、次のように記される。

さらば、などか、世の末にとどまるばかりの一ふし、書きとどむるほどの身にて侍らざりけむ。人の姫君、北の方などにて隠ろへばみたらむはさることにて、宮仕人とてひたおもてに出でたち、なべて人に知らるばかりの身をもちて、「このころはそれこそ」など人にも言はれず、世の末までも書きとどめられぬ身にてやみなむは、いみじく口惜しかるべきわざなりかし。昔より、いかばかりのことかは多かめれど、あやしの腰折れ一つ詠みて、集に入ることなどだに女はいとかたかめり。

姫君や北の方ではなく、女房として「ひたおもて」に出仕する以上は、「このころはそれこそ」と言われたい、末まで残る作品を残したい、勅撰集にも入りたいが女はそれもむずかしい、という嘆きが書かれる。『無名草子』の中で

特に作者自身の肉声が聞えるような一節であろう。これは作者が女房であったことを想像させるものである。(12)

実はこれも、『阿仏の文』に、表現は異なるが類似のことが書かれている。

•同じ宮仕へをして、人にたちまじり候へども、我が身の器量にしたがひて、かしこき君にもおぼしめしゆるされ、かたへの人にも所おかるるものにて候。おもてをさらし、人によしあし沙汰せられたるばかりにて、何の思ひ出としも候はず。

•人丸、赤人跡をも尋ね、紫式部が石山の浪に浮べる影を見て、浮舟の君、法の師に逢ふまでこそ難くとも、月の色、花の匂ひも思しとどめて、むもれ、言ふ甲斐なき御様ならで、かまへて歌詠ませおはしまし候へ。……いかにも歌をば好みて、集に入らせ給ひ候へ。

「おもてをさらし」、顔をさらして出仕する以上は、女房として認められるようにせよ、紫式部が長編『源氏物語』を書き著したようにはできなくとも、風雅を愛して歌を詠み、歌人として勅撰集に名を残すように努力せよ、という訓戒が語られる。『阿仏の文』が『無名草子』の影響を受けたということではなく、才能ある女房に共通する意識と価値観のあらわれであろう。ちなみに『阿仏の文』は、月や花、紅葉など風雅を愛する心を養うこと、仏道に帰依することなどを具体的に説いていて、視点は異なるが『無名草子』冒頭と共通する面が見られる。

ところで、『源氏物語』にも、しばしば『無名草子』『阿仏の文』などの筆致と重なる記述がみられる。たとえば以下のような部分である。

「女ばかり、身をもてなすさまも所せう、あはれなるべきものはなし。もののあはれ、折をかしきことをも、見知らぬさまに引き入り沈みなどすれば、何につけてか、世に経るはえばえしさも、常なき世のつれづれをも慰むべきぞは。大方ものの心を知らず、言ふかひなき者にならひたらむも、生ほしたてけむ親も、いと口惜しかる

べきものにはあらずや。心にのみ籠めて、無言太子とか、小法師ばらの悲しきことにする昔のたとひのやうに、あしき事よき事を思ひ知りながら埋もれなむも言ふかひなし。わが心ながらも、よきほどにはいかでたもつべきぞ」と思しめぐらすも、今はただ女一宮の御ためなり。（夕霧巻）

女の身の処し方のむずかしさを深く嘆く中で、もののあはれや時節の風雅もわからぬような様子で引きこもってしまうことの無意味さを述べ、そうした社交はこの世に生きる華やかさでもあり、無常の世における慰めでもある、ものの心もわからない取るに足りない者と見なされてしまうのも、せっかく育てあげてくれた親にとっても不本意であろう、物事の良し悪しを判断する力を持ちながら、無言でいて埋もれてしまうのもつまらないことだ、というような内容であり、これは『無名草子』や『阿仏の文』に散見される宮廷女房の価値観・意識と深く重なり合うのである。ここだけを見れば、宮廷社会に生きる女性が直面している生き難さ、特にふるまいのむずかしさを説いているように見えるだろう。

ところが『源氏物語』のこの条は、光源氏が、夕霧と落葉宮（柏木の未亡人）の噂を聞いて心を痛め、かつ自分が没した後の紫上が男性に言い寄られることへの心配を語る場面であり、右の部分は源氏の言葉を聞いた紫上の心中思惟である。ゆえにここでは夫を失った上流貴族女性の生き難さが述べられるかと予想されるところだが、この紫上の思惟は、落葉宮や雲居雁、紫上の今の状況や心境・性格とは重なり合わない。そもそも落葉宮は「ものづつみをいたうしたまふ本性」（夕霧巻）と描写される沈黙の人であり、雲居雁も風雅な社交には関心が薄い。最後に「今はただ女一宮の御ためなり」という一文が付加されていることによって、わずかに物語の本筋に繋げられているように見える。本書の第二部第二章では、光源氏の講義的な語りがしばしば物語の流れから逸脱する評論となっていることを述べ、それはさまざまな女房たちの語りを複層的に吸収して成ったゆえかと推定した。この条においても、語るのは紫上で

ありながら、物語の人物達の状況や本筋からやや逸れて、より普遍的な語り口となり、宮廷に生きる女性や女房の意識や悲哀、困難が前面に出ているような部分であると思われる。

(3)女主人のあり方への意識

『無名草子』の最後は実在した貴女たちについての説話的部分であり[13]、女房の主君である女主人のあり方が叙述される。彰子、定子、選子、前述の歓子などについて、一貫してその心ばえや、そのあらわれとしての和歌などに、強い関心が注がれている。宮廷人に対してその「心用意」や振る舞いを重要視する意識があることを(1)で述べたが、女主人たる貴女についても同様なのである。ここで思い出されるのは、『たまきはる』で、理想的な女院として述べられる建春門院への評である。そこでも「心掟て」への礼讃がある。

建春門院と申しは、世々を隔てたる古事にて、御名などだにおぼめく人も多からんかし。昔今、限りなかりし御契り、世のおぼえにうち添えて、大方の御心掟てなど、まことにたぐひ少なくやおはしましけん。

宮廷女房から女主人への意識、女主人のあり方への視線をあらわす記述である。なお、『阿仏の文』や、飛鳥井雅有の『春の深山路』にも、歴史物語をみて、歴史上の人々の「御心もちゐ」「世のおきて」などを学ぶようにと説く部分がある。過去の宮廷の人々の人物像を手本とせよと言うことは、一般的な教訓であったと想像される。

三　物語論の視座

『無名草子』には物語の内容に関する評論も展開されているが、そこで内容の批判をする際の基本的な視座、および論じられない物語について述べたい。

まず『狭衣物語』の評を見ると、誉めている部分もあるが、全体としては批判する点が多い。特に「さらでもありぬべきことども」として、大将の笛の音を愛でて天人が天下ったこと、粉河で普賢が現れたこと、源氏宮へ賀茂大明神が恋文を送ったことなどをあげて、強く排斥する。さらに狭衣大将が帝位についたことを、「何事よりも何事よりも、大将の、帝になられたること、返す返す見苦しくあさましきことなり」とあり、以下、詳細に述べて、強く批判する。確かに帝の皇子でもなく孫であり、既に臣下に下った大臣の男子である人物が帝位につく事は、中世の宮廷社会ではあり得ない。つまり『無名草子』作者にとって、物語は宮廷社会の規範・枠組みに沿っていることが重要であったと推測される。

『浜松中納言物語』については、作品自体は高く評価しているが、「げに何事も思ふやうにてめでたき物語にて侍るを、それにつけても、そのことなからましかば、とおぼゆるふしぶしこそはべれ」と不満を述べ、あまりに超現実であり、唐と日本にまたがる転生や混淆(唐の后と、日本の吉野の君とが姉妹という設定など)を「まことしからず」「いとまことしからぬに」「乱りがはしく」と批判している。こうした「まことしからず」という批判は、『無名草子』に多く見られる。『海人の刈藻』の評では、「中宮の御産の御祈りの仏の多さこそ、まことしからね。また何事よりも、権大納言の即身成仏こそ返す返す口惜しけれ。法師になりたるあはれみな醒めて、『寝覚』の中の君のそら死にも劣らぬ

ほどの口惜しさ」と述べて、藤壺中宮の出産の祈りのために造られた仏の数が多すぎる、また、権中納言が即身成仏するのは、『夜の寝覚』の中君の偽死にも劣らず残念だ、ときっぱり論断するのは、宮廷の常識に照らしてあり得ない、という言であろう。これは、前述の狭衣大将が帝位につくことへの厳しい批判と同様の視点である。(14)

従来も、『無名草子』は超自然的・非現実的な事に批判的であると言われてきた。それは、宮廷社会で起こり得ない余りにも非現実的な事、荒唐無稽な事への批判であると考えられる。また全体に、露骨な話、下品な話、恐怖を覚える話なども、排斥されている。

『無名草子』は、『源氏物語』以前の物語は少ししか論じていないが、それらの物語は古めかしいと評されることが多い。『隠れ蓑』は「余りにさらでありぬべきこと多く、言葉遣ひいたく古めかしく」とされ、『宇津保物語』なども「古体にし、古めかしきはことはり」と言う。一方、『伊勢物語』『大和物語』は、皆が知っているから述べるまでもない、と言うが、『源氏物語』は著名であっても詳述しているのだから、これは韜晦であろう。『無名草子』が、論じても良さそうな『伊勢物語』『大和物語』を具体的に論ずることはほとんどせず、『竹取物語』も書名を挙げるだけで論じていないのは、当時の宮廷女性の生活には、直接参考にならないからではないか。『大和物語』には宮廷を舞台とする話も含まれているが、時代的に古いのであろう。『後撰集』の批評では、「余りに神さびすさまじきさまして」と言っている。また『源氏物語』で、古めかしい姫君の末摘花が、「唐守、藐姑射の刀自、かぐや姫の物語」などを愛読したという叙述も想起される。

以上のように、『無名草子』には、形式、人物論、物語論、いずれから見ても、中世宮廷人へ向けた一種の教養書、教訓的・教育的テクストとしての視座があると考える。

四　物語と女性教育

『無名草子』のこの特質は、物語自体の役割とどのように関わるのであろうか。そもそも物語が貴族女性の社会的テクストであったことは多く指摘があるが、たとえば、増田繁夫は、[15]

物語中の人々の生活や言動にふれることで、漠然とながらも人間というものやこの世の有様を知ったのである。……物語のはたす機能の第一はその点にあった。

と述べている。貴族女性たちは、物語の中身によって、人間や社会、自己のあり方について学んだのであり、それが物語の機能の第一であった、と端的に指摘している。

『枕草子』第七九段、『公任集』五三〇、『今鏡』(村上の源氏・第七)などには、女房や殿上人たちが物語について論じ合っている場面がある。女性達は、物語を読んだり、こうした場に参加することで、物語を楽しむだけではなく、社会や人間について学んだのであろう。このことは『源氏物語』でも明らかで、『源氏物語』中の光源氏による評論的語りは、教育的テクストである面をあらわしており(第二部第二章参照)、また前掲の夕霧巻の紫上の思惟の語りにも、そうした反映が仄見える。物語に対する姿勢として、『源氏物語』胡蝶巻には、玉鬘が、「昔物語を見給ふにも、やうやう人の有様、世の中のあるやうを見知り給へば」とあり、姫君が物語から人や世の中について知った事が明瞭に述べられている。また同じく螢巻では、源氏が「姫君の御前にて、この世馴れたる物語など、な読み聞かせ給ひそ。……かかる事、世にはありけりと見馴れ給はむぞ、ゆゆしきや」と発言している。ほとんど外に出ることのない若い姫君が、物語から現実の世間・宮廷・社会や、男女について種々のことを知り学ぶのは、当時の女性教育の一環であ

った。[16] たとえば、藤原道兼が、道隆女定子の入内を羨望し、生まれてもいない自分の娘のために、「世の中の絵物語は書き集めさせたまひ、女房、数も知らず集めさせまたひて」(『栄花物語』巻三・さまざまのよろこび)とある。世にある絵物語を収集するのは姫君のためであり、良質の物語が后がねの姫君の教育に重要であったことが明らかである。物語がそもそもこうした教育的テクストとしての性格をもつものであることは、物語研究が深化しても、閑却されてはならないであろう。

三谷邦明は、『源氏物語』はあらゆる文学の理論に応えることができるテクストであるが、物語は〈文学〉であると同時に愉楽であり、実用書でもあること、女性貴族・乳母(子)・侍女たちがいかに生き、いかに事態に対処すべきかといった実用書・処世訓でもあったことを忘却してはならないと述べた。[17] 伊井春樹は、物語は姫君教育に必須のものとして製作され、社会や男女の仲を知るためのテキストであったことを詳論しており、[18] 絵物語に限らず、物語の位置についての重要な論である。三角洋一が「螢巻の物語論は虚構論や創作論であるよりも、まず物語による子女教育論である」[19] と端的に指摘しているのは、極めて妥当である。螢巻で紫上が「心浅げなる人まねどもは、見るにも傍らいたくこそ。うつほの藤原の君の娘こそ、……女しき所なかめるぞ、一様なめる」と言う口吻・文脈は、『無名草子』の筆致に非常に類似している。このようにして、物語・草子・小説の類が女子教育に用いられるのは、中世、近世、そして近代まで続くとみられる。

ちなみに、小説が種々の形で女子教育と結びついていたのは、日本に限ったことではないようだ。フランスの例であるが、たとえば十八世紀フランスは啓蒙の時代と言われ、男女ともに識字率が大きく上昇した。小説の読者層が拡大する中で、女性が小説を読むことを道徳的観点から制限する言説があったのに対して、作家たちは小説の有用性を示すため、種々の形で道徳的教訓を盛り込み、女性読者が接近できるようにしたとみられ、プレヴォーの『マノン・

レスコー』、ラクロの『危険な関係』その他で、内容や序文に、女性の美徳あるいは堕落をめぐる教訓が付与されているという[20]。並行して十七、八世紀フランスでは、『婦人の百科文庫』をはじめとする女性のための様々な知識の啓蒙書・普及書が数多く出版されている[21]。

五　物語と教育を繋ぐ役割

『無名草子』と女訓書（女性への教育書）とは、一見かけはなれているように見えるかもしれない。しかし形こそ違え、深く繋がっていると思われる[22]。『無名草子』は、当時の女性教育の実態と、教育を担う女房の視点を語ってくれるものであり、物語と女性教育とをつなぐような書物、つまり物語を広く教育書・教養書として機能させるためのブックガイドのような面を持つのではないか。『無名草子』の物語論をふまえて、『源氏物語』などの物語を読めば、物語は社会的テクストとして、より有効な力を発揮する。とりわけ、姫君や若い女性を教育する女房たちにとって、物語の知識や理解を得るだけではなく、そこで人物やできごとなどへの評価の指標を持つことは、教育を受ける側・する側両方に必須だったたであろう。

『源氏物語』は長大であり、読み通すのは容易ではない。また数々の物語から何を選ぶかは、光源氏が厳しく注意しているように、姫君の教育成果に直結する。『無名草子』の中には、「必ず歌を詠み、物語を選び、色を好むのみやは、いみじくめでたかるべき」という一節がある。ここでは反転された言い方であるが、物語を選ぶという行為が、歌を詠むことやその他の文芸的行為とならんで、わざわざ特記されており、重要な文芸行為であったことが知られる。

この部分はまさしく物語を選ぶことの重要性、そしておそらく困難さをも示していると考えられる。長大な『源氏物語』の中の、どの巻、どの場面を選ぶかには、『無名草子』の『源氏物語』巻々の論や、「ふしぶし」の論が有効である。そして数多く存在する物語から何を撰び出すか、どこに注意して読むべきかには、それぞれの物語論が必要であり、作中人物をどのように捉えて評価するかには人物論が重要である。さらに、現実の宮廷生活や人生の場面で、何が「あはれなること」「あさましきこと」等なのかを深く理解するには、「ふしぶしの論」が端的で有益である。加えて、十三人もの歴史上の女性達それぞれの生涯や心性から、宮廷人、宮廷女性としてあるべき姿を学ぶことができるように、周到に一書が編まれていると推定される。『無名草子』には物語の中の絵や絵物語についての言及はないので、どちらかと言えば対象者は幼い少女ではなく、成人かそれに近い女性なのではないか。

『無名草子』は、実に、このような一つの視点が貫かれているテクストであると言えよう。ゆえにこそ『無名草子』は、宮廷人としての態度や精神の論評に力を注ぎ、宮廷での現実に大きく齟齬するものは排除する。そして文学作品にはほかにはあまり見られない構成・方法であるが[23]、作り物語中の人物と歴史上実在した人物とを一書の中に入れ込み、並列して論じているのである。

この類の物語の解説的書物は必要性があったはずで、他にも存在したのではないか[24]。それらが散佚した中で、『無名草子』はこうした執筆意図を基本におきつつも、そこに見える物語の理解は奥深いものであり、優れた物語批評の書であり、それゆえに『無名草子』が現在にまで伝わったと想像される。

このようなテクストが生まれた背景には、たとえば中国では、『女誡』『女孝経』など女子教育のための教科書が古代から種々作られたのに対して、日本では物語・小説はあったが、中世まではさほど大きな権威を持つ教科書が流布しなかったということがあるのであろう[25]。

『無名草子』がこうした一種の教育的テクストであると位置づけた時、『無名草子』の中の「若き声」の意味性が浮かび上がる。老尼からは姿の見えないこの若い女性は、ここで語らう女房たちから教育をうけるような、若い女性を象徴する存在ではないか。数例を掲げよう。

①ありつる若き声にて、「いまだ見はべらぬこそ口惜しけれ。かれを語らせたまへかし。聞きはべらむ」と言へば、「さばかり多かるものを、そらにはいかが語りきえむ。本を見てこそ言ひ聞かせたてまつらめ」と言へば、「ただまづ今宵おほせられよ」とて、ゆかしげに思ひたれば、……

②「本に向かひてこそ、いみじきこともあはれなることもおぼゆれ。そらにはいと聞こえにくくこそはべれ。今のどかに読みて聞かせたてまつらむ。これは、ただ片端ばかりなれば、いとなかなかにおぼされぬべし」と言ふなれば、……

③例の若き人、「さるにても誰々かはべらむ。昔、今ともなく、おのづから心にくく聞こえむほどの人々思ひ出でて、その中に、少しもよからむ人のまねをしはべらばや」と言へば、……

この若い女性が教えてもらう立場、つまり教育を受ける女性であり、この女性を軸に展開されていることがわかる。②は『源氏物語』を女房が「今のどかに読みて聞かせたてまつらむ」と言っており、若い声の女性が物語を読んでもらう立場にいることが示されている。③は若い女性が「よからむ人のまねをしはべらばや」と言う。これは、前述のように、歴史上の女性を手本として学ぶための教育書・啓蒙書としての性格を明瞭に示している。

以上のように、『無名草子』の形式・構成、人物論・物語論の内容や説述の方法から、『無名草子』は、宮廷女性へ向けた教養書、教訓的・教育的テクストであり、物語を教育書として機能させるための手引き書であること、姫君や

女房が宮廷社会において持つべき行動規範や価値観、美意識の指標を示すという方針が一貫していること、物語論では現実の宮廷社会と乖離することは批判・排除しつつ、物語を社会的テクストとして用いる時の、物語と女性教育とを繋ぐような執筆内容が見られること、同時に歴史上実在した宮廷女性たちの人物像を手本として示すという内容を有することを論述した。

『無名草子』によって、物語が社会的テクストであったことの意味や具体相が可視化される。そして『無名草子』は、平安・鎌倉期の貴族社会に生きる女性たちの意識を鮮明に語っている。とりわけ、物語の享受者でありそれを女性教育に用いる教育者でもあり、時には作者でもある女房たちの意識や価値観を、つまり宮廷女房たちの美意識や人間観、宮廷社会観、歴史観、文化観、教育観などを、『無名草子』は手引き書・教訓的テクストとしての性格を持つがゆえに、より純粋に浮き彫りにしており、かけがえのない価値をもつ作品であると考えられる。

（1）　森正人『場の物語論』（若草書房、二〇一二年）、樋口芳麻呂『平安・鎌倉時代散逸物語の研究』（ひたく書房、一九八二年）、同「老尼の黙――『無名草子』考」（『研究と資料』一八、一九八七年一二月）、川島絹江『『源氏物語』の源泉と継承』（笠間書院、二〇〇九年）、中村文「『無名草子』冒頭部の構想」（『埼玉学園大学紀要（人間学部篇）』五、二〇〇五年一二月）、ほか。
（2）　加藤静子「四鏡の仮構された〈筆録者〉――雲林院の菩提講に詣でた女性」（『相模国文』二一、一九九四年三月）参照。
（3）　『日本古典文学大事典』（明治書院、一九九八年）、森正人執筆。
（4）　「無名草子の女性論――古本説話集との問題から」（『駒澤国文』二二、一九八五年二月）。
（5）　坂詰力治編『無名草子総索引』（笠間書院、一九七五年）による。
（6）　「『無名草子』の「いみじ」」（『説話論集』一七、清文堂出版、二〇〇八年）。

（7）第二部第一章、第五部第四章など参照。
（8）この部分については、第四部第三章で論じている。
（9）宮廷女性の教養として、日々の生活の中で、風雅・風流を深く解することは、必須のことであったと考えられる。ゆえに、『無名草子』最初の「捨てがたきふし」の論で、月、文、夢、涙、阿弥陀仏、法華経について述べ、月などに代表される美意識・価値観や、仏への信仰心をもつべきことを、最初に説いていると思われる。人物論においても、たとえば風雅にあまり興味をもたない雲井雁は、『無名草子』で高く評価されていない。
（10）「無名草子の物語評」（『日本文学 伝統と近代』和泉書院、一九八三年）。
（11）第六部第一章でも論じている。
（12）田中貴子「中世の女性と文学——『無名草子』を中心に」（『ジェンダーの日本史 下』東京大学出版会、一九九五年）は、作者は物を書く中世の女性であると推測している。
（13）第六部第一章でも論じている。
（14）現存本『海人の刈藻』巻四では、十一日より連日各所で造仏され、ついに「十五日、院より千体の地蔵、日のうちに造りあらはし給ふ。十六日、大殿より千手観音造らせ給ふ」に至る。本文は『海人の刈藻』（中世王朝物語全集2、笠間書院、一九九五年）に拠る。
（15）増田繁夫「源氏物語の達成」（『平安文学史論考』秋山虔編、武蔵野書院、二〇〇九年）。
（16）物語ではなく散佚した仮名日記であるが、彰考館徳川博物館蔵「本朝書籍目録」や岡山大学附属図書館池田文庫蔵「歌書目録」に、「義孝日記　男女ノ振舞　二冊」とあり、「男女振舞」を描いた仮名日記だったことが知られると、久保木秀夫の指摘がある。『中古中世散佚歌集研究』（青簡舎、二〇〇九年）参照。これも教育と関わるかもしれない。
（17）『物語文学の言説』（有精堂出版、一九九二年）。「紙上座談会　物語というメディア」（『物語とメディア』新物語研究1、有精堂出版、一九九三年）。
（18）「絵物語の製作とその享受——『源氏物語』螢巻における物語論への視座」（『源氏物語研究集成』七、風間書房、二〇〇

一年)。

(19) 『源氏物語と天台浄土教』(若草書房、一九九六年)。

(20) 宇野木めぐみ『読書する女たち――十八世紀フランス文学から』(藤原書店、二〇一七年)参照。

(21) 小山美沙子『フランスで出版された女性のための知的啓蒙書(一六五〇〜一八〇〇年)に関する一研究』(渓水社、二〇一〇年)参照。

(22) 安達敬子『源氏世界の文学』(清文堂出版、二〇〇五年)は、『無名草子』と中世の『源氏物語』評論書との内容的共通性を指摘する。また時代は下るが、女訓書『身のかたみ』、武家の心得書『竹馬抄』などに、『源氏物語』を読んで進退や振舞いを学べというような記述が見られる。兼良『小夜の寝覚め』や天理本『女訓抄』等の女訓書にも、『源氏物語』の内容を教育書として用いる意図がしばしば見られることは、これまでにも指摘がある。

(23) 『源氏物語』の中の女性と、歴史上実在した女性とを、一書の中で混淆して論ずる姿勢は、中世女訓書にもみられ、その点でも女訓書と『無名草子』とは近い位置にある。

(24) 『無名草子』の中に「初雪といふ物語御覧ぜよ。それにぞ物語のことは見えてはべる」とあり、散佚した『初雪』もその一つと考えられる。

(25) 菅原正子『日本中世の学問と教育』(同成社中世史選書15、同成社、二〇一四年)が指摘している。

第二章　『無名草子』の作者——新たに浮かび上がる作者像

『無名草子』については、第一章で、宮廷社会の女性へ向けた教育的テクストとしての性格があることを論じた。それをふまえ、本章では『無名草子』の作者像を探りたい。

一　伝本と享受

『無名草子』の伝本は少なく、また書名は一定しない。伝本については先学の研究があり、川島絹江[1]がまとめている。現存の主要伝本は、津守家本を祖本とする天理図書館蔵本と彰考館蔵本、水野為長本を底本とする群書類従本、およびその写し等である。

天理図書館蔵本(藤井乙男旧蔵)は、外題は「無名物語　銘可勘知」と打ち付けに書かれ、巻末には建武二年(一三三五)津守国冬の奥書(誤写とみられる字句が多い)や、永正五年(一五〇八)津守則棟の識語などを持つ。おそらく江戸前期頃の写かと思われる写本である。「日野庫」の印記がある。『無名草子』の本文に続いて、永正二年から永正七年の住吉社の神事(正月十三日の御結鎮弓と五月の御田植)に出仕した氏人の名を列挙した雑記録が書かれており、則棟の名も含

まれる。おそらく永正の時点で合写されたものが、そのまま転写されたのであろう。祖本を建武二年に一見した人物は、津守国冬ではなく(すでに没)、子の国夏かと推定されている。『無名草子』の伝本の伝流に津守氏が関与したわけであるが、その理由は、奥書にも記される通り、『無名草子』の中に津守国基についての言及があるため、注目されて書写されたと見られる。

彰考館蔵本は未見であるが、影印があり、それによれば、外題・内題ともに「建久物語」、小山田与清献納本で、天理本と祖本を同じくすると考えられるが、奥書の字句は天理本よりも優れている。また、群書類従本の底本は水野為長本であり、無窮会蔵本は群書類従本の写しである。成簣堂文庫本は現在所在不明だが、奥書は天理本と同一であると言う。

従来、『八雲御抄』巻一正義部に「尼草子」とあるのが、『無名草子』の別名かもしれないと指摘されてきた。しかしこれは、『八雲御抄』では「学書」の「家々撰集」即ち私撰集の書目を列挙する部分であり、国会本ほかの諸本に「尼草子〈持来経信家〉」という注記がある。『八雲御抄の研究 正義部 作法部』(2)が指摘するように、仁安年間(一一六六—六九)成立の『和歌現在書目録』には「尼草子〈尼公持来於経信卿家売之　故為名〉」とある。つまり「尼草子」は『無名草子』ではないことが明らかである。

また、『国朝書目』と『物語書目備考』(伴直方)に見える『最勝光院通夜ものがたり』が『無名草子』かとも言われている。可能性はあるものの、厳密に言えば『無名草子』は最勝光院で始まるが、その語りの場は、最勝光院から西へ歩き、遠く見えた檜皮屋であり、最勝光院からはかなり離れた邸である(3)。この点では、「最勝光院通夜ものがたり」という書名が『無名草子』にふさわしいかどうかは疑問が残る。『物語書名寄』(岡本保孝)では、「国朝書目ニ出せる分也」として『最勝光院通夜ものがたり』を挙げるが、一方で物語名の出典として『無名双紙』をしばしば引用してお

り、この二書は別のものとして扱っているとみられる。なお黒川春村『古物語類字抄』は、例言で古物語文学の資料について略述する中で、『無名草子』は応永（一三九四―一四二八）の頃の作と推定するが、特に根拠は示されていない。

中世の享受例は、一条兼良『花鳥余情』があり、『無名草子』から長文で引用している。序文に続く「作意」(4)で、「鴨長明無名抄云(5)、さても此源氏つくりいでたる事こそ、思へど〳〵この世ひとつならずめづらかにおぼゆれ、（中略）凡夫のしわざとはおぼえぬ事なりなどいへり」と、『無名草子』の『源氏物語』論の冒頭からそのまま引用して記し、続いて「くり事のやうには侍れど、……それゆへ紫式部といふ名はつきたると申、いづれかま事にて侍らむ」と、『無名草子』女性論の紫式部論からほぼそのまま引用している。

このように、近世より以前には、『無名草子』は一条家と津守家にあったことは判明するが、さほど広く読まれたとは言えず、管見では冷泉家など歌道家で写された痕跡もない。

二　俊成卿女説への疑問

『無名草子』の作者は、昭和四年（一九二九年）に杉山敬一郎(6)により押小路女房（俊成卿女）説が出された後、石田吉貞(7)、樋口芳麻呂(8)らによって俊成卿女説が踏襲されて、これまで俊成卿女説が半ば定説化しているような状況にあった。しかし俊成卿女を作者と推定する理由は主として、定家周辺では俊成卿女が最も優れた才能と批評眼をもつ歌人であったことであり、動かせない徴証とは言えない。結論から言えば俊成卿女説には多くの疑問がある。ここではそれらを列挙し、問題点の骨子だけを述べていく。

第一に、第一章「『無名草子』の視座」において論じたように、『無名草子』は宮廷社会に生きる女性のための教育的テクスト・手引き書と考えられることが重要である。作者は宮廷女房と思われ、和歌も詠んだであろう。しかし俊成卿女のような歌壇の中心で活躍する専門的歌人であることは、『無名草子』の作者には必要条件ではない。

第二に、女性の晩年のあり方への関心の深さをあげたい。『無名草子』は、女房やその女主人である貴女が、その晩年をどのように生きるかに深い関心を示している。俊成卿女は三十代初めであり、当時は四十が老の範疇であることから、少し老いを意識する年齢かもしれないが、俊成卿女の閲歴を辿れば、俊成卿女はこの頃まさに後鳥羽院歌壇に華々しく登場した時期であり、晩年の生き方を見つめる姿勢からは隔たりがあると思われる。これまでにも指摘があるが(9)、作者は中年期以降の年齢の人物ではないだろうか。

第三に、天皇・上皇とその宮廷への関心の低さに注意したい。『無名草子』は、最後の説話的部分で、実在した后妃や斎院、女院について評論しているが、それに続くはずの男性論の前で唐突に終わっており、天皇・上皇のあり方については、全く関心を示していない。これは作者が女院・内親王等に仕えたか、女院文化圏等に近い位置にいたことを示しているのではないか。俊成卿女は後鳥羽院と順徳天皇の宮廷に仕えた女房であり、『越部禅尼消息』に見えるように両院に強い敬愛を捧げているが、女院には仕えたことがなく、『無名草子』説話的部分において強く関心が示される女性主君には、縁のない女房なのである。

第四に、俊成卿女の夫である源通具が新妻と結婚した時期について、注意しておきたい。第三部第一章で述べた通り、通具の新妻との結婚は、従来は正治元年(一一九九)とされていたが、実はその約二年余り後であることが明らかとなった。その建仁二年(一二〇二)七月に、俊成卿女は、御子左家と土御門家の期待のもとで、後鳥羽院女房として正式に出仕し、その後も通具との社会的関係は続いている。不仲や離別後の無聊な毎日の心やりに『無名草子』が書

かれたという説（石田吉貞・樋口芳麻呂ほか）は、全く否定すべきものとなる。

第五に、『源氏物語』受容のあり方をあげたい。俊成卿女の『源氏物語』注釈が、古注でしばしば引用されている。(10)たとえば『原中最秘抄』は若紫巻の「やう〳〵おきゐてみ給ふにひいろの……」について、「俊成卿女申侍しは、もみぢの賀の中に、外祖母之服三ヶ月の後除服と云々。然間、にび色たるべし云々」と、俊成卿女の説を引用している。俊成卿女の注釈は極めて学術的・考証的であるが、『無名草子』の『源氏物語』論にはこうした態度は全くみられない。また『河海抄』巻六では、「須磨」の「あふ瀬なき涙の川にしづみしやなかるゝみおのはじめなりけん」について、「俊成卿女は、此歌を物語中第一秀歌と申されたり」と言うが、『無名草子』にはこの歌は採られていない。

第六に、『無名草子』の和歌の詠作方法や、『無名草子』作者の和歌史への視点などから、俊成卿女作者説には強い疑問が持たれる。これについてさらに詳しく検討してみよう。

三　和歌などの表現

『無名草子』冒頭には老尼が詠んだ歌一首があり、これは『無名草子』全体の中で、作者自身が詠んだ可能性がある唯一の歌である。

五月十日余日のほど、日ごろ降りつる五月雨の晴れ間待ち出で、夕日きはやかにさし出でたまふもめづらしきに、ほととぎすさへ伴ひ顔に語らふも、死出の山路の友と思へば、耳とまりて、

をちかへり語らふならばほととぎす死出の山路のしるべともなれ

これは、諸注釈で指摘されている通り、待賢門院堀河の歌に大きく拠った歌である。

待賢門院の女房堀川の局もとよりいひおくられける

この世にて語らひおかんほとゝぎす死出の山路のしるべともなれ

返し

ほとゝぎすなくなくこそは語らはめ死出の山路に君しかからば　（山家集・雑・七五〇―七五一）

「この世にて……」の歌は、後に『新後撰集』雑下・一五六六に採られた。親しい西行に対して、自分が死出の山路に旅立つ折には導きをしてほしいと願う歌である。

「をちかへり語らふならば……」の歌の表現を見てみよう。ほととぎすの声は、「郭公をちかへりなけうなゐこがうちたれがみの五月雨の空」(『拾遺集』夏・一一六・躬恒)のように「をちかへりなけ」と待望され、「ほととぎす雲井はるかにすぎぬなりたが宿までかをちかへりなく」(『教長集』二三五)とも詠まれた。和歌の表現史で、「をちかへる」ほとぎすを詠む歌は厖大にあるが、「をちかへる」「死出の山」を共に詠む歌は、『無名草子』の一首だけである。ほとぎすは「死出の田長」とも言われ冥界との間を結ぶ鳥であり、「死出の山こえてきつらん郭公恋しき人のうへ語らなん」(『拾遺集』哀傷・一三〇七・伊勢)や、待賢門院堀河歌のように詠まれるが、その際には「をちかへる」とは詠まれていない。つまり、『無名草子』作者が詠んだと目される「をちかへり語らふならば……」の歌は、堀河の歌に大きく依拠している上に、和歌の表現伝統からはややずれており、当代歌壇、しかも新古今歌壇の専門的歌人が詠んだとは考えにくいような歌とも言える。

ちなみに和歌の前文にある「伴ひ顔」は、「〜顔」という表現は同時代に多いものの、「伴ひ顔」は和歌では見られず、「ほととぎす」が「伴ふ」と和歌で詠まれることもない。

『無名草子』成立に重なる建仁期に、俊成卿女が詠んだ「ほととぎす」詠を数首あげる。

人しれぬねにはつくさでほととぎす待つ夜の月の影にかたらへ（千五百番歌合・夏一・六八九）

ほととぎす待つ夕暮の橘に風さへいかに吹きてすぐらむ（同・七一七）

ほととぎすなく有明は空晴れていづくの露の袖に散るらむ（同・夏二・七七三）

五月雨の雲ぢたどらぬほととぎすおのが五月のやどをならして（同・八五七）

ほととぎす鳴きゆく涙のこしけりわが手枕の明け方の空（建仁二年五月仙洞影供歌合・一七・暁聞郭公）

題詠歌と、散文中の歌との違いはあるにせよ、表現方法・技量において、大きな懸隔があり、『無名草子』の「をちかへり……」が俊成卿女の作とは考えにくいのではないか。たとえば三首目に掲げた『千五百番歌合』七七三は、『源氏物語』若菜下で、柏木が女三宮のもとから帰る時に詠んだ歌「起きてゆく空も知られぬあけぐれにいづくの露のかかる袖なり」を本歌とし、本歌に漂う情念を吸収して生かし、季の歌であるが濃密な悲恋の情趣を漂わせていることを、渡邉裕美子[11]が指摘している。なおこの「起きてゆく……」という『源氏物語』歌は、『無名草子』には採られていない。第三章で論ずるが、新古今歌人たちが本歌とすることが多い『源氏物語』歌は、『無名草子』にあまり採られていない。

ところで『無名草子』には、和歌ではなくとも、和歌的文脈で書かれている表現が散見される。たとえば「捨てがたきふし」の「夢」の部分には、次のようにある。

……夢こそ、あはれにいみじくおぼゆれ。遥かに跡絶えにし仲なれど、夢には関守も強からで、もと来し道もたち帰ること多かり。別れにし昔の人も、ありしながらの面影を定かに見ることは、ただこの道ばかりこそはべれ。

この中の「別れにし昔の人」は、次の『堀河百首』の歌によっているかもしれない。

　　　百首歌中に夢の心をよめる　　　　　　　　　　　　　　修理大夫顕季
　うたたねの夢なかりせば別れにし昔の人をまたもみましや　　　（金葉集二度本・雑上・五五三）

また「もと来し道」は、小侍従の「すぎぬなりもとこし道を忘れねば歩みとどまる駒を早めて」（『小侍従集』『月詣集』）の影響が考えられる。また『無名草子』の「月」に「夕月夜ほのかなるより、有明の心細き、折も嫌はず…」とあるが、有明の月を「心細し」と詠み始めたのは、俊頼、待賢門院堀河、殷富門院大輔など、院政期の歌人たちであった。なお、和歌ではないが、『無名草子』には『宝物集』『唐物語』からの影響も色濃く見られ、これらの作者である平康頼、藤原成範も、院政期に活躍した人物である。

『無名草子』で、和歌的に表現形成された部分には、待賢門院堀河の歌だけではなく、こうした院政期の和歌の影響が散見される。それに対して、建久・正治・建仁期の、定家や良経ら新風歌人の和歌表現の影響は、今のところ見出すことができない。作者が主として生きたのは、新古今時代ではなく、その前の院政期に近い頃ではないだろうか。

四　和歌史への視点

『無名草子』が歌論的性格を持つと述べたのは寺本直彦[12]であり、かなりの論文がこの説を踏襲する。だが本当に歌論的と言えるだろうか。寺本論は「その歌論的ないし和歌的性格については、その作者に御子左家の人、特に新古今時代の秀れた歌人であった俊成卿女が擬せられていることからも想像され」と最初に述べ、次のように結論する。

「あはれ」「えん」とを批評基準とすることにおける当代歌論との一致、俊成・定家の源語評との一致、物語二百

番歌合の和歌との過半数の合致および同傾向、本歌取の歌との合致、等の諸点によって見れば、無名草子の源氏物語論は、歌人の眼光を通じてみた源氏物語論であり、歌論的源氏物語論であると結論してよかろうと思う。

寺本は、『無名草子』は『源氏物語』論で「あはれ」「艶」を評価の二大基準としたと言うが、『無名草子』中の「艶」は八例に留まる。確かに「あはれ」は多いが、「あはれ」が散文作品で多く使われるのは『無名草子』に限ったことではない。また歌論や判詞で「あはれ」「艶」という評語が使われるのは事実だが、「あはれ」「艶」を使っているからといって歌論的とは言えない。これをもって『無名草子』が歌論的とは断じがたいのである。

さらに、『無名草子』と『物語二百番歌合』の共通歌について、寺本が「多い」ということには疑問がある。『物語二百番歌合』に所収される『源氏物語』歌は二百首あるが、『無名草子』の四十六首と重複するのは二十四首に留まる。石埜敬子[13]は、寺本が『物語二百番歌合』と『無名草子』の一致から『無名草子』の和歌的歌論的性格を言うことに対して、同じ傾向の美意識・評価基準とは言えないことを示唆する。樋口芳麻呂（前掲書）や田中洋己[14]も、『物語二百番歌合』と『無名草子』の撰歌の違いについて述べている。

『無名草子』の中の『源氏物語』和歌の性格、および『無名草子』と『物語二百番歌合』との撰歌の相違については、次の第三章で詳述するが、新古今時代の本歌取の本歌と『無名草子』の『源氏物語』和歌とは、基本的に重ならない。さらに、もし寺本の言うように『無名草子』に本歌取の本歌を取り上げる傾向があるなら、『源氏物語』以外の、本歌取の対象とはならない諸物語の和歌を、『無名草子』が多く取り上げて論じていることが、大きな疑問となる。

以上のように、『無名草子』が歌論的性格を有すると言うには実は客観的な決め手がなく、寺本自身が述べているように、当初から俊成卿女作者説が影響していると見られる。つまり、歌論的性格を持つから俊成卿女が作者である、

という説は成り立たない。

さて次に、『無名草子』の撰集論のうち、私撰集を列挙する部分を見てみよう。

「……『歌苑集』[15]、『今撰集』などは、人、よしと思ひてはべるめり。されど勅撰集ならぬは心にくきにや、いとあなづらはしくおぼえはべる。かつは、かやうのことなどは、撰べる人柄によるべきなり。『現存』『月詣集』などは、めでたかるらめども、心にくくもいとおぼえはべらず。まして申さむや、『奈良集』と申すもののはべるとかや。いまだえ見はべらねど、さしも心狭きものにてはべらむ。心をだにこそ見はべらね。『玉花集』とて、建久七年に撰べるよし見えたるものはべり。それがしなどいふほどのもののしわざにもはべらぬにやなど言へば、また、人、「されど、それは題の歌ばかりにて、きとものの用に立ちぬべきとかや」と言へば、「題の歌は、撰集ならずとも。『堀河院百首』『新院百首』、近くは九条殿の左大将と申しはべりし折の百首などはべるは。それを見ても、題の歌はいとよく心得ぬべし。なかなかいと美しきどもはべるめるは。……」

『歌苑抄』については久保木秀夫の論に詳しいが[16]、承安四年(一一七四)以前の成立で俊恵撰。『今撰集』は永万元年(一一六五)以前の成立で、清輔撰、あるいは顕昭撰、顕輔撰との説もある。この二集をまず挙げているのは、当時評価を得ていた私撰集で、かつ歌道家の歌人の撰だからであろう。『無名草子』作者は、この二集は勅撰集ではないことが欠点であると言う。『現存集』は長寛元年(一一六三)頃成立、道因(藤原敦頼)撰、『月詣集』は寿永元年(一一八二)成立、賀茂重保撰である。『無名草子』は「えらべる人柄によるべきなり」と言っているが、この二集をも批判する。『奈良集』は撰者不明だが、問題としていない。『玉花集』(「きよくわす」)は、建久七年成立で、『無名草子』執筆時に近い撰集だが、とるにたりない撰者であると言う[17]。これらの記述から、『無名草子』作者には、勅撰集を重視し、歌道家歌人を重んずる姿勢があることが窺われる。俊成の『古来風躰抄』からの影響が指摘されていることも注意され

る。『無名草子』作者が、歌道家周辺の人である可能性が考えられよう。しかし俊成卿女よりも前の世代ではないか。俊成卿女の詠歌環境からは、このような院政期の私撰集を列挙する必然性が見いだせない。『無名草子』ではこの後に『堀河百首』や『六百番歌合』をあげるが、題詠について「それを見ても、題の歌はいとよく心得ぬべし。なかなかいと美しきどもはべるめるは」と、簡単に触れるだけである。

『無名草子』は、「和歌的情趣」「歌人の眼光」などと言われ、それは作者が俊成卿女である根拠ともされてきた。しかし和歌を詠む女房達の中でも、俊成卿女は題詠の和歌を専らとする先端的な専門的歌人である。俊成卿女は祖父母の俊成夫妻に鍾愛されてその家で定家らと共に育ち、『千載集』撰進時には俊成を手伝ったとも言う(『自讃歌宗祇注』)。後述のように『無名草子』は、建久九年正月(一一九八)—建仁二年(一二〇二)閏十月の間に成立したと考え得る。俊成卿女の和歌のうち最も早いものは、建久五年(一一九四)八月十五夜に良経邸和歌会に詠進した歌であり[18]、後鳥羽院歌壇では、建仁元年(一二〇一)三月『通親亭影供歌合』以後、歌壇の主要歌人として活躍し続けた。このように俊成卿女は俊成の膝下で育ち、後鳥羽院に認められて、新風和歌のただ中で、迷うことなく自分の道を見定めて精進し、題詠の詠歌を自ら研磨している。『無名草子』作者がやや前の時代の私撰集には数多く言及しながら、題詠の和歌について論ずることをせず、『源氏物語』と並んで本歌取りされる『伊勢物語』の和歌についても全く触れず、和歌の表現論に関心を示さず、題詠の和歌一首、歌題一つさえも引用しないのは、作者が俊成卿女であるという説を強く疑わせるものである。

このほかにも俊成卿女説には多くの疑問があるが、いくつか列記しておく。『無名草子』の『千載集』評と、俊成卿女『越部禅尼消息』の『千載集』評とが、全く異なっていることは問題である。また『無名草子』和泉式部の部分で「孫の某僧都」に対して詠んだ「親の親と思はましかば訪ひてまし我が子の子にはあらぬなりけり」があげられる

が、これは諸注が指摘する通り、『拾遺集』と『重之集』にある、源重之母の歌である。勅撰集にある歌の作者を誤認することは、『無名草子』作者が勅撰集に精通した専門的歌人であれば考えにくい。また『無名草子』の『万葉集』評で、唯一津守国基を取り上げているが、国基は『後拾遺集』時代の歌人である。六条顕季と国基とは近い関係にあるが、御子左家の『千載集』『新勅撰集』には入集せず、俊成卿女には特に国基に言及する理由が見出せない。また『無名草子』が俊成卿女のような著名な歌人が書いた作品なら、俊成卿女の『越部禅尼消息』が阿仏尼によって写されたように(奥書による)、『無名草子』が御子左家・歌道家周辺で写された痕跡があっても良いと思われるが、前述のようにそれはみられない。

ここまで述べてきたような諸点により、俊成卿女が『無名草子』作者という説は、否定すべきである。著名な歌人である俊成卿女作者説が拡大受容され、『無名草子』の特質の把握に影響してしまったと考える。

五 作者像へ

俊成卿女ではないとすると、どのような人物が作者としてふさわしいだろうか。作者を確定するのはむずかしいが、成立を押さえた上で、作者像を追ってみよう。

成立については、『無名草子』中の「隆信」「定家少将」「九条殿の左大将と申しはべりし折の百首」の三箇所から、良経が左大将を辞した建久九年正月(一一九八)以降、定家が少将から権中将になった建仁二年(一二〇二)閏十月以前に成立したと考えられている。「隆信」という呼称からさらにそれを狭める樋口芳麻呂説[19]もあるが、五味文彦[20]の批判の

通り、樋口説には従えない。この五年間が確実なところである。

「新院百首」という呼び方も注意される。これは久安六年（一一五〇）の『久安百首』をさすが、崇徳院を新院と呼ぶのは、およそいつ頃までであろうか。勅撰集では『詞花集』までであり、私家集では、頼政、重家、教長、堀河、西行などまで見られるが、その後はみられない。『古来風躰抄』では『詞花集』によっている部分は「新院」と書いているが、『長秋詠藻』では「久安の比、崇徳院に百首歌めされし時奉る歌」と記し、『千載集』でも「崇徳院に百首歌たてまつりけるとき、よみ侍りける」のように院号で記している。『明月記』に見えるのは正治二年（一二〇〇）以降であるが、すべて崇徳院と記している。この正治・建仁期に「新院百首」と呼ぶのは、定家よりも上の世代で、「新院」と呼び慣れた、やや前の時代の空気を吸った人物ではないだろうか。なお、『無名草子』冒頭近くでは、崇徳院を「讃岐院」と呼んでいる。

もう一つ注意されるのは、「捨てがたきふし」論の「阿弥陀仏」である。『無名草子』中、同時代に近い男性の説話としては唯一、左衛門督公光を取り上げ、「……と語る人はべりし」とあるように、かつて恋人であったある女房が公光との逸話を語ったと述べる。公光（治承二年〈一一七八〉没）は、以仁王、殷富門院、式子内親王らの叔父で、小侍従が恋人であったことが『玉葉集』『小侍従集』に見え、この女房が小侍従という可能性もある。このほか、『無名草子』が最勝光院という建春門院の時代を思わせる場で始まっていること、前述の如く和歌の表現の上で院政期の和歌の影響があることもあげられる。『無名草子』には、後鳥羽院時代の空気は全くなく、院政期の文化・歌人の雰囲気が漂っているように思う。(21)これは、前述の、作者は中年か老年の年齢かという想像と一致する。

さて、作者像を探るのに重要なのは、従来も言及されているが、以下の部分である。

また、隆信の作りたるとて、『うきなみ』とかやこそ、殊の外に心に入れて作りけるほど見えて、あはれにはべ

れど、そも、などか言葉遣ひなど手づつげにて、いと心ゆきておぼえはべらず。また、定家少将の作りたるとて
あまたはべめるは、まして、ただ気色ばかりにて、むげにまことなきものどもにはべるなるべし。

「たかのぶ」(天理本、彰考館本)と呼び、「手づつげ」と率直に批判するのは注目される。五味文彦はこの呼称と種々の点から隆信が作者であると推定する。その可能性もあろうが、私は、厳密には論証しにくい点ながら、やはり『無名草子』作者は女性であると考える。しかし五味文彦の指摘はいずれも重要であり、作者は隆信に極めて近い人だったのではないか。同時代の才人隆信が書いた物語を拙劣とはっきり言える人物、歌壇で活躍する気鋭の定家の試作品である物語が、流布していないが「あまた」あったことを知っている人物、かつそれを批判できる人物である。しかも「気色ばかりにて、むげにまことなき」とは、定家の和歌の特質とも言える言であり、定家に近い人々の間で内々に言われていた率直な批評なのであろう。また、『無名草子』作者は、作り物語それぞれの作者が誰かということに興味を示さないが、定家と隆信だけは作者であると明記している。隆信と定家への特別な、あるいは身近な意識のあらわれではないか。又撰集論には、ある人が定家に『拾遺集』と『拾遺抄』どちらが正式な勅撰集かを尋ねる書状を送った時の定家の返状の内容が書かれており、それを知ることができた人物である。以上のような諸点から、『無名草子』作者は、俊成卿女ではないが、やはり隆信・定家周辺の女性である可能性が高いと考える。

加えて、これまで述べてきたように、宮廷社会に生きる女性のための教育的テクストを書ける立場にあり、そうした能力を持つ女房。御子左家周辺の出身だが、題詠の和歌を読みこなして歌壇で活躍するような専門的歌人ではない女性。建仁頃に中年期以降の年齢にある女性。女院・内親王などの女性の主君に仕えた女房。『源氏物語』をはじめとする物語に精通し、特に『源氏物語』に深く親炙した女性。以上のような像を描くことができる。

隆信・定家周辺には、この作者像にあてはまる女房が多い(22)。俊成室の美福門院加賀は『源氏物語』に深く親炙し、

娘たちや一族の人々を動員して源氏供養を行ったことが論じられている。[23] こうした美福門院加賀の娘達はみな作者像に近いと思われ、彼女らは隆信の異父姉妹である。また俊成には異腹の娘達も多い。彼女達は一族の女性が初出仕するのを世話するなど女房として協力し合い、養女となって関係を結び合っている。彼女達の娘が女房となっている場合も多い。そうした中で、若い女性への教育的テクストが書かれる機会や必要性は多くあったと考えられる。そして『たまきはる』に和歌があることからもわかるように、彼女達は歌壇の歌人ではなくとも、女房として和歌は詠んだであろう。

加賀の所生の娘では、八条院三条(俊成卿女の母。一一四八生、一二〇〇没)、高松院新大納言(一一五〇生)、上西門院五条(一一五一生)、八条院権中納言(一一五三生)、八条院按察(一一五四生、一二〇三没)、健御前(一一五七生)、前斎院大納言(一一五八生)、承明門院中納言(一一六四生)らは、みな女院や内親王に仕えた女房である(巻末系図参照)。中でも健御前は建春門院への讃仰が強く、春華門院昇子を養育している点で注意される。[24] 同じく春華門院に仕えた右金吾[25](新右衛門督)は、健御前の養女であり、『たまきはる』に見える「養子之禅尼」で、覚弁(健御前の兄)女である。あるいは隆信の姉妹か娘という可能性もある。隆信(一一四二生)の姉妹(寂超の娘)に女房がいたかはわからない。隆信の娘は年齢的に若いので可能性は低いかもしれないが、女院女房としては承明門院右京大夫、春華門院弁などがいる。

こうした女性達のなかに『無名草子』作者がいたかもしれない。そして俊成卿女は、御子左家の女房歌人の中では、むしろ最も作者像から遠いと思われる。

『無名草子』の作者を俊成卿女であると推定する説や、『風葉和歌集』の撰者を為家と推定する説[26]などは、実は確証がないにもかかわらず、時を経ると既定事実のようになり、その上に立脚した論が多く生まれた。しかし、『無名草

子』にせよ『風葉集』にせよ、近代以前には俊成卿女説や為家説は全く見られない。作者を具体的に考えるのは重要であるが、特に女房の場合、歴史に残らずに名前が消えてしまう女房が大部分であり、そうした存在を無視して著名な女房歌人にのみ注目すべきではないと思う。まさしく『無名草子』作者が嘆いている通りなのである。当然ながら、現存している作品が、文学史・和歌史に名を残す人々の作であるとは限らない。宮廷女房として自在に日常の和歌を詠みこなす『とはずがたり』作者雅忠女ですら、勅撰集には一首も入っていない。また多くの私撰集は無名の撰者の手になるものであり、厖大な作り物語群もほとんどが作者不明なのである。『無名草子』も、あながちに作者を決定するのではなく、特質を見定めつつ文化史の中に置きなおして、作品に向き合うことが重要であると考える。

(1)『源氏物語』の源泉と継承』(笠間書院、二〇〇九年)。
(2)片桐洋一編『八雲御抄の研究 正義部 作法部』(和泉書院、二〇〇一年)。
(3)ここは現実には存在しない幻想の空間であるとの説もある。ちなみに、『無名草子』と同様に冒頭に道行部分がある『宝物集』では、東山から、大内裏を経て、嵯峨清涼寺に至っている。
(4)中野幸一編『源氏物語古註釈叢刊 第二巻』(武蔵野書院、一九七八年)に拠る。
(5)書名の混同があり、冨倉徳次郎(岩波文庫『無名草子』解題)は、「この頃にはこの草子は「無名云々」の名で呼ばれてゐたものと覚しく、ために長明の無名抄と誤って「無名抄」と記された」と推測した。「無名抄」はよくある名称であり、『俊頼髄脳』の別名でもあり、『八雲御抄』にも伊通の「無名抄」という書が挙げられている。
(6)「無名草紙考(一)―(三)」(『国語国文の研究』三五・三六・三八、一九二九年八月―一一月)。
(7)『新古今世界と中世文学(上)』(北沢図書出版、一九七二年)。
(8)『平安・鎌倉時代散逸物語の研究』(ひたく書房、一九八二年)ほか。
(9)三角洋一(書評「五味文彦『藤原定家の時代』を読む」『文学』季刊 三―二、一九九二年春)は、作者像として俊成卿女

では若過ぎ、定家と同年代位以上、隆信の世代なら合うと述べている。
(10) 森本元子『俊成卿女の研究』(桜楓社、一九七六年)が論じている。
(11) 『新古今時代の表現方法』(笠間書院、二〇一〇年)。
(12) 『源氏物語受容史論考 正編』(風間書房、一九七〇年)。
(13) 「『無名草子』の位相――物語復権への試み」(『王朝女流文学の新展望』伊藤博・宮崎荘平編、竹林舎、二〇〇三年)。
(14) 「藤原定家の『源氏物語』――『無名草子』を通して見た『物語二百番歌合』」(『国文学 解釈と鑑賞』七五―一〇、二〇一〇年一〇月)。
(15) 天理図書館本は、「からむす」、彰考館本は「かえむす」とある。ここでは底本とした久保木哲夫校注・訳『無名草子』(新編日本古典文学全集40、小学館、一九九九年)の校訂に従った。
(16) 『中古中世散佚歌集研究』(青簡舎、二〇〇九年)。
(17) 『和歌色葉』に「俊貞〈前左馬允〉が玉花集」とあり、『八雲御抄』巻一正義部巻末「私記」にも「玉花集　俊貞」とある。この俊貞は未詳とされている。あるいは、『月詣集』雑上・六九六に見える「中原俊定」である可能性も一応あるかもしれないが、全く不明。また『宇治拾遺物語』序に、「その正本は、伝はりて、侍従俊貞といひし人のもとにぞありける」とあるが、この人物との関係も不詳。
(18) 森本元子『俊成卿女の研究』(前掲)参照。
(19) 樋口芳麻呂(前掲『平安・鎌倉時代散逸物語の研究』)は、「隆信」とあるのは、右京権大夫から散位となった時とし、正治二年七、八月以降と推定する。
(20) 『藤原定家の時代』(岩波新書、一九九一年)。
(21) 西本寮子「『無名草子』再読」(『中世王朝物語の新研究』辛島正雄・妹尾好信編、新典社、二〇〇七年)が『無名草子』の歴史認識を探り、平家の時代を浮かび上がらせている。
(22) 樋口芳麻呂は俊成卿女説をとる。しかし一方で、俊成邸に出入りする俊成の娘たちや自分を語り手の女房に見立てている

るという点は示唆的であり、首肯すべきであろう。

(23) 久保田淳『藤原定家とその時代』(岩波書店、一九九四年)。

(24) 杉山英昭『無名草子』(『体系物語文学史』五、有精堂出版、一九九一年)は「健御前を『無名草子』の作者に擬したとしても、それほど違和感はないものと思われる」と述べる。また近年、田仲洋己「『無名草子』の一面」(『国語と国文学』九二―一、二〇一五年一月)は、この拙論(初出は二〇一二年)をふまえた上で、平家の世への想いを偲ばせる手法をとる点などから、建春門院中納言(健御前)や建礼門院右京大夫の可能性を指摘している。

(25) 春華門院右金吾は、後の法華寺中興の祖、性(聖)恵房慈善尼である。多くの研究があり、井上宗雄『鎌倉時代歌人伝の研究』(風間書房、一九九七年)においてまとめられている。

(26) 田渕句美子「『風葉和歌集』の編纂と特質」(『源氏物語と和歌』小嶋菜温子・渡部泰明編、青簡舎、二〇〇八年)において、為家が撰者とは考え難いことを述べた。

第三章　『無名草子』の『源氏物語』和歌批評――女房の視点

一　女房たちの『源氏物語』享受

中世和歌における『源氏物語』享受を論じるとき、まず俊成の「源氏見ざる歌よみは遺恨のことなり」という言が掲げられることが多い。これは『六百番歌合』で良経家歌壇に参加する当代歌人たちに向けて放たれた言葉である。しかし歌壇と無縁な宮廷女房たちにとっても、『源氏物語』は持つべき教養・知識であった。たとえば安嘉門院四条(阿仏尼)が娘に女房の心得を説いた『阿仏の文』(1)の中に、このような一節がある。

さるべき物語ども、源氏覚えさせ給はざらん、むげなる事にて候。書きあつめて参らせて候へば、ことさら形見とも覚しめして、よくよく御覧じて、源氏をば、難義・目録などまで、こまかに沙汰すべき物にて候へば、おぼめかしからぬ程に御らんじあきらめ候へ。難義・目録、同じく小唐櫃に入れて参らせ候。古今・新古今など、上下の歌、空に覚えたき事にて候。もしや覚えさせおはしますとて、おしてすすめまいらせ候へども、よに心に入らず、ものぐさげにおぼしめして候し、返〳〵ほひなく候。

著名な物語や『源氏物語』をよく覚えておくようにと説く。『源氏物語』は「難義」「目録」も見て勉強しなさい、『古今集』『新古今集』も覚えなさいと指示し、娘が熱心ではないことをたしなめている。当時の教養ある女房の会話、

詠歌、生活には、『源氏物語』が、『古今集』などと並んで必要とされていたことが窺われる。たとえば阿仏尼作の物語的な日記『うたたね』にも、『源氏物語』の表現の断片がぎっしりとちりばめられている。(2)『源氏物語』の知識がなくては、その重層・交錯のありようがわからない。

女房たちの『源氏物語』享受には、さまざまな担い手、方法、意図がみられる。たとえば、一つだけ例を挙げれば、『実材卿母集』は文学史上ではほとんど無名の女性の家集である。実材卿母はもとは白拍子で、受領である平親清と結婚し、その後、太政大臣西園寺公経の最晩年の側室となり、権中納言実材らを生んだ。『実材卿母集』には『源氏物語』『浜松中納言物語』などからの享受が多く見られる。その歌では、我が身を物語中の人物に重ねることもある一方で、(3)『源氏物語』を語彙レベルで尊重しつつ読者の立場でコメント(注釈や批評)を加える手法が見られる(4)と指摘されている。『実材卿母集』には全体に、『源氏物語』を辿り直す態度があり、『源氏物語』の文脈をたどって要約し、言葉を拾いあげ、自分の解釈や視点をも入れこみ、内側・外側から再構成している。

こうした中世女房たちの『源氏物語』享受の中でも、重要な資料の一つが『無名草子』である。第一章・第二章で述べてきたように、『無名草子』には、宮廷女性へ向けた教養書、教訓的・教育的テクストとしての性格があり、物語評論の部分は、物語の案内書としての機能をもち、物語と女性教育とを繋ぐような内容をもっている。そして『無名草子』には『源氏物語』の和歌の引用・論評も多く、中世の女房たちが、それも必ずしも歌壇の専門的歌人ではないふつうの宮廷女房たちが、どのように『源氏物語』の和歌を読んだかをリアルに示していると考えられる。この点では、『実材卿母集』にみられるような、女性たちの『源氏物語』享受の態度とも重層する部分がある。『無名草子』には『源氏物語』以外の物語の和歌もあるが、ここでは『源氏物語』の和歌について考察する。

『無名草子』の『源氏物語』評の構成は、「巻々」の論からはじまり、作中の女性論と男性論があり、その後に「ふ

しぶし」の論（場面論）として、「あはれなること」「いみじきこと」「いとほしきこと」「心やましきこと」「あさましきこと」という構成になっている。和歌は計四十首が引用されていて、そのうち三十六首が「ふしぶし」の論で引用され、うち二十三首が「あはれなること」で引用されている。つまり『無名草子』の『源氏物語』和歌引用は、その半数以上が「あはれなること」にあり、この「あはれなること」は桐壺更衣、夕顔、葵上、柏木、紫上、大君らの死と哀傷の場面、及び須磨への別れ・流離の場面を扱っている。(5)「あはれなること」は『無名草子』の中で本文も分量的に多く、和歌も多くなっているのだが、「あはれなること」が重く扱われているのは、『源氏物語』の哀傷歌と離別・羇旅歌が高く評価されて、歌人にも非歌人にも広く受容されたことの反映であろう。そして、こうした「〜のこと」というまとめ方は、作品へのある評価や位置づけ、享受の視点をあらわすものであり、短いが批評・コメントが加えられる部分もかなりある。

一方、藤原定家が編纂した『物語二百番歌合』は、物語の作中和歌を左右に番えた物語歌合である。これは『無名草子』とほぼ同時代の成立であることから、この二書における『源氏物語』からの撰歌や、撰者不明の物語歌集『風葉和歌集』の撰歌も含めて比較され、論じられている。(6)その場合、『無名草子』『物語二百番歌合』『風葉集』にある『源氏物語』和歌自体が、つまりその撰歌だけが比較されることが多い。けれども『無名草子』には、その『源氏物語』和歌に関する批評・コメントがあることは決して無視できないし、重要であろう。『無名草子』は複数の女房たちの語りの形を取ることで、複眼的な視点をも保っており、必ずしも唯一の価値観を示しているわけではないが、そのコメントや取り上げ方は『無名草子』の特質をあらわすものである。『無名草子』の記述に注意を払いながら、『無名草子』がどのように『源氏物語』の和歌を受容し位置づけているか、その視点の特質について考えていきたい。

二 新古今時代に源氏取りされる歌

寺本直彦は、(7)『無名草子』の『源氏物語』歌の過半数が当代歌人によって本歌取りされている歌であると述べ、「無名草子の源語論であげた歌や場面を当代歌人が踏まえて作った本歌取りが多いことは否定しがた」い、とし、『無名草子』は歌論的性格を有する、と結論している。しかし寺本があげた例には巻名歌や後の例も含まれるし、また中世には『源氏物語』のある部分をほのかに背景としたりかすめたりしている歌は多く、『無名草子』が引用した『源氏物語』歌四十首を調査すればその影響を受けた歌が何かしら見つかるということは考えられる。そうではなくて、新古今時代の当代歌人たちに本歌・参考歌としてよく知られ共有されていた『源氏物語』歌の側から、『無名草子』の特質を位置づけなければならない。改めてこの観点から、『無名草子』に採られた『源氏物語』和歌を、『物語二百番歌合』撰入歌とも比較対照しつつ、源氏取りの歌という視点で見直してみたい。

新古今時代前後の和歌をすべて調査することは困難なので、新古今時代を象徴する勅撰集『新古今和歌集』で、当代およびその少し前の歌人たちにより、本歌・参考歌として意識的に受容された(あるいは念頭におかれた)『源氏物語』和歌を概観してみよう。おおまかに俯瞰するため、現代における『新古今集』の注釈書から、『新古今和歌集全注釈』一—六(久保田淳、角川学芸出版、二〇一一—二〇一二年)、『新古今和歌集』(田中裕・赤瀬信吾校注、新日本古典文学大系11、岩波書店、一九九二年)、『新古今和歌集』(峯村文人校注・訳、新編日本古典文学全集43、小学館、一九九五年)の三書いずれかにおいて、本歌・参考歌として指摘されている『源氏物語』歌を、『源氏物語』の巻の順に列挙した。『無名草子』の成立年代を勘案し、新古今時代の前の院政期の歌人の和歌も含めて掲げた。本説取りされている『源氏物語』

の地の文はあげなかった。また、参考歌としてあげられていてもある歌語の説明のために引用された歌は省くなど、適宜私意により加除した場合がある。恐らく私の単なる見落としもあるとは思われるが、これでおよその傾向は把握できよう。

(　)内は、『源氏物語』の巻名・詠者である。その下は、その歌を受容した『新古今集』の部立・歌番号・作者である。

歌頭に付した記号は以下のことをあらわす。

A　『無名草子』にあり『物語二百番歌合』にない歌
B　『無名草子』『物語二百番歌合』両方にある歌
C　『無名草子』になく『物語二百番歌合』にある歌
D　両方にない歌

C　宮城野の露吹きむすぶ風の音に小萩がもとを思ひこそやれ(桐壺・桐壺帝)　秋上・三〇〇・西行、同・三九三・良経、他
C　鈴虫の声の限りを尽しても長き夜あかずふる涙かな(桐壺・靫負命婦)　秋上・四三三・後鳥羽院、秋下・四七三・家隆
D　うち払ふ袖も露けきとこなつに嵐吹きそふ秋も来にけり(帚木・夕顔)　秋下・五一五・俊成卿女
C　空蟬の羽におく露の木がくれてしのびしのびにぬるる袖かな(空蟬・空蟬)　恋一・一〇三一・良経
C　心あてにそれかとぞ見る白露の光そへたる夕顔の花(夕顔・夕顔)　夏・二七六・頼実
D　寄りてこそそれかとも見めたそかれにほのぼの見つる花の夕顔(夕顔・光源氏)　夏・二七五・高倉院、二七六・頼実
A　見し人の煙を雲とながむれば夕べの空もむつましきかな(夕顔・光源氏)　夏・二四七・定家、哀傷・八〇三・後鳥羽院
C　ほのかにも軒端の荻を結ばずは露のかごとを何にかけまし(夕顔・光源氏)　恋四・一二八八・通光

C 吹き迷ふ深山おろしに夢さめて涙もよほす滝の音かな(若紫・光源氏) 雑中・一六二四・家隆
D 宮人にゆきて語らむ山桜風より先に来ても見るべく(若紫・光源氏) 春下・一三七・式子内親王
C 奥山の松のとぼそをまれにあけてまだ見ぬ花のかほを見るかな(若紫・北山聖) 釈教・一九三八・寂蓮
C 見ても又あふ夜稀なる夢の中にやがてまぎるる我身ともがな(若紫・光源氏) 哀傷・八二九・良経
C 世がたりに人や伝へんたぐひなくうき身を醒めぬ夢になしても(若紫・藤壺中宮) 恋三・一二三三・定家母
D 里分かぬかげをば見れど行く月のいるさの山を誰かたづぬる(末摘花・光源氏) 冬・五九九・寂蓮
D いはぬをもいふにまさると知りながらおしこめたるは苦しかりけり(末摘花・光源氏) 雑下・一八三六・俊頼
C 袖ぬるる露のゆかりと思ふにもなほうとまれぬやまとなでしこ(紅葉賀・藤壺中宮) 秋下・四七一・後鳥羽院
C 憂き身世にやがて消えなば尋ねても草の原をばとはじとや思ふ(花宴・朧月夜) 冬・六一七・俊成卿女
C いづれぞと露のやどりをわかむまに小笹が原に風もこそ吹け(花宴・光源氏) 雑下・一八二三・俊成
C 世に知らぬ心地こそすれ有明の月のゆくへを空にまがへて(花宴・光源氏) 雑上・一五二一・慈円
C 梓弓いるさの山にまどふかなほの見し月の影や見ゆると(花宴・光源氏) 春下・一五六・公経
C 雨となりしぐるる空の浮雲をいづれの方とわきてながめむ(葵・頭中将) 夏・二四七・定家、哀傷・八〇三・後鳥羽院
A 見し人の雨となりにし雲ゐさへいとど時雨にかきくらすころ(葵・光源氏) 哀傷・八〇三・後鳥羽院
C 鈴鹿川八十瀬の波にぬれぬれず伊勢まで誰か思ひおこせむ(賢木・六条御息所) 羇旅・九四四・丹後
C あさぢふの露のやどりに君をおきて四方のあらしぞ静心なき(賢木・光源氏) 冬・六一〇・雅経
D をち返りえぞ忍ばれぬほととぎすほの語らひし宿の垣根に(花散里・光源氏) 雑上・一四八六・式子内親王
C 橘の香をなつかしみ郭公花散る里をたづねてぞとふ(花散里・光源氏) 夏・二四一・忠良
D 人目なく荒れたる宿は橘の花こそ軒のつまとなりけれ(花散里・麗景殿女御) 夏・二四一・忠良

C　松島のあまの苫屋もいかならむ須磨の浦人しほたるるころ（須磨・光源氏）　羇旅・九三三・俊成
C　浦にたくあまだにつつむ恋なればくゆる煙よ行く方ぞなき（須磨・朧月夜）　恋二・一〇八二・定家
C　伊勢島や潮干の潟にあさりてもいふかひなきはわが身なりけり（須磨・六条御息所）　恋四・一三三二・定家
B　恋ひわびてなく音にまがふ浦波は思ふかたより風や吹くらん（須磨・光源氏）　羇旅・九八〇・定家
C　山がつのいほりに焚けるしばしばもこと問ひ来なん恋ふる里人（須磨・光源氏）　秋下・四七七・公経、他
C　ひとり寝は君も知りぬやつれづれと思ひあかしのうらさびしさを（明石・明石入道）　恋四・一三三一・公経
C　むつごとを語りあはせむ人もがなうき世の夢もなかばさむやと（明石・光源氏）　冬・六九九・慈円
C　年へつる苫屋も荒れてうき波のかへるかたにや身をたぐへまし（明石・明石君）　羇旅・九三三・俊成
D　たゆまじき筋を頼みし玉かづら思ひのほかにかけはなれぬる（蓬生・末摘花）　雑下・一七七八・長明
B　たづねても我こそとはめ道もなく深き蓬のもとの心を（蓬生・光源氏）　恋四・一二八八・通光
C　身をかへてひとりかへれる山里に聞きしに似たる松風ぞ吹く（松風・明石尼君）　秋下・四七三・家隆
D　氷とぢ石間の水はゆきなやみ空すむ月のかげぞながるる（朝顔・紫上）　冬・六三一・俊成
C　とけて寝ぬ寝覚めさびしき冬の夜に結ぼほれつる夢のみじかさ（朝顔・光源氏）　冬・六三五・良経
D　声はせで身をのみこがす蛍こそいふよりまさる思ひなるらめ（蛍・玉鬘）　夏・二七三・良経
B　風さわぎむら雲まがふ夕べにもわするる間なく忘られぬ君（野分・夕霧）　夏・二七八・慈円
D　今はとて宿離れぬとも馴れきつる真木の柱は我を忘るな（真木柱・真木柱姫君）　春上・五二・式子内親王
D　何とかや今日のかざしよかつ見つつおぼめくまでもなりにけるかな（藤裏葉・夕霧）　雑下・一七八九・皇嘉門院
D　目に近く移ればかはる世の中を行く末とほくたのみけるかな（若菜上・紫上）　恋四・一三三三・後鳥羽院
C　身にちかく秋や来ぬらん見るままに青葉の山もうつろひにけり（若菜上・紫上）

冬・六三八・式子内親王、恋五・一三五二・六条右大臣室

C　あけぐれの空にうき身は消えななん夢なりけりと見てもやむべく(若菜下・女三宮)　恋二・一一二六・良経

D　あまの世をよそに聞かめや須磨の浦に藻塩たれしも誰ならなくに(若菜下・光源氏)　雑上・一五五七・定家

D　つれなくてすぐる月日をかぞへつつ物うらめしきくれの春かな(竹河・薫)　春下・一〇一・式子内親王

C　山おろしにたへぬ木の葉の露よりもあやなくもろきわが涙かな(橋姫・薫)　冬・五六〇・通具、雑下・一八〇三・俊成

C　色かはる袖をばつゆのやどりにてわが身ぞさらにおきどころなき(椎本・大君)　秋下・五一六・俊成卿女(8)

C　里の名も昔ながらに見し人のおもがはりせるねやの月かげ(東屋・薫)　恋四・一二七四・公経

C　峰の雪みぎはのこほり踏みわけて君にぞまどふ道はまどはず(浮舟・匂宮)　雑上・一五七八・通親

B　波こゆる頃とも知らず末の松待つらむとのみ思ひけるかな(浮舟・薫)　羇旅・九七〇・家隆、釈教・一九五九・寂然

C　身を投げし涙の川のはやき瀬をしがらみかけてたれかとどめし(手習・浮舟)　恋二・一一二〇・讃岐

『新古今集』入集歌のほかにも、新古今歌人たちが『源氏物語』を本歌取りした歌は多くあるが、『新古今集』はひとつの指標にはなるであろう。以上五十五首のうち、『無名草子』が採入する『源氏物語』歌(AとB)は、わずか六首である。しかもそのうちの一首「波こゆる頃とも知らず末の松待つらむとのみ思ひけるかな」(浮舟・薫)は、浮舟が「ところ違へならむ」と言ってこの歌を薫に返したという行動自体が、『無名草子』で「心まさりすれ」と批評される部分である。引用しているものの薫の歌は特に問題としていないので、これを除くと、実質的には五首である。『無名草子』中の『源氏物語』歌は四十首なので、五首というのは非常に少ない。

これに比べると『物語二百番歌合』の方は『新古今集』とかなり関係性がある。五十五首のうち三十八首(BとC)

を採入しており、特に後鳥羽院、良経、慈円、家隆などの歌人が本歌取りした『源氏物語』歌は、『物語二百番歌合』に多い。『物語二百番歌合』は構造的な制約・意図をもつため、(9) 定家が『物語二百番歌合』に源氏取りの対象となる歌を中心に採入しているとは必ずしも言えないが、それでもそうした歌が入っている傾向は『無名草子』よりもはるかに強い。

この五十五首を本歌(参考歌)として取る歌は前掲のこれら『新古今集』所収歌に限らないが、(10) 中でも「宮城野の露吹きむすぶ風の音に小萩がもとを思ひこそやれ」(桐壺・桐壺帝)、「鈴虫の声の限りを尽しても長き夜あかずふる涙かな」(桐壺・靫負命婦)、「空蟬の羽におく露の木がくれてしのびしのびにぬるる袖かな」(空蟬・空蟬)、「とけて寝ぬ寝覚めさびしき冬の夜に結ぼほれつる夢のみじかさ」(朝顔・光源氏)、「山おろしにたへぬ木の葉の露よりもあやなくもろきわが涙かな」(橋姫・薫)などは、ひときわ新古今歌人たちに大きな影響を与え、多数本歌取りされた歌である。しかし、いずれも『無名草子』は採らず、『物語二百番歌合』は採っている。「恋ひわびてなく音にまがふ浦波は思ふかたより風や吹くらむ」(須磨・光源氏)、「たづねても我こそとはめ道もなく深き蓬のもとの心を」(蓬生・光源氏)も多いが、これらは『無名草子』『物語二百番歌合』共に採入している。

また「袖ぬるる露のゆかりと思ふにもなほうとまれぬやまとなでしこ」(紅葉賀・藤壺中宮)については、歌論書『夜の鶴』で、阿仏尼は賞讃すべき本歌取の例として「咲けば散る花のうき世と思ふにも猶うとまれぬ山桜かな」(『続後撰集』春下・俊成卿女)をあげ、「句ごとにかはりめなく候へども、上手の仕事は、難なく、わざとも面白くきこえ候を、まねぶとても、なほ及びがたくこそおぼえ候へ」と絶讃するが、この本歌である「袖ぬるる……」を、『無名草子』は採らず、『物語二百番歌合』は採っている。また、源氏と藤壺が密通した緊迫の場面で詠まれた「見ても又あふ夜稀なる夢の中にやがてまぎるる我身ともがな」(若紫・光源氏)と「世がたりに人や伝へんたぐひなくうき身を醒めぬ夢

になしても」(同・藤壺中宮)の贈答二首は、悲劇的な運命を交響させる贈答歌であり、影響歌が多いが、二首とも定家は『物語二百番歌合』に入れ、しかも光源氏の歌を歌合の巻頭に置き、重視するが、『無名草子』は二首とも採入していない。

このほか、前掲の『新古今集』以外の例を少しあげると、本歌取りが多い「尋ねゆく幻もがなつてにても魂のありかをそこと知るべく」(桐壺・桐壺帝)は、『無名草子』も『物語二百番歌合』も採入している。一方、「峰の雪みぎはのこほり踏みわけて君にぞまどふ道はまどはず」(浮舟・匂宮)、「里の名を我が身に知れば山城の宇治のわたりぞいとど住み憂き」(浮舟・浮舟)などは、『無名草子』は入れず、『物語二百番歌合』は入れている。

ところで、『六百番歌合』の判詞に注目しておきたい。『無名草子』は、歌集論の部分で題詠歌について少し触れていて、そこで「近くは九条殿の左大将と申しはべりし折の百首など侍るは」と述べており、『六百番歌合』を知っていたことが判明する。では、その判詞(藤原俊成)で言及されている『源氏物語』歌と、『無名草子』の『源氏物語』歌との関係はどうだろうか。本稿冒頭で掲げた有名な「源氏見ざる歌よみは遺恨のことなり」(冬・十三番判詞)は、「憂き身世にやがて消えなば尋ねても草の原をばとはじとや思ふ」(花宴・朧月夜)を念頭におく言であり、定家も『千五百番歌合』八百番の判詞でこの歌に言及しており、この歌の影響は多大であったが、この歌すらも『無名草子』は採らず、『物語二百番歌合』は採っている。また『六百番歌合』夏下・十三番判詞は、「夕露に紐とく花は玉鉾のたよりに見えしえにこそありけれ」(夕顔・光源氏)との関係を強さを述べるが、この歌をも『無名草子』は採入せず、『物語二百番歌合』は採入している。一方、『六百番歌合』秋上・二十六番判詞では「吹きみだる風のけしきに女郎花しをれしぬべき心地こそすれ」(野分・玉鬘)からの影響を述べて、艶であると判ずるが、この歌は『無名草子』も『物語二百番歌合』も採っていない。このように『六百番歌合』判詞で特に言及され歌人たちに共有された『源氏物語』歌に、

『無名草子』作者は全く注意を払っていないのである。

ほかの歌合ではたとえば、定家は『水無瀬殿恋十五首歌合』三十三番判詞で、「左、朝たつ月を空にまがへてと侍る心姿、源氏物語の花の宴の歌など思ひ出でられていみじく艶に見え侍り」と言い、「世に知らぬ心地こそすれ有明の月のゆくへを空にまがへて」(花宴・光源氏)の影響を指摘しており、これも影響歌が多い歌であるが、『無名草子』は採らず、『物語二百番歌合』は採っている。そして『千五百番歌合』判詞でも、判者たちは多くの『源氏物語』歌に言及しており、それは前掲の『源氏物語』五十五首と重複する歌も多いが、『無名草子』採入歌は少ない。

つまり、『無名草子』作者は『源氏物語』和歌の選択に際して、新古今歌人たちが頻繁に本歌・参考歌として用いる歌や、歌合の判詞に引かれたり話題となった歌に注目してそれらを採入するような意図は、全く持っていないことが明らかになった。以上のように、寺本直彦が言う、『無名草子』と本歌取りとの関係性は、否定すべきものとなる。(11)

『無名草子』の和歌の撰歌については以下に述べていくが、先んじて結論を言えば、その歌のあわれさや美しさだけではなく、その和歌の詠者への人間的・社会的な視点からの評価や、風雅や機知への賛嘆、あるいは同情や共感などが、撰歌に大きく作用していると考えられる。新古今時代の源氏取りでは、物語の場面を背景に広げたり、物語の情趣や心情を吸収・重層したり、物語の展開をふまえたり、作中人物に成り代わるようにして没入し詠むこと等はあるが、その人物のふるまいや機知などを社会的尺度からみた時の現実的評価は、基本的に関係がない。その評価・撰歌の態度には、大きな乖離があると言えよう。

三 一度だけ物語に登場する女たちの歌

『無名草子』の中で取り上げられる『源氏物語』歌の詠者は、やはり多いのは光源氏、そして紫上、頭中将、薫、夕霧などであるが、これら主要人物のほかに、『源氏物語』の中で一度しか登場しない人物の歌を取り上げている部分がある。そこには『無名草子』の特質が現れていると思われるので、そこにどのような視点が見られるかを考えてみる。『無名草子』の「いみじきこと」から、連続する箇所を取り上げる。

いみじきこと。六条わたりの御忍びありきの暁、出でたまふ見送りきこえに、中将の君参るを、隅の間の高欄のもとにしばしひき据ゑたまひて、

咲く花に移るてふ名をつつめども折らで過ぎ憂き今朝の朝顔 （①光源氏）

「いかがはすべき」とて、手をとらへたまへるに、

朝霧の晴れ間も待たぬけしきにて花に心をとめぬとぞ見る （②中将の君）

おほやけごとに聞こえなしたるほど、いみじくおぼゆ。

『無名草子』の①②は『源氏物語』の夕顔巻の贈答歌である。源氏が六条御息所を訪れ、翌朝帰る源氏を、御息所に仕える女房の中将が見送る役をつとめた時の場面である。歩み出た源氏は振り返って、お供する中将の美しさに目をとめ、おそらく御息所からは見えない隅の間の高欄に中将をすわらせて、①「咲く花のようなあなたに心を移したという評判が立つのは困るが、折らずには素通りできない、朝顔のように美しい今朝のあなたの顔よ」と詠みかけ、中将の手を取って言い寄った。中将はすぐに、②「朝霧が晴れるのも待たずにお帰りになるご様子ですから、美しい

花のような御息所様にもお心をとめない、冷淡なお方とお見受けいたします」と返歌する。②の解釈に「とめぬ」を完了ととる説もあるが疑問であり、打消でこのように解釈すべきと考える。(12)

これは男性の歌に対して女性が切り返す歌だが、源氏の歌では「花」は中将であり、言い寄られたのは中将自身である。けれども中将はそれに気づかぬふりをし、「花」を御息所をさすものと故意に読み変えて返歌した。言い寄られた自分の存在を消し、「おほやけごとに聞こえなしたる」、つまり女主人のことにすぐさま転換して、女主人のもとから早く帰る源氏を非難する歌に仕立てている。『無名草子』は、中将が女房としての立場をわきまえ、実に配慮ある、しかも機知的な返歌をしたことを「いみじきこと」とし、「おほやけごとに聞こえなしたるほど、いみじくおぼゆ」と賞讃する。「公事」とは『源氏物語』にもあるが女房の職務・立場をさす。さらに『無名草子』の別の箇所でも「六条御息所の中将こそ宮仕へ人の中にいみじけれ」と、女房の模範であると重ねて強調するのである。『無名草子』の中の「いみじ」とは、知的な、意志的な精神の働きへの評価、社会的評価であることを、安達敬子(13)が明らかにしている。『源氏物語』全編でここだけにちらりと登場する中将とその和歌を、女房としてすばらしいと何度も賞讃する姿勢には、宮廷女房の価値観と職掌意識が強く流れていると考えられる。

この場面で光源氏は「折らで過ぎ憂き今朝の朝顔」(①)と詠みかけているが、『無名草子』では続いて、『源氏物語』でまったく別の場面で光源氏が女に「過ぎ憂かりける妹が門」(③)と詠みかける場面が取り上げられている。いずれも女は男の熱愛の対象ではないことが「過ぎ憂き」にあらわされているのである。

また、忍びて通ひたまふところの門の前を渡るとて、声ある随身して、

朝ぼらけ霧立つ空の迷ひにも過ぎ憂かりける妹が門かな　(③光源氏)

と二声ばかり歌はせたまへるに、よしある下仕へを出だして、

立ちとまり霧のまがきの過ぎ憂くは草のとざしに障りしもせじ　（④女）

③④は若紫巻の贈答歌である。『無名草子』は特に記していないが、『源氏物語』での流れを述べると、源氏は少女若紫を訪れて一夜を過ごすが、契りを結ぶはずもなく、「さうざうしう思ひおはす」、つまり満たされない不満な気分の源氏が、帰路でこれは前にひそかに通った女の家がある道だと思い出した。その家の門を叩かせたが応答がないので、声のよい供の者（『源氏物語』では「御供に声ある人」、『無名草子』では「声ある随身」）に、③の歌を二回ばかり歌わせる。「明け方の霧が立つ空に立ち迷ってあたりの見分けがつかないが、それでも（見覚えがあって）素通りしかねるあなたの家の門であるよ」という歌意であり、通り過ぎるのは残念だから門を開けてくれるなら逢いましょう、という意志表示をした。するとその女は、家の中から下仕えの侍女を出して、④の歌を言わせた後、誰も姿を見せなくなった。④の歌は、門を開けなかった女の古歌「言ふからにつらさぞまさる秋の夜の草のとざしにさはるべしやは」（『後撰集』恋五・九〇〇）をふまえる。④は「立ち止まって霧が立つ籬を通り過ぎるのがつらいならば、荒れて草が閉ざしている戸などは障害にならないでしょう」という歌意だが、あなたのお気持ちがそれほど深いはずはありませんという皮肉をこめており、開けるのを拒否する。ほとんど彼女のことを忘れていたような、しかも愛が薄れたことを隠すのでもない高慢な貴公子に対して、女のプライドを見せた切り返しである。これも、『源氏物語』でここにしか登場しない、誰ともわからない女の歌なのである。『源氏物語』では、この前に位置する、風が吹き荒れた夜に源氏が若紫に付き添って過ごした場面は詳しく描かれるが、この女との贈答歌はその付けたりのように語られる小さな断章に過ぎず、あまり注目されることもない。けれども『無名草子』作者はそれを見逃さず、「いみじ」と評価している。

『無名草子』が深く『源氏物語』を読み込んだ上で、こうした無名の女性の歌にも注目し評価していることは、注目すべき姿勢であろう。それに対して『物語二百番歌合』では、①②③④の四首とも、定家は採入していない。

このように『無名草子』は、物語の場面を支える人物の性格・行為を現実的な視点でとらえ、その評価と密着した形で歌を取り上げて評している。そこでは極めてマイナーな人物や場面をも積極的に取り上げている。これらのことに、『無名草子』の特質のひとつを見て取ることができよう。

四　批判される破調的な歌

また、出でたまふ暁、紫の上、

惜しからぬ命にかへて目の前の別れをしばしとどめてしかな　（⑤紫上）

とのたまへるこそ、いと人わろけれ。何の人数なるまじき花散里だに、

月影の宿れる袖は狭くともとめても見ばや飽かぬ光を　（⑥花散里）

とこそ聞こえたまふめれ。

これは『無名草子』の「あはれなること」であり、ここで論じられる『源氏物語』は須磨巻、源氏が出発する間際の紫上との別れの場面である。源氏が「生ける世の別れを知らでちぎりつつ命を人に限りけるかな」、命ある限りはこの世で別れることはないと思っていたのに、と述べ、直接的に別れを嘆くのではなく、愛の永遠と世の無常を歌うことで、間接的に別れのつらさを詠じた。それを「あさはかに聞こえなしたまへば」、つまりわざと大したことでもないような抑制的な態度で、紫上に詠みかけた。その返歌が⑤である。紫上は、「惜しくもない私の命とひき換えに、眼前の別れをしばらくでも留めたいと願います」と、死に換えてでももうしばらくの時間を、と悲痛に訴える。源氏

が歌った「命」を自らに引き受け、「目の前の別れ」に対する悲嘆を、景の喩もないままに歌う。それを聞いた源氏は「げにさぞ思さるらむ」と離れがたく思うが、やむを得ず須磨へ向けて旅立つ。

しかし『無名草子』では、この⑤の紫上の歌に対して、厳しい批判の言辞「いと人わろけれ」(大変みっともない)と述べているのに驚かされる。『無名草子』には紫上への共感や同情が非常に多いが、ここでは花散里の歌と比較して、紫上の歌を厳しく批判しているのである。対照されている⑥の花散里の歌は、同じように、都を去る源氏との別れの場面であり、花散里の濃い色の衣に月影が宿り、それを見て詠んだ歌である。自らを「袖はせばくとも」と卑下し、源氏を月の光にたとえてその輝かしさを歌い上げつつ、月の光に託して、「月光の宿る私の袖は狭くとも、お引きとめして、飽かぬ光を見ていたいのです」と、引き留めたい自分の心情を抑制的に景に託して詠ずる。

つまり、『無名草子』がここで主張しているのは、痛切な別れの場面の歌であっても、貴族女性として、感情のむきだしな流露、直情的な表現は抑え、心情を風雅な景に託して重層的に、間接的に心深くあわれに詠むことが求められる、ということではないだろうか。宮廷に生きる女性の価値観をうかがうことができる。

『無名草子』で「人わろし」は、何に対して用いられているのかを確認しておこう。

柏木の衛門督、はじめよりいと良き人なり。……女三宮の御事の、さしも命にかふばかり思ひ入りけむぞもどかしき。もろともに見奉り給へりしかど、まめ人はいでやと心劣りしてこそ思へりしに、さしも心に染めけむぞ、いと心劣りする。紫上はつかに見て、野分の朝眺め入りけむまめ人こそ、いといみじけれ。失せのほど、いとあはれにいとほしけれど、そもあまり身のほど思ひ屈じ、人わろげなるぞ、さしもあるべきことかはとぞおぼゆる。

これは男性論にある柏木への批評である。柏木は良い人だと賞められているが、女三宮との一件以後は、このように糾弾されている。未成熟な女三宮に対して『無名草子』は非常に批判的であるが、その女三宮に惹かれる柏木に対し

ても厳しい筆致である。蹴鞠の日に女三宮の姿が見えてしまった時、夕霧は女三宮のはしたなさを感じて幻滅するが、柏木は女三宮に惑溺してゆくのが本当に失望してしまう、柏木が逝去するあたりは大変あわれで心がゆさぶられるが、それもあまりに我が身のほどを悲観して思いつめて、みっともない様子であり、何もそこまで思いつめることはないと、『無名草子』は実に現実的に、冷めた視線で述べている。逆に夕霧は、野分の日に紫上を垣間見て深く憧憬するようになり、けれどもその思いを自分の中に封じ込めて一切表に出さないのだが、『無名草子』はそれを「いといみじけれ」と賞讃している。宮廷社会に生きる貴族として、自分を抑制し、立場に即して適切にふるまい、破綻せず、その言葉も調和的に表現することができる人のことを、『無名草子』は一貫して高く評価している。これはまさしく、第一章「『無名草子』の視座」で述べたように、『無名草子』の人物論全体に流れている価値観である。

浅田徹は[14]、『源氏物語』の和歌では本人の心情を打ち出す抒情の機能が後退していることを指摘し、この頃には『古今集』などの古歌が次第に違和感を感じさせるものとなり、「古雅にして純朴な美しさとして、他方では単純率直に過ぎる洗練の欠如として、捉え返されていった」推移の中における人々の感覚の片鱗を『源氏物語』は伝えていると述べ、「源氏物語作者にとっては、和歌を詠むことはもっとソフィスティケートされた行為となっていて、人前で自分の情を露わに言うことは何となく避けるべきだと感じられていたのだろう」と述べている。『無名草子』作者が「いと人わろけれ」と批判するのは、これと共通する感覚ではないだろうか。

実はこうした視点は、『源氏物語』自体もその中に含み持っている。浅田徹（前掲論文）は、光源氏の歌が「思すままに、あまり若々しうぞあるや」と草子地の語りでコメントされている例をあげ、物語作者が、「胸に迫る感情をコントロールできていない、場にそぐわない表現と見る評価軸を有していた」と述べており、その通りであると思われる。ここだけではなく、『源氏物語』は草子地の形でしばしば作中人物の和歌を批判しているが、こうした振幅をわざ

と持たせるのも、人物造型の一つの手法であろう。『無名草子』で批判される紫上の歌⑤では、今生の別れとなるかもしれないという悲しみの余り、感情をむきだしにした破調的な歌を紫上に詠ませ、源氏の「あさはかに聞こえなしたまへば」という抑制的な態度を対照させることで、紫上のぼろぼろな心を浮き立たせている。紫上の歌は『源氏物語』では草子地でコメントされていないが、『無名草子』はその破調を見逃さなかったのである。それは題詠ではない、宮廷生活における現実の贈答歌等がどうあるべきかという社会的視点を強固に持つゆえではないか。

一方藤原定家は、『物語二百番歌合』にこの⑤の歌を入れており、また自身でもこの歌を参考歌としている恋歌を詠作し、「ひさしくかき絶えたる人に」送った(『拾遺愚草』二六七二)。物語中の女の破調的な叫びを生かし、詠歌主体は男に変え、惜しくない命だが恋人がいる同じ世に生き長らえることを望む内容に逆転させて、絶えて久しい恋人の心に訴えかけようとした。定家のこの歌は後に『玉葉集』恋五・一七八一に採られている。

惜しからぬ命も今はながらへて同じ世をだに別れずもがな

定家の受容には、また新古今歌人たちの本歌取りには、『無名草子』が重要視するような社会的視点からの評価軸は、基本的に関わりがないものであったと考えられる。

五　共感され寄り添われる歌

けれども『無名草子』は、常にこのように女房・宮廷人として持つべき態度やあり方と関連させてすべての和歌を論じているわけではない。『無名草子』の「心やましきこと」から掲げよう。

須磨の絵二巻、日ごろ隠して、絵合の折取り出だしたること。

独りゐて眺めしよりは海人の住むかたをかくてぞ見るべかりける　（⑦紫上）

とて、「おぼつかなさは慰みなましものを」などあるところよ。これは「いとほしきこと」にも入れつべし。

これは『源氏物語』の絵合巻である。源氏が須磨で書いた絵日記を、帰京して二年半もたってから、源氏は初めて紫上に見せた。紫上はそれまで絵日記の存在を知らずにいて衝撃を受け、⑦の歌を詠んだ。「私は都で孤独に物思いに沈んでいましたが、そうしているよりも、海人の住む海辺のありさまをお書きになったこの絵を、このように拝見していたかったと思います」という歌意と思われる。『源氏物語』の現在の注釈書では「私も須磨に行って、ご一緒にこの景を見ていられたら良かったのに」などとする解がほとんどだが、それでは『源氏物語』の前後の文脈と嚙み合わない[15]。この絵日記は「絵合」に「おはしけむありさま、御心におぼししことども、ただ今のやうに見え、所のさま、おぼつかなき浦々、磯の隠れなく描きあらはしたまへり」とあり、須磨の海浜のさまが詳細に描かれた絵であった。⑦とその後文は、遠く離れていた時に、この絵日記を須磨から都の私に送って下されば、様子がよくわかって心細さが慰められたのに、と解するべきと思われる。

この歌は、「かた」(絵)に「潟」をかけ、「見る」に「海松」を響かせ、「海人」「潟」「海松」を縁語でつらね、須磨の絵にふさわしい枠取りをもつが、紫上が過去を思い返して「かくてぞ見るべかりける」と沈潜し、深く詠嘆する心情が流れている。紫上は源氏を恨むが、鋭い非難の響きはない。この絵日記は絵合の後に藤壺に献上されており、紫上のために作られたものではなかった。紫上はそれを察して傷ついたのであろう。『無名草子』は紫上の心情に寄り添い、この静かな悲しみの歌をあげ、「心やましきこと」(不愉快なこと)の中に入れている。一方、定家はこの⑦の歌を『物語二百番歌合』に入れていない。

『無名草子』の「心やましきこと」であげられている事柄は、このように誰かを深く傷つける行為、自己中心的な行為、調和を乱す逸脱した行為などであり、紫上を苦悩させる光源氏の行動が多くあげられている。

そして、これとは逆に羨望の例だが、「あはれなること」の中で、薫に限りなく追慕される大君について、『無名草子』作者は「いみじくあはれにうらやましけれ」と羨望する。紫上にせよ、大君にせよ、和歌とそれが詠まれる状況を現実的視点でとらえ、そこで悲しみ嘆く人に心を重ねあわせたり、時には自分に引きつけて「うらやまし」と我が身に重ねたりする回路が、『無名草子』に強くあることを示している。

『無名草子』は、大君の妹中君について、紫上と同様に、同情的に語っている。「いとほしきこと」で次のように語る。

……兵部卿宮渡りたまひて、御匂ひの染めるを咎めたまひて、ともかくもいらへぬさへ心やましくて、

また人も慣れける袖の移り香を我が身にしめて恨みつるかな　（⑧匂宮）

とのたまへば、女君、

見慣れぬる中の衣と頼めしをかばかりにてやかけ離れなむ　（⑨中君）

とて、うち泣きたるほどこそ、返す返すいとほしけれ。

『源氏物語』宿木巻で中君は、衣に薫の香が染みついているのを匂宮に疑われて、ひどく非難される。匂宮が⑧であなたは他の男に「慣れける」と非難した言葉を、中君は⑨で「見慣れぬる」仲と転じ、この語を夫婦の仲に転換することで他者の影を振り払い、「かばかり」と「香ばかり」を掛け、「か」を連続させてリズムを作りながら、夫が離れていく不安を「かけ離れなむ」と悲しみ歌う。その中君の歌を聞いて匂宮は心動かされ、非難の言葉をおさめて、中君への愛を再確認する。⑨の歌は無実でありながら夫を失うかもしれない、ぎりぎりの状態における妻の哀切な歌で

ある。『無名草子』の「いとほし」には、こうした状況への深い理解と同情がある。『無名草子』は「いとほしき人」でも中君に筆を費やしており、⑨の歌にも重ねて言及して「かばかりにてやかけ離れなむ、など言へるところは、見るたびに涙もとまらずこそおぼゆれ」と、高く評価している。

物語の歌は、その人物(詠者)の声、心の声にほかならず、『無名草子』ではその人物の声に共感するところで引用されることが多い(非難のために引用する部分も若干ある)。権力者の象徴である光源氏が『源氏物語』で時々詠む傲慢な歌は、前掲の①③のように贈答歌の片方としてはあげられるが、共感されて称揚されることはない。

『源氏物語』正編は、光源氏が栄華を極めながら次々に愛する人に先立たれてゆく喪失の物語であり、最も絶望的な喪失——紫上の死——ののちに幕を下ろす。『無名草子』はその喪失という物語の根幹を受け止め、「あはれなること」では主要人物が逝去する場面を「桐壺の更衣の失せのほど」「夕顔の失せのほど」のように次々に列挙して、その場面を代表するような和歌を掲げている。『無名草子』で引用された『源氏物語』歌の半数近くを占める光源氏の歌十九首のうち、哀傷・離別・羇旅・懐旧の歌が十三首に及ぶ。『無名草子』の『源氏物語』歌全体でも、このような死と哀傷の歌、別れや流離の悲傷、懐旧、愛の移ろいを嘆く歌が多くを占め、それに①②③④のような歌などがいくばくか加わる。純粋に人を恋う恋歌は少ししか採歌されていない。

六　和歌の詠者への視線

『無名草子』は『物語二百番歌合』に比べて、『源氏物語』中のどのような人物の歌を多く採っているのだろうか。

物語を動かす基軸である光源氏は物語内で圧倒的に歌数が多いのでこれは別として、『無名草子』と『物語二百番歌合』とで、採られた和歌を人物ごとに数え、もとの歌数が違うのでその割合を勘案して見渡してみると、『物語二百番歌合』に比べて『無名草子』が多めに採っているのは、紫上、頭中将、薫、夕霧などである。彼らは『無名草子』が人物評で大変好意的に評価している人物であり、和歌の採入は人物評と直結していることが明らかとなる。反対に少ないのは柏木と匂宮で、いずれも一首である。柏木の破綻、匂宮の軽薄に対して、『無名草子』は人物評で極めて批判的に述べていることと符合する。中でも少ないのは浮舟であり、『無名草子』は『源氏物語』の浮舟歌二十六首から一首しか採っていない。それに対して『物語二百番歌合』では、十四首が採られている。匂宮と薫との間で揺れ動き入水に至る浮舟は、『無名草子』の人物論で酷評されており、「これこそ憎きものとも言ひつべき人」「ひたぶるに身を投げたらばよしや、ものにとられて、初瀬詣での人に見つけられたるほどなどこそ、いとむくつけけれ」と、手厳しい評価を受けている。これも宮廷女性として異様な、逸脱したあり方が批判されているとみられる。浮舟のはかなくあわれな物語は中世を通して愛好され、中世王朝物語では浮舟のような女主人公が繰り返し再生されていて、浮舟の和歌も影響歌が多いが、『無名草子』は一首をあげるのみで、ほとんど関心を示していないのである。むしろ浮舟ではなく、悲しみと孤独の中で苦しみつつも思慮深く身を処していく中君に、『無名草子』は強く注目しており、前述のように中君の同じ歌を二度にわたって取り上げている。これは『無名草子』の特徴的な視点と言えよう。

『無名草子』で歌がゼロなのは、六条御息所、藤壺、秋好中宮、明石君、朧月夜、玉鬘、朱雀帝、冷泉帝などである。いずれも物語の主要な人物であって、『物語二百番歌合』は当然入れているが、『無名草子』は彼らの歌を入れておらず、その一方で、主要な主人公とまでは言えない中君のような女性の歌や、極めてマイナーな無名の女房・女性の歌をも積極的に入れていることに、『無名草子』作者の姿勢を見て取ることができる。

七　教育メディアとして

『無名草子』の歌の取り上げ方には、宮廷女性が詠むべき和歌という、教育的なメディアとして捉える視点があるようだ。宮廷人の生活と風雅の中で、その時と場と立場に応じていかに詠まれたか、また詠むべきなのかが、絶えず念頭にあると思われる。第一章でも述べたように、そもそも物語とは教育メディアにほかならない。物語の和歌について、玉上琢弥(16)は次のように端的に述べている。

歌を詠む時、もっとも心せねばならぬことは時と場合である。……どんな時に詠むか、生活に即した歌の詠み方を教え、実際の恋の手管《てくだ》を教えるものは物語であった。歌を教えることはその場その場の、いわば空間的な女の生き方を教えることである。物語を鑑賞させることは、この世に在る限りの、時間的な女の生き方を教えることになるとも言えようか。

つまり『無名草子』は、物語をもっともその本来の生成目的に沿った形で享受していると言えよう。中世以降、『源氏物語』は宮廷和歌の公的世界に転移し、歌道家歌人などによって新たな衣を纏わされて再生されていくが、その方向とは全く異なった、宮廷女房による物語享受、物語利用のありようが鮮明に浮かび上がるのである。

教育メディアといっても、『無名草子』は、和歌を言語芸術的な観点から論じることはなく、分析的な表現論は見られない。歌語・歌枕の用法とか、『古今集』のこの歌を下敷きとするとか、通常、歌学書や注釈で論じられるようなことは一切見られず、歌学・歌論的なスタンスからは乖離しており、寺本直彦がいうような「歌論的」な書物と見

ることはできず、前述の如く本歌取りされる『源氏物語』歌を採入する傾向も特に見られない。『無名草子』の和歌の選択は、その詠者である人物・行動への評価と一体であり、そこには宮廷女房の意識と価値観が強く底流する。その上で、物語中の人物の心情に寄り添い、その心の声である和歌に対して「心に染みて」[17]共感できることを希求しており、詠者の心情を共有しながら引用する場合が多い。だからこそ「あはれなること」「いみじきこと」「いとほしきこと」「心やましきこと」「あさましきこと」のような、当人の感情や意識を主体とする列挙の仕方をとり、また「うらやまし」というような自己に重ねる回路を経た心情表現が生まれるのだと言えよう。

宮廷社会に生きる女房の立場に立ちつつ、虚構の物語世界に生きる人々をこの世へ引き寄せて、彼らが味わう人生の移ろいや喪失の悲哀に深く共鳴しながら、この世で人が、その時と場、立場に即して、どのような歌を詠むべきかを、さらに言えばどのようにふるまい、生きるべきかを、『源氏物語』などから読み取って見せている作品、それが『無名草子』なのである。『無名草子』こそは、歌壇の専門歌人ではない、物語を読む女房たちが、どのように『源氏物語』とその歌を読んだのかを、実に鮮やかに語っている稀な作品であると言えよう。

（１）『阿仏の文』については、第二部第一章、第五部第四章など参照。
（２）第四部第二章参照。
（３）高谷美恵子「実材卿母集序説――源氏物語との関係〈その一〉」（『広島女子大学文学部紀要』四、一九六九年三月）。
（４）尾上美紀「『権中納言実材卿母集』の『源氏物語』巻名続歌について」（『源氏物語と王朝世界』武蔵野書院、二〇〇〇年）、同「『権中納言実材卿母集』の物語の人物名の続歌について」（『平安文学の風貌』中野幸一編、武蔵野書院、二〇〇三年）。
（５）「あはれなること」は、部立で言えば哀傷・離別・羇旅にあたると指摘されている。松田武夫「源氏物語の和歌――無

名草子のふしぶしの論を中心に」(『源氏物語と和歌 研究と資料』古代文学論叢4、武蔵野書院、一九七四年)参照。

(6) 樋口芳麻呂「『物語二百番歌合』と『風葉和歌集』(上)(下)」(『文学』五二―五・五二―七、一九八四年五月・七月)、大槻修「〈講演〉「物語二百番歌合」「無名草子」から「風葉和歌集」へ」(『文学・語学』一四二・一四三、一九九五年二月)、高橋亨『源氏物語の詩学』(名古屋大学出版会、二〇〇七年)、田仲洋己「藤原定家の『源氏物語』――『無名草子』を通して見た『物語二百番歌合』」(『国文学 解釈と鑑賞』七五―一〇、二〇一〇年一〇月)など。

(7) 『源氏物語受容史論考 正編』(風間書房、一九七〇年)。

(8) 渡邉裕美子『新古今時代の表現方法』(笠間書院、二〇一〇年)によりこの歌の本歌取りであると指摘されており、ここに加える。

(9) 田渕句美子「『物語二百番歌合』の成立と構造」(『国語と国文学』八一―五、二〇〇四年五月)参照。

(10) 以下の新古今時代の『源氏物語』摂取については、渡部泰明「源氏物語と新古今和歌」(『源氏物語とその享受 研究と資料』古代文学論叢16、武蔵野書院、二〇〇五年)、松村雄二「『源氏物語』と中世和歌」(『鎌倉・室町時代の源氏物語』講座源氏物語研究4、三角洋一編、おうふう、二〇〇七年)、寺島恒世「新古今時代の源氏物語受容」(『国語と国文学』八八―四、二〇一一年四月)ほか数多いが、ここではそれぞれの論述について触れるのは割愛した。

(11) さらに、『無名草子』は『源氏物語』以外の諸物語からも多くの和歌を載せているが、『源氏物語』『狭衣物語』以外の物語はほとんど本歌取りの対象ではない。これらをなぜ『無名草子』が取り上げているのか、寺本論では説明できない。

(12) この贈答歌については、上野英子「夕顔巻における源氏と中将の君との贈答歌をめぐる考察」(『むらさき』一九、一九八二年七月)、吉見健夫「源氏物語における女房の和歌――夕顔巻の源氏と中将の君との贈答歌をめぐって」(『源氏物語と平安文学』四、早稲田大学大学院中古文学研究会、早稲田大学出版部、一九九五年五月)、安道百合子「夕顔巻における中将の君の「いみじき」返歌――『無名草子』の人物評を手がかりにして」(『日本文学研究』(梅光学院大学)四二、二〇〇七年一月)があり、上野・安道が打消説、吉見は新解釈を加えるが完了説である。

(13) 「『無名草子』の「いみじ」」(『説話論集』一七、清文堂出版、二〇〇八年)。

(14) 「源氏物語と和歌史――古歌の様式はどう扱われているか」(『武蔵野文学』六〇、二〇一二年一二月)。

(15) 底本とした久保木哲夫校注・訳『無名草子』(新編日本古典文学全集40)では、「海人の住む海辺の様子を描いたこの絵を、こうして見ているべきでした」と訳し、私見と同様に解釈する。

(16) 『物語文学』(塙選書、塙書房、一九六〇年)。

(17) 『無名草子』の中で、『源氏物語』の巻々の論は「いづれかすぐれて心に染みてめでたくおぼゆる」という問いから始まり、「ふしぶし」の論も「あはれにも、めでたくも、心に染みておぼえさせたまふらむふしぶしおほせられよ」という問いから始まっており、「心に染む」が重要な評価軸であったことが知られる。

第四章　『阿仏の文』――娘への訓戒

『阿仏の文』については本書の処々で言及している。これは阿仏尼が娘に宛てて記した長文の消息であり、宮廷女房の意識や価値観を鮮明に示しているという点で、本書において核となる文献の一つである。第二部第一章で、『紫式部日記』との比較対照を行うために、その内容について論じているが、本章では改めて『阿仏の文』の概略をまとめ、研究の現状等についても述べておきたい。

一　研究の現在

『阿仏の文』は、『乳母のふみ』または『庭の訓』と呼ばれている書で、広本と略本がある。活字本では広本(『乳母のふみ』)が群書類従に、略本(『庭のをしへ』)が扶桑拾葉集に収められ、両方が『校註阿佛尼全集』(1)に収められている。

これは伝阿仏尼作とされ、古来諸説があって、広本・略本それぞれに真作説・偽作説があって混乱していたが、岩佐美代子(2)が、広本は阿仏尼真作で、弘長三年―文永元年(一二六三―四)頃の都での執筆で、十三歳前後の娘に向けて阿仏が書いたものであり、略本は後人による抄出本であると推定した。つまり『阿仏の文』広本が、阿仏が娘に宛て

て書いた教訓的な長文の消息・書状であり、当時すでに娘は宮廷女房として出仕していたが、阿仏が娘の保護者としてサポートしていた状態から、娘のもとを離れて、歌道家当主為家と結婚し嵯峨で同居することになった折に書かれたと推定されている。この岩佐論はきわめて妥当で、『阿仏の文』『源承和歌口伝』その他の内容はすべて互いに合致し、説得力に富む。岩佐論は、『阿仏の文』を単に中世女訓書の嚆矢として見る軛から解き放ち、鎌倉期の女房である安嘉門院四条(阿仏尼)の著という位置を決定したもので、大きな意義を有する。井上宗雄は、阿仏尼伝について論じている中で、岩佐論について、「周到な考察で、異論を挟む所はない」と記し、岩佐論を全面的に支持している。(3)

私もこの岩佐論を肯定した上で、阿仏尼の研究に関連して、著書や論文でしばしば言及してきた。(4)(5)第二部第一章では、『紫式部日記』の消息部分と、『阿仏の文』との対称性に注目し、これらは宮廷女房として生きていくための教訓を具体的に説いている点で共通し、消息部分は紫式部から娘賢子に宛てた私的消息であり、『紫式部日記』に竄入したものと推定した。『阿仏の文』は文学的意図に基づくものではなく、形而下の言説であり、良識ある女房達に共有されていた心構え、見識や価値観、女房生活の公私や陰影などが、具体的に言語化されている。『紫式部日記』と『阿仏の文』とは、約二百六十年の時を挟んでいるが、両者に見えるような宮廷女房の意識・価値観は、王朝から中世まで変わることなく作品の基底に貫流していると考えられる。

岩佐論以前にも『阿仏の文』の内容に論及する論はあったが、(6)近年『阿仏の文』は注目を集めており、拙稿のほかに、『阿仏の文』に関する論が次々に発表されている。(7)これらはいずれも、『阿仏の文』を女訓書の嚆矢として論ずるのではなく、阿仏尼著という前提に立ち、当時の女房の意識を読み解く上で有効であるという視点に基づいていると言えよう。

ところで、この作品(消息)の名称であるが、岩佐論では、広本・略本を区別するために、広本を『乳母のふみ』、

略本を『庭の訓』と呼んでおり、私も旧稿でそれに従ったこともある。しかし、広本の古写本の陽明文庫蔵本は外題『阿ふつの文』であり、略本の古写本の国文学研究資料館蔵本や、河野記念文化館蔵本なども内題『阿仏のふみ』である。もともと消息なので特定の名はないが、本来は『阿仏の文』と呼ぶべきであろう。群書類従本等が『乳母のふみ』とするのは内容や著者からふさわしくなく、おそらく女訓書『めのとのさうし』(群書類従)や、御伽草子で女訓書的な『乳母の草紙』などが「乳母」を冠するように、少女の教育を担うのは多く乳母であることや、これらの女訓書と内容が交錯したこと等が理由と思われる。本書では一貫して『阿仏の文』と呼ぶこととする。

『阿仏の文』は、広本・略本ともに数本の伝本がある。最近架蔵となった広本の枡型本(8)があり、近くこの本をもとに、改めて伝本整理と注解を行いたいと考えているが、本書においては、これまでと同様に陽明文庫蔵本『阿ふつの文』(広本)(9)によることとする。

二　『阿仏の文』の内容

この書は、古来から女訓書の濫觴と位置づけられているが、女性の嗜みを述べる一般的女訓書ではなく、宮廷女房の職務上の心得・手引き書である。女房として長いキャリアを持つ母親が、後深草院に仕える女房である年若い娘(女房名が紀内侍という可能性もある)(10)に、改めて女房の心得を消息で書き送ったもので、女房として宮廷生活を送る際の人間関係の注意や、女房の基本的職務や規範、あるべき態度・容姿、身につけるべき諸芸・教養、宮廷女房を退く時の心構え・身の処し方などについて、具体的に語る。その表現には、『源氏物語』をはじめとする古典の表現が、

巧まずして縦横に引用されている。

広本はかなり長いもので、また個人的な消息であるゆえに、緊密な構成ではない。広本では、阿仏尼が娘に最も伝えたい重要な訓戒――宮廷女房としての基本的態度や対人関係の注意、主君の寵愛や庇護者を失った時の注意など――は、母親の愛情と心配をこめながら、繰り返して詳しく述べられている。さらには、宮廷での女房同士の会話文などもリアルにそのまま引いていて、具体性・場面性をもたせた叙述である。また筆がおもむくままに自然に話が逸れていく部分も見られる。ここには、当時の心ある女房の常識や、女房生活の機微を伝える記事がそのままに記されており、女房研究にとって貴重な資料である。記事が出てくる順序に関わらず、広本『阿仏の文』の内容をいくつか摘記してみる。

前半部分で、繰り返し述べているのは、女房社会における基本的な態度や、対人関係における注意である。これが女房社会で最も重要なことであったと知られるが、基本則は現代の社会人の規範とあまり変わらないものが多い。心のままに行動せず、態度は冷静に穏和に、かつおおらかにおっとりとした態度を保つことが重要であり、同僚に対しては、我こそはと出過ぎず、大げさに派手やかにせず、控えめに、そしてしかるべき距離を保て、というような言辞が繰り返し述べられる。また、自分の心の内を態度や言葉に出してはならない、色々つらいことがあってもそれは表に出さず、人にも言わず、つまり喜怒哀楽を直接出さずに振る舞うように、と諭す。「人の心ほど、とけにくう恐ろしきものは候はぬぞ」、「人の心のきはは、たはぶれ事、なほざりのことばにみゆる物にて候ぞ」、「人にはこからず、親しからず、いつもけじめ見えぬ様にふるまはせおはしませ」という端的な教訓のことばが述べられている。かと言って、それもあまりに行き過ぎてはいけない、という言葉が折々にはさまれ、バランス感覚の必要性がしばしば提示されている。

一方で、控えめにするとは言っても、女房の職務として、来客の身分に応じて迅速に対応しなくてはならないこと、浮薄ではなく、引き入り過ぎてもいない態度が求められること、話しかけられた時に『源氏物語』の末摘花のように口ごもっていてはいけないことなどを教える。そして公私ともに急ぐことは早く処理し、人に頼まれたこと、自分が関わったことは最後まできちんと対処せよ、事の善悪を見極めよ、物事はおおげさに言わず、言動は誠実に正確にせよ、という教訓は、現代のビジネス社会での心得と全く変わらない。

さらには、ほかの女房が噂話や悪口を言っているのには決して加わってはいけない、知人にむやみに手紙を書いてはいけない、友人はよく選ぶように、召使との関係にも注意せよ、召使が見ていることはすべて世間に伝わってしまうと思って気をつけよ、と訓戒する。とりわけ、他の人に「異名」(あだ名)をひそかに付けて笑ったり、皆が知らない、仲間内だけでわかることを言って笑ったりしてはいけない、新人の女房を「今参りの、この度のはまさりたる、劣りたる」などと品定めしてはいけない、と具体例は、実にリアルである。「御簾のきは近くゐよりて、誰がかうぶりのひたゐ、くつの音など申して笑ふ人の候はんに、ゆめ〳〵言葉まぜさせ給ひ候まじく候」という部分は、当時の女房達の生態を彷彿とさせる。このような言説からは、当時の心ある女房の意識や価値観が如実に知られる。逆に、ここで戒められていることは、実際には一部の女房にはよくあったことなのであろうと推量される。

さらに、容姿や薫物に心を配るように、和歌や物語、音楽、書、絵などの諸芸をよく学ぶように、という教訓が細々と書かれる。阿仏尼の娘は、『十六夜日記』に贈答歌があるが、古典や和歌などを学ぶのは苦手であったようだ。阿仏尼が、『源氏物語』を書き集めて差し上げるから、形見とも思って読みなさい、『源氏物語』は『難義』(注釈書か)や目録まで、細かに見るべきものなのですよ、『古今集』『新古今集』なども暗記すべきなのに、あなたは「よに心に入らず、ものぐさげにおぼしめして候し、返〳〵ほひなく候」と叱責する。阿仏自身が『源氏物語』や和歌に精通し

ていたことへの自信も窺われる。

和歌について、「歌は、すべらぎの御代のつきし候まじく候へば、かしこき君にも、その跡としられ、ごらんぜられ、家々のもてあそびにも、あはれなるわざかなと、しのばれさせ給ひ候べき事にて候はんずれば、いかほども御このみ候へ」とある。『新古今集』仮名序「代々のみかどもこれをすてたまはず、えらびおかれたる集ども、家々のもてあそびものとして」をうけている表現と思われる。和歌は歴史に残るもので、天皇・宮廷に評価を受ける家の業であり、歌人として認められることを希求していることが示される。

後半で、多くの筆が割かれているのは、女房勤めから退く時の心構え・態度である。後深草院[11]に仕えている娘が、主君の皇子を生み国母となることへの期待が述べられる。おこがましい望みと見えるが、天皇の母は摂関家の女性か内親王であった平安期と異なり、院政期以降は、寵愛が非常に深く、正后に皇子がいないなどの状況次第で、女房や女房クラスの出自の女性が生んだ皇子が帝になることもあり得た歴史的実態を反映しているものである。院政期以降、多くの例があり、阿仏尼も娘に女房として究極の高い望みを託しているのである。当時すでに娘は、年若い女房として後深草院の寵を受け得るような立場にいるのかもしれないと想像される。[12]一方で阿仏尼は、もし主君の寵愛・関心が全くなくなった場合には、心の傷みをおさえて数年は静かに出仕を続け、それでも状況が変わらなければ、誇り高く身を処し、出家して親の菩提を弔うようにと訓戒する。決して誰かの甘言に誘われて零落することがあってはならないと強く戒める。これは序章でも述べたが、宮廷女房が遊女等に零落することへの不安や、当時の現実をあらわすものであろう。この教訓は、『とはずがたり』で父雅忠が娘二条に遺言する中で、「それも、髪をつけて好色の家に名を残しなどせむことは、かへすがへす憂かるべし」と述べて、出家せず遊女になって名を残すなどの事を厳しく戒める遺訓と、全く軌を一にするものである。

『阿仏の文』は、阿仏尼がその女房生活の中で獲得した教訓や見識の集積と言えるような消息である。君寵への期待に関連する記述はかなり多いが、『阿仏の文』全体の内容がそれに集約されるわけではなく、宮廷女房として認められて成功することを願う教訓であろう。同時にこの内容は、ここに至るまでの阿仏尼の長いキャリアや苦労、女房としての有能さをも窺わせ、この中におのずとあらわれている阿仏の女房像は、『十六夜日記』の賢母像だけではない、さらに幅広い人生を阿仏が体験してきたことを物語っている。

三　女訓書・教訓書の流れの中で

『阿仏の文』広本の如く、年若い女房・女性に、母など身近な女性・女房が記す教訓は、厖大に書かれたに違いない。(13) たとえば宮廷社会の天皇家・公家でも『寛平御遺誡』『九条殿遺誡』『誡太子書』などが有名で、また武家の『六波羅殿御家訓』『極楽寺殿御消息』ほか、各時代に多数存在したであろうが、(14) 個人的消息は長くは伝存されにくい。そして南北朝以後、王朝宮廷文化の実体が失われていき、宮廷人・宮廷女房にとっても不明な点が多くなると、母から娘へという形をとりつつも、不特定多数に向けた手引き書が作られるようになっていったと考えられる。略本は、そうした時代の所産であるとみられる。

略本が誰によって抄出されたのか不明だが、略本の分量は、広本の約三分の一ほどである。広本はこのまま女房の一般的な手引き書として用いるには不便であり、事項を整理し、順序や表現なども変えて短くまとめなおしたものが略本と考えられる。内容から見て、広本・略本の関係は、この逆の成立は考えにくく、岩佐論の推定は首肯される。

略本では、広本で阿仏尼が娘に繰り返し説いている前述のような重要な訓戒部分は大幅に削減され、諸芸や仏道などに関する心得は残される傾向が強い。ゆえに、より一般的・実用的な手引き書・作法書に改編されているが、その結果、逆に不自然な文脈・流れの部分もある。阿仏尼が作者であることは、標題その他に明記されることが多く、阿仏尼作という枠組は残されている。

このように『阿仏の文』は女訓書の先蹤的存在となり、類似の書が多く生まれた。南北朝期以降、作法書・礼法書、さらに広い啓蒙書として、種々の女訓書が生まれた。『阿仏の文』は宮廷女房を対象とするが、これらの女訓書はそれぞれ様々な階層や立場の女性を対象としており、目的も同一ではない。美濃部重克[15]によれば、鎌倉最末期から南北朝初頭ごろに、『阿仏の文』と類似する『身のかたみ』[16]が作られ、十五世紀末から十六世紀初頭にそれを継承した天理本『女訓抄』が書かれ、その省略本として群書類従本『めのとのさうし』が作られたという。そして、ほかに説話集的な『女訓抄』(穂久邇文庫本など)、伝三条西実隆作『仮名教訓』、一条兼良の『小夜の寝覚め』などがある。こうした中世の女訓書には、その指標が家の女に向かうものと、宮仕えの女に向かうものとがあると、美濃部重克により指摘されている。そして次第に、本来は宮仕えの女に向けて書かれたものも、〈家〉の女に対する女訓書に読みかえられ、書きかえられ、変容していく。

『阿仏の文』広本は、決して〈家〉の女に向けて書かれたものではなく、宮廷女房として公的立場にいる女性に向けて書かれたものであった。けれども、十四世紀から十五世紀にかけて、女房文化の場そのものが衰えていったこと、そして阿仏尼が、宮廷女房としてではなく、『十六夜日記』によって家と子を守る〈家〉の女として位置づけられていったこと、そして女流文学者・歌人としても著名となったことが、女訓書の作者としての阿仏尼像を、近代に至るまで拡大・増幅させていったと考えられる。

『阿仏の文』本文の受容としては、御伽草子（中世物語）の『乳母の草紙』に、『阿仏の文』略本が取り入れられている。近世以降も、伊達吉村が娘に宛てた教訓という『あしの下根』冒頭に略本が使われるなど、女訓書として活用された。広本（『乳母のふみ』）が群書類従に、略本（『庭のをしへ』）が扶桑拾葉集に収められて流布、さらに略本は、『詞花懸露集』（寛文元年版・元禄十一年版・無刊記版）に「堀河院艶書合」「詞花懸露集（艶書文例）」とともに収められ、江戸中期まで刊行され、艶書文学に付随する教育書として享受された。伴蒿蹊による略本の詳細な注釈書『庭の訓抄』が、文化四年（一八〇七）に刊行され、江戸時代によく読まれたことを示している。近代以降もこうした傾向は続く。このように、阿仏尼と『阿仏の文』の享受のありようは[17]、時代ごとに求められる女性像を映し出し、文化史・教育史・女性史等の面で貴重な資料となっている。

一方で、その源流である『阿仏の文』そのものは、母から娘への率直な教訓的消息にあらわされた内面の声であり、おそらく良識ある宮廷女房たちが共通してもっていたであろう価値観や心情を、当事者の内部からありのままに語っていて、女房研究に欠かせない貴重な資料であると言えよう。前述したような、宮廷社会の複雑な人間関係に対する慎重な配慮や、自己抑制の重要性、宮廷女房の職務と義務、控えめな態度・容姿が望まれること、諸芸・教養・風雅の嗜み等の必要性、女房の文化的役割、君寵とその断絶への対処、女房勤めから退く時の態度、出家後の心構えなど、そしてほかにも、『源氏物語』をはじめとする王朝の文学・歴史への意識や[18]、自らも物語や和歌の作者として名を残したいという切ない願望等が、綯い交ぜに流露しており、中世に生きた女房たちの意識を現代にまで伝えている。

（1）　簗瀬一雄編（風間書房、初版一九五八年、増補版一九八一年）。広本は新校群書類従本を底本としており、内閣文庫蔵坊城家旧蔵本との異同が示されているが、やや不十分なので注意が必要である。

（2）『宮廷女流文学読解考　中世編』（笠間書院、一九九九年）。
（3）『鎌倉時代歌人伝の研究』（風間書房、一九九七年）。
（4）田渕句美子『阿仏尼とその時代――『うたたね』が語る中世』（臨川書店、二〇〇〇年）、『十六夜日記白描淡彩絵入写本・阿仏の文』勉誠出版、二〇〇九年）、『阿仏尼』（人物叢書、吉川弘文館、二〇〇九年）。
（5）田渕句美子「阿仏尼の『源氏物語』享受――『乳母のふみ』を中心に」（『源氏物語の鑑賞と基礎知識　28　蜻蛉』至文堂、二〇〇三年四月）、および本書第二部第一章の初出論文。
（6）主なものでは松本寧至『中世女流日記文学の研究』（明治書院、一九八三年）、向井たか枝「『庭の訓』（めのとの文）と『源氏物語』」（『平安文学研究』七一、一九八四年六月）、脇田晴子『日本中世女性史の研究』（東京大学出版会、一九九二年）、美濃部重克「テキスト・祭り　そして女訓――お伽草子の論」（美濃部重克著作集2、三弥井書店、二〇一三年）等。なお脇田晴子は、歴史学の視点から、阿仏尼真作であることを明確に述べている。
（7）クリスティーナ・ラフィン「女性教育とジェンダー――阿仏尼『乳母の文』をめぐって」（『越境する日本文学研究』ハルオ・シラネ編、勉誠出版、二〇〇九年）、中野貴文「『乳母のふみ』考――文学史的な位置付けをめぐって」（『国語と国文学』八〇―一〇、二〇〇三年一〇月）、高木周「『阿仏の文』論」（『国語と国文学』八七―八、二〇一〇年八月）、加藤静子『王朝歴史物語の方法と享受』（竹林舎、二〇一一年）など。またアメリカ、イタリアにおいても、クリスティーナ・ラフィン、カロリーナ・ネグリによる論が刊行されている。
（8）この本の翻刻は、幾浦裕之「枡型本『阿仏の文』（広本）解題・翻刻」（『早稲田大学大学院教育学研究科紀要』別冊二五―一、二〇一七年九月）参照。
（9）陽明文庫蔵本は、袋綴一冊、打曇り表紙。慶長末から寛永以前頃の書写。外題「阿ふつの文」。縦二五・〇センチ、横一七・八センチ。国文学研究資料館マイクロ番号は五五・一九三・一、紙焼番号〇九二七。陽明文庫の目録には、この本の記載はない。
（10）群書類従本には最後に「一本云、きの内侍とのへ」という宛名があるが、陽明文庫蔵本、内閣文庫蔵坊城家旧蔵本、架

蔵枡型本にはなく、原本にあったかどうかは存疑である。ゆえに娘が紀内侍であるかどうかは不明で、内侍であった可能性もあるが、確定し難い。

(11)　加藤静子(前掲書)は、主君は「阿仏尼が、娘の帝母となることを真に夢見て託すには、むしろ立太子が囁かれた頃の、健康で聡明な亀山天皇とは考えられないか」「将来の見込みの薄い後深草院の寵愛よりも、聡明の評判高い亀山天皇の方がより説得力がある」とするが、阿仏尼もその娘も、権門出身でもない一女房に過ぎないのである。岩佐美代子(前掲書)が諸徴証をあげて述べる通り、主君は後深草院の可能性が高いであろう。

(12)　実際に阿仏の娘は、『阿仏の文』が書かれてから約五年後に、後深草院の第一皇女を生んだとみられ、その皇女は『十六夜日記』の別れの場面に見える「院の姫宮」であることが、岩佐論によって指摘されている。

(13)　『十六夜日記』で、鎌倉へ下向する阿仏尼が娘に対して、「侍従・大夫などの事、育み思すべき由も細かに書き続けて、奥に、君をこそ朝日と頼め故郷に残る撫子霜に枯らすな、と聞えたれば」とある。消息で為相と為守の後見を頼み、それについて細々と書き、最後に歌を載せている。これは娘へのもう一つの『阿仏の文』とも言えよう。これは一例に過ぎないが、日記だけではなく、物語にもこうした長文の消息が書かれることは多く見える。

(14)　山本眞功編註『家訓集』(東洋文庫、平凡社、二〇〇一年)、籠谷真智子『中世の教訓』(季刊論叢日本文化12、角川書店、一九七九年)など参照。

(15)　美濃部重克・榊原千鶴『女訓抄』(伝承文学資料集成17、三弥井書店、二〇〇三年)。

(16)　『身のかたみ』も母から娘への実際的・具体的な教訓の語りの形であり、『阿仏の文』と重なる表現が散見され、『阿仏の文』からの影響が見られる。

(17)　娘を含めた阿仏尼の生涯の伝記と、阿仏尼像及び『阿仏の文』『十六夜日記』の享受と変容については、『阿仏尼』(前掲)で論じている。

(18)　「阿仏尼の『源氏物語』享受——『乳母のふみ』を中心に」(前掲)において論じた。

第六部　女房たちと説話

――女房メディアの生成と展開

第一章　『無名草子』の宮廷女性評論——説話集として

一　語り、語られる女房たち

『無名草子』は物語評論書とされることが多いが、物語評論部分のほかに、歴史物語・歌論書・説話集・随筆などのような部分を有し、女房日記からの摂取もある。一見すると雑多な内容に見えるが、全体を貫く視点があり、形式、人物論、物語論など、いずれから見ても、宮廷女性へ向けた教養書、特に教訓的・教育的テクストとしての性格があることを、第五部第一章・第二章・第三章で論じた。

この『無名草子』の後半には、小野小町に始まる宮廷女性たちを論ずる部分がある。一つの作品の中で、『源氏物語』など物語中の架空の人物と、歴史上に実在した宮廷女性たちが並べて論じられているのは、鎌倉時代初期の作品としては珍しい形態であり、それだけにこの部分は、『無名草子』の特質をあらわすものとして看過できないと思われる。

ところで『無名草子』のこの部分は「女性論」と言われることが多いが、女という存在を論じているのではなく、無名の女性を論じているのでもなく、宮廷の歴史・文化史に実在した女房と貴女(女院・后妃・斎院)を評論するものであり、宮廷女性評論とするのが適当であろう。本稿ではこの宮廷女性評論の構成、意図、執筆意識などについて探り

たい。

主な先行研究として、桑原博史[1]は、一条朝の後宮社会の女性達を理想像とし、「女性論後半部分にいたって、人生論的な展開」となり「女性版「方丈記」ともいうべき」と述べた。鈴木弘道[2]は、各話について内容、解釈、典拠などを論じた。また、『無名草子』と『古本説話集』との関係は非常に密接であるが、薗部幹生[3]は、『無名草子』のかなりの部分が『古本説話集』によっており、「女性の人物像を浮き彫りにする方向で古本説話集の本文を切り詰め、評語についてはそれを置き換えるなり、付加・削除するなりして独自の評論集を作り上げている」と述べた。川島絹江[4]は、『大鏡』『今鏡』『宝物集』『古本説話集』との関わりを詳論し、「これらの作品に対する反発や共鳴」があり、「女の立場で、女の目で見た平安女流文学、風雅に徹した平安女性たちを論じている」とした。

宮廷女性評論の部分は説話集としての性格が色濃く、先行の説話集から影響を受けて成っており、さらに『枕草子』『紫式部日記』や歴史物語等とも関係が深い。『無名草子』の作者は不明であるが、第五部第二章で述べたように、御子左家周辺の女房である可能性が極めて高く、女性による説話の編纂行為は文学史上珍しいという点においても、興味深いものである。『無名草子』のこの部分は、女房たちが語り、そして女房たちとその主君が語られている。以下で、説話集としての宮廷女性評論の特質を探っていきたいと思う。

二　宮廷女房についての論述

宮廷女性評論は、直接・間接に影響を受けた多くの文献があり、それについては先行研究でも論じられている。し

かし本稿では、総体的にどのような意識のもとで編集執筆されたのかという点について、本文の叙述と表現に即して考えたい。個別の書承関係には詳しく立ち入らないが、多くの素材の中から何をどのような視点で叙述し、どのような評語を添えているのかに注意しながら考察していく。

①小野小町

王朝女性歌人の第一として小町が取り上げられる。「色を好み、歌を詠む者、昔より多からめど、小野小町こそ、みめ、容貌も、もてなし、心遣ひよりはじめ、何事もいみじかりけむとおぼゆれ」と始まる。「色を好み」とは、高橋亨の言葉を借りれば、「もろもろの芸道に通ずる文化の表現行為」である。(5) 周知のように小町は伝記資料がなく、具体的な人間像や生涯は現在わからないが、「みめ、容貌」は伝説的イメージによるものであろうし、「もてなし、心遣ひ」は、続いてあげられる「色見えで……」「侘びぬれば……」「思ひつつ……」のような、はかなく哀艶な、自制的で内省的な小町の和歌から引き出されたイメージではないか。これは『古今集』仮名序の古注で引用される三首であり、仮名序の影響を受けつつ「女の歌はかやうにこそとおぼえて、そぞろに涙ぐましくこそ」と言う。

この後、衰老説話へ移り、「老いの果てこそ、いとうたてけれ」と、小町落魄譚への嫌悪が語られるが、それは語り手の女房たち自身が抱く我が身の零落への恐れと直結しているのだろう。けれども一方で、「それにつけても、憂き世の定めなき思ひ知られて、あはれにこそはべれ」と別の女房が発言し、運命の定めを思い知らするものとして捉える視点が示される。ここでは語り手を頻繁に変えることにより、多面的な視点での意見の開陳がある。そして話末で、「誰かは、さることあるな。色をも香をも心に染むとならば、かやうにこそあらまほしけれ」と語られる。ここでは、髑髏となっても歌を詠むほどに深く和歌に心を染めた数寄の精神を評価し、その逸脱性に触れながらも、この

話を肯定的に捉えることで小町の論を結んでいる。この小町髑髏説話を載せる『和歌童蒙抄』『袋草紙』『無名抄』『古事談』などには、こうした視点は見られないのである。(6)

②清少納言

清少納言は、「人より優なる者とおぼしめされたりける」と、中宮定子から特別に寵愛される女房であったことが最初に特筆されている点は、注意すべきであろう。そして中関白家全盛時の中宮を活写し、中関白家凋落後の衰亡の様子自体は全く書かなかった「いみじき心ばせ」が、女房日記を書く女房として賞讃される。そして晩年の落魄話へと移り、田舎に住み粗末な衣をまとい「昔の直衣姿こそ忘られね」とつぶやいたことに対して、「まことに、いかに昔恋しかりけむ」と述べている。この落魄話は能因本系『枕草子』の奥書に見え、そこでは「なほ古き心の残れりけるにやと、あはれにおぼゆれ」と記されるが、『無名草子』はさらに清少納言に寄り添った姿勢で、共感と同情をもって語っている。『無名草子』のおそらく少し後に成った源顕兼の『古事談』では、清少納言の零落話を、「簾を掻き揚げて、鬼の如くなる形の女法師、顔を指し出だす、と云々。「駿馬の骨をば買はずやありし」と云々」(二—五五)のようにすさまじく描いているが、それとは対照的な捉え方であると言えよう。

清少納言については一人の女房が語り、次の小式部内侍と和泉式部とを別の女房が一気に語る形となっており、小町のような視点の転換は挟まれていない。

③小式部内侍

続いて、小式部内侍の条を掲げる。

また、「小式部内侍こそ、誰よりもいとめでたけれ。かかるためしを聞くにつけても、命短かりけるさへ、いみじくこそおぼゆれ。さばかりの君に、とりわきおぼし時めかされたてまつりて、亡きあとまでも御衣など賜はせけむほど、宮仕への本意、これにはいかが過ぎむと思ふ。果報さへ、いと思ふやうにはべりし。よろづの人の心を尽くしけむ、妬げにもてなして、大二条殿にいみじく思はれたてまつりて、やむごとなき僧、子ども生み置きて隠れにけむこそ、いみじくめでたけれ。（後略）」

長命で晩年落魄した清少納言に対比するように、短命であった小式部内侍が叙述される。まず冒頭では、女主人である彰子に深く愛され、没後までも御衣を賜るほどであったことが、宮廷女房の本意であり理想であると、最初に絶讃されている。その後に、貴公子たち、特に権力者である教通に深く寵愛され、生んだ子が認知されて身分高い高僧となったことが述べられる。そして歌人としての評価は母和泉式部に及ばないけれども、病になり「いかにせむいくべき方も思ほえず親に先立つ道を知らねば」と詠んだところ、病が快癒したという歌徳説話があげられる。続いて定頼に「大江山いく野の道の遠ければまだふみも見ず天の橋立」と詠みかけた有名な話があり、「折につけては、いとめでたかりけるとこそ推し量らるれ」と、宮廷での折に応じた機知的な歌が評価されて終わる。

『無名草子』の記事と重層する『宝物集』『古本説話集』では、教通らに深く愛されたことや、和歌の逸話が述べられる。しかし『無名草子』はそれとは異なる視点であり、まず最初に、小式部内侍が女主人彰子から特に愛されたことが羨望の対象となって語られていて、女房の意識の内側からの視点と言えよう。『宝物集』『古本説話集』『宇治拾遺物語』『古事談』『今物語』『十訓抄』『古今著聞集』『沙石集』など、『無名草子』と同時代前後の説話集には、小式部内侍のさまざまな説話が載せられているが、こうした叙述は見られない。『無名草子』の作者は女主人に仕える女房であったことを、強く想像させる叙述である。

④和泉式部

『無名草子』は和泉式部について、あれほど多くの和歌を女が詠んだのは稀有だが、「心ざま、振る舞ひなどぞ、いと心にくからず」と言う。多くの貴公子に愛されたことは、前の小式部と同じなのだが、和泉式部の場合は為尊親王に愛された時、女房ではなく受領の妻であり、さらには敦道親王に熱愛され愛人として宮邸に入ったために正妻が出て行くというスキャンダルに発展した。こうした点が、宮廷人としては抑制を欠いて異様であり、『無名草子』で「心ざま」や行動が批判される理由であろう。あるいは『紫式部日記』の和泉式部評の影響があるかとも考えられる。『紫式部日記』は紫式部の部分で引用されているので、『無名草子』で『紫式部日記』が受容されたことは確かである。

和泉式部の「心ざま、振る舞ひ」からは想像できないが、和歌がすばらしいと述べられ、保昌に忘れられて詠んだ「もの思へば……」の歌と、神が答えた「奥山に……」の歌、小式部内侍が没した折の悲しみの歌二首をあげ、「あはれなり」が繰り返されている。そして「孫の某僧都」に対して詠んだ「親の親と思はましかば訪ひてまし我が子の子にはあらぬなりけり」があげられているが、これは諸注が指摘するように、『拾遺集』と『重之集』にある、源重之母の歌である。このあたりには、小式部内侍から和泉式部まで、親子の情や結びつきをあらわす歌が続いて載せられて論じられており、テーマの流れが見られる。和泉式部の多くの恋歌からは一首も採っていないことは注目される。

最後に、性空上人に「暗きより……」を詠み、その返しであった袈裟を着て逝去したという『古本説話集』と共通する話を載せる。『古本説話集』は末尾で「歌の徳に後の世も助かりけむ、いとめでたき事」と第三者的に評するが、『無名草子』は「そのけにや、和泉式部、罪深かりぬべき人、後の世助かりたるなど聞きはべるこそ、何事よりもうらやましくはべれ」と記しており、うらやむという、自分に引き寄せた視点が見られる。

ここまで、小町、清少納言、小式部内侍、和泉式部は、いずれも最晩年の老い、死、死後のことなどが叙述されている流れがあるが、最後で、罪業深いはずの和泉式部が極楽往生したことが羨望の的となっている。『無名草子』宮廷女性評論は仏教色が薄いが、その中でここが唯一、仏教による救済・往生を述べる部分であることに注意したい。

⑤宮宣旨

宮宣旨(『古本説話集』『小世継』では「みあれの宣旨」)については、「男も女も、人にも語り伝へ、世に言ひふらすばかりの物思はざらむは、いと情けなく、本意なかるべきわざなり」と始まる。宮宣旨が藤原定頼に捨てられつつある時の悲痛な物思いの恋歌を三首あげる。現し心もなくなったという宮宣旨の歌に対して、「誰々か、ほどほどにつけて物思はぬ。されども、現し心もなきほどに思ひけむ、いとありがたくあはれにおぼえはべるなり」という、深い同情と共感が示される。こうした言辞は、同文的説話の『古本説話集』『小世継』には全く見られない。宮廷社会では女房が上流貴族と恋をしても、多くは捨てられて恋が終わるという現実があり、それを知悉する女房の感慨であろう。

そして語り手の女房を変え、つまり視点を変えて、赤染衛門から大江匡衡に送った歌と、伊勢大輔から高階成順に送った歌とが一部引用される。おそらくここには、定頼のような上流貴族と、匡衡や成順のような中流貴族という身分的な対比があるのではないか。女房の結婚相手は多くの場合は中流貴族であり、ここにあげられた赤染衛門と匡衡、伊勢大輔と成順が、幸せな結婚をして子女たちをもうけたことは周知のことである。その彼らの間の恋歌についても、「ほどほどにつけていみじからぬやはある」(それぞれの身のほどに応じて、すばらしくないことがありましょうか。)と述べられているのである。

本話では「ほどほどにつけて」という言葉が二度繰り返されている。宮廷社会の中では、我が身のほどの自覚が、

常に求められているものであることが知られる。

⑥伊　勢

伊勢の前で、語りの流れの上で区切りがあるようで、時代をさかのぼり、改めて「まことに、名を得て、いみじく心にくくあらまほしきためしは、伊勢の御息所ばかりの人は、いかでか昔も今もはべらむ」と始まる。和歌、琵琶、物語においてそれぞれ傑出した才能を持ち、宮廷で大きな名声を得、公的な社会で天皇などにも認められた三人の女房について、ここから語られていくと考えられる。

伊勢は、宇多帝出家ののち一時宮中を退き、心細いさまで籠居していたが、醍醐天皇の使者が参り、屏風歌の歌一首をすぐに詠進せよと命ぜられ、「散り散らず聞かまほしきに古里の花見て帰る人もあらなむ」と詠んだ。これは小町や清少納言のような衰老説話ではなく、籠居中でありながらも、突然の屏風歌詠進の下命に応じて見事に詠んだ話である。同話を載せる『今昔物語集』二四―三一話が長大であるのに対して、『無名草子』は端的に叙述し、「返す返す、心も言葉もめでたくおぼえはべれ」と礼讃する。周知のように伊勢は、王朝和歌が花開いた三代集時代の歌壇で最も著名な専門的女房歌人であり、むしろこの醍醐朝と朱雀朝にあたる後半生において、宮廷歌壇で大きく活躍した。一方で伊勢は、宇多天皇ら多くの王侯貴族から愛されて子女を生んだが、本話ではそれには全く触れることなく、あくまでも宮廷女房歌人として憧憬されているのである。

⑦兵衛内侍

冒頭には「必ず歌を詠み、物語を選び、色を好むのみやは、いみじくめでたかるべき」とある。文学的な表現行為

だけがすばらしいのではない、と述べて、音楽論に転じる。箏の琴は女の楽器にふさわしく、なつかしくあわれな音色だが、身分の低い侍女や侍までが下手に弾いて耳に馴れてしまっているのが残念である、けれども琵琶は弾く人が少なく、まして女性が弾くのはすばらしいと言う。

兵衛内侍といひける琵琶弾き、村上の御時の相撲の節に、玄上賜はりて仕まつりたりけるが、陽明門まで聞こえけるなどこそ、いとめでたけれ。「博雅三位だに、かばかりの音は弾きたてたまはず」と、時の人褒めはべりけるほどこそ、女の身にはありがたきことにはべれ。

著名な琵琶の名手博雅三位にもまさる実力が認められ、女性でありながら、男性をも凌駕して宮廷社会で活躍する、いわばプロとしての高い評価を受けたことが賞讃されている。

続いて、音楽は末の世までその音が残ることはないが、歌や詩は、その作者の名が書き置かれ、百年千年を経てもその作者に会うような気持ちになるのだと、文学の永遠性が再確認され、たった一言でも、末の世に残るものを書きとどめたいという、熱く切ない願望が語られ、紫式部に繋げられていく。

⑧紫式部

紫式部は、物語論の中で既に作家として絶讃されているが、ここでは次のように始まる。

繰り言のやうにははべれど、尽きもせずうらやましくめでたくはべるは、大斎院より上東門院、「つれづれ慰みぬべき物語やさぶらふ」と尋ね参らせさせ給へりけるに、紫式部を召して、「何をか参らすべき」とおほせられければ、「めづらしきものは何か侍るべき。新しく作りて参らせ給へかし」と申しければ、「作れ」とおほせられけるを、うけたまはりて、『源氏』を作りたりけるとこそ、いみじくめでたくはべれ。

『源氏物語』成立の経緯に関する一つの説であるが、大斎院選子に献上するために、彰子から特に命ぜられて紫式部が『源氏物語』を書いたという説が最初に紹介され、そのことが「うらやましくめでたくはべる」と言う。第五部第一・二章でも触れたが、ここでは女主人と女房の関係が強調されている。主君に特別な女房として愛され信頼されること、そして宮廷のめでたき世界を書くことが、才能ある女房の理想であり、重要な役割であったことが知られる。単に『源氏物語』というすばらしい物語を書いたということだけではなく、こうした点によって「尽きもせずうらやましくめでたくはべる」と、限りなく羨望されているのである。

『今鏡』などに見える紫式部観音化身説話や、その対極にある『宝物集』『今物語』にあるような紫式部堕地獄説話、それに伴って『無名草子』当時すでに行われていた紫式部の源氏供養などについては、『無名草子』は全く触れない。松井健児はこの点について、「『無名草子』があくまで生身の人としての紫式部像を模索する結果であった」、「女房階級にある、現実的な隣人としての式部像なのである」(7)と指摘している。最後に次のように記される。

君の御ありさまなどをば、いみじくめでたく思ひ聞こえながら、つゆばかりもかけかけしく慣らし顔に聞こえ出でぬほどもいみじく、また皇太后宮の御事を、限りなくめでたく聞こゆるにつけても、愛敬づき、なつかしく、さぶらひけるほどのことも、君の御ありさまも、なつかしくいみじくおはしましし、など聞こえあらはしたるも、心に似ぬ体にてあめる。かつはまた、御心柄なるべし。

「君」すなわち道長をすばらしい人と敬愛しつつも、「つゆばかりもかけかけしく馴らし顔に聞こえ出でぬ」とあり、紫式部が「御堂関白道長妾云々」(『尊卑分脈』)であったことは周知の事実としているようだ。そして以下は、必ずしも文意が明瞭ではないが、彰子のことも主君として敬愛しつつ、一方では彰子や道長に親しく接したことを、『紫式部日記』の中に書いてしまっていて、これは紫式部の心ざまには似つかわしくないが、むしろ道長と彰子のご性格によ

るゆえであろうか、と解釈するのが通説である。

紫式部に対して、道長や彰子との関わり方に注目したこのような叙述をする説話の類は他になく、この評は他と比べて特異な叙述と視点である。ここでは、偉大な作家としての紫式部ではなく、宮廷女房としての紫式部と、その主人達との関係性を論じている。

三 貴女についての論述

続いて女房の女主人である貴女に関する論評に移る。彰子の話から引き出されて、「皇后宮、上東門院、いづれか今少しめでたくおはしましける」という問いが投げかけられる。

⑨定 子

前半では、没する前に皇后宮定子が一条天皇に書き残した二首、そして定子の葬送の日に一条天皇が詠んだ歌一首、および一条天皇の深い悲嘆を記す。これは『後拾遺集』『栄花物語』『今昔物語集』などに見える。

後半は、『枕草子』の第一三七段「殿などのおはしまさで後……」を、清少納言の視点ではなく、外側から見た視点で、やや表現も変えて、語り変えたものである。中関白家が没落した後に、定子が暮らす邸にある人が参上したところ、若く美しい女房たちが昔と変わらず美しい衣装を纏い、折り目正しく仕えている様子が見える。庭草を茂るままにしているのは、定子が露をご覧になるからだという女房の言葉が書かれている。一門の悲劇のあとにも、変わら

ずに御所と女房たちを律する定子の心ばえが、そしてそれだけではなく、定子を敬愛して昔と変わらず仕える女房たちが、『無名草子』で賞讃されているのである。

定子も、そして次の彰子も、栄華を極めていた時の具体的な様子について、『無名草子』は何も語ろうとしない。

⑩上東門院彰子

彰子は「上東門院の御事は、良し悪しなど聞こゆべきにもあらず、何事もめでたきためしにはまづ引かれさせたまふ時なれば、とかく申すに及ばず」と位置づけられている。しかし彰子が歴史上どれほどの栄華を極めたのかについては具体的に描写することなく、逆に、めでたき長寿さえも多くの人の死に遭うという悲しみに転じていく形で描かれる。一条院が崩御した後の哀傷歌などについて触れており、話の中で哀傷歌に比重が置かれているのは定子と同じである。その後に、「何事よりも、優なる人多くさぶらひけむこそ、いとど心にくくめでたくおぼえはべれ」と、上東門院彰子にはすぐれた女房たちが多数仕えていたことが、何よりすばらしいと言う。そして別の女房の語りに移り、豪奢を好み禁制を破って華美を尽くした妍子とその女房たちについて否定的に述べ、それとは逆に、上東門院御所が、「女院には、さばかり名を残したる人々さぶらひけれど、さやうのことなども、人の目驚くばかりはあらじ、とつつませたまひけむほど、さまざま、心の色々見えて、めでたくこそ侍れ」と語られて、こうした著名な女房たちが多くいたにも関わらず、行事なども派手やかにせず、控えめにしていたことなどがすばらしいと言う。

上東門院彰子関係の説話・逸話は諸資料に数多くあるにもかかわらず、『無名草子』がここで長い叙述をもって述べているのは、女主人と女房たちのあり方、御所のあり方についてであり、その視点で上東門院御所を賛美しているのである。

⑪大斎院選子

貴女のうち、後宮ではなく、「宮ばら」すなわち内親王の御所の例として、選子内親王をあげる。選子は村上天皇の皇女で、五十七年にわたって斎院をつとめた。『無名草子』では、後宮で時めく后ならば訪れる人も多く、華やかに緊張しているが、そうではなく、斎院御所という閑寂な場であり、しかも若い頃ならともかく、年老いて、訪れる人もあまりないのに、たまたま殿上人たちが突然訪れて垣間見したところ、風雅な御所の様子が見えたという様子が描かれる。殿上人たちは女房たちと共に琴などを弾いて楽しみ、内裏に帰参して、大斎院御所がすばらしかったことを人々に語ったという。

ここでも女主人と女房たちのあり方に注目し、定子の記事とも共通している視点だが、「いつもたゆみなくおはしましけむほどこそ、限りなくめでたくおぼえさせたまへ」と、その御所の様子が称揚される。人目があるなしに関わらず、その御所が節度と品格を保ち、気を許すことなく風雅に暮らしていることが必要であるという、教訓的な筆致である。

この逸話は『今昔物語集』『古本説話集』などにも見え、その対比は稲田利徳の論(8)でなされており、「先蹤の説話の叙述に多く寄りそいながらも、大斎院の変らぬ心用意の生活という主題にひきつけている」とする通りである。私見も少し加えておくと、『古本説話集』冒頭話では「世もむげに末になり、院の御年もいたく老させ給ひにたれば、今はことに参る人もなし。人も参らねば、院の御有様もうち解けにたらん、若くさかりなりし人々もみな老失せもていぬらん、心にくからで、参る人もなきに、後一条院の御時に、雲林院の不断の念仏は、九月十日のほどなれば、殿上人四、五人ばかり……」と叙述し、『今昔物語集』一九―一七も、同様の文脈である。この部分を『無名草子』は「む

げに老い衰へ、御世も末になりて、そのかみ参り慣れてはべりけむ人もをさをさなく、今の世の人もはかばかしく参ることもなき末の世になりてしも、九月十日余日の月明かかりけるに、雲林院の不断の念仏の果てに参りたりける殿上人四、五人ばかり……」としており、大斎院御所が一時ゆるみがちであったかという傍線部分がない。『無名草子』が、主題に沿う形に文脈を整え、編集していることが明瞭に知られる。

選子には『大斎院前御集』『大斎院御集』という二つの家集が現存し、ほかにも和歌を含む大斎院をめぐる説話は多い。けれども『無名草子』ではこの逸話に絞って掲げ、和歌は一首もあげていない。叙述内容を中心的なテーマに集約し、視点を絞るためと見られる。

また選子は晩年仏道に深く帰依したが、ここで仏教には触れていない。『今昔物語集』『古本説話集』ではこの後、選子が極楽往生したという話で結ばれるが、『無名草子』にはない。前述のように宮廷女性評論では、和泉式部の部分で唯一、仏教による救済・往生が述べられている。『無名草子』全体では仏教に言及する部分は少なくないが、宮廷女性評論ではやや希薄なのである。菊地仁[9]の「零落・堕地獄そして救済は『無名草子』女流作家評を貫く主題たりえている」という意見があり、また、選子と次の歓子について「風雅に徹することが極楽往生を妨げることにはならないという主張がここに見られる」とする川島絹江(前掲書)の意見もあるものの、少なくとも表面に書かれた部分では仏教色は薄い。

⑫小野皇太后宮歓子

最後に置かれたのは、宮廷女流文学の世界でほとんど話題にされることはなく、歌人でもない、小野皇太后宮歓子の逸話である。ここでは、白河上皇が突然雪見に小野の歓子のもとに御幸した際、歓子が見事に対応したことが述べ

られている。

歓子は後冷泉天皇の皇后で、父は藤原教通、母は公任女。女御を経て、治暦四年(一〇六八)皇后となるが、その直後に後冷泉天皇が崩御した。女御であった頃から比叡山麓の小野山荘を好み、長く滞在して離宮(御所)としたが(『栄花物語』『元亨釈書』『門葉記』)、天皇崩御後にはますます仏道に心を入れ、小野の御所に堂宇を建立して延久五年(一〇七三)に落慶供養し、教通をはじめ貴族らが参集した(『門葉記』)。翌承保元年(一〇七四)歓子は皇太后となったが、この年に出家、自らが住む小野の御所を常寿院と改め、白河天皇に御願寺とすることを奏請して勅許を得た(『門葉記』)。これらについては角田文衛の論に詳しく[10]、歓子の荘園寄進等により常寿院は財政的に豊かであったことも指摘されている。ゆえにこの逸話から、貧窮などを読み取るのは適当ではない。この間、後三条天皇、白河天皇の御代が過ぎ、堀河天皇の御代となっていた。

白河上皇がここに雪見御幸したのは、おそらく寛治五年(一〇九一)十月のことであった(『中右記』他)。歓子は七十一歳で、最晩年にあたる。突然の御幸であったが、「南面に打出十具ばかりありける、中より切りて、袖二十出だして」(『無名草子』)、対応した。そして銀の銚子の御酒、銀の折敷、金の盃に大柑子——おそらく大柑子も黄金色で、雪の中で金銀に輝いていたのだろう——を童二人に献上させるという、控えめで質素だが品格ある饗応が、賞讃されている。これは単に風雅だから礼讃されるのではない。十具の出衣を半分に切って二十人の女房が御簾の際に並んで迎えているかのように装飾したのは、例ならぬ御幸に対して、機転とその時に能う限りの力で王権を讃頌した行為であり、その点が賞讃されていると言えよう。

この話は平安末から鎌倉期の説話集などで度々語られる著名な逸話である。細部は異なるが、『今鏡』藤波の上・第四、『十訓抄』七ノ二、『古今著聞集』巻十四に見え、また鎌倉末頃には絵巻『小野雪見御幸絵詞』(東京芸術大学大

学美術館保管）が制作された(11)。

『栄花物語』（巻三十六・根合）には後冷泉天皇後宮の后妃三人の描写があり、章子内親王、寛子に比べて、歓子は「いと重りかにゆゑゆゑしくておはします。……四条大納言の名残をかしく、ゆゑある御方と人思へり」とある。また小野の御所の様子は「所のさま、御しつらひもいとをかしく見ゆ。……女房なども、忍びやかに、心にくきほどなり」（巻三十七・けぶりの後）と描写されている。歓子は重々しく品格ある人柄であり、人々はそのように歓子を見ていて、女房たちも控えめな奥ゆかしい様子であったと言う。こうした歓子とその御所の特色は、『無名草子』の記述と通底するものである。

説話の世界では、歓子は若い頃から仏道に深く帰依したことが知られ、仏道修行や極楽往生が語られているが（『拾遺往生伝』『古事談』など）、『無名草子』では、前の選子と同様に、その信仰には全く触れられていないのである。『無名草子』が強調するのは歓子の「用意」のすばらしさである。なお『十訓抄』でも、第七「思慮を専らにすべき事」という教訓を説く中にあり、「御もてなし優に、用意深くましましけり」（七ノ三）と評価されており、その前話（七ノ二）でも「用意」の重要性が説諭されている流れの中にある。

作品がどのような話で閉じられるかは重要である。『無名草子』はその最後の話の末尾で、「かねて用意したらむには、それにまさること何事かなからむ。にはかにはいとありがたき御用意なりかし」と、歓子の心用意を絶讃し、女主人が持つべき態度を教訓している。ここには『無名草子』宮廷女性評論の執筆意図が端的に示されている。

この四人の貴女の話には、一貫して二つの視点が流れている。一つは、晩年や老いの時、あるいは全盛期を過ぎた時、凋落の後を、いかに生きたかという視点である。もう一つは、優れた女房達を持ち、女主人として女房達を統率し、控えめだが品格のある優れた御所を形成していたという視点である。これは『無名草子』の宮廷女性評論全体に

通貫するテーマであり、また『無名草子』全体にも流れていると考えられる。

四　宮廷女性評論の配列構成と特質

『無名草子』宮廷女性評論の前半は女房、後半は貴女の論であるが、その配列構成については、桑原博史（前掲論文）、川島絹江（前掲書）、古門香[12]が言及している。これらと重なる点もあるが、ここで私見を述べておきたい。一般に説話集は時代順であったり、明確な分類・配列の基準があったり、連想的な配列のものもあり、様々だが、『無名草子』宮廷女性評論の配列は時代順ではなく、おおまかに分類した上での、複層的な連想に基づく配列と見られる。

最初を小町から始めたのは、王朝女流歌人の嚆矢の位置によるものだろう。その衰老説話における、数寄に深く沈入する逸脱性から、清少納言の過剰さへと語りが及ぶ。衰老という点でも小町から清少納言の落魄へと繫がる。そして、その清少納言は女主人に特に愛された女房という点が、小式部内侍へと結ばれる。同時に長命であった清少納言に対比して、小式部内侍の短命が強調される。同じ女房の語りにより、その母和泉式部へと転じ、親子の情や結びつきをあらわすテーマが流れる。和泉式部の「物思へば……」とその返歌「ものな思ひそ」から連想されてか、宮宣旨が「物思ふ」こと、悲恋をつきつめていった姿が描かれる。ここまではすべてにおいて、落魄や死、愛する者を喪った悲嘆、愛の喪失などが語られる。

おそらくこの後に小さな区切りがあり、改めて、「まことに、名を得て、いみじく心にくくあらまほしきためし」として、和歌、琵琶、物語において傑出し、天皇を中心とする宮廷文化史で名声と栄誉を得た三人の女房、伊勢、兵

衛内侍、紫式部の三人が論じられる。ここでは名声が強調されており、落魄や悲嘆などは述べられていない。

その紫式部から引き出されて女主人である貴女たちの話へと転じ、一条朝を代表する二人の后、定子と彰子が描かれ、そこに妍子が挿入される。そして同時代において長く斎院であった選子へと転じ、突然の訪問者から見た、晩年の御所の暮らしぶりが賞讃される。そして同様に、晩年の御所のあり方として、突然の御幸に見事に対応した歓子の心用意が礼讃されて『無名草子』は閉じられる。

『無名草子』宮廷女性評論は、一条天皇の後宮女性が中心であるとする論もあるが、そうではなくて、かなり幅広いものである。歌は勅撰集にあるものが多く、中でも『後拾遺集』が多いことが特徴であり、説話から採られたものもあるが、私家集だけに見える歌はなく、作者は私家集には関心をもっていないようだ。和歌は、小町の『古今集』三首は別として、ほかはすべて説話・逸話が付随している歌であり、和歌だけを純粋な表現論の立場で評価する姿勢は見られない。そして、取り上げられる女性は必ずしも歌人ではない。和歌を苦手とする清少納言や、琵琶の兵衛内侍が詳述され、選子の和歌は取り上げられず、歌人ではない歓子が重視され最後に置かれるなど、和歌が絶対的な基準ではない。さらに、宮廷女房の文学である『枕草子』『紫式部日記』から話が採られているのに対して、『蜻蛉日記』は、宮廷を舞台としておらず作者も宮廷女房ではないゆえと思われるが、全く言及されていない。

この宮廷女性評論は、『枕草子』など随筆と称される作品群、『紫式部日記』など日記、『古本説話集』など説話集、『栄花物語』『今鏡』など歴史物語、『和歌童蒙抄』『袋草紙』のような歌論書を含む文学評論などから、幅広く採取して構成するが、自分の執筆意図を明確にする編集を行っており、そこに『無名草子』の意図が見られる。

全体を太く貫くものは、繰り返し述べてきたように、宮廷女房の視点である。女房と女主人との関係性もしばしば強調される。前半では、女房に対して、深い共感や同情、女房という立場からの羨望・憧憬や願望、身のほどへの意

識、女房が持つべき心性・態度、女房の文化的役割などが、多角的に述べられる。そこには自己に引き寄せたり自己に引き比べたりする、内側からの語りが見られる。さらに後半で、敬愛すべき女主人・貴女、およびそこに仕える女房たちに、尊敬と賛美が捧げられている。こうした論述の姿勢は、第五部で『無名草子』には宮廷女性に向けた教育的テクストの特質があると述べたことと合致する。

そしてそこには、喪失というテーマが底流しているようだ。人生や命、ある時代、若さや栄華、愛や愛する人などはすべていつか失われることへの哀惜、また喪失の後の生き方や心のあり方に、関心が注がれている。これは『無名草子』の『源氏物語』論で、「あはれなること」が大きな分量を占めていることと、深く通底する意識であると言えよう。

（1）「無名草子の女性論」（『中古文学』八、一九七一年九月）。
（2）『無名草子論――「女性論」を中心として』（大学堂書店、一九八一年）。
（3）「無名草子の女性論――古本説話集との問題から」（『駒澤国文』二二、一九八五年二月）。
（4）『『源氏物語』の源泉と継承』（笠間書院、二〇〇九年）。
（5）『色ごのみの文学と王権――源氏物語の世界へ』（新典社、一九九〇年）。
（6）この点は、辛島正雄『中世王朝物語史論　上巻』（笠間書院、二〇〇一年）、仲道尚孝「『無名草子』の小野小町評――小町髑髏説話を中心に」（『中京国文学』三〇、二〇一一年三月）などに指摘があり、いずれも女の目で捉え直す女性視点を読み取る。
（7）「『無名草子』の紫式部像」（『国文学　解釈と鑑賞』六九―八、二〇〇四年八月）。
（8）『徒然草論』（笠間書院、二〇〇八年）。

(9)『無名草子』の女流作家評」(『国文学 解釈と鑑賞』五一―一一、一九八六年一一月)。
(10)『王朝の明暗』(東京堂出版、一九七七年)。なお角田文衛は、小野山荘すなわち常寿院は、もとは歓子の外祖父である公任が晩年を過ごした長谷山荘であると推定している。
(11) 稲本万里子「テクストの換用――「小野雪見御幸絵巻」の場合」(講座平安文学論究8、風間書房、一九九二年)などに詳しい。
(12)「『無名草子』の女性論――伊勢の御息所を中心に」(『信大国語教育』二〇、二〇一〇年一一月)。

第二章　『古事談』と女房——女房メディアを透かし見る

『古事談』は、源顕兼が編纂した説話集である。『古事談』と顕兼については多くの研究があるが、ここでは顕兼周辺の女房たちの存在に注目したい。『古事談』と女房メディアは、一見あまり関係がなさそうにも見える。けれども顕兼の一族には女房が少なくない。顕兼一族にどのような女房がいて、どのような事跡があるか、それが『古事談』の形成にどのように関わるかについて検討し、さらに、広く説話集の形成と女房の言談・女房メディアについて考えたい。

一　顕兼周辺の女房たち

顕兼自身の伝については先行研究があり(1)、年譜もあり、また『明月記』自筆本や断簡等によって新たに明らかになったこともあり(2)、詳しく検証されている。けれども、顕兼の一族に少なからぬ女房がいたことは、年譜等で言及はされているものの、個々の伝については詳しく取り上げられることはなかった。女房の伝は全体を明らかにするのは難しい面が多いが、管見の範囲で、顕兼の身近にいた女房三人の伝を辿ってみる。

（1）中納言典侍（六条院典侍。八条院女房）

はじめに、顕兼の父宗雅の妹にあたる、中納言典侍（雅綱女）という女房について述べよう。この女性は『尊卑分脈』の雅綱の項には見えないが、『明月記』の元久元年（一二〇四）九月二十四日条にやや詳しく語られている。

自夜前心神雖悩、依態招請、向姉小路〈東洞院〉、中納言典侍〈公清卿母儀、六条院典侍、今八条院女房也〉逆修所〈東帯〉、取布施、雖無所縁、且依八条院仰、常参人々、向此所、此黄門、殊依年来之好誂付〈今日同在此所聴聞〉、仍所来也、三位〈公清〉、範宗〈八条院仰〉之外無人、敦房〈私好〉、請僧公雅〈兄弟〉、明性〈従父兄弟〉、――、三口也、明後日依法事自女院被催人々、帰宅之後殊病悩、

この女房は、中納言典侍と呼ばれ、公清卿の母であり、以前は六条院の典侍であったが、現在は八条院の女房であるという。この中納言典侍が逆修を行った。定家は体調が悪かったが、八条院が出席するようにと命じてきたので、病気をおして出席したのである。

中納言典侍は、公清母とあるから、権大納言正二位実国（寿永二年没）の室である。六条天皇が即位した当時、実国は二十六歳で権中納言であったので、中納言典侍という女房名を名乗ったのであろう。後に従二位参議左中将に至った公清は、『公卿補任』によれば実国二男である。公清母は『公卿補任』に「右中弁雅綱女」とあり、『尊卑分脈』も同様に記すので、中納言典侍は、雅綱女、すなわち宗雅の姉妹であり、顕兼の叔母にあたる。また前掲『明月記』で「請僧公雅〈兄弟〉」とあるが、まさしく公雅は雅綱男であり、中納言典侍の兄弟にあたる。

この記事から、中納言典侍が、黄門、すなわち八条院中納言（『たまきはる』作者健御前。定家の同母姉）と親しい女房であること、健御前もこの日の逆修に出席していることが知られる。『たまきはる』に見える八条院女房の名寄せの

中に含まれているかどうかは判然としない。しかし八条院が定家に出席を命じたくらいであるから、八条院の有力女房であったのであろう。この日の逆修には顕兼の名が見えないが、この年七月十四日に父宗雅が没しており、服喪中であるので、出席しなかったとみられる。なお、中納言典侍の逆修で請僧を勤めた前述の公雅は、宗雅の仏事を白河房で行っている（『明月記』元久元年九月三日条）。

六条天皇即位に伴う女官除目は、『山槐記』長寛三年（永万元年・一一六五）七月二十二日条に見え、「内侍司　典侍従五位下藤原邦子　藤　通子　同　盈子　同　綱子」とある。女性名には父親の一字を用いることが多いので、この「綱子」が当該の中納言典侍雅綱女ではないか。ここでは「同」が藤原をうけるので、疑問もあるが、『兵範記』仁安三年（一一六八）正月八日条に、従五位上に昇った「源綱子　典侍」とあり、同一人とみられるので、『山槐記』の「同」は写本の誤りとみてよいとみられる。

さらに、『明月記』建永二年（承元元年・一二〇七）七月三日条には、次のようにある。

依八條院仰、向姉小路、故前典侍〈宗雅卿妹、六條院典侍〉法事所、頭中将、顕兼朝臣、有雅朝臣〈已上各不取布施〉、宗長朝臣、時賢、基定、具兼、実俊、宣家、諸大夫等少々、事訖布施了〈予又不取〉、各退帰、

中納言典侍が没し、その法事に定家が参加しており、顕兼も当然出席している。ここでも八条院の命で参加していることが見えるから、やはり八条院御所の重鎮女房であったことは間違いない。なおこの記事には「宗雅卿妹」とあり、妹であったことが確認できる。

以上まとめると、中納言典侍は、実国室、宗雅妹、顕兼叔母にあたり、顕兼とも実際に親交があり、かつて六条院の典侍で、のちに八条院に仕えて重んじられた女房であり、健御前とも親しい同僚であった。

(2)土佐内侍

『明月記』にただ一箇所、建暦三年(建保元年・一二一三)十一月二十四日条に、土佐内侍という女房が見えるが、これは顕兼の妻である。

(前略)尋女房礼部局清談、顕兼卿妻〈土佐内侍〉、今朝逝去云々、是自昔官仕之時、年来触耳之人也、年齢非幾勝劣歟、無常之世、触境催悲、

定家はこの日内裏に参った時、内裏の女房である礼部局(後述)に会って清談し、顕兼卿妻である土佐内侍が今朝逝去したことを聞いて、驚き悲嘆している。ここで定家は、この土佐内侍について、「是自昔官仕之時、年来触耳之人也」と褒めており、この言辞から、長年にわたり宮仕えし、有能な女房として知られる女性であったと想像される。

顕兼の妻は、『尊卑分脈』では、一人は嫡男顕清母の高階泰経女、一人は従五位上甲斐守範隆女である。確証はないが、顕清母(泰経卿女)が、この土佐内侍であろうか。顕清は土佐守になっている。なお、高階泰経は、後白河院の近臣として知られた人物であり、泰経女は多いが、その一人は『たまきはる』に見え、建春門院に仕えた女房「今参り」で、「これはこのごろ聞く新院の御乳母、輔三位殿也」という注記があり、土御門院の乳母となったのである。(3)おそらく輔三位と土佐内侍は、姉妹であろう。

以上まとめると、顕兼妻の土佐内侍は、長年にわたり宮仕えし、人に知られた女房であり、もし泰経女ならば、その姉妹に、かつて建春門院女房であって後に土御門院乳母になった輔三位がいる。

(3)顕子(治部卿局)

九条道家の日記『玉蘂』承元三年(一二〇九)三月二十三日条、良経女立子が、東宮(順徳)の御息所になって入宮し

た時、立子に仕える上臈女房の名の中に、「治部卿、顕子、従三位顕兼女」とある。ところが『尊卑分脈』では、顕子は、宗雅女として示されている。[4] 顕子は、宗雅女か、あるいは顕兼女なのか。これについては、『東宮御元服部類』[5] 承元二年(一二〇八)十二月二十五日条が参考になる。そこに「治部卿局〈故宗雅卿女也〉」とあり、宗雅女であることが確認できる。宗雅は元久元年(一二〇四)七月に没しているので、宗雅女であり顕兼姉妹である治部卿局は、後宮女房となるに際して、顕兼養女となったと推定できる。おそらくは顕兼の妹であろう。

宗雅女としては、浅見和彦が指摘したように、[6]『玉葉』安元二年(一一七六)三月十日、良経の著袴の儀に「乳母之許〈民部権小輔宗雅女也、其人依病今夜不参〉」とあり、宗雅女の一人が良経乳母であったことが知られる。この乳母については、『明月記』建仁三年(一二〇三)三月三日条で、宗雅について述べる記事に続いて「殿下御乳母、年已七旬」とあるのが該当すると考えられるが、七十歳とあるので、宗雅女の治部卿局とは別人である(顕兼は四十四歳)。この良経乳母もやはり、本当は雅綱女で、雅綱は康治二年(一一四三)に早世しているので(『尊卑分脈』)、兄弟の宗雅の養女となったのではないかと思われる。いずれにせよ、雅綱・宗雅・顕兼は、一族あげて兼実・良経・良経姫君[7]らの養育に携わっており、この一族の女性が良経女立子に女房として仕えることは、極めて自然である。

さて、この治部卿局は、『明月記』や『玉蘂』に数多く見えている。[8] 前述の承元三年三月二十三日の立子入宮の日にも、御書使が持って来た御書を道家に渡す役をしたり、勧盃の後に御使に禄を渡す役を務めたことなどが『玉蘂』に書かれており、上臈女房として重要な役割を担っていたことが知られる。

『明月記』によれば、もともと治部卿局(礼部)は東宮(順徳)に仕えていて、その頃から定家と親交があり、東宮のもとに参じた時に会っていた(建永元年十二月十日条・同十八日条など)。定家にとって大事な女房であったらしく、定家は彼女が病気の時にはその里亭に見舞いに行っている(承元二年九月十日条)。この治部卿局が宗雅女であることは『東宮

御元服部類』の同年十二月二十五日条で確認できることは前掲の通りであり、その後、立子入宮の時に、立子の上臈女房となったのであろう。順徳天皇の即位以後、中宮立子と、順徳天皇との連絡役的な役割も果たしており（『玉蘂』承元五年三月九日条など）、天皇・中宮に兼仕する女房であったかと思われる。定家は、内裏に参ったときに、この治部卿局を呼び出して謁談することが多いが、後宮の中宮立子のもとで会うこともある（『明月記』建暦二年九月一日条）。また『明月記』建暦三年（建保元年・一二一三）正月二十四日条に「参宮御方、謁女房、内御方礼部退出云々、仍退出」とあり、定家は中宮立子のもとで女房に謁したが、内裏女房の礼部はもう退出したと聞いたので、自分も退出した、とあるので、やはり治部卿局（礼部）は内裏女房であるが立子のもとにも随時仕えていたと推定できる。

この治部卿局は、かなりの有力女房であったことは間違いない。というのは、定家は、息子の為家や自身の昇進などについて、順徳天皇への上申の取り次ぎを、治部卿局に頼んでいる記事が多く見られるのである。『明月記』の治部卿局関連記事から、いくつかを掲げてみよう。

①建暦二年（一二一二）正月六日

天明侍従来、夜前所申之叙人折紙、給之、披見無殊事、似善政、為家事申入之処、今不被叙傍官、頗雖有憑、重以存旨申入内裏〈治部卿局〉、又示送清範朝臣、強不可痛下臈超越、只身昇進大切之由也、

②同年正月七日

依加叙不審、猶付掌侍、令伺御気色、又付礼部申禁裏、入道戸部忿怒抑留、於今者不可被申院、親通事又雖懇切、主上共不可申、只可任各意之由、被仰下云々、

③建暦三年（建保元年・一二一三）四月十二日

（前略）依女房〈礼部〉示、相謁語云、明旦早々此御方近習等、於上皇御前可蹴鞠、少将在其内、頗可存歟者、聞此

事心中周章、可修諷誦之由、示送逢屋、

④同年六月十四日

（前略）予聞之、弥知運命之拙、慟哭而有余、是誰力乎、嗟乎已矣、礼部〈女房〉又吐詞、褒誉男女両人心操、左右雖悦耳、身上日夜逼迫、何為送余生哉、

⑤同年十月二十六日

（前略）自夕心神殊悩、仍不出仕、今日又有御鞠、夜又依召参云々、還来云、白拍子、於院御方舞、内礼部局所望云々、

これらの記事のうち、①と②は、為家の昇進を、治部卿局を通して、順徳天皇に上申し働きかけている。③は、あす後鳥羽院の御前で蹴鞠があるが、その鞠衆に為家が入っているという情報を治部卿局から初めて聞き、定家は驚きあわてて、為家の蹴鞠が首尾よく成功することを祈る諷誦を修するよう、自宅に急ぎ言い送っている。④では、定家自身が参議になることを望んだが叶えられず、悲嘆していたところ、治部卿局が、定家の子息為家と娘民部卿局が二人とも立派であると褒めて慰めてくれた、と語っている。⑤は、定家はこの日出仕しなかったが、蹴鞠があり、夜また召された為家が帰ってきて言うには、後鳥羽院のもとで白拍子の舞があったが、これは内裏女房治部卿局の望みによって行われたという。

このように、定家は建永元年（一二〇六）頃から、東宮（順徳）女房であった治部卿局と親交を保ち、内裏女房となった後にもその力を借りて上申したり重要な情報を得たりしている。順徳天皇内裏において定家が頼みとする有力女房であった。また治部卿局は、順徳天皇および立子にとって重鎮女房であっただけではなく、白拍子の件からは、後鳥羽院にも知られる有力女房であったと想像されるのである。

ところで、前掲の土佐内侍の死を伝える『明月記』建暦三年十一月二十四日の記事で、定家は、内裏で「女房礼部局」から顕兼妻(土佐内侍)の死を聞いている。これは、単に他の女房の死を伝えたのではなく、顕兼妹である治部卿局が、兄顕兼の妻土佐内侍の死を、いち早く定家に伝えた、ということであろう。

なお、この顕子(治部卿局)は、顕兼養女であるが、家兼妻となった顕兼女とは別人である。『明月記』に建暦二年(一二一二)十一月十五日条に、顕兼女(家兼妻)が没したことが記されるが、女房の「礼部」「治部卿局」は翌建暦三年(建保元年・一二一三)十一月二十四日まで見えているので、家兼妻とは別人であることが明瞭に知られる。しかし治部卿についても、『明月記』中でこれが最後の記事である。顕兼自身も承元五年(建暦元年・一二一一)すでに出家しており、治部卿局も顕兼に近い年齢であっただろうから、この後まもなく女房を辞するか、出家したのであろう。

以上のように、顕兼の妹であり養女である治部卿局は、東宮時代から順徳に仕え、内裏・後宮においてかなり勢威のあった有力女房であったことが知られる。

二　『古事談』と女房の言談

顕兼の叔母、妻、妹(養女)などの、女房としての事跡を辿ってきた。彼女らは、いずれも内裏や女院の女房であり、長く女房として仕え、それぞれに重鎮の有力女房であったことが知られる。(9)こうした女房達の存在は、『古事談』のような説話集がまとめられる時、何らかの役割を果たしたのではないかと考えられる。『古事談』の場合、顕兼の叔母や妻、妹である一族の女房達からもたらされた情報に、たとえば宮廷の女房のみが知り得るような事柄があって、

そうした情報や女房達の雑談、広く言えば女房メディアが、直接間接に『古事談』に流入した痕跡を、説話中に見ることはできないであろうか。

『古事談』においては、どの話にそうした可能性を認めることができるであろうか。いずれも確証はなく、可能性に留まるものであるが、いくつかの例をあげてみたいと思う。

二条院の御宇、郭公京中に充満して、頻りに群れ鳴く。剰へ二羽喰ひ合ひて、殿上に落つ。之れを取りて獄舎に遣はさる、と云々。此の怪異に依りて、月の中に天皇位を避り、次の月に崩じ給ふ、と云々。（一―九七）

『古事談』（新日本古典文学大系41）脚注が、「上皇と天皇の対立が二羽の郭公の喰合のイメージとなったのであろう」とする通り、後白河院・二条天皇の確執を象徴的に示す逸話であるが、この話は史書等にはなく、『源平盛衰記』巻二に見えるだけである。永万元年（一一六五）のこの話を、顕兼はどこから入手したのであろうか。一つ考えられるのは、この逸話に見られる永万元年の二条天皇崩御をうけて六条天皇が即位するが、その典侍となったのは、中納言典侍（宗雅妹・顕兼叔母）であることである。前述のように顕兼は中納言典侍の法事にも列席しており、親交があったことが確かめられる。

また、より重要に思われるのは、九七話に続く九八話である。

平治の乱逆の時、師仲卿内侍所を取り奉りて、家〈姉小路北、東洞院面西角と云々〉の車寄せの妻戸の中に安置し奉る。其の躰新しき外居〈足高〉の上に、薦一枚を敷きて、裹み乍ら置き奉る、と云々。翌日尋ね出だし奉り、内侍一人、博士已下女官等之れに参仕す。裹み替へ奉りて後、大内に渡御す。職事一人近将二人供奉す、と云々。（一―九八）

これも二条天皇の平治元年（一一五九）十二月の話であり、中納言典侍が仕えた六条天皇の前代の話である。これに関

連する記事は『百練抄』永暦元年(一一六〇)四月二十九日条に見える。

四月廿九日、内侍所神鏡、奉納新造辛櫃、去年十二月廿六日、信頼卿乱逆之間、師仲卿破御辛櫃、奉取御躰、於桂辺経一宿、其後奉渡清盛朝臣六波羅亭、造仮御辛櫃奉納、自師仲卿姉小路東洞院家、所還御温明殿也、左中将忠親朝臣依長久例候之、自今夜三ケ夜御神楽、

また、既に指摘があるように、『神宮雑例集』二にある永暦元年二月一日付宣命にも、新造の唐櫃に納められたことが記されている。『百練抄』では、師仲は辛櫃を破り御躰を取り出し、桂辺で一夜経た後、清盛の六波羅亭に移し、仮の辛櫃を作って収め、改めて師仲邸から温明殿へ還御したとある。これに対して、『古事談』では、師仲は自邸の車寄の妻戸の中に、新しい外居の上に薦一枚を敷いて、辛櫃も覆もそのままで置き、翌日内侍らがこれを裹み替えて、内裏に還御したと伝える。この二つの話はかなり異なっているが、『古事談』の記述の方が、より具体的で詳細な状況描写である。しかも「内侍一人、博士已下女官等之れに参仕す。裹み替へ奉りて後、大内に渡御す」とある事も含めて、『古事談』の記事は、管見では他書に見えないのである。

周知のことであるが、内侍の重責として、剣璽とともに、神鏡の守護があり、内裏に焼亡や地震等があれば、典侍・掌侍は蔵人とともに神鏡に供奉し護持するのが責務であり、神鏡を守り、儀式等で覆を裹む等の奉仕にあたるのも、内侍の重要な役割の一つであった。神鏡が内侍所と呼ばれるようになったのも、神鏡が内侍所(内侍司が置かれた場所。温明殿)に置かれるようになったためであり、内侍の職責と深く関わることは、須田春子[10]、田沼眞弓[11]などの研究に詳しい。

『春記』長暦四年(長久元年・一〇四〇)九月二十八日条には、新造の辛櫃に神鏡を納めた儀式があり、関白の指示を受けつつ、典侍、掌侍、博士命婦、女官らが奉仕している。『春記』著者資房は、その様子を詳述しながらも、「予不

細見、依有怖畏也、推裹又其上以絹裹之」などと畏れる。『民経記』寛喜三年（一二三一）六月十二日条にも、神鏡の辛櫃の覆を新しい覆に改めた儀式が詳しく記されている。ちなみに興味深いのは、これらの中に、「典侍芳子云」（『春記』）「勾当内侍云」（『民経記』）のように、その方法について、内侍が先例・故実等を主張している部分が多く見られることである。まさしく、内侍達の間に職務の故実が伝えられていることが知られる。なお神鏡ではないが、『竹むきが記』上には、笠置で取り戻された剣璽の璽筥を、典侍であった名子（当時は資子）が、関白冬教の教えを受けつつ、苦労しながら裹み替えるさまが詳細に記述されている。これも女房の故実の記録とも言える。

『春記』等に見られるような神鏡の辛櫃の覆を新しくして裹み替える「御搦《みからみ》」の儀は、公式なものであり、衆人の前で行われる儀式である。しかし『古事談』一―九八話に記される記事は、不測の事態によって生じた臨時の裹み替えであり、これはその任にあたった内侍達の視点からの話、王権の内側におけるエピソードであって、宮廷の深奥部から流れ出た話であると言えよう。これと比べると、例えば『古今著聞集』巻一の初めでは、内侍所（神鏡）の歴史や逸話を集成して語るが、それは諸人が知る伝承・逸話を、いわば外側からの視点で語っているものであり、『古事談』との相違が明瞭である。

この『古事談』一―九八話について、新日本古典文学大系の脚注は、「師仲と、古事談編者の父宗雅はともに八幡別当光清女を妻としており、古事談所伝はその関連からのものか」としており、それも一応考えられる。が、一方で、中納言典侍が、前任の内侍から、内侍の職責の根幹である神器の護持に関わる数年前の内侍所（神鏡）の逸話を聞いたという可能性があるのではないか。また、ここにこの二話が並んでいることは、中納言典侍からの逸話を並べたという蓋然性を示唆するものかもしれないのである。

このほかにも、『古事談』には、宮廷女房に絡む逸話が多いが、その中には、内侍や内裏女房が関わる話が少なく

ない。例を挙げれば、一―四「陽成天皇璽の筥を開き宝剣を抜く事」、一―一七「花山院即位の日、高御座に配偶の事」、一―六一「二間御念誦の間、後三条院伝奏の女房を近侍の事」、二―五三「中宮賢子禁中に没する事」、二―五六「大弐局、梅檀詮議の事」などは、いかにも内侍や宮廷女房が見聞きし彼女らの間に伝承されそうな話であると言えよう。これらには、一―六一や二―五六のように、他書には見えないものもあり、時代的にはやや前の話ではあるが、この二話は特に注意すべきであると思われる。一方で『富家語』『江談抄』から採録している話も含まれるので、必ずしもこれらのすべてが、顕兼が直接間接に女房から聞いた話とは言えない。だが、顕兼の叔母や妻が内侍であったという環境により、顕兼がこうした内侍や女房に関する逸話に興味を持つことはあり得るし、女房達から有形無形の説話素材を入手した、と考えることも可能であろう。

男性廷臣の言談や記録は種々の形で多く残っているのに対して、序章に述べたように、中古・中世には女房の日記・記録の伝存は男性に比べて非常に少ない。女房の語った、あるいは伝えたものは、女房日記等のほかには、種々の記録・日記等に「女房云」というような断片的な記事がある。しかし、はっきりと眼には見えにくいけれども女房メディアの関与を注視し、これまで各説話において個別に指摘されてきた女房の役割や位置を、女房メディアという視点で包括的に位置づけてみることも必要ではないだろうか。この女房メディアについては、序章でも言及している。

三　女房メディアと中世説話集

説話の素材が女房の語った言談であったもの、あるいはそれを遡源とするものは無数にあるであろうが、ここでは、

女房の言談と説話の発生という観点で、鎌倉初期の例を見ながら、より直接的な流入が起こり得る可能性について指摘しておきたいと思う。

定家の同母姉健御前の女房日記『たまきはる』には、いわゆる遺文と称される後半部分がある。健御前が何らかの憚りがある記事を削除したが、定家がそれを見つけ出して、後年まとめたものとされている。例えばその中には、後鳥羽天皇即位にまつわる逸話がある。良く知られている話であるが、その一部を掲げてみよう。

院渡らせおはしますとて、人々は立ち退けど、分きて立てられずは、おぼつかなき事や聞くと、さかしく憎き心の中に思て、言ふかひなく心なき人になり果てて、立たぬを、少納言殿といふ老ひ尼の、かたはらいたしと思て、通りに立ちて招き騒ぎしが、おかしけれど、心得ぬ様に見もやらでゐたり。御前には、はばからぬ人とて、三位殿、近衛殿ぞ残り候はれし。女院、「御位はいかに」と申させをはします御返事に、「高倉の院の四宮」と仰せ事ありしを、うち聞きしに、さほど数ならぬ身の心中に、夜の明けぬる心地せしこそおかしけれ。女院、「木曽は腹立ち候まじきか」と申させおはします。「木曽は、何とかは知らん。あれは筋の絶えにしかば。これは絶えぬ上に、よき事の三有て」と仰せ事あり。「三は何事」と申させをはします。「四にならせ給、朔旦の年の位、この二は鳥羽の院、四の宮はまろが例」と仰せ事ありしを聞きて、少納言殿なを招きしかば、いま心得たるやうにて立ちにき。さて局に行きて、うち臥したりし。

この後白河院と八条院の密談の内容は、説話集でいかにもてはやされそうな話であり、叙述主体を変えればほとんど説話と距離がないものである。女房がこうした秘話を主君と同席して見聞きし、ここで健御前が告白している如く、時には好奇心のあまり盗み聞きすることもあったことが知られる。御簾の外にいる廷臣よりも、むしろ宮廷の中心部、深奥部に接近して勤務する女房達、とくに内侍や重鎮の女房達から、王権にまつわるひそやかな逸話・情報がもたら

されることは、十分に考えられよう。健御前は自ら書きとどめていて、それが遺文として残っているわけだが、もしもこうした話が口伝えに身近な廷臣に流れ出て、それが説話集に載せられたりしたら、出典不明の話となるであろう。

また、同じく健御前の例であるが、『明月記』紙背の中に、健御前から定家への自筆書状と推定される三通があることが紹介されている(12)。それは、まさしくリアルタイムの情報を、健御前が定家に書き送ってきたものである。健御前は「定家にとっては女院近辺の最も有力な情報源であり、公私に亘って多大な助力を得ていた」(宮﨑)という女房である。宮﨑が翻刻・考証する通り、この健御前書状は、春華門院の深刻な病状を刻一刻と伝えるものであり、『明月記』や『たまきはる』の同時期の記述と連動するのである。

『明月記』は全体に、これも含めて「女房云」のような形で自家の女房からの情報を数多く記す。特に周知のものは、『明月記』元久元年(一二〇四)十一月三十日条に記される、俊成の臨終の場面であろう。臨終の俊成が雪を欲しがり、雪を探して与えると喜んだことや、自ら「死ぬべくおぼゆ」と言ったことなど、詳細に語るが、これは定家自身が見聞きしたことではなく、「健御前云」という記事であり、臨終に間に合わなかった定家が、健御前が語ったことを書きとどめたものなのである。定家の筆致であるが、これもこのまま説話に入りそうな叙述であろう。

これらは、健御前が定家姉であったゆえに、定家という著名な存在やその家を通して、健御前の日記遺文や書状、言辞が現在まで伝えられた稀有な例であるが、こうした特別な例を除き、女房が書いたものは、長い生命を持たず、大部分が散佚してしまったに違いない。しかしこうした例からは、当時の女房達が、――たとえば、健御前と親しい同僚女房であった中納言典侍(宗雅妹、顕兼叔母)が、健御前と全く同じように、宗雅や顕兼に、宮廷女房しか知り得ないリアルタイムの情報を、出来事や逸話を、あるいは職務に関わる故実を、書状で書き送ったり、あるいは語ったりということが、日々起こり得るということ、つまりは厖大で強力な女房メディアの存在を、実感させられるのである。

こうした観点で同時期の説話集を改めて見ると、小さなことではあるが、あることに気付く。それは、説話集編者の一族や周辺に、宮廷女房が多くいるかどうかということが、その説話集の特質や内容構成に、何らかの影響を与えていると思われることである。

例えば、隆信・信実一族には女房が非常に多い。『今物語』編者信実の娘四人は女房であり[13]、うち三人は内侍であった。これは『今物語』に女房の説話が多いことと関連するのではないか。『今物語』の成立は後深草天皇即位以前であることもあり、内侍の職務の深奥に繋がるような話はないようだ。が、同時代に近い頃の女房と廷臣貴族との逸話や、前の時代の小式部内侍・周防内侍・加賀らの逸話を、宮廷女房の側からの視点で叙述し、他書にない話も多く収めている。信実周辺の女房達の存在が、材料提供者として、読者として、また編者の興味を喚起するという点でも、信実の『今物語』編纂に影響を与えたであろうと想像される。同じように、『十訓抄』も同様の女房関連話を数多く含むが、『今物語』とは視点が異なるように思われる。また『宇治拾遺物語』は、和泉式部・小式部等の逸話はあるが、宮廷女房とその周辺のみが知るような話はほとんど含まない。『閑居の友』は、高僧が貴顕の姫君に献上した仏教説話という点で執筆意図がはっきりしており、女性説話は多いが、宮廷女房のありようが照射される話は含まれない。説話集の全体や部分を位置づける時に、以上のような切り口で見ることも意味を持つかもしれない。

宮廷女房の文学、たとえば『枕草子』『紫式部日記』『源氏物語』『たまきはる』『建礼門院右京大夫集』『弁内侍日記』『とはずがたり』等に見られるような、宮廷の人々に対する鮮やかな描写・表現は、極めて説話に近い性格を持つ。こうした女房たちの言談、雑談、語りの延長線上には、『無名草子』や、歴史物語[14]などが並ぶことになる。

一方、女房の職務に関する記録・マニュアルが、数多く存在した痕跡を、具体的に指摘するのは、松薗斉[15]である。松薗は、中世における女房とその日記のあり方を、「家」研究の立場から分析し、中世の有識の女房達は、男性貴族

とともに公事を支えていたこと、公事に関わる情報が、男性貴族の日記だけではなく、天皇や摂関を囲繞する女房たちにもプールされていたこと、そうした女房の「家」が形成されていたこと、中世の女房日記は、こうした公事情報を吸収し日記という形で表現した作品であることなどを明らかにしている。つまり、宮廷女房のマニュアル、公事情報や故実の記録、職務遂行にまつわる様々な逸話などが、女房社会や女房の家々で共有され流れており、それらの一部は日記の形で書かれて広く享受された。こうした女房メディアの蓄積が何らかの形で説話の類へ流入することは、廷臣貴族の故実・記録と同様に、きわめて容易であろう。

女房たちは御簾の内側にいて、天皇・上皇という王権の深奥部を見聞きしている。また日々多くの貴族・廷臣たちの行動を見聞きし、情報を得ることが可能である。女房の周囲は、まさしく情報の交差点・集積地、情報センターなのである。(16) 主君・廷臣たちから女房へ、また女房たちから主君・廷臣たちへと多角的な情報ネットワークが張り巡らされ、そこからもたらされる話、語り交わされた話、書き留められたかもしれない話は、日記作者・説話集編者などにとって、直接間接に大きな情報源・材料であっただろう。『明月記』はもちろんのこと、他の日記・記録類にも、女房が語った話、女房が見た夢の話、女房の説などが、断片的にせよ、様々な形で書きとどめられており、情報の送り手としての女房、そして受け手があったのである。『明月記』のように、女房メディアがくっきりとあらわれる日記・記録・説話集もあれば、『古事談』のように、女房メディアとは一見無関係のように見える作品にも、女房メディアの関与・利用は内包されている。

男性廷臣・官人や僧などの間で、どのように説話や注釈が形成されていったのか、その口伝や聞書、記録、書物などの口承、書承、転換、交錯の諸相や、場、ネットワーク、文化圏等については、精細に考証が重ねられ、さらに俯瞰する論も多い。一方で、女房の語りや情報・記録、伝承や故実の可能性を探り、現在はっきりとは残らない、眼に

見えにくい厖大な女房メディアの関与や利用、享受ということを視野に入れて考えると、説話の特質の把握においても、また女房の文化的役割・動態の研究においても、新たな視界が開けてくるのではないか。本稿は、そのためのささやかな、そして大まかな問題提起に過ぎないが、薄闇の中に仄かに見えるような女房達の営みに、女房メディアという視点からも、眼を凝らしたいと思う。

（1）　磯高志「源顕兼について」（『鴨長明の研究』二、一九七六年六月）、小林保治校注『古事談』（現代思潮社、一九八一年）、志村有弘『説話文学の構想と伝承』（明治書院、一九八二年）、田村憲治『言談と説話の研究』（清文堂出版、一九九五年）、田渕句美子『中世初期歌人の研究』（笠間書院、二〇〇一年）、その他。

（2）　家永香織『転換期の和歌表現――院政期和歌文学の研究』（青簡舎、二〇一二年）。

（3）　以上、土佐内侍については、松薗斉『中世禁裏女房の研究』（思文閣出版、二〇一八年）にも言及がある。

（4）　顕子は同時代に何人か見え、近衛家実の母は治部卿顕信女であり、従三位に叙せられたとき「名字顕子」（『猪隈関白記』承元四年六月十七日条）とあるが、もちろん別人である。またこれ以前、土御門受禅の時の女房の中に「正六位上源顕子」（『三長記』建久九年正月十一日条）とあるが、同一人という確証はなく、別人であろうか。

（5）　『大日本史料』第四編之十所収。

（6）　「源顕兼」（『日本古典文学大辞典』岩波書店、一九八四年）。

（7）　『明月記』元久二年（一二〇五）七月二十七日条に「今日殿下姫君御著袴、故宗雅卿奉養」とあり、良経の姫君の一人を宗雅が養育している。田村憲治（前掲書）はこれを立子とするが、立子は既に十四歳であり、この日に著袴した姫君は立子ではない。

（8）　七条院治部卿局という女房がいるが、これは別人で、平知盛室で後に四条局と呼ばれた権勢の女房である。日下力『平家物語の誕生』（岩波書店、二〇〇一年）参照。

（9）　この三人のほか、『明月記』建仁三年（一二〇三）三月三日条に、宗雅が従三位となったことに関して、「法性寺殿乳母子、自嬰児近習」とあり、宗雅は兼実の乳母子であったことが知られるから、宗雅の母藤原惟信女も九条家女房であったかもしれない。

（10）『平安時代後宮及び女司の研究』（千代田書房、一九八二年）。

（11）「平安時代の内侍と祖先祭祀」（『女と男の時空Ⅱ　おんなとおとこの誕生――古代から中世へ』藤原書店、一九九六年）。

（12）宮﨑肇「『明月記』建暦元年十一月十二月記紙背の研究」（『明月記研究』八、二〇〇三年一二月）。

（13）四条院少将内侍（『尊卑分脈』）、藻璧門院少将、後深草院弁内侍、後深草院少将内侍の四人がいたことは、諸資料に見える。

（14）近年では、加藤静子「女房文学史の中の『栄花物語』――宮仕え日記・実録の物語からの道程」（『王朝歴史物語史の構想と展望』加藤静子・桜井宏徳編、新典社、二〇一五年）が示唆的である。

（15）『中世禁裏女房の研究』（前掲）第三部参照。

（16）京樂真帆子『平安京都市社会史の研究』（塙書房、二〇〇八年）は、平安貴族社会における「たより」（伝手の意）の機能、情報、権力との関係などについて論じ、平安時代、「たより」がいかに重要な機能をもっていたかを指摘している。これも女房メディアの重要な一環である。

第三章　『阿仏東下り』――語り変えられる『十六夜日記』と阿仏尼像

一　阿仏尼と『十六夜日記』

阿仏尼(安嘉門院四条)は、藤原為家との間に定覚(出家)・為相・為守をもうけたが、為家死後、細川庄地頭職の相続について、為相と為家嫡男為氏とが争いとなり、弘安二年(一二七九)十月十六日、鎌倉幕府への提訴の旅に出立した。この鎌倉下向の日記が『十六夜日記』である。

『十六夜日記』は、前半部分が下向の旅を語る「路次の記」(鎌倉下向記)、後半部分が「東日記」(鎌倉滞在記)である。「路次の記」は十四日間の下向の旅を描く。「東日記」は翌年秋までの鎌倉滞在を描くが、都の友人・家族との手紙のやりとりが大部分を占めており、鎌倉での提訴等については触れられていない。この訴訟は長く続いて二転三転し、最終的に為相が勝訴したのが提訴から三十四年後、阿仏尼が没してから三十年後にあたる正和二年(一三一三)であった。読者は、『十六夜日記』によって提訴の結末を知ることはできないのである。

鎌倉での阿仏尼の活動については、断片的に伝える資料が少しあり(1)、阿仏尼は、和歌・連歌の指導や、『源氏物語』の講義などをしていたことが知られ、鎌倉での阿仏尼の文化活動はかなり広汎なものであったと想像されるのだが、『十六夜日記』には、鎌倉での阿仏尼のこのような生活を窺わせるものはほとんど書かれていない。

本稿で取り上げる『阿仏東下り』は、『十六夜日記』をもとに作られた偽書である。前半は『十六夜日記』と同様に下向の旅をする紀行であるが、細部は異なって描かれる。後半は鎌倉滞在記であるが、この後半は全体にわたって『十六夜日記』とはまったく異なる内容を持ち、様々な人物が登場し、苦難のすえ四年目には阿仏尼は勝訴を得て都へ帰り、為氏は処罰され、為相は栄えるという結末に至る。

千本英史が「偽書の愉しみ」において、「偽書こそは、もっとも密度の高い享受史の一コマであり、作品の受容の実態を如実に示すものに他なるまい(2)」と総括する言は示唆的である。『十六夜日記』における旅は単なる物見遊山の旅ではない。阿仏尼の旅と鎌倉滞在が、その偽書において、どのような意味性を帯びて表現されたかは、阿仏尼とその文学の享受を見る上で重要であり、さらに『十六夜日記』自体を異なる視線で捉え直すことにもなる。では『阿仏東下り』の具体的な検討に入っていこう。

二　『阿仏東下り』の内容の検討

(1) 諸本と研究史

まず『阿仏東下り』の諸本と研究史について述べておく。『阿仏東下り』は伝本が少ないが、川瀬一馬(3)、および玉井幸助(4)により考察されている。屋代弘賢旧蔵本(阿波国文庫・大島雅太郎・宝玲文庫を経て、現在は学習院大学日本語日本文学研究室蔵)が最も古い伝本であり、川瀬一馬は、「書写年代は紙質筆蹟等より見て、大体元禄頃のものと認められる」が、「全巻の書風其の他を検するに、本書は室町時代の書写本を伝へるものと推定せられる」とする。このほか、国

会図書館蔵本(屋代弘賢旧蔵本の副本。国立国会図書館蔵「輪池叢書」第三十四冊所収)、川瀬一馬が紹介した同氏旧蔵本、宮内庁書陵部本(二〇六・五六〇。松岡本)がある。

翻刻・解説としては、玉井幸助の岩波文庫(前掲)、比留間喬介(5)、簗瀬一雄(6)による著がある。さらに千本英史による注釈(前掲書)が刊行され、『阿仏東下り』研究の基盤ができるとともに、そこで述べられた知見によって、大きく研究が進展した。

さて、川瀬一馬旧蔵本(7)は、川瀬の述べるように、成島司直《もとなお》の書写・旧蔵であるとみられる。成島司直は、江戸後期の幕臣・儒者で、安永七年(一七七八)―文久二年(一八六二)。東岳ともいい、故実や和漢の学に通じ、『徳川実紀』の編纂で知られ、他にも多くの著述があり、紀行文や和歌もある。静嘉堂文庫にはこの成島司直の天保二年―十四年の自筆詠草(十冊)があり、それと比較すると、川瀬旧蔵本は成島司直自筆と推定される。この本には、大進匡聘《きょうへい》という人物による天保六年(一八三五)三月下旬の奥書と、附考が付されている(8)。この天保六年三月の奥書および附考は宮内庁書陵部本にもあり、書陵部本は成島司直筆本を親本とする転写本である。大進匡聘については、玉井幸助が前掲書で「何人か未詳であるが、或は成島司直ではないかと私見する」とするが、司直が大進匡聘と同一人物かどうかは判然としないながら、年代的にはまさしく同時代である(9)。

この大進匡聘による附考は長いので、全文掲げることはせず、そこで推測されている主な点を列挙しておく。

- 文体から見るに、紀行部分途中までが阿仏尼の自記で、富士の裾野で病気になったとあるのでそれ以降は、阿仏尼の供をした侍女が書いたものであろう。実方の故事を詳しく書いているのは、阿仏尼が侍女に語って聞かせたものを書きとめたものであろう。
- 流布する『十六夜日記』は、この侍女が書いたもの(『阿仏東下り』)を修訂し、特に東人を蔑視した表現を削除し、

北の方の所望に応じて献上したものであろう。『夜の鶴』も北の方に奉ったものであろう。
・これは建治三年から弘安二年までの日記であろう。
・将軍は惟康親王である。「大将殿」と書いているのは、侍女の誤謬であろう。
・この日記は冷泉家に秘し置かれたのを誰かが書写したのであろう。
・『十六夜日記』には帰京のことはないが、『阿仏東下り』はその後も侍女が書き継いだので、帰京のことも載せていると考えられる。ゆえに、阿仏尼の墓は鎌倉にもあるが、京都の大通寺の方が本物であろう。

近世においては、この附考が『阿仏東下り』の唯一の享受・言及と言えるようだ。この附考の推測は、大部分が明確な根拠を欠くものであるが、その後の研究に影響を及ぼしている部分がある。

近代においては、池田亀鑑[10]は、『十六夜日記』と『阿仏東下り』を比較した上で、その特徴をまとめ、「小説的な構想のもとに筆をとられたもの」「ある特殊な効果を導き出そうとする一つのプロットを持つ」として、「十六夜日記をもとにして書いた小説あるいは絵詞である」とし、おそらく多くのお伽草子の類が生れる頃の成立と推定した。玉井幸助は前掲岩波文庫解説で、「一つの物語風のものに纏めようと試みたもの」であるが、一方では阿仏の帰京のことなどは「まんざらの想像的架空談ではあるまい」とも言う。

これに対して、比留間喬介『新註國文学叢書』(前掲)所収の解説では、前掲の成島司直筆本にある附考を基本的に肯定する。小説的構想の作品としつつも、阿仏病気以後の後半だけではなく全部を、阿仏の侍女が老後に、『十六夜日記』に対して創作意欲をそそられて書いたもので、「十六夜日記のみに拠り得ない異伝を、作者が握つてゐたためであると考ふべきものと思ふ」「為相の最後的勝訴を決した正和二年以後間もない頃をその成立時期と考ふべきである」として、ある程度の資料性・事実性を認めている。また細谷直樹[11]は、この論を継承し、『夜の鶴』を考える上で、

『阿仏東下り』について言及し、「『阿仏東下り』の記事が事実に基づいた記述であることはほとんど確実のことと思われる」とする。一方、松原一義[12]は、『阿仏東下り』の作者を冷泉持為の娘春芳院と推定しているが、これは千本英史が「疑問が残る」としている通りであり、論拠に欠ける。本稿で述べるように、種々の点で作者像に合致しない。また、『阿仏東下り』については、久保貴子の論[13]でも触れられているが、作者や成立については論じられていない。

『阿仏東下り』は、阿仏尼の侍女が書いたかどうかはともかく、何らかの事実に基づく記述なのか、事実を反映する材料に基づいて書かれたものなのかについて、まず検討したい。結論から言えば、『阿仏東下り』は、「事実に基づいた記述」とするには、あまりにも多くの矛盾や誤認を含み持っているのである。この点を明確にしておくために、以下、私見により数例を挙げていくこととする[14]。

(2) 将軍は誰か

『阿仏東下り』後半部において、阿仏の訴訟の支援者として最も重要な役割を果たす人物が、「君の北の方」「北の御方」である。この夫である「君」は、「鎌倉殿」「右大将」「大将殿」とも書かれている。阿仏が鎌倉に在住した時の将軍は史実としては惟康親王であることから、既に成島司直筆本の附考で、この人物は将軍惟康親王とされていた。その後これが踏襲され、阿仏尼と惟康親王との関係が一人歩きしているかのようである。しかしそもそも、『阿仏東下り』の中に、惟康親王と特定できる語はなく、また惟康親王は弘安二年当時十六歳であり、当時正室がいたことさえも確認できないのである。

千本英史は、前掲注釈で、惟康親王は当時右大将ではなく左中将であることと、阿仏尼の墓が大通寺にあり、大通寺と実朝室の関係が深いことから、この右大将を「源実朝を想定しての発言か」とする。しかし実朝は建保六年正月

に権大納言に任ぜられ、三月に左大将を兼ね、左大将を兼ねたまま十月に権大納言から内大臣になり、十二月に右大臣になり、翌年正月誅殺された。ゆえに実朝は実際に約十か月の間、左大将ではあったが「左大将」と呼ばれることはほとんど無く、『吾妻鏡』にも建保六年の三月と七月に二箇所あるだけである。特に死後は、極官の右大臣・右府将軍のイメージが強い。

鎌倉将軍として、当時も後世も、「右大将」「右大将家」という名が定着している人物は、何といっても源頼朝であり、ここでは頼朝のイメージを重ねている可能性が高いのではないか。後世の諸書において、頼朝は「右大将家」「鎌倉右大将家」「鎌倉殿」などの名で呼ばれることが圧倒的である。また、頼朝の存在が物語で持つ意味については、佐伯真一[15]、池田敬子[16]が詳しく論じているが、その中で、佐伯は頼朝の名を冠する多くの偽文書や所領下賜伝説があることを論じ、また池田は、頼朝は功により所領を恩賜し、「鎌倉殿は他者に恩恵を与える存在である」ことを読み解く。『阿仏東下り』は所領を安堵される結末であり、この点も、『阿仏東下り』の「右大将」が頼朝であることを想像させる。そしてこの「大将殿」が『阿仏東下り』の中で「鎌倉殿」とも別称されていることは、頼朝のイメージを帯びていることを裏書すると思われる。加えて、『阿仏東下り』の中で北の方の存在性が強いのは、頼朝の妻である北条政子のイメージが投影されているのではないだろうか。

もちろんこれは時代的には全く適合せず、荒唐無稽であるが、他の部分においても、『阿仏東下り』は事実性・正確性をあまり気にかけていない。例えば実方の狼藉の相手を行成ではなく公任としたり、また帝が公任を誉めて大納言にした[17]など、資料的・年代的な正確さは追求されていないのである。

参考までに日記文学における呼称をあげると、正応二年（一二八九）の鎌倉を描く『とはずがたり』は、頼朝のことを「故頼朝の大将」、また将軍惟康親王のことを「将軍、車より下りさせおはします」と言い、執権北条貞時を「相

模守」「かう(守)の殿」と呼ぶ。実朝に仕えた鎌倉武士信生の『信生法師集』は故実朝のことを「大臣殿」「君」と呼ぶ。こうした点からも、「右大将」「大将殿」は実朝よりも頼朝の可能性が高いのではないだろうか。

ところで、『阿仏東下り』の最後近くで、阿仏尼が病気となり、北の方が大将殿にその由を訴え、大将殿はそれを聞いて次のように言う。

「まことに鎌倉に下りても、はや年久しく過ぎぬらん、されども、我が国の者ども、尽きせる事なく権門に望みゐぬ。さては君の用事にかれこれとうち紛れて、むなしく今までうち過ぎぬ。まづ療治をなして、余事は不日に下知をすべし」と仰せられ、立たせ給ふほどに、北の方大きに喜び給ひて、唐《から》の医師をぞ付させ給ひける。

大将殿はこの後に阿仏尼の願いを聞き入れ、所領を安堵するのだが、ここで大将殿が「さては君の用事にかれこれとうち紛れて」と言っていることは注意される。「君」に仕える「大将殿」(将軍)という構造は、そもそも将軍が「君」なのであるから、鎌倉幕府内ではあり得ない。むしろ天皇を「君」とする京の政治構造が無意識に反映されたかのような、叙述の混乱が見られる。

(3)執権をめぐって

鎌倉での阿仏について書かれている部分に、次のような部分がある。

大将殿の北の方よりも、和歌集のたぐひをあまた聞かせ給はんがために、つねに御所へも召されて、見参あらまほしく思しけれども、訴訟の是非いまだなれば、見参もあらずして、ただ御消息のみ通ひ給ひけり。和歌の道に心を懸くる国の守は、よりよりに訪ひて、あはれにぞ思ひかしづき給ひにける。(『阿仏東下り』)

訴訟の決着がつかない状況であったため、阿仏尼は御所へ参って大将殿の北の方に直接話をすることはなく、手紙を

交わすだけであった。が、その国の守は和歌を好む人物で、阿仏邸を折々に訪れて、阿仏尼に和歌の教えを請い、敬愛し親交を結んでいたと叙述する。この「国の守」は、相模守、相模国司ということになる。だが、鎌倉期の相模守は基本的に北条氏の幕府執権であり、阿仏尼が下向した弘安二年時にも、相模守は時の執権北条時宗である。しかし、『阿仏東下り』では、後半の最初に、伝手を辿って「執政」に奏上してもらうよう頼んだとあり、さらに最後近くでは、次のようにある。

さるほどに、右大将殿、執政にことのやうを仰せ含められて、重代の領所返し付けさせ給ふ安堵の御教書をなし賜はりけり。北の御かた、歳月の願ひ満て給ひて、ありがたくもうれしくも、この世ならず思してよろこび給ふ。為氏多年の押領まことに不義の臣、御いましめあるべきよしを、京へ聞こえさせ給へば、いまさら嘆き降りきたる心地してぞ見え給ひにける。

北の方からの働きかけによって、将軍から執権（「執政」とあるが、執権をさすのであろう）に命じて、所領を安堵したとある。つまり、「執政」と、「国の守」とは別の人物であるかのように描かれている。『阿仏東下り』作者は、鎌倉期当時は、相模守が執権であることを知らずに、単に和歌に興味のある地方官の代表として「国の守」を登場させたのかもしれない。なお、北条氏に歌人は少なくないが、時宗が和歌を詠んだ痕跡はない。

(4)登場する人物と女房の名

『阿仏東下り』では、『十六夜日記』に記される現実の人物名を使わずに、「あついゑ中納言」「中将ためかど」「すゑふさの卿」という、当時実在しない人名を用いている。「中将ためかど」は、『十六夜日記』にある「中将ためかぬ(ね)」を誤読したか、あるいは変えたのかもしれない。しかし鎌倉期当時の人物名としては不自然である。また「南

中納言殿」「新帥殿」という名も不可解である。

都の女性では、『阿仏東下り』に「太政大臣の御妹」「中納言殿の北の御方」「大納言殿の北の御方」のような貴婦人を登場させているが、特定できない。女房の「侍従の局」「小侍従の局」という女房名も、適当に使用したのであろう。『十六夜日記』後半には、大宮院権中納言、式乾門院御匣、和徳門院新中納言、民部卿典侍のような、鎌倉時代の著名な女房歌人、冷泉家ゆかりの歌人、勅撰和歌集にも数多く入集する女房歌人の名やその和歌が書かれているが、これらは全く記されていない。『阿仏東下り』の作者は、このような歌壇や冷泉家の人々の名には無知か、あるいは関心がないため、「侍従の局」「小侍従の局」というような、それらしい一般的な女房名を書いていると考えられる。

(5) 旅の実態

『阿仏東下り』の中では、阿仏尼が徒歩で下向したと書いていて、注意される。

①空も晴れければ、道のほども歩むにさのみ苦しまず、心静かに行くほどに、とかうして三河の国に入りにけり。

②主いひけるは、「やんごとなき御身として、折節三冬のなかばにはるばるの御歩行なれば、疲れにこそおはしますらめ」とて、十日ばかり労はり奉りて、(後略)

①では「歩むに」と記し、また②の例では、宿の主は、このように言って阿仏尼をいたわり、主が輿を用意して阿仏尼を鎌倉の比企の谷に送り届けている。

だが、『十六夜日記』では、阿仏尼が歩いて下向したことを示す記述は一切ない。都を出発後、「粟田口といふ所よりぞ、車は返しつる」(『十六夜日記』)とあり、車を返したが、その後は輿か馬であっただろう。その明徴は醒ヶ井の記

事に見える。水の名所の醒ヶ井で、「醒が井といふ水、夏ならば打ち過ぎましやと見るに、徒歩人《かち》はなほ立ち寄りて汲むめり」(同)とある。阿仏尼自身は、夏ならこのまま(水を汲まずに)過ぎようか、でも今は夏ではないから水を汲みはしない、しかし見ていたら(供の)徒歩人はやはり立ち寄って汲んでいるようだ、と言っているから、当然阿仏尼は徒歩ではないのである。『十六夜日記』の絵入り本でも、阿仏尼は、輿に乗って旅をする姿が描かれている。

中世(近世でも)の上流貴族女性(ここでは大納言の室であった女性)の鎌倉下向の旅が、そもそも徒歩のはずはないが、それを知らない階層――おそらくは非貴族層――による創作であろうと考えられる。[18]

(6)まとめ、及び『夜の鶴』の問題

以上述べてきたように、『阿仏東下り』作者は、阿仏下向時の将軍が誰であるかについて知識・関心がなく、鎌倉がある相模国守は、幕府執権であることを知らず、当時の政治構造自体にも疎く、歌道家にゆかりある人でもなく、上流貴族女性の旅の実態をも知らない人物であった、ということになる。以上のことから、『阿仏東下り』が、『十六夜日記』にない部分について、鎌倉での阿仏尼を語る何らかの資料に基づいて記述したと考えるのは困難である。確実な資料に基づいたものではなく、自身の知識の範囲内で、かなり荒唐無稽に、逆に言えば特に事実にとらわれることなく、物語的に虚構や想像を自由にまじえつつ創作して書いている作品であると考えられる。

実はこのことは、『阿仏東下り』だけに留まらない、重大な問題を含んでいる。というのは、最初に述べた通り、細谷直樹は、阿仏尼の歌論書『夜の鶴』の成立・目的を推定するに際して、「阿仏東下りの記事が事実に基づいた記述であることは殆ど確実のことと思われる」という前提に立ち、『阿仏東下り』に描かれる「北の方」との親交などから、『夜の鶴』は惟康親王の北の方へ奉った歌論書であると結論している。この説が辞典類などでも(一説という留

保つきにせよ）踏襲されることが多い。だが、前述の如く、『阿仏東下り』の「大将」は惟康親王ではなく、しかも『阿仏東下り』全体が後代における恣意的な創作によるものであるとなると、その説はまったく根拠を失ってしまい、細谷直樹の説には従えない。『夜の鶴』を、惟康親王の北の方への伝書とすることができないばかりか、鎌倉の誰かに奉った書であると考える根拠も失われるのである。『夜の鶴』は為家没後の執筆であるが、鎌倉への下向の前、都で書かれた可能性が考えられる。『夜の鶴』については第一部第四章で述べたので、ご参照いただきたい。

三　『阿仏東下り』の和歌表現の検討

『阿仏東下り』がかなり自由に改変・創作された作品であるなら、どのような改変が見られるのかについて考えねばならない。本節では主として、和歌的表現の側面から考えてみよう。

成島司直筆本の附考で、

出立給ふ所より哥迄も替れり。されども三首同哥あり。内に一首は全く同哥也。今一首は初句斗違へり。又壱首は下句斗同じ。

と指摘されている。

『十六夜日記』の和歌は、前半「路次の記」（鎌倉下向記）は六十七首（九条家本による。流布本は六十六首）、後半「東日記」（鎌倉滞在記）は五十一首で、流布本は長歌を付載する。それに対して、『阿仏東下り』の和歌は、前半十九首、後半十二首と長歌二首であるから、和歌は大幅に削減されている。前述の附考では三首が同歌であるというが、表現の

類似を幅広く捉えるならば、『阿仏東下り』のうち五首が、『十六夜日記』の和歌等と表現が重なる。これは前半の「路次の記」に限られている。ではこの五首、およびそのほかの和歌と、長歌について、部分的ではあるが、少々検討してみたい。

(1)路次の記の和歌

前半の「路次の記」(鎌倉下向記)において、『阿仏東下り』が『十六夜日記』の歌を取り込んでいる例は、次の五首である。

①定めなき命は知らぬ旅なれどまた逢坂と頼めてぞ行く　(『十六夜日記』逢坂)
旅立つや関の岩門けふ越えてまた逢坂と頼めてぞ行く　(『阿仏東下り』同)
②いとど我が袖ぬらせとや宿りけむ間なく時雨のもる山にしも　(『十六夜日記』守山)
月寒く窓吹く風の身にしみし間なく時雨のもる山にして　(『阿仏東下り』同)
③ひま多き不破の関屋はこの程の時雨も月もいかにもるらん　(『十六夜日記』不破関)
吹く風に不破の関屋の板庇まばらに映る月の影かな　(『阿仏東下り』同)
④ささがにの蜘蛛手あやふき八橋を夕暮かけて渡りかねつる　(『十六夜日記』八橋)
名にし負ふ蜘蛛手あやふき八橋を夕暮かけて渡りぬるかな　(『阿仏東下り』同)
⑤清見潟年経る岩にこととはん波のぬれぎぬ幾重ね着つ　(『十六夜日記』清見が関)
清見潟年経る岩にこととはん波のぬれぎぬ幾重ね着つ　(『阿仏東下り』同)

このうち③は、『十六夜日記』歌と『阿仏東下り』歌はあまり類似していないように見えるが、『十六夜日記』歌の前

には「不破の関屋の板庇は、今もかわらざりけり」とあるので、それも含めて創作されたものと思われる。

①では、『十六夜日記』の歌の上句には、行く末と己が命への言いしれぬ不安感が漂うが、『阿仏東下り』では、その上句を取り去り、今日の旅立ちを強調するのみである。また歌の前では、逢坂が「名にし負ふ所」であると言う説明を加えている。②では、『十六夜日記』は、前文の「ここにも時雨なほ慕ひ来にけり」という擬人的表現とあわせて、涙と、洩る(守山の)時雨に濡れた自分の姿を浮かび上がらせる美しい表現である。それに対して、『阿仏東下り』は、時雨が降っているのになぜか月を詠むという矛盾を犯し、また月寒く風が身にしみて時雨が洩るという、羅列的な説明表現になっている。③は、本歌が良経の「人すまぬ不破の関屋の板庇荒れにしのちはただ秋の風」であることは自明のはずであるが、『阿仏東下り』はそれを説明的に取り込み、また『十六夜日記』歌にある時雨を消して、「まばらに映る月の影かな」という単一的表現に変えている。④では、八橋が著名な歌枕であることを強調するために「名にし負ふ」という説明を加える。『阿仏東下り』では、これが有名な歌枕であることを知らない読者のためであろう、五箇所でこのように「名にし負ふ」と述べている。概して、『阿仏東下り』は『十六夜日記』の歌について、古典和歌の和歌史的背景から共有されている複層的なイメージを切り捨てて平易・平板にし、具体的に説明する語を加え、あるいは単純化し、単一的に表現している。同じルート・歌枕を辿りつつ下向していながら、『阿仏東下り』に『十六夜日記』中の和歌をそのまま載せることを、⑤の一首を例外として避けているのである。そしてまた、『阿仏東下り』で独自に創作された和歌は、いわゆる王朝古典和歌の基準で言えば、拙劣であるものが多いのである。例をあげてみよう。

故郷の便りを得てし東路の道のなかばに聞くぞうれしき
名にし負ふその古跡を見て過ぎしくるしながらも慰むは旅

名にし負ふ富士の高根を見上ぐれば山のね腰や雲まとふらん

「名にし負ふ」と繰り返し、また「くるしながらも慰むは旅」というような拙く口語的な表現が見られ、またここにあげた歌以外でも、古典和歌の規範に照らせば、使われない語、使われない用法、説明的単一的表現が多いのである。三首目の歌の「ね腰」については、千本が注釈で『古今和歌集』東歌に「甲斐が嶺《ね》を嶺越し山越し吹く風を人にもがもやことづてやらむ」とあり、その誤用か」と指摘していて、その通りであると思われる。

『阿仏東下り』が阿仏尼作を装うなら、阿仏尼真作の歌をできるだけ載せる方がよいようにも思えるが、そうはせず、あえてこうした歌に置き換えていることは、この作品がめざす意図が、阿仏尼作を装うのではなく、平易で説明的・啓蒙的なテクストであろうとすることを示すと考えられる。

(2) 家と子を守る母像の強調

『阿仏東下り』の後半の東日記(鎌倉滞在記)の和歌を、『十六夜日記』のあり方と比較しつつ、いくつか取り上げてみる。

『十六夜日記』後半も『阿仏東下り』後半も、同様に鎌倉滞在の記であるが、その内容は大きく異なっている。『十六夜日記』後半は、都の知己や家族との贈答で占められ、季節の移ろいにあわせて、遠い距離を越えて互いの思いや友情を確かめ合い、望郷や哀愁、行方知られぬ不安感、亡夫への愛情を詠み、昔をしのぶ歌が大半である。「子を思ふ」というような、子への情愛を直接表現した歌は、実は『十六夜日記』には多くはない。知人とのやりとりの中で子への愛情を詠む歌の唯一の例として、和徳門院新中納言との贈答があるが、これも和徳門院新中納言からの歌に答えたもので、阿仏尼の方から子への思いを訴えているのではない。しかもこの後には、阿仏尼の夢に亡夫為家が常に

現れることを二首の歌に詠み、和徳門院新中納言もその歌に答えている。むしろ亡夫への愛を強調した形の叙述の流れとして構成されている。このほかには、子の為相と為守に対して詠みかける歌があるだけである。

それに対して、『阿仏東下り』は頻繁に、知人との関わりの中で、子を思う母の姿を強調する。北の方が初めて阿仏尼のことを聞いた時の場面・和歌の贈答をあげてみよう。

かかるほどに、君の北の方きこしめして、「あなあはれや。子を思ふ道には、身の苦しびをも顧みず、はるばると東の奥に下り給ふことのはかなさよ。このみなし子の父は世に名を留めし和歌の秀者にて、御門の御宝と聞こえし。かかる人のあとなれば、いかでか遺跡を絶えしはてんとはおぼしすつべき。かひがひしくも足弱の身として東の旅におもむき給ふことこそ、不憫にはおぼゆれ」とて、さまざまの物ども贈らせ給ひて、つねに訪はせ給ふぞありがたき。

ある時、侍従の局を御使にて御消息ありて、奥に、

子を思ふ道には迷ふ親の身のそこはかとなくものや思はじ

「まことにあはれに訪はせ給ふもいとありがたし」とて、やがて御返し侍りけり。

かひもなき母を頼りに残りける子の身思へばあはれ知れ君

この御返しを御覧じて、不憫さはいよいよ増り給ふとなん聞こゆ。

（『阿仏東下り』）

そもそも当初、北の方が阿仏尼を気にかけるようになったのが「子を思ふ道には、身の苦しびをも顧みず、はるばると東の奥に下り給ふことのはかなさよ」という同情であった。北の方は、阿仏尼が「みなし子」と父為家の「遺跡」とを守ろうとする姿勢を高く評価する。阿仏尼から北の方への返歌も、子への愛を基盤とする訴えかけがなされ、しかも「母を頼りに」「子の身思へば」「あはれ知れ君」という直接的表現が繰り返されている。

また、『阿仏東下り』には、「この世の形見に残し置きしただ一人の孤児を、はかなく路径にさまよひ、塵の身となし果てむこと、いと口惜し」という阿仏尼の表白がある。また、「中将ためかどの北の方」から阿仏尼への長歌の中にも「これも思へば　みどり子の　母のならひの　はかなさよ」という表現が織り込まれている。だが史実としては、為相は『十六夜日記』に「三人の男子ども」とあるように三兄弟であり、兄の定覚・弟の為守がいて、「ただ一人の孤児」ではない。また阿仏尼が下向した弘安二年時、為相も為守も既に元服していて、為相十七歳、為守十五歳であるが、『阿仏東下り』ではまるで赤子であるかのように「みどり子」と書かれている。(19)『阿仏東下り』では、子の境遇や年齢についても悲劇性を加味して、子と家を守る母像を強調するのである。

(3)東日記(鎌倉滞在記)の和歌

子への愛情表現に限らず、『阿仏東下り』の和歌は全体に、その状況における感情・心情を、説明的表現で直接に吐露するという傾向が著しい。例えば、下向した年が暮れて翌年の春になったことを記す条を見よう。『十六夜日記』では、翌年の春は、霞にこめられた春の谷の風景が描写され、昔恋しさが抑えがたいまでに溢れた心情が描かれ、そこに娘からの便りがあって、互いを思い合う心を月や波の音に託ししみじみとした贈答が記される。これに対して、『阿仏東下り』では、次のように改変している。

さるに心許して、光陰送り給へるほどに、その年もはやうち暮れて、あらたまの春にもなりゆけば、東風吹く風もやはらかに、長閑けき空に鶯のうら若き初声を軒端の梅におとづれて、上枝をつたふもいとやさし。懸樋の氷柱とけぬれば、ゆく水の音ものどけくて、むすぶもやすき心地せり。

人こころ懸樋の水にあるならば世はすぐさまにことや通らん　（『阿仏東下り』）

春の景物を連ね、常套的な形容句を挿入しながら風景を描写するが、続く和歌では、懸樋を契機にして唐突に人心・裁判への批判に転じ、「世はすぐさまにことや通らん」というような、口語的な措辞を使って慨嘆する表現となる。懸樋が持ち出されるのは、『十六夜日記』長歌で、「わづかに命　懸樋とて　伝ひし水の」とあることを利用したのであろう。

このほか、『阿仏東下り』からいくつかの和歌を掲げてみよう。

きのふまでよそに思ひし吹く風もいまはなつかし東風とおもへば
書き送る文にし見ればおほかたは君にあひぬる心地こそすれ
つもりぬる霧や晴れなん我が胸のあきつかたには立ちて上らむ
たよりなきほどはなつかし雲のうへいかがあるらむと思ふばかりぞ
都には引き替へたりし月かげをやがて雲井にすみてみんとは

「いまはなつかし」「君にあひぬる心地こそすれ」「ほどはなつかし」「いかがあるらむと思ふばかりぞ」というような、自身の感情・心情を直接に表現する散文的言辞、「引き替へたりし」「すみてみんとは」というような具体的説明的表現が多い。「我が胸」は王朝和歌では恋の思いの火が燃えるものであるが、ここでは願いが叶って胸があく、というような意味で用いるなど、古典和歌の枠組みには全く拘泥していない。

『十六夜日記』と『阿仏東下り』の記事には共通点もあり、『阿仏東下り』の記述には、やはり全体に、『十六夜日記』の叙述が参照されたとは思われる。しかし、『十六夜日記』後半の鎌倉滞在記の主調音である、都を離れた哀しみ、旅愁、孤独感、懐旧、そして季節の移ろいとともに都から届く便りによなく心を慰められるという、時空を越えた人々の魂の交流は、『阿仏東下り』後半からはすっかり抜け落ちている。代わりに『阿仏東下り』後半に入れら

れている和歌は、親子の情愛、裁判への批判、願いが成就した時の喜びなどを、説明的・口語的に述べたもの、わかりやすく単純で、プロットにかなったものである。そこでの表現は古典和歌の規範や型からは大きく逸脱する。型どおりの形容句は挟まれるものの、全体に説明的・直接的・散文的・説話的で、古典和歌のルールからは乖離し、まったく無頓着であると言える。これらの歌が、『阿仏東下り』の中で、わかりやすい心情表現としての役割を担っていることは事実である。が、『阿仏東下り』作者が、歌壇の人物、歌道家の人物であったとは、到底考え難いと思われる。

(4)長　歌

『十六夜日記』流布本巻末には、鶴ヶ岡八幡宮に奉納されたとされる長歌が付載されている。(20) 長歌とその和歌史的背景については、平下真紀子(前掲論文)がまとめている。それによると、平安時代以降の、不遇沈淪を訴えるための形式という性格を継承し、かつ『蜻蛉日記』の長歌をならいながら、自らの歌よみとしての力量を誇示し、また『十六夜日記』の冒頭と呼応して内容をまとめ、日記中に位置づけたものという。この長歌がもともと『十六夜日記』にあったかどうかはおくとしても、この位置づけは妥当である。

『十六夜日記』にならって、『阿仏東下り』も、二つの長歌を載せる。しかしこれは、奉納された長歌ではなく、また、構成上冒頭と呼応して全体を集約するという役割を担っているわけではない。『阿仏東下り』の長歌は、一つは都の「中将ためかどの北の方」から阿仏尼に送ってきたもので、もう一つは阿仏尼が「人々の方へ返しをぞ書かせ給ふ」とあり、おそらく先の長歌への返しとして詠んだもののようであり、贈答の体をとっている。

このうち後者の、阿仏尼が詠んだとして創作されている長歌には、大きな特徴として、都の人が関東に対して強い

蔑視的視線をもっている点があげられる。これは「中将ためかどの北の方」が長歌で鎌倉の様子を、「みやこに変はる ありさまを 聞かまほしやと まつの戸の」と、尋ねたことへの回答となっている部分であるが、それを掲げてみよう。

(前略)さてもいぶせき 東方 ときめきわたる 鎌倉も その程らひを 思ひ知れ 谷七郷の 内なれば 建て続けたる 家々に 野山の隙も あらばこそ なぐさむかたも あるべけれ たまたま寄りあふ 人とても だみたる声の かたくなく つたなきことのみ いひ続け ことむくつけき 男ども 見るも似げなき 女の童見れば鬘は 夜叉に似て この世の人とも 見えざるなり かくあさましき その中に この歳月を 経りけるを いかにあはれと 思はなん されども日頃の 思ひをば 鎌倉山に 晴れなんと 心定めし 我なれば 憂き身ながらも 年暮れて はやく三年も うち暮れぬ(後略)

鎌倉期の日記・紀行に、これほど直截な東国への蔑視的表現は見出せない。またこの長歌は口語的表現が多い。長歌は、述懐・上訴の性格を持ち、具象的な、やや散文的な表現も含むことが多く、必ずしも王朝和歌の表現と同列には論じられないが、それにしても、これが中古・中世の伝統的な長歌と大きくくずれることは確かである。

ところで、『阿仏東下り』作者は、『十六夜日記』の長歌を見ていたのか。それは、『十六夜日記』長歌の表現が、『阿仏東下り』本文にかなり多く散見されることから、ほぼ確実と思われる。たとえば、『十六夜日記』長歌の「かまくらの 世のまつりごと しげければ きこえあげてし ことのはも……」は、『阿仏東下り』後半にある「世のまつりごとしげきによりて」という一節に投影されていると考えられる。また、『十六夜日記』長歌の「よとせの春になりにけり」は、『阿仏東下り』後半の「かくして三年も過ぎぬれども」「はやく三年もうち暮れぬ」という表現に反映されているのではないか。また前掲の「懸樋」も、同様の例であろう。

このように、『十六夜日記』長歌の表現が、『阿仏東下り』に部分的にばらまかれていることから、『阿仏東下り』作者が『十六夜日記』の長歌を見ていたことは確実で、『阿仏東下り』作者が見た『十六夜日記』は、長歌を付載するものだったのだろう。しかし、『十六夜日記』長歌が奉納の長歌であったことや、鎌倉期の長歌が述懐の性格を持ち、『十六夜日記』の長歌もその和歌史の流れの中に位置づけられるものであることは、『阿仏東下り』作者には理解されていない。また、『阿仏東下り』長歌には、「乱れあひぬる　萩薄　露重げなる　女郎花　紫苑　竜胆　藤袴」のような物尽くし的表現が部分的にあったり、あるいは口語的表現がきわめて多いなどの特徴が見いだされる。これらは長歌というよりも、むしろ、素朴な形ではあるが、広い意味での道行文的な、あるいは物尽くし的な性格を部分的に持つように思われる。御伽草子の中にも、道行文は多数見られ、物尽くしも多い。御伽草子との関係については次節で述べる。

四　『阿仏東下り』の特質

(1)『阿仏東下り』の基本的性格

以上述べてきたように『阿仏東下り』は、『十六夜日記』を題材とする、雅俗ないまぜの架空の創作物語である。千本英史が、「作品中の和歌は『十六夜日記』のそれの一部を借りたものもあるが概して稚拙であり、また敬語の混乱、実方説話の誤りなど、作者の教養は決して高くなかったと思われる」と述べる通りである。

『阿仏東下り』は、最初に言及したように、伝本は少なく、ほとんど流布していない。成立については、伝本の伝

存状況から、最古本の学習院本の推定書写年代である元禄ごろ以前に、ある人物が創作したとしか、確定的なことは言えない。その親本は室町写本かという川瀬の指摘もあるが、ともあれ親本は現存していない。

『阿仏東下り』の本文が、『十六夜日記』流布本の本文をもとにしていることは、比留間・千本によって指摘されている。『十六夜日記』本文は、岩佐美代子によって、九条家本が古態をとどめていて、それに対して流布本は「室町末期に、男性、それも宮廷人というよりは、紀行に興味を持つ連歌師のような人物が関与して改訂されたものではないかと思われる」[21]とされ、首肯すべきであろう。すると『阿仏東下り』は、さらにそれ以降の成立となる。

以上のように、『阿仏東下り』前半部分は、『十六夜日記』の枠組をほぼそのまま踏襲しており、同じ様に東下りする。和歌は、『十六夜日記』で詠まれた和歌は、一首を除き、そのままでは載せず、説明的に改変し、あるいは創作しているが、その多くは甚だ稚拙な性格のものである。宮廷や歌道家、歌壇、ある程度の和歌圏などで古典和歌に日常的に関わる階層が作者であるとは考え難い。おそらくは非貴族層であろう。もちろん教養としては、古歌や歌枕、和文に興味を持っていることは確かであり、まったく知識がないわけではない。紀行部分には誤認もあることから、作者はおそらく東海道を往還したことはなかったのだろう。なお『阿仏東下り』には全体に敬語に甚だしい混乱があり、和文の敬語に習熟していない階層の所産であろうと思われる。

『阿仏東下り』には和歌は多いが、阿仏尼の歌人としての文化活動・和歌活動に対しては言及が少ない。鎌倉での阿仏尼は、かなり広汎な文化活動を展開していたとみられるが、そうした消息を伝えるものはない。また『阿仏東下り』では、『十六夜日記』の中から後に『玉葉集』に入集した和歌についても、全く注意が払われていない。『阿仏東下り』作者は、阿仏尼の歌壇的地位、歌人としての位置には無関心であったらしいことが窺える。

『阿仏東下り』後半部分の東日記は、ほとんどすべてを創作して構成する。時の将軍夫妻を登場させるにあたって、

頼朝・政子のイメージを重ねてしまう等々、鎌倉期の時代背景や政治構造、事実性、社会的習慣、特に貴族女性の生活実態などにこだわることなく、あるいは知識・関心がないためか、全体に多くの矛盾や誤認を有する。とは言え、阿仏尼を装う意図があることは確かであり、枠組みの踏襲に加えて、人物名や地名などの固有名詞は、部分的に『十六夜日記』から『阿仏東下り』に取り込んで生かしている。人物名については、『十六夜日記』中に登場するのは鎌倉期当時著名な歌道家の歌人や女房歌人であるが、それらには無知か無関心であり、それを入れることなく、「侍従の局」「太政大臣の御妹」のような架空の女房や貴人として、別の人物を作り上げ、自由に動かしている。

『阿仏東下り』は、基本的に『十六夜日記』のある部分の拡大・変奏であり、それは子とその家を守るために鎌倉下向する阿仏尼像を強調するものであると言える。将軍北の方の後援は、こうした母像への同情・共感を契機とし、軸に据えたものであり、この点は『阿仏東下り』の中で繰り返され、教訓的性格を強く有する。つまり『阿仏東下り』は、別離と東下りの苦労、鎌倉において子の権利のために戦う母の苦難・病、それに同情した将軍夫人による後援、将軍権力による勝訴の成就と安堵、還京、相手方の処罰、子の出世という、勧善懲悪的な単純なプロットを基本に、教訓や啓蒙を目的としながら、そのプロセスを歌をまじえてわかりやすく描写する作品である。

『阿仏東下り』の以上のような特徴は、他の偽書、あるいは広く言えば御伽草子(室町物語)とも、また謡曲とも、ある面では共通する要素を持っており、中世末期から近世前期の時代と文芸の中において相対的に考える必要がある。次にこの点から考えてみよう。

(2)謡曲「阿仏」

謡曲の中に、「阿仏」という作品がある。「阿仏」はこれまで阿仏尼や『十六夜日記』の享受資料として取り上げら

れたことはないが、享受の点で注目すべき作品であると思われる。「阿仏」はいくつかの伝本が確認できる。成立については、翻刻の解題に次のように述べられている。(22)

下村本の奥に「観世宗雪本之写」とあるから、観世大夫宗節(天正十一年十二月五日七十五歳歿)存生中かそれ以前の作であろう。十六夜日記によったことは明らかで、サシ・クセは同書所収の長歌をそのままとっている。

この天正十一年(一五八三)以前を示す奥書の真偽はさらに検討すべきであるが、年代はともかく、内容的に、「阿仏」の中には『十六夜日記』が使われていることは注目される。

冒頭は次のように始まる。

ワキ是は鎌倉殿の御内に、因幡の守広元と申者にて候。扨も定家卿の尼公、阿仏訴訟の事候ひて、永々在鎌倉にて候。君も哀と思し召候間、今日阿仏御出候はゞ、安堵の御判を下され、都へ帰し申せとの御事にて候程に、此よしを申聞せ悦ばせ申さばやと存候。いかに誰か有。トモ御前に候。ワキ阿仏の参られて候はゞこなたへ申候へ。

このように場面は鎌倉の御所に設定されている。広元(ワキ)が、阿仏尼が訴訟のため長年鎌倉にいることを「君」が哀れみ、安堵を下賜して都へ返すという運びとなったことを述べて、それを伝えるために、阿仏(シテ)を召し出すように命じる。この「阿仏」でも、『阿仏東下り』と同様に、安堵するのは「鎌倉殿」であり、広元が登場することからも、これは当然頼朝をさしているのであろう。阿仏は、妄執と悲哀とを切々と語り出す。

シテ実や不定泡沫の世のならひ、あすをもしらぬ老の身に、何の望みか有明の、月の都を忍び来て、子ゆへにまよふ夜の鶴、うはの空成我心、飛立つ計思へども、叶はぬ世とていつまでか、猶鎌倉に住果ん。和哥の浦、書とゞめたるもしほ草、〳〵、是を昔の形見とは、誰かは残し置つらん。見る度毎にいやましの、子ゆへに迷ふ親

心、〳〵

やがて御所に到着し、まかり出た阿仏は、訴状を持参したことを述べ、広元に「実々永々在鎌倉にて御痛はしく存候。さらばそれにて訴状を高らかに読候へ」と促されて、その訴状を読み上げる。

シテ夫賢王の人を捨給はぬまつり事、今に限らぬためしなり。敷島や大和の国は、天地《あめつち》の、ひらけ初めし昔より、岩戸を明て面白き、神楽の詞歌ときく、されば賢き例とて、聖の代にも捨られず、人の心を種として、万のわざを言の葉に、鬼神までもなびく成。八嶋の外の四の海、浪も静に降雨も、時定むれば君々の、御言《みこと》のまゝにしたがひて、和歌の浦路の藻塩草、書集めたる跡おほし。須磨と明石の筧とて、伝ひし水の浪もがな。関とめられて今はたゞ、陸《くが》にあがれる魚のごとく、楫を絶たる舟のごとく、寄方もなく侘果る。（後略）

この訴状の冒頭、「夫賢王の……」には『十六夜日記』冒頭の表現が使われている。そして「敷島や」以下は、『十六夜日記』の長歌を、短く切り詰め、[23]歌句も少し変えてはいるが、その大部分を取り込んでいるのである。訴状の読み上げが終わると、広元は「実哀なり理りなり。はや〳〵都に帰り給ひ、子孫繁栄し給へ」と述べて、安堵の御判が出たことを阿仏に伝えると、阿仏は歓喜する。阿仏は変わり果てた自身を悲しみつつも、最後は「親子諸共打連て。都へこそはのぼりけれ〳〵」と結ばれる。

この謡曲「阿仏」では、『十六夜日記』前半も参照されているが、中心部分をなす訴状に長歌を用い、このほかの部分では阿仏が安堵を得る場面を創作する。長歌が中心的に用いられているのは、『十六夜日記』後半には描かれていない阿仏尼の苦悩と訴えが、長歌に凝縮されているからであろう。

謡曲「阿仏」と『阿仏東下り』とは、表現上、直接的な影響関係があったと言えるほどの関連性は見出せない。しかし一方では、骨格は類似する。冷泉家側が後世に勝訴となった結果をふまえて、『十六夜日記』を参照しつつも、

『十六夜日記』に書かれていない部分を仮構する形で表現化すること、そこでは所領が「鎌倉殿」に安堵されて阿仏尼が都に帰る結末を語ること、阿仏尼の子への愛や妄執が強調されること、人々が老女阿仏尼の苦難(長い鎌倉滞在)に同情することなど、基本的に相関する面も少なくないのである。

(3)他の偽書との類似性

著名な女性作者に仮託して創作された偽書としては、清少納言の『清少納言松島日記』や、紫式部の『紫日記』があるが、『阿仏東下り』がそれらと共通する面を有することは注意してもよい。『清少納言松島日記[24]』は、老尼の清少納言が松島に旅する紀行文である。そこにも、「侍従の局」や、「都の大臣」「大納言のおもと」という人物名不詳の人々や、「下野のみこともち顕忠」「この嶋の前の守」のような、実態にそぐわない地方官が見える。また「かたへの巌に腰うちかけて休らひぬ」「供とする人もなし」とあるように、徒歩で、供もなく旅しているように描かれることも、『阿仏東下り』と類似する。

また、『紫日記[25]』は、某年一年間のことを描く日記で、為時の地方赴任から始まり、宮中の行事や奉仕、『源氏物語』執筆、褒美の下賜、紫式部への改名の勅などを描く。そこにはやはり「小侍従」が登場し、「さこんの大夫」「右近のおもと」「紀中将」「女十のみやのふこのみこ」「のふこの宮」というような人物が見える。言うまでもなく、女房が、尊貴の内親王を実名で呼ぶのはあり得ないことである。また「東山のかんしん院」という寺院が出てくるが、これも『阿仏東下り』で「あんちやうし」という不詳の寺が出てくることを思わせる。また『紫日記』で、かつて源高明を須磨・明石に送ったことを回想しているが、安和二年(九六九)には紫式部は生まれてもいないということ、また「平安期の故実などに関する記述に不正確な部分が見られる」と、植田和枝が指摘している。貴顕の女性から主人

公が認められ、その庇護や後援を受けるということは、『紫日記』と『阿仏東下り』に共通する側面である。ただし、そこで主人公のどのような側面が認められるかについては、注意しておく必要がある。『紫日記』では紫式部の和漢の才や物語執筆の才能であり、これらは特に強調されて描かれているが、『阿仏東下り』では、将軍北の方に阿仏尼が認められる契機は、前述のように、歌人ではなく母親としての阿仏尼像である。

以上のように、いかにもそれらしい名の女房や人物が登場し、その多くが伝不詳の（おそらく架空の）人物であること、歴史上有名な人物を引くが事実誤認があること、寺名等も不審であること、貴顕の女性に認められてその後援を受けること、当該の時代に関する正確な知識の欠如がみられること、しかし作者はおそらくそれらにあまり拘泥せずに創作していること等々、これらは『阿仏東下り』と多く共通する点なのである。

（４）御伽草子との類似性

同時に、以上のような特徴は、広く御伽草子（室町物語・中世小説）全般にも見いだされる特徴であるとも言えよう[26]。またこのほか、全体に社会的・歴史的に荒唐無稽な部分を含むこと、常套的類型的な形容句や表現が頻出すること、啓蒙性・教訓性が強いこと、また『阿仏東下り』が主人公の流離・苦難から始まること、途中で故事逸話を長々と語り出して本筋から脇道にそれること、しかし全体はわかりやすい一つのプロットでまとめられていること、そして作中和歌については[27]、やや稚拙で説明的な和歌が多くあり、主人公の心情を直接に代弁すること、また本稿では触れなかったが、仏教色が見られるという点も、御伽草子と共通する点であると考えられる。おおまかに言えば『阿仏東下り』は、多くの面でこれらの作者層・読者層と、その基盤を共有すると思われる。

また『阿仏東下り』が長歌を載せることは前述したが、御伽草子や絵巻などの類には、長歌を含むものが少なから

ず見られる。たとえば、『住吉物語』はもともと姫君の長歌を載せるが、これは奈良絵本や絵巻などでも踏襲されている。『隆房集』第三種本である『隆房卿艶詞絵巻』は、長歌と反歌を載せている。『鵜鷺物語』には真玄の恋文の長歌を載せる。『猿の草子』は、最後に道行文的に名所を連ねた長歌を載せている。また『仮名教訓』には、「宗祇法師長うた」として、「若衆身もち」「よき女房の身もち」「あしき女房の身持」「宮つかへによき女房」「宮つかへあしき女房」(28)という、五首の教訓の長歌を載せており、表現は具体性に富み口語的である。御伽草子や絵巻におけるこうした長歌の存在に刺激を受けて、『阿仏東下り』で長歌が創作されたのではないか。

ところで、著名な女房歌人を主人公にした御伽草子も多い。小野小町の『小町草紙』『小町物語』『玉造物語』、和泉式部の『和泉式部』『小式部』『琴腹』、紫式部の『紫式部の巻』などがあり、また多数の説話・謡曲等がある。小野小町については、平安・鎌倉時代から美人驕慢・栄華と、落魄・衰老を対比的に述べる説話が多くあり、『小町草紙』では、清和天皇時代の遊女として登場する。和泉式部も、秀歌逸話・歌徳霊験説話は多く、また夭折した娘小式部への母性愛も説話化され流布するが、一方でその恋愛遍歴、出家、罪障、流浪などを強調するものが多い。御伽草子『和泉式部』では、和泉式部は一条院時代の遊女として設定され、母子相姦譚まで述べられている。紫式部は、早く平安期から『源氏物語』執筆に関する説話のほか、『源氏物語』を虚言で書き地獄に堕ちて苦しんだという堕獄説話が流布、源氏供養が行われ、一方では紫式部観音化身説もあらわれた。こうした方向の教訓性に対して、『阿仏東下り』における教訓性は、ひたすらに阿仏が家や子を守る姿勢を称揚し、勝訴するまでのプロセスを拡大して語ることによって示される。

このように、『阿仏東下り』を、謡曲「阿仏」や、著名な女性作者に仮託された偽書や説話、また広く御伽草子の中におくと、『阿仏東下り』がそれらと共有するもの、また異なる点が、浮かび上がってくる。

五　『十六夜日記』享受の様相

『阿仏東下り』の成立は、『十六夜日記』享受の様相をふまえると、どのように推定できるであろうか。改めてこの点について考えてみたい。そもそも『十六夜日記』[29]が、今日のように阿仏尼の文学を代表する古典として位置づけられるようになったのは、いつ頃からか。冷泉家周辺・歌道家周辺を除くと、それはやや時代を下ると思われる。

『十六夜日記』前半部分(もしくはその原形の草稿)は、後半部分に「下りし程の日次の日記を、この人々のもとへつかはしたりし」と書かれていることから、為相・為守に送られたことは確実である。また、阿仏尼と親しい飛鳥井雅有の日記『春の深山路』の弘安三年(一二八〇)の記事に、『十六夜日記』もしくはそのもとになった旅日記を雅有が見た(もしくは聞いた)ことを示す記述がある。また鎌倉末においては、『夫木和歌抄』は『十六夜日記』の前半「路次の記」から十四首採っている。『夫木抄』と『十六夜日記』については別稿[30]で論じたので、ここでは述べないが、『夫木抄』は為相とその門弟長清の編で、おそらく為相から長清に厖大な撰集資料が渡されており、その中に『十六夜日記』があったのは当然想定できる。また『玉葉集』には『十六夜日記』の歌が詞書とともに入集しているので、撰者為兼が『十六夜日記』を見ていたことは確実である。

このように、阿仏尼と直接関わりのある冷泉家・京極家などの周囲の人々・友人は、『十六夜日記』を重んじ、読んでいたと推定される。が、それ以外に、『十六夜日記』はどの程度流布していたのだろうか。鎌倉期、阿仏尼について言及する資料は、少なからずあるものの、その中に見られない。たとえば元徳三年(元弘元年・一三三一)成立の

『古今秘聴抄』では「為氏の細川庄とらむとて、(中略)我が身は関東にくだりて十余年へてかまくらにて死去」とあるように、阿仏尼の関東下向を記すものもあるが、そこから『十六夜日記』執筆のことは記されない。さらに下って、永正十一年(一五一四)関東で成立したという『雲玉和歌抄』には、阿仏尼に触れている部分があるが、『十六夜日記』を思わせる記述はない。

勅撰集においてはどうであろうか。前述のように『玉葉集』旅歌には『十六夜日記』から四首、下向の詞書を付して入れているが、それは阿仏尼と親しかった京極為兼のもとに『十六夜日記』があったことを示すものである。しかし、二条家の勅撰集では、『十六夜日記』からの入集は全く見られない。二条家との裁判のため下向したことを記す日記『十六夜日記』から歌を入れないのは、当然であろう。

『十六夜日記』に限らず、阿仏尼歌の入集という点で見ると、『続古今集』では三首、『続拾遺集』では六首入集しており、このときは為家の影響力がまだ残っていたのだろう。次の『新後撰集』には一首のみ。『玉葉集』には十一首採られるが、『続千載集』『続後拾遺集』にはそれぞれ『弘安百首』から採った一首だけで、形だけの入集である。まるで『弘安百首』に詠進した一女房の扱いである。京極派の『風雅集』には多数入集するが、それ以降はまた減ずる。ちなみに、勅撰集において、為家との恋愛贈答歌をのせて為家との関係を明示しているのは、やはり『玉葉集』『風雅集』のみであり、二条家の勅撰集では、阿仏尼が為家室・為相母であるという部分は無視しているのであって、安嘉門院四条という一女房として扱う。これらはすべて歌壇史と連動している。京極家が断絶し、やがて二条家も断絶すると、歌論書・偽書などにおいて、阿仏尼に投影された二条家対京極家・冷泉家の対立部分は、室町期にしだいに消えていくことは、『阿仏尼』(前掲)で論じた。

『十六夜日記』伝本の奥書を見ると、室町期、『十六夜日記』は、冷泉家の中では読まれていたことが、奥書等から

も確認できる。岩佐美代子（前掲書）が考察したように、九条家旧蔵本（江戸初期写）の奥書に「以冷泉大納言持為卿家本書写校合了」とあり、親本が為相の曽孫下冷泉持為（享徳三年・一四五四年没）書写本であることが知られ、これが『十六夜日記』の書写が伝えられる中で最も古い年次である。ただし現在冷泉家に蔵されている『十六夜日記』はこの持為本ではなく、流布本系の江戸初期の伝本である。(31) なお井上宗雄によれば、(32) 下冷泉持為の女が後に春芳院・藤大納言局と称せられた女性で、将軍義政の女房で、歌道に通じ、文明頃の歌会に名がみえ、阿仏尼の復生と称せられ、弟政為をたすけたという（『康富記』『梅庵古筆伝』ほか）。『梅庵古筆伝』(33) を掲げておく。

春芳院

持為卿息女。政為卿姉也。尤長倭歌而伝古今集於父卿。詠一夜百首。人以為阿仏之復生。将軍義政公問倭歌之道。常歎美曰。女流之博識不愧古云々。政為幼年之日扶持我家道云々。

春芳院が阿仏に復生とされたのは、その歌才や下冷泉家復興のための尽力が、阿仏を思わせたのであろう。梅庵は大村由己（一五九六没）の号で、その著とされる。なお最初に述べたように、この春芳院を『阿仏東下り』の作者とする説もあるが、全く成り立たない。

書写奥書に『十六夜日記』の書写年が明記される伝本の中で、最も古い永青文庫本は、慶長三年（一五九八）に細川幽斎が兼如に書写させたという奥書を有する。現存する伝本はすべてこれ以降の、江戸時代の写本であるとされている。(34)『十六夜日記』は、中世の間、冷泉家や歌道家周辺では重要視され写されていたことが確実だが、それ以外の一般的な階層における広い享受や流布は、室町末以前には明確には確かめられないのである。

室町末期以降になると、『十六夜日記』享受が広がりを見せることは、室町末期に宮廷人ではなく連歌師のような人物によって流布本本文が作られたと推定されていること（岩佐美代子の前掲書）、また伝本の奥書では前掲の幽斎の奥

書、あるいは前述の謡曲「阿仏」が作られたことなどから、総体的に知られる。また『十六夜日記』伝本は、江戸時代に入ると急に増加する。刊本では、元和頃（一六一五―）に古活字本が作られ、万治二年（一六五九）には整版本が刊行されて、これは明治になるまで長く版を重ねた。江戸時代になって、『十六夜日記』が、女性による紀行文学の代表としての地位を確立したことは、版本の刊行だけではなく、諸書に窺うことができる。

享受の具体例をあげると、烏丸光広が元和四年（一六一八）四月の旅を描いた『あづまの道の記』(35)では、『長明海道記』などとともに、『十六夜日記』を引き、「むかし安嘉門院四条のつぼね返られけるは、鳴海より二村山にかかりて、八橋を渡りたるとみゆ」とある。また同じく光広が、寛永十二年（一六三五）二月、左大臣二条康道に供奉し京都から江戸へ下向する旅を描いた『春の曙』でも、八橋で「阿仏などは、鎌倉へ下向の時、是を通りたるにや」と述べる。また、元政の万治二年（一六五九）秋の紀行『身延のみちの記』では、長明、菅原孝標女、西行などとともに、阿仏尼にも言及しており、「こよひは見付といふ里にとまる。かの阿仏の尼、此さとにとまりしに、里のあれて物おそろしかりければ、たれか来て見付のさとと聞くからに、などいひしこと思ひ出て」と、『十六夜日記』を引用する。

元禄時代になると、松尾芭蕉は、『笈の小文』の序文で「抑、道の日記といふものは、紀氏、長明、阿仏の尼の、文をふるひ情を尽してより、余は皆俤似かよひて、其糟粕を改る事あたはず」といい、仮名紀行文の古典として、『土佐日記』、『東関紀行』（『海道記』）、『十六夜日記』をあげている。

江戸中期において注目されるのは、享保五年（一七二〇）名古屋城内に仕えていた武女が、江戸まで下った旅を描いた『庚子道の記』であり、清水浜臣の頭注を付して文化六年（一八〇九）に刊行された。これは古典を縦横にふまえた、流麗で品格のある日記文学であり、序文で春海は「さるは蜻蛉、むらさきのにほはしき筆ずさみにもはぢず、また更科、十六夜のあてなる口つきにもおとらぬは、いとこそめづらかなれ」と絶讃する。この作品は『十六夜日記』前半

紀行部分の非常に強い影響下になった作品であり、構成は『十六夜日記』を基本的骨格とし、文章詞句や和歌にも『十六夜日記』をふまえた点が多く見いだされる。近世中期の上流女性における『十六夜日記』享受を顕著に示すものとして注目される作品である。また、賀茂真淵『岡部日記』(元文五年・一七四〇)は、多くの古典をあげつつ、考証しながら叙述するが、その中に『十六夜日記』を引いており、「阿仏尼の「今宵は引馬の宿にやどる、此ところすての名は浜松と言ふ」と書」とある。

以上のような、歌人・俳人による近世和文における『十六夜日記』享受に共通するのは、紀行文学の古典として、その文章が高く評価されているという点である。ここでは『十六夜日記』成立の背景や、阿仏尼の人間像、下向の動機などは問題とされていない。『阿仏東下り』の『十六夜日記』享受と、これらの『十六夜日記』享受のあり方には、おそらく享受者の階層にかなり断層があると言えよう。

文政七年(一八二四)には、小山田与清らによる注釈書『十六夜日記残月抄』が刊行され、語に関するきわめて詳細な注が付され、江戸時代における国学者の『十六夜日記』研究の深化と達成を示している。

このように『十六夜日記』享受の様相を辿ると、『十六夜日記』が歌道家・歌壇などの外側で広く読まれるようになるのは、おそらく室町末期以降であり、一般的に阿仏尼の代表作かつ紀行文学の古典とされていくのは江戸時代に入ってからである。非貴族層の、古典的教養が決して高くはないある人物が、『十六夜日記』流布本の本文に拠って、子とその家を守る母親像を強調しつつ『阿仏東下り』というテクストを創作したのは、早くとも室町末期以降、おそらくは江戸初期以降で、かつ元禄頃以前の可能性が高いのではないだろうか。

そして、中世・近世・近代において、阿仏尼像がいかに大きく節目ごとに変容したかについては、以前に論じて(36)いるので、ご参照いただきたいが、『十六夜日記』という作品に限っても、紀行文学の名作として称揚される方向、子

のために戦う母の苦難と勝利を強調する方向、また女訓書の作者としての阿仏尼像を拡大する方向、というように分岐したり、重層したりしながら、享受されていった。ある女房・ある女性が語り、そして語られ、さらに語り変えられて、その変容と増殖が現在に到るまで続いていることを、端的に示しているのである。

(1) 『紫明抄』の「夕顔」、『和歌所へ不審条々』(『二言抄』)、『筑波問答』、『吾妻問答』など。田渕句美子『阿仏尼とその時代――『うたたね』が語る中世』(臨川書店、二〇〇〇年)、同『阿仏尼』(人物叢書、吉川弘文館、二〇〇九年)参照。
(2) 『日本古典偽書叢刊』第二巻(現代思潮新社、二〇〇四年)。
(3) 『日本書誌学之研究』(講談社、一九四三年)。
(4) 岩波文庫『十六夜日記』付載『阿佛東くだり』(岩波書店、一九三四年)の解説。
(5) 『十六夜日記』(新註國文学叢書、大日本雄弁会講談社、一九五一年)所収『阿佛東くだり』。
(6) 『校註阿佛尼全集 増補版』所収『阿佛東下り』(風間書房、一九八一年)。
(7) 保護表紙に「異本十六夜日記」、原表紙に「十六夜日記異本」と直書きで記されている。なおこの川瀬一馬旧蔵本は、本書校正中に、早稲田大学図書館の所蔵となったが、調査報告は改めて行いたい。
(8) これは川瀬一馬の前掲書、および岩波文庫所収『阿佛東くだり』に付載されている。
(9) 大進匡聘は、『冷泉正統記』(天理大学附属天理図書館蔵本は天保六年写、書陵部本は天保十三年写)の著者かとみられる。
(10) 『宮廷女流日記文学』(至文堂、一九二七年)。
(11) 『中世歌論の研究』(笠間書院、一九七六年)、初出は一九五八年。
(12) 「『十六夜日記』の展開――春芳院と「阿仏東くだり」の成立」(『中世文芸』五〇後集、広島中世文芸研究会、一九七二年一〇月)。
(13) 「『十六夜日記』と「阿仏東下り」――阿仏尼像の変遷」(『実践女子短大評論』二二、二〇〇一年三月)。

(14)『阿仏東下り』本文は、前掲『日本古典偽書叢刊』第二巻所収『阿仏東下り』(国会図書館本を底本とする)に拠る。
(15)「源頼朝と軍記・説話・物語」(『説話論集』二、清文堂出版、一九九二年)。
(16)『軍記と室町物語』(清文堂出版、二〇〇一年)所収。
(17)千本英史が注釈で指摘するように、公任の任権大納言は実方没後十一年後のことである。
(18)国文学研究資料館蔵『十六夜日記』絵入写本(江戸前期写)、および万治二年刊『十六夜日記』版本。
(19)『十六夜日記』は、すでに元服して成人している為相・為守の描写を、彼らの実年齢よりもかなり幼なげに表現する傾向がある。この描写が『阿仏東下り』に影響しているのではないか。『阿仏東下り』の作者は、実年齢を知らずに、『十六夜日記』の描写によって、「みどり子」と考えてしまったのではないかと想像される。
(20)『十六夜日記』の長歌については、平下真紀子「『十六夜日記』長歌考」(『岐阜大学国語国文学』二六、一九九九年三月)、久保貴子「『十六夜日記』古本系と流布本系との距離――置文和歌と長歌を手がかりに」(『日記文学新論』石原昭平編、勉誠出版、二〇〇四年)がある。
(21)『宮廷女流文学読解考　中世編』(笠間書院、一九九九年)。
(22)『未刊謡曲集　八』(古典文庫第二三五冊、一九六七年)の本文・解題に拠る。ただし漢字仮名・清濁その他、表記は私意に依る。
(23)『十六夜日記』長歌にあって、「阿仏」訴状にない部分は、長短あわせて、四ヵ所ある。
(24)『清少納言松島日記』の本文は、『日本古典偽書叢刊』第二巻(前掲)による。
(25)植田和枝「『紫日記』――その紹介と位置づけ」(『女子大文学(国文篇)』三一、一九八〇年三月)および津本信博「資料紹介『むらさき日記』・『海道記』」(『学術研究』(国語・国文学編)四五、早稲田大学教育学部、一九九七年二月)参照。以下、『紫日記』の本文は、津本による天理図書館蔵『むらさき日記』の翻刻による。
(26)この点については、前述の如く、池田亀鑑が『阿仏東下り』の成立を「太平記の成立してから後、多くのお伽草紙の類の生れるころであったであろう」とし、御伽草子との関係を示唆している。

(27)　御伽草子の和歌については、久保田淳「御伽草子の和歌」(『御伽草子・仮名草子』鑑賞日本古典文学26、角川書店、一九七六年)、稲田利徳「室町和歌の心――御伽草子の和歌から」(『国文学　解釈と鑑賞』五六―三、一九九一年三月)、大島由紀夫「お伽草子の和歌」(『国文学　解釈と鑑賞』七二―五、二〇〇七年五月)など参照。
(28)　続群書類従(第三十二揖下・巻九四六)所収の本文に拠る。
(29)　書名は「阿仏記」「いさよひの日記」「十六夜記」「十六夜物語」「不知夜記」「阿仏房紀行」「道の記」「阿仏道の記」「阿仏道行」「阿仏尼海道記」「以佐宵能記」など、多岐にわたる。「十六夜日記」という書名・表記が固定したのは、『十六夜日記残月抄』からであろうという森井信子の指摘がある。「静嘉堂文庫蔵「伊佐霄記」の位置付け」(『文学研究科論集』六、大妻女子大学大学院、一九九六年三月)参照。
(30)　「『夫木和歌抄』における名所歌――日記・紀行を中心に」(『夫木和歌抄　編纂と享受』夫木和歌抄研究会編、風間書房、二〇〇八年)。
(31)　『源家長日記　いはでしのぶ　撰集抄』(冷泉家時雨亭叢書43、朝日新聞社、一九九七年)。
(32)　『中世歌壇史の研究――室町前期』(風間書房、一九六一年)、「室町期の女流作家」(『日本女流文学史　古代中世篇』同文書院、一九六九年)。
(33)　続群書類従(第三十一揖下・巻九一九)所収の本文に拠る。
(34)　『十六夜日記』伝本については、江口正弘編『十六夜日記・校本及び総索引』(笠間書院、一九七二年)、簗瀬一雄・武井和人『十六夜日記・夜の鶴注釈』(和泉書院、一九八六年)など参照。
(35)　以下の本文は、『あづまの道の記』は扶桑拾葉集に、『春の曙』『身延のみちの記』『庚子道の記』『岡部日記』は『近世歌文集　上下』(新日本古典文学大系67・68、岩波書店、一九九六年―七年)に、『笈の小文』は『芭蕉文集』(日本古典文学大系46、岩波書店、一九五九年)に拠る。
(36)　田渕句美子『阿仏尼』(前掲)。

第四章　隠遁した女房たち——老いたのちに

本書で宮廷女房たちの生涯と文学について、種々の視点から述べてきた。その最後にあたる本章で、文化的視点から眺めた場合に、女房たちが老いた時、隠遁した時、そこにどのような風景が結ばれていたかを、エッセイ風の論に過ぎないが、少し俯瞰的に見ておきたい。

一　院政期

西行の『残集』(『聞書残集』)に、次のような短連歌が載せられている。

大原に、尾張の尼上と申す智者のもとにまかりて、両三日物語り申してかへりけるに、寂然、庭に立ちいでて名残おほかるよし申しければ、やすらはれて

かへる身にそはで心のとまるかな　　寂然

まことに今度の名残はさおぼゆと申して

おくる思ひにかふるなるべし　(一八)

「両三日物語り申して」とは、楽話か、歌話や雑談か、あるいは仏話か、今は知ることはできない。だが「智者」という口吻や、帰るべく庭に歩み出ては逡巡し、尽きぬ名残を短連歌に託す西行と寂然の姿、深い惜別の念をあらわすその表現などからは、西行や大原に隠栖した寂然が、尾張尼上の叡知に深い敬愛を抱いていたこと、又この尾張尼上のもとで過ごした数日が、知的感興に満ちた稀有な時間であったことが窺われるようである。

この「大原に、尾張の尼上と申す智者」とは、既に山木幸一(1)などが詳しく論じているように、大原の尾張と呼ばれる老尼で、琵琶の名手として知られる。来迎院の大壇越、高階為遠女、白河院・待賢門院の女房であったらしい。幼少より母の父源基綱から琵琶を学び、秘曲を伝授され、それにより白河院に召され、源有仁からも楽曲を学んだ。出家して大原に住み、「二条院の御師のために召しけれども、籠り居にてのちなりければ、いまさらにとて、忘れたるよし申して、参らざりけり」(『十訓抄』十ノ六十)と伝えられる。有安が大原へ尾張を訪ね、秘曲伝授を熱望するが忘れたと拒否され、通い続けて三年後、ようやく秘曲・秘譜を受けたこと等の説話が、『文机談』『胡琴教録』『十訓抄』他に記される。尾張は楽の世界において、卓越した権威性を持つ存在であった。

西行の家集には、こうした老女房を訪ねた時の歌が少なからず散見される。西行と女房たちについては、中村文、渡邉裕美子(2)ほかで論じられているので、改めて歌は掲げないが、待賢門院に仕えて今は出家している女房、中納言・堀河らを、西行が小倉山・西山・高野などに訪ね、また高野に隠遁した中納言を訪れた帥を、西行がさらに粉河、吹上、和歌浦へ案内するなどのことがあり、また小倉山の中納言を、かつて待賢門院女房で今はその皇女上西門院に仕える兵衛が訪ね、前に西行が書き付けた歌に兵衛が書き添え、その歌がまた西行に伝わるというように、出家・隠栖した後も、彼らは互いに緊密な紐帯で結ばれていた。また堀河が西行に臨終の折の導師を頼んだり、兵衛が西行を往生の「しるべ」と頼み、死後自らが相伝していた仏舎利を西行に託すことなどが見える。一方で西行は、堀河・兵衛

姉妹に対して、勅撰集に入集した先輩歌人として憧れに近い感情を抱き、和歌の上で影響を受け、晩年まで憧れと敬愛を持ち続けていたかとする渡邉論の推定がある。

『隆信集』七九四・七九五もまた、ある幸福な時を共有した後の感懐を記す。西行、寂然と、隆信、上西門院兵衛らが、歌や連歌をして夜もすがら楽しみ、暁に別れを惜しみ合った。上西門院兵衛については、森本元子(3)の論に詳しいが、最晩年の兵衛は実定、実家ら青年貴族達から慕われ、その雅遊の中心であった。『隆信集』はそのほんの一つの例に過ぎない。兵衛は既に出家していたが、生活の場は上西門院御所であり、隠遁していたのではないけれども、この高齢の老女房がどれほど人々に思慕され敬愛される存在であったかが知られ、森本はそうした兵衛の人間像を秀逸に描き出している。

また、殷富門院大輔も同様の存在であった。二十代で殷富門院(亮子内親王)に出仕し、七十歳ほどまで生き、その間、西行、俊恵、頼政、実定ら先達と親しく交流し、晩年には定家、公衡ら若い歌人たちをあたたかく見守り、才能を認めて励ました。気難しい定家も、大輔への敬愛を生涯忘れることはなかったようだ(4)。

以上のように、老尼となっている尾張、待賢門院堀河、上西門院兵衛、殷富門院大輔らは、人々に囲まれ敬愛されていたことを、多くの資料が語っている。このように、女房たちが老年に至り、宮仕えを退き、あるいは山里などに隠栖した時、彼女たちは文化的・文学的側面から見て、どのような存在であり、どのように語られたのだろうか。以下、時代を追って、恣意的ではあるがいくつかの例を拾いつつ瞥見していきたい。なお女性が隠遁する時、その多くは出家して尼となっている。その信仰への意識や宗教的営為・表現などには本稿は及んでいないが、これについては久保田淳「女人遁世(5)」が論じている。

二　新古今時代

院政期の女房歌人たちの晩年を素描するのは、『源家長日記』建仁元年(一二〇一)の記事であり、新古今歌壇の始発期、後鳥羽院が新旧の女房歌人を召した経緯を語る。

此のころ、「世に女の歌よみ少なし」など、常に嘆かせ給ふ。昔より歌詠みと聞こゆる女房、少々侍り。殷富門院の大輔も、ひととせ失せにき。又、讃岐、三河の内侍、丹後、少将など申す人々も、今はみな齢たけて、ひとへに後の世のいとなみして、ここかしこの庵に住みなれて、歌のことも廃れはてたれば、ときどき歌召されなどするも、「念仏のさまたげなり」とぞ、うちうちは嘆き合へると聞き侍る。

彼女たちはみな年老いて高齢となり、草庵に隠遁して仏道修行する日々であったが、一方では、時の権力者に歌を召されると詠進するのがいわば義務であったことが知られる。

『源家長日記』は、彼女たちはみな隠栖して和歌には疎くなり、時々歌を召されるのは念仏の妨げだと嘆いたと記すが、それは実際の和歌史上の展開とは乖離しているように思われる。二条院讃岐は正治二年(一二〇〇)の『正治初度百首』に詠進し、翌建仁元年(一二〇一)以後も新風を積極的に学んで身につけ、『千五百番歌合』をはじめ後鳥羽院歌壇の主要な和歌行事の多くに参加し、高く評価され、途中空白期もあったが、続く順徳天皇の内裏歌壇にまで出詠し、建保四年(一二一六)までの作歌歴が残る。(6) 宜秋門院丹後も承元二年(一二〇八)に至るまで、後鳥羽院歌壇の主要な歌合に出詠・参加し、『後鳥羽院御口伝』には良経の言として「故摂政は、「かくよろしきよし仰下さるゝ故に、老の後にかさあがりたる」よし、たびたび申されき」とあり、「老の後」の詠が賞讃されている。

『源家長日記』の、当時隠栖して仏道に精進していたという記事は事実かもしれないが、彼女達はその後もなお、というより、讃岐と丹後はむしろ『源家長日記』記事以後の老年期において、それ以前の旧風和歌と異なる新古今時代の疾風怒濤の中で、自ら詠歌を研磨し、女房歌人として円熟して歌壇で高い評価を得た。このことは注目すべきであろう。

三　新古今時代以後

鎌倉初期において、老女房たちの中でひときわ大きな存在感を放っているのは、俊成卿女である。前掲の『源家長日記』の記述の後、新古今時代を担うべき次世代の女房歌人として後鳥羽院に召し出されたのが、宮内卿や俊成卿女らであり、宮内卿は早世したが、俊成卿女は後堀河院時代・後嵯峨院時代まで活躍し、その詠歌活動は半世紀に及ぶ。俊成卿女については第三部第一章でその生涯について論じたので、ここでは簡略に触れるに留める。

後鳥羽院歌壇でのめざましい活躍の後、俊成卿女は出家して天王寺に参籠する(『明月記』建暦三年二月七日条)。しかしこれは遁世の出家ではなく、むしろ夫通具への離別と独立の宣言であり、積極的に選ばれた再生の道であったと、森本元子(7)は推定する。勝浦令子(8)は、中世において、夫生存中の妻の自由出家は婚姻の解消を意味し、出家によって世俗女性を縛る制約から自由な立場を手に入れることができたことを指摘したが、俊成卿女の出家はまさにこれにあたるであろう。順徳天皇の内裏歌壇においては活発に活動し、森本は、『順徳院御集』に見える順徳天皇と俊成卿女の親密な関係などから、彼女が順徳天皇の春宮時代からの教育係だったのではないかと推定する。

承久の乱で後鳥羽院も順徳院も配流され、まもなく彼女は嵯峨に隠栖したとみられる。

今はとてそむくうき世をかりの庵に秋はくもらぬ月のみぞすむ
（俊成卿女集・六〇・為家百首）

時しらぬ苔のさ衣けふとてもかへらぬ春の形見とはなし
（俊成卿女集・三五・北山三十首）

こうした嵯峨隠栖の間にも、定家が領導する宮廷歌壇の歌合・定数歌等にしばしば出詠、定家が『新勅撰集』を撰ぶ際には家集『俊成卿女集』を自撰して提供したと推定されている。

俊成卿女の安定した老後には、経済的保障があったことを忘れてはならないだろう。播磨国越部庄は俊成によって三分割され、うち上保（預所職）は、八条院三条（俊成卿女の母）を経て俊成卿女が相続した。(9) その越部庄が地頭の妨害にあった時、彼女は時の執権北条泰時に直訴し、泰時は直ちに地頭の非法を退けたという（『十六夜日記』巻末長歌裏書）。定家の死後、彼女はその越部上庄へ下向し、そこに隠栖した。越部隠遁後もなお歌壇とも交わりは断たず、為家率いる歌壇の主たる歌合や定数歌には和歌を詠み送り、老女房歌人の重鎮として尊崇される存在であったとみられる。八十余歳の最晩年、この越部から為家へ書き送った『越部禅尼消息』は、為家撰『続後撰集』を称揚しつつ、はっきりと定家の『新勅撰集』を批判しており、御子左家に属する女性としてこれだけの物言いができることに、老いてなお気骨ある人柄であったことが窺われる。『十訓抄』三ノ八に、最勝光院においてあざやかな付句で男法師達をやりこめた女房が、実は俊成卿女であったという逸話があるが、ここにもそのような一面が反映されているのではないか。

このように俊成卿女は、再生を意図した出家の後はもちろん、嵯峨や越部に隠栖した後も、常に都の歌壇と関わり、出詠・詠進し、最新の情報を入手して学んだ。勅撰集撰進の時には家集を撰者へ送り、出来上がった勅撰集を読んで批評し、それを撰者に書き送っている。『源氏物語』の注釈・研究をも行ったことが『原中最秘抄』『河海抄』他に残る。八十余歳で没するまで、御子左家を代表する女房歌人としての生涯を誇り高く全うしたのである。

さて次に触れておきたいのは、俊成卿女を初めとする御子左家の女房歌人達のような華々しい存在とは対照的な、ある無名の尼である。それは『明月記』に頻出する「連歌禅尼」(10)と呼ばれる女性である。この尼については第一部第五章でも言及した。

承久の乱後、『明月記』に見える連歌記事は、嘉禄元年(一二二五)から寛喜二年(一二三〇)に集中し、四十回以上に及び、定家は度々「老狂之興遊也」(元仁二年四月十四日条)などと言い訳しつつ、異常なほどに連歌に熱中する。定家邸での連歌会の常連は定家・知家・信実・家長・為家・長政・成茂・連歌禅尼らである。連歌禅尼は、藤原信実の姉妹で(定家の異父兄隆信の娘)、春華門院に仕えた弁という女房であり、藤原能頼室で、おそらく夫に死別して出家して尼となり、子息と同居していたらしい。寛喜二年四月十五日、連歌禅尼は急逝した。定家は「浮生雖不可驚、悲而有余」(同十七日条)と悲しみ嘆き、「連歌禅尼他界之無常、年来数奇之執心尤有追善之志(下略)」(同二十二日条)とあるように、その死を悼み、連歌仲間や数奇の志ある者たちで追善のための結縁経勧進をするべく、定家は種々の準備に奔走する。『明月記』紙背(第五十)には、この結縁経供養の準備に関する書状が残る。願文は当代の能書である藤原行能が清書した。八月十四日に、連歌禅尼がいた毘沙門堂で盛大に結縁経供養が行われ、翌日信実の夢に連歌禅尼が現れて御礼の歌を詠じたという。

この後、定家は自邸の連歌会を全く行わなくなる。他にも理由はあろうが、連歌禅尼の死がその最大の理由であったのではないか。恐らく連歌禅尼は、定家が深く敬愛するような、稀な連歌の才能を持つ女性だったかと思われる。連歌禅尼は前述のように信実の姉妹であるが、信実も、次に言及する信実の娘弁内侍・少将内侍も、みな鎌倉中期を代表する連歌の名手であったことから、連歌禅尼の才能が想像されるのである。しかしこの連歌禅尼の作は『菟玖波集』にも採られておらず、我々はその句を全く知ることができない。

歌人定家が記し留めた『明月記』記事によって、近親でもないある無名の老尼のために、ただそのひとの才能への敬愛と哀傷のために、志を同じくする人々が集まって結縁経供養の追善が行われ、遠く関東からも経一品が送られてきたことが知られるのである。(11)

四　後嵯峨院時代

鎌倉中期における王朝復興の時代、後嵯峨院時代の女房として、信実の娘藻璧門院少将・弁内侍がいる。『井蛙抄』第六に、彼女たちの次のような逸話がある。

信実朝臣、女三人あり。みなよき歌よみなり。藻璧門院少将は、ことに秀逸也。をのがねにつらき別のありとだに思もしらで鳥や鳴らん

(中略)少将内侍は先うせて、両人はのこれり。藻璧門院少将、老後ニ出家して法性寺旧跡ニすみける比、平親清女あづまよりのぼりて、「さる名誉人なれば見参せん」とて、法性寺の宿所へたづねまかりたりけり。持佛堂へ入れて、障子ごしに、「かやうに草深き栖かにわけいらせ給御心ざし、此道の御すきもことにおもしろく候て、老のすがたをもみえまいらせたく候へども、をのがねの心おとりせられまいらせじとて、見参はし候はぬぞ」といはれける、やさしく優にこそ侍れ。いなかづとなどつねはをくりて、文にて申うけ給けり。

弁内侍は老の後あまになりて、坂本の北にあふぎといふ所にこもりゐて侍りけり。亀山院きこしめして、七夕御会の時、題をつかはされければ、「七夕衣」に、

秋きても露をく袖のせばければ七夕つめになにをかさまし

とよみて侍けるを、「げにさこそ」とあはれがらせおはしまして、つねに御とぶらひなど侍けるよし、あふぎに

行宣法印とてふるきものゝ侍しが、語り申し侍き。

『新拾遺集』(雑上・一五八七)にも、この後半部と一致する詞書・歌がある。

ここでも、かつて活躍し今は隠栖した老女房を、院や貴顕などが安否を問い和歌を召したり、その名望を慕う者がわざわざ訪れる等のことがあったこと、また隠遁した女房が経済的基盤を欠く場合、困窮することもあったらしいことなどが窺われる。前半部の、平親清女が東国から上洛して、藻璧門院少将の法性寺の宿所を訪れる逸話には、東国にまで藻璧門院少将の名望が伝わっていたこと、またそれを損なうまいとする藻璧門院少将の誇り高さが語られる。

後半部、仰木に隠栖した弁内侍の話は、不如意・不遇を訴える述懐歌を君主が聞き届けるという、歌徳説話の話型を踏んだものとなっている。なお時代は遡るが、亡き女房歌人の旧跡を訪ねる話として、『今物語』第三九話や『山家集』『隆信集』に見える、周防内侍の朽ち残った旧屋を隆信・西行らが訪ねたという話も想起される。

ところで当時、女房たちが出家、隠栖する時、その背後にあった意識・動機はどのようなものであったのか。女性が遁世する時の契機については久保田淳(前掲書)や勝浦令子(前掲書)が詳論するが、女性自身の老・病・死に関わる救いのための延命・臨終出家、肉親や主君などの死者供養の為の出家、離婚としての出家、男女の愛憎やその他不幸な境遇・政治的社会的事情による出家、比丘尼になるための幼年出家など、多岐に亘っている。女主人に仕える女房の場合、女主人が亡くなったり出家した時には、女房も出家する場合が多い。一方、上皇などの女房で、特にその女房が主君に寵愛されていた場合には、寵を全く失った時にも出家することがみられる。それを言説として示すものに、『とはずがたり』における父雅忠の遺戒があるが、ここでは『阿仏の文』を取り上げよう。『阿仏の文』については第

五部第四章等で述べたが、ここでは女房がいつ宮仕えを退いて出家すべきかについて、後深草院に仕えている娘に説諭する部分を掲げる。

世のたとへに申たるやうに、心長きはとり所にて、宮たちなどいで来させ給ふほどの事など候へば、その御かしづきにまぎれても、命のきはは過す事にて候。身のほども世のありさまも、思ふやうにならぬ事にて候とも、五とせ六とせのほどは忍びて、色かはらぬやうにさぶらはせ候へ。なをうき身のすくせども思ひしりぬべくならせ給たらん時は、一すぢにおもひさだめて、さるべきつゐでして、さまうちかへて、しづかにおぼしめし候へ。

自らの長い女房体験を踏まえて娘に宛てて書かれたものだけに、ここには韜晦や粉飾の入り込む余地はなく、一時主君の寵愛を受けた女房が、その後、どのように身を引き出家すべきかが、明瞭に示されている。宮などが生まれたらその養育で過ごすことになるであろうし、宮仕えが思うようにならなくても、五、六年は心の傷みをおさえて祗候せよ、それでも身の宿世を思い知るような状況となれば、自ら決心して出家せよ、と述べている。

この後にも続けて、自身を浅はかに持ち崩す人もいるが、決してそんなことはしてはならない、心得顔に、品下れる家柄でも豪奢な生活ができれば不安もなく暮らせるなどと申しなす人もいるであろうが、ゆめゆめそんなことを考えてはならない、それこそが零落のもとである、亡き親の家の中で、例え家が傾き庭が荒れ果てても、そこで御仏の御教えのままに暮しなさい、何かのご縁があった時はそれを全く否定するわけではない、宿世というものもあろうが、身を誇り高く保つように云々という言辞が長々と書き綴られる。

阿仏尼の娘は、このの ち院の姫宮を生んだ（『十六夜日記』）。奇しくも阿仏尼が述べる通りに、「宮たちなどいで来させ給ふほどの事など候へば、その御かしづきにまぎれても、命のきはは過す事にて候」となったのである。しかし、前掲の弁内侍の記事もそうだが、平安期以来、宮廷女房が宮仕えを退き、頼るべき子や庇護者がおらず、経済的基盤

を持たない時、それは貧窮・零落の危険と隣り合わせであったことが、改めて知られる(12)。

五　描かれた老尼たち

『無名草子』の筆録者である老尼は、以上みてきたような老女房たちが持ち得たもの、あるいは社会的に老女房が象徴するものを、端的に示しているように思われる。『無名草子』で、老尼が女房たちの問いに対して、自ら過去の閲歴を語る部分を一部あげよう。

数ならずながら、十六七に侍りしより、皇嘉門院と申はべりしが御母の北政所にさぶらひて、讃岐院、近衛院などの位の御時、百敷の内も時々見はべりき。さて失せさせ給ひしかば、女院にこそさぶらひぬべくはべりしかども、なほ九重の霞の迷ひに花をもてあそび、雲の上にて月をも眺めまほしき心、あながちにはべり。後白河院、位におはしまし、二条院、東宮と申しはべりしころ、その人数にはべらざりしかど、おのづからたち慣れはべりしほどに、さる方に人にも許されたる慣れ者になりて、六条院、高倉院などの御代まで時々仕うまつりしかども、つくも髪見苦しきほどになりはべりしかば、頭おろして山里に籠りゐはべりて、一部読みたてまつること怠りはべらず。

老尼が最初語り手となって読者を語りの世界へ導き、更には聞き手に転換して、そこでの女房たちの語りを受けとめ、記し留めるという、基幹的な位置を与えられている。女房メディアを象徴するような存在でもある。この老尼は、摂関家北の方の女房、更には内裏の女房を長年にわたり勤め、そこに集積された文化を吸収し、語るに足る多くの世界

を経験し、更に老いがもたらす叡知と理解力を持ち、今は仏門に帰依し、世俗の制約から自由な立場を有する。老尼のモデル論もあるが、いわば象徴的存在として描かれており、特定する必要はないように思う。『大鏡』『今鏡』では尋常ならざる年齢の古老が語り手となっているが、ここでは現実により近い老女房であり、彼女が『無名草子』を内外から動かす原動力となっている。このような設定には、この時代において老女房が文化的社会的に果たした役割の、象徴的な意味が認められるのではないだろうか。

このほか、説話集に表象される多くの老尼・老女房達の姿や言説、そこに見られる実態や破調性、それへの作者・読者の視線の交錯などを、ここで取り上げる紙幅はない。しかし『十訓抄』『今物語』『古今著聞集』『撰集抄』などに見える彼女たちは、ある見識をもち、多くは貧窮したりある面で社会から逸脱しつつも、誇り高く自らを貫く姿が描かれ、話中でそれらが賞讃されることも少なくない。それは『源氏物語』など平安宮廷の作り物語において人々に嘲笑される老女とは異なるものであり、それだけに集約されない、老女への別の視線があったことを教えてくれる。

六　歴史学の研究点描

日本史研究において、中世の女房出身の尼について述べているものも多い。本稿に関わる点を中心に、いくつか点描してみよう。

京樂真帆子によれば、平安京にはその居所で分類すると、四種類の尼が存在したと言う。以下まとめて記す。

①家尼――出家した後も自宅に居住し、夫や家族の後見により生活が保障されている。

②山籠りをする尼――山中に庵を結び、修行に専念する。しかし生活は後見に任せる。

③寺辺に住む尼――僧寺と繋がり経済的援助を得る。住僧の母や妻、娘なども含まれる。

④寄宿・乞食の尼――乞食をしながら他人宅・旧主宅などに寄宿する。

①②は恵まれた境遇であるが、④は平安京の最底辺に位置する尼であるという。

西口順子[13]は、平安期の貴族の後家尼たちが、一族の寺や墓所との関係によって、西山往生院や大原など別所の周辺に草庵を結び、終の住処とした例や、中世前期に四天王寺の寺辺に夥しく集まっていた尼の活動・止住などを軸に、諸大寺や名山霊場の寺辺、山麓の里房、別所、即ち比叡山の大原、坂本、高野山の天野などに、僧の縁を頼り庵を結んで仏道修行した尼たちの姿を捉えた。また勝浦令子(前掲書)は、古代・中世期、主として既婚女性が出家する時の具体相などを詳論している。

さらに場としては、鎌倉期には法華寺などの尼寺が再興された。細川涼一[14]は、中宮寺・法華寺・道明寺などが律宗の尼寺として復興される過程や、法華寺が宮仕えから離れた女房や単身女性などのホスピタリー施設であったことなどを論じ、田中貴子[15]は、八条院高倉と慈善という女房であった尼を中心に、鎌倉期の法華寺が宮廷女房出身の単身の尼を受け入れる場であった様相を浮き彫りにした。更に大石雅章[16]は、こうした側面だけでない法華寺の全体像を、総合的に時代を追って明らかにした。諸氏の指摘にあるように、法華寺は『平家物語』の横笛や俊寛女、八条院高倉、春華門院女房出身の慈善、安嘉門院四条(阿仏尼)らが止住し、『とはずがたり』作者の後深草院二条も立ち寄っていて、多くの女房出身の尼の存在が想定され、アジールでもあり文化的拠点でもあった。

また天王寺をめぐる出家者については久保田淳の論に詳しいが[17]、『発心集』三―六の母女房、『今物語』第二四話の帝に召された女、『平家物語』『源平盛衰記』に見える平家の女房であった髑髏尼[18]なども天王寺の寺辺にいた尼である。

定家の姉後白河院京極も天王寺に止住(『新勅撰集』釈教・六二三)、俊成卿女も出家後天王寺に籠ったことは前述した。他にも天王寺に寄った女房・女性は多く、そこに張り巡らされたネットワークは厚く、種々の文学形成との関係も深いとみられる。

経済的側面では、中世前期の女性の財産権について、田端泰子[19]が、院・女院に仕える女房は職や所領などを給与されたが、次第に減じ、家の相伝の所領も鎌倉中期になると永代から一期《いちご》分《ぶん》譲与へと変遷し、公家女性の財産権が制限されていったことを指摘しており、女房の隠遁と老後を考える上で重要である。

また保立道久[20]によれば、平安時代以後、地方の豪族、更には鎌倉武士達は、宮廷社会の女房組織を原型として女房組織を作っていったという。宮廷女房はその頂点のエリート女房であり、出家隠栖しても、又『とはずがたり』作者のように漂浪しても、地方への文化伝播に多大な貢献をなし得たのは、蓋し当然であったと言えよう。

服藤早苗[21]は、長暦四年(長久元年・一〇四〇)九月九日の内裏火災の種々の記事から、神鏡をめぐる下級の古老女官たちの活躍、職務の遂行と管理の役割を具体的に描出している。土谷恵[22]は主として『明月記』の中に見える、院や女院の女房であった尼たちが、女房時代のネットワークを生かして多彩な宗教活動を展開しており、僧寺に付属する尼の房に集い、尼寺の再興を担う尼へと、活動に拡がりと深まりがみられることを指摘している。一方、久留島典子[23]は、「家」の外で生きた女性を中心に、その老いの姿を捉え、男女を比較しつつ、文献資料から知られる現実の老いた女性達のあり方からみて、老婆はよりマイナスイメージで描かれ、負の刻印を押されることが多いことを指摘する。

これは本稿に関わる側面のみの、しかも管見の範囲での蕪雑な摘記に過ぎないが、歴史学・仏教史の視点から見た出家・遁世した女性たちについて、女性史研究の進展により、その実態と史的位相が明らかになってきている。それらもふまえつつ、文学の側から[24]、今後もさらに考察すべきことが多くあるのではないだろうか。

七　隠遁した女房の文学

ある公的身分・制度から離脱した後の人々が、例えば北面という身分を脱して出家した西行が、後鳥羽院御所から失踪した後の長明が、どれほど日本の文学に影響を与えたか、記すまでもないし、このような例は枚挙に暇がない。これは男性に限らない。男女問わず、自撰の私家集も晩年の隠栖後に編まれたものが少なくないであろう。宮廷生活から離れて隠遁した女性が、閑暇の中で執筆した作品は、和歌に限らず実に多いと思われる。例えば、公卿・廷臣の漢文日記は、そのほとんどが日々書かれたものであるが、自身の宮仕えの時代を回想して仮名で叙述した中世女房日記文学は、その素材としての詠草や記録などがあったにせよ、最終的にある構想のもとにまとめられたのは、そのほとんどが宮仕えから退いた後、ある年月が流れて多くが隠栖した後ではないだろうか。女房日記である『たまきはる』『弁内侍日記』『中務内侍日記』『竹むきが記』いずれも、後年の回想記という性格を持つ。『新勅撰集』の撰集資料として提出された『建礼門院右京大夫集』も、まさしく「老いののち」(三六〇詞書)に最終的に編まれたものである。『とはずがたり』は宮中を退き、出家と諸国への旅を経てまとめられたものである。当然すぎることかもしれないが、公的身分から離れ、隠遁した者達の営為として、出家・隠栖した女房たちが文学史において大きな役割を担っていたことが改めて知られる。男性と同様に、出家による解放と自由という面も見逃せない(25)。いわゆる隠者文学と言えば男性のイメージが強いが、隠遁した人々による文学の中には、女性を含めて考えることも必要ではないだろうか。

あくまでも説話であるが、小野小町の「あなめあなめ……」の髑髏説話や、『古事談』等に描かれる清少納言の零

落話などは鮮烈なイメージを与える説話である。また現実の描写として、たとえば『枕草子』第八三段には、「なま老いたる女法師」「尼なるかたゐ」などの乞食尼に、中宮定子の女房たちが施しをするさまが描かれる。戦乱のない時代であっても、家に吸収されずに老いを迎えた宮廷女房は、零落の不安と隣り合わせに生きていたとみられる。まして戦乱の多かった院政期から中世には、先の髑髏尼のように、主君や夫などの縁者・庇護者を失い、困窮し落魄した女房たち・女性たちが、更に多かったに違いない(26)。また『とはずがたり』作者二条が、父の遺訓で「髪をつけて好色の(27)家に名を残しなどせむことは、かへすがへす憂かるべし」と戒められており、二条のような最上層の貴族の出身であっても、後ろ楯のなくなった女房が遊女に身を落とすという危険性があったことを、如実に語っている。女房の没落・零落については本書の序章でも述べている。

そうした苛烈な実態がありつつも、一方では、老いて隠栖した女房たち・老尼たちが、かつての宮廷の人脈と互いの緊密なネットワークをもち、複層的な女房メディアの中で、文化的・文学的に求心力・発信力を持つ存在となり、そこを基点・契機とする文学の形成がなされ、あるいはそこへ向けての文学活動の流れが存在したことを注視しながら、女房文学史の一郭を思い描きたいと思う。

(1)　『西行和歌の形成と受容』(明治書院、一九八七年)。
(2)　中村文「西行と女房たち——上西門院御所を中心に」(『国文学　解釈と教材の研究』三九—八、一九九四年七月)、渡邉裕美子「西行と女房たち」(『国文学　解釈と鑑賞』六五—三、二〇〇〇年三月)。
(3)　『私家集の研究』(明治書院、一九六六年)。
(4)　小林一彦「殷富門院大輔(上)(下)」(『しくれてい』一一七・一一八、二〇一一年七月・一〇月)。

(5)『中世文学の時空』(若草書房、一九九八年)。
(6)森本元子『二条院讃岐とその周辺』(笠間書院、一九八四年)。
(7)『俊成卿女の研究』(桜楓社、一九七六年)。
(8)『女の信心――妻が出家した時代』(平凡社選書、一九九五年)、『古代・中世の女性と仏教』(日本史リブレット、山川出版社、二〇〇三年)。
(9)佐藤恒雄『藤原定家研究』(風間書房、二〇〇一年)で詳しく検証されている。
(10)奥田勲「連歌と女性――「中世文学における女」再録」(『日本文学 女性へのまなざし』奥田勲編、風間書房、二〇〇四年)、井上宗雄『鎌倉時代歌人伝の研究』(風間書房、一九九七年)参照。
(11)浅田徹「月次歌会の始発と展開」(『国文』一二八、二〇一七年一二月)が、『拾遺風躰和歌集』二一九がこの追善供養をさすと指摘した。その詞書中に「あづまより一品おくり侍りける」とある。この「あづま」とは、為家の岳父(『拾遺風躰和歌集』撰者為相の祖父)である蓮生あたりをさすかと思われる。定家と蓮生は親しいため、蓮生は在京時に定家邸の連歌会に参加して連歌尼を知っていた可能性が考えられる。
(12)零落した女房・尼について述べるものに、京樂真帆子『平安京都市社会史の研究』(塙書房、二〇〇八年)、服藤早苗『古代・中世の芸能と買売春――遊行女婦から傾城へ』(明石書店、二〇一二年)などがある。また本書の序章でも言及した。
(13)『女の力――古代の女性と仏教』(平凡社選書、一九八七年)。
(14)『中世の律宗寺院と民衆』(吉川弘文館、一九八七年)、『女の中世』(日本エディタースクール出版部、一九八九年)、『女人、老人、子ども』(日本の中世4、中央公論新社、二〇〇二年)など参照。
(15)『外法と愛法の中世』(砂子屋書房、一九九三年)。
(16)「尼の法華寺と僧の法華寺」(『仏と女』西口順子編、吉川弘文館、一九九七年)。
(17)『中世和歌史の研究』(明治書院、一九九三年)。
(18)細川涼一『平家物語の女たち――大力・尼・白拍子』(講談社現代新書、一九九八年)など参照。

(19)『日本中世の社会と女性』(吉川弘文館、一九九八年)。
(20)『中世の女の一生』(洋泉社、一九九九年)。
(21)『平安朝に老いを学ぶ』(朝日選書、朝日新聞社、二〇〇一年)。
(22)「尼たちの中世――『明月記』の世界から」(『駒澤大学仏教文学研究』一〇、二〇〇七年三月)。
(23)「中世女性の「長寿」と老い」(『日本歴史』七七六、二〇一三年一月)。
(24)吉野朋美「表象としての「尼」――勅撰和歌集入集の尼の歌を中心に」(『日本文学　女性へのまなざし』前掲)は、勅撰集に尼の歌が僧に比べて極端に少ないのは、公的身分として認識されていなかったことと、「尼」を世俗の社会体制からはずれた女性の表象としてとらえたイメージゆえであると論じている。
(25)勝浦令子『女の信心――妻が出家した時代』(前掲)は、中世の女性の出家について検討し、「尼となることは、一面で世俗女性を縛っている世俗の制約から自由な立場を手に入れることだった。……諸国への修行の旅も尼となることで得る自由の一つであった」と指摘する。また本書第一部第五章では、女房の声の禁忌について論じたが、老年や出家によって、声を出すことへの禁忌が緩み、女房たちの文化活動のありようが変化することを指摘した。声という身体的な制約からの解放もあると考えられる。
(26)そうした女性たちのために、法華寺復興のほか、遍照心院、善妙寺、円成寺など多くの尼寺が作られたことは、牛山佳幸「中世の尼寺と尼」(『尼と尼寺』シリーズ女性と仏教1、平凡社、一九八九年)、勝浦令子『古代・中世の女性と仏教』(前掲)などに詳しい。
(27)「好色の家」は種々の訳がなされているが、日下力『中世尼僧　愛の果てに――『とはずがたり』の世界』(角川選書、二〇一二年)が述べるように、遊女の家とすべきである。

御子左家（付・土御門家）略系図

数字は第何代勅撰集撰者かを示す
太字は本書で頻出する人物
左右は生年順ではない部分がある

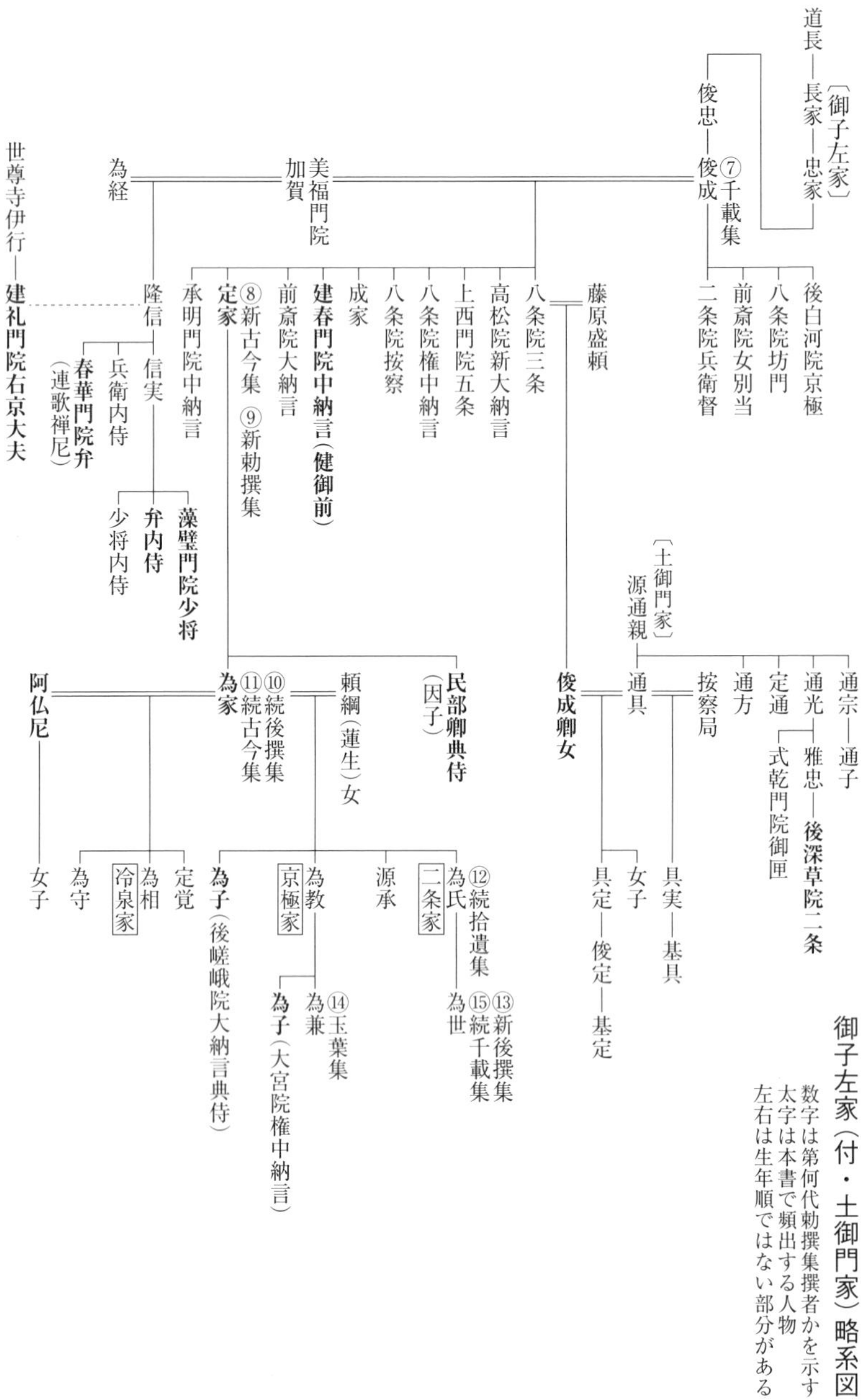

皇室略系図

丸数字は第何代天皇かを示す
( )内の数字は北朝天皇を示す

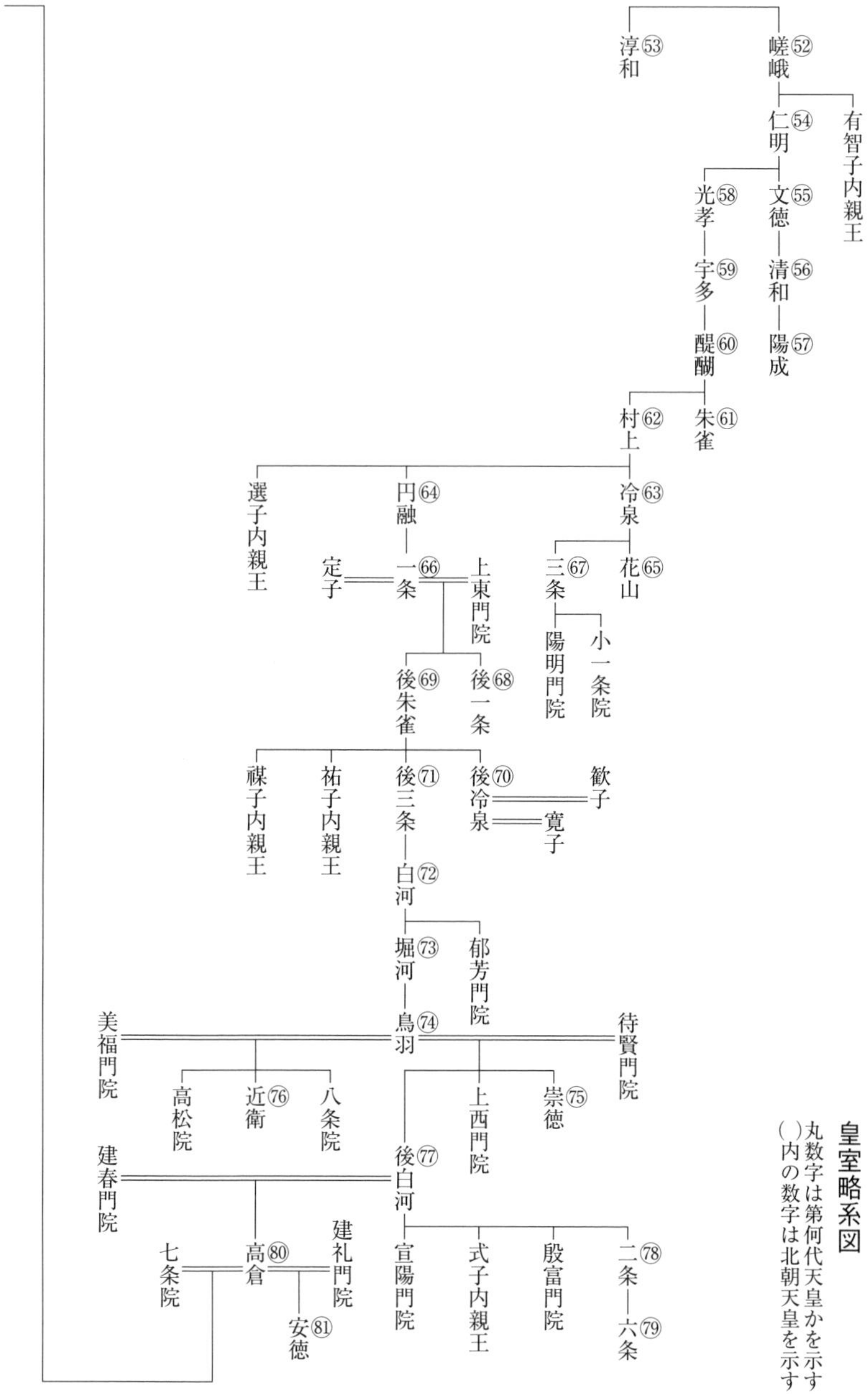

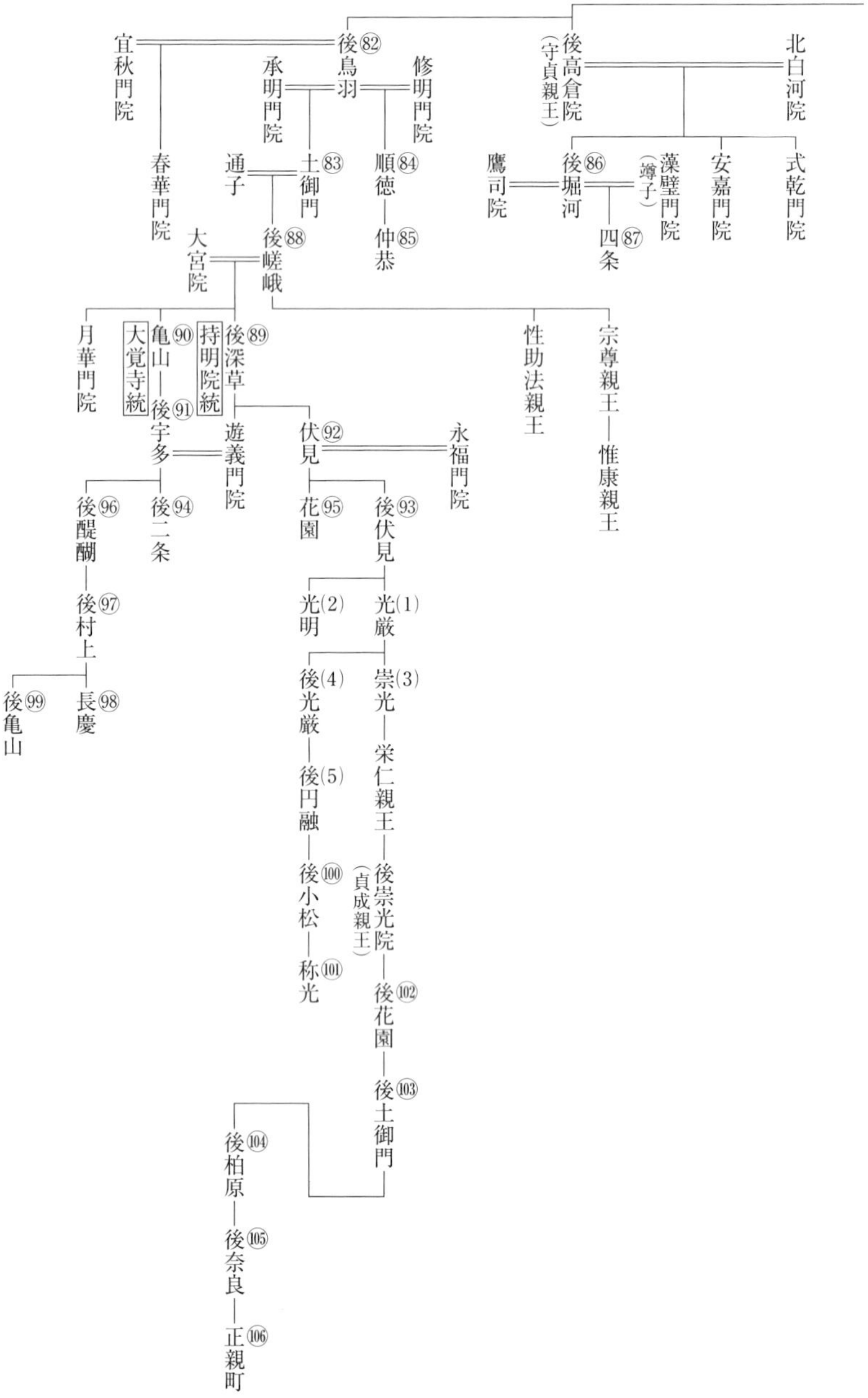
後⑧₂鳥羽
宜秋門院
承明門院
修明門院
後高倉院（守貞親王）
北白河院
春華門院
通子
土⑧₃御門
順⑧₄徳
仲⑧₅恭
鷹司院
後⑧₆堀河
藻壁門院（竴子）
安嘉門院
式乾門院
四⑧₇条
大宮院
後⑧₈嵯峨
月華門院
大覚寺統
亀⑨₀山
持明院統
後⑧₉深草
性助法親王
宗尊親王
惟康親王
後⑨₁宇多
遊義門院
伏⑨₂見
永福門院
後⑨₆醍醐
後⑨₄二条
花⑨₅園
後⑨₃伏見
後⑨₇村上
光(2)明
光(1)厳
後(4)光厳
崇(3)光
後⑨₉亀山
長⑨₈慶
後(5)円融
栄仁親王
後⑩₀小松
後崇光院（貞成親王）
称⑩₁光
後⑩₂花園
後⑩₃土御門
後⑩₄柏原
後⑩₅奈良
正⑩₆親町

初出一覧

序章　女房文学史論の射程　　書き下ろし

第一部　女房たちの領域と制約――制度のなかで

第一章　女房歌人の「家」意識――父・母・夫

「女房歌人の〈家〉意識――阿仏尼まで」(『日本文学』五二―七、二〇〇三年七月)を改稿した。

第二章　歌合における女房――構造化のもたらす排除

「歌合の構造――女房歌人の位置」(『和歌を歴史から読む』兼築信行・田渕句美子責任編集、笠間書院、二〇〇二年)を改稿した。

第三章　女房ではない「女房」――高貴性と逸脱性

「御製と「女房」――歌合で貴人が「女房」と称すること」(『日本文学』五一―六、二〇〇二年六月)を吸収し、書き下ろした。

第四章　女性と撰集・歌論――「撰」「論」「判」をめぐって

「女性と和歌――俊成卿女の周辺から」(『和歌文学大系』月報六、明治書院、一九九八年六月)の一部、「伏見院と永福門院」(『国文学　解釈と教材の研究』四二―一三、一九九七年一一月)の一部、『阿仏尼』(人物叢書、吉川弘文館、二〇〇九年)第六の一部、『異端の皇女と女房歌人――式子内親王たちの新古今集』(角川選書、二〇一四年)第二章二・第三章四の一部を吸収し、書き下ろした。

第五章　女房の声――禁忌の意識
「声の禁忌――女房の領域と制約」（『日本文学研究ジャーナル』二、田渕句美子・谷知子編集、古典ライブラリー、二〇一七年六月）に多少の補訂を加えた。

第六章　題詠の時代の「女歌」言説――女房と皇女
『異端の皇女と女房歌人――式子内親王たちの新古今集』（前掲）第四章の一部に、「歌合の構造――女房歌人の位置」（前掲）の一部を加えて改稿した。

第二部　王朝女房たちの語り――物語と日記の基底

第一章　『紫式部日記』の消息文――宮廷女房の意識
「『紫式部日記』消息部分再考――『阿仏の文』から」（『国語と国文学』八五―一二、二〇〇八年一二月）をもとに、「現在の作品形態を超えて考える――『紫式部日記』」（『古典籍研究ガイダンス』国文学研究資料館編、笠間書院、二〇一二年）第五節を加えて改稿した。

第二章　『源氏物語』の評論的語り――教育的テクストとしての物語
「評論としての『源氏物語』――逸脱する語り」（『新時代への源氏学8　〈物語史〉形成の力学』竹林舎、二〇一六年五月）に多少の補訂を加えた。

第三章　劇場としての『源氏物語』和歌――俯瞰と語り
「劇場としての物語の和歌――序に代えて」（『源氏物語とポエジー』寺田澄江・清水婦久子・田渕句美子編、青簡舎、二〇一五年）に多少の補訂を加えた。

第三部　中世歌道家の女房たち――歌壇と家と

第一章　俊成卿女――先端の歌人として

「俊成卿女伝記考証――『明月記』を中心に」(『明月記研究』六、二〇〇一年一一月)に、「女性と和歌――俊成卿女の周辺から」(前掲)の一部を加えて改稿した。

第二章　民部卿典侍因子――女房・典侍として

「民部卿典侍因子伝記考――『明月記』を中心に」(『明月記研究』一四、二〇一六年一月)に多少の補訂を加えた。

第四部　中世女房たちの仮名日記――書き残すことへの渇望

第一章　建礼門院右京大夫とその集――実人生と作品と

「建礼門院右京大夫試論」(『明月記研究』九、二〇〇四年一二月)を改稿した。

第二章　『うたたね』――虚構性と物語化

「『うたたね』の虚構性」(『国文』八九、一九九八年七月)に若干の補訂を加えた。

第三章　『とはずがたり』の『源氏物語』叙述――女主人公への転移と語り

「『とはずがたり』の『源氏物語』叙述――女三宮の和歌などをめぐって」(『日本文学』六五―七、二〇一六年七月)に多少の補訂を加えた。

第四章　『とはずがたり』と宮廷歌壇――内包された意識と表現

「『とはずがたり』と同時代歌壇」(『国文学研究資料館紀要』二七、二〇〇一年三月)を改稿した。

第五部　教え論ずる女房たち――教育がひらく回路

第一章　『無名草子』の視座――物語と教育を繫ぐ

「『無名草子』の視座」(『中世文学』五七、二〇一二年六月)に補訂を加えて改稿した。

第二章　『無名草子』の作者――新たに浮かび上がる作者像

「『無名草子』の作者像」(『国語と国文学』八九―五、二〇一二年五月)に多少の補訂を加えた。

第三章　『無名草子』の『源氏物語』和歌批評――女房の視点
「『無名草子』における『源氏物語』の和歌」(『源氏物語とポエジー』前掲)に若干の補訂を加えた。

第四章　『阿仏の文』――娘への訓戒
『十六夜日記白描淡彩絵入写本・阿仏の文』(勉誠出版、二〇〇九年)の一部、「阿仏尼の『源氏物語』享受――『乳母のふみ』を中心に」(『源氏物語の鑑賞と基礎知識 28 蜻蛉』(至文堂、二〇〇三年四月)の一部などを吸収し、書き下ろした。

第六部　女房たちと説話――女房メディアの生成と展開

第一章　『無名草子』の宮廷女性評論――説話集として
「『無名草子』の宮廷女性評論」(『中世の随筆――成立・展開と文体』中世文学と隣接諸学10、荒木浩編、竹林舎、二〇一四年)に多少の補訂を加えた。

第二章　『古事談』と女房――女房メディアを透かし見る
「説話と女房の言談――顕兼と『古事談』を中心に」(『『古事談』を読み解く』浅見和彦編、笠間書院、二〇〇八年)に多少の補訂を加えた。

第三章　『阿仏東下り』――語り変えられる『十六夜日記』と阿仏尼像
「阿仏尼の旅の変容――『十六夜日記』から『阿仏東下り』へ」(『説話論集』十七、清文堂出版、二〇〇八年)に多少の補訂を加えた。

第四章　隠遁した女房たち――老いたのちに
「隠遁した女房たち」(『文学』二―一、二〇〇一年一・二月)を改稿した。

あとがき

わたしは、誰でもない人！　あなたは誰？
あなたも、また、誰でもない人？
それならわたしたちは好一対？
黙って！　人に知られてしまう、そうでしょ！

なんて煩わしいこと、誰かである、なんて！
なんて仰々しいこと、蛙のように、
自分の名前を、六月の日がな一日、
聞き惚れてくれる沼に、言い続けるなんて！

（エミリー・ディキンソン詩集。原詩は岩波文庫に拠る）

本書で論じた宮廷女房は、宮廷の光輪の中にいるが、歴史に名が残るのは一部であって、多くは無名であり影の存在であり、時にそれを嘆きつつも、ゆえにこそ自由で純粋な心性を帯びていたと思う。そして、宮廷という公の場で多くの人々と関わる女房たちとは正反対に、冒頭に引いたディキンソンは、三十代半ば以降社会との関わりを絶ち、

常に白いドレスをまとって自宅に隠遁する生活を送り、生前一冊の詩集も出版されなかった。しかし、この諧謔的で硬質な詩のことばに流れている憂愁、精神の自由への渇望、そして同じ位置に立つ人への共感は、『源氏物語』や『無名草子』『とはずがたり』などに見え隠れしている宮廷女房たちの意識と、どこか交響しているようだ。

本書『女房文学史論――王朝から中世へ』は、一九九七年から二〇一七年までの二十年間に執筆した論文のうち、女房文学に関する論を集め、手を加え、新稿を加えて編んだものである。単著の研究書（論文集）としては、『中世初期歌人の研究』（笠間書院、二〇〇一年）に続いて二冊目となる。本書のもとになった旧稿をかなり大きく改稿したものもあれば、いくつかの論をあわせて書き改めたものもあり、ほとんど手を加えなかったものもある。改稿と新稿執筆には思いのほか時間がかかり、苦しみつつ断続的に二年近くを要した。

その時間の中で、宮廷女房たちの俯瞰的な視野と、抑えがたい文学的渇望とが、女房文学の底に強く流れていることをしばしば感じ、震えて立ち止まった。けれどもその奥深さ、陰翳、そして普遍性が、執筆を少しずつ前に進めてくれた。日本の宮廷女房文学は、世界の中でも突出して古くから長きにわたって多彩に展開しており、その担い手である女房たちの声の〈音階〉を伝える作品や断片が、さまざまに紙に書きとどめられ、現在に至るまで伝えられている。それを読み味わうことができるということに、日本古典文学を研究している者の幸せを感じている。しかし一方で危惧されるのは、もしかしたら、その女房たちの声を語り伝えてきた、紙による書物の千年以上にわたる歴史に、今から百年後、二百年後には、終止符が打たれてしまいはしないか、ということである。そんなことはあってはならないと思うが。

本書の執筆・改稿は、多くの方々から頂いた学恩があったからこそ、拙いながらもなし得たものであり、すべての方に改めて感謝を捧げたい。当然のことだが、研究は個人一人でなし得るものではない。だからこそ、わずかながら

でも社会や歴史、そして世界へと繋がることができるように思う。ここにはお名前をすべてあげきれないけれども、活字の論文を通していつも対話しているように感じる先学の方々、常にご教示と刺激を頂いている学界の方々、これまで様々な場で指導して下さった先生方、今の職場である早稲田大学の同僚たち、前の職場である国文学研究資料館の方々、そして、尊敬する研究仲間たちに、心から感謝したい。研究の厳しさと楽しさとを分かち合う老若男女の仲間の存在は、研究からの貴重な贈り物のようにいつも感じている。また本の校正と索引作成を手伝ってくれた米田有里氏と幾浦裕之氏に深謝する。

そして、この本をまとめるに際して、多くの示唆的なコメントと励ましを下さった岩波書店編集部の吉田裕氏に、深く感謝したい。吉田氏の言葉がなかったら序章も書けず、本もできなかったと思う。

最後に、私事ながら、一番近くで各々全く別分野の研究に没頭し、いつのまにか時が過ぎて老いへの道を共にしている夫、そして本当にかけがえのない存在である娘に感謝を。

二〇一九年六月

田渕句美子